朱崇才 注譯

新譯鄭板橋集

三民書局

刊印古籍今注新譯叢書緣起

劉振強

人類歷史發展，每至偏執一端，往而不返的關頭，總有一股新興的反本運動繼起，要求回顧過往的源頭，從中汲取新生的創造力量。孔子所謂的述而不作，溫故知新，以及西方文藝復興所強調的再生精神，都體現了創造源頭這股日新不竭的力量。古典之所以重要，古籍之所以不可不讀，正在這層尋本與啟示的意義上。處於現代世界而倡言讀古書，並不是迷信傳統，更不是故步自封；而是當我們愈懂得聆聽來自根源的聲音，我們就愈懂得如何向歷史追問，也就愈能夠清醒正對當世的苦厄。要擴大心量，冥契古今心靈，會通宇宙精神，不能不由學會讀古書這一層根本的工夫做起。

基於這樣的想法，本局自草創以來，即懷著注譯傳統重要典籍的理想，由第一部的四書做起，希望藉由文字障礙的掃除，幫助有心的讀者，打開禁錮於古老話語中的豐沛寶藏。我們工作的原則是「兼取諸家，直注明解」。一方面熔鑄眾說，擇善而從；一方面也力求明白可喻，達到學術普及化的要求。叢書自陸續出刊以來，頗受各界的喜愛，使我們得到很大的鼓勵，也有信心繼續推廣這項工作。隨著海峽兩岸的交流，我們注譯的成員，也由臺灣各大學的教授，擴及大陸各有專長的學者。陣容的充實，使我們有更多的資源，整理更多樣化的古籍。兼採經、史、子、集四部的要典，重拾對通才器識的重視，將是我們進一步工作的目標。

古籍的注譯，固然是一件繁難的工作，但其實也只是整個工作的開端而已，最後的完成與意義的賦予，全賴讀者的閱讀與自得自證。我們期望這項工作能有助於為世界文化的未來匯流，注入一股源頭活水；也希望各界博雅君子不吝指正，讓我們的步伐能夠更堅穩地走下去。

新譯鄭板橋集 目次

詞

文

導讀

一、板橋其人

鄭板橋，名燮，字克柔，號板橋，清代著名書畫家、詩人、詞人。康熙三十二年癸酉，即西元一六九三年，生於揚州府興化縣東門外古板橋。據〈板橋自敘〉（楊蔭溥藏墨跡，卞孝萱先生等《鄭板橋全集》卷九〈文鈔三〉收錄）云：「興化有三鄭氏，……其一為『板橋鄭』。居士自喜其名，故天下咸稱為鄭板橋云。」板橋作書畫署名，或自稱鄭燮，或自稱鄭燮板橋、鄭板橋、板橋。後人一般稱其為「鄭板橋」。

㈠青年秀才塾師

板橋的父系祖先，以讀書科舉為業。其先世居蘇州，明洪武間遷居興化城內。曾祖新萬，字長卿，庠生。祖湜，字清之，儒官。父之本，字立庵，號夢陽，廩生，「以文章品行為士先。教授生徒數百輩，皆成就」（〈板橋自敘〉）。板橋從小跟隨父親學習，後來還跟隨同鄉陸種園先生等人學習過。板橋的母親一系，也是讀書人家。板橋的外祖父汪翊文，奇才博學，隱居不仕。板橋的生母汪氏，端嚴聰慧。板橋自稱：「板橋文學性分，得外家氣居多。」（〈板橋自敘〉）

板橋有一個不幸而又有幸的童年。四歲時，生母汪夫人不幸病逝。幸運的是，乳母費氏對他很好，承擔起了養育他的責任。大約在五歲時，板橋的父親繼娶郝夫人。繼母郝夫人對他也很好。板橋有位叔叔，名之標，字省庵。之標生子墨，字五橋。板橋與這位叔叔和侄子的關係也很好。許多年後，板橋在其〈七歌〉中，無限深情地回憶了這些親人給予他的關愛：「無端涕泗橫闌干，思我後母心悲酸。十載持家足辛苦，使我不復憂饑寒。時缺一升半升米，兒怒飯少相觸抵，伏地啼呼面垢污，母取衣衫為湔洗。」繼母郝夫人嫁入鄭家十年，對板橋視如己出。詩中這個細節很能說明問題：家裡米不夠，小板橋沒吃飽，躺在地上耍賴，弄髒了衣服，繼母沒有責怪他，而是為他湔洗衣衫。

乳母費氏是板橋祖母蔡老夫人的侍女。饑荒年月，費氏自己在外面吃飯，然後回鄭家服役。板橋在〈乳母詩〉中回憶了幾個溫馨的細節：每天早晨起來，乳母便背著板橋進入市集，用一個銅錢買一個餅給板橋吃，然後再做別的事。間或有魚肉飯食和瓜果等好吃的東西，一定先給板橋吃。有一年，鄭家的經濟狀況實在不能維持了，乳母含淚把舊衣服都漿洗補綴好，把缸裡都挑滿了水，又買了幾十捆柴堆在灶下，然後在一個早晨，悄悄地離開了鄭家。板橋早晨進入她的房間，裡面空空的。破舊的床和小几案橫七豎八地亂放著，灶膛還是溫熱的，有一碗飯和一碗菜藏在鍋裡，正是平常板橋吃的那些東西。板橋痛哭不已，到底沒有吃下這些飯。三年後，家裡經濟情況好了些，乳母仍回來侍奉老夫人，撫育板橋。板橋做官後，曾感慨地說：縱然我現在的俸祿很高了，但也不如手裡握著乳母給的那塊大餅。板橋的小叔叔鄭之標，比板橋大不了幾歲，對板橋這個侄兒，特別偏愛。所謂「小舅小叔，相追相逐」，雖然他們是叔侄，但因年歲彷彿，兩個人更像兄弟朋友。他們白天一起上學，晚上同床共被，親如手足，一起頑皮，一起逃學，出了事自然有小叔叔擔待，即使是板橋的過失，小叔叔也會替他遮掩。

正是有了父親、繼母、乳母、小叔叔的悉心照顧，板橋得以長大成人。板橋一生中對親情有著特別的感受。這些親情關愛，使他在數十年不斷的生離死別中，有了心靈的寄託和安慰，並將這些充滿同情和憐憫的關愛之心，廣施於逃荒饑民、老兵、孤兒、童養媳等不幸的弱勢群體。他在十年多的縣令任上，也努力為百姓做了諸如修城、賑災、勸農等好事。他寫詩斥責那些壓迫老百姓的官府衙役，寫詩呼籲關心民間疾苦。這種「一枝一葉總關情」的情懷，構成了板橋詩詞的重要內容。

板橋自小跟隨父親學習，大約在十歲左右，父親到真州毛家橋等地塾館教書，板橋隨學。〈為馬秋玉畫扇〉回憶說：「余少時讀書真州之毛家橋，日在竹中閒步。潮去則濕泥軟沙，潮來則溶溶漾漾，水淺沙明，綠蔭澄鮮可愛。時有鰷魚數十頭，自池中溢出，遊戲於竹根短草之間，與余樂也。」真州給少年板橋留下了美好的回憶，成為他的「第二故鄉」。後來，板橋自己也來到真州江村，一邊教書糊口，一邊讀書學習，準備科舉考試，同時還揣摹書畫詩詞藝術。真州的鄉土風情，山水田園，對板橋藝術風格的形成，有一定的影響。

康熙四十七年（西元一七〇八年）前後或更早，十多歲的板橋，開始從鄉賢陸震先生學習填詞。《重修興化縣志》卷八〈人物志・文苑〉：「陸震，字仲子，一字種園。廷掄子。少負才氣，傲睨狂放，不為齪齪小謹。宋冢宰犖巡撫江南，期以大器。震澹於名利，厭制藝，攻古文辭及行草書。貧而好飲，輒以筆質酒家，索書者出錢為贖筆。家無儋石儲，顧數急友難。某負官錢，震出其先儀部奉使朝鮮方正學輩贈行詩卷，俾質金以償。後遂失之，某恧甚。震曰：『甑已破矣。』與其人交契如初。詩工截句，詩餘妙絕等倫，鄭燮從之學詞焉。」陸種園先生良好的人品、精湛的藝術修養，對板橋有重大影響。如果說，板橋認真學習八股文，三十年堅持參加科舉考試，主要是由於家族的傳承、父親的言傳身教、家庭的生活重擔等因素使然；那麼，板橋狂放的一面，板橋對於制藝之外的書畫詩詞等藝術的追求，很可能來自種園先生等揚州鄉賢的影響。

二十歲前後，青年板橋的人生道路，發生了三件大事：

一是通過縣、府、院三級的多場考試，考中了秀才。這是科舉的第一步。考秀才有多難？這縣、府、院三級考試，每場錄取數人，也就是說，必須在許多人的考試中，考到前幾名，才有繼續考下去的資格。當然，如果有錢，或有特殊的某種地位，或有特殊的「貢獻」，也可以繞過這一門檻。但對於像板橋這樣的普通讀書人，在考中秀才之前，不管歲數多大，只能稱「童生」，那時候，四五十歲的老童生比比皆是。考中的稱為秀才，是一種官方承認的「功名」，算作是官家的「專業學生」了，有見官不跪、免交官家賦稅、不服兵役勞役等特權，在社會上也有了充當教書先生的資格，可以一邊讀書應舉，一邊教書糊口。對於板橋這些貧困家庭來說，能否盡快考中秀才，尤為重要。如果在斷糧之前考不上秀才，那就只能放棄讀書做官這座「獨木橋」，而另謀生路了。

一是開始了書法繪畫等藝術創作的學習。板橋自二十歲左右學習書法繪畫，到三十歲左右到揚州賣書畫，在家鄉興化經過了長達十年的學習。根據板橋自己的敘述，板橋的學習生涯，與鄉賢陸震先生，以及王國棟、顧于觀兩位同學，有較大關係。板橋〈七歌〉回憶說：「種園先生是吾師，竹樓、桐峰文字奇。十載鄉園共遊憩，壯心磊落無不為。」種園、竹樓、桐峰，就是指這三位。種園先生陸震，不僅是詞學家，教少年板橋作詞，且「攻行草書」，這對於板橋詩詞書畫藝術的養成，應該有一定的影響。竹樓，指同學王國棟。國棟（西元一六九二—一七七六年），字殿高，號竹樓。竹樓工詩善書，有《秋吟閣詩鈔》，其書後來亦頗有名氣。桐峰，為同學顧于觀（西元一六九三—？年）的字或號。劉熙載等《重修興化縣志》卷八〈人物志・文苑・國朝〉：「顧于觀，字萬峰，一字澥陸。父問。……于觀性嗜古，不屑攻舉子業，書出入魏晉。……居鄉惟與李鱓、鄭燮友，目無餘子。……少為庠生，俄棄去，以山人終。著《澥陸詩鈔》。」竹樓、桐峰、板橋三人，年歲相當，同拜於種園先生門下。師徒四人，十載遊憩，壯心磊落，相互影響，板橋的書畫詩詞造詣的養成，應該與家鄉的這十年遊憩有直接關係。

一是與同邑徐氏成婚。成家立業，為家族續添香火，是人生最重要的任務。二十多歲的板橋，要逐步地從父親手中，接過這一任務。板橋與徐氏生了兩女一兒。養家糊口的重擔，壓得板橋喘不過氣來。從板橋的詩歌中來看，徐氏賢惠，夫妻感情很好。〈七歌〉敘述：「幾年落拓向江海，謀事十事九事殆。長嘯一聲沽酒樓，背人獨自問真宰。枯蓬吹斷久無根，鄉心未盡思田園。千里還家到反怯，入門忸怩妻無言。嗚呼五歌兮頭髮豎，丈夫意氣閨房沮。」幾年貧困失意，四方謀生，做的事情十件有九件未能成功。從千里之外回到家鄉反而有些害怕，進了家門更有些羞愧不安，妻子激動得說不出話來。在外沒有掙到什麼錢，妻子很是理解，沒有嘮叨埋怨，想問又沒有問。越是這樣，做丈夫的反而更是不好意思。

應舉、學藝、成家，這三件人生功課，都必須有強大的經濟支撐。板橋不是富二代，其父只是讀書人中最底層的「塾師」，隨著父親年歲漸老，板橋必須外出謀生了。二十六歲時，板橋來到真州的江村，開始了長達五年的塾館教書生涯。《儀徵縣續志》卷六〈名跡志．園〉：「(江村)在游擊署前。里人張均陽築，今廢。興化鄭板橋燮嘗寓此，與呂涼州輩唱和，有聯云：『山光撲面因新雨，江水回頭為晚潮。』」板橋到真州江村充當塾師，應該是由於其父此時已經老邁，於是板橋接過父親的教鞭，成了一個「孩子王」。板橋在江村的生活還算順利，他也漸漸喜歡上了這個風景秀麗，物產豐富的江邊小村。來到江村的第二年，他寫了一首〈村塾示諸徒〉，描述了江村的塾師生活：「飄蓬幾載困青氈，忽忽村居又一年。得句喜拈花葉寫，看書倦當枕頭眠。蕭騷易惹窮途恨，放蕩深慚學俸錢。欲買扁舟從釣叟，一竿春雨一蓑煙。」在往後的歲月裡，板橋還不時地懷念並重遊這一為他提供了第一份工作的地方，寫下了〈客揚州不得之西村之作〉、〈再到西村〉、〈真州雜詩八首並及左右江縣〉、〈真州八首屬和紛紛，皆可喜，不辭老醜，再疊前韻〉等詩篇。

(二)十年揚州賣畫

做一個塾師，很難養活一家人。康熙六十一年（西元一七二二年），板橋三十歲時，父親立庵先生去世。家庭經濟狀況更難維繫。板橋〈七歌〉哭訴道：「鄭生三十無一營，學書學劍皆不成。市樓飲酒拉年少，終日擊鼓吹竽笙。今年父歿遺書賣，剩卷殘編看不快。爨下荒涼告絕薪，門前剝啄來催債。」家裡米盡薪絕，門前還有討債的。連父親的藏書都賣了，能想的辦法都想了，板橋已經被貧窮逼上了絕境。

萬般無奈之下，板橋作出了人生中最為重要的一個決定——到府城揚州賣畫，做個「揚漂」文藝青年。此時已是雍正元年（西元一七二三年），板橋大約三十一歲。這一漂就是十年。〈和學使者于殿元枉贈之作〉回憶說：「十載揚州作畫師，長將赭墨代胭脂。寫來竹柏無顏色，賣與東風不合時。」

此時的板橋，雖然已經學書學畫，苦心揣摹近十年，但還沒什麼名氣，書畫作品也不會值什麼錢。所謂「學書學劍皆不成」，此時的板橋，對自己也沒有什麼信心。而此時的揚州，是何等的存在？那是二千年來大運河及邗溝的中心，兼有江淮之利，是中國東南財富北上京城的中轉站，是天下鹽引的集散地，有富甲天下的鹽商，有天下第一的淮揚美食，有千媚百俏的揚州美女，兩千年來，號稱「揚一益二」、「天下三分明月夜，二分無賴是揚州」，是天下第一等的溫柔富貴之鄉，是紙醉金迷的銷金窟。但這一切都與板橋無緣，板橋只是一個身無分文的「揚漂」。

我們不知道板橋在揚州是如何生存下來的，只知道板橋來揚州的第二年，家中約五六歲的犉兒，不幸夭折。板橋〈哭犉兒五首〉云：「天荒食粥竟為長，慚對吾兒淚數行。」板橋在揚州沒掙到什麼錢，家中的兒子只能吃粥。貧困和疾病，帶走了他的孩子。板橋對於自己的無能，痛愧萬分。在古代社會中，「不孝有三，無後為大」，雖然板橋還有兩個女兒，但在當時，卻不能算是「後」，其直接的麻煩是，女兒會出嫁，變成了外姓人，如果家族中尚有近支，女兒們就沒有繼承權，更不用說延續家譜，延續祠堂香火了。特別是後來，板橋做了官，書畫作品價格上揚，板橋有了一定數量的「動產」和房屋田地等「不動產」，「有後無後」這一問題，就更為迫切。二十年後，乾隆九年（西元一七四四年），小妾饒氏，又給五十二歲的板橋，生了一個兒子。但非常可惜的是，饒氏子六歲時也夭折了。儘管板橋常常寬慰自己，「有後無後，聽已焉哉」，但「無後」這件事，始終是板橋心中繞不過去的一個坎。最後，還是過繼侄子鄭田作為「嗣子」，才算了結此事。但在兩次得子又兩次喪子及過繼嗣子的種種折磨中，板橋形成了恨天罵地的性格。其〔沁園春〕〈恨〉恨到一切罵倒一切：「花亦無知，月亦無聊，酒亦無靈。把夭桃斫斷，煞他風景；鸚哥煮熟，佐我杯羹。焚硯燒書，椎琴裂畫，毀盡文章抹盡名。」這幾乎有些心理變態的「恨」，正是心靈遭到巨大創傷的反應。板橋也許有些後悔，如果仍在江村教書，雖然收入微薄，但總能有些保障，而揚州這個地方，對於現在的他，卻是前路茫茫。他甚至認了個乞食的鄭元和為祖先，要以之自比：「滎陽鄭，有慕歌家世，乞食風情。」

板橋這十年的揚州賣畫，可說是付出了巨大的代價。但是，他也在這十年中，練就了兩件謀生的本領：一是在揚州與李鱓、黃慎等書畫家交往，書藝畫藝大漲，逐步積累了名氣，作品有了銷路，並漸漸形成了被後人稱為「揚州八怪」的藝術群體；一是與一些志同道合的「硯友」們一起讀書學習，相互鼓勵，積極參加科舉考試，終於在雍正十年（西元一七三二年）四十歲時，得中舉人。

我們來看這揚州十年賣畫的一個生活片段：雍正六年（戊申，西元一七二八年），板橋三十六歲，買不起房子，租不起房子，更住不起客棧，他與一班朋友們住在揚州天寧寺，一邊讀書以應舉，一邊揣摩書畫技藝，以提高應試時的書法水平，順便也可提高作品價格，以養活自己和家人。

讀書應舉，是一件痛苦而前景不確定的艱苦「勞動」。板橋〈四書手讀序〉：「戊申之春，讀書天寧寺，呫嗶之暇，戲同陸、徐諸硯友賽《經》□生熟。市坊間印格，日默三五紙，或一二紙，或七八十餘紙，或興之所致，間可三二十紙。不兩月而竣工。雖字有真草訛減之不齊，而語氣之間，實無毫釐錯謬。固誦讀之勤，亦刻苦之驗也。」（卞孝萱先生等編《鄭板橋全集》卷八，鳳凰出版社西元二〇一二年版，二七二頁。）今天看來，再偉大的東西，千百萬人整天去背誦，實在是一件無聊透頂的事情。人類的思想文化方面的進步，主要靠形而上的沉思，自由的討論，獨特的想像，反覆的思想實驗，而不是靠背誦古代聖賢的教導。那些教導，書本上都有，用不著這麼「誦讀之勤」。在中國古代的數千年歲月中，特別是明清以來的這六百多年，像鄭板橋這樣有天賦、刻苦好學、有獨立精神的讀書人，就這樣將一代又一代的青春和聰明才華，浪費在這無聊的背誦默寫之中。而同時代的西歐，自文藝復興之後，人文學科、社會科學、自然科學、技術工藝，突飛猛進，全面發展，誕生了諸如但丁、達文西、莎士比亞、洛克、休謨、康德、孟德斯鳩、盧梭、伏爾泰、黑格爾等思想家；而古老的中國，開始在思想文化和政治經濟領域，漸漸地落後於世界。而唯一能使我們略為寬慰的是，在書畫詩詞等藝術領域，鄭板橋等讀書人，多少做出了一些成績，使今天的我們，在談到六百多年來的前人時，尚有話可說。

雍正三年（西元一七二五年），在揚州還沒有什麼進展的板橋，北上京師，寓於慈寧寺，尋找機會。《本朝名家詩鈔小傳・板橋》：「壯歲客燕市，喜與禪宗尊宿及期門、羽林諸子弟游。日放言高談，臧否人物，無所忌諱，坐是得狂名。」話說得比較好聽，其實板橋不一定是喜歡與禪宗子弟遊，而是因為一個字——窮，沒錢，只好到免費的寺廟中安生。

這次進京，板橋結識了人生道路上一個非常重要的朋友，康熙帝第二十一子允禧。允禧（西元一七一一—一七五八年），字謙齋，號紫瓊道人，封慎郡王，善書畫。乾隆十一年，板橋自范縣調任濰縣，曾寄書慎郡王，慎郡王贈詩曰：「二十年前晤鄭公，談諧親見古人風。東郊繫馬春蕪綠，西墅彈棋夜炬紅。浮世相看真落落，長途別去太匆匆。忽看堂上登雙鯉，煙水桃花錦浪通。」（《紫瓊巖詩鈔》卷中〈喜鄭板橋書自濰縣寄到〉）。

這是一種各方面都不對稱的交往。論年齡，板橋比允禧大十八歲，幾乎是一代人的距離，而在此時，允禧王爺還是一個十五六歲的少年；論地位，板橋是個漂泊遊蕩的文藝青年，吃了上頓沒下頓，晚上不知住哪兒的主，而允禧，則是正經的王爺，當今聖上的小叔叔，且因年紀小，沒有參預康雍間的奪位大戰，在政界應該有一定的影響力；論理想和追求，板橋是一心想讀書做官，養活家人，而允禧王爺，則不敢對於政治有分毫的興趣，只能在書法繪畫等藝術領域發展。是什麼使他們成為忘年交呢？當然是書畫藝術。板橋此時，已經在書法繪畫篆刻等方面，有了一定的藝術水平和獨特的風格，允禧王爺對於書畫藝術十分愛好，此時正努力學習，希望能在書法繪畫藝術方面有所成就。如此一來，這兩位本不相干的人就有了交集，有了成為朋友的基礎。但我們不知道，已過而立之年的流浪板橋，是怎麼找到允禧小王爺的。也許是自報家門投獻作品，也許是出於已經有了一些名氣的朋友們的推薦介紹，總之，兩人成了好朋友。在小王爺的印象中，板橋大有古人之風，是位可「談諧」的長者。在此後的人生道路上，允禧王爺這位朋友，不論是對於板橋的仕途，還是對於板橋的書畫印藝術，都有重要甚至是決定性的影響。

由京師返揚後，板橋開始寫《道情十首》，這組詠歎世情的唱詞，板橋斷斷續續寫了十年。《道情十首》通過歌手們的傳唱，產生了很大的影響。板橋的得名，《道情十首》功不可沒。

(三)從舉人到進士

雍正十年（西元一七三二年）秋，已經四十歲的板橋，這位已經在貧困中堅持學習四書五經、堅持苦練八股文的生涯中熬了二十餘年的老秀才，再赴南京參加鄉試。沒有旅費，板橋只能厚著臉皮，開口向家鄉興化的父母官汪芳藻討錢。板橋〈除夕前一日上中尊汪夫子〉：「瑣事貧家日萬端，破裘雖補不禁寒。瓶中白水供先祀，窗外梅花當早餐。結網縱勤河又沍，賣書無主歲偏闌。明年又值掄才會，願向秋風借羽翰。」要過年了，沒錢，年後要去南京，更需要錢，於是只能向縣令打個秋風了。汪縣令大概是給了過年費和赴考的路費，否則板橋也不會將這首詩收入到《板橋詩鈔》中。考試的結果，是終於得中舉人。

人的一生，就在於關鍵的幾步，而中舉，則是這幾步中最為關鍵的一步。如果說，成進士是「讀書」這條道路上的最高「境界」，那麼，中舉則是這條道路上最重要的一步。只有中舉才有參加進士考試的資格，即使沒有考中，在理論上也可以有做官的機會。因此，中舉被看作是進入仕途的入門程序，讀書人對此有著近乎瘋狂的追求和嚮往。二十多年的努力，板橋付出了人生中最美好的一段時光，付出了巨大的代價，終於如願以償。板橋想到已經去世的父親，中年而逝的妻子，夭折的兒子，悲喜交加，其〈得南闈捷音〉真切地描述了這種心情：「忽漫泥金入破籬，舉家歡樂又增悲。一枝桂影功名小，十載征途發達遲。何處寧親惟哭墓，無人對鏡懶窺帷。他年縱有毛公檄，捧入華堂卻慰誰？」他想把這喜訊告訴父親，鄭家幾代人的夢想終於成真；他想把這喜訊告訴妻子，我們的努力終於有了結果，以後再也不會讓家人忍饑挨凍，但妻子此時早已不在人世；他告訴兒子，以後你再也不用只喝稀粥，但兒子永遠去了另外一個未知的世界。

緊張的應試有了結果，突然間的放鬆，又悲又喜的巨大心理震盪，板橋終於支持不住。他大病一場，未能趕上來春三年一場的進士考試。他去了外祖父家養病。病好了，他想找個清靜的地方繼續讀聖賢書，以準備四年後的下一輪考試。但是，靜心讀書的首要條件，是得有錢養活自己和家人。板橋雖然已經中舉，成為那幸運的「鳳毛麟角」，但中舉本身並不能直接帶來錢財。板橋仍然一樣地窮，一樣地要為生活費操心。板橋暫時回了揚州，繼續一邊讀書，一邊賣畫。

雍正十三年（西元一七三五年），四十三歲的板橋，遇到了這一生中最重要的第二個人：饒五姑娘。十多年後的乾隆十二年（西元一七四七年）秋，板橋被臨時抽調到濟南參加鄉試工作，在鎖院中無聊，便寫了篇〈板橋偶記〉，敘述了他與饒五姑娘的故事。二月的一天，板橋去揚州城外的蜀崗，憑弔古跡玉勾斜，在一戶人家，遇到了饒五姑娘。姑娘平日喜愛板橋詞，寫了一張貼在牆上。板橋自報身分，姑娘的母親留板橋用飯。饒五姑娘表示自己很喜歡板橋的詞和《道情十首》。板橋即應邀為饒五姑娘書寫了《道情十首》，還額外贈送了一首〔西江月〕：「微雨曉風初歇，紗窗旭日才溫。繡幃香夢半蒙騰。窗外鸚哥未醒。　蟹眼茶聲靜悄，蝦鬚簾影輕明。梅花老去杏花勻。夜夜胭脂怯冷。」詞的前面寫饒五姑娘的起居，最後兩句「梅花老去杏花勻。夜夜胭脂怯冷」，是說自己如同梅花已經開過，再來個春天，需要含苞待放的杏花，杏花嫣紅如同胭脂，夜晚可能怕冷，但你別怕，舉人老爺我會給你帶來溫暖。母女兩人領會了詞意，很是喜歡。板橋又問了姑娘的年齡和家中情況，得知姑娘一十七歲，四個姊姊都已出嫁，家中只有母女二人。饒媽媽會意，即希望板橋娶五姑娘為妾。板橋謙虛道，我可沒什麼錢，不知道怎樣才能得到這麼漂亮的姑娘。饒媽媽說，也不敢要多少錢，反正夠我養老就行。這話說的雖然輕巧，卻是一筆巨款。板橋〈揚州〉云：「畫舫乘春破曉煙，滿城絲管拂榆錢。千家養女先教曲，十里栽花算種田。」揚州有「養女教曲」，長大了賣給富貴人家作妾的習俗。明謝肇淛《五雜俎・人部四》云：「(維揚）女子多美麗……揚人習以此為奇貨，市販各處童女，加意裝束，教以書、算、琴、棋之屬，以徼厚直，謂之『瘦馬』。」元代以來，黃河多次奪淮，原先向為魚米之鄉的淮河北岸，漸漸水系紊亂，大水過後，土地嚴重鹽鹼化，至明清時代，淮北遂成貧困之地。每到災年，無數災民，向南岸逃荒而來，他們唯一可賣之物，只有女兒。揚州遂成為「美女」的集中地。饒家有五個女兒，家中境況尚可，起碼比板橋有錢，且留作養老的小女兒願意給人作妾，說明饒五姑娘很可能也是「揚州瘦馬」中的一員。這些女孩子，應該有一個默認的市場價格，這個價格，估計板橋再賣十年書畫，也湊不夠這些錢。在揚州已經混了十多年的板橋，對此當然心知肚明。他現在雖然貴為舉人，其實一文不名，除了作詞寫字，實在是拿不出什麼聘禮。但板橋實在捨不下這小姑娘，便大膽地開了張空頭支票說：我現在忙著要考試，沒空，等我明年，如果能考上進士，後年我定來娶五姑娘，不知姑娘能不能等我？母女二人都答應說能。然後，板橋就拿已經給了人家的〔西江月〕詞作為聘禮。

這個故事到此本該結束了。這相當於一場「議價」，生意不成人情在，一般的姑娘，也不會當真。饒五姑娘是一位典型的揚州小美女，年輕、漂亮、有才藝，懂詩詞書畫，待價而沽；板橋呢，窮、老、醜。揚州的公子哥兒、富商大賈、年輕才俊多如牛毛，饒家母女完全可以有更多的選擇。

第二年，板橋進京，真的考中了進士。但留在京城的板橋，並沒有將這一喜訊告訴饒家母女。因為新進士板橋仍然和以前一樣地沒錢。饒家母女坐吃山空，只好將五畝大的小園子賣了度日。這時，有位大老闆，願意出七百兩銀子作聘禮，饒媽媽心有所動，而面臨人生選擇的饒五姑娘說，我們已經與鄭公約好了，背之不義，七百兩也有用完的時候，相信鄭先生一定守約，明年定會來娶我。

這種等待，其實就是以青春為注的賭博。所謂十賭九輸，那鄭老頭即使考上了進士，沒關係沒後臺，也做不了官，不做官，便拿不出聘禮，三年之約到期，五姑娘就二十了，就成了大齡剩女，身價就會大大貶值。是什麼讓五姑娘願意拿青春賭這不靠譜的明天呢？饒五姑娘願意守約，首先是對板橋人品的認可。那些公子哥兒、富商大賈、年輕才俊，即使願意來娶，也只是圖個新鮮，到了高門大戶，有婆婆及大娘子整日折磨打罵，倒不如鄭先生這樣的寒士比較實在，能帶來自由。其次，鄭公如此有學問，萬一要真的考上進士了呢？考上進士，前途無限；再次，實在沒考上，鄭公能寫會畫，假以時日，也能成名成家，只要他真心對我，這一生也值得託付。

但是，所有這一切，只是饒五姑娘美好的想像。板橋連現有的家人都很難養活，哪裡還有閒錢作聘禮。但饒五姑娘堅定地看好板橋這一已經四十多歲的「潛力股」。其中最主要的原因，當然是對於板橋藝術才華的理解甚至崇拜。也許是饒五姑娘的堅守感動了上蒼，奇蹟竟然出現了——有位尚未見面的朋友，聽說板橋此事，拿出五百兩銀子付給了饒媽媽，充當板橋的聘禮。這位義士就是程羽宸。

程羽宸是何許人，為什麼要幫助一位素未謀面的人呢？卞孝萱先生有〈鄭板橋與程羽宸的情誼〉一文（《中國書畫》西元二〇〇三年第三期），對程羽宸有所考證。程羽宸，名子駿，字羽宸，徽州歙縣人，貢生，做過教諭等小官，有《練江詩鈔》。《練江詩鈔》附有曹學詩〈程采山先生傳〉，〈傳〉云：「生平自處儉約，而推解無倦容，即未識其人，而以患難相聞者，必急於相拯。」可見，程羽宸家可能做些生意，有些錢，自己很儉約，但對於朋友很慷慨，是位「及時雨」一類的義士。

程羽宸與板橋是如何認識並交往的呢？乾隆元年（西元一七三六年），羽宸遊儀徵，在

「江上茶肆」，看到了板橋撰並書的對聯，驚異於這副對聯的文辭和書法，便趕赴揚州，尋訪板橋。板橋此時正在北京，兩人未能相見。但程羽宸聽說了饒五姑娘的故事，立即出資五百兩銀子，為板橋先行代付了聘金。第二年，板橋回到揚州，鄭、程兩人初次相見。羽宸又送板橋五百金，並作〈晤鄭板橋進士〉詩。詩中稱板橋「況是救時懷素願，出山那肯愧平生」，希望板橋能早日一展平生抱負。羽宸有《黃山紀遊詩》，板橋為其作〈題程羽宸黃山詩卷〉。

就這樣，四十三歲的新進老進士，結識了他人生中第三位重要的人物——程羽宸。後來板橋為官，羽宸也並不來巴結。一千兩銀子在當時有多大的購買力呢？當時，京城的普通百姓，一個月的收入，大約是二兩銀子，而外地大約是一兩銀子。《紅樓夢》中的大丫鬟，一個月的最高月例，也是一兩銀子，只有花襲人，因有王夫人從自己的月例中另外又給一份，拿的是雙份二兩銀子。因此，一千兩銀子，大約是普通人家十年的生活費。饒家媽媽和板橋家的開支可能大一些，但五百兩銀子，也夠這兩家人用幾年的了。可以說，沒有程羽宸這一千兩銀子，板橋別說娶五姑娘、活動候補，恐怕連日常生活也很難過得去。所以，板橋對於這位朋友，一直懷有感恩之心。板橋後有〈懷程羽宸〉一詩並序：「余江湖落拓數十年，惟程三子鵔奉千金為壽，一洗窮愁。羽宸其表字。 世人開口易千金，畢竟千金結客心。自遇西江程子鵔，掃開寒霧到如今。十載音書迴不通，蓼花洲上有西風。傳來似有非常信，幾夜酸辛屢夢公。」

乾隆元年（西元一七三六年）春，板橋應禮部試，得中貢士；接著參加皇上親自主持的殿試，得中二甲第八十八名進士。雖然這個名次在二甲中倒數第三，但他後面還有「賜同進士出身第三甲二百五十一名」，在這一科計三百四十四名進士中，排名第九十一，也還算是天子的「三好學生」。成進士，這在古代社會，是一個士子「讀書」的最高「境界」。成進士後，他就可以通過種種的候選程序，走過「修身」的程序，參預「治國平天下」了。

但是，雖然板橋的進士排名比較靠前，但他朝中無人，門路不廣，為人老實，這官遲遲沒有動靜。

一晃又是五六年過去了。在這期間，板橋與許多志同道合的朋友交遊，其中主要有揚州八怪之一的金農、淮南鹽運使盧見曾等人。

乾隆六年（西元一七四一年），已經快五十歲的板橋，實在等不及了，便在這年秋天，再上京城求官。在京城期間，板橋受到小朋友慎郡王允禧的熱情歡迎。〈板橋後序〉回憶說：「紫瓊崖主人極愛惜板橋，嘗折簡相招，自作駢體五百字以通意，使易十六祖式、傅雯凱亭持以來。至則袒而割肉以相奉，且曰：『昔太白御手調羹，今板橋親王割肉，後先之際，何多讓焉！』」板橋人到了京城，但不好意思主動地前往攀龍附鳳；慎郡王也理解板橋的矜持，便寫了封信相邀，附上了一篇文章，並派了兩位「特使」，專程送上自己的作品來「請教」。郡王當然不能隨便出府與下民交結，這「駢體五百字」來了，也就相當於郡王上門了，出於禮貌，鄭板橋當然得進府面謝。這位郡王果然與板橋一樣的豪爽，竟然不顧皇家體統，赤膊上陣，親自為板橋下廚切肉，這使板橋很是感動。慎郡王允禧，此時已經到了而立之年，為人處事已經相當成熟穩重，且在京城的官場有了一定的活動能力。雖然按慣例，郡王們不能干預政事，但既然有慎郡王這位朋友背書，組織部門的官員，遲早會聽說板橋有這樣的後臺，按官場的潛規則，也許不用郡王開口，大家也會落得做個順水人情。總之，乾隆七年（西元一七四二年）春，五十歲的板橋，終於銓選得山東范縣（今屬河南）令這一官職。這其中的詳情，當事人當然永遠不可能去說，但有一點是肯定的，以板橋的個性，沒有郡王一類的朋友，他的補官也許還要推後，也許等他到了退休年齡，也未必能候到一個官做。

(四)兩任知縣

板橋即將赴范縣上任，允禧郡王寫了首〈紫瓊崖主人送板橋鄭燮為范縣令〉詩贈行：「萬丈才華繡不如，銅章新拜五雲書。朝廷今得鳴琴牧，江漢應閑問字居。四廓桃花春雨後，一缸竹葉夜涼初。屋梁落月吟瓊樹，驛遞詩筒莫遺疏。」希望鄭板橋做官後不要疏於作詩，也不要因為政治原因，停止雙方的文字之交。鄭板橋作〈將之范縣拜辭紫瓊崖主人〉，答謝慎郡王允禧的知遇之恩：「紅杏花開應教頻，東風吹動馬頭塵。闌干苜蓿嘗來少，琬琰詩篇捧去新。莫以梁園留賦客，須教〈七月〉課豳民。」板橋尚未到任，就要「須教〈七月〉課豳民」，迫不及待要施展政治抱負，當個好的父母官了。

板橋滿心歡喜，滿懷抱負，走馬上任。來到范縣一看，心裡頓時涼了半截。其〈范縣〉詩描述說：「四五十家負郭民，落花廳事淨無塵。苦蒿菜把鄰僧送，禿袖鶉衣小吏貧。」這縣城只有四五十戶人家，相鄰而居的僧人只有一把苦蒿菜相送，縣中小吏穿著短袖破衣，都窮得要命，哪裡能與繁華富裕的揚州相比。

雖然范縣太小太窮，與板橋的政治抱負大不成比例，但板橋還是打起精神，認真治理，並獲得了良好的成效。

為官之道，首先是「親民」，以民生為念，不能欺壓百姓。板橋的〈喝道〉描述了這位縣太爺與其治下百姓的關係：「喝道排衙懶不禁，芒鞋問俗入林深。一杯白水荒塗進，慚愧村愚百姓心。」縣太爺出巡，照例要坐轎喝道，前面幾個衙役敲鑼喝道，後面轎夫抬著晃悠。但范縣太窮，板橋自己也不喜歡如此張揚，就是喜歡，自己也出不起這個錢，於是免了，只穿了草鞋，來到林下鄉間，考查民情。村民給他送上一杯白水，這讓板橋很是感動，也很慚愧。

經過鄭板橋的一番治理，范縣甚有發展。板橋自己對於本縣的情況很是滿意，遂作〈范縣詩〉九首，自我表揚一下。這組詩中有八首模仿《詩經・七月》四言體，描述了范縣百姓安定的田園生活，實踐了他的「須教〈七月〉課豳民」的承諾。其中一首寫道：「鵝為鴨長，率遊于池，悠悠遠岸，漠漠楊絲。人牛晝臥，高樹蔭之，赤日不到，清風來吹。斗斯巨矣，三登其一，尺斯廣矣，十如其七。豆區權衡，不官而質。田無埂隴，畝無侵軼。爾種爾黍，我耰我稷。丈之以弓，岔之以尺。」在鄭老爺的用心治理之下，范縣一派祥和，人畜禽獸，全都悠哉遊哉地享受生活，人與人相互禮讓，沒有紛爭，這讓板橋這位一縣首長幾乎無事可幹。

在這四年的范縣任上，課民農桑之餘，清閒之下，板橋做了幾件事：

一是將新娶的饒五姑娘帶在身邊，兩人度過了一段幸福愉快的時光。板橋〈有年〉一詩描述了這一段縣衙生活：「槐影鴉聲晝漏稀，了除案牘吏人歸。拈來舊稿花前改，種得新蔬雨後肥。小院烏童調駿馬，畫樓纖手疊朝衣。岡陵未足酬恩造，大有書年報紫微。」農田獲得大豐收，院裡小廝在調教駿馬，閨樓上五姑娘在為他疊官服，自己呢，正在董理舊稿，準備刻印出版。特別是對於饒五姑娘，板橋傾心關注，又盡量讓她自由自在。板橋曾有〈細君〉一詩描繪她：「為折桃花屋角枝，紅裙飄惹綠楊絲。無端又坐青莎上，遠遠張機捕雀兒。」饒五姑娘像小孩子那樣玩耍，還跑到外面拋頭露面，鄭板橋用欣賞的眼光看著這一切，而沒有任何的不安。在范縣時，饒五姑娘為五十多歲的板橋生了個兒子。

二是修訂歷年所作詩詞，編為《詩鈔》、《詞鈔》，手寫付梓，由門人司徒文膏刻版，刷印出書。人們常諷刺古代的讀書人，一朝做了官有了錢，就要「討個小、刻部稿」，板橋亦未能免俗。「討個小」，因有朋友資助，已經有了饒五姑娘；「刻部稿」，則由自己充當寫手，門人雕版。這不但可節約成本，也是因為對於自己的書法藝術有了自信，對自己的教育方法比較滿意，對所教的學生也比較賞識。

三是進一步完善了自己獨具一格的書法藝術，並上升到自覺、自信、自成一家的高度。板橋書法藝術的成熟，主要有兩個動力。一是在刻苦揣摹時文及準備進士對策時，也需要把字練好寫好，這對於科舉考試，特別是最低級別的童試和最高級別的殿試，具有重要作用。童試考秀才要經過縣、府、院三級的多場考試，這些考試沒有防止認筆跡的謄錄制度，全憑主考及閱卷者的主觀判斷，而書法如何，自然是能否考得高等的重要因素。板橋之後，廣西有位童生，名喚洪仁坤，考了若干次，沒考上秀才，於是一怒之下，改名洪秀全，造反了。為什麼沒考上呢？你只要看看這位童生的「書法」，實在是拿不出手，如果你是主考老師，估計也不會錄取他。殿試是皇上親自作主考，沒有人敢懷疑皇上會營私舞弊，因此也用不著謄錄。殿試一般全部錄取，只是為了排個名次，其書法如何，當然也是重要的考量因素。因此，板橋苦練書法，還有一個「大清夢」的因素：萬一春闈能過，參加殿試呢？字都寫不好，能考出好名次嗎？第二個動力，是生活壓力。要養活家人，還要讀書應考，如何能寫好字，賣出書畫，就是生死攸關的大問題了。板橋有這兩大動力，算是將書法作為謀生的主要工具，因此數十年來，一直在努力練習。板橋之所以成為別具一格的大書法家，除了遺傳父母兩家的藝術天賦外，本人的努力應是主要因素。

板橋對自己書法藝術有自信，別人也認可。板橋的詩詞集，是由自己寫版的，慎郡王的《隨獵詩草》、《花間堂詩草》，也是由板橋寫刻的。這說明板橋的書法，已經可以「拿得出手」了。乾隆八年（西元一七四三年），板橋作〈臨蘭亭序〉，正式宣告板橋書法的「獨立」：「黃山谷云：世人只學〈蘭亭〉面，欲換凡骨無金丹。可知骨不可凡，面不足學也。況〈蘭亭〉之面，失之已久乎！板橋道人以中郎之體，運太傅之筆，為右軍之書，而實出以己意，並無所謂蔡、鍾、王者，豈復有〈蘭亭〉面貌乎！古人書法入神超妙，而石刻木刻，千翻萬變，遺意蕩然。若復依樣葫蘆，才子俱歸惡道。故作此破格書以警來學，即以請教當代名公，亦無不可。」板橋娶了意中人，中了進士，做了官，出了書，於是膽子更大，口氣更狂。「以中郎之體，運太傅之筆，為右軍之書」，就是說，板橋自家的書法，是以蔡中郎體為本，運用鍾太傅的筆意，學習王右軍的書法，而實出以己意。中國書法史上，論人，向來以蔡、鍾、王為極詣，論作品，向以〈蘭亭〉為至上。板橋此時認為，自家的書藝，雖然學自蔡、鍾、王，但現在已經自成一家，而無所謂蔡、鍾、王，本人就是蔡、鍾、王。

四是繼續指導比他小二十多歲的堂弟鄭墨讀書和學習時文，希望他也能考得功名，共同光宗耀祖。早在鎮江焦山讀書時，板橋即寫了許多書信給這個小弟弟，耐心地和他談怎樣讀書作文。在范縣及後來的濰縣署中，板橋給家中的鄭墨寫了大量書信，具體而微地開列書單、交流體會、指示途徑。後來，板橋將這些家書匯集為《家書十六通》，其中有五封書是在范縣寫的。值得注意的是，對於時文，板橋採取了「雙重標準」。他自己對時文，確實是下了很大的工夫，時文的水平也很高，袁枚的《隨園詩話》卷九，也認為「板橋深於時文，工畫，詩非所長」。但板橋對自己的時文，卻並不看重，他在詩文書信中，對自己的時文沒有引用，編集自己的作品時，也沒有收錄自己的時文。但在家書中，卻反覆叮囑弟弟要重視時文：「無論時文、古文、詩歌、詞賦，皆謂之文章。今人鄙薄時文，幾欲迸諸筆墨之外，何太甚也？將毋醜其貌而不鑒其深乎！」並指示具體學習對象說：「愚謂本朝文章，當以方百川制藝為第一，侯朝宗古文次之，其他歌詩辭賦，扯東補西，拖張拽李，皆拾古人之唾餘，不能貫串，以無真氣故也。百川時文精粹湛深，抽心苗，發奧旨，繪物態，狀人情，千回百折而卒造乎淺近。」話是這麼說，但「鄙薄時文」的，正包括板橋自己。

板橋十多年的為宦生涯，在乾隆十一年（西元一七四六年）發生了一個轉折。這一年，板橋由范縣改任濰縣。濰縣本是繁榮富饒之地，人煙輻湊。調任濰縣，應該是朝廷對於板橋為政能力的肯定。在這樣的大縣再做出些政績，會在磨勘改官時為自己增加分數，如果是正常的官場，在濰縣一任後，就可能再升遷一步。

板橋剛上任，考驗就來了。板橋濰縣任上的頭幾年，包括濰縣在內的山東地區發生了連續的饑荒。《重修興化縣志》卷八記載「調濰縣，歲荒，人相食。燮開倉賑貸，或阻之，燮曰：『此何時？俟輾轉申報，民無孑遺矣。有譴我任之。』發穀若干石，令民縣領券借給，活萬餘人。上憲嘉其能。秋又歉，捐廉代輸，去之日，悉取券焚之。」為救災民，除了作主開倉放糧外，板橋還帶頭捐款大興修築，招饑民赴工就食，並勸說邑中大戶開廠施粥。法坤宏〈書事〉記述：「辛未（乾隆十六年）五月，下第歸，過濰，招飲友人家。濰俗重賈，二三賈與語焉。語次及板橋，余亟問曰：『何如？』群賈答曰：『鄭令文采風流，施於有政，有所不足。』余曰：『豈以詩酒廢事乎？』曰：『喜事。丙寅丁卯間歲連歉，人相食，斗粟錢千百。令大興工役，修城鑿池，招徠遠近饑民，就食赴工。籍邑中大戶開廠煮粥輪飼之。盡封積粟之家，責其平糶。訟事則右窶子而左富商。監生以事上謁，輒庭見，據案大罵：駃錢驢，有何陳乞，此豈不足君所乎！命皂卒脫其帽，足蹋之，或捽頭黥面驅之出。』余曰：『令素愛才憐士，此何道？』曰：『惟不與有錢人面作計。』余笑而言曰：『賢令此過乃不惡。』群賈相視愕起坐去。」

板橋還以詩歌為武器，為災民發聲。他寫了〈逃荒行〉，描述濰縣饑民外出逃生的慘狀；待濰縣災情緩解，災民紛紛返鄉，板橋又寫了〈還家行〉，紀錄他們的生活情況。板橋還主動寫詩呈送上司，表述自己的這一情懷。〈濰縣署中畫竹呈年伯包大中丞括〉：「衙齋臥聽蕭蕭竹，疑是民間疾苦聲。些小吾曹州縣吏，一枝一葉總關情。」包時任山東布政使，署理巡撫，是板橋上司的上司。這些詩歌繼承杜甫為民請命的「詩史」傳統，在今天仍然有重要意義。當代中國的地方長官，常有瞞報災情等弊，幾次釀成大禍，對比數百年前的板橋，自寫〈逃荒行〉披露宣揚治下之災情，這些地方長官，寧不慚死。

乾隆十二年（西元一七四七年）除夕，乾隆帝唯一的嫡子永琮不幸夭折。這讓皇上、皇后悲傷不已。第二年二月，乾隆帝帶皇后出巡山東散心，地方官員隨行泰山。可能是出於慎郡王的推薦，板橋弄了個「書畫史」的頭銜。這雖然是個臨時的閒差，算不上什麼官職，但畢竟是「御用」的，為此，板橋鐫有一印曰「乾隆東封書畫史」，心中還是很在意的。〈板橋自敘〉不無炫耀地說：「乾隆十三年，大駕東巡，燮為書畫史，治頓所，臥泰山絕頂四十餘日，亦足豪矣。」可惜的是，大概今上心情不佳，此時對書畫沒什麼興趣，板橋這個「御用」的書畫史可能也沒有「用」得起來。板橋隨眾在泰山絕頂「頓」了一個多月，可能連皇上的面也沒見著，更沒有什麼人來禮賢下士，向板橋這位書畫史諮詢商討藝術。這使板橋大為灰心。但令人不安的還在後面。在大駕回鑾途中，皇后竟一病而亡。乾隆皇帝受此雙重打擊，性情大變，常常發怒。官員動輒得咎，官場上大家戰戰兢兢，生怕一不小心說錯話做錯事而被殺頭。板橋這個最低級的芝麻官，當然還輪不上有這種被砍頭的「榮幸」，但這對於正希望做好濰縣這一屆知縣，希望能在更高位置上為皇上効力的板橋來說，卻是一個不大不小的打擊。子曰：「天下有道則見，無道則隱。」板橋後萌退意，可能與此有關。

話雖如此，板橋還是認真履行知縣職責，竭盡努力，想為濰縣的百姓們做些事。這年秋，板橋決定修濰城，自己帶頭捐款。其〈乾隆修城記〉紀其事曰：「本縣先為之倡，首修城工六十尺，計錢三百六十千，即付諸薦紳，不徒以紙上空名，取其好看。其餘各任各股，各修各工，本縣一錢一物概不經手，但聿賭厥成而已。」板橋後來實際上是捐了八十尺，估計折合五百多兩銀子，大概是板橋年收入的一半左右。這對於板橋來說，是一筆巨大的開支，如果沒有業餘時間賣畫賣字賺些外快，板橋的兩個老婆就得餓肚子。

乾隆十四年（西元一七四九年）秋，濰縣終於迎來了大豐收，難民們陸續還鄉，板橋有〈還家行〉以紀其事。

板橋來到濰縣，看看已有三年多。一般情況下，明清知縣的任期，受三年一考計的影響，多為三四年即平調或升職，板橋對此也存有希望，他認為自己幹得還不錯。其〈自詠〉自我考評總結道：「濰縣三年范五年，山東老吏我居先。一階未進真藏拙，隻字無求倖免嫌。春雨長堤行麥隴，秋風古廟問瓜田。村農留醉歸來晚，燈火千家望不眠。」故宮博物院藏有此詩墨跡，卞孝萱先生等《鄭板橋全集》卷四〈詩鈔三〉收錄。雖然此手跡的真實性無從得知，但多少反映出板橋此時的心聲。他希望能在上司的考計中得個好評，希望能按政績正常進階升職。

做了一任知縣，第二任按慣例也應到期，板橋需要總結一下人生，重新出發。這一時期，他重訂了《詩鈔》、《詞鈔》，加上《十六通家書》，編為三冊，再次手寫付梓。值得注意的是，板橋為什麼要將這幾封《家書》也整理寫版出書呢？其〈與舍弟書十六通小引〉說：「幾篇家信，原算不得文章，有些好處，大家看看，如無好處，糊窗糊壁，覆瓿覆盎而已。」恐怕事情不會這麼簡單。這些家書的主要內容，是指導他的弟弟如何讀書，如何做八股文，身為一位進士和現任官員，板橋是科舉中的「成功人士」，這類人士，對於八股文，都是當作學生時代的作業，早就不當回事扔掉了，他們成進士後所注重的仍是詩歌文章，而八股文，並不能算在「經國之大業，不朽之盛事」的文章之內。教人作八股，如同今天的「教輔」，正經的學者是不屑於弄這個的，只有像《儒林外史》中的馬二先生，才會弄個《三科墨程持運》那一類的時文選集來，推薦給初學者。但問題是，馬二先生連自己都沒考上，還能教別人如何中式麼？如果由一位進士老爺現任官員來現身說法，如同現在的大學教授教人如何高考、如何考研，那這「教輔」的銷量一定很好。板橋在揚州城這一繁華的商業都會，曾混了十多年，現在又在號稱「南蘇州、北濰縣」的商業繁榮之都任職，耳濡目染，已經鍛煉出了精明的商業頭腦，將這些教人讀書科舉的文字刻印成書，或可為增加銷路，擴大影響。如果這一判斷大致不差，那是否說明，板橋在此時，已經有了「一顆紅心，兩種準備」？紅心是永遠忠於皇上，若朝廷用我，我繼續為民作主，當個清官好官，朝廷不用我，我就仍然回揚州賣畫。除了有這一打算外，板橋還寫了〈板橋自敘〉，敘中歷數這幾十年來的遭遇和努力，算是人生驛站中的一個休息和回顧。

這一休息和回顧，使得板橋對於自己對於人生，有了一個「哲學」的飛躍。對於自己，在〈板橋自敘〉的「又記」中，板橋宣稱：「板橋詩文，自出己意，理必歸於聖賢，文必切於日用。或有自云高古而幾唐宋者，板橋輒呵惡之，曰：『吾文若傳，便是清詩清文；若不傳，將並不能為清詩清文也。何必侈言前古哉！』」也就是說，板橋對於自己的定位是，板橋就是板橋，板橋詩文的最大特色，就是「自出己意」，而並非模仿任何人而來，哪怕是那些名公巨擘，哪怕是唐宋大家，板橋一概不攀附，本人就是鄭板橋；對於人生，已經五十九歲，即將進入花甲之年的板橋，有了一個影響後代數百年的新認知，他將這一認知概括為四個字：「難得糊塗」。乾隆十六年（西元一七五一年）九月十九日，板橋作了一個六分半書「難得糊塗」匾額，下面題款解釋說：「聰明難，糊塗難，由聰明而轉入糊塗更難。放一著，退一步，當下心安，非圖後來福報也。」錢泳《履園叢話・雜記》云：「鄭板橋嘗書四字於座右，曰『難得糊塗』。此極聰明人語也。余謂，糊塗人難得聰明，聰明人又難得糊塗，須要於聰明中帶一點糊塗，方為處世守身之道。若一味聰明，便生荊棘，必招怨尤，反不如糊塗之為妙用也。」板橋已在官場混了近十年，他為國為民，做了許多工作，但在這濰縣任上，已經幹了五六年，他看慣了黑暗，熟悉了不能說出的「潛規則」，他集中了中國古老的處世「智慧」，把這種「小聰明」發揮到極致，這「難得糊塗」四字，與同時代的西哲例如康德、盧梭、伏爾泰等人相比，雖然算不得是「大智慧」，但也越出了中國式「小聰明」的範圍，多多少少尚有一些人生的哲理在。

「難得糊塗」是一種人生智慧，也可以轉化為某一個具體的行為藝術。既然「進又無能退又難，宦途跼蹐不堪看」，那麼不妨「吾家頗有東籬菊，歸去秋風耐歲寒」。（〈梅蘭竹菊四屏條・菊〉）年近六十的板橋，聲稱要歸老田園了。他寫了〈思歸行〉詩，寫了〈思歸〉、〈思家〉詞。〔唐多令〕〈思歸〉曰：「絕塞雁行天。東吳鴨嘴船。走詞場、三十餘年。少不如人今老矣，雙白鬢、有誰憐。　官舍冷無煙。江南薄有田。買青山、不用青錢。茅屋數間猶好在，秋水外、夕陽邊。」〔滿江紅〕〈思家〉曰：「我夢揚州，便想到、揚州夢我。第一是、隋堤綠柳，不堪煙鎖。潮打三更瓜步月，雨荒十里虹橋火。更紅鮮、冷淡不成圓，櫻桃顆。　何日向，江村躲。何日上，江樓臥。有詩人某某，酒人個個。花徑不無新點綴，沙鷗頗有閑功課。將白頭、供作折腰人，將毋左。」家鄉揚州的隋堤綠柳向他招手，青山茅屋薄田等著他歸來。

乾隆十七年（西元一七五二年），板橋迎來了六十大壽。他自撰壽聯云：「常如作客，何問康寧，但使囊有餘錢，甕有餘釀，釜有餘糧，取數葉賞心舊紙，放浪吟哦，興要闊，皮要頑，五官靈動勝千官，過到六旬猶少。　定欲成仙，空生煩惱，只令耳無俗聲，眼無俗物，胸無俗事，將幾枝隨意新花，縱橫穿插，睡得遲，起得早，一日清閑似兩月，算來百歲已多。」但不管煩惱也好，清閒也罷，這年底，板橋終於主動或被動卸去了知縣一職，從此離開了官場。

板橋去官的詳情，後人眾說不一。或言以婪，或言以忤大吏，或言乞休歸，或言以病罷，或言乞病歸，或言老病歸，皆無實據。板橋有〈罷官作〉二首云：「老困烏紗十二年，游魚此日縱深淵。春風邊邊春城闊，閒逐兒童放紙鳶。　買山無力買船居，多載芳醪少載書。夜半酒酣江月上，美人纖手炙鱸魚。　乾隆癸酉太簇之月，板橋鄭燮罷官作二首。」此二首明言「罷官」，則更有可能是被朝廷罷了官，而不是自己主動請辭。第二年春，板橋離濰，作〈予告歸里，畫竹別濰縣紳士民〉：「烏紗擲去不為官，囊橐蕭蕭兩袖寒。寫取一枝清瘦竹，秋風江上作漁竿。」似乎是因為有「貪婪」的風聲傳出，板橋遂主動地擲了烏紗。當然，上面這三首詩，板橋自己編定的《板橋詩鈔》中沒有收錄，後人根據板橋「墨跡」錄存，也不一定可靠。既然板橋自己不願詳說，就讓這事成為永遠的祕密，也好。

(五)揚州賣畫又十年

乾隆十八年（西元一七五三年）春，板橋告別官場，回到揚州，繼續他的揚州賣畫生涯。但這次回家，雖然算不上衣錦還鄉，但已與此前兩手空空，羞見妻女，大不相同。其一，板橋的經濟狀況大為好轉，為官十一年間、揚州二次賣畫期間，積累了一些銀兩田產。有了銀子，板橋的生活穩定而愜意，這使板橋在「思想文化」等精神層面，也相應地發生了一些變化，其顯著的變化是，他老人家的牢騷大大地減少了。二女兒適袁氏，板橋為其作〈蘭竹石圖軸〉並題云：「官罷囊空兩袖寒，聊憑賣畫佐朝餐。最慚無隱奩錢薄，贈爾春風幾筆蘭。」這可能是此一期間最大的牢騷了。「囊空兩袖寒」，是再次為自己辯汙；「賣畫佐朝餐」，是說自己的畫作還能值幾個錢；「奩錢薄」，是說嫁妝錢雖然不多，但還有一些，這是低調的「炫富」，如果像上一次揚州賣畫期間那麼貧困，那就不是「奩錢薄」的問題，而是能向對方索取多少財禮的問題了。板橋的書畫大概是個什麼價格呢？乾隆二十四年（西元一七五九年），板橋自定「潤格」：「大幅六兩，中幅四兩，小幅二兩，書條、對聯一兩，扇子、斗方五錢。凡送禮物、食物，總不如白銀為妙。」這個潤格的收入水平大概是多少呢？假如板橋一天可畫一小幅，如果他願意，每天可有二兩銀子的收入。在當時，一個私塾教書的秀才，一個月大約也就是一二兩銀子，而出任上縣知縣，每天的收入大約也是二兩銀子。因此，板橋此時的賣畫收入，相當於一個縣長的合法收入。這個收入水平，應該能維持一個中等人家的體面生活，但在遇到諸如嫁女等等家庭大事，如果沒有田產，沒有積蓄，就會覺得「囊空兩袖寒」了。

其二，有了經濟的後盾，板橋已逐漸融入了「非富即貴」的階層，對於自己，板橋則更加自信，更為「暢所欲言」，雖然老之將至，但「狂興」不稍減。板橋身為藝術界的名人、退休的前任官員、有功名的進士，其交遊圈子也「高級」了許多。在這朋友圈中，不是書畫名家，著名文人，就是現任離任官員。其重要的活動有：

乾隆十九年（西元一七五四年）春，板橋遊杭州、湖州，就有當地官員邀請招待，其〈與墨弟書〉云：「初到杭，吳太守甚喜，請酒一次，請遊湖一次……掖縣教諭孫昇任烏程知縣，與我舊不相合，杭州太守為之和解，前憾盡釋。而湖州太守李公諱堂者，壬戌進士，久知我名，硬奪杭守字畫。孫烏程是其下屬，欲逢迎之，強拉入湖州作一月游。其供給甚盛，姑且游諸名山以自適。」

乾隆二十一年（西元一七五六年）春，與黃慎、王文治等人作「一桌會」，其〈九畹蘭花題識〉記述云：「乾隆二十一年二月三日，予作一桌會，八人同席，各攜百錢以為永日歡。座中三老人、五少年：白門程綿莊、七閩黃癭瓢與燮為三老人；丹徒李御蘿、王文治夢樓、燕京于文濬石鄉、全椒金兆燕棕亭、杭州張賓鶴仲謀為五少年。午後濟南朱文震青雷又至，遂為九人會。因畫〈九畹蘭花〉以紀其盛。詩曰：『天上文星與酒星，一時歡聚竹西亭。何勞芍藥誇金帶，自是千秋九畹青。』座上以綿莊為最長，故奉上程先生攜去。」同年三月三日，參與盧見曾主持的紅橋修禊，有〈和雅雨山人紅橋修禊〉、〈再和盧雅雨〉詩各四首。〈和雅雨山人紅橋修禊〉之一：「一線莎堤一葉舟，柳濃鶯脆恣淹留。雨晴芍藥彌江縣，水長秦淮似蔣州。薄倖春光容易老，遷延詩債幾時酬。使君高唱凌顏謝，獨立吳山頂上頭。」

乾隆二十五年（西元一七六〇年）秋，與汪之珩諸人共度七夕於汪氏之文園。為劉柳村三作〈劉柳村冊子〉，作〈板橋自敘〉，敘述總結己之生平經歷。

乾隆二十六年（西元一七六一年）四月，與江春、杭世駿諸人遊揚州鐵佛寺，各得字分賦。

乾隆二十八年（西元一七六三年）三月三日，紅橋修禊，板橋與袁枚在修禊席間初遇，互有詩句贈答。四月五日，應盧見曾之邀，與杭世駿、金農諸人泛舟紅橋，賦詩唱和。〈和盧雅雨紅橋泛舟〉云：「今年春色是何心，才見陽和又帶陰。柳線碧從煙外染，桃花紅向雨中深。笙歌婉轉隨游舫，燈火參差出遠林。佳境佳辰拚一醉，任他杯酒漬衣襟。」

其三，有了強大的經濟後盾，板橋在藝術創作方面，不再需要顧及「顧客」的需要，而能夠完全按照自己的藝術個性和主觀意願，創造出更有鋒稜、更能體現板橋風格的作品來；同時，融入更「高級」的書畫藝術圈，也使得板橋在書畫藝術方面，更為老辣成熟，那些容易引起爭議的藝術特徵，也比以前更能獲得藝術界和世俗社會的一致認可甚至推崇，從而成為揚州書畫界的代表人物；其書畫的價格，也與往日揚州十年賣畫時大為不同。張維屏《松軒隨筆》稱：「板橋大令有三絕：曰畫、曰詩、曰書。三絕之中有三真：曰真氣、曰真意、曰真趣。」其徒詩未必能稱「絕」，但其書、畫，其時肯定能在揚州稱絕，而與書畫相配的題詩，自然也可搭上書畫的便車。有了這種自信，板橋作了大量的題畫，充分地表達了自己的藝術見解。

板橋在書畫方面的見解，首先是提倡個性，而不以古人為標準，不以當代名人為藩籬。這與其在詩詞文方面的見解是完全一致的。板橋的藝術個性，於書法領域，在漢魏碑碣基礎上，學習崔瑗、蔡邕、鍾繇三家，而自創「六分半書」；於繪畫領域，提倡自出機軸，其〈亂蘭亂竹亂石與汪希林〉曰：「掀天揭地之文，震電驚雷之字，呵神罵鬼之談，無古無今之畫，原不在尋常眼孔中也。未畫以前，不立一格，既畫以後，不留一格。」在具體的書畫藝術觀點方面，板橋則提出：

其一，畫之意在於「活」。其〈竹石圖軸題識〉云：「昔東坡居士作枯木竹石，使有枯木石而無竹，則黯然無色矣。余作竹作石，固無取於枯木也。意在畫竹，則竹為主，以石輔之。今石反大於竹、多於竹；又出於格外也。不泥古法，不執己見，惟在活而已矣。」〈題畫竹〉：「江館清秋，晨起看竹，煙光日影露氣，皆浮動於疏枝密葉之間。胸中勃勃，遂有畫意。其實胸中之竹，並不是眼中之竹也。因而磨墨展紙，落筆倏作變相，手中之竹，又不是胸中之竹也。總之，意在筆先者，定則也；趣在法外者，化機也。獨畫云乎哉！」定則中有化機，此亦是「活」法之一。

其二，應尊重藝術對象的自然天性。其〈蘭竹石軸題識〉：「古人云：『吾入芝蘭之室，久而忘其香。』夫芝蘭入室，室則美矣，芝蘭弗樂也。我願處深山古澗之間，有芝不採，有蘭不掇，各適其天，各全其性。乃為詩曰：『高峰峻壁見芝蘭，竹影遮斜幾片寒。便以乾坤為巨室，老夫高枕臥其間。』」〈題畫蘭〉：「余種蘭數十盆，三春告莫，皆有憔悴思歸之色。因移植于太湖石黃石之間。山之陰，石之縫，既已避日，又就燥，對吾堂亦不惡也。來年忽發箭數十，挺然直上，香味堅厚而遠。又一年，更茂。乃知物亦各有本性。贈以詩曰：蘭花本是山中草，還向山中種此花。塵世紛紛植盆盎，不如留與伴煙霞。又云：山中蘭草亂如蓬，葉暖花酣氣候濃。出谷送香非不遠，那能送到俗塵中。此假山耳，尚如此，況真山乎！余畫此幅，花皆出葉上，極肥而勁，蓋山中之蘭，非盆中之蘭也。」板橋從養蘭花的實踐中，悟出了「物各有本性」的道理。

其三，以造物為師，以自然景觀為師，以日常生活為師。其〈竹圖題識〉云：「昨游江上，見修竹數千株，其中有茅屋，有棋聲，有茶煙飄颺而出，心竊樂之。次日過訪其家，見琴書几席，淨好無塵，作一片豆綠色，蓋竹光相射故也。靜坐許久，從竹縫中向外而窺，見青山大江、風帆漁艇，又有葦洲，有耕犁，有饁婦，有二小兒戲於沙上，犬立岸傍，如相守者，直是小李將軍畫意，懸掛於竹枝竹葉間也。由外望內，是一種境地；由中望外，又是一種境地。學者誠能八面玲瓏，千古文章之道，不出於是，豈獨畫乎？」〈蘭竹石圖橫幅題識〉：「畫蘭之法，三枝五葉；畫石之法，叢三聚五。皆起手法，非為蘭竹一道僅僅如此，遂了其生平學問也。古之善畫者，大都以造物為師。天之所生，即吾之所畫，總需一塊元氣團結而成。此幅雖小景，要是山腳下洞穴旁之蘭，不是盆中磊石湊栽之花，謂其氣整故爾。聊作二十八字以繫於後：『敢云我畫竟無師，亦有開蒙上學時。畫到天機流露處，無今無古寸心知。』」

板橋在詩詞書畫創作及見解方面，到此七十餘歲時，已可稱「晚年定論」。他在各個方面，都已「獨立吳山頂上頭」。大約在乾隆二十九年（西元一七六四年），七十二歲前後，板橋回到了興化老家。這年秋，板橋於興化杏花樓作〈竹石圖軸〉並題識。次年十二月十二日，板橋在安定祥和的氣氛中，走完了一生，享年七十三歲。這在平均壽命只有三十多歲的時代，算是很長壽；他的一生，前大半生雖然坎坷，但結局尚好。在這年的四月，板橋作〈竹石圖〉橫幅，描述了在興化老家的自得自樂：「十笏茅齋，一方天井，修竹數竿，石筍數尺，其地無多，其費亦無多也。而風中雨中有聲，日中月中有影，詩中酒中有情，閑中悶中有伴，非唯我愛竹石，即竹石亦愛我也。彼千金萬金造園亭，或遊宦四方，終其身不能歸享。而吾輩欲遊名山大川，又一時不得即往，何如一室小景，有情有味，歷久彌新乎！對此畫，構此境，何難斂之則退藏於密，亦復放之可彌六合也。」這樣的生活，有了基本的物質保證，有了詩酒竹石，果能在精神世界再上一層，退可藏於天理之精密，進可在天地之間有一番事業，那就堪稱圓滿。

二、板橋詩詞文

板橋除了給後世留下了許多書法繪畫作品，還給我們留下了數十萬字的文本。這些文字，按體裁，大約可分為詩、詞、文三大類。板橋詩歌，四言、古體、近體都有，而以古體為主。板橋詞，中長調居多。板橋文，有家書、序跋題記等。另外，板橋尚有題畫、對聯、判詞、道情等文字，可歸入廣義的「文」中。

板橋詩詞文的主要特徵，可用其〈與江昱江恂書〉中的一句話來概括之：「學者當自樹其幟。」上文介紹板橋其人時，我們已經多次提及這一特徵，讀者可參看。

鄭板橋的文學主張，與傳統的「詩教」並無二致，但更為鮮明激烈。其中最為突出的，是「民本」思想傾向。這一傾向認為，詩歌要為民請命，不能只追求辭藻華麗。因此他高度推崇杜甫的「詩史」，而批評六朝的華麗之風。至於以文干祿，那就是小人之行徑，而不僅僅是乞兒討飯的問題了。但鄭板橋這種「重思想內容」而「輕藝術形式」的詩教觀，也存在一些問題。首先，重視民瘼的思想內容，與辭藻優美的詩歌藝術形式，是兩個不同性質的問題，儘管它們之間有聯繫，但畢竟不是同一質性的命題，其在邏輯上並不構成對立的統一，因而也就不存在二者選其一的問題。

板橋的詩詞文，一般認為，文不如詩，詩不如詞。板橋自己也認可這一評價。其〈劉柳村冊子〉云：「拙集詩詞二種，都人士皆曰：『詩不如詞。』揚州人亦曰：『詞好於詩。』即我亦不敢辯也。」我們即以板橋詞為例，略述板橋的文學成就。

板橋詞，多為百姓講話，多寫政治題材，甚至有批判君主制度的詞作。其主要風格為「屈曲達心、沉著痛快」，在清代詞壇獨樹一幟，佔有獨特地位。以下分節簡述之：

(一)板橋詞的內容與題材

清代詞學復興，名家輩出。板橋即為其中一重要家數。板橋少年時從陸震學詞，填詞四十餘年，現存八十餘首，用二十餘調。另有《濰縣竹枝詞》四十首，其體在詩詞之間，本處略而不論。

板橋詞題材廣泛，內容豐富。有懷古感舊，如〔漁家傲〕〈王荊公新居〉、〔念奴嬌〕〈金陵懷古十二首〉、〔賀新郎〕〈西村感舊〉；有寫景，如〔浪淘沙〕〈和洪覺範瀟湘八景〉；有寫情，如〔賀新郎〕〈贈王一姐〉、〔賀新郎〕〈有贈〉、〔賀新郎〕〈落花〉；有抒懷言志，如〔沁園春〕〈恨〉；有論藝說詩，如〔賀新郎〕〈徐青藤草書一卷〉、〔賀新郎〕〈述詩二首〉；有民情風俗，如〔滿江紅〕〈田家四時苦樂歌〉。

板橋詞的第一大特色，與其詩文一樣，在於其能為普通百姓講話。宋詞偶有語及民生疾苦者，明詞俗豔無論，清詞自我標榜「為經為史」、「醇雅」、「風雅比興」，但總的說來，大都缺乏為民請命的風雅傳統精神。板橋詞則算是一個例外。鄭燮生當康乾盛世，老百姓的日子，比起其他時期，總的來說，還算過得去。歷代太平盛世時寫農家漁人詩詞的，都是以地主或文人身分，站在埂邊岸上，欣賞所謂「農家樂」、「漁父歌」，殊不知農民種田，漁人打魚，苦累已極，哪有心思去欣賞田園山水。田家樂，僅是地主之樂；漁父樂，也僅是失意文人想像之樂罷了。顧隨先生曾大罵凡欣賞「田家樂」者，都是「無心肝」，實在是一針見血。當然，三千年的農民，除兵、荒外，也不盡是逃荒要飯，賣兒賣女。要客觀寫實，不存偏見，才能反映老百姓心中要講的話。〔瑞鶴仙〕〈田家〉云：「青秧緡緡，埂壠上、撒麻種豆。放小橋、曲港春船，布穀煙中楊柳。

株守。最嫌吏擾，怕少官錢，……每長吁、稚女童孫長大，婚嫁也須成就。」青秧、小橋確為田家生活及田園風光之寫照，風景雖然美麗，但農民卻無福消受。即使是太平盛世，百姓們也是怕這怕那的。最怕的是官們伸手要錢，最恨的是吏們狐假虎威，敲詐勒索。此外就是為子女婚嫁發愁。板橋的觀察是十分準確的，對農民心理的體會也是十分深刻的。三百年過去了，農民的這些問題仍然不能說已經完滿解決。現代的「官」與「吏」即公僕與工作人員者，仍不妨聽聽三百年前這位官吏的肺腑之言。在〔滿江紅〕〈田家四時苦樂歌〉中，板橋描述田家四季之苦說：「夜月荷鋤村犬吠，晨星叱犢山沈霧。到五更、驚起是荒雞，田家苦。」「脫笠雨梳頭頂髮，耘苗汗滴禾根土。更養蠶、忙殺采桑娘，田家苦。」農民從春忙到秋，辛苦勞作，然而「霜穗未儲終歲食，縣符已索逃租戶。更爪牙、常例急於官」，到冬天，則是「撼四壁、寒聲正怒……茅舍日斜雲釀雪，長堤路斷風吹雨。盡村春、夜火到天明」，房子要倒，路途已斷，貧困與死亡隨時威脅著，還得春穀到天明，何時才能休息？在每闋的下半部分，〈苦樂歌〉確實也寫了一些苦中作樂的情況，但那多半只能說是農民及作者的美好願望。由於文體的限制，板橋對於農民苦難的深刻反映，更多地表現在他的詩、書信和文章中。

當然，身為擔負國家管理任務的一個官員，僅僅有對於農民的同情是不夠的。他必須以高度的社會責任感，在那個時代和社會所限定的範圍內，從政治上思想上為人民做一些力所能及的事。

政治題材是板橋詞的一個重要內容。這主要包括一些懷古詞、述懷詞和言志詞。《清史列傳》本傳曰：「詞弔古攄懷，尤擅勝場，或比之蔣士銓。」

懷古詞是為了總結歷史經驗，探討國家興亡之道，以圖長治久安。〔漁家傲〕〈王荊公新居〉，對王安石變法的失誤表示惋惜，對呂惠卿等風派人物表示蔑視。他認為，王安石新法是「南朝路」，即亡國之路。這一觀點當然是錯的。王安石新法大體上是不誤的，所誤在操之過急，用人不當，讓呂惠卿之類的歪嘴和尚把經給念歪了。中國政治家長於「政策」而短於「施行」，歷代的治國良策一套套不知有多少，但一實行就走了樣，最後無不以失敗告終。板橋是主張「清靜無為」，以不擾民為治縣方略，自然對王安石變法本身有看法。他畢竟不是大政治家大思想家，他的認識雖然片面，但這種關心國家大事的探索精神還是值得肯定的。他的「與民休息」的政策，雖然用在北宋王安石時代是不妥的，但在他自己的范縣、濰縣任上，卻是成功的。《國朝耆獻類征初編》卷二三三鄭方坤〈鄭燮小傳〉贊曰：「既得官，慈惠簡易，與民休息，……而板橋以是書生，欲清靜無為，坐臻上理。」《重修揚州府志》卷四十八也贊其「官東省先後十二年，無留牘，無冤民」，可見其政治才能。

板橋詞中政治見解最大膽的是〔瑞鶴仙〕〈帝王家〉。這首詞批判帝王世襲制說：「山河同敝屣。羨廢子傳賢，陶唐妙理。禹湯無算計。把乾坤重擔，兒孫挑起。千祀萬祀。淘多少、英雄閑氣。到如今、故紙紛紛，何限秦頭漢尾。」批判君主集權制說：「休倚。幾家宦寺，幾遍藩王，幾回戚里。東扶西倒，偏重處，成乖戾。待他年、一片宮牆瓦礫，荷葉亂翻秋水。剩野人、破舫斜陽，閑收菰米。」鄭板橋是康熙秀才，雍正舉人，乾隆進士，經歷了好幾次「兒孫挑起。千祀萬祀」的場面，乾隆東巡封祀泰山，還命他為「書畫史」，實際是倡優一類。康、雍、乾換代之際，那些宦寺、藩王、戚里，不少都被「殺、關、管」了起來。這首詞直斥最高統治者，與黃宗羲「君主論」異曲同工。

板橋有〔念奴嬌〕〈金陵懷古十二首〉、〔滿江紅〕〈金陵懷古〉等詞，多有興亡感慨。〔念奴嬌〕〈金陵懷古十二首・胭脂井〉：「過江咫尺迷樓，宇文化及，便是韓擒虎。井底胭脂聯臂出，問爾蕭娘何處。〔清夜遊〕詞，〔後庭花〕曲，唱徹江關女。詞場本色，帝王家數然否。」乾隆好大喜功，征巡無度，豪奢侈靡，正是「多少英雄兒女態，釀出禍胎冤藪。前殿金蓮，後庭玉樹，風雨摧殘驟」（〔念奴嬌〕〈金陵懷古十二首・莫愁湖〉）。板橋懷古詞雖不一定就是指斥乾隆等於隋煬帝、陳後主，但作為一般規律，還是很適用於「今上」的。

板橋懷古詞，也有蒼涼。如〔滿江紅〕〈金陵懷古〉：「才子總緣懷酒誤，英雄只向棋盤鬧。問幾家輸局幾家贏，都秋草。　流不斷，長江淼。拔不倒，鍾山峭。剩古碑荒塚，淡鴉殘照。碧葉傷心亡國柳，紅牆墮淚南朝廟。問孝陵、松柏幾多存，年年少。」〔念奴嬌〕〈金陵懷古十二首・洪光〉「更兼馬阮當朝，高劉作鎮，犬豕包巾幘。賣盡江山猶恨少，只得東南半壁。國事興亡，人家成敗，運數誰逃得」，也有些宿命論的味道。但總的說來，板橋的政治詞繼承了風雅傳統，對統治者的腐敗提出了警告，具有一定的認識價值和現實意義。

寫景是板橋詞的另一內容。板橋以畫家知名，他的詞亦頗有國畫的意境。如〔蝶戀花〕〈晚景〉：「一片青山臨古渡。山外晴霞，漠漠收殘雨。流水遠天波似乳。斷煙飛上斜陽去。」畫出了傍晚雨後初晴的景象。〔浪淘沙〕〈和洪覺範瀟湘八景〉是聯章體，分詠「瀟湘夜雨」、「漁村夕照」等八景。景中寄寓抒發了人生感慨，如〈遠浦歸帆〉：「名利竟如何。歲月蹉跎。幾番風浪幾晴和。愁水愁風愁不盡，總是南柯。」〔滿庭芳〕〈晚景〉則創造了一個悲壯的意境，可與陳子龍、陳維崧等人的同類詞作相媲美：「秋水連天，寒鴉掠地，夕陽紅透疏籬。草枯霜勁，颯颯葉聲悲。」

寫情是詞體的擅長。板橋《詞鈔》中約有十餘首是抒寫男女之情的。俗以詞為豔科，實際上，詞作中大量充斥的，不是真情實意之詞，而是供歌伎演唱的模式化的「虛情詞」，並無具體的愛戀對象，放在任一對男女身上都能適用。但板橋詞不同，除一二首詠伎之作外，板橋情詞大都有具體對象，有真實故事。如寫給青梅竹馬兒時夥伴的〔賀新郎〕〈贈王一姐〉：「竹馬相過日。還記汝、雲鬟覆頸，胭脂點額。阿母扶攜翁負背，幻作兒郎汝飾。小則小、寸心憐惜。放學歸來猶未晚，向紅樓、存問春消息。問我索，畫眉筆。　廿年湖海長為客。都付與、風吹夢杳，雨荒雲隔。今日重逢深院裡，一種溫存猶昔。添多少、周旋形跡。回首當年嬌小態，但片言、微忤容顏赤。只此意，最難得。」每個人都有童年的美好回憶，見到了二十年前的兒時夥伴，誰能無動於衷？「阿母扶攜翁負背」，「一種溫存猶昔」，可說是真情實景，他們清楚地記得兒時妝束，記得「畫眉筆」這一往事細節，沒有任何做作，沒有任何輕薄俗豔，只有真誠，只有理解，只有懷念。人間至情，無過於此。

〔賀新郎〕〈落花〉是常見的閨情題材，但也真誠感人：「十里香車紅袖小，婉轉翠眉如畫。伴不解、傍人覷咱。忽見柳花飛亂絮，念海棠、春老誰能嫁。淚暗濕，香羅帕。」頗有北朝樂府女大思嫁的意味。「佯不解」一句的細節描寫，也頗可傳神。

〔踏莎行〕〈無題〉寫表兄妹間苦澀的戀情：「中表姻親，詩文情愫。十年幼小嬌相護。不須燕子引人行，畫堂得到重重戶。　顛倒思量，朦朧劫數。藕絲不斷蓮心苦。分明一見怕銷魂，卻愁不到銷魂處。」

〔酷相思〕〈本意〉則以漢樂府般直露式傾訴來表達幽咽頓挫的戀情：「杏花深院紅如許。一線畫牆攔住。歎人間、咫尺千山路。不見也、相思苦。便見也、相思苦。　分明背地情千縷。翻□惱、從教訴。奈花間、乍遇言辭阻。半句也何曾吐。一字也何曾吐。」

〔玉女搖仙珮〕〈有所感〉表達了對於「飄零」女子的深切的同情與安慰：「憑寄語、雪中蘭蕙，春將不遠，人間留得嬌無恙。明珠未必終塵壤。」其關懷體貼、一心為對方著想之情，躍然紙上。

〔浣溪沙〕〈少年〉極為準確地描寫了一個懷春少年的種種怪異行為和心理狀態：「硯上花枝折得香。枕邊蝴蝶引來狂。打人紅豆好收藏。　數鳥聲時癡卦算，借書攤處暗思量。隔牆聽喚小珠娘。」有真情而無淫豔。

文人在詩詞中寫歌女舞妓，大都是居高臨下憐香惜玉的口吻，而鄭板橋卻頗有些自嘲自慚心理，如〔滿庭芳〕〈贈歌兒〉：「輕輕喉一轉，未曾入破，響迸秋星。又低聲小疊，暗嫋柔情。試問青春幾許，是莫愁未嫁芳齡。吾慚甚，髭黃鬢苦，未敢說消魂。」鄭板橋是以狂怪著稱的，但這首詞卻展示了他的心理性格中的另一個側面。

鄭板橋很可能寫過俗豔詞，但他自己對這些詞不滿意，刊刻時沒有收進集子。如李寶嘉《南亭詞話》所載〈憶秦娥〉二闋本事詞，其集中就沒有收。人無完人，鄭板橋不可能超越他所屬的那個時代，但他比別人要更為認真地遵循儒家的某些道德規範，比較自覺地約束自己，雖也不免使酒好色的毛病，但他從無害人之心，從無欺壓良民的行為，相反，他為人民做了許多好事，身為一個古代官吏，能做到這一點，確實難能可貴。

(二)板橋詞的歷史地位

清人及近代人對板橋詞屢有評騭。筆者僅據唐圭璋先生《詞話叢編》(中華書局本)統計，清代及近代詞話中有關板橋詞的條目，達三十九條。此外，《清史列傳》、有關方志及時人筆記文集中，對板橋詞也屢有提及。

板橋對自己沒有直接的評價。但他在〈詞鈔自序〉中引用了他人的評價：「篛亭樓夫子謂燮詞好於詩。」顯然，他是同意這一評價的。〈詞鈔自序〉中又說：「吾願少寬歲月以待之，必有屈曲達心、沉著痛快之妙。」可見他對自己的要求，是「屈曲達心、沉著痛快」。其實他的詞已經達到了這一要求，板橋謙虛而已。

板橋乾隆七年(西元一七四二年)自編作品集，有《詞鈔》一輯，是板橋詞最早的刻本。在此前後，正是以厲鶚為代表的浙西派風行之時。浙派倡「醇雅」，宗姜夔，與板橋詞的風格完全不同。板橋詞在其問世後一段時間裡，雖然浙西派的價值標準還統治著詞壇，板橋詞還是得到了普遍的好評。〈板橋自序〉云：「又有長短句及家書，皆世所膾炙」；查禮（西元一七一六－一七八三年）《銅鼓書堂詞話》評板橋詞「別有意趣」，評其特點，則許為「風神豪邁，氣勢空靈，直逼古人」。丁紹儀《聽秋聲館詞話》（有同治八年自序）卷二十也說，「江左鄭板橋……所著詩詞皆自選自刻，世人亦多稱之。」

但到了同治年間，便有人開始提出批評意見。如前引《聽秋聲館詞話》卷二十，即以板橋〔滿江紅〕「我憶揚州」為例，評其詞「語雖俊邁，終非詞苑正宗」。謝章鋌《賭棋山莊詞話》卷九則云：「揚州鄭板橋……詩文瑣褻不入格，詞獨勝。」

對於板橋詞進行比較全面系統評價的，是清末常派詞學大家陳廷焯。其早年之《詞壇叢話》，對板橋詞評價較高。如評其淵源云：「板橋詞，遠祖稼軒，近師其年，別創一格，不與稼軒、其年沿襲，真有獨往獨來之概。」評其風格：「板橋論詩，以沉著痛快為第一，而以溫厚和平者為小家氣。其言屬偏，可以藥膚庸，自是一時快論。今觀其詞，亦極沉著痛快之致。」評其文才：「板橋詞，淋漓酣暢，色舞眉飛。每一字下，如生鐵鑄成，不可移易，真一代奇才。」評其感人之深：「讀梅村詩而不下淚者，其人必是忍人。讀板橋詞而不起舞者，其人必非壯士。」「讀板橋詞，使人齷齪盡消。」對板橋詞的缺點，則云：「板橋詞，無一字不直截痛快。佳處在此，可議處亦在此，以其少含蓄之神也。」評其精神：「（蔣）心餘詞，秋氣滿紙，燈下讀之，其光如豆，與板橋同一筆墨恣肆。其不及板橋者，以心餘詞太著力，而氣仍不聚。板橋詞不著力，而精神團聚，已力透紙背矣。」但陳廷焯在後來改變了對於板橋詞的看法。雖然他在《詞壇叢話》中也認為板橋「遠遜稼軒」，但總的評價，還是高於常人的。陳氏晚年作《白雨齋詞話》，以「沉鬱」「忠厚」為論詞本旨，故對板橋詞毀多於譽。首先，他針對鄭板橋「老年淡忘學劉、蔣」的說法，諷刺說：「劉改之、蔣竹山，皆學稼軒者。然僅得稼軒糟粕，既不沉鬱，又多支蔓。詞之衰，劉、蔣為之也。板橋論詞云：少年學秦、柳，中年學蘇、辛，老年學劉、蔣。真是盲人道黑白，令我捧腹不禁。」又評及板橋詞的地位說：「劉、蔣之詞，未嘗無筆力，而理法氣度，全不講究。是板橋、心餘輩所祖，乃詞中左道。有志復古者，當別有會心也。」這一評價是不公正的。板橋詞自成一家，自有風格，即使劉、蔣是「左道」，亦不能僅憑一句「老年學劉、蔣」就認為板橋詞是劉、蔣一路。陳又將板橋與迦陵對比說：「(陳)其年諸短調，波瀾壯闊，氣象萬千，……板橋、心餘輩，極力騰踔，終不能望其項背。」這也是無的放矢。陳維崧是詞學大家，鄭燮是以書畫及政績而聞名的，其詞當然比不上陳，但板橋作詞四十年，始終是「獨往獨來」的，自家滿意即可，與其年詞沒有多少可比性，主觀上也並無絲毫要「極力騰踔」，與陳其年一比高下的意圖。對於板橋懷古詞，陳廷焯總算說了好話：「迦陵汴京懷古十首，措語極健，可作史傳讀。板橋金陵十二闋，高者可稱後勁。」但《白雨齋詞話》對板橋詞基本上是否定的，因為無論板橋詞怎樣痛快沉著，總不符合他「沉鬱」、「忠厚」的主旨，為了他的這一主旨，就只好犧牲鄭板橋了。因此，儘管他承認板橋〔賀新郎〕〈徐青藤草書一卷〉是「痛快之極」，但仍批評其「不免張眉努目」。他又批評板橋「有意為劉、蔣，金剛努目，正是力量歉處」。為了貶低板橋詞，陳廷焯一反前人「詞勝詩」的評價：「板橋詩境頗高，間有與杜陵暗合處，詞則已落下乘矣。然畢竟尚有氣魄，尚可支持。……後人為詞，學板橋不已，復學心餘，愈趨愈下，弊將何極耶。」雖然如此，板橋詞的歷史地位，以及對於清代中後期詞壇的影響，陳廷焯是無法否認的，因此，他又「不得已」地承認：「激昂慷慨，原非正聲。然果能精神團聚，辟易萬夫，亦非強有力者未易臻此。國朝為此詞者，迦陵尚矣。後來之雋，必不得已，仍推板橋。若蔣心餘、黃仲則輩，醜態百出矣。」陳廷焯之所以有憾於板橋詞，就在於其「無含蓄」，他追根窮源地論述道：「陸種園（震）〔滿江紅〕……暴言竭辭，何無含蓄至此。板橋幼從種園學詞，故筆墨亦與之化。」無含蓄，說到底，就是不符合歷代被認為是詞風正宗的「婉約」標準，特別是「約」，即隱約不露，綽約多姿的標準。實際上，僅用一種標準來約束豐富多彩的詞壇，這種做法本身就違背了藝術規律。婉約詞固佳，但痛快淋漓詞亦未必不佳。關鍵是要看有無真誠，是否虛假做作。

陳廷焯也無法否認「沉著痛快」的合理性，因而，他對此作出了自己的解釋：「板橋論詩，以沉著痛快為第一，論詞取劉、蔣，亦是此意。然彼所謂沉著痛快者，以奇警為沉著，以豁露為痛快耳。吾所謂沉著痛快者，必先能沉鬱頓挫，而後可以沉著痛快。若以奇警豁露為沉著痛快，則病在淺顯，何有於沉；病在輕浮，何有於著；病在鹵莽滅裂，何有於痛與快也。」有這樣的解釋，故陳廷焯譏諷板橋〔沁園春〕〈恨〉說：「似此惡劣不堪語，想彼亦自以為沉著痛快也。」

陳廷焯對於板橋詞，如上所述，基本態度是矛盾的。總的說來，他起先是喜歡板橋詞的，但後來他抱住沉鬱忠厚不放，故不能不排斥板橋詞。另一個重要原因，是由於當時詞壇上的粗豪叫囂之風。作詞需符合詞的格律體制，但許多後學者不肯下功夫，隨手塗抹，還美其名曰「豪放」，自稱是蘇辛流派。因此陳廷焯說：「東坡詞全是王道。稼軒則兼有霸氣，然猶不悖于王也。其年則竟似老瞞、石勒一流人物。板橋、心餘輩，不過赤眉、黃巾之流亞耳。後之學詞者，不究本原，好作壯語，復向板橋、心餘詞求生活，則是鼠竊狗偷，益卑卑不足道矣。」但後學者的失誤，不應算在板橋賬上。板橋詞獨往獨來，自成一家，不必學亦不可學。沒有板橋的生活與襟抱，學之必失。這是藝術常識，陳廷焯亦認為「愈學稼軒，去稼軒愈遠」，但為什麼就不願承認「愈學板橋，去板橋愈遠」呢？

從陳廷焯極力反對後學模仿板橋詞來看，鄭板橋詞在清代中後期還是比較引人注目的，學詞者受板橋詞影響的也很多。因此，陳廷焯讚揚劉熙載雖亦是興化人，但其論詞「尚不染板橋餘習」。板橋詞對後學有不良影響是一回事，板橋詞在詞壇上的地位則是另一回事，這種不良影響並不說明板橋詞本身有多大的毛病。

但令人遺憾的是，清代中後期的選本、總集，對頗有影響的板橋詞均故意視而不見。王昶《國朝詞綜》僅錄板橋〔唐多令〕〈寄懷劉道士並示酒家徐郎〉一闋，而後來的諸多選本、總集竟一首不選。這其中有深刻的社會、文化原因。清代詞學，浙、常先後流行，兩者雖家數迥異，但在「倡雅」、「尊體」這一點上卻是驚人的相似。板橋詞不合這一標準，自然為選家們不取。

㈢板橋詞的創作與藝術特色

板橋一生作詞四十年、作詞數百首。他自少年時起，從鄉邑陸震學詞。陸震不屑名利，吳宏謨〈陸仲遠先生詞稿序〉稱其「負才氣，舉目皆莫能當其意。傲睨佯狂，脫略苛節，發口無匿情」。陸詞疏快自然，流暢明白，多白描，無塗飾，有鄉情民俗風味，能反映民間疾苦，對板橋詞有很大影響。如〔憶江南〕：「清明節，記得在西園。都是桃花都是柳，半含朝雨半含煙。人在畫圖邊。」又如〔滿江紅〕〈丁酉夏獲麥村中，感情即事，得詞八首，不避俚俗，聊抒真率云爾〉之一：「汝了否，官家賦。趁麥熟，輸租去。早門前吏到，哮聲如虎。乾沒只嫌常例薄，貪饕更怒盤餐素。歎從來、若個縣官知，田家苦。」即是板橋〔滿江紅〕〈田家四時苦樂歌〉之藍本。

板橋繼承了陸震先生狂傲、流暢、自然、真誠的品格素質和藝術特色，並通過自己的勤奮學習和刻苦創作，特別是由於他本人的人格、治績和藝術才能，使他的詞達到了較高的藝術水準。

板橋詞的另一學習源頭是宋詞。〈詞鈔自序〉敘述自己的治詞經歷說：「少年遊冶學秦、柳，中年感慨學辛、蘇。老年淡忘學劉、蔣，皆與時推移而不自知者。」板橋學詞，不主一家、不拘一格，而終成一家，終成一格。

板橋作詞，態度嚴肅認真，極為刻苦努力。〈詞鈔自序〉自述作詞甘苦云：「為文須千斟萬酌，以求一是。再三更改，無傷也。然改而善者十之七，改而謬者亦十之三。乖隔晦拙，反走入荊棘叢中去。更不可以廢改，是學人一片苦心也。爕作詞四十年，屢改屢蹶者，不可勝數。今茲刻本，頗多仍舊，而此中之酸甜苦辣備嘗而有獲者亦多矣。」板橋一生作詞不下數百首，但自刻《詞鈔》僅選錄七十餘首，可見選擇之嚴。

板橋詞的主要藝術風格，即其〈詞鈔自序〉所云之「屈曲達心、沉著痛快」。沉著痛快這一術語，可能來自嚴羽《滄浪詩話》。所謂痛快，是酣暢淋漓，一瀉無餘。如〔沁園春〕〈恨〉：「花亦無知，月亦無聊，酒亦無靈。把夭桃斫斷，煞他風景；鸚哥煮熟，佐我杯羹。焚硯燒書，椎琴裂畫，毀盡文章抹盡名。滎陽鄭，有慕歌家世，乞食風情。」這首詞如同「飛沙走石」般地傾瀉了鬱勃不平之氣，其動人心魄，竟使得許多讀者聽者激動得流下了眼淚。又如〔沁園春〕〈西湖夜月有懷揚州舊遊〉：「馬上提壺，沙邊奏曲，芳草迷人臥莫扶。非無故，為青春不再，著意蕭疏。……更紅樓夜宴，千條絳蠟；彩船春泛，四座名姝。醉後高歌，狂來痛哭，我輩多情有是夫。」頗有魏晉、盛唐人落拓不羈的氣概。

沉著，是深沉拙重，站得住，叫得響，不輕浮，不淺薄，有深厚的意味，有深曠的意境。如上引〔沁園春〕〈西湖夜月有懷揚州舊遊〉開始幾句：「飛鏡懸空，萬疊秋山，一片晴湖。望遠林燈火，乍明還滅；近堤人影，似有如無。」便寫出了揚州月夜朦朧綽約的意境。再如〔賀新郎〕〈西村感舊〉：「最是江村讀書處，流水板橋籬落。繞一帶、煙波杜若。密樹連雲藤蓋瓦，穿綠陰、折入閑亭閣。一靜坐，思量著。」寫出了漂泊遊子舊地重遊時的深沉回憶與感慨。另外，上文所舉的許多懷古詠懷詞，也都有著深厚的思想內容，舒徐不迫的節奏，沉穩有力的風格，均可以「沉著」二字形容之。

「痛快」與「沉著」，本來是矛盾的，但在板橋的部分作品中，達到了比較完美的對立統一。如上文所舉〔沁園春〕〈西湖夜月〉，首沉著，次痛快，其過渡渾然無跡。又如〔念奴嬌〕〈金陵懷古十二首．莫愁湖〉：「即今湖柳如煙，湖雲似夢，湖浪濃於酒。山下藤蘿飄翠帶，隔水殘霞舞袖。桃葉身微，莫愁家小，翻借詞人口。風流何罪，無榮無辱無咎。」沉著中有痛快，痛快中亦不失沉著。

板橋詞之沉著痛快，來源於「屈曲達心」的追求。有真心，有深情，有誠意，要沉著便沉著，要痛快便痛快。不是文人逞才，不是官場應酬，也不是逢迎上司，自己想怎麼寫就怎麼寫，想寫什麼就寫什麼，心靈與大腦都進入自由狀態，寫的是心底事，眼前景，意中人，怎能不真實，怎能不動人！

板橋詞在清代詞壇上可謂天馬行空，獨往獨來。板橋作詞四十年間，也正是浙派傳人厲鶚坐館揚州前後，其詞學正風行一時，但板橋與厲往來不多，其詞也未受浙派絲毫影響。近代以來，又有人認為板橋詞為陽羨詞派餘波，但亦缺乏足夠的論據。陽羨詞痛快有餘而沉著不足，雖然就「恣肆」而言，兩者有類似之處，但板橋詞自有特定風格，不能簡單地歸入陽羨派之中。其實，能於詞壇獨樹一幟，無門無派，這正是一個大作家所必須具備的素質。板橋詞自成一家，正是其一大特色。只要寫得好，能感動人心，又何苦要分什麼門派？

《板橋集》有多種清刻本，主要的有：卞孝萱先生家藏《板橋集》刻本、北京師範大學圖書館藏本（北京師範大學出版社西元一九九三年景）、乾隆十四年清暉書屋翻刻本、同治年重刊本（文海出版社《近代中國史料叢刊續編》景）等。這些本子中所收入的板橋詩詞文，大體上是比較可靠的。另公私機構亦收藏有諸多板橋墨跡，其中有許多篇目，為諸清刻本所無，而清刻本中已收的篇目，其文字與現存墨跡相較，也存在大量異文。這些墨跡未必全都可靠，也可能有後人偽託的作品。

現當代亦有各種印刷標點本《板橋集》問世。這些現當代的《板橋集》，除了收錄清代刻本的內容外，也收錄了許多「新發現」的板橋墨跡；這些現當代出版的《板橋集》，以卞孝萱先生等編《鄭板橋全集》（鳳凰出版社西元二〇一二年）較為完善。

我們的這本書稿，即參考北京師範大學出版社西元一九九三年景本、卞孝萱先生等《鄭板橋全集》本，按詩詞文的順序，選擇了一些我們認為比較有代表性的作品。在選錄時，我們盡量多選各清刻本中原有的篇目，也適當選錄了少量根據墨跡但一般認為比較可靠的篇目。

這本書稿的體例，分為題解、原文、注釋、語譯、研析五個部分。

題解，主要說明該篇的寫作原委、背景，並對題目作簡要解釋。

原文文字，以卞孝萱先生等編《鄭板橋全集》為主要參照本。標點符號，則依我們的理解處理，而與現當代各印刷標點本有所不同。其中主要的不同之處是，詩詞等韻文，盡量依韻律標點；詞，一律依唐圭璋先生《全宋詞》例，依詞律，讀用「、」，句用「，」，韻用「。」符號，詞牌名、樂曲名號用〈　〉，不用《　》。

注釋，在力求簡明的原則下，注出詞語在原文中的含義，並在需要的時候，注出源流，使讀者借此能夠加深對於原文的理解。

語譯，主要根據筆者對於原文的理解，用現代書面語體譯出，譯時希望盡量能符合原意。

研析，主要是就板橋原文進行分析，鑒賞，說明，間或也發表一些個人的意見或感慨。

書稿或有不當之處，望讀者批評指正。

淮陰後學朱崇才

西元二〇二〇年於南京湯泉湖

詩

題雙美人圖

【題解】這是一首題畫詩。鄭板橋是畫家，也是美術評論家。今人卞孝萱先生等《鄭板橋全集》卷十一至卷十四收錄題畫四卷；另其詩詞中亦有一些題畫。這些題畫有自題，也有為他人所題。

珮環❶搖動湘裙❷冷，俏風❸偷入羅衫❹領。美人相倚借餘溫，細雨
無聲親素頸❺。玉指尖纖指何許，似笑姮娥❻無伴侶。又似天邊笑薄雲，
夜寒不得成濃雨❼。

【注　釋】❶珮環　玉珮。裝飾掛件，靜可觀賞，動則有聲。唐常建〈古意〉之三：「寤寐見神女，金沙鳴珮環。」《子華子．晏子問黨》：「出則有鸞和，動則有珮環。」❷湘裙　湘地絲織品製成的裙子，此指質地良好的絲織裙子。❸俏風　指風貌美好輕盈。❹羅衫　絲織的衣衫。❺素頸　白淨的脖子。素，白色生絹。❻姮娥　傳為月中女神。《淮南子．覽冥》：「羿請不死之藥於西王母，姮娥竊以奔月。」漢避文帝劉恒諱，改稱常娥、嫦娥。❼又似天邊笑薄雲二句　暗用巫山雲雨典故。戰國宋玉〈高唐賦．序〉：「昔者先王嘗遊高唐，怠而晝寢，夢見一婦人，曰：『妾巫山之女也，為高唐之客，聞君遊高唐，願薦枕席。』王因幸之。去而辭曰：『妾在巫山之陽，高丘之阻，旦為朝雲，暮為行雨，朝朝暮暮，陽臺之下。』」後以「雲雨」代指男女歡會。

【語　譯】畫面上的兩位美女，身上掛的玉珮搖動，漂亮的絲織裙子，在小雨中顯得有些清冷。風兒美好輕盈，從領口偷偷地潛入她們絲織的衣衫。兩位美人相倚相傍，相互溫暖著對方，絲絲細雨，無聲地親吻著她們潔白的脖頸。她們白玉一樣的手指，尖尖纖細，是在指點著什麼。似乎是在嘲笑月中的嫦娥孤單沒有伴侶，又似乎是在嘲笑天邊薄薄的雲彩，到了夜寒時分，還是下不成濃情密雨。

【研　析】題畫詩貴在得其神。這幅畫的「神」，在於「似」。似，就是「似乎」、「好像」，在是與不是之間，有朦朧模糊乃至曖昧微妙等佳處。首先，這兩位美人的身分及關係就有些「模糊」。小姐與丫鬟？不像，既然是「雙美」，半斤對八兩，一般般，不是主僕關係。姊妹？閨蜜？同一老公？似乎是，又似乎不是。「雙美」，是中國古代有錢人的一種人生追求，後來成為讀書人意淫的對象之一。從「娥皇女英」，到「桃葉桃根」，到這幅「雙美人圖」，這類故事多得很。看來板橋先生亦未能免俗。其次，她們為什麼要笑別人孤單無伴？是因為她們可以相倚相暖，還是她們都有了美好的歸宿？最後，這幅畫本身的來歷也是個「疑問」。也許，這幅雙美圖是朋友的「大作」，需要借一下板橋先生的「餘溫」？或者是先生自己的大作，不好意思自誇，於是乎就閒扯一通？

山色

【題解】這是板橋早年的一首山水田園詩，描寫了山光水色的秀美和對於漁家悠然生活的嚮往。

山色清晨望，虛無杳靄❶間。直愁❷和霧散，多分❸遣雲攀。流水澹然❹去，孤舟隨意還。漁家破蓑笠❺，天肯❻令之閑。

【注釋】❶杳靄　幽深渺茫貌。杳，幽深。靄，雲氣。❷直愁　擔憂。直，假定猜測之辭。❸多分　多半；大約。猜測之辭。❹澹然　安靜貌，也指不經意；不留心。❺蓑笠　雨具，蓑衣與斗笠。❻肯　疑問辭。豈肯；肯不肯。

【語譯】清晨眺望遠處的山光水色，都沉浸在幽暗而又虛無縹緲的雲氣之中。很擔憂這一景致會與霧氣一起飄散，又擔心這美景多半會隨著雲氣攀升而去。山間的流水安靜地流淌，水上一葉孤舟隨意往返。漁翁的蓑衣與斗笠雖然破舊，不知老天肯不肯讓它們閒置不用。

【研析】山水詩妙在情景交融。這首詩情中有景，景中有情。景是自然造化之景，雲霧纏繞的群山疑是仙境，水上一葉隨波逐流的漁船卻又告訴我們，這是實在的人間真景；情是天然流露之情，詩人愛山色朦朧靈秀之美，更愛漁家隨性悠然之樂，不經意間流露出對於漁隱生活的羨慕之情。

偶然作

【題解】板橋有兩首〈偶然作〉，另一首為五言古詩，首句為「文章動天地」。兩首都是談作文之道的。「偶然作」，雖然是說偶然想到而作，但表達的卻是板橋一貫的主張。

英雄❶何必讀書史❷，直攄❸血性❹為文章。不仙❺不佛不賢聖，筆墨
之外有主張❻。縱橫議論析時事，如醫療疾進藥方。名士之文深莽蒼❼，
胸羅萬卷雜霸王❽。用之未必得實效，崇論閎議❾多慨慷。雕鎪魚鳥逐光
景❿，風情亦足喜且狂。小儒⓫之文何所長，抄經摘史餖飣⓬強。玩其詞

華頹赫爍⑬，尋其義味無毫芒。弟⑭頌其師客⑮談說，居然拔幟⑯登詞場。初驚既鄙久蕭索⑰，身存氣盛名先亡。輦碑⑱刻石臨大道，過者不讀倚壞牆。嗚呼！文章自古通造化⑲，息心下意⑳毋躁忙。

【注　釋】❶英雄　此指具有獨立主張之人。❷書史　泛指前代書籍。❸攄　抒發。❹血性　血肉情性，指具有個性的情感與性格。❺仙　道家多有求仙之舉，此指道家。❻筆墨之外有主張　言作文之道，講求文字技巧之外，更要表達個人的主張。筆墨，指文字技巧。❼莽蒼　空曠無際，景色迷茫之貌。此言名士之文貌似氣勢充沛，實則空洞無物。❽雜霸王　綜合使用霸、王兩種統治之術。雜，綜合使用。霸王，霸、王之道。霸，霸道，憑借軍隊、刑罰、權力進行統治。王，王道，以仁義治天下。《漢書・元帝紀》：「漢家自有制度，本以霸王道雜之。」❾崇論閎議　高明闊達的言論建議。此諷刺「名士」只尚空談。崇，高。閎，宏大。❿雕鐫魚鳥逐光景　以雕蟲小技刻畫魚鳥等隱逸之物，流連光景。雕鐫，雕刻，指瑣細為文。魚鳥，泛指隱逸之景物。逐，跟隨，指流連不去。⓫小儒　不能通達大義的淺陋儒者。《漢書・夏侯勝傳》：「建所謂章句小儒，破碎大道。」⓬餖飣　又作「飣餖」，食品堆積器皿貌。韓愈〈南山〉詩：「或如臨食案，肴核紛餖飣。」比喻文章詩歌堆砌羅列辭藻。⓭赫爍　明亮閃耀貌。⓮弟　弟子；門徒。⓯客　門客。⓰拔幟　舉旗。⓱蕭索　淡漠。⓲輦碑　運送石碑。輦，車子，作動詞用。⓳造化　自然。⓴息心下意　指虛心屈意。息心，梵語「沙門」的意譯。言勤修善法，息滅人欲。此指排除俗念，專心致志。下意，屈意；虛心和順。下，用作動詞。

【語　譯】具有獨立主張的英雄不必讀書讀史，而應直接抒發個人的性情志意去做文章。不須去學求仙的道家，不學佛家，也不學儒家賢聖，文字技巧之外還應有自己的見解。縱論天下分析時事，如同醫生開出治療疾病的藥方。那些「名士」的文章，看似有深度有氣勢，好像胸有萬卷，高談王霸兩道，但使用起來就未必有實際效果，他們的高談闊論卻很是激昂慷慨。以雕蟲小技刻畫魚鳥等隱逸之物，瑣細為文，流連光景，還自認為丰采神情足以讓自己喜歡發狂。淺陋儒者不能通達大義，他們的文章有什麼長處，只不過是抄抄經典，摘錄史書，堆砌羅列辭藻罷了。把玩他們的詞采文華，很是明亮閃爍，尋找這些文章的意義深味，卻連毫毛和麥芒那樣細小的東西也沒有。弟子對其老師的稱頌，門客的隨意言談，居然也高舉旗幟登上文壇科場。對這些文章，人們起初驚奇，既而鄙視，時間長久了，就感覺淡然無味。這些作者本人還在，氣勢也很盛，但文名卻先消亡了。就是用車子將碑石運送到大道上，將這些文字刻在石碑上，過往的人們也不會去讀，只是把它當作休息的牆壁，以致倚壞了這些石碑。啊呀呀！文章從古以來是與大自然相通的，靜心屈意，不急躁，不匆忙，才能寫出好文章。

【研　析】板橋認為作文應有獨立見解，反對人云亦云，因襲空談。詩中對「名士」和「小儒」的各種不良風氣，一一作出批評，並正面提出作文的兩大方法途徑——「直攄血性」和「通造化」，即直接抒發志意情性，順應造化，師法自然，做到渾然天成。明代以來，文壇復古模擬之風盛行，即便主張有所創新的作者，也很難跳出儒佛道三家的樊籬。板橋直接主張「不仙不佛不賢聖」，「直攄血性為文章」，「筆墨之外有主張」，可謂驚世駭俗。歷代文人，大多數以儒家「道統」、「詩教」為號召，而雜以佛道，看似由來有自，實則因循守舊，缺乏個性，空洞無物。板橋數百年前即提出，作文作詩，不必遵循前代書史，不必限於「道統」、「詩教」或佛道樊籬，而應以個人見解立意，以個性色彩形成個人的藝術風格，這已經接近現代文藝學的主張了。

送友人焦山讀書

【題解】雍正十一年（西元一七三三年），已經四十一歲的鄭板橋，到鎮江名勝焦山隱居讀書，準備下屆的進士會試。苦讀三年之後，乾隆元年（西元一七三六年）春，板橋應禮部試，中貢士，並在隨後的殿試中，以二甲第八十八名成進士。這在古代社會，是一個士子「讀書」的最高「境界」。成進士後，他就可以通過種種的候選程序，走過「修身」的程序，參預「治國平天下」了。幾年後，一位友人也要到焦山讀書，板橋作為「過來人」，給他寫了這首詩，希望他能像自己當年一樣，耐得寂寞淒清，最終能「花枝鳥語春復春」，高高得中！

焦山❶須從象山❷渡，參差❸上下一江樹。高枝倒挽行雲住，低枝搏擊江濤怒。枯藤盤拏❹蛇走壁，怪石崚嶒❺鬼峽路❻。日落煙生江霧昏，微茫星火沿江村。忽然飛鏡❼出東海，萬里一碧開乾坤❽。夜悄山中更淒肅⑨，鸛鶴無聲千樹禿。鄰屋時聞老僧咳，山魈⑩遠在雲端哭。幾年不到大江濱，花枝鳥語春復春。抱書送爾入山去，雙峰⑪覓我題詩處。

【注釋】❶焦山　在鎮江北長江中，為鎮江一著名風景區，高七十餘米，周遭二千餘米，山上有定慧、別峰、雙峰等寺庵閣，地處清靜，可讀書養性。❷象山　在長江南岸，與焦山隔江對峙。上焦山可從象山輪渡。❸參差　長短不齊貌。❹盤拏　形容紆曲強勁。唐杜甫〈李潮八分小篆歌〉：「八分一字直百金，蛟龍盤拏肉屈強。」❺崚嶒　高聳突兀。❻鬼峽路　形容山路崎嶇。❼飛鏡　指明月。唐李白〈把酒問月〉：「皎如飛鏡臨丹闕，綠烟滅盡清輝發。」❽乾坤　此指天地。❾淒肅　淒清肅靜。❿山魈　古代傳說中的山怪，應即今所稱之靈長目動物「狒狒」。體長約三尺，頭大，眼小，鼻紅，頰紫，尾短，牙長而尖，性兇猛。又稱「山蕭」、「山臊」、「山繅」。唐戴孚《廣異記・斑子》：「山魈者，嶺南所在有之，獨足反踵，手足三歧。其牝者好施脂粉，於大樹中做窠。」此指焦山附近怪叫的動物。⓫雙峰　焦山有雙峰閣，板橋有〈焦山雙峰閣寄舍弟墨〉等作。

【語譯】要上焦山就必須從象山渡口坐船，焦山象山夾著長江，山上滿是長短不齊的樹木，高的枝幹倒掛著像是要挽住行雲，低的枝幹像是在與憤怒的江濤搏擊。枯藤紆曲強勁，像是大蛇在石壁上遊走，怪石高聳突兀，山間小路崎嶇像是鬼路。太陽落山時，江上瀰漫著昏暗的煙霧，微茫的星火沿著江邊的村莊點點閃爍。忽然間明月躍出東海，千里萬里一下子銀碧光亮，天地間忽然開朗起來。到了夜深時分，一切都是靜悄悄的，山裡面更是淒清肅靜。鸛鳥和仙鶴也安靜下來，寂靜無聲中，千樹萬樹只有禿禿的黑影。不時能聽到鄰屋老和尚的咳嗽聲，山怪好像在遠遠的雲端哭號。好幾年沒有回到這大江岸邊看看了，一年又一年的春天，枝頭的花朵謝了又開，枝上的小鳥年年都在鳴叫。現在抱著書冊送你到山裡讀書用功，有空時你可以到雙峰閣，找找我當年題詩的地方。

【研　析】朋友要到焦山用功讀書，觸動了板橋心靈深處的往事。人生總有那麼幾個關鍵，決定著這一生的命運。想當年，鄭板橋先生年已四十有一，這在平均壽命只有三四十歲的古代，已經算是「高齡」了，況且他早已娶妻生女，又在書畫界有了點名氣，賣賣字畫也能糊口，日子本來就這麼過下去，也不是不可以，但作為一個讀書人，為了心中的那個夢，他還是義無反顧地上山讀書了。這一次他得到了一個朋友的贊助，這筆贊助有千兩之多，不但足夠他在焦山讀書數年的開銷，而且能養家糊口。但這筆錢也不是那麼好拿的，雖然朋友不會給他什麼壓力，但他自己卻很清楚，如果這次考不上進士，該如何向親友交代？這是人生的一次賭博，而贏的機會卻只有百分之一二。結果，他贏了。當一切已成往事，賭博本身也已淡淡遠去，但這次「賭博」之前的「焦山備戰」，卻永遠地留在了心靈深處。禿樹，枯藤，怪石，鬼路，江霧，星火，飛鏡，那些記憶的碎片可見可觸，他似乎又聽到鄰屋老僧低沉的嗽聲，那遠遠傳來的恐怖的怪叫，還是那雲端的山怪嗎？

揚州

【題解】〈揚州〉四首，分寫四季。鄭板橋是揚州興化人，對於家鄉的首府，他是愛恨交加。雍正元年（西元一七二三年），三十一歲的鄭板橋，因生活所迫，從鄉下來到揚州城，開始了長達十年的賣畫生涯。其〈和學使者于殿元枉贈之作〉云：「十載揚州作畫師，長將赭墨代胭脂。寫來竹柏無顏色，賣與東風不合時。」

畫舫❶乘春破曉煙❷，滿城絲管❸拂榆錢❹。千家養女先教曲❺，十里栽花算種田❻。雨過隋堤❼原不濕，風吹紅袖欲登仙。詞人久已傷頭白，酒暖香溫❽倍悄然❾。

【注釋】❶畫舫　彩船，多用作歡場。揚州向為水鄉，畫舫為揚州最具代表性的景物。清李斗有《揚州畫舫錄》，記乾隆間揚州盛況。❷破曉煙　言清晨即有人乘畫舫出遊。❸絲管　代指音樂。絲，弦樂器。管，管樂器。❹榆錢　榆樹莢狀種子。因其形似小銅錢，故名。❺千家養女先教曲　言許多人家買來童女，教以歌曲，以待販賣。明謝肇淛《五雜俎．人部四》：「(維揚)女子多美麗……揚人習以此為奇貨，市販各處童女，加意裝束，教以書、算、琴、棋之屬，以徼厚直，謂之『瘦馬』。」❻十里栽花算

種田　言揚州多有以栽花為生者。❼隋堤　隋煬帝時沿通濟渠、邗溝（即今大運河揚州段）河岸修築御道，道旁植楊柳，後人謂之「隋堤」。❽香溫　香而溫暖，指溫柔美麗的女子。❾悄然　憂傷貌。唐白居易〈長恨歌〉：「夕殿螢飛思悄然，孤燈挑盡未成眠。」

【語譯】出遊的人們乘著畫船，衝破這春天早晨的煙霧，滿城吹奏著絲管，樂聲中春風吹起滿地的榆錢。成千的人家養著漂亮的小女孩，要先教她們學會吹拉彈唱各類曲子。那綿延十多里的人家，都以栽花種草權作謀生。小雨飄過隋堤，堤上有茂密楊柳，地面上卻一點也沒有打溼。微風吹拂美女們的紅袖，使人宛如身登仙境。賣文為生的我，長久以來一直感傷頭髮已經花白，雖然可以飲酒尋美溫暖身心，卻覺得更為煩悶憂傷。

【研　析】揚州南靠大江，中分邗溝，瘦西湖水係環繞城池，是名副其實的「水鄉」。揚州又是兩淮鹽引最大的集散地，唐宋以來，萬商雲集，人煙輻湊，就中鹽商更是富可敵國。有水有錢，「畫舫」遂成為揚州最具代表性的人文景觀。清李斗《揚州畫舫錄》即以「畫舫」作為揚州繁華的象徵。揚州另外一大人文「景觀」，是為「千家養女先教曲」的「瘦馬」。宋代以來，黃河屢次奪淮，致使原本繁華富庶的淮北平原水系紊亂，水旱災荒不斷，千千萬萬淮北農民流離失所，逃荒要飯。揚州作為淮南江北第一大都市，自然成為接納這些災民的第一站。他們沒有城市生活技能，很難在揚州立足，唯一的活路就是賣兒賣女。於是「養女教曲」遂成為明清數百年間揚州的一大產業，並影響到本地的民情風俗。據清《揚州府志》卷六十記載：「里猾射利，多買貧家稚女稍有姿態者容飾之，外教以歌舞書畫諸技……後貧家窺其利厚，生女亦輒為之。」鄭板橋以一個落拓「詞人」，在揚州賣畫十年，耳聞目睹，深有感觸，遂有〈揚州〉四首組詩。板橋先生後所娶「饒五姑娘」，即是先生在揚州的最大「收穫」。

廿四橋❶邊草徑荒，新開小港❷透雷塘❸。畫樓隱隱煙霞❹遠，鐵板❺錚錚樹木涼。文字豈能傳太守❻，風流原不礙隋皇❼。量今酌古情何限，願借東風作小狂。

【注釋】❶廿四橋　揚州名勝。所指說法不一。唐杜牧〈寄揚州韓綽判官〉：「二十四橋明月夜，玉人何處教吹簫。」宋祝穆《方輿勝覽》謂隋代已有二十四橋，並以城門坊市為名。沈括《夢溪筆談・補・雜誌》：「揚州在唐時最盛。舊城南北十五里一百一十步，東西七里三十步，可紀者有二十四橋。」清李斗《揚州畫舫錄・岡西錄》則云：「廿西橋即吳家磚橋，一名紅藥橋……〈揚州鼓吹詞序〉云：是橋因古之二十四美人吹簫于此，故名。」❷小港　與江河湖泊相通的小河。唐韓愈〈送王秀才序〉：「故學者必慎其所道，道於楊、墨、老、莊、佛之學，而欲之聖人之道，猶航斷港絕潢以望至於海也。」❸雷塘　揚州名勝，在唐城遺址北，漢時稱雷陂，後漸廢塘為田。隋時築有大小雷宮。❹煙霞　泛指山水田園。南朝梁蕭統《錦帶書十二月啟・夾鍾二月》：「敬想足下，優遊泉石，放曠煙霞。」❺鐵板　打擊樂器名，一稱「鐵綽板」，由一雙半圓形鐵板聯綴而成，演唱時伴奏用。❻文字豈能傳太守　北宋仁宗慶曆八年（西元一〇四八年），歐陽修出知揚州，在城西北蜀崗建平山堂，後作〈朝中措〉〈送劉仲原甫出守維揚〉：「平山闌檻倚晴空。山色有無中。手種堂前垂柳，別來幾度春風。　文章太守，揮毫萬字，一飲千鍾。行樂直須年少，尊前看取衰翁。」此句言歐陽太守之偉業，並非僅靠文字成就。❼風流原不礙隋皇　雷塘有隋煬帝墓。唐羅隱〈煬帝陵〉：「君王忍把平陳業，只博雷塘數畝田。」此句言揚州之風流，並不因隋煬帝之逝而稍減。

【語　譯】二十四橋邊，長滿青草的小路已經荒蕪，那新開小河直通雷塘。畫樓隱隱綽綽，遠處是煙霧中的山水田園。伴唱的鐵綽板在錚錚地敲打著，樹林下透出絲絲涼意。當年的文章太守豈只是靠文章名傳千古，這維揚的風流也不會因昏君隋煬帝而稍減。思量今天斟酌古代引我無限情懷，願意暫借這東風發些「小狂」。

【研　析】揚州是一座有數千年歷史的古城。有多少絕代風華，都隨大江東去。唐代的「二十四橋明月夜」，如今已是荒草滿路。一條新的小河又開通了，遠近的山水田園城市，還是那麼美麗繁華。這首詩的「詩眼」，是所謂「文字豈能傳太守」，此句承上一首「詞人久已傷頭白」而來，感歎文字書畫只能糊口，而對讀書人治國平天下的平生抱負，卻是百無一用。眼看著日子一天天過去，而立之年已過，無奈之下，就只能傷今懷古，聽聽鐵綽板，發些小狂了。板橋少年即有狂名。在給墨弟的家信中，他曾自稱「狂兄」。所謂「狂」，並非是「狂妄」，一般來說，板橋待人接物，還是頗有分寸的，所以自稱是「小狂」，且偶爾發發而已。

西風又到洗妝❶樓，衰草連天落日愁。瓦礫數堆樵唱❷晚，涼雲❸幾片燕驚秋。繁華一刻人偏戀，嗚咽千年水不流。借問累累❹荒冢畔，幾人耕出玉搔頭❺？

【注釋】❶洗妝 梳洗打扮。唐韓愈〈華山女〉：「洗妝拭面著冠帔，白咽紅頰長眉青。」❷樵唱 樵夫砍柴時所唱之歌。❸涼雲 指秋雲給人陰涼之感。南朝齊謝朓〈七夕賦〉：「朱光既夕，涼雲始浮。」❹累累 連續不斷貌。❺玉搔頭 玉簪，用以束髮的一種首飾。《西京雜記》卷二：「武帝過李夫人，就取玉簪搔頭。自此後宮人搔頭皆用玉，玉價倍貴焉。」

【語譯】秋日的西風又吹到了梳洗妝扮的閨樓，衰敗的枯草連著天邊，西下的落日使人發愁。一堆堆荒廢的瓦礫，砍柴的樵夫唱著歌兒晚歸，幾片秋雲使人頓生涼意，這秋天的涼意驚動了小燕子。人們偏只留戀那瞬刻的繁華，那千年嗚咽的河水終究有一天也會不再流淌，請問在這聯綿不斷的荒墳旁邊，耕田時犁出陪葬玉搔頭的，已經有了多少人？

【研析】此首詠揚州之秋。天下的秋天原本是一樣的，一樣的帶著涼意的西風，一樣的南去小燕子。但揚州的秋天，卻也有自己的特色：一邊是枯草，一邊是洗妝樓；一邊是瓦礫數堆，一邊是奢侈繁華。古代的繁華是今日的荒冢，今日的繁華鬧市，焉知不是百年後的墳場？揚州幾度繁華，幾度衰落，世間滄桑變幻，唯有那千年的長江與邗溝，嗚咽地流過千年的歲月。江河也終有不再流淌的一天。「滄桑」這一主題，中國古代詩詞歌賦中有許許多多的描述，詩人抓住一個細節，將這一古老的主題寫出了新意：農民耕田時，不時地從土裡翻出古代貴人的玉搔頭。這一細節包含了曾經的美麗、繁華、死亡、荒涼、等待，在唯一永恆的時間面前，一切都是浮雲。

江上澄鮮❶秋水新，邗溝❷幾日雪迷津❸。千年戰伐❹百餘次，一歲變更何限人。盡把黃金通顯要❺，惟餘白眼❻到清貧。可憐道上饑寒子，昨日華堂❼臥錦茵❽。

【注釋】❶澄鮮　指冬日空氣清新。南朝宋謝靈運〈登江中孤嶼〉：「雲日相輝映，空水共澄鮮。」❷邗溝　也稱邗水、邗江。春秋時，吳王夫差為運糧以北上伐齊，開鑿自揚州至淮陰末口的運河，溝通了長江與淮河，後成為大運河的一段。宋秦觀〈邗溝〉：「霸落邗溝積水清，寒星無數傍船明。」❸津　渡口。❹戰伐　泛指戰爭。《史記・龜策列傳》：「然皆可以戰伐攻擊，推兵求勝。」❺顯要　顯赫要位。《晉書・諸葛恢傳》：「于時王氏為將軍，而恢兄弟及顏含並居顯要。」指身居高位、權勢顯赫之人。❻白眼　露出眼白，表示鄙薄或厭惡。《晉書・阮籍傳》：「籍又能為青白眼，見禮俗之士，以白眼對之。」引申為清高傲慢。唐王維〈與盧員外象過崔處士興宗林亭〉：「科頭箕踞長松下，白眼看他世上人。」❼華堂　指富貴之家。❽錦茵　錦製的墊褥，形容生活奢華。

【語譯】江面上冬日空氣清新，從上游流下來的尚是秋天的雨水，邗溝好多日子下雪，渡口一片迷蒙。千年來大小戰爭一百多次，一年中有許多人發生了變化。一些人們用盡黃金交結官位顯赫的權貴，惟剩下像我這樣清高傲慢清貧之人。可憐道路上那些饑寒交迫的人啊，說不定昨天還躺在富貴華堂溫暖華美的錦製褥墊上。

【研　析】春夏秋冬，去又復來，四時有序，天行有常，人世卻變化不定。從長遠來說，千年來揚州這地方大小戰爭一百多次，繁華破敗，再繁華，再破敗，一次又一次的輪回；就這一年中來說，也不知有多少人的生活發生了變化。有的使盡錢財，算盡機關，爬上高位；有的清高傲慢，貧困一生。有的昨天還是富貴榮華，今天已在路邊乞食。唐代李嶠「山川滿目淚沾衣，富貴榮華能幾時」，說盡了人生的無奈，板橋同時代的《紅樓夢・好了歌》對此也有生動的描述：「金滿堂，玉滿堂，轉眼乞丐人皆謗。」升沉榮辱，飄忽難測，還是「難得糊塗」，看開些吧。

曉行真州道中

【題　解】真州，即今儀徵，為揚州西鄰。板橋〈為馬秋玉畫扇〉曾自述：「余少時讀書真州之毛家橋，日在竹中閒步。」所謂「少時」，應在十餘歲。康熙五十七年（西元一七一八年），板橋二十六歲時，又前往真州江村充塾師。《儀徵縣續志》卷六〈名跡志・園〉：「（江村）在游擊署前。里人張均陽築，今廢。興化鄭板橋燮嘗寓此，與呂涼州輩唱和，有聯云：『山光撲面因新雨，江水回頭為晚潮。』」從「客途長伴一張琴」等內容來看，此應是第二次在真州時的作品。

僮僕飄零不可尋❶，客途長伴一張琴❷。五更上馬披風露，曉月隨人出樹林。麥秀❸帶煙春郭❹迥，山光隔岸大江深。勞勞❺天地成何事，撲碎鞭梢為苦吟。

【注　釋】❶僮僕飄零不可尋　板橋家原有僮僕，如乳母費氏，即是其祖母蔡老夫人的侍女，後因家道中落，遂四散飄零。❷客途長伴一張琴　板橋是否弄琴，尚未見有文獻記載。此句或自言身無長物。❸麥秀　指麥子抽穗。《史記・宋微子世家》：「箕子朝周，過故殷虛，感宮室毀壞，生禾黍，箕子傷之，欲哭則不可，欲泣為其近婦人，乃作〈麥秀〉之詩以歌詠之。其詩曰：『麥秀漸漸兮，禾黍油油。彼狡僮兮，不與我好兮！』」後多以「麥秀」感歎興亡。❹郭　外城，古代在城的周邊加築的一道城牆。《禮記・禮運》：「城郭溝池以為固。」❺勞勞　遙遠貌。勞，通「遼」。《詩・小雅・漸漸之石》「維其勞矣」，漢鄭玄箋：「山川者，荊舒之國所處也，其道里長遠，邦域又勞勞廣闊，言不可卒服。」孔穎達疏：「當從遼遠之遼，而作勞字者，以古之字少，多相假借。」元張翥〈瀞農歎〉：「勞勞千里役，泥雨半道途。」

【語　譯】家中僮僕們早就四散飄零無處可尋，外鄉為客途中，只有一張素琴常相伴隨。五更天就迎著夜風踏著露水上馬趕路，拂曉的月亮隨著旅人走出樹林。春天的早晨，煙霧迷濛中，看到麥子已經秀穗，真州的外城還很遙遠，大江深闊，對岸青山光色明亮。天地遼遠，究竟成何物事，打碎了鞭梢，都是為了苦心吟詩。

【研　析】人生就是一場場的奔波，一段段的路程。當代不論是宅男宅女還是上班一族抑或「農民工」，總是在心路、網路或打工路上奔走，而古代的遊子，則多在遊學、遊幕與遊宦。為了理想，也為了生活，人們行色匆匆。鄭板橋這次可能是去「就館」，即到一個私塾中教書。讀書人發達之前，如果他不是「富二代」，老爸沒什麼錢供養他，那他就只能自己想辦法先謀生了。板橋的父親鄭之本（字立庵），是縣學廩生，因成績好，由公家給以膳食，但他老人家一生大概也沒什麼功名，只能授徒糊口，板橋二十五六歲時娶妻生子，加上父親年邁，為謀生計，只好接過父親的衣缽，前往他鄉去當「孩子王」了。板橋十多歲時曾在真州江村（又稱西村）讀書，一個生活尚不能自理的小孩子，為什麼要跑到二百里之外的地方讀書呢？一個比較可信的解釋是，這個地方是板橋父親所就之館，板橋隨父讀書，應是題中應有之義。現在，父親老了，兒子自然來接班。離鄉背井，一個人到幾百里外的地方，一個月只掙一兩銀子，「家有三斗糧，不作孩子王」，不是為了生活，誰願意這麼奔波？「勞勞天地成何事」，想到這裡，板橋不免有些怨天恨地。好在一路上還可「苦吟」，此乃文人長技，多少算是對自己的一個安慰吧。

寄許生雪江三首

【題　解】從詩題及內容來看，許雪江應是鄭板橋在真州時的學生。分別三年中，師生有詩書來往。這是寫給許生的三首詩，第一首回憶師生共同讀書之樂，第二首寫對於弟子的期望，第三首寫希望能夠再見。

詩去將❶吾意，書❷來見爾情。三年俄❸夢寐，數語若平生❹。雨細窗明火❺，鴉棲柳暗城❻。小樓良夜靜，還憶讀書聲。

【注　釋】❶將　帶。❷書　書信。❸俄　俄頃；片刻。❹平生　平素；往常。❺火　火燭。❻柳暗城　指柳蔭濃密而使城池看上去變暗。宋周孚〈贈致遠〉：「古寺雲埋徑，官濠柳暗城。」

【語　譯】給你寫上幾首詩，帶去我的關懷之意，你的書信到了，字裡行間見到你的真情。三年的分別就像一場短暫的夢，書信中寥寥數語，就好像見到你當年的樣子。雨絲細細，燈火照亮了窗戶，老鴉棲息在柳樹中，濃蔭使得城池看上去變暗。那小樓的美好夜晚靜悄悄，還記得大家當年的讀書聲。

【研　析】「孩子王」生涯留給鄭板橋的，不僅僅是窮困、苦吟和牢騷，更多的是師生間美好純真的情誼。看到學生的來信，鄭板橋彷彿回到了真州江村，回到了當年教學的小樓。雨絲，風片，柳鴉，明窗，暗城，可能是現在的情景，也可能是對當年的回憶，一切都是那麼親切。在學生面前，鄭板橋不再「狂」，不再「怪」，完全是一個和藹可親的長者。

金紫❶人間事，縹緗❷我輩需。閑吟聊免俗，極賤到為儒❸。妙墨❹疑懸漏❺，雄才欲唾珠❻。時時盼霄漢❼，待爾入雲衢。

【注　釋】❶金紫　黃金印章和繫印的紫色絲帶。代指高官顯爵。《漢書・百官公卿表上》：「相國、丞相皆秦官，金印紫綬。」❷縹緗　指書卷，引申為讀書之業。縹，淡青色。緗，淺黃色。古時常用淡青、淺黃色的絲帛作書囊書衣，因以指代書卷。南朝梁蕭統〈文選序〉：「詞人才子，則名溢於縹囊；飛文染翰，則卷盈乎緗帙。」❸為儒　以儒為業，此指以塾師謀生。❹妙墨　謂佳妙的書法，此與「雄才」為互文，兼指內容好。宋朱熹〈仙洲新亭〉之二：「共說新亭好，真堪妙墨留。」❺懸漏　以滴水計量時間的一種儀器。也稱「漏刻」、「箭漏」。以漏壺插入標竿為「箭」，箭下有一箭舟浮懸。水流出或流入壺中，箭下沉或上升，藉以指示時刻。❻唾珠　口吐珍珠，形容出口成章，工於詩文。❼霄漢　與下文「雲衢」同義，原指天河，天街，喻指志向高遠，地位顯要。

【語　譯】金章紫綬的高官顯爵，雖是人間的俗事，書卷也是我們這些讀書人的所需。閒來吟詩填詞姑且可以免去些俗氣，人生的事業最低賤的也就是像我這樣在私塾做個教書先生。讀著你的佳妙書信，不知不覺中時間過得飛快，乃至懷疑懸漏出了毛病，你的雄才，出口下筆就成珍珠。時時盼你志向高遠，等待你高中魁第，直上青雲。

【研　析】教學生常陷兩難境地。教他清高不同流俗，他會憤世嫉俗，眼高手低，最後一貧如洗，一事無成；教他現實一些，干取祿位，他又會迎合世俗，最後同流合汙。鄭板橋也處在這種尷尬境地。他希望學生直上霄漢雲衢，拾取「金紫」，又希望學生能閒吟免俗。他對學生期許以「縹緗」、「妙墨」、「雄才」，但也清楚地知道，只有這些，不去習學時文，不走科舉之路，那就只能真的在一生「閒吟」中「極賤到為儒」了。沉吟猶豫間，理智戰勝了情感，為學生的前途著想，最後還是勸學生現實一點，好好地博取功名吧。

不捨江干❶趣，年來❷臥水村。雲揉❸山欲活，潮橫雨如奔。稻蟹乘秋熟，豚❹蹄佐酒渾❺。野人❻歡笑罷，買棹❼會相存❽。

【注　釋】❶江干　江邊；江岸。南朝梁范雲〈之零陵郡次新亭〉：「江干遠樹浮，天末孤烟起。」❷年來　近年以來。唐戴叔倫〈越溪村居〉：「年來橈客寄禪扉，多話貧居在翠微。」❸雲揉　即揉雲，李白〈清平樂〉：「盛氣光引爐烟，素草寒生玉佩。應是天仙狂醉，亂把白雲揉碎。」❹豚　豬。❺酒渾　渾酒，相對於「清酒」而言。清酒，經過特別過濾，用以祭祀。渾酒，村野家常所飲之酒。宋陸游〈遊山西村〉：「莫笑農家臘酒渾，豐年留客足雞豚。」❻野人　郊野之人。野，離城很遠之地。城外為郊，郊外為野。❼買棹　雇船。棹，舟楫，代指舟。❽存　存問；相會。

【語　譯】捨不下江邊的樂趣，近年來一直在那水村居住。天公揉弄著白雲，群山青翠，就像活的一般，江潮橫湧，大雨奔騰而來。稻子螃蟹在這秋天都已經成熟，啃著豬蹄，飲著渾酒，我們就像郊野農夫那樣，一直歡笑到很晚。嚮往過去的歡樂，有機會我要雇隻船前去和你相會。

【研　析】這一首回憶在真州江村的生活。雖然清苦，但郊野也有郊野的樂趣。青山，白雲，江潮，大雨，都給板橋留下了深深的印象，但最美好的回憶，是和學生們一齊享受新米、秋蟹、豬蹄、渾酒，談天論地，一直到夜深。師生關係與一般的親友關係不同，這裡沒有家務瑣事，沒有利害衝突；師生關係與官場關係也完全不同，這裡沒有爾虞我詐，沒有表面文章。樸素的生活，真誠的情感，是師生關係的主要內容。那種輕鬆愉快的氣氛，使人有重溫這種生活的衝動。

閑居

【題　解】從內容來看，此詩大約作於自真州江村歸來，到揚州賣畫之前在家鄉興化的「閒居」期間。詩中描述了溫馨的家庭生活。

懶慢從來應接❶疏，閉門掃地足閑居。荊妻❷拭硯磨新墨，弱女❸持箋❹索楷書。柿葉微霜千點赤，紗廚❺斜日半窗虛。江南❻大好秋蔬菜，紫筍❼紅薑❽煮鯽魚。

【注　釋】❶應接　應酬接待。《後漢書．馬援傳》：「客卿幼而歧嶷，年六歲，能應接諸公，專對賓客。」❷荊妻　對人謙稱自己的妻子。荊，荊枝製作的髻釵，形容貧困。❸弱女　指小姑娘。古時閨女以弱小為美。晉陶潛〈和劉柴桑〉：「弱女雖非男，慰情良勝無。」❹箋　精美的小幅紙張，供題詩、寫信等用。南朝陳徐陵〈玉臺新詠序〉：「五色花箋，河北膠東之紙。」❺紗廚　紗帳。室內張施用以隔層或避蚊。唐司空圖〈王官〉之二：「盡日無人只高臥，一雙白鳥隔紗幮。」❻江南　清初置江南省，揚州為其屬地。後分置江蘇、安徽二省。習慣上將江北的通、揚地區仍然視為「江南」。❼紫筍　茶之品種名，較名貴。宋陸游〈病酒新愈獨臥蘋風閣戲書〉自注：「紫筍，蒙頂之上者，其味尤重。」此泛指名茶。❽紅薑　嫩薑帶芽成淺紅色。唐白居易〈招韜光禪師〉：「白屋炊香飯，葷膻不入家。濾泉澄葛粉，洗手摘藤花。青芥除黃葉，紅薑帶紫芽。」

【語　譯】本人生性慵懶散漫，一貫疏於應酬接待，整天閉上大門，掃地只是為了閒居。雖然貧賤，但有賢惠的妻子為我擦拭硯臺研磨新買的墨塊，可愛的女兒拿著漂亮的小花紙要我給她寫幅楷書。屋外柿子樹葉經受了輕微的秋霜，葉面上生出了許許多多紅色的斑點，陽光斜照在室內的紗帳上，窗子一半空明一半暗淡。正是江南秋天的蔬菜上市的大好季節，用些紫筍名茶和泛紅的嫩薑來煮鯽魚。

【研　析】快到而立之年的鄭板橋，正是人生的關鍵時期。書是不想教了，況且在那個年代，就是尋個學館教書也很不容易。東家稍有不滿，這館中的「西席」就很尷尬不安。鄭板橋回家後，無事可幹，因此就「被閒居」了，他要休息休息，想想下一步該怎麼做。雖然沒了收入，但日子總還要過下去的，有妻子兒女的陪伴，也是苦中有樂。詩中選取家庭生活中最使人感到溫暖的幾個細節和景物。妻子替他磨墨，女兒要他教寫字，柿葉上新添了紅點，小窗半明半暗——最使人難忘的，是「紫筍紅薑煮鯽魚」，如此情調，也「閒」得很可愛。

七歌

【題　解】〈七歌〉是一種習用的組詩體，一般由七首七言古詩歌行體組成。唐杜甫有〈乾元中寓居同谷縣作歌七首〉，後人多有模仿，遂成一體。人到而立之年，不免有些感慨，這組詩自述生平，表達了對於親友師長的感恩之情，同時也感歎自己年已三十尚一事無成，句裡行間頗有對命運的種種不甘心。也正是由於這種不甘心，板橋才在繼續科舉之路的同時，下決心去揚州城以書畫自給，這對於他後來成為「揚州八怪」之首，成為著名書法家、畫家，有至關重要的作用。

鄭生三十無一營❶，學書學劍皆不成❷。市樓飲酒拉❸年少，終日擊鼓吹竽笙❹。今年父歿❺遺書賣，剩卷殘編看不快。爨❻下荒涼告絕薪，門前剝啄❼來催債。嗚呼一歌兮歌逼側❽，皇遽❾讀書讀不得。

【注　釋】❶營　營生；謀生。此指謀生的職業或手段。❷學書學劍皆不成　此指學了一些營生，但都沒有成功。《史記・項羽本紀》：「學書不成，去，學劍，又不成」。學書學劍，原指學文練武。❸拉　拉攏；聯絡；招引。❹竽笙　兩種樂器名。此泛指樂器。❺歿　死亡；去世。❻爨　鍋灶。❼剝啄　形容嘈雜聲。❽逼側　狹窄，形容貧窮困窘。❾皇遽　惶恐驚遽。

【語　譯】我是姓鄭的晚生，已經三十而立之年了，還沒有一個正當的營生。學文學武都沒成功。街市上的酒樓裡，招引了幾個少年一起喝酒，整天打鼓吹竽吹笙玩樂。到今年父親去世，又賣了他老人家留下的書籍度日，看到殘剩的書卷，心中很是難過。鍋灶荒涼冰冷已經斷了好幾頓，門前卻又傳來債主們催債的怒吼聲。啊呀呀唱第一首歌啊唱唱我的貧窮困窘，惶恐驚遽中想讀書也讀不成。

【研　析】鄭板橋是很努力學習的。他跟隨父親學習時文準備科舉，他十六歲起就隨鄉先賢陸種園先生努力學習填詞，可能還跟隨同鄉長輩王國棟、顧于觀等人學習過詩文，他師古人、法造化，努力習書學畫。他的努力後來終於有了回報，他是「康熙秀才、雍正舉人、乾隆進士」，做過十多年的縣官；他後來成為著名的詞人，詞風別具一格，他的詩文也很有成就；當然他最大的成就是在書畫藝術方面，他後來果然成為著名的書畫家，並能夠以此「營生」，其由朋友拙公和尚參謀而自定的「潤格」為「大幅六兩，中幅四兩，小幅二兩，書條、對聯一兩，扇子、斗方五錢」，且要現銀，不要實物不能賒賬，收入應還算不錯。當然，在他三十歲的這當兒，他還不知道自己的這些努力是否會有成功的一天。而立之年，正是人生中最為尷尬的時候——你不一定功成名就，甚至還不一定能養活自己，可在這時，大家對你的期望卻很高很殘酷——妻子兒女嗷嗷待哺，而一貫無償資助你的老爸，這時會突然離你而去，在這困難的時刻，鄭板橋也不免發發牢騷。但他並沒有如同古代的讀書人那樣一味地抱怨「不才明主棄」，也沒有如同當代憤青大罵世道不公當局有眼無珠。牢騷發完，便作出了也許是一生中最為重要的決定：到揚州城擺攤賣畫，同時也不放棄科舉，勇敢地承擔起一個男人的責任。

我生三歲我母無❶，叮嚀難割襁❷中孤。登床索乳抱母臥，不知母歿還相呼。兒昔夜啼啼不已，阿母扶病隨啼起。婉轉噢撫❸兒熟眠，燈昏母咳寒窗裏。嗚呼二歌兮夜欲半，鴉棲不穩庭槐斷。

【注釋】❶我生三歲我母無　板橋虛四歲時生母汪夫人去世。❷襁　襁褓，背負嬰兒用的寬帶和包裹嬰兒的被子。後泛指嬰兒包。《列子・天瑞》：「人生有不見日月，不免繈褓者，吾既已行年九十矣。」❸噢撫　即噢咻。謂撫慰病痛。唐陸贄〈奉天請罷瓊林大盈二庫狀〉：「瘡痛呻吟之聲，噢咻未息，忠勤戰守之效，賞賚未行。」明張居正〈門生為師相中元高公六十壽序〉：「問民所疾苦，撫摩而噢咻之。」

【語　譯】我生下來三歲時母親就去世了，她死時叮嚀父親好好照顧我，實難割捨下襁褓中的孤兒。我爬上床尋找母親的乳頭，抱著母親躺下，不知道母親已經死了，還一聲聲叫著媽媽。我以前夜裡啼哭不停，聽到我的哭聲，母親抱病起來，婉轉溫和地撫慰哄我睡著，這時油燈昏暗，母親咳嗽著，身影映在寒風中的窗戶裡。啊呀呀這第二首歌啊，是唱那夜半時分，老鴉棲息不穩，庭院中的槐樹枝折斷。

【研　析】鄭板橋有一個悲慘的童年——三歲就死了母親，也許是後來繼母的轉述，也許是母親去世的場景對年幼的板橋有太深的刺激，鄭板橋成年後，對於兒時的母親有痛徹心肺的印象：平時母親「婉轉噢撫」，「燈昏母咳寒窗裏」，母親死時「叮嚀難割」，自己不知母親已死而「登床索乳」等細節，經常浮現在眼前。「世上只有媽媽好，有媽的孩子是個寶，沒媽的孩子是棵草」，古今中外，人同此心，心同此理啊。

無端涕泗橫闌干❶，思我後母❷心悲酸。十載持家足辛苦❸，使我不復憂饑寒。時缺一升半升米，兒怒飯少相觸抵❹，伏地啼呼面垢污，母取衣衫為湔洗❺。嗚呼三歌兮歌彷徨❻，北風獵獵❼吹我裳。

【注　釋】❶闌干　縱橫散亂貌；交錯雜亂貌。漢趙曄《吳越春秋．句踐入臣外傳》：「王與夫人歎曰：『吾已絕望，永辭萬民，豈料再還，重復鄉國。』言竟掩面，涕泣闌干。」❷後母　板橋繼母郝夫人，待板橋如親子。❸十載持家足辛苦　郝夫人嫁入鄭家，十載而逝，時板橋一十四歲。❹觸抵　抵觸頂撞。三國魏曹丕〈豔歌何嘗行〉：「少小相觸抵，寒苦常相隨。」❺湔洗　洗滌。宋蘇轍〈登南城有感示文務光王遹秀才〉：「清風皎冰玉，滄浪自湔洗。」❻彷徨　此謂坐立不安，心神不定。漢班固《白虎通．宗廟》：「念親已沒，棺柩已去，悵然失望，彷徨哀痛。」❼獵獵　象聲詞。南朝宋鮑照〈上潯陽還都道中〉：「鱗鱗夕雲起，獵獵晚風遒。」

【語　譯】無緣無故地眼淚流在臉上縱橫散亂，原來是思念我的後母心裡悲痛酸楚。她老人家十年主持家務十分辛苦，使我不再憂慮挨餓受凍。有時候家裡沒有了糧食，我那時很小不懂事還為沒有吃飽抵觸頂撞，趴在地上哭鬧弄髒了臉和衣服，後母取走衣衫為我洗得乾乾淨淨。啊呀呀這第三首歌啊，是唱我坐立不安，心神不定，那北風呼呼地吹起了我的衣裳。

【研　析】板橋雖然三歲就死了母親，但萬幸的是，他有一個非常疼愛他的繼母。不論是在中國還是外國的文化語境中，「後娘」都是邪惡的代名詞。外國有白雪公主的故事，中國有「孤兒行」。但那些悲慘的故事沒有發生在鄭板橋身上。詩裡沒有詳寫後母十載持家，照顧前妻兒女的辛苦，只寫了感人至深的一件事——年幼的板橋不知家中已經斷糧，因沒吃飽賴在地上撒潑，弄髒了衣服，後母並沒有責怪他，而是給他換洗衣服，就是親娘，也不過如此吧？現在，後母也去世了，板橋想念她，心中十分悲痛酸楚。每當北風吹起他的衣裳，他就會想到當年後母寬容他，為他洗衣服這件事。

有叔有叔❶偏愛侄，護短論長潛覆匿❷。倦書❸逃藥❹無事無，藏懷負背趨而逸❺。布衾❻單薄如空橐❼，敗絮零星兼臥惡。縱橫❽溲溺❾漫不省，就濕移乾叔夜醒。嗚呼四歌兮風蕭蕭❿，一天寒雨聞雞號。

【注　釋】❶有叔有叔　即叔叔。有，語助辭。❷護短論長潛覆匿　言叔叔愛護他，庇護他的短處，只說他的長處，偷偷地為他掩匿過失。❸倦書　倦於讀書。❹逃藥　逃避吃藥。逃，猶逃學、逃課之「逃」。一說，逃避勸戒之言；不聽長輩的訓誡。藥，藥言。《舊唐書・儒學傳下・邢文偉》：「自非情思審諭，義均弼諧，豈能進此藥言，形於簡墨。」❺藏懷負背趨而逸　所指未詳。或承上句，言將書卷紙張筆墨等物藏於懷負於背而逃學；或言兒童頑劣，有所懷挾而避逸。❻布衾　布被，相對於綿被而言，較單薄。唐杜甫〈茅屋為秋風所破歌〉：「布衾多年冷似鐵，嬌兒惡臥踏裏裂。」此指被子單薄。❼橐　盛物的袋子。❽縱橫　言小便四處流淌。❾溲溺　此言溺床。❿蕭蕭　象聲詞。可形容風聲。《戰國策》卷三十一：「風蕭蕭兮易水寒，壯士一去兮不復還。」

【語　譯】小叔叔對我這個侄兒有所偏愛，庇護我的短處，只說我的長處，偷偷地為我掩匿過失。白天裡我們逃學逃藥無事不為，藏在懷裡負在背上一溜小跑躲藏起來。到晚上被子單薄好像一個空口袋，裡面只有零星的破敗綿絮，冷得讓人睡不好覺。夢中我會尿床，小便四散流淌，我迷迷糊糊還不覺得。我們一會兒躺在溼的地方，一會兒移到乾的地方，把小叔叔折騰得半夜醒來。啊呀呀這第四首歌啊，是唱我啊在這蕭蕭的風聲中，滿天的寒雨，睡不著覺，只聽到晨雞的鳴叫。

【研 析】板橋的小叔叔名之標，字省庵。之標生子墨，字五橋，比板橋小二十多歲。從此推算，這位小叔叔比板橋大不了幾歲。在這風雨交加的寒冷夜晚，他自然而然地回憶起當年和小叔叔的一些往事。所謂「小舅小叔，相追相逐」，雖然他們是叔侄，但因年歲彷彿，兩個人更像兄弟朋友。他們同床共被，親如手足，一起頑皮，一起逃學，出了事自然有小叔叔擔待，即使是板橋的過失，小叔叔也會替他遮掩。當年倦書逃藥，藏懷負背，乃至溺床等糗事，如今也成了溫馨的回憶。

幾年落拓❶向❷江海❸，謀事十事九事殆❹。長嘯一聲沽❺酒樓，背人獨自問真宰❻。枯蓬❼吹斷久無根，鄉心❽未盡思田園。千里還家到反怯❾，入門忸怩❿妻無言。嗚呼五歌兮頭髮豎，丈夫意氣閨房沮⓫。

【注 釋】❶落拓 貧困失意，景況淒涼。唐李郢〈即目〉：「落拓無生計，伶俜戀酒鄉。」❷向 去；前往。《後漢書・文苑傳上・杜篤》：「師之攸向，無不靡披。」❸江海 泛指四方各地。《後漢書・蔡邕傳》：「邕慮卒不免，乃亡命江海，遠跡吳會。」猶言江湖，泛指社會，與學校、官場等相對應。❹殆 危亡；危險。《詩・小雅・正月》：「民今方殆，視天夢夢。」鄭玄箋：「方，且也。民今且危亡。」此指不成功。❺沽 賣。《論語・子罕》：「有美玉於斯，韞匵而藏諸？求善賈而沽諸？」❻真

宰　宇宙的主宰。《莊子・齊物論》：「若有真宰，而特不得其眹。」唐杜甫〈遣興〉之一：「性命苟不存，英雄徒自強，吞聲勿復道，真宰意茫茫。」❼枯蓬　枯乾的蓬草，因其隨風飄蕩，故以之喻行蹤不定。宋陸游〈宿仙霞嶺下〉：「吾生真是一枯蓬，行遍人間路未窮。」❽鄉心　思念家鄉之心情。唐劉長卿〈新年作〉：「鄉心新歲切，天畔獨潸然。」❾千里還家到反怯　用唐宋之問〈渡漢江〉「近鄉情更怯，不敢問來人」典。❿忸怩　羞愧不安貌。《書・五子之歌》：「鬱陶乎予心，顏厚有忸怩。」⓫沮喪；灰心失望。《莊子・逍遙遊》：「且舉世而譽之而不加勸，舉世而非之而不加沮。」

【語　譯】這幾年貧困失意走四方謀生，做的事情十件有九件未能成功。酒樓上長長地呼嘯一聲，獨自背著人時也曾詰問那宇宙的主宰。我好似枯乾的蓬草，早已被吹斷沒有了根，思念家鄉之心還沒有耗盡，時常想念家鄉的田園生活。如今從千里之外回到家鄉反而有些害怕，進了家門更有些羞愧不安，妻子激動得說不出話來。啊呀呀這第五首歌啊，是唱我啊先前還是頭髮直豎，一番大丈夫的意氣風發，但見了妻子兒女，卻因為不能養活他們而感到灰心沮喪。

【研　析】丈夫在外沒有掙到什麼錢，妻子很是理解，沒有嘮叨埋怨，想問又沒有問。越是這樣，做丈夫的反而更是不好意思。板橋二十三歲時與同邑徐氏成婚，二十六歲時出外謀生，夫妻二人聚少離多。詩中準確地把握了夫妻間長期分離，久別重聚的心理和神態——丈夫因失意而歸忸怩不安，妻子有些激動，有些羞澀，一時竟說不出話來。

我生二女復一兒，寒無絮絡饑無糜❶。啼號觸怒事鞭朴❷，心憐手軟翻成悲。蕭蕭❸夜雨盈階戺❹，空床破帳寒秋水。清晨那得餅餌❺持，誘以貪眠罷早起。嗚呼眼前兒女兮休呼爺，六歌未闋❻思離家。

【注釋】❶糜　粥。三國魏曹操〈苦寒行〉：「擔囊行取薪，斧冰持作糜。」❷鞭朴　鞭打，泛指體罰。❸蕭蕭　雨聲。❹階戺　臺階。《書·顧命》：「四人綦弁，執戈上刃，夾兩階戺。」❺餅餌　餅類食品的總稱。《急就篇》卷十：「餅餌麥飯甘豆羹。」顏師古注：「溲麪而蒸熟之則為餅，餅之言并也，相合并也；溲米而蒸之則為餌，餌之言而也，相黏而也。」此泛指食品。❻未闋　未成；未唱完。闋，一曲終了。《禮記·郊特牲》：「賓入大門而奏〈肆夏〉，示易以敬也，卒爵而樂闋。」

【語譯】我生了兩個女兒一個兒子，天寒時沒有綿衣，饑餓時沒有粥飯。他們的哭叫觸怒了我，很想拿鞭子打他們，心裡疼愛他們手軟打不下去，自己反而很是悲傷。夜晚蕭蕭大雨漫過了臺階，空空的床上只有破帳子，床下是寒冷的秋水。到了清晨不知怎麼才能弄到早飯，只好讓他們多睡一會兒不要早早起床。啊呀呀眼前的兒女們不要再呼喊爺了，這第六首歌啊還未唱完，我就在考慮離家出外謀生了。

【研析】對兒女，鄭板橋滿心愧疚。在饑寒的兒女面前，所有的清高，所有的面子，都已不再重要。重要的是養家糊口，使他們免受凍餓。經常有人指責中國知識分子沒有「脊梁」，這是不公正的。當你的兒女瘦骨嶙峋，瑟瑟發抖，那營養不良的大腦袋上，一雙發亮的大眼睛期待地看著你時，作為父親，你還清高什麼？你的脊梁還能挺得起麼？活著才是最重要的。鄭板橋也事干謁，走門路，試圖謀個一官半職。這不僅是讀書人「治國平天下」的情結使然，也是現實生活的需要。板橋對兒女們疼愛有加，但殘酷的現實是，不管他怎麼努力養家，他心愛的兒子還是因凍餓而亡。

種園❶先生是吾師，竹樓❷、桐峰❸文字奇。十載鄉園共遊憩❹，壯心磊落❺無不為。二子辭家弄筆墨❻，片語千人❼氣先塞。先生貧病老無兒，閉門僵臥桐陰❽北。嗚呼七歌兮浩縱橫❾，青天萬古終無情。

種園先生陸震，竹樓王國棟，桐峰顧于觀。

【注　釋】❶種園　陸震字。劉熙載等《重修興化縣志》卷八〈人物志．文苑．國朝〉：「陸震，字仲子，一字種園。廷掄子。少負才氣，傲睨狂放，不為齷齪小謹。宋家宰犖巡撫江南，期以大器。震澹於名利，厭制藝，攻古文辭及行草書。貧而好飲，輒以筆質酒家，索書者出錢為贖筆。家無儋石儲，顧數急友難。某負官錢，震出其先儀部奉使朝鮮方正學輩贈行詩卷，俾質金以償。後遂失之，某恧甚，震曰：『甑已破矣。』與其人交契如初。詩工截句，詩餘妙絕等倫，鄭燮從之學詞焉。所填甚夥。身後無子，稿半佚。同里劉宗霈搜羅薈萃，屬休寧程某鋟版行世。」康熙四十七年（西元一七〇八年），板橋十六歲前後，師從陸種園先生學填詞。❷竹樓　鄉賢王國棟號。國棟，字殿高，乾隆六年副榜，工詩善書，有

《秋吟閣詩鈔》。王國棟逝後，為徐述夔案牽連，書禁版削。後出之《板橋集》則削去「王國棟」三字。❸桐峰　鄉賢顧于觀號。劉熙載等《重修興化縣志》卷八〈人物志・文苑・國朝〉：「顧于觀，字萬峰，一字澥陸。父問。……于觀性嗜古，不屑攻舉子業，書出入魏晉。……居鄉惟與李鱓、鄭燮友，目無餘子。……少為庠生，俄棄去，以山人終。著《澥陸詩鈔》。」❹遊憩　遊玩休息。北魏酈道元《水經注・洹水》：「淥水平潭，碧林側浦，可遊憩矣。」❺磊落　山高大貌，引申為人物形神壯偉，胸懷坦蕩。《晉書・索靖傳》：「體磥落而壯麗，姿光潤以粲粲。」宋孔平仲《孔氏談苑・真宗取士必視器識》：「真宗雖以文詞取士，然必視其器識。每賜進士及第，必召高第三四人，並列于庭，更察其形神磊落者，始賜第一人及第，或取其所試文詞有理趣者。」❻弄筆墨　指以筆墨文字謀生。❼干人　干謁，對人有所求而請見。《北史・酈道元傳》：「(弟道約)好以榮利干謁，乞丐不已。」❽桐陰　梧桐樹陰，喻高潔。唐李頎〈題盧道士房〉：「上章人世隔，看奕桐陰斜。稽首問仙要，黃精堪餌花。」❾縱橫　雄健奔放；無所顧忌。漢劉楨〈贈五官中郎將〉之四：「君侯多壯思，文雅縱橫飛。」唐杜甫〈戲為六絕句〉之一：「庾信文章老更成，凌雲健筆意縱橫。」

【語　譯】種園先生是我的老師，竹樓、桐峰兩位朋友的詩文也頗奇佳。十年來我們在鄉園一同遊玩休息，雄心壯志胸懷坦蕩，沒有什麼事不敢去做。兩位朋友辭別家鄉，到外地以筆墨謀生，想以片語隻句求人幫忙，話未說出就已氣結喉塞。我的老師貧窮而又生病，到老了沒有兒子照顧，關上門直挺挺地躺在梧桐樹陰之北。啊呀呀這第七首歌啊，是要唱出我們的浩氣，雄健奔放無所顧忌，但那冥冥青天，萬古以來，始終無情。種園先生指陸震，竹樓指王國棟，桐峰指顧于觀。

【研　析】板橋的狂放深受家鄉的幾位著名人物的影響。他在詩中列舉了對他影響最大的三位人物，一位是他的老師，另兩位是他的朋友。這三位人物的共同特點，是才華橫溢，性格豪放，其共同遭遇，是落拓不偶，命運坎坷。所謂物以類聚，人以群分，鄭板橋也是這一類人物，也走過了相似的人生道路。鄭板橋歌哭他們的生平遭遇，也是在歌哭自己。這組〈七歌〉寫人間真情，長歌當哭，一字一血淚。板橋對待他治下的子民，是真情至性的熱愛，這「愛民如子」，來源於他的父母、後母、叔父、妻子、兒女、師長對他曾經的無微不至的關愛。面對這個世界，他狂他糊塗；面對親友至愛，他卻有一顆永遠感恩的心。對於所有那些給了他愛的人，他永記在心，並推己及人。

哭惇兒五首

【題　解】惇兒，板橋徐夫人所生子，約五歲時夭亡。中年喪子為人生之大不幸。白髮人送黑髮人，情何以堪。古代因生活條件差，醫藥不發達，兒童死亡率很高，如家庭經濟狀況不佳，孩子抵抗力差，就很難渡過七災八難。這五首詩記述了一個傷心的父親對幼小亡兒的深情和負疚之感。其第一首寫祭奠，二首回憶，三首擔心，四首招魂，五首超生。一首一哭，一字一淚，令人心酸。

天荒❶食粥竟為長，慚對吾兒淚數行。今日一匙澆汝飯❷，可能呼起更重嘗。

【注　釋】❶天荒　長久未能打破之事，猶「天經」。此指家中固窮，食粥為常態。❷澆汝飯　指以湯澆飯，湯飯為小兒飯食，也含祭奠義。

【語　譯】長期以來頓頓吃粥竟成了慣例，對兒子，我這做父親的非常慚愧，淚水不知不覺中就流了下來。今天來祭奠你，餵給你一勺湯泡飯，不知還能不能把你叫醒，再嘗嘗父親給你準備的飯食。

【研　析】兒子已經去了，板橋很難接受這個事實。兒子饑寒而死，他這個無能的窮爸爸應負最大的責任。愧疚之下，在孩子的忌日，板橋給孩子準備了湯飯，舀了一匙，澆奠給亡兒。可憐他在世時沒有吃飽過，現在也不知能否喚起他的靈魂來嘗嘗。

歪角鬏兒❶好戴花，也隨諸姊耍盤鴉❷。於今寶鏡無顏色❸，一任朝光滿碧紗❹。

【注　釋】❶歪角鬏兒　斜在一邊的髮結，通常為小兒所梳。鬏，頭髮盤成的髻。❷盤鴉　指婦女盤捲黑髮而成的頭髻。唐孟遲〈蓮塘〉：「脈脈低回殷袖遮，臉黃秋水髻盤鴉。」鴉，指黑髮。❸顏色 面容。❹碧紗 指碧紗幮，碧青色的紗帳。以木為架，頂及四周蒙以綠紗，可以折疊。夏令張之，以避蚊蠅。唐王建〈贈王處士〉：「松樹當軒雪滿池，青山掩障碧紗幮。」

【語　譯】當年給你梳個小男孩的歪角髮結，這髮型正好戴花，可你要學兩個姊姊，也想梳個盤鴉頭。現在家裡的鏡子中，再也看不到你的面容，聽任早晨的陽光照滿碧色的紗帳。

【研　析】兒子在世的短短五年間，給家人帶來了許多歡樂。作者選取了過去和於今兩個場景，來描述孩子當年的音容笑貌，以及如今人去物在的悲涼——孩子不要可戴花的歪角髮，非要學姊姊們那樣的髮型，這個情節在當年會使大人們有些煩，現在回想起來，卻正能體現孩子的天真頑皮。如今孩子不在了，但他曾照過的鏡子還在，他睡過的碧紗幮只有早晨的陽光空照著。

墳草青青白水❶寒，孤魂小膽怯風湍❷。荒塗野鬼誅求❸慣，為訴家貧楮鏹❹難。

【注　釋】❶白水 指露水。❷風湍 指風波；困難。湍，急流。❸誅求 索求；強制徵收。《左傳・襄公三十一年》：「以敝邑褊小，介於大國，誅求無時，是以不敢寧居，悉索敝賦，以來會時事。」杜預注：「誅，責也。」❹楮鏹 祭供時焚化用的紙錢。楮，指紙，楮皮可製皮紙，故有此代稱。鏹，錢貫，引申為錢。宋洪邁《鬼國記》：「移時宴罷，乃焚燒楮鏹，漸次聞人哭聲。」

【語譯】你墳上的小草青青，草上的露水還有些寒冷，你在地下是個孤魂，那小小的膽子，一定害怕陰間的風波。荒路上的野鬼索求慣了，如果他們向你要很多錢，你就告訴他們，我們家很窮，籌備這點錢已經很不容易了。

【研析】做父親的擔心兒子在另外一個世界受人欺負，便教給他應對之道。不管如何強大的人，其內心都有柔軟的部分。儘管兒子已經死了，但板橋還是時時事事都在為兒子考慮，兒子在那兒錢夠不夠用，會不會受野鬼欺負，都為兒子想得很周到。可憐天下父母心啊。

可有森嚴❶十地❷開，兒魂一去幾時回？啼號莫倚嬌憐態，邏剎❸非
而父母來。

【注釋】❶森嚴　形容陰間陰森威嚴。❷十地　梵語意譯。或譯為「十住」。佛家謂菩薩修行所經歷的十個境界。各派名目或有不同。大乘菩薩十地為：歡喜地，離垢地，發光地，焰慧地，極難勝地，現前地，遠行地，不動地，善慧地，法雲地。唐高宗〈謁慈恩寺題奘法師房〉：「蕭然登十地，自得會三歸。」❸邏剎　即羅剎，惡鬼名，梵語的略譯。相傳原為南亞次大陸土著名稱。後用以稱惡人惡事，演為惡鬼名。唐慧琳《一切經音義》卷二十五：「羅剎，此云惡鬼也，食人血肉，或飛空，或地行，捷疾可畏也。」

【語　譯】到底有沒有傳說中的森嚴十地，兒子你的魂靈這一去幾時能回？你在那哭叫時，不要撒嬌，不要流露出可憐的樣子，你會遇到陰間的羅剎惡鬼，那可不是你的父母。

【研　析】板橋希望兒子的靈魂能常常回家，又希望兒子在另外一個世界能修成正果。但他最擔心的，仍然是孩子太小，還是在父母懷中倚嬌作態的年齡，現在孩子一個人去了那個世界，板橋希望他能勇敢一些，如果遇到羅剎惡鬼，也不要害怕，不要啼哭，因為那不是父母，哭也沒有用。

蠟燭燒殘尚有灰，紙錢飄去作塵埃。浮圖❶似有三生❷說，未了前因❸好再來。

【注　釋】❶浮圖　即佛陀；佛家。梵語 Buddha 的音譯。晉袁宏《後漢紀·明帝紀上》：「浮屠者，佛也。西域天竺有佛道焉。佛者，漢言覺。將悟羣生也。」❷三生　佛教語。指前生、今生、來生三世轉生。唐牟融〈送僧〉：「三生塵夢醒，一錫衲衣輕。」❸前因　佛教語，謂事皆種因於前世，故稱。南朝梁沈約〈形神論〉：「若修此力致，復有前因，因熟果成，自相感召。」

【語　譯】蠟燭點完了尚有灰燼留下，紙錢燒成灰飄走了就變作了塵埃。佛家好像有「三生轉世」的說法，如果我們父子還有前世的因果沒有了結，那你可以轉世再投胎到我們家來。

【研　析】雖然給兒子燒了蠟燭紙錢招魂，但他也知道，兒子是永遠回不來了。於是他又寄希望於佛家的傳說，要是真能有三生轉世的因果，他多麼希望兒子能再回到身邊。大約二十年後的乾隆九年（西元一七四四年），「細君」饒五姑娘為已經五十二歲的鄭板橋又生了個兒子，這也許就是犉兒轉世？非常令人惋惜的是，這個兒子在六歲的時候，也因病而離開了人世。這也許就是命中注定？

村塾示諸徒

【題　解】此詩作於真州江村塾中。詩中流露了一個塾師的微妙心理。

飄蓬❶幾載困青氈❷，忽忽❸村居又一年。得句喜拈花葉❹寫，看書倦當枕頭眠。蕭騷❺易惹窮途恨，放蕩深慚學俸錢❻。欲買扁舟從釣叟，一竿春雨一蓑煙。

【注　釋】❶飄蓬　飄飛的蓬草。比喻飄泊無定。南朝梁劉孝綽〈答何記室〉：「遊子倦飄蓬，瞻途杳未窮。」❷青氈　比喻清貧生活。晉裴啟《語林》：「王子敬在齋中臥，偷人取物，一室之內畧盡。子敬臥而不動，偷遂登榻，欲有所覓。子敬因呼曰：『石染青氊是我家舊物，可特置否？』於是羣偷置物驚走。」❸忽忽　倏忽；急速。《楚辭・離騷》：「欲少留此靈瑣兮，日忽忽兮其將暮。」❹花葉　花片；花瓣。指以花葉為箋。唐李商隱〈牡丹〉：「我是夢中傳彩筆，欲書花葉寄朝雲。」❺蕭騷　蕭條淒涼。宋范成大〈公辦再贈復次韻〉：「書生活計極蕭騷，爝火微明似束蒿。」❻學俸錢　官府發給生員的廩食。元朱德潤〈德政碑〉：「城中書生無學俸，但得錢多作好頌。」一說，指塾師的報酬。

【語譯】我就像那飄飛的蓬草，這幾年窮困清貧，轉眼間在這江村居住又過了一年。想得了詩句，高興地拾起花葉寫下，看書看累了就把書當成枕頭睡上一覺。蕭條淒涼容易牽惹起無路可走的怨恨，放蕩不拘深感愧對學俸錢。想雇隻小船跟從老漁翁去釣魚，過一過春天的煙雨中一根釣竿一件蓑衣的隱居生活。

【研析】面對學生，不好意思太哭窮，不能大發牢騷，也不能過多地散布不好好學習，要去過釣魚翁生活的消極情緒。板橋先生在這一點上分寸掌握得還是比較適當的。隱居釣魚，是文人標榜清高必須要表示出來的，不管你多麼需要一份官俸來養家，也不管你多麼需要在離開這個世界的時候，在碑文上大書那長長的銜爵職級，更不管你是否真的有清高的資本，或在內心深處真正有歸隱山林的念頭，總之，在口頭上、態度上，你必須「清高」，否則你就是一個利欲熏心的市井之徒，你就不是一個合格的知識分子。這就是《儒林外史》中所諷刺的「雅得俗」，「一竿春雨一蓑煙」，看似雅，其實正是古代讀書人的「俗」。板橋先生也不免此俗。他這幾十年間，嘴上說要去釣魚，實際上心心念念的，仍然是科舉功名，乃至到了四十四歲上，還去北京應試。當然這並沒有什麼不妥，甚至頗值得同情，誰教他老人家既生在中國，又不是富二代官三代的，他不去應試求官，叫他一家老小喝西北風啊。春雨迷濛中，一根釣竿一襲蓑衣，看起來很美，但那只是說說的，不能當真。

淮陰邊壽民葦間書屋

【題　解】邊壽民（西元一六八四—一七五二年），初名維祺，字壽民，後以字行，改字頤公，晚號葦間居士，山陽（今江蘇省淮安市淮安區）人。畫家、書法家。善畫蘆雁。淩霞《天隱堂集・揚州八怪歌》將其列入揚州八怪。邊壽民在山陽城東北隅築有葦間書屋。這首詩是鄭板橋拜訪葦間書屋時所作，詩中描述了葦間書屋的景致。淮陰，今為江蘇省淮安市。山陽舊屬淮陰郡，故稱淮陰邊壽民。

邊生❶結屋❷類❸蝸殼，忽開一窗洞❹寥廓❺。數枝蘆荻❻撐❼煙霜，

一水明霞靜樓閣。夜寒星斗垂微茫❽，西風入㡘❾搖燭光。隔岸微聞寒犬

吠，幾拈吟髭❿更漏⓫長。

【注　釋】❶邊生　指邊壽民。生，讀書人。❷結屋　造房子。❸類　類似；像。❹洞　通。❺寥廓　遼闊的天空。《漢書・司馬相如傳下》：「觀者未覩指，聽者未聞音，猶焦朋已翔乎寥廓，而羅者猶視乎

藪澤，悲夫！」顏師古注：「寥廓，天上寬廣之處。」❻蘆荻　蘆葦和荻草，都是水邊生的草本植物，形狀相似。唐杜荀鶴〈溪岸秋思〉：「秋風忽起溪灘白，零落岸邊蘆荻花。」❼撐　豎起；挺起。❽微茫　隱祕暗昧；隱約模糊。前蜀韋莊〔江城子〕：「角聲嗚咽，星斗漸微茫。」❾嗛　即「簾」字。❿吟髭　詩人的鬍鬚。唐杜荀鶴〈亂後再逢汪處士〉：「笑我於身苦，吟髭白數莖。」髭，嘴唇上方的鬍鬚。⓫更漏　古時以滴漏計時，夜間憑漏刻打更，故名更漏。

【語譯】邊先生蓋的房子狹小好似蝸牛殼，殼上有些突兀地開了一扇窗子，通向窗外遼闊的太空。屋外數枝蘆葦和荻草豎立，好像撐起了滿天的霜霧煙氣。天空明麗的雲霞投影在水面上，襯出樓閣的靜謐之美。夜裡很冷，天上的星星閃爍著微弱昏暗的光芒，西風吹進簾中，燭光隨風搖曳。寒夜中隱約聽到水塘對面傳來狗的叫聲，詩人多次拈著鬍鬚吟誦詩句，更漏聲中這一夜真是漫長。

【研析】文人雅士之居，屋舍可以是陋屋，周圍環境卻需要些煙霞之氣。邊壽民的葦間書屋就是如此。邊氏的房子小得像個蝸殼，那窗戶也開得不是地方，但那窗戶外卻是「別有洞天」。天空，開闊，水邊，明霞，蘆荻，煙霜，星斗，西風，犬吠，漏聲，所有這些「詩意地棲居」的元素，這蝸居應有盡有——打開窗就能看見一片水塘，煙霧籠罩著幾叢蘆荻，視覺上感覺是蘆荻托起了煙霧，加上傍晚天空瑰麗的雲霞，使得簡陋的書屋坐落在這樣的環境裡，就像神仙臨時點落在人間的一處草廬一樣，處處透著靈氣。到了夜裡，星光暗淡，燭光搖曳，四下裡肅靜得能聽見水塘對岸的狗叫聲，這種靜謐的氛圍正適合詩人吟味推敲詩句了。有此蘆荻為伴，人生夫復何求？

項羽

【題解】項羽（西元前二三二—前二〇二年），名籍，字羽。下相（今江蘇宿遷）人，秦末起義領袖，滅秦後自封西楚霸王，楚漢相爭中敗於劉邦，自刎於烏江。這首詩借項羽的起伏人生，抒發了英雄氣短的歷史感慨。

已破章邯勢莫當❶，八千子弟赴咸陽❷。新安❸何苦坑秦卒❹，灞上焉能殺漢王❺。
玉帳深宵悲駿馬❻，楚歌四面促紅妝❼。烏江❽水冷秋風急，寂寞野花開戰場。

【注釋】❶已破章邯勢莫當　言攻破秦章邯大軍之後，楚兵勢不可擋。章邯，秦將。據《史記・項羽本紀》記載，項羽領兵渡過三戶津，大破章邯軍，秦軍主力瓦解。❷八千子弟赴咸陽　言楚兵直指秦都咸陽。八千子弟，項羽跟隨其叔父項梁起兵時，有家鄉子弟兵八千人。此代指項羽的軍隊。❸新安　秦縣名，在洛陽西郊。❹坑秦卒　坑殺秦兵。項羽大軍行至新安，因擔心新降的秦兵倒戈，於是在新安城南將其全部坑殺。❺灞上焉能殺漢王　言項羽在灞上時怎麼會殺死漢王劉邦呢。灞上，地名，在咸陽郊外，劉邦攻破咸陽後，駐軍灞上。項羽後駐軍新豐，設鴻門宴，欲於席間殺劉邦，但因季父項伯從中周旋，項羽一念之差讓劉邦逃走，後終被劉邦所敗。漢王，即劉邦。項羽攻破咸陽後，封劉邦為漢王。❻玉帳深宵悲駿馬　軍帳中項王對著自己的坐騎悲歎。駿馬，指項羽常騎的一匹馬，名騅。❼楚歌四面促紅妝　軍營四周響起了楚地的民歌，催促美人虞姬自盡。楚歌，項羽軍至垓下，兵少食盡，為漢軍及諸侯軍包圍。漢軍在楚軍營四周唱楚地民歌，致使楚兵誤以為楚地已為漢軍所得，軍心遂為之渙散。紅妝，指項羽的寵姬，名虞。項羽聽到四面楚歌，夜不能寐，賦〈垓下歌〉云：「力拔山兮氣蓋世，時不利兮騅不逝，騅不逝兮可奈何？虞兮虞兮奈若何？」虞姬遂自盡。後世戲曲多有「霸王別姬」故事。❽烏江　地名，在今安徽和縣與南京浦口區交界處，長江西岸。

【語　譯】大破章邯軍之後，楚兵勢不可擋，一舉向秦都城咸陽進發。項羽你何苦在新安坑殺二十萬投降的秦兵？在壩上你卻下不了決心殺掉漢王劉邦。垓下被圍，深夜你在軍帳裡對著坐騎悲歎，軍營四周響起了楚地的民歌，催促美人虞姬自盡。在你當年自刎的烏江，江水仍然冷冷地流，一年年的秋風，仍然急急地吹，古代的戰場上，如今只有野花還在寂寞地開放。

【研　析】自司馬遷《史記．項羽本紀》之後，項羽這位滅秦英雄的性格悲劇，就引起了許多人的同情歎惜。板橋的這首詩，對項羽的英雄事跡大加歎賞，同時對項羽的種種不可理喻的行為發出了疑問。既然為了大業疑心投降的秦兵造反而對二十萬秦兵痛下殺手，為什麼面對真正阻擋他成就霸業的對手劉邦卻又猶豫不決呢？他的這一行為，使劉邦得以喘息，後來聯合諸侯兵一起把他的軍隊逼到了垓下，四面楚歌，陷入絕境。可悲的是，絕境中的項羽並沒有反思自己的過失，卻埋怨時不利己，只會對著自己心愛的駿馬和美人悲歎。等到了事情有所轉機，他本來可以渡江逃命，捲土重來，卻為了怕見江東父老，為了「面子」，不肯上船。

所謂性格決定命運，項羽的性格缺陷，正如當年韓信所分析的那樣，既殘暴又有「婦人之仁」，既狂妄自大，不可一世，又斤斤計較，該斷不斷，最後只落得自刎烏江。兩千年過去了，時間淘汰了一切，物是人非，烏江水冷，秋風仍急，英雄們早已灰飛煙滅，當年喧囂的戰場如今成了野花寂寞盛開的地方，怎不叫人感慨萬千呢？應該說，板橋的這首詩，雖然無甚新意，但仍別有會心之處。不得意的英雄，或許就有板橋自身的感受在內吧？歷史是不能假設的，項羽不殺劉邦而坑降卒，也許有他的道理，千古是非得失，正可留與後人評說。

鄴城

【題解】雍正三年（西元一七二五年）前後，鄭板橋在揚州賣畫的間隙，第二次北上赴京尋找機會。本首及下一首，就是他在北上途中所作。鄴城，即今河北臨漳。古鄴城始建於春秋齊桓公時，漢末，曹操在此營建鄴都，作為其政治經濟文化中心。這首詩感慨歷史滄桑，不管當年魏武帝曹操有多少雄才大略，怎樣叱吒風雲，但也經不住千年風雨磨洗，昔日的繁華，如今不過是一堆荒涼瓦礫。

劃破寒雲漳水❶流，殘星❷畫角❸動譙樓❹。孤城旭日牛羊出，萬里新霜草木秋。銅雀❺荒涼遺瓦❻在，西陵❼風雨石人愁。分香❽一夕雄心盡，碑版仍題漢徹侯❾。

【注釋】❶漳水　漳河，在河南安陽與河北邯鄲之間，衛河支流。❷殘星　天將亮時天空中剩餘的幾顆星星。❸畫角　古樂器。形如竹筒，本細末大，以竹木或皮革製成，因外加彩繪，故名。發聲哀厲高亢，古時軍中多用以警昏曉。漢以後譙樓中晨昏擊鐘前必吹奏畫角曲，曲有三弄，乃曹操之子曹植所撰，初弄「為君難，為臣亦難，難又難」，次弄「創業難，守成亦難，難又難」，三弄「起家難，保家亦難，難又難」，以此警示臣民。❹譙樓　城門上建造的用以瞭望的高樓。漢代遺風，築城必建譙樓，並於譙樓內懸掛巨鐘，早晚撞擊，擊鐘之前奏畫角。❺銅雀　銅雀臺。建安十五年（西元二一〇年），曹操開始在鄴城西北角建銅雀、金虎和冰井三座高臺，現在三臺遺址處仍有三臺村。銅雀臺位於另兩臺之中，是三臺中最雄偉的一座。鑄大孔雀置於樓頂，舒翼奮尾，勢若飛動，故名銅雀臺。據《水經注》卷五〈濁漳水〉記載，銅雀臺「以牆為基，臺高十丈，有屋百餘間」。曹操曾在此大宴群臣，死時遺令侍妾居於銅雀臺，為其設祭獻舞。❻遺瓦　遺跡。銅雀臺至明末已基本被毀，只剩一片廢墟。❼西陵　傳為曹操陵墓，在河南臨漳西。《彰德府志・地理志二》：「操且死，令『施繐帳於上，朝晡，上酒及糗糧，使宮人歌吹帳中，望吾西陵』。西陵即高平陵也，在縣西南三十里，周回一百七十步，高一丈六尺。」❽分香　陸機〈弔魏武帝文〉記載，曹操臨終有〈遺令〉，其中有云「餘香可分與諸夫人」，示意將他所藏剩餘香料分給眾妾。後代文人多引用此典。❾漢徹侯　曹操曾說過希望自己死後墓碑上題寫「漢故征西將軍曹侯墓」，見《三國志・武帝本紀》。徹侯，爵位名。秦朝統一後所建立的二十級軍功爵中的最高級。漢初因襲之，多授予有功的異姓大臣，受爵者可以縣立國。後避漢武帝劉徹諱，改稱通侯或列侯。新莽時廢。後用以泛指侯伯高爵者。

【語　譯】漳河劃破天邊寒雲傾流而下，黎明前的天空殘留著幾顆星星，譙樓畫角吹起，催動著晨鐘響起。太陽從孤城外升起，牛羊被牧人驅趕著走出，萬里大地新降寒霜，被霜打過的草木盡顯秋意。當年的銅雀臺早已荒涼，只留下一片片碎瓦。曹操的西陵歷經風雨，墓前的石人顯得有幾分哀愁。曹操臨終時刻還遺令分香料給眾妾，成就霸業的雄心大志也已耗盡，雖然他創建了魏國，但墓碑上還是要題上漢代徵侯的爵銜。

【研　析】懷古是讀書人的一大愛好。那些曾經的霸業，那些曾經的繁華，發生了許許多多悲歡離合的山川河流、亭臺樓閣，到如今，早已成了古跡與廢墟。那些曾經不可一世的風雲人物，注定也要成為他們所曾經嘲笑過的「冢中枯骨」，那昔日的帝國都城，已成為牛羊出沒的荒涼瓦礫。旅行到此，眼前的古城古跡，在秋天的蕭瑟寒意中，顯得格外悲涼。詩的前四句寫秋日清晨鄴城的景致。日出前後，這座城市顯得有些清冷，這與當年作為曹魏政權都城的古鄴城形成了鮮明的對比。後面兩句「銅雀荒涼遺瓦在，西陵風雨石人愁」，更使人油然而生興亡之感。最後兩句點睛，表達了鄭板橋對曹操這一代梟雄的看法——曹操雖位極人臣，並成為事實上的一代君王，但終有分香賣履之時；雖有稱帝野心，但最後墓碑上還得自稱漢臣。人的能力終究是有限的，在那永恆的山川日月面前，人是多麼地渺小短暫啊。

銅雀臺

【題解】這首詩與上一首作於同時。詩中發思古之幽情，表達了對於供奉君王的歌舞伎人的同情。

銅雀臺，十丈起❶，挂秋星❷，壓寒水❸。漳河之流去不已，曹氏風流❹亦可喜。西陵松柏是新栽，松下美人皆舊妓❺。當年供奉❻本無情，死後安能強❼哭聲。繐幃八尺❽催歌舞，懶慢❾盤鴉鬟不成。若教賣履分香❿後，盡放民間作佳偶。他日都梁⓫自撿燒，回首君恩淚沾袖。

【注釋】❶十丈起　銅雀臺臺基高十丈。❷挂秋星　秋夜的星星掛在臺上，極言銅雀臺之高。❸壓寒水　臺下壓著冰冷的漳河水。喻銅雀臺之雄偉。曹操築銅雀臺後，曾引漳河水自暗道經銅雀臺注入玄武池。❹風流　遺風；流風餘韻。❺松下美人皆舊妓　言松下所埋，皆曹操舊日歌舞伎。妓，古代歌舞伎人。❻供奉　指以某種技藝侍奉帝王。唐王建〈老人歌〉：「如今供奉多新意，錯唱當時一半聲。」❼強　勉強（使人做某事）。❽繐幃八尺　繐幃，繐帳；靈帳；靈柩前的靈幔。八尺，八尺床。曹操〈遺令〉在銅雀臺上「安八尺床，施繐帳」。❾懶慢　動作慵懶遲緩，指內心不願意。❿賣履分香　曹操〈遺令〉將剩餘的香料分給眾妾，並讓她們居住在銅雀臺，閒時無事做鞋拿去賣，用以自給。⑪都梁　香名。三國魏曹植〈妾薄命〉之二：「御巾裛粉君傍，中有霍納都梁，雞舌五味雜香。」

【語　譯】銅雀臺基高十丈，臺上掛著秋夜的星星，臺下壓著冰冷的漳河水。漳河的水永不停歇地流淌著，曹氏家族的流風餘韻也算令人欣賞。西陵上的松柏都是新栽的，但松樹下的美人卻是曹操生前的舊伎妾。當年曹操活著的時候侍奉他，相互之間就沒有什麼感情，死後又怎麼能勉強她們替曹氏悲哭呢？曹操〈遺令〉，在銅雀臺安放八尺靈床並設靈帳，迫使侍妾們對著靈帳歌舞。侍妾們不想跳舞，所以梳髮髻時動作慵懶遲緩，連鬢角的頭髮都梳不好。假如當時把剩餘的香料分給眾妾並囑咐她們做鞋賣錢營生之後，再把她們都放到民間任其婚配的話，日後她們會自己主動地撿些都梁香燒給曹操，並會回想曹君的恩德，感激涕零，淚沾衣袖。

【研　析】鄭板橋到了古鄴城，見到的銅雀臺已是一片廢墟，面對這曾彰顯三國曹魏風采的銅雀臺遺址，詩人根據歷史事實加以想像，寫下了這首詩。詩人一方面認同曹操的功績，另一方面又對他〈遺令〉中對侍妾的安排有所不滿。板橋認為，曹操〈遺令〉把香料分給眾妾，並讓她們賣鞋營生，這是富有人性化的考慮；令她們留居銅雀臺，為自己祭食獻舞，不放她們自由，則是自私無情。強制只會帶來怨恨，那不是發自內心的悲痛和歡笑，你要它何用？板橋並進一步為曹操著想，如果當年還給眾妾自由，日後她們自謀生計於市井，感悟生活之艱難，或許還會留戀曹氏昔日的恩情，主動地為他燒上一炷香。曹操這種曠世梟雄臨終也不免留戀世間的享受，遺囑中多有瑣碎之事，惹得後世文人譏笑。

贈甕山無方上人二首

【題　解】甕山，即今北京頤和園萬壽山。傳說有人在山上掘得盛寶石甕，故名。乾隆十五年，為慶祝皇太后六十大壽，於次年改稱萬壽山。無方上人，鄭板橋在遊盧山時結識的一位僧人，精佛理，善書畫。原為盧山某寺僧，後徙北京甕山。上人，佛家語，謂上德之人。佛家謂內有德智，外有勝行，在人之上，故名上人。乾隆元年（西元一七三六年），鄭板橋中進士後，為了尋求做官的機會，在京城逗留年餘。這兩首詩是他在京與無方上人重見時題贈對方的。

山裹❶都城北，僧居御苑❷西。雨晴千嶂❸碧，雲起萬松低。天樂❹
飄還細❺，宮莎❻剪欲齊。菜人驅豆馬❼，歷歷❽俯長堤。

【注　釋】❶裹　包羅；籠罩。❷御苑　皇家園林。❸千嶂　層疊的山峰。嶂，聳立如屏障的山峰。沈約〈鍾山詩應西陽王教〉：「鬱律構丹巘，崚嶒起青嶂。」呂向注：「山橫曰嶂。」❹天樂　喻宮廷的音樂。❺飄還細　言天樂飄過而餘音嫋嫋。❻宮莎　皇家的莎草。莎，多年生草本植物。多生於潮溼地區或河邊沙地。根莖又名「香附子」，可供藥用。❼菜人驅豆馬　疑指菜農撒豆種。巫術中有「豆人紙馬」之說，謂撒豆成兵，剪紙成馬。清蔣士銓《桂林霜・平寇》：「這白蓮仙教，殺人如刈草，把豆人紙馬，布滿荒郊。」板橋或化用之。一說，指廚夫採辦菜蔬，驅馬而行，自甕山下看，人馬如豆。❽歷歷　清晰可數貌。

【語　譯】甕山籠罩著北京城北，無方上人住在皇家園林西邊。雨過天晴，層疊的山峰一片碧綠，雲氣升騰，山間群松低俯於雲彩之下。宮苑裡傳出的樂聲飄過，餘音嫋嫋細微，皇家的莎草被修剪得很整齊。山下長長的堤岸上，分明可見一個一個的菜農，正在彎腰撒著豆種。

【研　析】中進士之後，還要經過一系列的考選候補程序，才能授給實職。除了官定程序，尚有一些「潛規則」，其中最重要的是「走門路」。鄭板橋流連京師，當然主要不是為了爬山拜佛，而主要是為了看看有什麼門路可走。這是一個相當無聊的等待過程。利用這段時間，去訪親會友，是個不錯的選擇。無方上人是鄭板橋的老朋友了，正好上人也到了京城，兩人相見，格外親熱。這第一首詩中，板橋對上人駐錫的寺院大加讚美，但更多的是流露對於皇家宮苑、天樂、莎草等物事的豔羡之情。進士是由皇上所主持的殿試進行排名的，鄭板橋所中的是乾隆丙辰科「賜進士出身第二甲第八十八名」，雖然在二甲中名列倒數第三，但他後面還有「賜同進士出身第三甲二百五十一名」，在這一科計三百四十四名進士中，排名第九十一，也還算是天子的「三好學生」，欣喜之餘，對皇家多少有些幻想，也在情理之中。

一見空❶塵俗❷，相思已十年❸。補衣仍帶綻❹，閑話亦深禪❺。煙雨江南夢，荒寒薊❻北田。閑來澆菜圃，日日引山泉。

【注釋】❶空　使無世俗之念，作動詞用。空，丁福保《佛學大辭典》：「因緣所生之法，究竟而無實體曰空。」❷塵俗　世俗。❸相思已十年　言與上人自廬山一別後，已十年未見，甚是想念。❹綻　衣縫裂開。❺深禪　深奧的禪機妙義。禪宗談禪說法，用含有機要祕訣的言辭、動作或事物來暗示教義，使人得以觸機領悟，故名「禪機」。❻薊　古地名。在今北京城西南隅。周武王克商，封堯之後於此。後用以代稱北京。

【語譯】一見到上人就覺得心性空明脫離了世俗，十年未見，甚是想念。別看上人的衣服打了補丁仍有破裂，上人談吐，即使是閒話家常，也蘊含著深奧的禪機妙義。上人原來居住在煙雨濛濛的江南，現在卻在荒涼寒冷的北京城北種田，每天利用閒暇時間，導引山泉水來澆澆菜田。

【研析】《板橋集》中有好幾首題贈無方上人的詩，分屬不同時期，可見二人交情深厚。除了〈贈甕山無方上人二首〉，鄭板橋後來做官時，還有首〈懷無方上人〉，詩中記錄了二人的初次相識：「初識上人在西江，廬山細瀑鳴秋窗。後遇上人入燕趙，甕山古瓦埋荒廟。」廬山一別，「相思」「十年」才得在京相遇，他鄉遇故知，欣喜之情不勝言表。無方上人「閑話亦深禪」，是位得道高僧，如今遷居北京，住在皇家園林的邊上，但自己的生活卻很艱苦，

「補衣」「帶綻」，還要澆田種菜。為什麼上人要離開煙雨江南，來到這荒寒薊北呢？板橋沒有說，但「一見空塵俗」、「閑話亦深禪」，透露了一些玄機。鄭板橋是揚州人，對北京的氣候環境不是很適應，在他看來，北方寒冷荒蕪，不如住在煙雨濛濛的江南。兩位朋友在這一點上有相似的地方：之所以分別從繁華的揚州和迷人的廬山到這地方來，就是為了有所「發展」。板橋雖是在說上人，也是在為自己逗留北京找個說辭。

追憶莫愁湖納涼

【題解】莫愁湖，在今江蘇南京，相傳六朝時有女子莫愁居此，故名。清時號稱「金陵第一名勝」。鄭板橋揚州賣畫期間，曾經在南京等地遊玩。這首詩可能也作於逗留北京期間。

江上❶名湖號莫愁，納涼❷先報楚江❸秋。風從綠若❹梢頭響，雲向
青山缺處流。尚憶❺羅襟❻沾竹露❼，可堪❽清夢❾隔沙鷗❿。遙憐⓫新月
黃昏後⓬，團扇⓭佳人正倚樓。

【注釋】❶江上　江岸上。南京位於長江邊，故有此說。❷納涼　乘涼。❸楚江　楚境內的江河。唐李白〈望天門山〉：「天門中斷楚江開，碧水東流至北迴。」此泛指長江中下游地區。❹綠若　綠樹。

若，若木；靈木。《山海經・西山經》：「西望大澤，后稷所潛也；其中多玉，其陰多榣木之有若。」《尸子》卷下：「大木之有奇靈者為若。」❺尚憶　還記得。❻羅襟　絲質的衣服。襟，衣之前幅。《莊子・應帝王》：「列子入，泣涕沾襟以告壺子。」此泛指衣服。❼竹露　竹葉上的露水。唐杜甫〈晚晴〉：「秋風客尚在，竹露夕微微。」❽可堪　怎堪；哪堪；怎麼能夠忍受。唐李商隱〈春日寄懷〉：「縱使有花兼有月，可堪無酒又無人。」❾清夢　美夢。宋陸游〈枕上述夢〉：「江湖送老一漁舟，清夢猶成塞上游。」清，美好。❿沙鷗　棲息於沙灘、沙洲上的鷗鳥。鷗，水鳥名。頭大，嘴扁平，趾間有蹼，翼長而尖，羽毛多，灰白色。生活在海洋及內陸河川，以魚類和昆蟲等為食。種類繁多。常用於比喻漂泊或隱居。唐孟浩然〈夜泊宣城界〉：「離家復水宿，相伴賴沙鷗。」杜甫〈旅夜書懷〉：「飄飄何所似，天地一沙鷗。」宋黃庭堅〈登快閣〉：「萬里歸船弄長笛，此心吾與白鷗盟。」此處指自己漂泊在外。⓫遙憐　在遙遠的外地憐惜家中的妻子兒女。杜甫〈月夜〉：「遙憐小兒女，未解憶長安。」⓬新月黃昏後　用歐陽修〈生查子〉〈元夕〉典：「月上柳梢頭，人約黃昏後。」新月，夏曆每月初由虧漸盈的月亮。宋朱敦儒〈好事近〉〈漁父〉：「晚來風定釣絲閒，上下是新月。」⓭團扇　圓形有柄的扇子，古代宮內多用之，又稱宮扇。唐王昌齡〈長信秋詞〉之三：「奉帚平明金殿開，且將團扇暫徘徊。」

【語　譯】長江邊上有一個著名的湖泊叫做莫愁湖，在那乘涼，可以率先感受到長江中下游一帶秋天的涼爽。清風從高大的綠樹枝頭吹過，發出颯颯的聲響，白雲向青翠的山坳間慢慢飄去。還記得到了夜晚乘涼時候，你那絲質的衣服沾了些竹葉上的露水；怎能忍受今日的夜晚，我這在外漂泊的沙鷗不能進入你的好夢。我只能在這遙遠的地方，表達我對你的憐惜之情，待到黃昏後一輪新月升起之後，是否會有一位手拿宮扇的美人，倚在妝樓上眺望遠方？

【研 析】金陵向為「六朝佳麗地」，秦淮、莫愁，就是南京的兩張名片。鄭板橋在揚州賣畫的十年間，有了些錢，曾經到過多地遊玩。一江之隔的金陵當然是要去的。從這首詩的題目來看，「追憶」，可見詩人去莫愁湖「納涼」應該是很久以前的事了。再從詩句中「遙憐新月黃昏後」來看，詩人此刻當是遠離莫愁湖，可能他正在北京候職，遲遲謀不到職位，心情肯定不佳，再加上孤身遠在北京，因而回憶起昔日在南京納涼的美好時光。只可惜那份愜意如今只得在夢中尋找，所謂「月上柳梢頭，人約黃昏後」，如今又是黃昏，又是新月升起，不知那位「佳人」現在如何，於是板橋先生便自作多情地想像，她也正在思念自己，此時正獨立妝樓，翹首盼望吧？

送職方員外孫丈歸田 諱兆奎

【題 解】職方員外，即職方員外郎。職方，古官名。《周禮・夏官・職方氏》：「職方氏掌天下之圖，以掌天下之地。」唐宋至明清，皆於兵部設職方司。員外郎，正員以外的郎官。孫丈，名兆奎，字斗文，清揚州府興化縣人。康熙四十二年進士。丈，對男性前輩的尊稱。諱，對他人之名的敬稱。孫兆奎是鄭板橋的同鄉前輩，在京任兵部職方司員外郎。鄭板橋在京候職時曾拜謁過他，後來孫兆奎決定歸隱故鄉，板橋因寫詩為他送行。

先生❶六月江南去，敝橐❷秋風亦徑❸歸。鱸鱠❹先嘗應憶我，蕨薇❺堪飽莫開扉❻。故人幾輩頭俱白，後學❼相看識者稀。淮海❽文章終自在，任渠❾披謁❿絳紗幃⓫。

【注釋】❶先生　對致仕官，即因年老或疾病辭去官職的官員的稱呼。《儀禮・士相見禮》：「若先生異爵者，請見之則辭，辭不得命，則曰某無見。」鄭玄注：「先生，致仕者也。」❷敝橐　破舊的行囊。鄭板橋用以代稱他自己。橐，盛物的袋子。❸徑　即；就；直接。❹鱸鱠　鱸魚膾。南朝宋劉義慶《世說新語・識鑒》：「張季鷹辟齊王東曹掾，在洛，見秋風起，因思吳中蒓菜羹、鱸魚膾，曰：『人生貴得適意爾，何能羈宦數千里以要名爵？』遂命駕便歸。俄而齊王敗，時人皆謂為見機。」後因以「鱸魚膾」為思鄉賦歸之典。鱸魚，此指松江鱸魚（拉丁名 Trachidermus fasciatus Heckel），杜父魚科 (Cottidae)，松江鱸魚屬 (Trachidermus)。鱗退化，體呈黃褐色，體形較小，成年魚體重不足一百克。生活在近岸淺海，夏秋進入淡水河川後，肉更肥美，尤以吳松江（今稱吳淞江）所產最為名貴。《後漢書・方術傳下・左慈》：「(曹) 操從容顧眾賓曰：『今日高會，珍羞略備，所少吳松江鱸魚耳。』」鱠，切成薄片的魚或肉。❺蕨薇　蕨與薇。蕨，多年生草本植物，生於山野。嫩葉可食，俗稱蕨菜；根莖含澱粉，俗稱蕨粉。薇，山菜名，一稱野豌豆。《詩・召南・草蟲》：「陟彼南山，言采其薇。」毛傳：「薇，菜也。」陸璣疏：「薇，山菜也。莖葉皆似小豆，蔓生。其味亦如小豆藿，可作羹，亦可生食。」此泛指野蔬。蕨薇連用或獨用時，多用為高士隱居之典。《史記・伯夷列傳》：「武王已平殷亂，天下宗周，而伯夷、叔齊恥之，義不食周粟，隱於首陽山，采薇而食之。」❻扉　門。❼後學　後進的學者，指自己。

❽淮海　揚州的別稱。《書・禹貢》：「淮海惟揚州。」淮，淮河。海，湖泊。揚州為水鄉，多湖泊。❾渠　他；他們，第三人稱代詞。❿披謁　晉見；拜見。⓫絳紗幃　絳帳；粉紅色的紗帳。對師門、講席的敬稱。《後漢書・馬融傳》：「融才高博洽，為世通儒，教養諸生，常有千數……居宇器服，多存侈飾。常坐高堂，施絳紗帳，前授生徒，後列女樂，弟子以次相傳，鮮有入其室者。」

【語　譯】先生您六月就要回江南去了，晚生我到了秋天也要整理行囊回鄉。先生您先品嘗到鱸魚膾的時候，應當要想起我呀！野蔬應該也能吃飽，就不必再出門。離家日久，許多舊交老友頭髮都已華白，新進的學子中看看也沒幾個認識的。我們維揚的文章終究會因您而長久存在，可以讓那些學生們到您的門下拜見學習。

【研　析】同鄉孫兆奎前輩要辭官返鄉，作為後輩的鄭板橋寫詩相送，詩中應該怎麼把握分寸，是個不大不小的難題。首先是對「仕」與「隱」流露出什麼樣的價值取向。如果把鄉居生活說得特別好，而把在京為官說成是負面的行為，那這位已在京為官多年孫前輩會高興嗎？難道為官是個錯誤選擇？特別是說自己也打算要回鄉，這更會讓人反感：既然在京不好，你現在就跟我一起回去得了，幹嗎非要等到秋天？你這不是忽悠人嗎？特別是「蕨薇堪飽莫開扉」一句，更是大不得體。如果是說自己，將來回鄉隱居不再出門求官，那「蕨薇」一典就不太適當。這是列在《史記・伯夷叔齊列傳第一》中的古今第一高士的典故，用於別人尚可，用於作為晚輩的自己，就顯得有些狂妄了。如果是說孫前輩，那就更不妥了，隱不隱居，是人家自己的事，你用「莫開扉」這樣的重話，是不是有些強人所難？況且在中國古代官場，有幾個是真心誠意隱退的？再說人家也並沒有說要出門再謀個差事，你這麼說豈不是沒事找事？其次，是如何處理晚輩與長輩的關係。鄭板橋此時實際上也並不是什麼「後學」了，而是老學生一個，且又新中了進士，說話狂一些也沒什麼大的問題，他吹捧孫「淮海文章終自在」，也說得很適當，但後一句，他要孫前輩「任渠披謁絳紗幃」，就顯得有些「村學究」般的可笑。你自己教個村塾，自己都不願意，還要別人也當個社會地位很低的塾師不成？有個笑話說，鄉人進京歸來，談見聞云，皇帝老兒左手一個金元寶，右手也是一個金元寶。鄭板橋只有鄉村塾師和街頭擺攤的經歷，這也難怪他只能說些「絳紗幃」中的酸語。應該說，如果鄭板橋不想走讀書做官的路子，索性做個狂狷之士，那他不管怎麼說都無所謂，別人也不會和他計較。但他此時畢竟是在京候選，有利祿之心，本情有可原，但勸別人「莫開扉」就不太好了。從這一點來說，鄭板橋終究是一個任性率真的人，並不適合做官，特別是不適合做中國的官。因為他不圓不滑。

鶴兒灣❶畔藕花香，龍舌津❷邊粳稻❸黃。小艇霧中看日出，青錢❹
柳下買魚嘗。村墟❺古廟紅牆立，天末❻孤雲白帶❼長。借取漁家新箬
笠❽，一竿煙雨入滄浪❾。

【注釋】❶鶴兒灣　揚州興化儒學街東首東城灣，古稱鶴兒灣。與下文「龍舌津」、板橋出生地夏甸

等，都在興化城東。❷龍舌津　興化龍津河之一段，名龍舌津。古興化形似臥龍，北城外如尾，東城外似頭，頭上「小尖」一帶為上顎，「大尖」一帶為下顎，大小尖之間為龍津河，似嘴巴，河中有一南北窄東西長的垛子，似口中舌，故此段龍津河又名龍舌津。❸粳稻　水稻有粳、秈兩大類。粳稻分蘖力弱，稈硬不易倒伏，較耐肥，米質黏性較秈稻強，脹性小，口感較好。《史記・滑稽列傳》：「薦以木蘭，祭以粳稻。」❹青錢　青銅錢。用青銅鑄的錢幣，為銅錢中的佳品。泛指一般銅錢。❺村墟　村莊及鄉村小集市。墟，鄉村集市，北方謂集，南方曰墟。❻天末　天的盡頭。亦指極遠之處。漢張衡〈東京賦〉：「眇天末以遠期，規萬世而大摹。」唐杜甫〈天末懷李白〉：「涼風起天末，君子意如何？」❼白帶　白色的帶子。南朝梁吳均〈酬蕭新浦王洗馬〉：「崇蘭白帶飛，青鴆紫纓絡。」❽箬笠　用箬竹葉及篾編成的寬邊帽，常在雨天和蓑衣配套穿戴。箬，竹名，也叫篛竹。葉片巨大，質薄，多用以襯墊茶葉簍或作各種防雨用品，也用以包裹粽子。元李衎《竹譜詳錄・箬竹》：「箬竹，又名篛竹，出江浙及閩廣，處處有之。葉類簝竹，但多生傍枝。榦如箭竹，高者不過五七尺。江西人專用其葉為茶罨，云不生邪氣，以此為貴。」❾滄浪　古河名，泛指青蒼色的河流。《孟子・離婁上》：「有孺子歌曰：『滄浪之水清兮，可以濯我纓；滄浪之水濁兮，可以濯我足。』」後多用「滄浪」象徵清高之士。

【語　譯】鶴兒灣旁的荷花香了，龍舌津邊的水稻熟了。乘著小船兒在霧中看日出，拿著銅錢到柳樹下買條魚嘗嘗鮮。村莊裡的古廟立著紅色的牆壁，天盡頭一朵孤獨的雲像一條長長的白色的帶子。戴上一頂漁家的新斗笠，帶著一根釣竿，煙雨濛濛中，駛進青蒼色的水面上。

【研　析】這一首半是回憶半是想像地描繪了一幅怡然自得的漁隱生活，寫得如此自然，就好像自己親身經歷一樣，這雖然是鄭板橋為孫前輩所作的「老年退休」生活規劃，但也不妨作為自己將來功成名就，告老還鄉的一個歸宿，雖然還沒有正式入仕，但「漁隱」一直是中國古代知識分子「詩意棲居」的最高形式，當然，前提是，在唐宋，先要實現「治國平天下」的理想，在明清，則只要做個「三年清知府」即可。在涉及與家鄉有關的生活話題時，鄭板橋的詩就立刻顯得得心應手起來，看來，生活真是文學藝術的源頭活水，鄭板橋沒有官場經驗，所以與人應酬不太熟練老到，而要談鄉野生活，板橋詩就立馬生動起來了。

贈博也上人

【題解】鄭板橋所交遊的人，多有奇人逸士，出家人也為數不少。其詩詞書信中提及的有石道士、無方上人、博也上人、松風上人、弘量上人、巨潭上人、梅鑒上人、青崖和尚、起林上人、勗宗上人等。他在家書中說：「僧人遍滿天下，不是西域送來的，即吾中華之父兄子弟，窮而無歸，入而難返者也。削去頭髮便是他，留起頭髮還是我。怒眉嗔目，叱為異端而深惡痛絕之，亦覺太過。」僧道人等與板橋有何交集？這首詩描述了博也上人清靜無為的修行生活，這也許就是一個答案。

閉門❶何處不深山❷，蝸舍❸無多八九間。人跡到稀春草綠，燕巢營
定畫梁閑❹。黃泥小竈茶烹陸❺，白雨❻幽窗❼字學顏❽。獨有老僧無一

事，水禽沙鳥❾聽關關❿。

【注釋】❶閉門　關上大門。指謝絕應酬，不預外事。❷深山　象徵與世俗距離很遠，人跡罕至。❸蝸舍　亦作蝸牛舍。比喻簡陋狹小的房舍。唐李商隱〈自喜〉：「自喜蝸牛舍，相容燕子巢。」❹燕巢營定畫梁閑　燕子築巢，來往忙碌，今巢已築就，故曰「畫梁閑」。此句渲染蝸舍中的安靜氣氛。畫梁，有彩繪裝飾的屋梁。❺茶烹陸　煮茶學習茶聖陸羽。陸，唐朝陸羽，著有《茶經》一書，後世稱為「茶聖」。❻白雨　大雨。宋陸游〈大雨中作〉：「貪看白雨掠地風，飄灑不知衣盡溼。」❼幽窗　幽暗的窗子。❽顏　指唐代書法家顏真卿，他的字自成一體，被稱為「顏體」。鄭板橋〈劉柳村冊子〉曾提及自己學過顏體字：「萬事萬物何可無怒耶？板橋書法以漢八分雜入楷行草，以顏魯公〈座位稿〉為行款，亦是怒不同人之意。」❾水禽沙鳥　水上和沙灘上的鳥。沙鳥，沙灘或沙洲上的水鳥。唐錢起〈江行無題〉之二九：「櫂驚沙鳥迅，飛濺夕陽波。」❿關關　鳥類雌雄相和的鳴聲。後亦泛指鳥鳴聲。《詩・周南・關雎》：「關關雎鳩，在河之洲。」

【語　譯】關閉大門不預外事，無論哪裡都可以當作是適宜修行的深山。這寺廟的屋舍小得像蝸牛殼，而且很少，只有八九間。沒什麼人來，小路上春草一片碧綠，燕子已經在彩繪屋梁上築好巢，梁上一片安靜。用黃泥壘的小灶學習陸羽煮茶，在大雨中坐在幽暗的窗子前練習「顏體」字。只有老和尚一人沒什麼事做，閒中聽聽水上沙上的小鳥們求偶鳴叫。

【研　析】這首詩以自然流暢之筆，描寫博也上人清靜無為的修行生活，明麗清新之餘，略加調侃之意，愉悅之餘，亦可使人會心一笑。「閉門何處不深山」，其意化自陶淵明〈飲酒〉：

「結廬在人境，而無車馬喧。問君何能爾，心遠地自偏。」鄭板橋認為，修身養性不必一定要遠離世俗，就算並非住在深山，只要謝絕外事，心無外物，一樣可以修禪悟道。正所謂「大隱隱於市，小隱隱於林」。這首七律的立意結構均佳。首聯寫心遠山深，由深山之虛，寫蝸居之實。頷聯進一步具體描述蝸舍何以可作深山，其上寫地下綠草覆徑，是為所見之實，其下寫梁上燕巢築就，使人心生閒意，是由實返虛。頸聯再行宕開，寫自己烹茶習字，閒中作忙，實則仍是為了襯托虛靜。尾聯由己及人，強化「閒」之氛圍，再以「聽關關」照應全詩「隱修」主題，從而收束全篇。特別是尾聯所描述的畫面頗有喜劇色彩——老僧閒得無聊，正眯著眼睛在水邊入定，身邊小鳥們嘰嘰喳喳打情罵俏——不知老僧作何感想。

喜雨

【題解】喜雨，謂久旱後得雨而喜悅。《穀梁傳・僖公三年》：「雨雲者，喜雨也。喜雨者，有志乎民者也。」這首詩描述了夜裡一場好雨之後清晨的美好景致，表達了百姓對及時雨的喜悅心情。

宵來風雨撼❶柴扉❷，早起巡簷❸點滴❹稀。一徑煙雲蒸日出❺，滿船
新綠買秧歸。田中水淺天光❻淨，陌❼上泥融燕子飛❽。共說今年秋稼

好，碧湖❾紅稻❿鯉魚肥⓫。

【注　釋】❶撼　搖動。❷柴扉　柴門。❸巡簷　來往於簷前。唐杜甫〈舍弟觀赴藍田取妻子到江陵喜寄〉之二：「巡簷索共梅花笑，冷蘂疏枝半不禁。」❹點滴　指雨點滴注。❺一徑煙雲蒸日出　言路上天晴日出後，煙靄雲霧蒸騰而上。煙雲，煙靄雲霧。❻天光　日光；天空的光輝。《左傳・莊公二十二年》：「有山之材，而照之以天光，於是乎居土上，故曰『觀國之光，利用賓於王』。」❼陌　田間東西或南北小路。泛指田間小路。❽泥融燕子飛　言初春田間小路已化凍，而燕子啄新泥以築巢。唐杜甫〈絕句〉：「泥融燕子飛，沙暖睡鴛鴦。」❾碧湖　青碧色的水田。揚州方言，稱較低的水旱田為「湖」，下田勞動為「下湖」。❿紅稻　稻的一種，米粒外皮為紅紫色。唐白居易〈自題小草亭〉：「綠醅量盞飲，紅稻約升炊。」⓫鯉魚肥　稻田養魚是我國傳統的水作技術之一，魚可有效降低害蟲雜草對水稻的危害，同時也可肥田。

【語　譯】一夜的風雨搖動著柴門，早上起來在屋簷前走動，看見從屋簷上滴落的雨水逐漸稀少。天晴日出，一路上煙靄雲霧蒸騰而上，水面上一艘小船滿載著綠色，那是買回水稻秧苗。等待插秧的稻田裡放了淺淺的水，水面上映照著明淨的天光。這正是初春時分，田間小路已經化凍，燕子飛來飛去忙著啄泥築巢。農民們在議論今年秋天的莊稼一定很好，碧綠的水田裡紅稻長勢一定會很好，稻田裡養的鯉魚一定又大又肥。

【研　析】「好雨知時節，當春乃發生。」杜甫的〈春夜喜雨〉，可謂是喜雨題材詩作中最膾炙人口的一首。相比之下，鄭板橋的這一首雖然不及杜甫詩有名，但也有自己的特色。杜詩側重寫夜間下雨，鄭詩則側重寫雨後清晨裡下河地區的水田風光，以及稻農雨後對好年成的憧憬。雨後清晨，房簷上還有少許積水滴落，夜裡的雨氣加重了清晨的煙霧。鄭板橋雖不以農稼為業，但是他卻時刻關心著農民的疾苦。在山東做縣官時，即以民生為本，大力勸農，後因替百姓請求賑款，觸怒上司，這很可能是其不得不去官歸鄉的原因之一。

弘量上人精舍

【題解】精舍，道士、僧人修煉居住之所。弘量上人，俗姓徐，興化名僧，主持上方寺。雍正帝御賜法號「超廣」。後乾隆皇帝也曾有賜詩。這兩首絕句題為「弘量上人精舍」，但並未直接描寫弘量上人所居寺廟。其第一首寫寺廟所在村莊的景象。第二首寫鄭板橋去拜訪弘量上人，但是夜晚到達，不便叫門，所以只好夜宿江船。

渺渺秋濤湧樹根❶，西風落葉破柴門。蠻鴉❷日暮無人管，飛起前村

入後村。

【注釋】❶渺渺秋濤湧樹根　言幽遠之秋意，自地面樹根湧起。因樹根為落葉所在。渺渺，幽遠貌；悠遠貌。❷蠻鴉　呱呱鳴叫的烏鴉。蠻，南方的（事物，如口音等），相對於華夏而言。此言烏鴉日暮啼叫。

【語　譯】幽遠的秋意，從地面的樹根湧起，秋天的西風捲著落葉，搖動著破舊的柴門。傍晚時分，沒人理睬的烏鴉，咶咶叫著從前村飛到後村。

【研　析】這兩首七絕的意境都很蕭索，作者連用秋濤，西風，落葉，柴門，蠻鴉，日暮等淒清意象，渲染了「精舍」之蕭索。作為聞名高僧，弘量上人寺院之陋，不但不會影響到他的道行，相反，這秋日的幽遠意境，更增添了他的人格魅力。

山門❶夜悄不能呼❷，冷燭秋船宿葦蒲❸。殘月❹半天❺霜氣❻重，曉鐘雞唱滿東湖❼。

【注　釋】❶山門　佛寺的外門。唐李華〈雲母泉〉：「山門開古寺，石竇含純精。」❷呼　這裡指叫門。❸葦蒲　蘆葦和蒲草。此指葦蒲所在之地。❹殘月　由盈漸虧的月相。與「新月」相對。唐白居易〈客中月〉：「曉隨殘月行，夕與新月宿。」也可指將落的月亮。宋柳永〈雨霖鈴〉：「今宵酒醒何處，楊柳岸、曉風殘月。」❺半天　半空中。❻霜氣　刺骨的寒氣。❼東湖　在興化城東。

【語　譯】夜裡寺院靜悄悄的，不方便大聲叫門。所以只好把船停在秋天的蘆葦蒲草叢中，點著油燈，一個人清冷地睡在船上。半空中的月亮即將落下，寒氣很重，報曉的鐘聲和雞鳴充滿東湖兩岸。

【研　析】鄭板橋慕名前往拜訪，但已經到了寺門口卻並沒有見到弘量上人。因為天太晚了，估計上人已經就寢了，鄭板橋覺得不方便叫門，所以就把船停在東湖上，在船裡忍受著秋天的寒氣過了一晚。古有程門立雪，清有板橋夜宿山門外，也可傳為佳話。

題畫

【題　解】這是一首六言古絕句。題於一幅山水畫上。六言詩唐前偶有所作，宋以後佳作漸多。

秋山秋樹秋水，蒼瘦❶禿落❷清駛❸。舊曾遊望❹依稀❺，渺渺❻雁行❼沙嘴❽。

【注　釋】❶蒼瘦　蒼翠瘦削。❷禿落　脫落而禿。❸清駛　水清流疾貌。駛，急流。❹遊望　放眼觀望。唐楊炯〈送李庶子致仕還洛〉：「原野烟氛匝，關河遊望賒。」❺依稀　隱約；彷彿。南朝宋謝靈運〈行田登海口盤嶼山〉：「依稀採菱歌，彷彿含嚬容。」❻渺渺　悠遠貌。❼雁行　飛雁的行列。❽沙嘴　一端連陸地、一端突出水中的帶狀沙灘。常見於低海岸和河口附近。

【語　譯】秋天的山，蒼翠瘦削，秋天的樹，樹葉脫落，秋天的水，水清流疾。這畫中景很像我從前遊歷過的某處地方，大雁排成一行行飛向悠遠的天空，地面上有一塊一端連陸地、一端突出水中的帶狀沙灘。

【研　析】鄭板橋題詩的這幅畫，畫的是秋天的山水。這首詩的獨特之處，在於將三種景物和描繪這三種景物的形容詞分開羅列，其實應該是秋山蒼瘦，秋樹禿落，秋水清駛。三種景物、三組形容詞，概括簡潔精確，用濃縮的文字描繪了豐富的景致。另外他還將畫中景與親身經歷之景聯繫起來，稱頌畫中所描繪景物之真實親切。寥寥數筆，內涵豐富，是一首精致的題畫詩。

悍吏

【題　解】悍吏，兇暴的胥吏或差役。這首詩以寫實的手法，抨擊了作為官府走狗的胥吏壓榨欺辱百姓的醜惡行為。

縣官編丁著圖甲❶，悍吏入村捉鵝鴨。縣官養老賜帛肉❷，悍吏沿村括❸稻穀。豺狼❹到處無虛過，不斷人喉抉人目❺。長官好善民已愁，況以不善司民牧❻。山田苦旱生草菅❼，水田浪闊聲潺潺。聖主深仁發天庾❽，悍吏貪勒❾為刁奸。索逋❿洶洶⓫虎而翼⓬，叫呼楚撻⓭無寧刻。村中殺雞忙作食，前村後村已屏息⑭。嗚呼長吏⑮定不知，知而故縱非人為。

【注　釋】❶縣官編丁著圖甲　官府要登記人口，依圖冊和各甲編制戶口。縣官，朝廷；官府。《史記・孝景本紀》：「令內史郡不得食馬粟，沒入縣官。」編丁，審計人口。丁，成年男子。康熙二十五年，定每年編丁一次，乾隆五年停止編丁。圖甲，反映里甲情況的圖冊，即戶口簿。❷帛肉　絲織品和肉食。❸括　搜集；搜括。❹豺狼　比喻兇殘的惡人。❺不斷人喉抉人目　不是斷人喉嚨就是挖人眼睛。❻司民牧　做地方長官治理地方。司，承擔。民牧，謂治理民眾的君王或地方長官。舊時將管理百姓比喻成放牧。❼草菅　菅草，植物名，多年生草本，葉子細長而尖，花綠色。莖可作繩織履，莖葉之細者可以覆蓋屋頂。《楚辭・招魂》：「五穀不生，藂菅是食些。」❽天庾　國家的倉廩。❾貪勒　貪婪勒索。❿索逋　催討欠債。逋，拖欠；積欠。《漢書・昭帝紀》：「三年以前逋更賦未入者，皆勿收。」⓫洶洶　形容聲勢盛大或兇猛的樣子。⓬虎而翼　如虎添翼，惡上加惡。⓭楚撻　杖打。《後漢書・列女傳・曹世叔妻》：「夫為夫婦者，義以和親，恩以好合，楚撻既行，何義之存？」楚，刑杖或督責生徒的小杖。撻，用鞭子或棍子打。⓮屏息　猶屏氣，停止呼吸。形容注意力集中或恐懼。⓯長吏　指州縣長官的輔佐。《漢書・百官公卿表》：「〔縣〕有丞、尉，秩四百石至二百石，是為長吏。百石以下有斗食、佐史之秩，是為少吏。」

【語　譯】官府要核實戶口登記到圖冊，兇暴的小吏就以此為藉口到村子裡抓鵝抓鴨。官府賜給老人絲織品和肉類，兇暴的小吏挨村搜刮稻穀。這些豺狼一樣的惡人，所到之處從不白白經過，不是斷人喉嚨就是挖人眼睛。即使長官好施善政，老百姓也已經生活得很苦了，要是長官不善那就更加糟糕。山田久旱長滿了菅草，水田久澇沒有莊稼，只有寬闊的水浪，水聲潺潺。聖明的皇上大發仁慈之心，開啟國家的糧倉賑災，惡吏卻借此貪汙勒索，耍奸使滑。他們催討欠債的時候很兇猛，如長翼的老虎一般，大呼小叫，動輒杖打，百姓沒有一刻安寧。一個村子正忙著殺雞做飯招待惡吏，前後的村子聞聽都恐懼得不敢出聲。哎！惡吏們的上司一定不知道手下人的行為，如果知道還故意縱容，那可真不是人應該做的事啊。

【研　析】這首詩用紀實的手法，描述了官府爪牙的殘暴和罪惡，展示了在黑暗腐敗的吏制下老百姓的苦難生活。值得注意的是，鄭板橋生活的時代，正是所謂「康乾盛世」，康熙、雍正和乾隆三位皇上，也還算是治國有方，也都很在意整頓吏治，但即使是在他們的統治下，仍然廣泛存在如鄭板橋詩中描述的那種惡吏，他們欺上瞞下，濫用職權，魚肉百姓，敲詐勒索，濫用私刑，百姓不寒而慄。鄭板橋後來在山東濰縣做縣令時，也遇到過這樣的問題，其〈濰縣署中寄四弟〉家書中說：「近因山東盜賊橫行，白晝搶劫，黑夜殺人，中丞為謀地方治安起見，各縣知事，一律加委營務處提調，各募巡勇百名，專司捕盜。語云：前事不忘，後事之師。昔年余曾招募小隊，僅得四十人，釀出拿賭詐錢，窩藏盜賊，包庇私鹽等種種弊端，閭閻被擾，嘖有煩言。現奉令招募巡勇百名，較前次增多倍半，其為害閭閻，將更形擴大。」在鄭板橋看來，皇上和州縣官長如有善政，那些悍吏還要收斂一些，如果「以不善司民牧」，那百姓們更要遭殃了。從古至今，這一問題並沒有得到妥善的解決。中國政治向來是「官腐民敗」，處於官民之間的小吏，更多有社會渣滓。問題其實正出在中國社會傳統的「官民二元結構」，官牧民，民奉官，一個沒有民眾參與，沒有公民力量，沒有官府與民眾之外的第三方社會組織對官貪與吏暴進行制衡的政治制度，形成了三千年來的治亂循環。中國歷史上，對於社會衝擊最烈者，當為「官逼民反」；詩中所說的「悍吏」之害，只是其中的一個很小的問題。但是，由於這些惡吏所面對的是老百姓，他們的暴行，直接地影響到平民百姓對於官府的看法。隨著中國基層，特別是農村基層的逐漸「黑社會化」，鄉村「悍吏」這一問題，將會極大地危害整個社會。

私刑惡

【題解】魏忠賢是明熹宗時期權傾朝野的一位宦官。其得勢時被稱「九千歲」，執掌東廠，把持後宮，干預朝政。對不依附他的東林黨人及朝臣設立私刑，殘酷迫害。後崇禎帝即位，誅殺魏忠賢。鄭板橋在詩中將官府差役對犯人動用私刑比作是魏忠賢遺毒，加以痛斥。

自魏忠賢拷掠群賢，淫刑百出，其遺毒猶在人間。胥吏以慘掠取錢，官長或不知也。仁人君子，有至痛焉。

官刑不敵私刑❶惡，掾吏❷搏❸人如豕搏❹，斬筋抉髓剔毛髮❺，督盜搜贓例❻苛虐❼。吼聲突地❽無人色，忽漫❾無聲四肢直。遊魂❿蕩漾⓫不得死，婉轉⓬回蘇⓭天地黑。本因凍餒⓮迫為非，又值奸刁取自肥。一絲一粒盡搜索，但憑皮骨當⓯嚴威。累累⓰妻女小兒童，拘囚繫械⓱網一空。牽累無辜十七八，夜來鎖得⓲鄰家翁。鄰家老翁年七十，白梃長椎⓳敲更急。雷霆收聲怯吏威⓴，雲昏雨黑蒼天泣。

【注釋】❶私刑　非法而私自對人施用刑罰。宋陳亮〈上光宗皇帝鑒成箴〉：「勿私賞以格公議，勿私刑以虧國律。」❷掾吏　官府中佐助官吏的通稱。❸搏　拍；擊；打。《史記・田叔列傳》：「田叔取其渠率二十人，各笞五十，餘各搏二十。」❹豕搏　以梃椎打豬，以利吹氣，殺豬工序之一。此指像拷打豬一樣打人。❺斬筋抉髓剔毛髮　砍斷筋脈、挖去骨髓、拔除毛髮。剔，去除；拔除。《詩・大雅・皇矣》：「攘之剔之，其檿其柘。」❻例　通常；例常。❼苛虐　嚴厲殘暴。❽突地　突然。❾忽漫　忽而；忽然。唐杜甫〈送路六侍御入朝〉：「更為後會知何地，忽漫相逢是別筵。」❿遊魂　遊散的精氣。古代哲學家認為人或其他動物的生命是由精氣凝聚而成的。精氣遊散，則趨於死亡。語出《易・繫辭上》：「精氣為物，遊魂為變。」王弼注：「精氣煙熅聚而成物，聚極則散，而遊魂為變也」。此指受害人瀕臨死亡。⓫蕩漾　起伏波動。⓬婉轉　猶輾轉。⓭回蘇　復活；蘇醒。⓮凍餒　謂饑寒交迫。餒，饑餓。⑮當 抵擋；承受。⑯累累 連續不斷貌；連接成串。⑰拘囚繫械 拘禁。拘、囚、繫、械都有拘禁的意思。⑱鎖得 抓來。鎖，拘繫。⑲白梃長椎 大木棍和長柄的錘子。白梃，大木棍。長椎，長柄的錘子。⑳雷霆收聲怯吏威 言雷霆也害怕悍吏之威而不敢出聲。雷霆，震雷；霹靂。

【語 譯】自從明代魏忠賢拷打賢士，濫用的刑罰花樣百出，他的遺毒還在人間。胥吏用慘酷的手段掠取錢財，長官或許並不知道。有仁愛之心的君子，對此非常痛心。

官刑比不上私刑殘酷，小吏們打人像殺豬一樣，砍筋脈、挖骨髓、拔頭髮。他們藉口整治盜賊，收繳贓物，手段非常嚴厲殘暴。被打的嫌犯會突然大叫一聲，臉上失去了血色，忽而又沒了聲音，四肢僵直昏死了過去，但是遊散的精氣來回飄蕩竟沒有死，又輾轉蘇醒了，醒後覺得天地一片昏暗。犯人本來是因為饑寒交迫不得已才做壞事的，又趕上胥吏來搜刮中飽私囊，盜來的東西全被搜刮走了，只能憑著一身皮肉骨頭抵擋嚴厲的拷問了。妻子兒女甚至小孩子也一個一個地被抓進來了，一家人被一網擒空，還連累了十七八個無辜的人。夜裡又抓來鄰居一個老頭。這個鄰家老頭七十歲了，卻被用大木棍和長柄的錘子拼命地敲打。連響雷霹靂也因為害怕胥吏的淫威而不敢出聲，雲層昏暗，大雨滂沱，那是老天爺在哭泣。

【研 析】鄭板橋有很多現實主義的詩，一般都不是高談闊論治國大道理，像他在〈偶然作〉「英雄何必讀書史」一篇中論到的那樣，他並不欣賞「胸羅萬卷雜霸王」的名士文章，而主張「直抒血性」「析時事」。鄭板橋的詩作，大多是他眼中所見的某個社會問題。這些問題衝撞其胸中的血性，所以要用詩歌的形式來揭露批判。這些詩讀來真實非常，情感飽滿，如他的詞一樣，有「沉著痛快」的風格特點。這首詩前四句統論胥吏用刑之殘暴，後面則以一個具體的案例進一步闡述了胥吏如何濫用私刑殘害百姓。「吼聲」四句寫犯人受刑的悲慘場景；「本因」四句交待了犯人犯罪的原因，饑寒交迫被逼無奈才去偷盜，現在被捕，賊贓早就被胥吏搜刮殆盡，沒有錢賄賂，只好忍受皮肉之苦。後面幾句寫了這個犯人為生活所迫鋌而走險，偷盜的行為還要牽連家人和其他無辜的人，甚至連鄰居家七十歲的老翁也不能倖免，也要受酷刑。胥吏們這樣的行為令人髮指，簡直連盜賊都不如。連老天爺都不忍看下去，但又不敢作聲，只好默默流淚。最後兩句寫得悲切到了極點，也讓讀者對胥吏濫用私刑的憤怒上升到了極點。

客揚州不得之西村之作

【題解】西村，即真州江村，今屬江蘇儀徵。鄭板橋二十六歲開始在江村塾中教書，幾年後離開江村赴揚州賣畫，並遊歷四方。這首詩作於雍正九年（西元一七三一年），這一年鄭板橋客居揚州，其原配夫人徐氏也於這一年過世了。這首詩表達了對西村的懷念和對亡妻的思念之情。

自別青山❶負夙期❷，偶來相近輒❸相思。河橋尚欠年時酒，店壁還

留醉後詩❹。落日無言秋屋冷，花枝❺有恨曉鶯癡。野人❻話我平生事，
手種垂楊十丈絲❼。

【注　釋】❶青山　青翠的山嶺，此指西村。❷負夙期　背棄約定。夙期，預約；舊約。宋梅堯臣〈依韻和永叔同遊上林院後亭見櫻桃花悉已披謝〉：「去年君到見春遲，今日尋芳是夙期。祇道朱櫻纔弄蕊，及來幽圃已殘枝。」約定之具體內容，從下文來看，應是板橋離開西村時，曾答應東家或學生離開一段時間，以後再來。❸輒　總是。❹河橋尚欠年時酒二句　還欠當年西村河橋邊酒家的酒錢，酒店的牆壁上也還留著當年我醉酒後題寫的詩句。鄭板橋有一首詞曾提及當年在徐姓酒家賒過酒，〔唐多令〕〈寄懷劉道士並示酒家徐郎〉：「分付河橋多釀酒，須留待，故人賒。」❺花枝　開著花的枝條，比喻美女。這裡是一語雙關。❻野人　泛指村野之人；農夫。❼手種垂楊十丈絲　親手栽的垂柳，柳絲已經很長了。指離開的時間很長了。垂楊，垂柳。十丈，形容非常長。

【語　譯】自從告別西村的青山，我沒有實現原來的約定，偶爾來到西村附近，總是很思念那裡。我還欠當年西村河橋邊酒家的酒錢，酒店裡的牆壁上，應當也留著當年我醉酒後題寫的詩句。夕陽無語落下，秋天了，屋子裡顯得格外淒冷，窗外花枝含著怨恨，黎明的鶯啼也彷彿帶著一片痴情。村民們可能常常談論我平生的軼事，當年我親手栽的垂柳，柳絲已經很長很長了。

【研　析】板橋雖然不喜就館生涯，但對西村卻懷有深切的情感。他說「自別青山負夙期」，

或許是他離開西村時，曾經答應過學生們或學生家長，將來還會再回來。懷著這樣的情感，即使不能到西村，但是仍然時刻懷念著那裡，當年的一切總是浮現在眼前。作者敘述了當年的兩件軼事：酒後賒賬，醉後題詩，或尷尬或放蕩，如今回憶起來，都顯得格外親切。那裡的老百姓現在還在談論他的這些軼事，他當年種的垂柳現在還在，而且因為已經時隔多年，柳絲一定很長很長了。這兩句述說當年軼事。鄭板橋為人狂放，醉後題詩或有其事，賒酒一事，民間則有一傳說云：有人收藏板橋當日所寫「欠酒二兩」字條，日後板橋成名，酒家找出欠條，精工裱製，懸於店堂，還乾脆把店名改為「欠酒二兩」，以招徠顧客。

再到西村

【題解】板橋時時懷念西村，此次終於有機會再到此地。這首詩記述重遊的感受，詩意淡而淺，似有「歸隱」之念，可能作於第一次揚州賣畫期間。

青山問我幾時歸，春雨山中長蕨薇❶。分付❷白雲留倦客❸，依然松竹滿柴扉❹。送花鄰女看都嫁，賣酒村翁與不違❺。好待❻秋風禾稼熟，更修老屋補斜暉❼。

【注釋】❶蕨薇　蕨與薇。均為山菜，每聯用之以指代野蔬，為歸隱常用之典。《史記・伯夷列傳》：「武王已平殷亂，天下宗周，而伯夷、叔齊恥之，義不食周粟，隱於首陽山，采薇而食之。」❷分付　吩咐；囑咐。❸倦客　客遊他鄉而感到疲倦或厭倦的人。❹柴扉　本指柴門，也指貧寒的家園，村中簡陋的屋舍。唐李商隱〈訪隱者不遇成二絕〉之二：「城郭休過識者稀，哀猿啼處有柴扉。」❺興不違　興致沒什麼改變。興，興致。違，改變。❻好待　等到。❼補斜暉　言屋漏而見斜暉，待秋後有禾草且農閒，即可補葺。

【語譯】江村的青山問我什麼時候回來，春雨過後，山中長出了蕨薇之類的野蔬。吩咐白雲挽留已厭倦旅居生活的我，那松柏竹枝依然遍布屋舍的大門。當年送花給我的鄰家女看看都已經出嫁了，賣酒的老村翁依然興致不改。等到秋天到來，莊稼成熟了，再修修老房子，補上那個漏進斜暉的屋洞。

【研析】舊地重遊，青山依舊，松竹依然。故人何在？「送花鄰女看都嫁，賣酒村翁興不違」，而當年的鄭板橋，如今已是「倦客」。自離開西村後，鄭板橋的生活過得非常不如意，一事無成，經濟拮据，這種情形可見於上文〈七歌〉中的描述。父親過世，兒子夭折，髮妻也在雍正九年病亡。他本人也落得個「乞食山僧廟，縫衣歌妓家」（〈落拓〉）的境地。際遇如此，如何不倦？也許重回西村，讀幾卷書，教幾個村童，就此終其一生，才是現實的考慮？或是繼續走科考入仕的「獨木橋」？這幾乎是一條死路，許多人耗盡一生歲月，耗盡家族產業，但幸運能成進士的，畢竟是少數人。鄭板橋在猶豫彷徨，故詩中多為被動的不確定語氣。「青山問我」，不是自己主動要回；「分付白雲留倦客」，是誰吩咐，當然不是鄭板橋自己；

「看都嫁」自然是推測，「好待」則是想像之辭。

秋夜懷友

【題解】這首詩可能作於板橋第一次客居揚州賣畫時期。詩中寫客中懷客的感受。

斗帳❶寒生夾被❷輕，疏星歷歷❸隔窗明。滿階蕉葉兼梧葉，一夜風聲似雨聲。塞北❹天高鴻雁❺遠，淮南❻木落❼楚江❽清。客中又念天涯客，直是❾相思過一生。

【注釋】❶斗帳　小帳。形如覆斗，故稱。《釋名・釋床帳》：「小帳曰斗帳，形如覆斗也。」❷夾被　沒有被胎，只有表裡的被子。❸歷歷　清晰貌；一一可數貌。❹塞北　指長城以北地區。❺鴻雁　大雁，喻兄弟。唐杜甫〈舍弟觀赴藍田取妻子到江陵喜寄〉之一：「鴻雁影來連峽內，鶺鴒飛急到沙頭。」仇兆鰲注：「《禮記》『雁行』比先後有序，《毛詩》『鶺鴒』比急難相須，故以二鳥喻兄弟。」此指塞北友人。❻淮南　此指淮河以南、長江以北以揚州為中心的地區。該地區唐為淮南東道，宋為淮南東路，首府為揚州。❼木落　樹葉落下。❽楚江　楚地的長江。長江中下游一帶曾屬楚國。❾直是　可能是；多半是。張相《詩詞曲語辭匯釋》卷一：「直，與就使、即使之就字、即字相當，假定之辭。」

【語　譯】小小的床帳裡寒氣漸生，我的夾被很薄難以禦寒。天空中稀疏的星星歷歷可數，隔著窗子閃閃發亮。外面臺階上滿是芭蕉葉和梧桐葉，刮了一夜的風，風吹樹葉的聲音聽起來，好像雨聲一樣。遙遠的北方天空高曠，兄弟你離我很遠，淮南的樹葉凋落，長江水顯得格外清冷。我也是旅居他鄉，思念遠在天涯為客的你，看來只能靠互相思念度過一生了。

【研　析】這首詩格調較為悲涼。傷春悲秋，從古有之。生性豪放的鄭板橋，也有內心柔軟的時候。和許多詩人詞人一樣，他很多寫景抒情的詩詞，都與秋天有關。這首詩就是其中之一。頭四句寫深秋夜晚自己所住地方的景象：秋風吹葉落，夾被難擋寒，意境寒冷淒清。五、六兩句寫友人與己一北一南難以相見。末尾兩句最精彩，「客中又念天涯客，直是相思過一生」，揚州城離興化不遠，但也算是客居，這讓他想起旅居在遙遠的北方的朋友，在這寒秋時節，一定會更加思念南方家鄉吧？全詩格律較為謹嚴，中間兩聯的對仗，「滿階蕉葉兼梧葉，一夜風聲似雨聲」，連用眼前事物景色，而不憚用字重複；「塞北天高鴻雁遠，淮南木落楚江清」，一遠一近，一虛一實，也均有特色。

芭蕉

【題　解】這是一首託物寄情的詠物詩，託芭蕉寄相思之情。

芭蕉葉葉為多情，一葉才舒一葉生❶。自是❷相思抽不盡❸，卻教風雨怨秋聲❹。

【注　釋】❶芭蕉葉葉為多情二句　用宋李清照〈添字醜奴兒〉詞意。李詞前半闋云：「窗前誰種芭蕉樹，陰滿中庭。陰滿中庭。葉葉心心，舒卷有餘情。」舒，舒展；伸展。芭蕉葉初生時呈卷曲狀，慢慢舒展抽出。❷自是　自然是；本來是。❸抽不盡　此為雙關語。既指芭蕉葉一片又一片不斷抽生出來，沒有完盡，也指人的相思之情排解了又生，不斷湧出，沒有盡時。❹秋聲　指秋天裡自然界的聲音，如風聲、落葉聲、蟲鳥聲等。泛指秋天景色物候。

【語　譯】芭蕉的每一片葉子都很多情思，一片葉子才舒展開，另一片葉子又抽生出來。本來相思已是抽取不盡，為何又讓秋風秋雨發出哀怨之聲呢？

【研　析】古代人比較含蓄，社會輿論及家族也都會對當事人有一定壓力，如果涉及兩人情感，一般不能如同當代人那樣大暴隱私甚至炒作，於是「託物言情」便成為一個常見的選擇；如果所思不一定有特定對象，只是覺得孤獨或無聊，也常常會用這一方法抒發無名之情。這首就是託物寄情的小詩，所思具體對象，是否有具體對象，都不得而知。詩中將所託之物芭蕉與所寄之情，較為完美地結合起來，句句是寫芭蕉，卻也句句是寫相思：芭蕉葉一片接一片地抽生不盡，恰似多情人的相思之情，欲罷又生，再生更濃，沒有盡頭。物與情渾然一體，毫無斧鑿痕跡。

梧桐

【題 解】梧桐，落葉喬木。種子可食，亦可榨油，供製皂或潤滑用。木質輕而韌，可製家具及樂器。古代以為是鳳凰棲止之木。《詩・大雅・卷阿》：「鳳凰鳴矣，于彼高岡。梧桐生矣，於彼朝陽。」故在中國文化語境中，多用為高潔的象徵。《莊子・秋水》：「夫鵷鶵發於南海，而飛於北海，非梧桐不止。」揚州雅官人巷內，舊有百尺梧桐閣，內植有百尺梧桐，鄭板橋第二次揚州賣畫期間，曾寫對聯詠之：「百尺高梧，撐得起一輪月色；數椽矮屋，鎖不住午夜書聲。」這首〈梧桐〉應該寫的就是揚州的百尺梧桐，其寫作時間，應在他第一次赴揚州賣畫之後，中舉之前。

高梧百尺夜蒼蒼，亂掃秋星落曉霜❶。如何不向西州❷植，倒挂綠毛幺鳳皇❸。

【注 釋】❶亂掃秋星落曉霜　枝葉胡亂掃過秋天的星星，掃落清晨的霜露。形容梧桐之高。❷西州　古城名。東晉置，為揚州刺史治所。故址在今南京。晉謝安死後，羊曇醉至西州門，慟哭而去，即此處。事見《晉書・謝安傳》。後遂用為典實。唐溫庭筠〈經故翰林袁學士居〉：「西州城外花千樹，盡是羊曇醉後春。」一說，西州指巴蜀地區。該地區有桐花鳳，身形如雀，羽五色，喜食梧桐花蜜汁，亦名「么鳳」。❸倒挂綠毛么鳳皇　么鳳皇，鳥名。稱倒挂子，又稱綠毛么鳳。產於海南、廣東等熱帶地區。蘇軾〈西江月〉〈梅花〉：「海仙時遣探芳叢，倒挂綠毛么鳳。」莊綽《雞肋編》卷下：「廣南有綠羽丹觜禽，其大如雀，狀類鸚鵡，棲集皆倒懸於枝上，土人呼為倒挂子。」蘇軾〈十一月二十六日松風亭下梅花盛開〉之二自注：「嶺南珍禽有倒挂子，綠毛紅喙，似鸚鵡而小，自海東來。」么鳳與桐花鳳產地不同，或是兩種鳥，後人常混用之。

【語　譯】高大的梧桐樹聳立在蒼茫的夜色中，枝葉胡亂掃打秋天的星星，掃落清晨的霜露。為什麼不把梧桐種到西州去，讓那綠毛么鳳倒掛在梧桐樹枝上。

【研　析】這也是一首詠物言志的詩。前兩句用誇張的手法烘托了詩人心目中梧桐樹之高大。後兩句寫由眼前的梧桐所引發的聯想。西州，有巴蜀和南京二義，本詩或用為雙關。巴蜀一帶有一種小鳥，名桐花鳳，只喜歡飲梧桐花的蜜汁，每年春天，梧桐開花的時候，這種鳥就會集於梧桐樹上，形小似雀，毛羽鮮豔，甚是可愛。桐花鳳又名么鳳，雖然可能與莊綽《雞肋編》所說的么鳳不是同一種，但既然大家一般都將其混用，把「倒挂綠毛么鳳」與梧桐樹聯繫起來，也未嘗不可。巴蜀古稱西州，而西州亦是南京的別稱。所以，詩人極有可能將西州、巴蜀、南京、梧桐、桐花鳳、么鳳，乃至蘇軾等等信息聯繫起來，並形諸詩歌。另外，南京是江南省（後分為江蘇安徽二省）鄉試之地，每次鄉試在秋八月進行，從「高梧」、「秋星」、「西州」、「鳳皇」等意象的連用來看，鄭板橋的心中，可能還有這樣的念頭：家鄉的高梧，可否移植到南京，我這揚州麻雀，能否在某個秋天，成為掛在南京梧桐上的鳳皇？

得南闈捷音

【題　解】雍正十年（西元一七三二年）秋，四十歲的鄭板橋赴南京參加鄉試，中得舉人。詩中抒發了中舉後悲喜交加的複雜心情。南闈，指江南鄉試。明、清省一級的科舉考試為「鄉試」，以北南二京規模最大，一般稱北京順天鄉試為北闈，稱南京（清代為江南省）鄉試為南闈。闈，古代宮室、宗廟的旁側小門。泛指門戶。科舉考試實行嚴格的「鎖闈」制度，屆時大小門戶一律關閉，不得隨意出入。

忽漫❶泥金❷入破籬，舉家歡樂又增悲。一枝桂影❸功名小，十載征途發達遲❹。何處寧親惟哭墓❺，無人對鏡懶窺帷❻。他年縱有毛公檄❼，捧入華堂❽卻慰誰？

【注　釋】❶忽漫　忽而；偶然。唐杜甫〈送路六侍御入朝〉：「更為後會知何地，忽漫相逢是別筵。」❷泥金　用金箔和膠水製成的金色顏料。用於書畫、塗飾箋紙，或調和在油漆裡塗飾器物。唐以來用泥金塗飾的箋帖報新進士登科之喜。五代王仁裕《開元天寶遺事．泥金帖子》：「新進士才及第，以泥金書帖子附家書中，用報登科之喜，至文宗朝，遂寢削此儀也。」後也用以指鄉試中舉。❸桂影　《晉書．

郤詵傳》：「武帝於東堂會送，問詵曰：『卿自以為何如？』詵對曰：『臣舉賢良對策，為天下第一，猶桂林之一枝，崑山之片玉。』」後因以「折桂」謂科舉及第。唐杜甫〈同豆盧峰知字韻〉：「夢蘭他日應，折桂早年知。」❹十載征途發達遲　板橋三十歲左右離家赴揚州賣畫謀生，同時汲汲科舉，至此時中舉已過去了十年。❺何處寧親惟哭墓　時板橋父、生母、繼母，均已不在人世，故云「惟哭墓」。寧親，問候父母；使父母安寧。漢揚雄《法言・孝至序》：「孝莫大於寧親，寧親莫大於寧神。」❻無人對鏡懶窺帷　時板橋髮妻徐夫人已去世，故云「無人對鏡」。帷，住宅內外之間的隔幛。❼他年縱有毛公檄　言日後或可進一步高中進士，並就任官職。毛公檄，用後漢毛義典故。《後漢書・劉平王望等傳序》：「廬江毛義，少節，家貧，以孝行稱。南陽人張奉慕其名，往候之。坐定而府檄適至，以義守令，義奉檄而入，喜動顏色。奉者，志尚士也，心賤之，自恨來，固辭而去。及義母死，去官行服……後舉賢良，公車徵，遂不至。張奉歎曰：『賢者固不可測。往日之喜，乃為親屈也。斯蓋所謂「家貧親老，不擇官而仕」者也。』」後因以「毛子檄」為孝子不貪利祿，只為養親而出仕之典實。❽華堂　華美的住宅，此指官宅。

【語　譯】忽然有中舉的喜報來到我這殘破的籬笆牆院，全家一片歡樂，但又平添了許多悲傷。為了取得這小小的功名，用了十年的工夫，就是發達，也算是很遲了。到哪裡去告慰父母，只有到父母的墳墓上去哭訴；髮妻已經去世，再也沒有人對著鏡子梳妝，我也懶得去看視室內的帷帳。他年即便像東漢毛義那樣有了官府的任職文書，有了華美的官宅，捧來這文書卻能告慰誰？

【研　析】如果說，成進士是「讀書」的最高「境界」，那麼，中舉則是這道路上最重要的一步。只有中舉才有參加進士考試的資格，即使沒有考中，在理論上也可以有做官的機會。因此，中舉被看作是進入仕途的入門程序，讀書人對此有著近乎瘋狂的追求和嚮往。《儒林外史》中「范進中舉」的故事，就是一個典型的例證。但是，對鄭板橋來說，這個中舉來得也太遲了。他在〈板橋自敘〉中曾自豪而又自嘲地說自己是「板橋康熙秀才，雍正壬子舉人，乾隆丙辰進士」，他是讀書考試的三朝「元老」，幾十年的奮鬥，連皇上都換了三代了，四十歲才考中這個作為仕途入門的舉人。但到這時，父親、生母、繼母、髮妻，均已不在人世，就是有了高中的喜帖，又與誰分享呢？「舉家歡樂又增悲」，正是鄭板橋當時心境的最好寫照。

小廊

【題解】這是一首即景小詩，詩中通過對秋日場景的描述，寫一個清高寒士的心境。

小廊茶熟❶已無煙，折取寒花❷瘦可憐❸。寂寂柴門❹秋水闊，亂鴉❺揉碎夕陽天。

【注釋】❶茶熟　茶煮好了。唐宋飲茶以水煮，明清後漸有沖泡之法。此用古義，指茶已泡好。❷寒花　寒冷時節開放的花。多指菊花。晉張協〈雜詩〉：「寒花發黃采，秋草含綠滋。」❸可憐　惹人憐愛。❹柴門　以柴為門，指貧寒之家。❺亂鴉　凌亂飛起的寒鴉。

【語譯】在小走廊裡泡茶的開水已經煮好，煮水的爐灶不再冒煙。摘來幾朵菊花，菊花清瘦，惹人憐愛。陋舍寂寥，秋水寬闊，凌亂飛起的寒鴉，揉碎了天邊的夕陽。

【研析】這首小詩，如同詩中的意象「寒花」一樣，清瘦可憐。煮茶賞花，雖身居陋室，而心存高遠。不過，優雅愜意的生活中，也帶著淡淡的清愁。秋水長闊，秋情寂寂，亂鴉飛過，寒意頓生。鄭板橋的寫景詩中，多有秋天的蕭瑟意象，豪爽的鄭板橋，在心底還是有那麼一點輕輕的愁緒，舉手投足之間，就會不經意地流露。

贈高郵傅明府，並示王君廷瀾　傅諱椿

【題解】高郵，今屬江蘇，清州名，屬揚州府。鄭板橋家鄉興化縣曾隸屬高郵，清高郵州不再轄縣，興化縣改為直隸揚州府。明府，漢魏以來對郡守牧尹的尊稱，唐以後多用以稱縣令。鄭板橋中舉後，得以和家鄉的官員往還。當時高郵的長官傅椿專門乘船去看望他。傅公頗有政聲，於是鄭板橋寫了這首五古長詩相贈，讚賞他治理淮河水患，使百姓喜獲豐收、安居樂業的政績，順便也稱讚了在座的傅椿的家庭教師王廷瀾。

出牧當明世❶，銘心❷慕古賢。安人龔渤海，執法況青天❸。瑣細知

幽奧，高明得靜便❹。星躔羅腹底，冰雪耀眉端❺。昔守淮堤撼❻，曾憂暑雨濺❼。麻鞋操畚鍤，百口寄舟船❽。生死同民命，崎嶇犯世嫌❾。上官催決塞，小吏只壅田❿。時值西風急，憑翻竹楗編⓫。孤城將不保，一命敢求全。痛哭蒼天應，焚香巨浪恬⓬。支祈收震怒，河伯效淵潛⓭。運道⓮終無恙，居民亦有年⓯。稻粱千里熟，歌舞數州連。魚蟹多無算，雞豚不計錢⓰。青簾⓱橋畔酒，細雨樹中煙。父老村村祝，銓衡緩緩遷⓲。文遊春水湛，甓社夜珠懸⓳。願獻長溪藻⓴，還供縮項鯿㉑。鄰邦咸取法，下邑賜矜憐㉒。訪我荒城㉓北，停舟荻岸邊。一談胸吐露，數盞意周旋㉔。頗㉕有王生㉖者，曾經絳幄延㉗。美材承斫削，高義破迍邅㉘。約束神應阻㉙，爐錘器益堅㉚。秋風動南國㉛，六翮會翩躚㉜。

【注釋】❶出牧當明世　出來做官正當政治清明的時代。出牧，出任州府長官。明世，政治清明的時代。❷銘心　銘記在心。❸安人龔渤海二句　列舉漢代的龔遂和明代的況鍾這兩位古代賢臣的事跡，來讚美勸勉傅椿。安人，使人民安寧。龔渤海，龔遂，官渤海太守。漢宣帝時，渤海饑亂，龔遂單車至郡，開倉濟貧，勸民農桑，境內大治。況青天，況鍾，明代著名清官。明宣宗時任蘇州知府。上任後，採取了懲奸吏、裁冗員、減重賦、廢苛捐、清積案、平冤獄等一系列措施。百姓愛戴，呼為「青天」。治蘇任滿，蘇州一萬三千餘人聯名上書，乞況鍾連任。英宗准奏，以正三品留任蘇州。❹瑣細知幽奧二句　能從細微的情況判斷出深奧的道理，政治高明所以使百姓得到安寧。靜便，安寧。❺星躔羅腹底二句　日月星辰運行的軌跡陳列於胸中，清正嚴明的操守閃耀於眉間。星躔，日月星辰運行的軌跡。羅，陳列。冰雪，形容心地純淨潔白或操守清正貞潔。❻昔守淮堤撼　過去曾守衛在被洪水撼動的淮河堤壩上。❼曾憂暑雨濺　曾為夏天暴雨肆虐而擔憂。❽麻鞋操畚鍤二句　穿著麻鞋，拎著挖土的工具去抗洪，而把全家安置在舟船上。麻鞋，麻編的鞋。畚鍤，泛指挖運泥土的工具。畚，盛土器。鍤，起土器。百口，指全家；近親一族。❾崎嶇犯世嫌　歷經險阻卻因功遭人嫌忌。崎嶇，困厄，指歷經險阻。❿上官催決塞二句　上級一會兒催促疏導，一會兒催促堵塞，而下級只知堆積泥土以期保護田地。此言上下只顧眼前，而無通盤考慮。決塞，指河道的疏導與堵塞。宋蘇軾〈禹之所以通水之法〉：「古者將有決塞之事，必使通知經術之臣計其利害，又使水工行視地勢，不得其工不可以濟也。」壅田，堆積泥土以保護田地。⓫時值西風急二句　正趕上西風迅猛，掀翻了大量用於堵塞河堤決口已經編綴起來的竹楗。竹楗，堵塞河堤決口所用的竹木等器材。編，編組；連綴。把分散的事物按照一定的條理組織起來。⓬恬　平靜。⓭支祈收震怒二句　淮水神收起了憤怒，河伯也潛伏到深淵之中去。喻洪水退去。支祈，即無支祁，相傳為淮河水神。大禹治水時將其擒獲，鎖壓在淮陰龜山足下，使保淮水安流注海。河伯，傳說中的水神。⓮運道　指水上運輸通道。大運河邗溝段經過高郵。兩邊分別是高郵湖及裡下河窪地，其堤壩高聳易決。⓯有年　即大有之年；豐年。⓰雞豚不計錢　言家養的禽畜可不算進家庭收支中。雞豚，雞和豬。泛指家養的禽畜。⓱青簾　酒店門口掛的幌子，作招牌用。多用青布製成。⓲銓衡緩緩遷　在政績考核中評價等第及年功慢慢積累上升。銓衡，品鑒衡量。遷，上昇。⓳文遊春水湛二句　上句言傅椿文才堪比蘇黃，下句祝傅縣令升官在即，前途無量。文遊，文遊臺，高郵古跡。《嘉慶重修揚州府志・古迹四》：「文游臺在（高郵）軍城東二里，舊傳蘇軾、王鞏、孫覺、秦觀諸公及李公麟嘗同游，論文飲酒，因以『文游』名之。公麟畫為圖，刻之石。」甓社，即甓社湖。湖名。在高郵縣城西北。湖東西長七十里，南北寬五十里。宋黃庭堅〈呈外舅孫莘老〉之二：「甓社湖中有明月，淮南草木借光輝。」相傳宋孫覺在甓社湖邊夜坐，忽窗明如畫，循湖求之，見一大珠，其光燭天。當年孫覺即登第。宋張表臣〈呈以道舍人〉：「他年但飽揚州米，今日寧論甓社珠。」⑳願獻長溪藻　言高郵百姓感恩，願意貢獻長溪中的水藻作為薄禮。獻藻，即薦藻，與「獻芹」同義。唐杜甫〈槐葉冷淘〉：「獻芹則小小，薦藻明區區。」㉑縮項編　編魚，縮項穹脊，故名。以味道肥美著稱。㉒鄰邦咸取法二句　相鄰州縣都學習您治縣的方法，因而給所屬地方的人民帶來了關懷慰藉。咸，都，副詞。下邑，小地方，指縣下所屬之地。矜憐，憐憫；關懷。㉓荒城　自謙的說法，這裡指鄭板橋當時所居之地。㉔數盞意周旋　言互相敬酒禮讓，喝了很多杯。周旋，古代行禮時進退揖讓的動作。《禮記・樂記》：「升降上下，周還裼襲，禮之文也。」陸德明釋文：「還，音旋。」孔穎達疏：「周謂行禮周曲迴旋也。」《孟子・盡心下》：「動容周旋中禮者，盛德之至也。」引申為交往；交際應酬。㉕頗　偏；邊上。㉖王生　即題目中所指王廷灤。㉗絳幄延　延請為家庭教師。絳幄，絳帳，對師門、講席的敬稱。㉘美材承斫削二句　好的木材需要用刀斧來砍削才能最終成才，高尚的深情厚誼破解了王生的困頓。言傅椿對王廷灤的點撥與幫助。美材，良好可造就之材。指王生。一說，指王生所教的傅椿的兒子。斫削，用刀斧等砍或削。高義，深情厚誼。《魏書・李諧傳》：「奉盛王之高義，遊兔園而容與，綴鴻鷺之末行，連英髦之茂序。」迍邅，處境不利；困頓。晉左思〈詠史〉之七：「英雄有迍邅，由來自古昔。」㉙約束神應阻　言王生身受束縛，心神不能舒暢。㉚爐錘器益堅　經過爐火的千錘百煉，器具才能更堅固。㉛秋風動南國　秋風吹動南國風光。指江南省的秋闈將至。㉜六翮會翩躚　鳥兒正展翅高翔。指王生今年秋闈定能中舉。六翮，鳥類雙翅中的正羽，用以指代鳥。翩躚，飛舞貌。

【語　譯】您出來做官時，正當政治清明的時代，銘刻在心中的，是思慕那些古代賢臣。能使人民安寧，如漢代的龔遂；執法清明，如明代的況鍾。能從細微的情況判斷出深奧的道理，政治高明所以使百姓得到安寧。日月星辰運行的軌跡陳列於胸中，清正嚴明的操守閃耀於眉間。昔日淮河大水撼動堤壩，您駐守堤壩，也曾為夏天暴雨肆虐而擔憂。您穿上麻鞋，拎著挖土的工具去抗洪，只是把全家安置在舟船上，就再也顧不上他們。您把自己的生死同老百姓的命運聯繫在一起，歷盡艱難險阻卻招致世俗的猜忌。上級一會兒催促疏導，一會兒催促堵塞，而下邊只知堆積泥土以期保護自己一個地方的田地。正趕上西風迅猛，掀翻了大量用於堵塞河堤決口已經編綴起來的竹楗。城將不保，那樣的話沒有一條生命能夠保全。於是縣官對著上天焚香痛哭，上天感動，使大浪平息了。淮水神收起憤怒，河伯也潛伏到深淵之中去。運輸通道終於沒有受到破壞，百姓也迎來了豐收年。千里的穀物都成熟了，各州歡慶豐收的歌舞響成一片。魚類水產多到數不清，連家養的禽畜也可不再算進家庭收支中。橋邊掛著青簾幌子的是酒家，細雨紛紛中，樹林裡農家處處冒著炊煙。各村的父老鄉親都稱頌縣令您的功德，考核政績時對您的評價等第慢慢地不斷抬升。您的文才像文遊臺下春水澄清，您的前程有甓社湖裡夜懸的明珠照亮。百姓們感戴您，願意為您獻上長溪的水藻和肥美的鯿魚。相鄰州縣都學習您治理地方的方法，使他們所屬地方的人民得到關懷撫慰。您來到我這荒涼的地方看望我，把船停靠在荻草叢生的岸邊。我們一經交談就相互吐露胸中的志向，互相敬酒禮讓，喝了好幾杯。在座的還有王姓的書生，您曾經延聘他做家庭教師，得到您的點撥與幫助。就像好的材料需要經受刀斧的砍削才能最終成才，您高尚的深情厚誼破解了王生的困頓。雖然王生身受束縛，心神不能舒暢，但經過爐火裡的千錘百煉，器具才能更加堅固。秋風吹動南國風光，江南的秋闈將至，像鳥兒展翅高翔，王生今年秋闈定能高中。

【研　析】這是一首歌功頌德的長篇古詩。以鄭板橋的個性，是很少由衷誇讚別人的。但傅知州是鄭州縣而並非是自己縣的父母官，而且傅也確實是個有德有能的循吏，歌功頌德一番，別人當不會說閒話，而且也可揚清激濁，順便也可發抒一下自己對於將來當個清官的「願景」。據《高郵州志》卷八〈秩官志〉下記載，「傅椿……任州事，廉明勤幹。……郵邑時苦水災，椿悉心查訪，著《籌淮八議》一冊。又以城東窪下，水溢則一望汪洋，乃沿城濠築堤，蜿蜒數里，植柳萬餘株，郵人至今稱傅公堤云。後昇太倉州知州，官至兵備道。」看來，鄭板橋稱頌傅長官有蘇黃之才，有安民之德，並非虛譽。值得注意的是，傅椿尚有禮賢下士之古風，特意跑到鄭縣去看望一個落拓書生，鄭板橋感激之餘，頌揚的話說得有些過分，也在情理之中。在與這些清官循吏的交往過程中，鄭板橋也受到了愛民如子的熏陶。

落拓

【題　解】這首詩作於鄭板橋第一次揚州賣畫時期。詩中形象地描述了自己的落拓生活。卞孝萱《鄭板橋全集》注云：「《書苑》第五卷第九號影印金命喜書鄭燮『乞食山僧寺』詩，並跋云：『鄭板橋中州名士，詩畫妙一世，骯髒不偶，嘗作蘭幾幅，首題此詩，即又其自作也。』」可見此詩應是板橋為自己的畫蘭所作的題詩。

乞食山僧廟❶，縫衣歌妓家❷。年年江上客，只是為看花。

【注釋】❶乞食句　貧士無力購租房屋，往往寄居寺廟。板橋此一時期有〈贈大中丞尹（會一）年伯贈帛〉云：「落拓揚州一敝裘，綠楊蕭寺幾淹留。忽驚霧縠來相贈，便剪春衫好出遊。」❷縫衣句　板橋有〈悼亡妓〉四首，可參看。

【語譯】餓了我在山僧廟中討口飯吃，衣服破了就到相好的歌妓那裡請她縫補。一年年在這長江邊上作客，只是為了看看這揚州城中的花朵。

【研析】板橋第一次揚州賣畫，當在三十歲至四十歲的十年間。後來他曾經回憶說：「十載揚州作畫師，長將赭墨代胭脂。寫來竹柏無顏色，賣與東風不合時。」在賣畫的前期，大約名氣尚不夠響亮，收入大概也不夠穩定，板橋又是一個豪爽之人，銀子吃緊時，便到廟中混口飯吃，手頭稍寬，就到歌伎那兒風流一陣，順便也縫補一下衣衫。沒有女人在身邊，總是有些不便。對這樣的生活，板橋有些無可奈何。一年一年過去，功不成名不就，回憶起來，人生都浪費在「看花」消磨時間上了。

觀潮行

【題解】錢塘江在入海口呈喇叭形，海潮上漲時便形成著名的錢塘潮。受月球引力等複雜因素的影響，每年夏曆八月十五是錢塘大潮最為壯觀的時日，從古到今吸引了無數人前往觀潮。雍正十年，鄭板橋參加江南鄉試中舉後，有興到杭州觀潮。詩中描寫了錢塘大潮的壯觀氣勢，也抒發了自己的人生感悟。

銀龍翻江截江入❶，萬水爭飛一江急❷。雲雷風霆❸為先驅，潮頭聳並青山立❹。百里之外光熒熒❺，若斷若續最有情。崩轟喧豗倏已過❻，萬馬飛渡蕭山城❼。錢塘岸高石五丈，古松大櫟盤森樉❽。翠樓朱檻沖波翻，羽旗金甲雲濤上❾。伍胥文種兩將軍，指揮鯤鱷鯨鼉蟒❿。杭州小民不敢射，蕩豬擊彘來相享⓫。我輩平生多鬱塞⓬，豪情逸氣新搔癢⓭。風定月高潮漸平，老魚夜哭蛟宮蕩⓮。

【注　釋】❶銀龍翻江截江入　海潮倒灌，與錢塘江入海之水相撞，形成白色巨浪，猶如銀色長龍在江中翻騰飛舞。❷萬水爭飛一江急　無數巨浪爭相飛奔，滿江氣勢洶湧。❸雲雷風霆　指洶湧的潮水帶來的風潮和雷鳴般的聲響。❹潮頭聳並青山立　潮頭湧起，像兩岸青山一般高。❺熒熒　閃閃發光。❻崩轟喧豗倏已過　浪潮崩裂發出巨大聲響，瞬間已從眼前經過。喧豗，形容轟響。❼萬馬飛渡蕭山城　錢塘江水經蕭山城入杭州灣，猶如萬馬奔騰，飛渡而過。蕭山，今屬浙江，在錢塘江南岸，與杭州隔江相望。❽錢塘岸高石五丈二句　形容雖然錢塘潮洶湧無比，但兩岸五丈高的巨石、古松、高大的櫟樹卻牢牢盤踞在高高的崖岸上，巋然不動。森，高聳；峙立。塽，高而乾燥之地。❾翠樓朱檻沖波翻二句　綠漆紅欄的高樓下波濤翻捲，弄潮兒們的打著羽飾旗幟，穿著金色鎧甲，湧現在翻飛著白浪的波濤上。❿伍胥文種兩將軍二句　伍子胥和文種兩位錢塘江水神，指揮鯤鱷鯨鼉蟒大戰。伍胥，伍子胥，春秋吳國大夫，佐吳王夫差打敗越國，後因遭讒言被吳王賜死，屍體沉入錢塘江。文種，春秋越國大夫，輔佐越王句踐復國，後也因讒言被賜死。《吳越春秋》及《揚州畫舫錄》中均有他們死後成為錢塘江水神的記載。鯤，古代傳說中的大魚。鼉，揚子鱷，也稱鼉龍。⓫杭州小民不敢射二句　五代吳王錢鏐築海塘，因江濤晝夜衝擊無法動工，就下令讓士兵射濤。老百姓不敢射濤，只好殺豬祭祀水神。蕩豬擊彘，殺豬。蕩，洗滌。擊，殺。彘，豬。享，祭祀。⓬鬱塞　滯塞；不舒暢。喻生平坎坷。⓭搔癢　搔著癢處，指痛快。⓮老魚夜哭蛟宮蕩　龍宮搖蕩，江裡的老魚在夜裡哭泣。喻風平浪靜後江水蕩漾，發出輕輕的嗚咽聲。老魚，用唐李賀〈箜篌〉「老魚跳波瘦蛟舞」典。

【語　譯】海潮與錢塘江入海之水相撞，形成白色巨浪，猶如銀色長龍在江中翻騰飛舞。無數巨浪爭相飛奔，氣勢洶湧。浪潮未至，洶湧的潮水帶來的風潮和雷鳴般的聲響作為先驅，已經先到了。待到浪潮來到，潮頭湧起，幾乎與兩岸的青山一樣高。百里之外能看見浪潮在月光下閃閃發光，波濤起伏跌宕，光影斷斷續續，最有情趣。浪潮崩裂發出巨大聲響，瞬間已從眼前經過。江水從蕭山城流過，猶如萬馬奔騰，飛渡而去。雖然錢塘潮洶湧無比，但兩岸五丈高的巨石、古松、高大的櫟樹，卻牢牢盤踞在高高的崖岸上，巋然不動。海潮中，綠漆紅欄的高樓下，波濤翻捲，弄潮兒們打著羽飾旗幟，穿上金色鎧甲湧現在翻飛著白浪的波濤上。伍子胥和文種兩位錢塘江水神，正指揮著鯤鱷鯨鼉蟒們列隊而來。老百姓不敢射濤，只好殺豬祭祀水神，希望水神息怒。我們平生心中多有鬱塞的不平之氣，不妨以豪邁放鬆的心態，把這些坎坷視為輕輕的搔癢。待到風平浪靜，明月高懸，錢塘潮退去，龍宮搖蕩，江裡的老魚還在黑夜裡哭泣。

【研　析】鄭板橋這首〈觀潮行〉，鋪陳排比，聲色交融，起伏跌宕，從潮起、潮來、潮去，以及風平浪靜後的靜謐，描寫了整個錢塘潮的過程。既有對眼前錢塘潮壯觀場景的描述，又有想像中的神話傳說，洋洋灑灑，氣勢恢宏。詩的結束，描寫觀潮的感受：錢塘大潮固然兇猛，但潮起總有潮落時，錢塘兩岸從古到今經受著錢塘潮的考驗，就如人生要經歷諸多坎坷一樣，何不視這些坎坷為輕輕的搔癢，更以豪邁的觀潮心情去迎接新的坎坷呢？

弄潮曲

【題　解】這首〈弄潮曲〉是〈觀潮行〉的姊妹篇。詩中描寫驚心動魄的錢塘弄潮場景和從中得到的人生感悟。弄潮，杭州風俗，少年百十為群，或駕船，或泅水，於江濤中遊戲，弄潮或弄濤。

錢塘❶小兒❷學弄潮，硬篙長楫❸捺復捎❹。舵樓❺一人如鑄鐵❻，死灰面色睛不搖❼。潮頭如山挺船入，檣櫓❽掀翻船豎立。忽然滅沒無影蹤，緩緩浮波眾船集。潮平浪滑逐沙鷗，歌笑山青水碧流。世人歷險應如此，忍耐平夷❾在後頭。

【注　釋】❶錢塘　古縣名。地在今浙江杭州。古詩文中常用作為杭州的別稱。❷小兒　對少年的愛稱。❸硬篙長楫　撐船用的竹竿和船槳。篙，撐船用的竹竿。楫，船槳。❹捺復捎　駕船動作。捺，將篙按下去。捎，將槳從水面掠過。❺舵樓　船上掌舵的地方。❻鑄鐵　形容堅定。❼死灰面色睛不搖　面如死灰，眼睛一動不動。形容神情專注。❽檣櫓　都是船上的部件。檣，船桅杆。櫓，比槳長大的划船工具，安在船尾或船旁。❾平夷　平坦；平安。

【語　譯】錢塘那些小伙子們學習弄潮，將那硬的竹篙長的船槳按下又提起。舵樓裡有一個人在掌舵，如生鐵一樣屹立不動，面如死灰，眼睛一動不動。潮頭湧起，像山峰一樣壓向弄潮的小船，弄潮船卻迎浪挺進，小船的桅杆和船櫓都被掀翻，船身也豎立起來。忽然間船淹沒在大浪中消失無蹤，繼而又慢慢地浮現在波濤上，漸漸地彙集在一起。浪潮已經平息，沙鷗追逐著順勢而流的水浪飛翔。弄潮兒們歡歌笑語，撐船暢遊在青山碧水間。世人經歷險惡時就應當如此，危急關頭忍耐住，平坦之途自然就在後頭。

【研析】關於錢塘弄潮，歷史上早有記載。唐李吉甫《元和郡縣志》卷二十六：「浙江……江濤每日晝夜再上，常以月十日、二十五日最小，月三日、十八日極大，小則水漸漲不過數尺，大則濤湧高至數丈，每年八月十八日，數百里士女共觀，舟人漁子，泝潮觸浪，謂之弄濤。」泝潮觸浪，似乎是乘船弄潮，而宋代則有泅水弄潮的記載。周密《武林舊事》卷三：「浙江之潮，天下之偉觀也。自既望以至十八日為最盛，方其遠出海門，僅如銀線，既而漸定，則玉城雪嶺，際天而來，大聲如雷霆，震撼激射，吞天沃日，勢極雄豪。……吳兒善泅者數百，皆披髮文身，手持十幅大綵旗，爭先鼓勇，泝迎而上，出沒於鯨波萬仞中，騰身百變，而旗尾略不霑濕，以此誇能。」鄭板橋所觀賞的清代雍正年間的弄潮，已沒有了周密所記載的泅水之戲，而只有駕船了，可能是因為泅水太危險的緣故吧。現如今的錢塘觀潮，泅水的弄潮兒早已一無蹤影，連清代還有的駕船弄潮也沒有了，人們只是在岸上遠遠觀看而已。如果岸上的遊賞者不慎被江潮捲走，那就一去不回了。人的野性，在自然面前，逐步消失，真不知這是進化還是退化。要欣賞錢塘弄潮的驚險一幕，就只能在古代文獻中去尋找了。面對此一驚險場面，作者頗有感觸：「世人歷險應如此，忍耐平夷在後頭。」此前的板橋，歷經坎坷，親人死亡相繼，仕途遙遙，生活窘困。好在此時，他總算中了舉人，看到了一點仕途的希望，心情才稍有放鬆，來到錢塘，看到弄潮兒，胸中就又生出些許拼搏的念頭，於是勉勵自己一定要忍耐，將來必有出頭之日。

韜光

【題解】韜光，寺名，由唐代高僧韜光所建。韜光，蜀人，曾住杭州靈隱寺，與郡守白居易為詩友。穆宗長慶年間，於靈隱山西北巢枸塢築寺，後人名之曰韜光庵。雍正十年，鄭板橋遊杭州，曾讀書於韜光庵。

韜光古庵嵌山巘[1]，北窗直吸餘杭縣[2]。葛洪小兒峰嶺低[3]，南屏一片排秋扇[4]。錢塘雪浪打西湖，只隔杭州一條線[5]。海日烘雲濕已乾，下界奔雷作蛇電[6]。山中老僧貌奇古[7]，十年不踏西泠[8]土。厭聽湖中歌吹[9]聲，肯來伺候衙門鼓？曲房幽澗養神魚[10]，古碑剔蘚蝌蚪書[11]。銅瓶野花烏几[12]靜，湘簾[13]竹榻清風徐。飲我食我[14]復導我，茅屋數間山側左[15]。分屋而居分地耕，夜燈共此琉璃火[16]。我已無家不願歸，請來了此前生果⑰。

【注釋】❶山巘　山頂。《詩・大雅・公劉》：「陟則在巘，復降在原。」朱熹集傳：「巘，山頂也。」❷北窗直吸餘杭縣　言自北窗正能看到餘杭縣。餘杭，縣名，在杭州城東北，今為杭州區名。❸葛洪小兒峰嶺低　言葛洪所居的小山很低，反襯韜光庵所在山峰之高。葛洪，東晉方士，相傳曾在西湖北岸小山上煉丹，後人遂名此山為「葛嶺」。清《西湖志纂》卷一增修十八景圖有「葛嶺朝暾」、「韜光觀海」。❹南屏一片排秋扇　南屏山峰好像一把打開的秋扇。南屏，山名。在杭州西湖。《西湖志纂》卷一西湖十景圖有「南屏晚鐘」。❺錢塘雪浪打西湖二句　在山上俯瞰，錢塘江的白色浪花拍打著西湖，與杭州城只隔著一條線。❻海日烘雲濕已乾二句　海上的太陽烘乾了雲彩，言由雨轉晴；下方的蛇狀閃電如同奔雷，此言雷雨復又大作。❼奇古　奇特古樸。❽西泠　亦稱「西陵橋」、「西林橋」，在杭州孤山西北盡頭處，是由孤山入北山的必經之路。宋周密《武林舊事・湖山勝概》：「西陵橋，又名西林橋，又名西泠。」❾歌吹　歌唱吹奏。《漢書・霍光傳》：「引內昌邑樂人，擊鼓歌吹作俳倡。」❿曲房幽澗養神魚　在幽靜的房子中居住，幽深的山澗裡，飼養著象徵吉祥的神魚。神魚，象徵吉祥的魚。《漢書・宣帝紀》：「東濟大河，天氣清靜，神魚舞河。」⓫古碑剔蘚蝌蚪書　刮掉古碑上的苔蘚，能看見古代的蝌蚪文。蝌蚪書，古文字體的一種。筆畫多頭大尾小，形如蝌蚪，故稱。⓬烏几　即烏皮几。烏羔皮裹飾的小几案。古人坐時用以靠身。⓭湘簾　用湘妃竹做的竹簾。湘妃竹即斑竹。《初學記》卷二十八引晉張華《博物志》：「舜死，二妃淚下，染竹即斑。妃死為湘水神，故曰湘妃竹。」⓮飲我食我　給我酒喝，給我飯吃。食，給飯吃。⓯山側左　山的東側。古人以面南為正位，在此位時，東為左。⓰琉璃火　琉璃燈。宋葉適〈趙振文傳借琉璃燈鋪寫山水人物〉：「古稱淨琉璃，物現我常寂。」琉璃，玻璃一稱琉璃。⑰請來了此前生果 言就在這韜光庵了卻塵緣。了，佛教術語，生了二因之一，《因明大疏》上：「因體有二：一生二了。如種生芽，能起用故名為生因。如燈照物，能顯果故，名為了因。」果，佛家語。對於因而言。一切之有為法，前後相續，故對於前因而謂後生之法為果。前生果，前生所種之因，而果應在今生。

【語　譯】韜光古庵鑲嵌在山頂上，北窗正對著餘杭縣城。葛洪曾居住過的小山很小很低，南屏山的山峰連成一片，好像一把秋扇排列在一起。從山上俯瞰，錢塘江掀起的白色浪花拍打西湖，好像與杭州城只是隔了一條線。海上的太陽烘乾了雲彩，天氣由雨轉晴，忽而下方錢塘江上又奔雷轟響，蛇狀閃電奔騰。山中的老和尚相貌奇特古樸，十年都沒進過杭州城。不喜歡聽西湖的歌樂聲，也不肯聽從衙門的召喚。身居幽靜的房子，幽深的山澗裡飼養著象徵吉祥的神魚。剔去古碑上的苔蘚，現出了古代的蝌蚪文。銅花瓶裡插著野花，靜靜地擺放在烏皮几上。清風徐徐吹拂著湘簾和竹床，山僧供我飲食，還開導我。山的東邊有幾間小茅屋，我們分屋居住，分地耕種，夜晚共同對著同樣的琉璃燈火。我已沒有家了，不願歸去，不如就在此了卻前世塵緣。

【研　析】鄭板橋到韜光庵是去讀書準備科考的，但是這首詩並沒有具體描寫他如何苦讀，而是想宣泄一下對於世俗的不滿。詩的前八句鋪排寫了韜光庵所在的環境，建於山頂，居高臨下，餘杭城、杭州城、錢塘潮都盡收眼底。「山中老僧」八句介紹了韜光庵中的老和尚，「十年不踏西泠土」，雖然就住在杭州，卻十年不進城，是個不肯聽官府召喚，避居世外，幽居靜修的高僧。可是鄭板橋在杭州讀書卻是為了考取功名，所以這幾句，尤其那句「肯來伺候衙門鼓」，頗有些自嘲的味道。「曲房」四句把山僧修行之處描寫得古樸靜謐，又透露著詩人的豔羨。「飲我」四句才寫到詩人在庵中的生活及與山僧的交往。最後兩句最耐人尋味。「我已無家不願歸，請來了此前生果。」這首詩作於雍正十年。雍正九年，他的結髮妻子徐氏去世了，在這之前他的兒子也夭折了，加上幼年生母離世，十四歲繼母郝夫人去世，三十歲喪父，家庭成員殞亡殆盡，難怪詩人要發「無家」的感慨了。既然親人都沒了，還奮鬥什麼呢？倒不如就在這佛門中了卻塵緣算了。當然，鄭板橋並沒有這樣做，他還有未成年的子女要養，還有讀書人根深蒂固的「用世」情結，他就在這種矛盾的心境中痛苦掙扎——一面積極讀書應試，一面又想參禪逃世。

題遊俠圖

【題解】這是一首題畫詩，畫的題材是遊俠。遊俠，古稱有武藝，喜歡遊歷四方，豪爽好結交，輕生重義，勇於排難解紛的人。古代有很多以遊俠為題材的詩、圖、文。

大雪滿天地，胡為❶仗劍❷遊？欲談心裡事，同上酒家樓。

【注釋】❶胡為　為什麼。❷仗劍　持劍。

【語譯】大雪鋪天蓋地，俠士為什麼持劍遊走？想談談心裡話嗎，那就一起到酒樓上去。

【研析】遊俠有哪些特質？遊歷四方，無拘無束，行俠仗義，打抱不平。飽受強人欺負的士子百姓，總有一種遊俠情結。李白有一首非常著名的古體詩〈俠客行〉，有句云：「銀鞍照白馬，颯沓如流星。十步殺一人，千里不留行。」賈島〈劍客〉亦云：「十年磨一劍，霜刃未曾試。今日把似君，誰為不平事？」鄭板橋這首詩的風格與賈島相似。這首詩描述了遊俠的兩個特點，一是「遊」，不管如何艱難困苦，例如哪怕是大雪滿天滿地，也要堅持「出遊」；二是「俠」，豪爽，好結交，好勇鬥狠。這幅畫應該畫的是一個在雪地裡持劍遊走的俠客。小詩雖短，卻也結構有致：「大雪」，營造一個特殊氛圍；「胡為」，使氣氛提起波瀾；「欲談」，再宕開其事；「同上」，則給人不盡想像。鄭板橋本具豪爽性情，又有一肚皮不平，可惜有家口拖累，終究做不得遊俠，只能借此畫此詩一吐為快。

題程羽宸黃山詩卷

【題解】程羽宸，名子駿，板橋友人，曾資助板橋應試、娶妾。板橋〈懷程羽宸詩序〉：「余江湖落拓數十年，惟程三子駿奉千金為壽，一洗窮愁。羽宸其表字。」黃山，在徽州府太平縣（今黃山市黃山區）南，險峻奇絕。黃山詩卷，康熙五十三年，程羽宸遊黃山，作《黃山紀遊詩》六十八首。板橋為此詩集題寫了這篇卷首詩。

黃山擘❶空青❷，造化何技癢？陰陽未判割❸，精氣互滉瀁❹。團結❺勢綿迂，抽拔❻骨撐掌。日月始明白❼，雲龍漸來往。軒成末苗裔❽，煉丹破幽廠❾。天都強名目，芙蓉❿謬借獎。秦漢封錮深，唐宋遊屐廣。雲海蕩詩肺，松濤簸天響。飛泉百斷續，怪石萬魍魎⓫。少少⓬塔廟開，微微金翠榜。岑崿⓭裹樓殿，龍象森灌莽⓮。鶻鶴鵑鳩鴿，榛榧棗栗橡。巖果垂累累，仙禽翩晃晃。山腰矮雷電，峰頂聳蒲蔣⓯。膚土⓰寸若金，風蘿密於網。轉徑窄欲墮，陟⓱巘眩還惘。我欲躋顛嶠⓲，夢寐徒悵怏。陸騎姑熟⓳驢，波泛浙江槳。羈遲婚嫁累，苟賤簪笏⓴想。山靈久拒斥，飛砂擊俗顙㉑。輸君飽遊憩，晴嵐披翠爽。澡泉暢骨脈，臥雪飲瀣沆㉒。聒耳流琮琤㉓，聳身峰仄仰。摘星揭戶牖，洗日滌盆盎。賦詩數十篇，才思何闊朗。刻畫寵金石，鏗鏘叶平上㉔。硃砂㉕入爐竈，天馬受羈鞅㉖。

骨重勢鬱紆㉗，神清氣英蕩。作記數千言，瑣細傳幽賞㉘。同遊誰何人，
吾宗虔谷黨㉙。當境欣淋漓，離懷惜疇曩㉚。昔我未追逐，今我實慨慷。
萬願林壑最，一官休歙㉛儻。當復邀同遊，為君負笻氅㉜。

【注釋】❶擘　分開；剖裂。❷空青　青天。❸陰陽未判割　杜甫〈望嶽〉：「岱宗夫如何，齊魯青未了。造化鍾神秀，陰陽割昏曉。」此反用其意，言陰陽尚未分判時。❹滉瀁　水深廣而搖動晃蕩。宋司馬光〈翠漪亭〉：「雕簷日華動，滉瀁照漪漣。」此言天地精氣相混一。❺團結　群山成團而結。❻抽拔　挺拔。❼日月始明白　《易・繫辭》：「日月相推，而明生焉。」❽軒成末苗裔　軒成，黃帝、容成子。軒，軒轅氏，即黃帝。成，容成子，傳說中的仙人。《江南通志》卷十五徽州府：「黃山在府西北百三十里，舊名黟山，唐改今名。……世傳黃帝與容成子、浮丘公煉藥于此。」末苗裔，泛指後繼之人。❾幽廠　幽靜偏僻的場所。廠，棚舍。❿芙蓉　指蓮花峰。⓫魍魎　鬼怪精靈。⓬少少　漸漸。⓭岑崿　泛指高高的山峰。⓮龍象森灌莽　言諸草木森嚴而大。龍象，丁福保《佛學大辭典》：「諸阿羅漢中，修行勇猛，有最大力者，佛氏稱為龍象。蓋水行龍力最大，陸行象力最大，故以為喻也。」⓯蒲蔣　蒲草、茭白，兩種水邊植物。蔣，菰，即茭白。唐杜甫〈夔州歌〉之五：「背飛鶴子遺瓊蕊，相趁鳧雛入蔣芽。」仇兆鰲注：「蔣，菰名也。」⓰膚土　表層土壤。⓱陟　攀登。⓲我欲躋顛嶠　言希望登上峰頂。躋，攀登。顛嶠，頂峰。⓳姑熟　安徽當塗有「姑熟亭」，傳為唐李陽冰建。李白有〈夏日陪司馬武公與羣賢宴姑熟亭序〉。⓴簪笏　指為官。簪，冠簪。笏，上朝時所用的記事手版。南朝梁簡文帝〈馬寶頌序〉：「簪笏成行，貂纓在席。」㉑俗顙　世俗人的頭顱。㉒瀯沆　即沆瀯。《楚辭・遠遊》：「湌六

氣而飲沆瀣兮，漱正陽而含朝霞。」王逸注：「《淩陽子明經》言：春食朝霞……冬飲沆瀣。沆瀣者，北方夜半氣也。」㉓琮琤　象聲辭，玉石之聲。此指流水聲。㉔叶平上　協韻律。叶，叶律。平上，指平上去入四聲，此泛指聲韻調。㉕硃砂　道家的一種煉丹原料。㉖羈靮　駕馭牲口的兩種用具。羈，馬絡頭。靮，牛韁繩。唐元稹〈春餘遣興〉：「野馬籠赤霄，無由負羈靮。」喻束縛。㉗鬱紆　盤曲迂回貌。㉘幽賞　細心賞玩。唐李白〈江上寄元六林宗〉：「幽賞頗自得，興遠與誰豁。」㉙吾宗虔谷黨　指幾位姓鄭的朋友。虔谷黨，像唐代鄭虔、鄭谷那樣優秀的人才。㉚疇曩　往日。㉛休歙　徽州的兩個縣。休，休寧縣。歙，歙縣。㉜笻氅　泛指隨行衣物。笻，竹杖。氅，大衣；外衣。

【語　譯】黃山劈開了青色的天空，是上天在顯示造化的神奇技能。陰陽尚未剖割，天地精氣已經晃蕩混一。群山成團而聯結，其勢綿長迂曲，山峰挺拔，似是有骨撐起。日月更替相推，帶來白天夜晚，光明黑暗，漸漸有了雲，有了龍。黃帝、容成子等仙人的事業，現在尚有後繼者，在那幽靜偏僻的場所煉丹。山峰太高，用「天都峰」來命名都有些勉強；山峰太美，遠非用蓮花、芙蓉可以來誇獎形容。秦漢時代，黃山少為人知，唐宋時代，遊人才漸漸多起來。山腰的雲海，可以蕩滌詩意的心胸；山間的松濤洶湧，響徹天空。流泉飛瀑，百折斷續，滿山的怪石，像是鬼魅精靈。深山中漸漸地有了佛塔寺廟，有了金粉和丹青所塗寫的匾額對聯。險峻的山峰包裹著樓閣殿堂，森林、灌木、草莽，全都像是巨大莊嚴的龍象。山間有鶻、鶴、鵰、鳩、鴟等各種野禽，有榛、榧、棗、栗、橡等各種喬木。巖上的果實累累下垂，巖間的仙禽翩躚起舞。山腰上電閃雷鳴，峰頂的池邊，聳立著蒲草和茭白。石頭上的表層土壤，真是寸土寸金，風中的藤蘿，密網似地附著樹幹。轉著彎的山中小徑，窄得好似使人就要掉下山去，攀登上懸崖令人頭暈目眩，恐懼迷惘。黃山如此險峻，我只能在夢中登上絕頂，醒來後徒然惆悵。從陸路走可以騎上姑孰亭的驢，從水路走可以在浙江上行船破浪。我之所以遲遲沒能來此一遊，是因為要操辦女兒的婚嫁之事，還因為苟且於讀書做官這一夢想。山靈因我久久未能前來而對我有所排斥，飛砂走石打中了我這俗人的頭顱。我不能像您那樣暢快地在此遊賞休憩，不能像您那樣充分欣賞這披著青翠的晴天山嵐。在山裡的溫泉洗個澡，舒暢一下骨頭筋脈，在這如霜如雪的世界中睡上一覺，呼吸這夜半的清涼清氣。耳邊流水琮琤作響，伸伸腰身，看這群峰或側或仰。夜晚，掀起窗戶可以摘到星星；早晨，清霧好似將太陽洗了一番，就像洗了圓圓的盆子和盤子。您的黃山詩數十篇，才思是多麼闊達明朗。可刻畫金石，永久流傳；聲調鏗鏘，音韻協調。好似名貴的硃砂在爐灶中煉就的精品，好似天馬在盡情地奔馳，而又遵守詩歌的格律。風骨沉鬱，表達紆曲，神韻清爽，氣勢浩蕩。您所寫的遊記數千言，可以細細玩味欣賞。一同遊賞黃山的，尚有鄭姓的才士數人。您的大作，對這奇絕境界的描述欣賞真是痛快淋漓，又寫出了朋友之間相聚離別之情，讀此詩卷，使人回憶起同遊的美好情景。可惜那時我未能與您一同遊山，現在讀了這遊賞詩卷，使我心情激動不已。世間萬般願景，假如我能在這附近的休寧、歙縣求得一官半職，將來即可退隱這黃山林壑，那當然是最佳選擇。到那時邀請大家同遊，我要為您準備好竹杖風衣等遊山用具。

【研　析】這首詩可能作於板橋成進士之後的候補期間。詩中說，想在黃山所在的徽州轄縣求個小官，以便將來退隱在黃山。這當然只是對於朋友黃山詩卷的讚美之辭，但也反映了板橋的內心矛盾：他既想走讀書做官的傳統道路，以實現自己的平生抱負，也是為了養家糊口；同時，板橋又是一個從心靈深處不願受束縛、不願遵從傳統生活道路的「怪人」。於是，他借為朋友題寫詩卷的機會，寫了首長詩，來表達自己的這一微妙心態。黃山是中國第一名山，因險奇高峻，攀登極難，漢魏時代幾乎不為人知，到了唐宋，遊人漸多，山路漸開，黃山遂為世人所知。到了明清，黃山以其「雲海、奇松、溫泉、怪石」四絕名世，漸漸超越「五岳」，成為「天下第一名山」。板橋詩中「雲海蕩詩肺，松濤簸天響。飛泉百斷續，怪石萬魍魎」，即寫此「黃山四絕」。

由興化迂曲至高郵七截句

【題解】截句，即絕句。絕句可看作是截律詩之四句而成，故又名「截句」。鄭板橋從家鄉興化走水路迂行到高郵，沿途寫了這七首絕句。

百六十里荷花田，幾千萬家魚鴨邊。舟子搦❶篙撐不得，紅粉❷照人嬌可憐。

【注釋】❶搦　握；持。❷紅粉　原指紅粉佳人，此借指荷花。

【語　譯】一百六十里的水路荷花田，田邊有成千上萬捕魚養鴨的水鄉家庭。船夫握著竹篙不忍撐走，是因為粉紅色的荷花美豔照人，嬌嫩可愛。

煙蓑雨笠❶水雲居❷，鞋樣船兒❸蝸樣廬❹。賣取青錢❺沽❻酒得，亂攤荷葉擺鮮魚。

【注　釋】❶煙蓑雨笠　煙雨中披著蓑衣，戴著斗笠。❷水雲居　水雲鄉中的住所。水雲鄉，水雲彌漫，風景清幽的地方。多指隱者遊居之地。宋蘇軾〈南歌子〉〈別潤守許仲途〉：「一時分散水雲鄉，惟有落花芳草斷人腸。」傅幹注：「江南地卑濕而多沮澤，故謂之水雲鄉。」❸鞋樣船兒　古代女鞋兩頭尖翹，形似小船，稱鞋樣船兒。❹蝸樣廬　蝸牛殼一樣的廬舍，指簡陋狹小的居舍。❺青錢　青銅錢，用青銅鑄的錢幣，為銅錢中上品。也泛指銅錢。❻沽　買。

【語　譯】煙雨中披著蓑衣，戴著斗笠，在這水雲彌漫、風景清幽的地方，駕著鞋形的小船，住著蝸殼一樣的屋舍。把荷葉隨意攤開，擺上打來的鮮魚，賣了錢好去打酒喝。

湖上買魚魚最美，煮魚便是湖中水。打槳❶十年天地間，鷺鷥❷認我為漁子❸。

【注釋】❶打槳　划槳，指划船。❷鷺鷥　鷺。一種水鳥。因其頭頂、胸、肩、背部皆生長毛如絲，故稱鷺鷥。❸漁子　漁民；捕魚為業的人。晉郭璞〈江賦〉：「於是蘆人漁子，擯落江山。」

【語譯】湖上買的魚最為鮮美，煮魚就用湖裡的水。我在這方天地裡划船划了十年了，水邊的鷺鳥都誤以為我是個漁夫。

買得鱸魚四片腮❶，蒓羹❷點豉❸一尊❹開。近來張翰❺無心出，不待秋風始卻回。

【注釋】❶四片腮　松江鱸魚左右腮後各有兩條桔紅色條紋，似有四片腮葉外露，因名四腮鱸。❷蒓羹　蒓菜羹。蒓菜，一作蓴菜，又名鳧葵。多年生水草。葉片橢圓形，浮水面。莖上和葉的背面有粘液。花暗紅色，嫩葉可做湯菜。三國吳陸璣《毛詩草木鳥獸蟲魚疏．薄采其茆》：「茆與荇葉相似，南人謂之蓴菜。」❸點豉　以豉為作料。豉，豆豉。用煮熟的大豆發酵後製成，有鹹、淡兩種，供調味用。蒓羹多用豉為調料。《晉書．陸機傳》：「嘗詣侍中王濟，濟指羊酪謂機曰：『卿吳中何以敵此？』答云：『千里蓴羹，未下鹽豉。』時人以為名對。」宋陸游〈戲詠山陰風物〉：「項里楊梅鹽可徹，湘湖蒓菜豉偏宜。」❹尊　盛酒器。❺張翰　字季鷹，西晉吳郡吳縣（今江蘇蘇州）人。性格放縱不拘，時人比之為阮籍，號「江東步兵」。南朝宋劉義慶《世說新語．識鑒》：「張季鷹辟齊王東曹掾，在洛，見秋風起，因思吳中蒓菜羹、鱸魚膾，曰：『人生貴得適意爾，何能羈宦數千里以要名爵？』遂命駕便歸。俄而齊王敗，時人皆謂為見機。」此指一位退歸鄉里的朋友。

【語　譯】買了些四腮鱸魚，燒上蒓菜羹，調上豆豉，舉起酒杯小飲。要去拜訪的朋友，近來像張翰一樣無心出仕，不等秋風起來，就回鄉歸隱了。

柳塢瓜鄉❶老綠❷多，幺紅❸一點是秋荷。暮雲卷盡夕陽出，天末❹冷風吹細波。

【注　釋】❶柳塢瓜鄉　盛產柳樹和瓜果的地方。塢，小城堡，引申為四面如屏的花木深處。❷老綠　濃綠。❸幺紅　淡紅色。❹天末　天的盡頭，比喻極遠的地方。

【語　譯】盛產柳樹和瓜果的地方，深綠色的東西自然很多，中間透出的那一點淡紅色，是秋天的荷花。傍晚的雲霞翻捲消失，夕陽西下，天邊的冷風吹起水面上細細的波紋。

一塘蒲❶過一塘蓮，荇❷葉菱❸絲滿稻田。最是江南秋八月，雞頭米❹賽蚌珠圓。

【注　釋】❶蒲　水生植物名。有香蒲，可食，產於淮揚，味鮮美。有蒲草，可做蒲包。❷荇　多年生水生草本植物，葉呈對生圓形，嫩時可食，亦可入藥。《詩・周南・關雎》：「參差荇菜，左右流之。」

❸菱　一年生水生草本植物。水上葉棱形，葉柄上有浮囊，花白色。❹雞頭米　芡實的別稱；芡的果實。芡為水生草本植物，花托似雞頭，故其實又名「雞頭米」。

【語　譯】經過一塘香蒲，之後是一塘荷花，荇葉和菱絲布滿了稻田。最好的季節是江南秋天八月，飽滿的芡實果比珍珠還圓。

船窗無事哺秋蟲❶，容易年光又冷風。繡被無情團扇薄，任他霜打柿園紅❷。

【注　釋】❶哺秋蟲　秋日捕捉紡織娘、蟈蟈等蟲，以籠養之，賞其鳴叫。哺，餵養。❷繡被無情團扇薄二句　形容女子獨居無伴，便覺得輕薄的團扇和繡花的被子都很無情，無法抵禦秋寒。心中充滿秋意，也不管那自然界霜打柿葉紅的秋的徵兆了。柿園紅，柿樹的葉子經霜即紅，詩文中常用來渲染秋色。

【語　譯】坐在船窗邊無所事事，無聊地餵養秋天的小蟲。時光易逝，轉眼又刮起了秋天的冷風。清冷的繡花被子和輕薄的團扇無法抵禦秋寒，不經意間，那經霜的柿園裡，一片紅紅的秋色。

【研　析】高郵興化兩縣相鄰，同屬於「裡下河」地區。這一地區北至淮河（廢黃河），南至長江，東至下河，西至裡運河，為一方圓數百千米的低窪溼地，其平均海拔僅數米。區域內河道縱橫交錯，湖泊星羅棋布，為著名的水鄉溼地。這七首絕句便描寫了秋天高郵興化裡下河地區的風土人情。格調自然清新。七首中，前六首寫景，分詠荷花之嬌，漁家水雲之居，湖水煮魚之鮮美，鱸魚蒓羹，水鄉秋日風光，秋日水產豐收，六首皆景中有情；第七首即景生情，描寫獨居悲秋之船家女，情中有景。

燕京雜詩

【題解】燕京，北京的別稱。春秋戰國時，北京為燕國國都，因得名。宋梅堯臣〈送呂沖之司諫使北〉：「知去燕京幾千里？胡笳亂動月明時。」鄭板橋至少四次遊燕京。第一次是在康熙五十四年（西元一七一五年）二十三歲時，第二次是在雍正三年（西元一七二五年）三十三歲時，第三次是在乾隆元年（西元一七三六年）四十四歲時進京應禮部試，第四次是在乾隆六年（西元一七四一年）四十九歲時進京候補。〈燕京雜詩〉計三首，其作年則有雍正三年、乾隆元年二說。本書從乾隆元年說，理由如下：其一，《板橋詩鈔》是鄭板橋自己編輯的，其次序大致按年代編排，在《板橋詩鈔》中，〈燕京雜詩〉的前後詩篇都是乾隆元年前後的作品，因此，〈燕京雜詩〉也應作於乾隆元年；其二，從內容上來看，詩中有「不愛烏紗」之說，正適合乾隆元年夏秋之際鄭板橋的心境。蓋其時鄭板橋已成進士，「烏紗」已經成為可能，但需等待較長時日，這時間可能是兩三年，也可能是七八年，因此他只能說「不愛」了。如果是雍正三年，那時鄭板橋還只是個苦練八股希望能中個舉人的窮秀才，哪裡有什麼「烏紗」輪到他來「不愛」；其三，詩中提及了「小婦」，「小婦」是妾的專用別稱，板橋一生只有饒五姑娘一妾，雍正三年時板橋連自己都養不活，哪裡會有「小婦」，且「碧紗窗外」一首，是其思家想像之作，此時家中有髮妻徐氏，如果「小婦」是指其相好情人，斷不會想像在家中尚有一個「相好」之理。據上海博物館藏〈板橋偶記〉墨跡（見卞孝萱先生等編《鄭板橋全集》卷九），鄭板橋雍正十三年（西元一七三五年，四十三歲）二月遊揚州北郊時，在玉勾斜饒家遇見五姑娘，雙方一見鍾情，板橋遂作〈西江月〉為訂，約定後年若成進士，即來娶其過門。此後這三年中，饒家母女坐吃山空，日益貧困，花鈿服飾，折賣殆盡，有人願出七百金購五姑娘為妾，其母心動，五姑娘則堅守原約，希望鄭板橋能做官發財來娶她。乾隆元年，板橋尚在京師，有富商程羽宸，慕板橋之才，聽說此事後，即出五百金為板橋到饒家下聘。可能板橋在京，此時已經得知程義士為之代聘一事，故有「玉盤紅顆進冰桃」等想像之辭。

不燒鉛汞不逃禪❶，不愛烏紗❷不要錢。但願清秋長夏日，江湖常放米家船❸。

【注釋】❶不燒鉛汞不逃禪　不學道士燒鉛汞煉丹，不學佛家參禪。鉛汞，鉛和汞，是道家煉丹的兩種原料。逃禪，逃世而參禪。唐牟融〈題寺壁〉：「聞道此中堪遁跡，肯容一榻學逃禪。」❷烏紗　指古代官員所戴的烏紗帽，借指官位。❸江湖常放米家船　指詩人想學米芾船載書畫，遊蕩江湖。米家船，宋代書法家米芾喜歡收藏書畫，出門時也要把圖書帶上，還在所乘船上豎起「米家書畫船」的旗幟。

【語譯】不學道士煉丹，不學居士逃世參禪，不愛做官，也不愛金錢。只希望在明淨爽朗的秋天和漫長的夏日，如米芾一樣，常在江河湖泊上帶著圖書飄蕩。

偶因煩熱❶便思家，千里江南道路賒❷。門外綠楊三十頃，西風吹滿白蓮花。

【注釋】❶煩熱　悶熱，使人煩躁。❷賒　距離遠。

【語譯】偶爾因為悶熱煩躁就思念起家鄉來了，無奈江南在千里之外，路途遙遠。家門外是三十頃的綠楊樹林，西風吹過滿塘的白蓮花。

碧紗窗外綠芭蕉，書破繁陰坐寂寥❶。小婦❷最憐消渴疾❸，玉盤❹紅顆❺進冰桃❻。

【注釋】❶書破繁陰坐寂寥　言書聲打破樹蔭之濃密，正自處於寂靜無聲、心寧神靜之氛圍中。破，解讀；剖析。繁陰，濃密的樹蔭。南朝梁沈約〈詠簷前竹〉：「繁蔭上蓊茸，促節下離離。」坐，自；

正。近人張相《詩詞曲語辭匯釋》卷四：「坐，猶自也。《文選》鮑明遠〈蕪城賦〉：『孤蓬自振，驚沙坐飛。』」寂寥，寂靜無聲；沉寂。此或用唐柳宗元〈至小丘西小石潭記〉「坐潭上，四面竹樹環合，寂寥無人」之意境。❷小婦　妾；小老婆。《漢書・元后傳》：「鳳（王鳳）知其小婦弟張美人嘗已適人，於禮不宜配御至尊，託以宜子，內之後宮。」顏師古注：「小婦，妾也。」❸消渴疾　中醫學病名。口渴，善饑，尿多，消瘦。包括今所稱糖尿病等疾病。《素問・奇病論》：「肥者令人內熱，甘者令人中滿，故其氣上溢，轉為消渴。」《史記・司馬相如列傳》：「相如口吃而善著書，常有消渴疾。」因才子司馬相如有此疾，又相如與年輕美婦卓文君私奔，故後世常以消渴疾指稱豔遇才子的雅病。相關文獻中並無鄭板橋患有消渴疾的記載，此處為想像才子佳人相憐相愛之辭。❹玉盤　盤子的美稱。❺紅顆　荔枝。唐杜甫〈解悶〉：「憶昔瀘戎摘荔枝，青楓隱映石逶迤。京華應見無顏色，紅顆酸甜只自知。」❻冰桃　傳說中的仙桃。《拾遺記》卷三：「西王母乘翠鳳之輦而來，……又進洞淵紅蘤，嵰州甜雪，崐流素蓮，陰岐黑棗，萬歲冰桃，千常碧藕，青花白橘。」

【語　譯】碧色的紗窗外，是綠色的芭蕉，讀書聲打破了濃密的樹蔭，享受著這寂靜無聲、心寧神靜的意境。年輕的小婦最憐愛我這進士才子的煩悶渴熱，用漂亮的盤子，端上紅色的荔枝和鮮美的冰桃。

【研　析】這組〈燕京雜詩〉應該是乾隆元年鄭板橋成進士後，在京城尋找門路時的作品。三首十二句，前六句寫人在京城，雄心壯志之餘，亦心思家鄉；後六句寫如果此時在家，會有怎樣幸福溫馨的場景。前六句的些許矯情中，自亦不失率真。言不做道家，不入佛禪，這是虛晃一槍，其實「不愛烏紗不要錢」才是他想要說的。奮門四十年，終於成了多少人多少年夢寐以求的進士，他想像著，自己如果將來做官了，應該怎麼做。升官，當然是讀書人的追求；發財，當然也是人人所想之事。但士人出處，必謹慎擇機；君子愛財，必取之有道。鄭板橋在很多年後真的做官了，他為了百姓不怕得罪可以決定他能否升遷的上司，實踐了「不愛烏紗」的諾言；他沒有貪汙腐敗，而是多次捐出俸銀，救助窮苦百姓和士子，實踐了「不要錢」的諾言。為官者真正做到這兩點，是很不容易的。清代的進士和前代不一樣，清代進士錄取得多，但官闕卻很少，從考中進士到真正授予實闕，還要走很長很長的一段路，鄭板橋現在就聲言「不愛烏紗不要錢」，雖然太性急了些，但鄭板橋說到做到，是真正的男子漢大丈夫。

後六句則是述說他理想中的人生最高境界。那就是功成身退，在家鄉的荷塘邊濃蔭下，對著窗外的芭蕉讀書，盡情享受水鄉溼地的清幽恬靜。當然，清靜中不能太孤獨，最好要有個有魅力很美麗的「小婦」送些水果作點心。鄭板橋在鄉間住得較久，始終不脫「土氣」。這種「土氣」對鄭板橋的性格、藝術、生活有重大影響，幾乎伴隨板橋終身。對於文學藝術，一言家鄉揚州及其所屬府縣，其詩詞書畫便格外生動真實。談及人生，便也多出幾分鄉土氣息。常言云，莊稼漢多打了三五斗糧，便思易婦，板橋先生亦未能免俗。成了進士，娶回他所曾許諾過的小婦饒五姑娘，這雖然有些俗套，但也算是有情有義。

呈長者

【題　解】長者，指京城官場中的長輩。乾隆初年，鄭板橋中進士後在京候官，作詩投贈自薦。此組詩共兩首，詩中表達了千人求官而又羞於開口的微妙心理。

御溝❶楊柳萬千絲，雨過煙濃嫩日❷遲。擬❸折一枝猶❹未折，罵人春燕太嬌癡❺。

【注　釋】❶御溝　流經宮苑的河道。❷嫩日　指初出的太陽。《剪燈餘話・秋千會記》：「嫩日舒晴，韶光豔，碧天新霽。」❸擬　打算；準備。❹猶　躊躇疑懼貌。❺罵人春燕太嬌癡　言春燕呢喃，似因見到有人欲折宮柳而在罵人。嬌癡，天真可愛而不解事。

【語　譯】御溝旁的楊柳樹垂下萬千細柔的枝條，雨後煙霧濃密，初升的太陽遲遲不肯出現。我想折一枝柳條，卻躊躇猶豫沒有折，那宮柳間的春燕天真可愛地呢喃，像是要罵我這折柳之人。

桃花嫩汁搗來鮮❶，染得幽閨❷小樣箋❸。欲寄情人羞自嫁，把詩燒入博山❹煙。

【注　釋】❶桃花嫩汁搗來鮮　言以桃花汁染箋紙。晉桓玄曾令人作桃花箋，有縹綠青赤等色。鮮，鮮豔。❷幽閨　深閨，多指女子的臥室。這裡代指閨中女子。❸箋　精美的小幅紙張，供題詩、寫信等用。❹博山　博山爐的簡稱，泛指燃香爐。

【語　譯】用桃花搗成嫩汁色彩鮮豔，正好拿來浸染閨中女子寫詩用的小幅箋紙。想把情詩寄給情人，又羞於自己催嫁，只好把詩在香爐上點燃。

【研　析】這兩首借「御溝新柳」和「閨意」的現成模式，表達自己想當官又羞於自薦的心情。第一首寫想折宮柳又不敢折的心態。古代新中進士者，多寫有〈御溝新柳〉詩（見《廣群芳譜》卷七十七），如賈稜〈御溝新柳〉云：「御苑陽和早，章溝柳色新。託根偏近日，布葉乍迎春。秀質方含翠，清陰欲庇人。」鄭板橋與這些古人的心態差不多，作為「天子門生」，他們名義上是由天子所主持的殿試錄取並排定座次的，他們都十分感激「太陽」的光輝終於照到自己身上了，自己成了有機會接近皇家園囿的「新柳」，都希望自己在「近日」的有利條件下，長成清陰，庇護百姓。第二首借閨中女子口吻，寫想寄情詩給情郎，但又羞於自己把自己嫁出去，最終還是燒了詩箋。在京候官時，鄭板橋的心情是複雜微妙的。一方面，中了進士等於是在理論上一隻腳踏進了仕林，功名就在眼前，但如果不走門路，又不知道要候到何時；另一方面，他又不想像別人一樣去拜見當政者，所以就想學古代文人，通過寫閨情詩呈遞當政的方式，來使得自己原所不恥的干謁活動「古雅」化。唐朱慶餘有一首〈閨意上張水部〉：「洞房昨夜停紅燭，待曉堂前拜舅姑。妝罷低聲問夫婿，畫眉深淺入時無？」一個大男人，偏要模仿小女人給夫婿或情人寫詩，這在今人看來，實在是匪夷所思，但古代人不這麼看，「香草美人」是自屈原以來士子們的「光榮傳統」，為臣為妾，正是士子的本分。值得注意的是，鄭板橋的這兩首詩在藝術上很有特色。板橋詩一般較粗疏，在藝術成就上，歷來認為其詩不如詞，詞不如書，書不如畫，雖然詩詞書畫是四種不同的藝術形式，實際上並無可比性，但就大致印象來說，這個評價還是有些道理的。但這兩首詩與板橋的粗豪詩風不同，其立意新穎，構思細緻，表達婉曲，細節微妙，特別是「罵人春燕太嬌癡」，「欲寄情人羞自嫁」二句，活畫出一個小女子面對春光，夜思情人的心態，在板橋詩中算是另類。

甕山示無方上人

【題解】前文有〈贈甕山無方上人二首〉，讀者可參看。這首詩可能也作於同一時期，即乾隆元年板橋成進士後在京城逗留期間。詩中表達了對於上人自得其樂生活的嚮往之情。

松梢雁影度清秋[1]，雲淡山空古寺幽。蟋蟀亂鳴黃葉徑，瓜棚半倒夕陽樓。客來招飲❷欣同出，僧去烹茶又小留。寄語❸長安車馬道❹，觀魚濠上❺是天遊❻。

【注釋】❶清秋　明淨爽朗的秋天。晉殷仲文〈南州桓公九井作〉：「獨有清秋日，能使高興盡。」❷招飲　招人宴飲。❸寄語　傳話；轉告。❹長安車馬道　比喻名利場。唐孟郊〈感別送從叔校書簡再登科東歸〉：「長安車馬道，高槐結浮陰。下有名利人，一人千萬心。」長安，今陝西西安，泛指古都城。❺觀魚濠上　言別有會心，或自得其樂。《莊子．秋水》：「莊子與惠子遊於濠梁之上，莊子曰：『儵魚出遊從容，是魚樂也。』惠子曰：『子非魚，安知魚之樂。』莊子曰：『子非我，安知我不知魚之樂。』惠子曰：『我非子，固不知子矣，子固非魚也，子之不知魚之樂，全矣。』莊子曰：『請循其本，子曰汝安知魚樂云者，既已知吾知之而問我，我知之濠上也。』」濠上，濠水之上。濠水在淮南鍾離郡，今安徽鳳陽東北。❻天遊　放任自然。《莊子．外物》：「胞有重閬，心有天遊。室無空虛，則婦姑勃谿；心無天遊，則六鑿相攘。」郭象注：「遊，不繫也。」

【語譯】望著松樹梢頭和大雁南飛的影子，度過明淨爽朗的秋天，雲彩淡然，山谷空曠，襯出古寺的清幽。蟋蟀沒有節奏地鳴叫，黃葉落滿山間小路。破舊的瓜棚快要傾倒了，夕陽照耀著樓閣。客人來了，上人招呼我一起出來高高興興地飲宴，僧友走了，又煮茶留我多呆一會兒。轉告那些在京城名利場上追逐的人們，學學莊子在濠上觀魚吧，那才是放任自然的真正的遊樂啊！

【研　析】鄭板橋〈前刻詩序〉自評其詩云：「余詩格卑卑，七律尤多放翁習氣。」板橋詩受杜甫和陸游影響較大。其〈七歌〉、〈逃荒行〉、〈還家行〉等詩明顯有老杜的影響，而這首〈甕山示無方上人〉就頗有些放翁的風範。「蟋蟀亂鳴黃葉徑，瓜棚半倒夕陽樓」，頹放中不失豪爽，「觀魚濠上是天遊」，則儼然又一放翁了。在京城候官幾乎是一種無盡的等待，無聊中，板橋常到山寺中走動，一來可結交朋友，二來也是散散心，畢竟這種無望的等待，對人的心理是一種折磨，不出來玩玩，怕是要得憂鬱症的。看到了上人無憂無慮的生活，板橋確實有些羨慕。是啊，如果能拋開一切，任心天遊，濠上看看魚，寺裡喝喝茶，日看松梢雁影，夜聽蟋蟀亂叫，再也不用低三下四地到處干謁求人，再也不用擔心家小饑凍而亡，還要那浮名做什麼，還要那官位做什麼！可惜這一切都有一個前提條件，那就是你有足夠的經濟來源，能夠使得你的家人有一個基本的有尊嚴的生活。但中國的知識分子從來很少有這個條件，鄭板橋也沒有，他只能在鬻書賣畫的同時，仍然奔波在「長安車馬道」上。

法海寺訪仁公

【題　解】法海寺，在北京香山東南萬安山。仁公，法海寺的一位僧人。鄭板橋在京候官時，曾到法海寺拜訪過他兩次，並分別有詩描述。除〈法海寺訪仁公〉三首外，另有五律〈同起林上人重訪仁公〉三首。本篇是〈法海寺訪仁公〉三首中的第三首。

樹滿空山葉滿廊，袈裟❶吹透北風涼。不知多少秋滋味，卷起湘簾問夕陽。

【注釋】❶袈裟　梵文的音譯。原意為「不正色」，佛教僧尼的法衣。佛制，僧人必須避免用青、黃、赤、白、黑五種正色，而用似黑之色，故稱。

【語譯】樹木植滿空山，落葉落滿小廊，佛衣被冰涼的北風吹透。要是不知道秋天是什麼滋味，可以捲起竹簾，問那將要落下的夕陽。

【研析】出家人講究六根清淨，專心修煉，不理塵俗。到了一定境界，連對於季節的變換也不再敏感，直到北風吹透袈裟，才察覺到秋天已至。但要真正領略秋天的滋味，還需捲起竹簾，問問夕陽才能知道。「卷起湘簾問夕陽」，多少有些空靈的意境，這山寺確實是詩的一大源頭。來的多了，板橋多少也有了遠離塵世的感悟。

細君

【題解】細君，與「小婦」同義，特指妾。原稱諸侯之妻，後為妻的通稱。《漢書・東方朔傳》：「歸遺細君，又何仁也！」細，小。由「小」之義，再轉為妾的美稱。清俞正燮《癸巳類稿・釋小補楚語笄內則總角義》：「小妻曰妾……曰細君。」從內容來看，這首詩寫於乾隆二年或以後的幾年時間內。

為折桃花屋角枝，紅裙飄惹綠楊絲。無端❶又坐青莎❷上，遠遠張機❸捕雀兒。

【注釋】❶無端　沒來由；無緣無故。❷青莎　即莎草。多年生草本植物。泛指草地。❸張機　張設捕鳥的工具。

【語譯】為了折取屋角的桃花枝，紅裙飄動，惹動了綠楊柳的枝條。忽而又毫無來由地坐在青草地上，遠遠地張設了捕鳥的工具來捕捉鳥雀。

【研析】鄭板橋在京逗留了一年左右，因候官不太順利，便在乾隆二年回到了家鄉興化，大概就在這一年，四十五歲的板橋老先生，因有友人程羽宸再次資助他五百金，便迎娶十九歲的饒五姑娘為妾。原配徐夫人早在雍正九年（西元一七三一年）去世，當時有繼配郭夫人在室。鄭板橋作品中很少提及這位郭夫人，可能感情不及原配及小妾深厚吧。饒五姑娘此時尚不到二十歲，小孩子的天性還在，有老爺的溺愛，因而特別的調皮活潑。詩人抓住了兩個小的細節來描寫饒五姑娘——先是跑到屋角去折花，此時有生氣盎然的粉色桃花，有飄動的紅色裙子，有飄逸的綠色絲絲楊柳，其色彩及動感，構成一幅生動的圖畫；然後，這調皮的小精靈，不知為何又對小鳥發生了興趣，於是便去草地張機捕鳥了。小妾在家庭中，本處於一個尷尬的地位。《紅樓夢》中的小妾們，在正室和禮教的雙重壓迫下，無不規規矩矩，戰戰兢兢，至於一般人家的小妾，因為與男主人的年齡差距等原因，那做老爺的多少都有些心理變態，對小妾都是禮法森嚴，生怕她有什麼不規矩之處。鄭板橋看來並不是這樣。饒五姑娘像小孩子那樣玩耍，還跑到外面拋頭露面，鄭板橋用欣賞的眼光看著這一切，而沒有任何的不安。在家庭生活上，鄭板橋也是真情率性之人，對父母、養母、乳母、叔父、弟弟，妻子兒女，都是一往情深。他與饒五姑娘可算是「自由戀愛」，其關係自然更是融洽。

雨中

【題解】本首約作於乾隆二年或以後，鄭板橋以進士身分在家鄉候官時期。詩中描述了雨中得以免除日常應酬的快樂。

終日苦應酬，連陰得閉門。清涼滿心肺，草木向我言。新竹倚屋
檐，綠沁窗紙昏❶。梁燕坐❷不出，蝸牛滿苔痕。犬迹踏沙軟，躡屐❸恐
泥翻。回廊足散步，把書行且❹溫。家釀亦已熟，呼僮傾盎盆❺。小婦便
為客，紅袖❻對金尊❼。

【注　釋】❶綠沁窗紙昏　言雨天竹影沁入窗紙，窗戶顯得昏暗。❷坐　於是；遂。❸躡屐　穿著木屐。《百喻經・毗舍闍鬼喻》：「此人即抱篋捉杖躡屐而飛。」屐，雨雪天所穿，底有木齒，可防水。❹行且　將要。唐韓愈〈答劉秀才論史書〉：「苟加一職榮之耳。非必督責迫蹙令就功役也。賤不敢逆盛指，行且謀引去。」❺盎盆　泛指盆類。盎，盆類盛器。❻紅袖　年輕女子，此指小婦饒五姑娘。❼金尊　酒尊的美稱。南朝宋謝靈運〈石門新營所住〉：「芳塵凝瑤席，清醑滿金尊。」

【語　譯】整天苦於到處應酬，這幾日連陰天才得以閉門不出。心情愉快滿心滿肺都是清涼之意，一草一木都似乎在跟我說話。新長出的竹子倚著屋簷，綠色的竹影沁入窗紙，窗戶顯得有些昏暗。梁上的小燕子也不再出門，蝸牛爬過苔蘚，滿下裡都是牠們留下的過痕。小狗的足跡留在雨後軟軟的沙地，穿上木屐出門都怕溼泥翻上腳面。短短的回廊也足以散步，拿過書本想要溫習幾卷。自家釀的酒已經熟了，呼叫童僕擺上所有的盆子。權且就把小婦當作客人，和這小女孩兒共飲幾杯。

【研　析】這是一篇反映鄭板橋日常生活及其心態的詩作。詩本身很普通，不是重大題材，也不是有關板橋生平的重要文獻，但這首詩就像一扇窗口，我們可以借這一窗口窺見鄭板橋日常生活一個重要側面，並以此為例，理解中國文化中某些重要的側面。這首詩寫於在鄉等待授官的時期。此時的板橋，已經與往日大不相同。因為有了進士的功名，便會有人來拉關係，甚至給予「風險投資」，將來板橋做了官（這是時間問題），大家也好有個照應（這倒不一定）。因為有人資助，且中進士後，其書畫作品的價格自然水漲船高，鄭板橋的經濟狀況大為好轉。古人云「書中自有黃金屋，書中自有顏如玉」，在那個時代，還確實有些道理，難怪對那無聊的敲門磚八股文，讀書人舉國若狂，大家全去弄這搞笑的玩意，科學技術，思想哲學，相對於唐宋時代，可以說基本上是無人問津了。況且這些候官的進士老爺們，一旦走馬上任，雖然不一定大肆貪瀆，但辦事時如果有從前的資助者或相識打招呼，這官恐怕多多少少會循個私情。這就是中國吏治敗壞的一個直接原因。人情社會中，法治永遠是第二位的。對於其中的關節，鄭板橋當然心知肚明，他曾許下「不愛烏紗不要錢」的諾言，眼下的應酬，對於立志為皇上為百姓做些事的鄭板橋來說，實在是一種心理負擔。因此，如果碰上連陰雨，不用應酬了，鄭板橋就會很高興地在家享受生活。與同時代的德國不同，那德意志緯度高，白天短，白夜長，諸如康德等先生在家沒事，於是就皺眉思考，後來一不留神就弄出幾個影響人類命運的哲學命題來。而中國鄭板橋呢，他在家幹嗎？他在家並不思考，而是「紅袖金尊」，女人和酒，這就是中國讀書人永恆的愛好和話題。為什麼呢？莫非中國人確實是劣等民族，只好弄這形而下的玩意？非也。上頭說了，讀書人都必須按官定的說法去表述，幾千年前的聖人已經替你思考好了，我們中國早已有了周公、孔子、朱子這三個代表，你代聖賢立言便是，還用得著你去思考麼？要是不按這三個代表的意思說話，不但不管飯，連頭也要砍的，於是乎，八股，應酬，閉門，紅袖，金尊，中國知識分子的日常生活就再不會出此範圍了。精英如此，國家如何不衰敗！這是一個行將衰落的老大帝國的必然命運，並非是鄭板橋一個人的過錯。

骨董

【題解】骨董即今人所說的「古董」。這首詩描述當時盛行的收藏古玩字畫的風氣，並表達了自己的見解，認為古詩書育人輔世，才是真正有價值的古董。

末世[1]好骨董，甘為人所欺。千金買書畫，百金為裝池[2]。缺角古玉印，銅章盤龜螭[3]。烏几研銅雀[4]，象床燒金猊[5]。一杯一尊斝，按圖辨款儀[6]。鉤深[7]索遠[8]求，到老如狂癡。骨肉起訟獄，朋友生猜疑[9]。方其富貴日，價直千萬奇[10]。及其貧賤來，不足換餅餈[11]。我有大古器，世人苦不知。伏羲畫八卦[12]，文、周、孔〈繫辭〉[13]。《洛書》著〈洪範〉[14]，夏禹傳商箕[15]。〈東山〉、〈七月〉篇[16]，斑駁何陸離[17]！是皆上古物，三代即次之[18]。不用一錢買，滿架堆離披[19]。乃其最下者，韓文李、杜詩[20]。用以養德行，壽考[21]百歲期。用以治天下，百族歸淳熙[22]。

大古不肯好，逐逐流俗為？東家宣德爐㉓，西家成化瓷㉔。盲人寶陋物，
惟下愚不移。

【注釋】❶末世　終身。《荀子・勸學》：「末世窮年，不免為陋儒而已。」❷裝池　裝裱古籍或書畫。明文徵明〈跋吳中三大老詩石刻〉：「邢君麗文得拓本，裝池成軸。」❸銅章盤龜螭　指雕有龜形和螭形的古代銅製官印。銅章，古代銅製的官印。龜螭，龜和螭，古代官印上雕刻的兩種神獸。螭，傳說中的無角龍。盤，用刀雕刻或用彩線鑲繡成花紋。❹烏几研銅雀　在烏皮几上的銅雀硯裡磨墨。烏几，烏羔皮裹飾的小几案，古人坐時用以靠身。銅雀，銅雀硯，以銅雀臺遺址所掘古瓦製成，故名。❺象床燒金猊　象牙床上，金猊香爐中燒著香。象床，象牙裝飾的床，泛指高級華美的床。金猊，香爐的一種，爐蓋作狻猊形，空腹，焚香時，煙從口出。猊，狻猊，獸名。即獅子。《爾雅・釋獸》：「狻麑如虦貓，食虎豹。」郭璞注：「即師子也，出西域。」❻一杯一尊斝二句　一杯一尊一斝地細細辨識，按文物圖譜來辨別款式。言鑒定文物真偽或價值。斝，古代青銅製貯酒器，有把手、兩柱、三足、圓口，上有紋飾，供盛酒與溫酒用。盛行於殷代和西周初期。後借指酒杯、茶杯。款儀，款式。鍾鼎彝器上鑄刻的文字。《史記・孝武本紀》：「鼎大異於眾鼎，文鏤毋款識。」裴駰集解引韋昭曰：「款，刻也。」司馬貞索隱：「按：識猶表識也。」後泛指各種文物上的文字。❼鉤深　探索深奧的意義。❽索遠　探索遠古或遙遠的未來。❾骨肉起訟獄二句　言親友間因文物而生種種嫌隙。❿奇　有餘。⓫餅餈　用糯米煮飯或用糯米粉、黍米粉製成的糕餅。⓬伏羲畫八卦　傳說伏羲畫八卦以象世界萬物。伏羲，古代傳說中的三皇之一。八卦，《周易》中的八種具有象徵意義的基本圖形，每個圖形用三個分別代表陽的「⚊」（陽爻）和代表陰的「⚋」（陰爻）組成。⓭文周孔繫辭　言周文王、周公旦、孔子作《周易》。繫辭，《周

易》中的一篇，用以解釋《易經》。⓮洛書著洪範　儒家關於《尚書・洪範》「九疇」創作過程的傳說。相傳夏禹治水時有神龜出於洛水，背上有裂紋，紋如文字，禹取法而作《尚書・洪範》「九疇」。因出於洛水，故又稱「洛書」。⓯夏禹傳商箕　夏禹傳給商朝的賢人箕子。《尚書・洪範》記周武王曾問箕子以天道，箕子遂陳述治理天下的九條大法，故稱「九疇」。⓰東山七月篇　指《詩經》。〈東山〉、〈七月〉都是《詩經》中的著名詩篇。⓱斑駁何陸離　喻上古書籍精彩紛呈。斑駁，色彩紛繁錯雜。陸離，參差錯綜貌。漢揚雄〈甘泉賦〉：「聲駍隱以陸離兮，輕先疾雷而馺遺風。」李善注：「《廣雅》曰：陸離，參差也。」⓲三代即次之　夏、商、周三代依次傳下。三代，夏、商、周。次，按次序排列。⓳離披　盛貌；多貌。《西京雜記》卷六引漢劉勝〈文木賦〉：「麗木離披，生彼高崖。拂天河而布葉，横日路而擢枝。」⓴韓文李杜詩　韓愈的文章和李白、杜甫的詩歌。㉑壽考　壽數；壽命。漢趙曄《吳越春秋・句踐伐吳外傳》：「遂作〈河梁〉之詩曰：天下安寧壽考長，悲去歸兮河無梁。」㉒百族歸淳熙　百姓都歸於忠厚正直，和睦安樂。百族，百姓。淳熙，忠厚正直，和睦安樂。㉓宣德爐　明朝宣德年間鑄造的銅質香爐。省稱「宣爐」。由於銅經過精煉，又加進一些金銀等貴重金屬，色澤極為美觀，成為明代一種著名的美術工藝品。㉔成化瓷　明朝成化年間的瓷器，較名貴。

【語　譯】許多人一生都喜好古董，甘心被人欺騙。用千兩銀子買書畫，用百兩銀子為它裝裱。缺了角的古代玉印章，刻著龜螭形的古代銅官印，都是他們的所愛。烏皮几上研磨著古銅雀硯，象牙床上點著金猊香爐。一杯一尊一斝地細細辨識，按文物圖譜來辨別款式。探索其深奧的意義，追尋其久遠的年代，做這種事做到老，竟如痴如狂。為了古董，親人之間互相起訴，朋友之間互生猜忌。當你富有的時候，這些古董可能值千萬金，但等到你貧困的時候，它們甚至不夠換一頓飽餐的糕餅。我有真正值錢的古董，苦於世人並不知曉。伏羲所畫的八卦，周文王、周公旦及孔子所作的《周易》和〈繫辭〉，洛水神龜馱出的《尚書．洪範》「九疇」，由夏禹傳給商朝的箕子，還有〈東山〉、〈七月〉等詩篇所組成的《詩經》，豈不都是色彩斑斕，精彩紛呈？這些都是上古的寶物，是夏、商、周三代依次傳下來的。不用花一分錢買，滿書架堆的都是。若說其中最下等的，也有韓愈的文章和李白、杜甫的詩歌。用這些真正的古董修養自身德行，可以活到一百歲；用來治理天下，則百姓都可以歸於忠厚正直，和睦安樂。這種真古董不肯喜好，怎麼反倒忙著追求那些庸俗的東西？東家喜有宣德爐，西家樂得成化瓷，瞎子以醜物為寶，真是愚昧不可教化！

【研析】古董當然是好東西，人人喜歡。不論在古代還是在當代，只要稍微太平幾天，就會有一陣「古董熱」或「鑒寶熱」。但不同流俗的鄭板橋卻認為，世間最珍貴的不是文物古董，而是古代的思想遺產。這一見識明顯地高於常人。痴迷於古玩字畫，玩物喪志，甚至影響家庭朋友關係，那就得不償失了。時間到了二十一世紀，鄭板橋當年所推崇的這些思想遺產，應該說有的是有些過時了，就是那些「天不變道亦不變」的永恆道理，到今天也會有一部分變成「古董」，而新的普世價值觀，會逐步地取代許多「古董」。

乳母詩

【題解】板橋虛四歲時生母汪夫人去世，由乳母費氏、繼母郝夫人撫養。十四歲時，繼母郝夫人去世。乾隆二年，即鄭板橋中進士的第二年，乳母費氏去世，鄭板橋作了這首詩懷念乳母。詩前有序，敘述了乳母費氏對自己的養育之恩。

乳母費氏，先❶祖母蔡太孺人❷之侍婢也。燮四歲失母，育於費氏。時值歲饑❸，費自食於外，服勞於內。每晨起，負燮入市中，以一錢市❹一餅置燮手，然後治他事。間有魚飧❺瓜果，必先食❻燮，然後夫妻子母可得食也。數年，費益不支，其夫謀去，乳母不敢言，然長帶淚痕。日取太孺人舊衣濺洗補綴，汲水盈缸滿甕，又買薪數十束積竈下，不數日竟去矣。燮晨入其室，空空然，見破床敗几縱橫❼，視其竈猶溫，有飯一盞，菜一盂❽，藏釜❾內，即常所飼燮者也。燮痛哭，竟亦不能食矣。後三年，來歸侍太孺人，撫燮倍摯❿。又三十四年而卒，壽七十有六。方來歸之明年⓫，其子俊得操江提塘官⓬，屢迎養之，卒⓭不去，以太孺人及燮故。燮成進士，乃喜曰：「吾撫幼主成名，兒子作八品官，復何恨⓮！」遂以無疾終。

平生所負恩，不獨一乳母。長恨富貴遲，遂令慚恧⓯久。黃泉路迂闊⑯，白髮人老醜⑰。食祿千萬鍾⑱，不如餅在手。

【注釋】❶先　對已故長輩的尊稱。❷孺人　《禮記・曲禮下》：「天子之妃曰后，諸侯曰夫人，大夫曰孺人，士曰婦人，庶人曰妻。」明清時用為七品官的母親或妻子的封號，亦通用為對婦女的尊稱。❸歲饑　饑荒之年。❹市　買。❺飧　晚飯，泛指飯食。❻食　作動詞用，使之食。❼縱橫　橫豎交錯雜亂貌。❽盂　盛湯漿或飯食的圓口器皿。❾釜　古炊器，此指鍋。❿倍摯　更加誠摯。⓫明年　第二年。⓬操江提塘官　為江防大員傳遞本部文書的傳令官，八品。⓭卒　最終。⓮恨　遺憾。⓯慚恧　羞慚。⓰黃泉路迂闊　陰間之路與塵世隔絕。迂闊，本意為不切實際，此指對於塵世來說，既長遠又虛幻。⓱白髮人老醜　係板橋自嘲語。乾隆二年，鄭板橋已四十五歲，故有此說。⓲食祿千萬鍾　喻享受很高的俸祿。鍾，古代容量單位，多用於稱量糧食。一說十斛為一鍾，一說六斛四斗為一鍾。一斛，南宋以後，以五斗為一斛。

【語　譯】乳母費氏是我已故祖母蔡老夫人的侍女。我四歲失去母親，由費氏撫養成長。那時正趕上饑荒年，費氏自己在外面吃飯，然後在我家中服役。每天早晨起來，她背著我進入市集，用一個銅錢買一個餅放到我手裡，然後才幹別的事。間或有魚肉飯食和瓜果之類，一定先給我吃，然後她和她的家人才能吃到。幾年後，家裡的經濟狀況漸漸不能再維持了，她的丈夫計劃離開我家。乳母不敢說出來，但是臉上常常帶著淚痕，每天拿取老夫人的舊衣服漿洗補綴，把缸裡都注滿了水，又買了幾十捆柴堆在灶下。沒幾天，竟然真的離開了。我早晨進入她的房間，裡面空空的。破舊的床和小几案橫七豎八地亂放著，灶膛還是溫熱的，有一碗飯和一碗菜藏在鍋裡，正是平常給我吃的那些東西。我痛哭不已，到底沒有吃下這些飯。三年後，乳母仍回來侍奉老夫人，對我更加殷勤撫育。又過了三十四年，乳母去世了，壽終七十六歲。當她回到我家的第二年，她的兒子俊得了「操江提塘官」的職位，多次要接她回家養老。最終乳母都沒有回去，就是因為捨不得老夫人和我。我成為進士，乳母高興地說：「我撫養少主人成名，自己的兒子做了八品官，還有什麼遺憾！」於是無疾而終。

我平生欠下恩情的，不只是乳母一個人。常常痛恨富貴來得太晚，使我對欠下的恩情慚愧很久。陰間路與塵世隔絕不能報恩，我的頭髮白了，又老又醜。縱然享有很高的俸祿，也不如手裡握著乳母給的大餅。

【研　析】人世間最可貴的是親情。鄭板橋有大不幸的身世，自板橋三四歲開始，親人相繼離世，更使他對親情有著特別的感受。板橋又是幸運的，雖然生母早早離開了他，但繼母和乳母對他都很好，使得他在這生離死別的折磨中，有了心靈的寄託和安慰。乳母對這個不幸的孩子，傾注了畢生的疼愛和心血，直到板橋年過不惑，功成名就，她老人家無疾而終，放心而去。詩中對於乳母的描述，沒有從大道理的層面去歌頌，而是選取了幾個日常生活中的典型細節來體現——家裡經濟困難，乳母就到自己家裡吃飯，然後才到鄭家來服役；後來實在支撐不下去了，臨走前，乳母默默地湔洗縫補了衣服，在缸裡倒滿了水，買了幾十捆柴堆在灶下，特別感人的是，老人家還照常為板橋準備好了早飯。通過這一臨行前的一系列行為的回憶描述，使我們看到了一顆善良溫暖的慈母之心。鄭板橋對於乳母的感恩之情，也只是使用了一個非常樸實的感慨——現在的千萬鍾食祿，都不如當年乳母那一文錢的燒餅啊！

長干女兒

【題解】女兒，此指年輕的未婚女子。長干，古建康城里巷地名。故址在今江蘇南京城南部。《樂府詩集·雜曲歌辭》有〈長干曲〉。歌辭內容寫長干里一帶江邊婦女的生活感情。唐代詩人崔顥有〈長干曲〉四首，李白有〈長干行〉二首，皆為抒情名作。鄭板橋這首詩也是描寫長干里巷少女的。

長干女兒年十四，春遊偶過南朝❶寺。鬟髮纖鬆❷拜佛遲❸，低頭墮
下金釵翠。寺裏遊人最少年，閑行拾得翠花鈿❹。送還不識誰家物，幾
嗅香風立悵然❺。

【注釋】❶南朝　借指南京。我國南北朝時期，據有江南地區的宋、齊、梁、陳四朝總稱南朝，因其皆建都建康，後即以南朝借指南京。唐杜牧〈江南春〉：「南朝四百八十寺，多少樓臺煙雨中。」❷纖鬆　纖細蓬鬆。❸遲　指動作舒慢遲緩。❹翠花鈿　鑲嵌著珠寶翡翠的金花首飾。❺悵然　失意不樂貌。

【語譯】長干里巷的少女十四歲，春遊偶爾經過南朝寺廟。她的鬟髮纖細蓬鬆，拜佛的動作

舒慢遲緩，低頭時遺失了一枝嵌著翠玉的金釵。寺裡遊人中一個年輕男孩，閒逛時揀到了這枝金釵。他想把釵送還，卻不知釵的主人是誰，他反覆地嗅著金釵上的香氣，茫然失意地佇立在那兒。

【研析】金陵美女歷來是古今詩人的熱門題材，莫愁女和長干女，是詩詞中最常見的兩個代表性群體。鄭板橋也來湊個熱鬧。第一次揚州賣畫期間，他曾多次到金陵遊玩，對於長干女兒，他還有一首寫於同一時期的〈長干里〉。這首詩也是寫日常生活中男女關係的一個細節。長干里少女拜佛時無意掉下了金釵，少年遊客閒遊拾得，便想入非非。這也許是個真實的事件，也許是詩人想像的產物。但不管怎麼說，鄭板橋對長干女是頗為動心的，所謂「好色而不淫」，對於南京美女多看幾眼，乃至跟隨觀察，倒也無傷大雅。

宿光明殿贈婁真人

諱近垣

【題解】真人，道家稱存養本性或修真得道之人。婁真人，著名道士，雍正九年曾入宮為雍正驅邪治病，封龍虎山四品提點。鄭板橋與婁真人屢有交遊。板橋〈劉柳村冊子〉云：「妙真正真人婁近垣與予善，令其侍者石三郎歌予詩詞，飄飄有雲外之響。予愛之，遂舉以贈。董恥夫亦令其歌〈竹枝〉焉。後三年，求去，泣不可留，仍返於婁。想其仙骨，不樂久住人世俗塵囂熱耶？」詩中嘲諷煉丹服藥之風，推崇老莊虛靜恬澹，讚揚真人神清氣朗，而對於真人道觀之豪華，則以微辭諷諫。

老聃、莊、列人中仙❶，未聞白晝昇青天❷。五千妙義《南華》詮，虛靜恬澹返自然❸。秦皇、漢武心如煙，騰空飄幻無涯邊❹。茂陵樹接驪山阡，牧羊奴子來燒煎❺。金丹服食促壽年，元和、大曆無愚賢❻。我朝力掃諸從前，踢翻藥竈流丹鉛❼。真人應運❽來翩翩，神清氣朗心靜專。渾融天地為方圓，出入仁義恢經權❾。藏和納粹歸心田❿，有何燒煉丹磨研？有何解脫屍蛇蟬⓫？我來古殿夜宿眠，銀龍金索搖星躔⓬，雕闌玉砌朝露鮮，名花異草相綿連。費民千百萬金錢，有明事業諸所傳。真人假寓⓭心棄捐⓮，毀之重勞⓯姑置焉，天子曰俞聊取便⓰。匪今逐逐還沾沾⓱，富而教之王政⓲全，萬國⓳壽命同修延⓴。

【注釋】❶老聃莊列人中仙　言道家代表人物是人而不是神。老聃，即老子，道家創始人。莊，莊子。列，列子。莊、列都是道家的代表人物。❷未聞白晝昇青天　言即便是道家始祖，也未曾像後世道教所云，能夠白日飛升。白晝昇青天，道教謂人修煉得道後，可白晝飛升天界成仙。晉葛洪《神仙傳・陰長生》：「後于平都山東白日昇天而去。」《魏書・釋老志》：「其為教也，咸蠲去邪累，澡雪心神，積行樹功，累德增善，乃至白日昇天。」❸五千妙義南華詮二句　言老莊學說的道理，在於虛靜恬澹自然，而不在升仙。五千，五千言，《老子》有五千餘字，故稱。南華，《南華真經》的省稱，即《莊子》。唐代尊崇道教，天寶元年，尊《莊子》為《南華真經》。詮，道理。❹秦皇漢武心如煙二句　秦始皇和漢武帝心緒如同煙塵一樣虛無飄渺，不著邊際。秦始皇和漢武帝都很迷信方士，追求長生不老之術。❺茂陵樹接驪山阡二句　言秦皇漢武不僅未能長生，其陵墓建築也不能保全，荒蕪之後，不時有牧羊奴前來野炊。茂陵，漢武帝劉徹的陵墓。在今陝西省興平縣東北。驪山，秦始皇陵所在地，在陝西省臨潼縣東南。阡，墳冢；墳墓。燒煎，泛指做飯。❻金丹服食促壽年二句　言服食金丹只能使人短壽，而中唐以來，不論賢愚，均有此好。金丹，古代方士煉金石為丹藥，認為服之可以長生不老。晉葛洪《抱朴子・金丹》：「夫金丹之為物，燒之愈久，變化愈妙；黃金入火，百鍊不消，埋之，畢天不朽。服此二物，鍊人身體，故能令人不老不死。」元和，唐憲宗年號之一。大曆，唐代宗年號之一。無愚賢，無論愚賢（皆愛好金丹）。❼踢翻藥竈流丹鉛　踢翻煉丹的藥爐，煉丹用的鉛流了出來。指不信煉丹升仙之說。❽應運　順應期運。❾渾融天地為方圓二句　融會天地的道理而得到準則，貫通仁義的思想來恢宏原則與權變。方圓，指方法、準則。出入，融會貫通。經權，原則與權變。經，不變的原則。權，隨機而變。❿藏和納粹歸心田　收納純和精粹之氣而歸於心田。和，和氣。粹，精粹。⓫有何燒煉丹磨研二句　有什麼煉丹磨藥，有什麼羽化升仙。屍蛇蟬，指屍解，道家言修煉得道，升仙而留下形體，猶如蛇蟬脫殼。⓬銀龍金索搖星躔　言光明殿塑有銀龍、金索，猶如天上群星搖蕩。星躔，日月星辰運行的度次。《舊唐書・文宗紀下》：「德有所未至，信有所未孚，災氣上騰，天文謫見，再周期月，重擾星躔。」⓭假寓　暫借為居所。假，借。⓮棄捐　放棄。⓯重勞　增加勞累。⓰天子曰俞聊取便　皇上首肯說，姑且取其方便吧。

俞，表示應答和首肯。聊，姑且。⑰匪令逐逐還沾沾　言如此華貴之道觀，並非是叫人追逐名利且沾沾自喜。匪，非。逐逐，急於得利貌。沾沾，自得貌。⑱王政　王道；仁政。⑲萬國　萬邦；天下。⑳修延　長久。修，長；久。

【語　譯】老子、莊子、列子都是人中的「神仙」，沒聽說他們在大白天得道升天。老子《道德經》和莊子《南華真經》所闡釋的精妙道理，都是講究虛靜恬澹，返歸自然。秦始皇和漢武帝心緒如同煙塵，虛無飄渺，騰空飄蕩，不著邊際。漢武帝茂陵的樹林綿延，已與驪山秦始皇陵相連接，到如今放羊奴不時前來砍柴野炊。服食金丹以圖延長壽命，唐代元和大曆以來，不分愚賢全都十分愛好。我朝一掃從前的陋習，踢翻了煉藥的爐灶，拋棄了丹鉛，再也不信煉丹升仙這一套。真人順應上天的期運翩翩而來，神態清明，氣質爽朗，內心虛靜而專注。融會天地的道理而得到準則，貫通仁義的思想來恢宏原則與權變，收納純和精粹之氣而歸於心田。有什麼煉丹磨藥，有什麼猶如蛇蟬脫殼羽化升仙？晚上我來到古殿借宿，欣賞這大殿裡繪的銀龍金索，猶如天上群星搖蕩。早上，華美的欄杆和玉石臺階上灑滿新鮮的晨露，各種奇花異草連綿相接。這道觀是花了老百姓大量的金錢，在明朝時建造而傳到現在。真人暫時借為居所，其實心中十分不屑，但是毀掉了也會徒增勞累，只好暫時先放著。皇上贊同說，姑且取其方便吧。但這華貴的大殿並不是叫我們追逐名利沾沾自喜，而是讓他富貴而後教化他，使王道完美，令天下蒼生共同延長壽命。

【研　析】道家和道教本來是兩回事。道家是先秦的一種哲學思想，而道教則是漢代以後興起的一種宗教。後來的道教汲取了道家的思想因素，後人常將道家和道教聯繫在一起。道教中有真誠的信仰，也有荒誕的迷信。例如服藥長生求仙之類，不但不可能實現，反而會有害身體健康。鄭板橋〈燕京雜詩〉有云：「不燒鉛汞不逃禪。」板橋對道教煉丹升仙這類荒誕之事，素來採取批判嘲諷態度。婁真人是皇上御封過的大師級道士，但鄭板橋並不因為他曾是皇帝的紅人，是自己的朋友，且來作客，就對他無原則地吹捧。首先，板橋對道家老莊列作出了自己的評價——清靜無為、歸返自然，是人生的至高境界。其次，板橋辛辣地嘲諷了秦皇漢武以來服藥求仙妄圖長生的荒誕不經。而對於婁真人，則並不提及這位朋友曾經為皇上煉藥求仙的「光輝事跡」，而是猛誇他繼承了道家清靜無為的思想。對於有著上皇背景的光明殿的豪華富麗，鄭板橋則把責任推到明代人頭上，最後兩句，則又歸到儒家王道上來了，認為要完美王道，施仁政於民，才能使天下萬民真正延年益壽。人生免不了應酬，吃人家的嘴短，拿人家的手短，總不能任好吃好又大罵朋友浪費民脂民膏吧，於是只能顧左右而言他了。中國人情社會中的尷尬，於此可見一斑。

將之范縣拜辭紫瓊崖主人

【題　解】雍正三年（西元一七二五年），板橋入京，結識了慎郡王允禧。允禧字謙齋，號紫瓊道人，是康熙第二十一子，雍正之弟，乾隆之叔。乾隆六年（西元一七四一年），已中進士好多年的板橋，再上京城求官。在京城期間，板橋受到慎郡王允禧的熱情歡迎。允禧很賞識板橋的才華，曾拿出自己的詩集請板橋寫刻。可能是由於允禧的活動推薦，在京在鄉待官多年的鄭板橋，終於在乾隆七年授山東范縣知縣。雖然這是一個下等小縣，但總算是有了個舒展抱負，養家糊口的職位了。赴任前夕，板橋滿懷感激之情，寫了這首辭別詩。

紅杏花開應教❶頻，東風吹動馬頭塵❷。闌干苜蓿嘗來少❸，琬琰詩篇捧去新❹。莫以梁園留賦客❺，須教〈七月〉課豳民❻。我朝開國於今烈❼，文、武、成、康四聖人❽。

【注　釋】❶應教　魏晉以來稱應諸王之命而和的詩文。唐王維有〈從岐王過楊氏別業應教〉。趙殿成箋注：「魏晉以來，人臣於文字間，有屬和於天子，曰應詔；於太子，曰應令；於諸王，曰應教。」❷東風吹動馬頭塵　喻將要啟程。❸闌干苜蓿嘗來少　橫豎交錯的苜蓿是很少吃了。此言在京時間不多。闌干，縱橫散亂貌；交錯雜亂貌。苜蓿，植物名。原產西域各國，漢武帝時，張騫使西域，始從大宛傳入。可供飼料或作肥料，亦可食用。唐薛令之〈自悼〉：「朝日上團團，照見先生盤。盤中何所有，苜蓿長闌干。」漢代曾在宮外大量種植，以供來自大宛的良馬食用。❹琬琰詩篇捧去新　郡王新贈送的詩篇文詞如圭玉般美好。琬琰，琬、琰，兩種圭玉。比喻品德或文詞之美。❺莫以梁園留賦客　不要用梁園這樣的地方挽留文人。梁園，西漢梁孝王劉武所建的東苑。故址在今河南開封東南。園林規模宏大，方三百餘里，宮室相連屬，供遊賞馳獵。梁孝王在其中廣納賓客，當時名士司馬相如、枚乘、鄒陽等均為座上客。事見《史記·梁孝王世家》。後世有「梁園雖好，不是久戀之家」的說法。賦客，辭賦家。板橋自比。❻須教七月課豳民　應該叫他用〈七月〉詩篇的精神教化治下的老百姓。七月，《詩經·豳風》中的一篇，相傳為周公為陳述王業艱難，教化百姓而作。❼烈　列祖，指建立功業的祖先，多用以稱開基創業的帝王。❽文武成康四聖人　文、武、成、康指周朝開國初文王、武王、成王、康王四位國君，他們開創了中國歷史上第一個盛世——成康之治。這裡借指清朝開國初順治、康熙、雍正、乾隆四位皇帝，他們的治理成就了又一個盛世——康乾盛世。聖人，對帝王的尊稱。

【語　譯】紅色的杏花開時，我與郡王應和的詩文頻頻傳遞。春風吹起了馬前的塵土，我即將踏上征程。離開京城，橫豎交錯的苜蓿草很少吃到，郡王新贈的詩篇文詞，像圭玉一樣美好。不要用梁園那樣美好的地方留住文人墨客，而應該讓他用〈七月〉詩篇的精神去教化治下的老百姓。我朝開國到現在的四位皇上，就像西周文、武、成、康那樣的明君聖人。

【研　析】待官多年，終於有了一個結果，鄭板橋心情愉快，還有些激動。他首先想到的是要感謝朋友慎郡王。這次進京面謁郡王，〈板橋後序〉回憶說：「紫瓊崖主人極愛惜板橋，嘗折簡相招，自作駢體五百字以通意，使易十六祖式、傅雯凱亭持以來。至則袒而割肉以相奉，且曰：『昔太白御手調羹，今板橋親王割肉，後先之際，何多讓焉！』」可見並非是鄭板橋要主動攀龍附鳳，而是郡王一直相信板橋的藝術才能，並派了兩位「特使」，專程送上自己的作品來「請教」。郡王當然不能隨便出府與下民交結，這「駢體五百字」來了，也就相當於郡王上門了，出於禮貌，鄭板橋當然得進府面謝。這位郡王果然與板橋一樣的豪爽，竟然不顧皇家體統，赤膊上陣，親自為板橋下廚切肉，這使板橋很是感動。鄭板橋這次得以補官，乾隆十三年大駕東巡，鄭板橋得為御封「書畫史」，大概都是出於慎郡王的影響或推薦。當然，郡王干政有些不妥，但組織部門的官員，遲早會聽說板橋有這樣的後臺，按官場的潛規則，原本不用郡王開口，大家落得做個順水人情。這其中的詳情，當事人當然永遠不可能去說了，但有一點是肯定的：以板橋的個性，沒有郡王一類的朋友，他的補官也許還要推後，他的書畫名氣也許就不會那麼大。在這首詩中，板橋多少有些「春風得意」。古代進士遊宴之地被稱為「杏園」，進士也被稱為「杏園客」。所以詩的開篇描述早開的紅杏花，可謂一語雙關，是用杏花襯托自己的大好心情。「闌干」兩句寫自己受允禧郡王款待的情況。在此之前，允禧郡王寫了首〈紫瓊崖主人送板橋鄭燮為范縣令〉詩贈行：「萬丈才華繡不如，銅章新拜五雲書。朝廷今得鳴琴牧，江漢應閑問字居。四廓桃花春雨後，一缸竹葉夜涼初。屋梁落月吟瓊樹，驛遞詩簡莫遺疏。」希望鄭板橋做官後不要疏於作詩，也不要因為政治原因，停止雙方的文字之交。鄭板橋回復「莫以梁園留賦客，須教〈七月〉課豳民」，迫不及待要施展政治抱負，當個好父母官了。最後兩句順便讚揚了大清王朝的四位明君，也符合他「出牧當明世」（〈贈高郵傅明府並示王君廷瀠〉）的原則。

范縣

【題　解】范縣，據《山東通志》卷三記載：「雍正八年，屬濮州直隸州，十三年，隨州改屬曹州府，編戶一十三里。」里，唐宋以來，約以百戶為一里。《舊唐書・食貨志上》：「百戶為里，五里為鄉。」《明史・食貨志二》：「迨造黃冊成，以一百十戶為一里，里分十甲曰里甲。」《清史稿・食貨志二》：「凡里百有十戶，推丁多者為長。」雍正十三年編戶一十三里，則全縣有約一千五百餘戶，是個人口不多的小縣。下文〈署中示舍弟墨〉詩則云「小城荒邑，十萬編氓」，未知孰是。乾隆七年（西元一七四二年）春，板橋初授范縣知縣。這首詩應是鄭板橋初到任時所作，詩中描述了范縣的基本情況。

四五十家負郭❶民，落花廳事❷淨無塵。苦蒿菜把❸鄰僧送，禿袖鶉衣❹小吏貧。尚有隱幽❺難盡燭❻，何曾頑梗❼竟能馴！縣門一尺情猶隔，況是君門隔紫宸❽。

【注釋】❶負郭　靠近城郭。郭，外城，城牆外周邊加築的城牆。此泛指城池。❷廳事　官署視事問案的廳堂。❸菜把　指蔬菜。把，捆。❹禿袖鶉衣　泛指衣服簡陋破爛。禿袖，短袖之衣。鶉衣，破爛之衣。《荀子・大略》：「子夏貧，衣若縣鶉。」鶉尾禿，故稱。❺隱幽　深奧隱晦，此所指不明，據下文「縣門一尺情猶隔」，或言此縣雖小而貧，但縣中之事，或有冤屈貪弊等隱情。❻燭　照亮；明察；洞悉。❼頑梗　愚頑不馴之人。疑為自指，此前之乾隆四年（西元一七三九年），板橋有〈送都轉運盧公〉自稱云：「自寫簪花教幼婦，閑拈玉笛引雙鬟。吹噓更不勞前輩，從此江南一頑梗。」此句或言自身愚頑不馴，又焉能馴人。❽縣門一尺情猶隔二句　言縣衙之門雖僅有一尺之厚，然仍有許多隱情無法洞悉，何況君王之宮門深幽廣大。紫宸，宮殿名，天子所居。唐宋時為接見群臣及外國使者朝見慶賀的內朝正殿，在大明宮內。唐杜甫〈冬至〉：「杖藜雪後臨丹壑，鳴玉朝來散紫宸。」此泛指宮廷。

【語譯】范縣縣城有四五十家靠城而居的居民，落花飄入縣衙廳堂，廳堂裡潔淨無塵。相鄰而居的僧人送來一把苦蒿菜，縣吏差役們穿著短袖的破舊衣服，看來都很貧窮。這縣雖然又小又窮，但一定有許多隱情難以一一明察，我這愚頑不馴之人又怎能使別人馴服！縣衙的大門只有一尺來厚，尚有許多隱情無法洞悉，皇上的宮門深廣，還隔著高大的宮廷。

【研析】范縣是鄭板橋步入仕途的第一站，懷著「莫以梁園留賦客，須教〈七月〉課豳民」的豪情，他信心滿滿地來此上任，誰知到此一看，這范縣竟是一個小村子，縣衙好久無人光顧，只有一兩朵小花靜靜地飄落。縣吏衙役們也是貧窮已極，連件好衣服也沒有。這與繁華的揚州哪裡能比。失望之餘，板橋也希望能為百姓做些事，能為皇上分些憂。於是他便設想，也許仍有很多縣情難以洞察，亦有刁民難以馴服？由此又想到了「國家大事」，這小小一個縣城，縣官尚且難以徹查民情，何況天子高高在上，深居宮中，如何能洞察民間疾苦？板橋此時雖然已到知天命的年紀，但在官場上，他仍然算是一個小學生，天真可愛得可以。特別是「況是君門隔紫宸」這種犯忌之句，如有人羅織告密，恐怕又是一場文字獄。

寄招哥

【題解】招哥，京城的一個年幼歌伎。鄭板橋〈劉柳村冊子〉：「〈道情十首〉，作于雍正七年，改削十四年，而後梓而問世。傳至京師，幼女招哥首唱之，老僧起林又唱之，諸貴亦頗傳頌，與詞刻並行。」招哥首先傳唱〈道情〉，板橋大為感動，因寄錢以示獎勵。

十五娉婷❶嬌可憐，憐渠❷尚少四三年。宦囊❸蕭瑟❹音書薄，略寄招哥買粉錢❺。

【注釋】❶娉婷　美麗姣好貌。❷渠　他；她。第三人稱代詞。❸宦囊　官俸。囊，口袋。❹蕭瑟　冷落稀疏。此指錢少。❺買粉錢　泛指化妝所花的費用。

【語譯】十五歲的小女孩應該十分美麗姣好可愛，更憐惜她離十五歲還少三四年。我的官俸很少，寄去的書信包裹很是單薄，只是給招哥寄些買脂粉化妝的錢。

【研析】〈道情十首〉是通俗唱詞，一般文人是看不起這種下里巴人的東西的。但鄭板橋卻很是看重。他花了許多心血，十四年間反覆修改。聽說京城裡有個小歌手演唱自己的作品，這可能是「首唱」吧，板橋先生激動之餘，就寄了些錢給這位小歌手。從這件小事也可看出，板橋是個真情率性而又寬厚大方之人。

懷揚州舊居

即李氏小園，賣花翁汪髯所築

【題解】這首詩作於范縣任上。揚州舊居，板橋雍乾間在揚州所借居的李氏住宅。板橋雍正年間有〈李氏小園〉詩四首，據詩中所述，李氏似為破落士人，兄弟奉母居住，雖貧窮而能淡泊自持。汪髯即汪希文，乾隆元年，汪希文來揚州枝上村賣茶，與鄭板橋、李復堂等人相友善。後汪氏購買李氏小園種花，李復堂題名「勺園」，板橋手書對聯「移花得蝶，買石饒雲」。此詩充滿對於揚州的懷念。

樓上佳人❶架上書，燭光微冷月來初。偷開繡帳看雲鬟❷，擘斷❸牙
籤拂❹蠹魚❺。謝傅青山❻為院落，隋家芳草❼入園蔬。思鄉懷古兼傷
暮❽，江雨江花爾❾自如❿。

【注釋】❶樓上佳人　指饒五姑娘。❷雲鬟　如同烏雲的頭髮，借指年輕貌美的女子。❸擘斷　折斷。❹拂　挑；擊。❺蠹魚　蟲名。即蟫。又稱衣魚。以蛀蝕書籍衣服為生，體小，有銀白色細鱗，尾分二歧，形稍如魚，故名。❻謝傅青山　謝安所居之處。謝傅，東晉名士謝安。死後封為太傅。東晉太元十

年（西元三八五年），謝安出鎮廣陵，在步丘築新城而居。❼隋家芳草　隋煬帝園林裡的芳草。隋家，隋苑，此指隋煬帝在揚州所建園林上林苑，一名西苑，故址在今揚州西北。❽傷暮　謂自傷年老。❾爾第二人稱代詞，此指江雨江花等揚州景物。❿自如　自然；自由。

【語　譯】回想樓上的美人和書架上的書，那時月亮剛剛升起，蠟燭微弱的光透著一絲寒意。偷偷掀開床帳，偷看美人烏雲一般的頭髮；折斷牙籤，挑出書蟲。謝太傅理想的居所是我的院落，隋煬帝園林中的芳草，長進了我家花圃菜園。我在這裡思念家鄉、懷弔古人、感傷暮年，但江上的雨和花啊，你們自如地雨飄雨停，花開花落。

【研　析】在這窮鄉僻壤的小縣為令，事情不多，無聊之中，板橋不由得懷念起揚州家鄉來。「思鄉懷古兼傷暮」，概括了整首詩所要表達的內容。揚州可是個有故事的地方啊，隨便站個地，那就是一千年的歷史，就有赫赫有名的大人物。這不，李氏小園，或許就是當年謝太傅出鎮廣陵的居所，庭院中的蔬菜，卻和隋煬帝園林中的芳草為鄰。可是，不管自己如何懷念家鄉，家鄉的江雨江花，卻仍然自落自開，地球是離了誰都一樣地轉。當年的「樓上佳人架上書」，現在當然還在，但已經沒有了揚州的韻味。人真是奇怪的動物，總是想向前走向上走，卻又總是不時地懷舊。在揚州時，板橋嚮往的是京城和補官，真的進京補了官，上任後卻又懷想起過去的歲月來。並不多愁善感的板橋尚且如此，何況他人。

縣中小皂隸有似故仆王鳳者，每見之黯然

【題解】皂隸，衙門裡的差役。皂，黑色。衙役服黑，故稱。王鳳，字一鳴，是鄭板橋的孌童，能誦〈北征〉、〈琵琶行〉、〈長恨歌〉、〈連昌宮詞〉及〈孔雀東南飛〉，深得板橋喜愛。板橋曾稱其「胸中百卷藏」。王早歿，板橋在范縣見某差役貌似王鳳，感慨作此詩。詩計四首，展現了板橋日常生活的一個側面。

喝道❶前行忽掉頭，風情❷疑是舊從遊❸。問渠❹了得❺三生❻恨，細
雨空齋好說愁。

【注釋】❶喝道　古代官員出行，儀仗前列導引傳呼，令行人回避，謂之喝道。❷風情　風韻神情。❸從遊　跟從之人；僕人。❹渠　他。第三人稱代詞。❺了得　領悟；理解。❻三生　佛教語，指前世、今生和來世。

【語譯】喝道開路，儀仗隊伍裡忽然有人掉轉過頭來，那風韻神情，彷彿是舊時跟從我的僕人王鳳。想問問他是否能領悟到今世前生的遺憾，細雨紛紛時，在空蕩的書齋裡，好與他共說相思愁緒。

口輔❶依然性亦溫，差他吮筆墨花痕❷。可憐三載渾無夢，今日輿❸前遠近❹魂。

【注　釋】❶口輔　指近口角處。一指面頰上的酒窩。《老殘遊記》第十回：「卻看那扈姑，豐頰長眉，眼如銀杏，口輔雙渦，脣紅齒白。」輔，面頰。❷差他吮筆墨花痕　言與王鳳不同的是，少了含筆於口中構思時留下的墨漬痕跡。吮筆，猶含毫，含筆於口中，借指構思為文或繪畫。墨花痕，墨漬痕跡。❸輿　轎子。❹遠近　附近。

【語　譯】面頰上的酒窩依然如同從前，性情也依然溫柔，只是嘴唇上少了含筆時留下的墨漬痕跡。可憐三年來你從來不到我的夢中，今天在轎子附近的好像是你的靈魂。

小印❶青田❷寸許長，抄書留得舊文章。縱然面上❸三分似，豈有❹胸中百卷藏。

【注　釋】❶小印　鄭板橋曾有一枚印章，曰「王鳳」。此指這枚印章。❷青田　石料名。一種以葉蠟石為主要成分的石料。色彩豐富，青色居多。為製作印章和雕刻人物花鳥等的上品。產於浙江青田方山，故稱。❸面上　相貌上；表面上。❹豈有　哪有。

【語　譯】青田石刻就的小印章，只有一寸左右大小。當年替我抄書，還留有舊文章。這差役雖然相貌上有三分相似，又哪有王鳳那樣胸中藏有百卷書文。

乍見❶心驚意便親❷，高飛遠鶴❸未依人。楚王幽夢❹年年斷，錯把衣冠❺認舊臣❻。

【注　釋】❶乍見　初次看到。❷親　親切。❸高飛遠鶴　猶言閒雲野鶴。❹楚王幽夢　代指情色之夢。戰國楚宋玉〈高唐賦・序〉：「昔者先王嘗遊高唐，怠而晝寢，夢見一婦人，曰：『妾巫山之女也，為高唐之客，聞君遊高唐，願薦枕蓆。』王因幸之。去而辭曰：『妾在巫山之陽，高丘之阻，旦為朝雲，暮為行雨，朝朝暮暮，陽臺之下。』」後遂以「陽臺」、「楚王幽夢」等代指男女歡會。❺衣冠　衣著穿戴。引申為外貌。❻舊臣　舊日的僕人。

【語　譯】初次見到這個衙役，心裡感到驚奇，感覺就很親切。他猶如那高飛遠去的仙鶴，不再依附於他人。恨不能如同當年的楚王，夢中與巫山神女相會，錯因這差役的外貌，誤認為他就是那舊時的奴僕。

【研　析】鄭板橋是個雙性戀者。在清代的士大夫中，男色是一種較為流行的風尚。許多士子在自己的詩詞歌賦中，坦率地、甚至是不無炫耀地描述自己的或別人的孌童。〈板橋自敘〉亦云：「又好色，猶多餘桃口齒，及椒風弄兒之戲。」這「餘桃」、「弄兒」便是指孌童。而同時代的西方，由於宗教的原因，同性戀被認為是大逆不道，文學家王爾德、薩德等人甚至為此而付出了失去自由的代價。對於這一「癖好」，在中國的社會文化背景中，也頗有爭議。有人認為這是墮落的表現，有人認為不過是生活小節，而文人多半認為這是「狂狷」的一種表現形式。我們二十一世紀的社會，對於同性戀已經有了非常大的寬容，有的地方，法律甚至承認同性結婚的權利。我們認為，在今天來說，要堅決反對涉及未成年人的男女色情關係，包括堅決反對涉及未成年人的同性關係，但對於成年人之間的「同性戀愛」，大家都應該給予一種同情的理解，應該充分尊重每一個人的權利。而對於古代的同性戀，也應該給予同情和理解，但對於類似於鄭板橋詩中所涉及到的，利用主人的優勢地位，蓄養孌童，儘管當時的法律對此並無禁止性規定，但我們也應該在理解的同時，給予適當的批判。

喝道

【題解】古代官員出行，儀仗前列導引傳呼，令行人回避，謂之喝道。鄭板橋認為這一規矩拉開了官民的距離，因作詩論述。

喝道排衙❶懶不禁❷，芒鞋❸問俗❹入林深。一杯白水荒塗❺進，慚愧村愚❻百姓心。

【注釋】❶排衙　舊時主官升座，衙署陳設儀仗，僚屬依次參謁，分立兩旁，謂之排衙。❷懶不禁　忍不住厭惡。❸芒鞋　泛指草鞋。❹問俗　此指訪問民情。❺荒塗　荒野路人。❻村愚　指鄉下人。

【語譯】喝道排衙這樣的俗儀讓我忍不住厭惡，所以我穿著草鞋微服進入深林去訪問民情。荒野路人送上一杯白開水，這些鄉下百姓的純樸真誠之心，讓我覺得有些慚愧。

【研析】「親民」，在官場文化中，歷來在表面上是竭力提倡的。鄭板橋也不喜歡坐轎喝道，但他並非是故作清高，而是實際地微服深入民間，訪貧問苦。老百姓給了他一杯白開水，他感到這才是真情厚誼，想到自己為百姓做的還很不夠，不由得覺得有些慚愧。鄭板橋這一親民的思想和做法，當然是值得肯定讚揚的。但在幾百年後，到了二十一世紀，這種「親民」思想，就有值得討論之處了。在中國的許多地方，這種舊時代的「親民思想」，卻仍然大有市場。某官能不擺架子，輕裝簡從，不擾百姓，就被認為是好官清官，卻不知這官本是我們納稅人供養的，他本來就應該為百姓服務，更不應該有什麼架子，芒鞋問俗，一杯白水，是他的本分，他做到了，是應該的，做不到，他就應該下臺，百姓們大可不必感恩戴德。當然這必須有制度作為保證，而不能靠官員們的道德覺悟，制度不改變，再多的榮恥教育，也是徒勞。令人頗為鬱悶的是，現在的許多官員，出門已不僅喝道，甚至大動警力，遮道戒行，干擾平民日常生活。用百姓的錢，在百姓面前大抖威風，這算不得英雄好漢，與幾百年前的鄭板橋相比，他們是大大的退化了。

范縣詩

【題　解】范縣雖是個貧窮的彈丸之地，但民風淳樸，再經過鄭板橋的一番治理，甚有發展。板橋自己對於本縣情況很是滿意，遂作〈范縣詩〉九首自我表揚一下。這組詩仿《詩經·七月》四言體，描述了范縣百姓安定的田園生活，也反映了一些值得注意的社會問題。

十畝種棗，五畝種梨，胡桃❶頻婆❷，沙果❸柿椑❹。春花淡寂，秋
實離離❺，十月霜紅，勁果❻垂枝。爭榮謝拙，韞采於斯❼，消煩解渴，
拯疾療饑。

【注　釋】❶胡桃　核桃。❷頻婆　源於梵語 bimbara, bimba，即蘋果。❸沙果　一種水果。果實球狀，似蘋果而小。又名林檎、花紅。❹柿椑　椑柿。果木名。柿之短而小者。果實似柿而青，汁可製漆，常用於染漁網、漆雨傘等。❺離離　盛多貌。❻勁果　沉重的果實。❼爭榮謝拙二句　言上述果樹與百花相比，不能爭榮，而藏光采於果實。爭榮，爭相開放。謝拙，謙讓而藏拙。謝，遜謝；自謙。韞，含韞；包藏；韞藏。采，光采。斯，這，指果實。

【語　譯】十畝地種上棗樹，五畝地種上梨樹，還有核桃、蘋果、沙果和椑柿等等。春天花開

寂靜淡泊，秋天果實累累，經十月霜打而紅，沉重的果實壓彎了果樹枝。這些果樹不能與百花爭榮，而是把光采藏於果實。這些果實，能夠消解煩悶燥渴，治療疾病，解餓充饑。

桑下有梯，桑上有女，不見其人，葉紛如雨❶。小妹提籠，小弟趨風❷，掇❸彼桑葚❹，青澀未紅。既養我蠶，無市❺我繭，杼軸❻在堂，絲絮在撚❼。暖老憐童，秋風裁翦❽。

【注釋】❶不見其人二句　看不到採桑女，只看到桑葉如雨點紛紛落下。形容桑葉茂盛，採桑女動作敏捷。❷趨風　追隨。❸掇　摘取。❹桑葚　桑樹的果實，味甜可食。❺市　賣。❻杼軸　織布機上的兩個部件，即用來持緯（橫線）的梭子和用來承經（直線）的筘。此代指織機。❼撚　搓（線）。將數股絲絞成線。❽暖老憐童二句　把織成的布做成衣服，使老人得到溫暖，兒童得到關愛，等到秋風起時，就可以裁剪布匹了。

【語譯】桑樹下有梯子，桑樹上定有採桑女孩。看不見採桑女，只看見她們摘的桑葉如雨點般紛紛落下。年幼的小妹妹提著竹籃，小弟弟也跟在後面跑，想摘些桑葚吃，那桑葚很青澀，還沒有紅。我們養蠶，但是並不賣蠶繭，我們把紡織機架在廳堂之上，把抽取的蠶絲用手搓撚成線進行紡織。秋風起時，把織成的布裁剪做成衣服，使老人得到溫暖，兒童得到關愛。

維❶蒿❷維蕨❸，蔬百其名，維筐維榼❹，百獻其情❺。蒲桃❻在井，萱草❼在坪，棗花侵縣，麥浪平城❽。小蟲❾未翅，窈窕❿厥⓫聲，哀⓬呼老趙，望食延頸⓭。

范以黃口為小蟲，以銜食哺雛者為老趙。

【注　釋】❶維　助詞，用於句首或句中。《詩經》中多有此種用法。❷蒿　青蒿，可入藥，也可食。《詩・小雅・鹿鳴》：「呦呦鹿鳴，食野之蒿。」朱熹集傳：「蒿，菣也。即青蒿也。」唐韓愈〈陪杜侍御遊湘西兩寺獨宿有題〉：「澗蔬煮蒿芹，水果剝菱芡。」❸蕨　多年生草本植物，生於山野，其嫩葉可食，俗稱蕨菜。根莖含澱粉，俗稱蕨粉，可供食用或釀造，也可藥用。《詩・召南・草蟲》：「陟彼南山，言采其蕨。」❹榼　泛指盒類容器。❺情　情狀；物事。❻蒲桃　即葡萄。❼萱草　俗稱金針菜、黃花菜。❽棗花侵縣二句　棗花落滿全縣，麥浪似與城平。極言棗、麥等物之豐盛。❾小蟲　據板橋詩下自注，為范縣方言，指雛鳥。❿窈窕　美好的，這裡指雛鳥的叫聲清脆動聽。⓫厥　其，助辭。⓬哀　指聲音淒清尖利。晉葛洪《抱朴子・廣譬》：「刃利則先缺，弦哀則速絕。」⓭延頸　伸長脖子。

【語　譯】范縣有蒿草、蕨菜等等野菜，蔬菜更有百種之多，用筐、榼之類的東西裝著，許多種時蔬野菜，全都展現出來。天井里種有葡萄，坪地上長著黃花菜，棗樹滿縣，麥子滿城。羽翼未豐的雛鳥發出清脆的叫聲，淒清尖利地呼喚著前去捕食的母鳥，伸長著脖子盼望食物。范縣之言稱雛鳥為小蟲，稱銜著食物餵哺雛鳥的母鳥為老趙。

臭麥❶一區❷，饑雞弗顧❸，甜瓜❹五色，美于甘瓠❺。結草為庵❻，扶翳遠樹❼，苜蓿綿芊，蕎花錦互❽。三豆為上，小豆斯附❾，綠質黑皮，勻圓如注❿。

范有臭麥，成熟後則不臭。黃、黑、綠為三豆，為大豆，餘俱小豆。黑豆而骨青者最貴。

【注　釋】❶臭麥　將麥子泡在水裡，使其自然發酵，發酵過程中會有臭味，發酵成熟後臭味消失，其味鮮美。臭麥可用作魚餌。❷區　量器名。《左傳．昭公三年》：「齊舊四量：豆、區、釜、鍾。」杜預注：「四豆為區，區，一斗六升。」❸弗顧　不回頭看，此指雞雖饑餓，但因麥臭而不願采食。❹甜瓜　又名「香瓜」。皮色黃、白、綠或雜有各種斑紋。果肉綠、白、赤紅或橙黃色，味香甜。❺甘瓠　瓠子的一種。《詩．小雅．南有嘉魚》：「南有樛木，甘瓠纍之。」朱熹集傳：「東萊呂氏曰：『瓠有甘有苦，甘瓠則可食者也。』」❻結草為庵　構造簡陋的茅屋。庵，圓頂草屋。《釋名．釋宮室》：「草圓屋曰蒲。又謂之庵。」❼扶翳遠樹　遠處的樹林鬱鬱蔥蔥。扶翳，樹蔭；遮蔽。❽苜蓿綿芊二句　苜蓿草茂盛，蕎麥花鮮豔。綿芊，草木茂盛貌。蕎花，蕎麥花。錦互，交錯如錦。❾三豆為上二句　言大豆有黃、黑、綠三種品色，其餘如綠豆、赤豆等為附屬，稱「小豆」。❿綠質黑皮二句　言大豆中，有內綠皮黑，圓滑勻稱如同水滴者，最為名貴。注，水滴。

【語　譯】泡上一罐臭麥，家裡饑餓的雞並不去吃。甜瓜五彩鮮豔，比甜瓠子味道還美。蓋一座茅草屋，遠處的樹林鬱鬱蔥蔥。苜蓿草茂盛，蕎麥花繁盛交錯如同錦緞。黃豆、綠豆和黑豆是豆中上品，其餘的小豆算是附庸。那內裡質地綠色、外皮發黑的大豆，圓滑勻稱如同露珠水滴。范縣有臭麥，把麥子泡在水裡發酵，自然熟成後便不臭。大豆有黃、黑、綠三種品色，其餘的稱作小豆。以黑皮內裡綠色的豆最貴。

鵝為鴨長❶，率❷遊于池，悠悠❸遠岸，漠漠❹楊絲。人牛晝臥，高
樹蔭之，赤日不到，清風來吹。斗❺斯巨矣，三登其一❻，尺斯廣❼矣，
十如其七。豆區權衡❽，不官而質❾。田無埂隴，畝❿無侵軼⓫。爾種爾
黍⓬，我耰⓭我稷⓮。丈之以弓⓯，岔之以尺⓰。

【注釋】❶長　首領。❷率　率領。又，相率；一個接一個地。此兼有二義，言鵝充當鴨長，率領鴨子一隻接一隻地游於池中。❸悠悠　遠貌。❹漠漠　茂盛；濃郁貌。❺斗　一種糧食量器。❻三登其一　言民間所用斗很大，三斗相當於四斗。《左傳．昭公三年》：「陳氏三量，皆登一焉。」杜預注：「登，加也。加一，謂加舊量之一也。」登，增加；多出。❼廣　長。❽豆區權衡　指四種度量衡器具。豆、區，皆為容器。權、衡，皆為稱量器。❾不官而質　言並無官方檢驗質證，而民間即自行認可。質，評量；評斷；認可。❿畝　此泛指農田，田地。⓫侵軼　越界。⓬黍　一種農作物，其子去皮後，北方通稱黃米。⓭耰　泛指耕種。⓮稷　一種食用作物。即粟。北魏賈思勰《齊民要術．種穀》：「穀，稷也，

名粟。」一說，為高粱的別名。《廣雅・釋草》王念孫疏證：「稷，今人謂之高粱。」⑮弓　丈量地畝的工具；丈量地畝的計算單位。其制歷代不一：或以八尺為一弓；或以六尺為一弓；舊時營造尺以五尺為一弓（合一點六米），三百六十弓為一里，二百四十方弓為一畝。⑯岔之以尺　言以尺精細丈量地畝。岔，分開；細分。

【語譯】鵝在鴨群中好似首領，率領著鴨子們一個接一個地在池塘中游來游去。遠處岸邊，楊柳絲條茂盛濃郁。人和牛大白天都在樹下躺著，高大的樹木給他們遮陽，烈日照不到，清風微微吹送。這裡稱量糧食的斗真大呀，三斗就相當於其他地方的四斗。這裡的尺真長啊，尋常的十尺只相當於這裡的七尺。這裡的丈量稱重器具，不用經官校驗就能自行評斷認可。田裡沒有埂隴劃界，也沒有發生過越界的事情。大家種上黍啊稷啊各種糧食，以弓丈量田畝，再用尺子細細丈量。

黍稷翼翼，以葱以鬱，黍稷栗栗，以實以積❶。九月霜花，雇役❷還家，腰鐮背穀，腳露肩霞❸。遙指我屋，思見我婦，一縷晨煙，隔於深樹。牽衣獻果，幼兒識父。

【注釋】❶黍稷翼翼四句　描寫春天農作物青翠繁盛，秋天農作物豐收，多得堆積起來。黍稷，黍和稷，古代兩種主要農作物。泛指五穀。翼翼，蕃盛貌；隆盛貌。《詩・小雅・楚茨》：「我黍與與，我稷翼翼。」鄭玄箋：「蕃廡貌。」以，助詞。在句中的作用相當於一個音節，不表義。栗栗，眾多貌。《詩・周頌・良耜》：「穫之挃挃，積之栗栗。」鄭玄箋：「栗栗，眾多也。」❷雇役　受雇而服役。❸腰鐮背穀二句　描述雇役回家時的情景：腰上別著鐮刀，背上負著糧食，雙腳沾滿露水，朝霞照映著肩膀。

【語譯】春天裡農作物青翠繁盛，秋天農作物豐收，多得堆積起來。到九月霜降時，就可以從受雇的地方回家了，腰上別著鐮刀，背上負著糧食，雙腳沾滿露水，朝霞照映著肩膀。遠遠地看著自家的方向，思念家裡的老婆。隔著一片密林，看見一縷清晨的炊煙，回到家中，年幼的兒子還認得他的父親，拽著我的衣襟送給我果子吃。

錢十其貫，布兩其端，四十聘婦，我家實寒❶。亦有勝村❷，童兒女孫❸，十五而聘，十七而婚。菀枯❹異勢，造化無根❺。我欲望天，我實戴盆❻。六十者傭❼，不識妻門❽，籠燈畀彩❾，終身為走奔。

【注釋】❶錢十其貫四句　言以十貫錢，兩端布為聘禮娶婦。貫，錢幣單位，一般以一千錢為一貫。銅錢用繩穿，故曰貫。端，布帛類長度單位。古以二丈為一端，二端為一匹。聘婦，聘娶妻子。❷勝村　興盛的村子。❸童兒女孫　指少男少女。❹菀枯　榮與枯。❺無根　沒有依據。❻我欲望天二句　我想望天，我頭上卻扣著一個盆。喻無法達到目的。司馬遷〈報任少卿書〉：「僕以為戴盆何以望天，故絕賓客之知，亡家室之業，日夜思竭其不肖之才力，務一心營職，以求親媚於主上。」李善注：「言人戴盆則不得望天，望天則不得戴盆，事不可兼施。」❼傭　做傭人。❽不識妻門　不知妻子家大門在哪兒，指沒有娶過老婆。❾籠燈舁彩　在彩轎前提燈籠領路。籠燈，即燈籠。唐殷堯藩〈宮詞〉：「夜深怕有羊車過，自起籠燈看雪紋。」舁，轎子。

【語　譯】十貫錢，一匹布，四十歲才聘娶妻子，因為我家實在太窮。也有些富足的村子，少男少女，十五歲就下聘，十七歲就結婚了。榮與枯形勢不同，造化實在毫無根由。我想仰頭望天，但頭上卻扣著一個盆。更有甚者，六十歲的老人給人家做傭人，沒法娶老婆，在彩轎前提燈籠領路，一生都為主人奔走。

驢騾馬牛羊，匯賣斯為集，或用二五八，或以一四七❶。期日。長吏❷出收租，借問民苦疾，老人不識官，扶杖拜且泣。官差分所應，吏擾竟何極❸。最畏硃標簽❹，請君慎點筆。貪者三其租，廉者五其息❺。即此悟官箴，恬退亦多得❻。

【注　釋】❶驢騾馬牛羊四句　言各地集鎮，每逢尾數是二、五、八或一、四、七的日期，都有大批人馬牲畜匯集而來，這叫做「逢集」。❷長吏　指鄭板橋自己。❸官差分所應二句　言問民苦疾乃官府當差者分內之事，而老人竟感動落淚，自己實有擾民之咎。何極，沒有窮盡、終極。❹硃標簽　即硃簽，以朱墨作記的封簽。官府委辦緊要事件時所發給的憑證。此泛指公文。❺貪者三其租二句　兩句互文見義，言無論貪廉，皆收百姓三成租子，五分利息。三、五，言其多，不一定是確數。❻即此悟官箴二句　言由此一現象，悟得為官的守則，應淡於名利，安於退讓，即是多得。

【語譯】驢騾馬牛羊各種牲口，匯合來賣而成集市，有的集市是逢二、五、八，有的集市是逢一、四、七。約定的日子。我作為地方長官出來收租稅，順便問一下民間疾苦。有位老人家從未見過官，扶著拐杖向我下拜，感動得流下眼淚。訪貧問苦，本來是官府當差者分內的事情，而老人竟感動落淚，我實在有擾民的罪過。最可怕的還是朱墨作記的官府文書，請大家一定要慎重下筆。我們這些官吏，不管是貪官還是清官，都要對百姓收三成租子，五分利息。從這一現象，我悟得為官的守則，應淡於名利，安於退讓，就是多得。

朝歌在北，濮水在南❶，維茲❷范邑，匪淫匪婪❸。陶堯孫子，劉累
庶枝❹，鼻祖於會，衍世於茲❺。娖娖斤斤，〈唐風〉所吹❻，墾墾力力，
物土之宜❼。

【注釋】❶朝歌在北二句　朝歌在范縣的北邊，濮水在范縣的南邊。指范縣附近曾是古代奢靡荒淫的地域。朝歌，古城名，殷商最後一個皇帝紂王的行都。商紂暴虐淫奢，朝歌也成為荒淫的象徵。按，朝歌在今河南淇縣附近。淇縣在范縣西南，此言「朝歌在北」，未知何據。濮水，古水名，源出河南，流向

山東。春秋時濮水之濱以侈靡之樂聞名於世，男女亦多於此處幽會，故後用「濮水」、「濮上」指代侈靡淫亂的音樂、風俗的流行地。❷維茲　此；這。維，句首助詞，無義。❸匪淫匪婪　不荒淫，不貪婪。匪，通「非」。❹陶堯孫子二句　言范地百姓是堯帝的子孫，劉累的旁系後代。陶堯，堯帝，上古五帝之一。陶，古地名，在今山東定陶。堯先封於陶，後遷唐，後稱為陶唐氏。劉累，堯之裔孫，傳說范氏是其後代。《左傳・昭公二十四年》：「有陶唐氏既衰，其後有劉累，學擾龍于豢龍氏，以事孔甲，能飲食之，夏后嘉之，賜氏曰御龍。以更豕韋之後，龍一雌死，潛醢以食夏后，夏后饗之，既而使求之，懼而遷於魯縣，范氏其後也。」❺鼻祖於會二句　言范縣百姓自始祖范會開始，一直繁衍到現在。范會，春秋時晉國大臣，祁姓，士氏，名會，封於范，後稱范武子、范會。❻娓娓斤斤二句　謙恭謹慎的民風，是《詩經・唐風》所流傳下來的良俗。娓娓斤斤，謙恭謹慎貌。唐風，《詩經》十五國風之一。唐，周成王之母弟叔虞所封地，帝堯、夏禹所都之墟。❼墾墾力力二句　勤懇盡力，正是此地良好的風土人情。墾墾力力，勤懇盡力貌。物土，風土。宜，適宜；良好。

【語　譯】雖然范縣的臨近有著貪淫之嫌的朝歌和濮水，但我們范縣的風俗卻並不荒淫貪婪。范縣的子民是堯帝的子孫，劉累的旁系後代，范會是遠古的始祖，一直繁衍到現在。謙恭謹慎的民風，是《詩經・唐風》所流傳下來的良俗。勤懇盡力，正是良好的風土人情。

【研　析】這組詩模仿《詩經・七月》等篇，詩中對范縣物產的豐富、民風的質樸，都有細緻的描繪、由衷的讚美。九首詩，前四首寫風土，後四首寫人情，中間一首風土人情兼寫，自然過渡。寫風土，其地有果園、桑園、田野、池塘，其物產有水果、蠶絲、蔬菜、糧食、家禽、牲畜；寫人情，則有勤勞、謙讓、質樸。身為此地父母官，對這片遠不如家鄉的土地，鄭板橋傾注了滿腔的熱愛。他甚至注意到了諸如「臭麥」等百姓生活細節，學會了當地的方言，並將其語匯入詩。在商品經濟發達的揚州待久了，鄭板橋特別欣賞范縣民風的質樸。斗是大斗，尺是大尺，沒有斤斤計較，沒有爾虞我詐；甚至田無埂隴，而並無爭執。物產豐富，人民勤勞，縣雖然小，民雖然少，但鄭板橋這縣長當得很是高興。

有年

【題解】有年，即「大有之年」，豐收年。作為在任官長，所長之地豐收，鄭板橋欣慰之餘，也不忘寫詩歌詠一番。

槐影鴉聲晝漏稀❶，了除案牘❷吏人歸。拈來舊稿花前改，種得新蔬
雨後肥。小院烏童❸調駿馬，畫樓纖手❹疊朝衣❺。岡陵❻未足酬恩造❼，
大有❽書年報紫微❾。

【注釋】❶晝漏稀　指清閒中白天的時間顯得很長。漏，漏壺，計時器具。❷案牘　官府文書。❸烏童　黑衣小僕。古代黑衣為貧賤者之服。❹纖手　女子柔細的手。這裡指鄭板橋的小妾饒氏。❺朝衣　官服。❻岡陵　丘陵。也是下對上的謙稱。❼恩造　「恩同再造」的省稱。謂帝王的恩德，如同重生父

母。❽大有 《易經》六十四卦之一，主豐收。❾紫微 紫微垣，星官名，三垣之一。為大帝之座。用以代指天子或中央機關。

【語　譯】槐樹移影，鴉聲呱呱，閒來無事，這白晝的時間顯得漫長。處理完案頭的官府文書，衙門裡的屬吏們都已各自回家。拿來以前的詩稿在花前修改，我種的新鮮蔬菜在雨後長得很是肥碩。小院裡，黑衣小僕正在調教駿馬，畫樓上，小妾用柔細的手疊著我的官服。臣下的能力像小崗那樣微薄，不足以報答皇上的再造之恩，在這豐收之年，將好年成用書奏向皇上稟報。

【研　析】縣小事少，鄭板橋這位縣太爺端的是「弦歌而治」——寫寫詩，養養花，種種菜，有小童教馬，小妾疊衣，不生事，不擾民，在朝廷這是一位好官，自己也清閒快樂。清靜無為，向為黃老垂衣而治的要義。為官者，第一等的勸農課桑，身先士卒；第二等的無為而治，與民休息；再次一等的急功近利，勞下欺上；等而下之者，貪墨害民，徇私枉法；至於結黨營私，貪汙腐敗，視民為寇讎，而專以阿上獻媚，視國法如兒戲，專以搜刮民脂民膏為己任，則已不宜以「官」而論之，直視之為「賊」可也。

立朝

【題　解】立朝指在朝為官。這首詩表達了作者對如何為官的見解。

立朝何必無纖過❶，要在聞而遽❷改之。千古怙終緣寵戀❸，問君戀得幾多時？

【注　釋】❶立朝何必無纖過　在朝為官不一定一點過錯都沒有。纖，纖細；細小。❷遽　遂；立即。❸千古怙終緣寵戀　千古以來堅持不改，都因為倚仗皇上的寵信而迷戀權位。怙終，有所恃而終不悔改。

【語　譯】在朝為官不一定連小過錯都沒有，關鍵是一得知就馬上改正。千古以來堅持不改，都是因為倚仗皇上的寵信而迷戀權位，請問你戀戀不捨權位能戀上多長時間？

【研　析】這首詩似乎是有感而發。立朝，是指在京城的朝廷為官，與在外為官相對而言。宋曾鞏〈乞出知潁州狀〉：「伏念臣性行迂拙，立朝無所阿附。」鄭板橋自己並無在朝為官的經歷，寫下這樣的詩歌實在是招人猜忌。設若有在朝緣寵戀位的當政大臣對號入座，那對鄭板橋的仕途是很為不利的。但鄭板橋不愧是鄭板橋，他不管這些，想到什麼就寫什麼，也許是他讀書研史時的感慨之言，也許是他針對現實而言，這些都已無從查考，但正是從鄭板橋的這些言論中，可以看出一個率真任性的板橋先生。

君臣

【題　解】這首詩寫鄭板橋對君臣關係的理解。

君是天公辦事人❶，吾曹❷臣下二三臣。兢兢❸奉若穹蒼意❹，莫待雷霆❺始認真。

【注釋】❶君是天公辦事人　皇帝是奉上天旨意在人間的執行者。❷吾曹　我輩；我們。❸兢兢　小心謹慎貌。❹穹蒼意　聖意。❺雷霆　對帝王或尊者的暴怒的敬稱。

【語譯】皇帝是奉上天旨意在人間的執行者，我輩作為臣子，應該小心謹慎地奉行聖意，不要等君上暴怒才開始認真辦事。

【研析】上一首涉及在朝大臣，這一首甚至直接論及皇上老子了。雖然是戰戰兢兢的口吻，但也不乏微辭。

平陰道上

【題解】平陰，山東縣名，清雍正十三年（西元一七三五年）由東平府改屬泰安府，今屬濟南市。詩寫平陰道上見聞。

關河❶夜雨，車馬晨征。蕭蕭❷日出，蕩蕩❸波平。山城樹碧，古戍❹花明。雲隨馬足，風送車聲。漁者以漁，耕者以耕。高原婦饁❺，墟落❻雞鳴。帝王之業，野人❼之情。

【注釋】❶關河　關山河川。❷蕭蕭　淒清；寂靜。❸蕩蕩　水流淌不息貌。❹古戍　古老的城堡、營壘。❺婦饁　婦女往田野送飯。❻墟落　村落。❼野人　在野外之人，指普通百姓。

【語譯】滿目關山河川，昨夜下了一場雨，車馬征人清晨出行。太陽靜靜地升起，河水靜靜地流淌。山間的城，古代的城堡，樹木碧綠，花朵鮮豔。雲彩追隨馬兒的足跡，清風吹送車子行進時發出的聲音。漁民打漁，農夫種田，高地上有農婦往田裡送飯，村落裡傳來陣陣雞叫聲。這便是帝王的基業，在野之人情懷之所在。

【研析】以四言古樸的《詩經》體，寫所經之地的古樸景觀，別有風味：日靜，波平，樹碧，花明，雲隨，風送，一切景，一切色，從容不迫；漁者、耕者、饁婦、帝王、野人，各安其分，各得其樂。雖是客中，此心安處，即是故鄉。

止足

【題解】止足謂凡事知止知足，不要貪得無厭。語出《老子》：「知足不辱，知止不殆，可以長久。」范縣民風淳樸，鄭板橋在范縣治理漸進佳境，於是萌生知足常樂心態，作此詩敘懷。

年過五十，得免孩埋❶，情怡慮淡❷，歲月方來。彈丸小邑，稱是非才❸。日高猶臥，夜戶長開。年豐日永，波淡雲回❹。烏鳶聲樂❺，牛馬群諧。訟庭❻花落，掃積成堆。時時作畫，亂石秋苔❼。時時作字，古與媚皆❽。時時作詩，寫樂鳴哀❾。閨中少婦，好樂無猜❿。花下青童，慧黠適懷⓫。圖書在屋，芳草盈階。晝食一肉，夜飲數杯。有後無後，聽已焉哉⓬！

【注　釋】❶孩埋　夭折。❷情怡慮淡　心情愉悅，思慮淡泊。❸稱是非才　與這相稱的，是我這不才之人。是，代詞，指「彈丸小邑」。非才，不才；才不堪任。自謙之辭。❹回　徘徊；迴旋。❺烏鳶聲樂　烏鴉和老鷹也發出歡樂的鳴叫聲。鳶，烏名，鷹之一種。❻訟庭　公堂。審理訴訟案件的場所。此指縣衙。❼時時作畫二句　時常作畫，亂石和秋天的苔蘚都是繪畫的題材。❽古與媚皆　古樸和嫵媚兩種風格都有。❾寫樂鳴哀　抒發喜怒哀樂。❿閨中少婦二句　言家中小婦單純快樂。⓫花下青童二句　言變童聰明狡黠，討人喜歡。⓬有後無後二句　有沒有後嗣這件事，就順其自然吧。板橋元配夫人徐氏生二女一子，子早夭。繼配郭氏無出。妾饒氏約在此之後生一子，六歲時夭折。後過繼侄田為嗣子。

【語　譯】年紀已經過了五十歲，可以算是躲過夭折了。近來心情愉悅，思慮淡泊。這個彈丸大小的小城，正好與我這不才相稱。太陽老高了還在睡覺，夜裡門窗都可長開。年歲豐收，日子長久，水波澹澹，白雲迴旋。烏鴉和老鷹發出歡樂的鳴叫聲，牛群馬群也在和諧地徜徉。公堂上落滿了花朵，把它們掃起來積成一堆。常常作畫，亂石和秋天的苔蘚都是我繪畫的題材。常常練習書法，古樸和嫵媚的風格都加研習。常常作詩，盡情地抒發喜怒哀樂。家中小妻，單純快樂。花下孌童，聰明狡黠，討人喜歡。屋裡有很多圖書，臺階上長滿了花草。白天吃一頓肉，晚上喝幾杯酒。至於有沒有後代這件事，也就順其自然吧！

【研　析】縣小無事，年成豐收，加上治理有方，縣衙庭院裡人跡罕至，落花堆積，鄭板橋閒來寫寫詩，練練書法，畫些亂石蒼苔，有小妾小童為伴，有書讀，有肉吃，有酒喝，鄭板橋頗有些慵懶地想，雖說這小縣裡不可能有什麼大的作為，雖然不孝有三，無後為大，但就這樣生活也不錯，順其自然，也可自得其樂。

孤兒行

【題　解】孤兒行，為漢樂府相和歌舊題。鄭板橋幼年失母，繼母、乳母待其如己出，是為不幸之幸。對於孤兒之痛苦，鄭板橋充滿同情，寫有描述孤兒生活的兩首歌行體詩，即本首和下一首〈後孤兒行〉。漢樂府可分「解」，即一首詩分若干段。本首分為七解。詩中表達了對於弱者的人道關懷。

孤兒躑躅❶行，低頭屏息，不敢揚聲。阿叔坐堂上，叔母臉厲秋錚錚❷。

阿叔不念兒，叔母不念嫂。不記瘦嫂病危篤，枕上叩頭，孤兒幼小，立喚孤兒跪，床前拜倒。拭淚諾諾，孤兒是保❸。

嬌兒❹坐堂上，孤兒走堂下。嬌兒食粱肉❺，孤兒兢兢捧盤盂，恐傾跌，受笞罵。朝出汲水，暮莝芻❻養馬。莝芻傷指，血流瀉瀉❼。孤兒不敢言痛，阿叔不顧視，但詈❽死去兒嫂，生此無能者。

嬌兒著紫裘❾，孤兒著破衣。嬌兒騎馬出，孤兒倚門扉。舉頭望望，掩淚來歸。

晝食廚下，夜臥薪草房。豪奴麗僕，食餘棄骨，孤兒拾齧❿，並遺剩羹湯。食罷濯盤浴釜⓫，諸奴樹下臥涼。

老僕不分⓬涕泣，罵諸奴骨輕肉重⓭，乃敢凌幼主，高賤軀。阿叔阿姆聞知，閉房悄坐，氣不得蘇⓮，終然不念煢煢⓯孤。

老僕攜紙錢，出哭孤兒父母，頭觸墳樹，淚滴墳土。當初一塊肉，羅綺包裹⑯，今日受煎苦。墓樹蕭蕭，夕陽黃瘦，西風夜雨。

【注釋】❶躑躅　徘徊不進貌。❷叔母臉厲秋錚錚　嬸母的臉色像肅殺的秋天一樣嚴厲。❸是保　得到撫養。是，表被動。保，撫養。❹嬌兒　嬌貴的孩子，指孤兒的叔嬸所生的孩子。❺粱肉　以粱為飯，以肉為肴。指精美的膳食。❻莝芻　鍘草餵牲口。❼瀉瀉　猶汩汩。湧出貌。❽詈　罵；責備。❾紫裘　帶有紫色毫毛的皮製衣服。泛指精美貴重的衣服。❿嗑　啃。⓫濯盤浴釜　洗盤子刷鍋。釜，鍋。⓬不分　不平。⓭骨輕肉重　罵人話，猶言骨頭輕賤而腦滿腸肥。⓮氣不得蘇　有口氣不能出。蘇，舒緩。⓯煢煢　孤零零。⓰羅綺包裹　用上好的絲織小被子包裹著。言孤兒生來原本嬌貴。

【語譯】孤兒腳步徘徊不前，低著頭屏住呼吸，不敢出聲。叔叔坐在堂上，嬸母的臉色像肅殺的秋天一樣嚴厲。

叔叔不顧念他的哥哥，嬸母不顧念她的嫂子。不記得瘦弱的嫂嫂病危的時候，伏在枕頭上跪拜，當時孤兒幼小，孤兒的母親馬上叫來孤兒在床前跪拜叔叔嬸嬸。孤兒的叔叔嬸嬸一邊擦淚一邊點頭承諾，保證撫養善待孤兒。

但是現在，叔嬸所生的寶貝孩子坐在堂上，孤兒卻在堂下奔走服務。叔嬸的孩子吃著精美的小米和肉，孤兒則小心地捧著盛菜的盤子，害怕跌了盤子，會受到打罵。孤兒早上要出去打水，晚上要鍘草餵馬，鍘草時傷了手指，血流如注。孤兒不敢說痛，叔叔看都不看他的傷，只是責備死去的兄嫂，生了這麼無能的兒子。

叔嬸的孩子穿著華麗的皮衣服，孤兒穿著破舊的單衣服。叔嬸的孩子騎馬出門，孤兒倚著門，抬頭張望了一下，就擦擦淚回來了。

孤兒白天在廚房吃飯，晚上在柴房睡覺。那些強悍狡黠穿著華麗的奴僕，吃剩了飯食，扔掉了骨頭，孤兒撿來啃食，還吃他們吃剩的菜湯。孤兒飯後還要刷鍋洗盤，而那些奴僕卻在樹下躺著乘涼。

一位老僕人氣憤不平流著淚罵那些奴僕骨頭輕賤，竟然敢欺負小主人，抬高自己卑賤的身分。孤兒的叔嬸聽到了，關上房門坐在房內裝作沒有聽見，心中卻憋著一口惡氣，終究不顧念那孤零零的孤兒。

老僕人帶上紙錢，去哭拜孤兒的父母，他用頭碰撞墳上的樹木，眼淚滴落到墳土上。哭道當初主人生下這塊寶貝肉疙瘩，還用華貴的小包袱包裹，沒想到今天卻受到痛苦的煎熬。墳頭的樹木蕭條寂靜，夕陽昏黃瘦冷，西風吹起，夜裡雨落紛紛。

【研析】即使是在和平年代，古代人均壽命也較短，許多人尚未將孩子撫養成人就早早離世，於是孤兒成為一個常見的社會問題。中國上古時代，氏族社會的全體成員在同一個大家族中生活，血緣的親疏對於個體的社會地位影響不大。三代以後，氏族社會解體，以血緣親疏為紐帶的宗族家庭，成為社會結構的主導單元。按社會習俗，叔父叔母有責任有義務撫養成了孤兒的侄兒，但對於叔父叔母這一角色來說，撫養侄兒純粹是一種賠本的社會交易——

侄兒長大，會自然而然地要求繼承父親的財產；而如果這個孤兒夭折，或被趕出家門，那麼這筆遺產就歸了叔父叔母。從制度層面來說，儘管孤兒的權益在理論上也會有法律的保護，但因孤兒或尚未成年，或窮困潦倒，其訴諸法律並獲勝的可能性也不會太大。因此，孤兒的命運在很大程度上就要看收養者的道德良心了。心地善良的，可能對孤兒視同己出；心地一般者，因孤兒實是一種負擔，難免心中有些怨氣，對孤兒也就不會怎麼好；如果遇到個惡人，孤兒的命運就很悲慘了。這個孤兒是跟著叔父叔母生活的，但叔父叔母對他很不好，他的地位和待遇甚至連僕人都不如。這一問題，只有建立現代社會保障體系才能得到解決。例如，在制度設計上，親友的收養必須履行法律程序，明確其責任、權利和義務，當收養者有不利於被收養者的行為時，必須有及時而有效的救濟手段等等。同樣，許多社會問題，僅僅靠道德是不夠的，必須在制度設計層面上有「治本」之舉。

後孤兒行

【題解】這一首可能由一個真實的個案觸發。鄭板橋聽說這個案例後，觸動了內心深處的隱痛，因此用詩歌的形式來為孤兒鳴冤。

十歲喪父，十六喪母。孤兒有婦翁❶，珠玉金錢付其手。蒲葦繫盤石❷，可以卒❸長久。縱不愛他人兒❹，寧不為阿女守❺？

丈夫❻翁，得錢歸，鼠心狼肺，側目吞肥❼，千謀萬算伏危機❽。

姥曰：「不可。」翁曰：「不然。」令孤兒汲水大江邊，失足落江水，鄰救得活全。丈夫聞知復活，不謝鄰舍，中心悵然❾。

朝不與食，暮不與棲止❿，孤兒蕩蕩無倚⓫。乞求餐飯，旬日不返，外父外母⓬不問，曷論⓭生死！

夜宿野廟，荒葦茫茫。聞人笑語，漸見燈光，綠林君子⓮，勒令把火隨行。孤兒不敢不聽從強梁⓯。

事發賊得⓰，累及孤兒，賊白⓱冤故，官亦廉知⓲。丈夫辣心毒手，悉力買告⓳，令誣涅與賊同歸⓴。

西日慘慘㉑，群盜就戮。顧此孤兒，肌如瑩玉㉒。不恨己死，痛孤冤毒㉓。行刑人淚相續。

【注　釋】❶婦翁　妻父。此指未婚妻之父。❷蒲葦繫盤石　如柔韌的蒲草依附於堅硬的磐石。《樂府詩集·雜曲歌辭十三·焦仲卿妻》：「君當作磐石，妾當作蒲葦。蒲葦紉如絲，磐石無轉移。」❸卒　最終。❹他人兒　指女婿。❺守　守護。❻丈丈　對尊長的敬稱。宋蘇軾〈與范蜀公書〉之四：「丈丈高年，罹此苦毒，有識憂懸。」此指未婚妻之父。❼側目吞肥　形容未婚妻之父斜著眼珠想著吞併孤兒財產的歪主意。側目，斜目而視。吞肥，吞掉財產。❽伏危機　設計好歹毒的陷阱。❾中心悵然　指其計謀未能得逞而心中若有所失。中心，內心。悵然，若有所失貌。❿棲止　歇息。⓫蕩蕩無倚　茫然無所依靠。⓬外父外母　岳父岳母。⓭曷論　何論。⓮綠林君子　指聚集山林間的反抗官府或搶劫財物的武裝集團。⓯強梁　強盜。⓰得　被捕。⓱白　陳述；說明。⓲廉知　察訪而知內情。廉，考察；查訪。《漢書·高帝紀下》：「且廉問，有不如吾詔者，以重論之。」顏師古注：「廉，察也。廉字本作覝，其音同耳。」⓳買告　買通以誣告。⓴令誣涅與賊同歸　言使其汙衊孤兒與盜賊為共犯。誣涅，汙衊。涅，染。同歸，同樣的結局。此指同犯。㉑慘慘　昏暗。㉒瑩玉　透明光潔的美玉。此指孤兒就刑後膚色慘白，令人同情。㉓冤毒　非常冤屈。

【語　譯】孤兒十歲喪父，十六歲喪母，好在還有未婚妻的父親，於是便把金銀珠寶都交給了岳父，指望如同柔韌的蒲草依附堅硬的磐石，可以長久。就算岳父不愛女婿這個別人的兒子，難道還不會為女兒考慮嗎？

這岳父老頭拿了錢回到家，狼心狗肺，斜著眼珠想了一會歪主意，偷偷私吞下這筆財產，多次謀算，暗中設計好了陷阱謀害孤兒。

岳母說：「不可以。」岳父說：「就這樣辦。」於是叫孤兒去大江邊打水，使孤兒失足落水，但又被鄰居救活了。岳父聽說孤兒死而復活，並不感謝鄰居，心中若有所失。早上不給孤兒食物，晚上不讓他休息，孤兒茫然無所依靠，只能出去要飯，十幾天沒回來，岳父岳母不過問，更不會管他的生死！

孤兒晚上住在荒野的廟宇裡，周圍蘆葦茫茫一片。他聽到有人說笑的聲音，漸漸看到燈光，是綠林中的強盜，強盜命令他拿著火跟他們走。孤兒不敢不聽從，只得跟著這些強盜。

東窗事發，強盜被捕獲，連累到孤兒。強盜供述了事實經過，長官也察訪得知了孤兒的冤屈。但孤兒的岳父心狠手辣，盡力買通了官府和強盜，誣告孤兒，使孤兒終與強盜同罪。

西斜的太陽昏暗，強盜們已經砍了頭，回頭看這孤兒，肌膚如透明光潔的美玉一樣慘白。強盜們並不遺憾自己的死刑，而痛惜孤兒實在冤屈。連行刑的劊子手也淚流不止。

【研 析】這個孤兒的命運更為悲慘。他被人侵吞了家產，蒙受了不白之冤，最終丟了性命。這一悲劇與罪惡的直接製造者，當然是孤兒的岳父。邪惡的貪婪使這位岳父喪失了人性。惡人在任何時代，任何地方都會出現，要避免這一類的惡人得逞，不能僅僅靠官員的廉明，而必須要有一套制度化的設計，在這種設計中，司法系統應該作為最後的屏障，來保證正義得以申張，法律的尊嚴得以維護，而每一個當事人包括犯罪嫌疑人的權利得到應有的保障。這是古今司法制度所追求的理想狀態。相對於中世紀的裁判所，中國古代的司法設計應該說是比較嚴密而合理的。在這一制度中，當事人有逐級上告直至「告御狀」的權利，清代著名的「楊乃武與小白菜」案，就是驚動了最高統治者——慈禧太后而得以定讞的。但這一設計也有它的局限：在這一制度中，司法的操作，主要決定於官僚系統，官員的素質和良心在很大程度上左右著案例判決的質量。因此，再好的制度設計，也不能保證達到理想的公正，在司法系統之外，還必須有輿論、監察、權力制衡等等輔助的設計，來彌補司法系統的不足。現代民主社會的權力分立，對於司法制度起到了很好的制衡監督的輔助作用，在這種現代的制度設計中，類似於詩中孤兒的冤案，發生的概率應該是很低的。

題陳孟周詞後

【題解】陳孟周是一位盲人藝者，能根據他人所誦詞調而填詞。板橋服膺其詞作，為其題詩二首，並在詩前寫了篇長序。

陳孟周，瞽人❶也。聞予填詞，問其調。予為誦太白〈菩薩蠻〉、〈憶秦娥〉二首。不數日，即為其友人填二詞，亦用〈憶秦娥〉調。其詞曰：「光陰瀉。春風記得花開夜。花開夜。明珠雙贈，相逢未嫁❷。舊時明月如鉤挂。只今提起心還怕。心還怕。漏聲初定，玉樓人下。」「何時了。有緣不若無緣好。無緣好。怎生禁得，多情自小。重逢那覓回生草❸。相思未創招魂藳。月雖無恨，天何不老❹。」予聞而驚嘆，逢人便誦。咸曰青蓮❺自不可及，李後主、辛稼軒何多讓❻矣。拙詞❼近數百首，因愧陳作，遂不復存。

【注釋】❶瞽人　盲人。❷明珠雙贈二句　出自唐張籍〈節婦吟〉：「君知妾有夫，贈妾雙明珠。還君明珠雙淚垂，恨不相逢未嫁時。」❸回生草　《海內十洲記》：「祖洲……有不死之草，草形如菰苗，長三四尺，人已死三日者，以草覆之，皆當時活也。」❹月雖無恨二句　出自宋司馬光《溫公續詩話》：「李長吉歌『天若有情天亦老』，人以為奇絕無對，曼卿對『月如無根月長圓』，人以為勍敵。」❺青蓮　指李白。李白自號青蓮居士。❻何多讓　不遜色。❼拙詞　鄭板橋對自己詞作的謙辭。

【語譯】陳孟周，是個盲人。他聽到我作詞，就問我所用的曲調。我給他讀了李白的〈菩薩蠻〉、〈憶秦娥〉兩首詞。過了不幾日，他就給他的朋友填了兩首詞，用的也是〈憶秦娥〉的曲調。那兩首詞的內容是：「光陰瀉。春風記得花開夜。花開夜。明珠雙贈，相逢未嫁。　舊時明月如鉤挂。只今提起心還怕。心還怕。漏聲初定，玉樓人下。」「何時了。有緣不若無緣好。無緣好。怎生禁得，多情自小。　重逢那覓回生草。相思未創招魂藳。招魂藳。月雖無恨，天何不老。」我聽了驚歎不已，遇到人就誦讀。大家都說，雖然這詞比不上李白，但比起李後主和辛棄疾，也並不遜色。我的詞作大概有幾百首，因為自愧不如陳孟周的作品，於是就不想再保存了。

圓嶠❽仙人海上飛，吸風飲露❾不曾歸。偶然唾墨成涓滴❿，化作靈雲入少微⓫。

【注　釋】❽圓嶠　傳說中的仙山。常指隱士、神仙所居之地。唐顧況〈送從兄使新羅〉：「幾路通圓嶠，何山是沃焦？」❾吸風飲露　道家謂仙人以風露為飲食。《莊子・逍遙遊》：「藐姑射之山，有神人居焉……不食五穀，吸風飲露。」❿偶然唾墨成涓滴　偶然吐一口墨就變成涓涓流淌的細流。比喻陳孟周雖偶爾作詞，卻出手不凡，有如神來之筆。涓滴，一點一點地流淌。⓫化作靈雲入少微　化作一片靈雲飛入少微星座。少微，星座名。共四星，在太微垣西南。指有才德而隱居不仕的處士。《史記・天官書》：「廷藩西有隋星五，曰少微，士大夫。」張守節《正義》：「少微四星，在太微西，南北列：第一星，處士也；第二星，議士也；第三星，博士也；第四星，士大夫也。」

【語　譯】猶如仙山上的仙人在海上飛翔，以風露為食不曾歸來。偶然吐一口墨就變成涓涓細流，化作一片靈雲飛入少微星座。

世間處處可憐情，冷雨淒風⓬作怨聲。此調再傳黃壤⓭去，癡魂何日出愁城⓮？

【注　釋】⓬冷雨淒風　比喻境遇淒涼悲慘。⓭黃壤　黃泉；陰間。⓮愁城　愁苦之城。喻愁苦難消的心境。

【語　譯】人間到處都有可憐愛的情懷，淒涼悲慘的境遇中就會作一些淒怨的詞調。但是陳孟周的這首詞如果傳到陰間去的話，那些痴怨的鬼魂什麼時候才能走出那愁苦之城呢？

【研　析】鄭板橋曾有江湖賣藝的經歷，這位陳孟周也可能是位江湖上的說唱藝人。這位藝人的神奇之處在於，他沒有學過填詞，甚至也不一定識字，但他卻僅靠聽過兩首詞作，而模仿創作出了兩首好詞。鄭板橋佩服之餘，連自己的幾百首詞作也不好意思保留了。這當然是誇張之辭，鄭板橋後來還是將自己的詞作整理了一番，精選了一部分，編成了《板橋詞鈔》。

署中示舍弟墨

【題　解】署中，指范縣官署中。弟墨，板橋叔叔鄭之標子，字五橋，比板橋小二十多歲，見上文〈七歌〉第四歌。鄭板橋與這位小堂弟關係親密，兩人常通書信。這是鄭板橋在范縣任上寄給鄭墨的一首詩，詩中詳細記敘了自己成長的道路和為官的感悟。

學詩不成，去❶而學寫❷。學寫不成，去而學畫。日賣百錢，以代耕稼，實救困貧，託名風雅。免謁當途，乞求官舍❸，座有清風，門無車馬❹。四十科名❺，五十旃旌❻，小城荒邑，十萬編氓❼。何養何教，通性達情❽。何興何廢，務實辭名❾。一行不當，百慮難更❿。少予失教，躁率易輕。水衰火熾，老更不平⓫。日有悔吝，終夜屏營⓬。妻孥綺縠⓭，童僕鼎羹⓮，何功何德，以安以榮？若不速去，禍患叢生。李三復堂，筆精墨渺⓯。予為蘭竹，家數小小⓰，亦有苦心，卅年探討。速裝我硯，速攜我稿，賣畫揚州，與李同老⓱。詩學三人，老瞞與焉，少陵為後，姬旦為先⓲。字學漢魏⓳，崔、蔡、鍾繇⓴，古碑斷碣㉑，刻意搜求。維茲三事，屋舍田疇。宦貧何畏，宦富可惴㉒，即此言歸，有羸不匱㉓。人不疵尤，鬼無瞰祟㉔。吾既不貪，爾亦無恚㉕。需則失時㉖，決乃云智㉗。

【注釋】❶去　離開；放棄。❷寫　寫字。指書法。❸免謁當途二句　免得去拜謁當權者以乞求獲得一官半職。謁，干謁；（求人辦事而）拜見。當途，指身居要職的掌權者。❹門無車馬　門前冷落無人來往，指隱居不再為宦。晉陶淵明〈飲酒〉：「結廬在人境，而無車馬喧。」❺科名　科舉的各種名目。

此指進士功名。❻旃旌　泛稱旗幟。旃，赤色旗幟。古禮，國君以旃旌召見大夫。此代指奉詔為官。❼編氓　編入戶籍的平民。氓，平民百姓。❽何養何教二句　言養成教化百姓的準則，是使其通達善良的本初性情。❾何興何廢二句　言為官應興辦何事，廢棄何事？其原則是務實而不求虛名。❿一行不當二句　言為官者一事行為不當，縱有百般謀慮也難以改變其嚴重後果。⓫少予失教四句　我少年時缺失教養，養成急躁任性、漫不經心的性格。現在年齡大了，腎水衰竭，心火旺熾，更不能平淡冷靜。水衰火熾，指溫和之氣漸無，脾氣越來越火暴。中醫以五行五臟相生相克解釋人的性格的發展變化——老年人腎衰心旺，而腎屬水，心屬火，故云「水衰火熾」。⓬日有悔吝二句　白天做了有所悔恨之事，整夜都惶恐不得安寧。屏營，惶恐；彷徨。⓭妻孥綺縠　妻子兒女穿著好衣服。綺，一種絲織品。縠，縐紗。一種織出皺紋的絲織品，比較名貴。⓮童僕鼎羹　小僕用鼎盛羹。古時富貴人家用鼎煮食。⓯李三復堂二句　李復堂先生作畫用墨微少，筆法精妙。李三復堂，李復堂，排行第三，繪畫以花草蟲鳥為主，揚州八怪之一，比鄭板橋大七歲，繪畫比鄭板橋先出名，與鄭板橋、李方膺合稱為「歲寒三友」。⓰家數小小　言自己之藝術風格雖亦成一家，但比較復堂先生等人，尚屬小家。⓱賣畫揚州二句　言欲回揚州賣畫，與李復堂等人一起終老。李復堂乾隆五年罷官，乾隆八年回到揚州，賣畫終老。⓲詩學三人四句　言自己的詩歌創作受到《詩經》、曹操、杜甫三人的影響最大。老瞞，曹操小名阿瞞，後人稱「老瞞」。少陵，杜甫常以「杜陵」表示其祖籍郡望，自號少陵野老，世稱杜少陵。姬旦，周武王姬發的弟弟，周成王時的賢相，世稱周公、周公旦。相傳《詩經．豳風》等詩為周公所作。⓳字學漢魏　言其書法自漢魏碑碣入手。⓴崔蔡鍾繇　言在漢魏碑碣基礎上，學習崔瑗、蔡邕、鍾繇三家。崔，崔瑗，東漢書法家，善作章草。蔡，蔡邕，東漢文學家、書法家，善書篆書、隸書。鍾繇，三國魏著名書法家，書法兼擅眾體。按鄭板橋書法，學習漢魏碑碣及崔、蔡、鍾三家，而自創「六分半書」。㉑碣　圓頂石碑。《後漢書．竇憲傳》：「封神丘兮建隆嵑。」唐李賢注：「方者謂之碑，員者謂之碣。嵑，亦碣也。」㉒惴　恐懼。

㉓有贏不匱　有贏餘而無匱乏。㉔人不疵尤二句　他人不會怨恨指責，鬼也無法窺視作祟。㉕恚　憤怒；怨恨。㉖需則失時　遲疑就會錯失時機。需，遲疑；觀望。㉗決乃云智　當機立斷才是明智的選擇。

【語　譯】學習作詩沒有什麼成就，轉而學習書法，也沒有什麼成就，又去學習作畫。一天賣畫能賣一百文錢，可以代替務農耕田。其實是為了解決貧困問題，卻託名風雅之事。不過可以免得拜謁當權者去乞求一官半職，座上只有清風，門前沒有車馬到訪。四十多歲得了科舉功名，五十多歲奉詔為官，所治雖是一座荒涼小城，也有十萬在籍的平民百姓。如何養成教化百姓？我的準則是使其通達善良的本初性情。為官應該興辦何事，廢棄何事？我的原則是務實而不求虛名。為官主政者有一事行為不當，縱有百般謀慮也難以改變其嚴重後果。我少年時缺失教養，養成急躁任性、漫不經心的性格。現在年齡大了，腎水衰竭，心火旺熾，更不能平淡冷靜。白天做了有所悔恨之事，整夜都惶恐不得安寧。妻子兒女穿著華麗的衣服，連小廝僕役也用鼎盛羹。我有何功德，得以安享殊榮？如果不馬上離開官場，一定會多生禍患。李復堂先生作畫用墨微少，筆法精妙，而我畫的蘭竹，雖然是個小家，但也是苦心經營，三十年來不斷探索。馬上裝上我的硯臺，帶著我的畫稿，不如回到揚州，和李復堂先生一起賣畫終老。我作詩學習三家，對我影響最大的有曹操，及曹操之後的杜甫，曹操之前創作《詩經》部分詩篇的周公。我的書法自臨摹漢魏碑碣入手，學習崔瑗、蔡邕、鍾繇三家。古代殘缺的碑文，我都刻意去搜求。有了詩書畫這三件本事，就像有了房屋田地一樣。為官貧困沒有什麼可怕，為官富有卻值得恐懼。不如就此辭官歸去，賣畫也可有所贏餘而無匱乏。這樣他人不會怨恨指責，鬼也無法窺視作祟。我既然並不貪戀富貴，你也不會有所怨恨。遲疑就會錯失時機，當機立斷才是明智的選擇。

【研　析】常言道，性格決定命運。其實，能夠決定的，只有「運」而沒有「命」。命是命定，不依人的行為而有所改變。「運」是運數、運氣，就像買彩票，能不能中大獎，要看你的運氣，但你不去買，就永遠也不會中獎。以鄭板橋不善交際，孤傲不羈的性格，為民請命，不憚開罪上峰的行為，怕是沒有多少上級長官喜歡他。鄭板橋可能已經有了預感，為官有風險，入仕需謹慎，不如辭了這官，回到揚州賣畫更讓人心安。值得注意的是，鄭板橋在這首詩中，已經有了「吾既不貪」的自我辯解之辭，這也許並不是空穴來風。官場上打擊政敵最方便的藉口，就是「貪汙腐敗」。南宋辛棄疾就是因為被指「貪酷」而遭解職的。可能官場上已經有了對於鄭板橋不利的傳言，板橋心有惴惴，於是萌發退意。當然，鄭板橋並沒有真的貪汙腐敗，他也沒有真的辭官回鄉。後來范縣任滿，他上調到境況較好的濰縣繼續為官，「速裝我硯，速攜我稿」，也就不了了之。

破屋

【題　解】范縣是一個貧窮的小縣，連縣衙的大部分房屋都是草房，大堂也是鄭板橋前任在乾隆三年才易草為瓦的。但鄭板橋並不介意，作詩描述，遊戲一番。

廨❶破牆仍缺，鄰雞喔喔來。庭花開扁豆，門子❷臥秋苔。畫鼓斜陽冷❸，虛廊❹落葉回。掃階緣宴客，翻惹燕鴉猜。

【注釋】❶廨　官舍。❷門子　指官府中親侍左右的僕役。❸畫鼓斜陽冷　言本縣平安和諧，無人擊鼓鳴冤，畫鼓在斜陽中顯得很是冷清。畫鼓，有彩繪的鼓。此指縣衙外供百姓告訴的鼓。❹虛廊　空曠的回廊。

【語譯】官舍破舊，院牆早就缺了半邊，隔壁的雞喔喔叫著走到縣衙來。庭院裡的扁豆開花了，小衙役躺在秋苔上睡覺。傍晚西斜的太陽清冷地照在衙門口的畫鼓上，空曠的回廊裡落葉被風吹得不停迴旋。打掃臺階是因為要請客，卻引起了院落裡的燕子和烏鴉的猜忌。

【研析】鄭板橋多次感歎這范縣過於太平，衙門口滿地黃葉，無人問津，簡直無案可辦，無事可做，滿腹才華，無用武之地，讓他多少有些失落感。卻不知後人更有感慨要發——老人家你就享受清靜不是很好嗎，自然無為也是一種治理境界啊。你難道想學數百年後的那些縣官，整天屁顛顛如同救火隊一樣奔走，稍有差池，即使不被那些憤怒的「刁民」痛毆一頓，也要被上級當作代罪羔羊給辦了。有福不享，你好生不曉事也。「翻惹燕鴉猜」，都是閒則生非。

登范縣城東樓

【題解】這首詩寫偶爾登樓，雖有漳鄴之水，魯鄒之天，然無古可懷，無事可敘，述景而已。

獨上秋城望，高樓出曉煙。西風漳鄴水❶，旭日魯鄒天❷。過客荒無館❸，供官薄有田❹。時平兼地僻，何況又豐年。

【注釋】❶漳鄴水　范縣北有漳水，經鄴縣東去。❷魯鄒天　指山東為孔孟之鄉。孔子為春秋魯國人，孟子為戰國鄒人。❸過客荒無館　言小縣窮荒，無驛館供旅客住宿。❹供官薄有田　言薄有官田可收租用為俸祿。按《清史稿·食貨志》並無官田用為俸祿之記載，此處應為泛指薄有俸祿。

【語譯】獨自爬上秋天的城頭瞭望，高高的城樓聳出在清晨的煙霧之中。西風輕輕吹過，漳河水靜靜地流向鄴縣，燦爛的旭日照耀著魯國鄒國的天地。過往的旅客沒有驛館可住，我這縣官的俸祿倒是薄有保障。天下太平，這偏僻的范縣更為安靜，何況又遇上了豐收年景。

【研析】詩的基調平和安靜。清晨無事，來到治下的城東，登樓遠眺，想發些思古之幽情。雖然這是春秋戰國時代孔子孟子的故鄉，是魏王曹操當年的故都，但板橋先生實在是無古可懷，僅僅是感歎了一番天下太平，本縣更是偏僻安寧，於是打道回衙。板橋范縣詩多次流露出「縣小而好，好而小」的感慨。板橋對此，心緒頗為微妙。一方面，他對於自己治下的縣境平安無事而略感自得；另一方面，他也多少有些失落——努力學習幾十年，到了知天命的年紀，才好不容易有了個大展鴻圖的機會，卻又來到這個偏僻安靜，幾乎無事可做的小縣中。大材小用，無可奈何。鄭板橋的性格中，有隨遇而安，難得糊塗的因素，他不是陳子昂、李白、杜甫那樣牢騷滿腹，滿懷激情，一心匡濟蒼生，致君堯舜的「準政治家」，鄭板橋更多地是一個「文人」藝術家，一個腳踏實地為民作主的清官循吏。面對漳鄴長河，魯鄒大地，他想到不是天下興亡這一類的宏大敘事，而是過客無館，官俸有出這些細情。這也許就是漢唐宋與元明清知識分子的不同之處？

姑惡

【題解】姑，指婆婆。詩中描寫備受虐待的童養媳。

古詩云：「姑惡，姑惡，姑不惡，妾命薄。」可謂忠厚之至，得《三百篇》❶遺意矣。然為姑者，豈有悛悔❷哉？因復作一篇，極形❸其狀，以為激勸❹焉。

【注釋】❶三百篇　《詩經》別稱。相傳《詩經》原有三千餘篇，經孔子刪訂存三百一十一篇。內六篇有目無詩，實有詩三百零五篇，舉其成數稱「三百篇」，後世亦用之代稱《詩經》。❷悛悔 悔悟。❸形 形容；描述。❹激勸 激勵勸勉。

【語譯】古詩有云：「婆婆惡毒，婆婆惡毒，不是婆婆惡毒，是賤妾我命薄。」這首詩可謂忠厚之極，有《詩經》的遺意。然已成為婆婆的人，哪裡會知道悔悟呢？所以我又作了一首詩，極盡描寫婆婆惡毒的情況，以此激勵勸勉身為婆婆的人改惡從善。

小婦年十二，辭家事翁姑❺。未知伉儷❻情，以哥呼阿夫。兩小各羞態，欲言先囁嚅❼。翁令處閨閣，織作新流蘇❽。姑令雜作苦，持刀入中廚。切肉不成塊，礧磈❾登盤盂❿。作羹不成味，酸辣無別殊。析薪⓫纖手破，執熱十指枯。翁曰：「是幼小，教導當徐徐⓬。」姑曰：「幼不教，長大誰管拘？恃其桀傲⓭性，將欺頹老軀⓮。恃其驕縱資⓯，吾兒將伏蒲⓰。」今日肆詈辱⓱，明日鞭撻俱。五日無完衣，十日無完膚。吞聲向暗壁，啾唧⓲微嘆吁。姑云是詛咒，執杖持刀鋙⓳：「汝肉尚可切，頗肥未為癯，汝頭尚有髮，薅⓴盡為秋壺㉑。與汝不同生，汝活吾命殂㉒。」鳩盤㉓老形貌，努目真凶屠。阿夫略顧視，便嗔羞恥無。阿翁略勸慰，便嗔昏老奴。鄰舍略探問，便嗔何與渠㉔。嗟嗟貧家女，何不投江湖？江湖飽魚鱉，免受此毒荼㉕。嗟哉天聽卑㉖，豈不聞怨呼？人間為小婦，沈痛結冤誣㉗。飽食償一刀，願作牛羊豬。豈無父母來？洗淚飾歡娛。豈無兄弟問？忍痛稱姑劬㉘。疤痕掩破襟，禿髮云病疏。一言及姑惡，生命無須臾！

【注釋】❺翁姑　公婆。❻伉儷　夫婦。❼囁嚅　欲言又止貌。❽流蘇　用彩色羽毛或絲線等製成的穗狀垂飾物。常飾於車馬、帷帳等物上。❾礧磈　高低不平貌。❿登盤篚　登、盤、篚，皆祭祀器皿。⓫析薪　劈柴。⓬徐徐　慢慢地。⓭桀傲　強橫乖戾，不馴服。⓮頹老軀　衰老的人。⓯驕縱資　嬌慣放縱。⓰伏蒲　即蒲伏、匍匐。爬行。《詩．大雅．生民》：「誕實匍匐，克岐克嶷，以就口食。」朱熹注：「匍匐，手足並行也。」引申為屈服，順從。⓱詈辱　謾罵侮辱。⓲啾唧　猶嘀咕。⓳鋙　劍。⓴鑄　拔。㉑秋壺　秋天的葫蘆。形容圓而光滑。㉒殂　死亡。㉓鳩盤　佛書中謂噉人精氣的鬼。常用來比喻醜婦或婦人的醜陋之狀。㉔何與渠　與他何干。渠，第三人稱。㉕毒荼　荼毒；毒害；殘害。㉖天聽卑　上天聽到下方卑賤人的聲音。㉗冤誣　冤枉誣陷。㉘劬　勞苦。

【語譯】小女孩才十二歲，就離開娘家去侍奉公婆。還不瞭解夫妻的含義，就以哥哥來稱呼丈夫。小男孩小女孩都很羞澀，想說說話又欲言又止。公公讓她呆在閨房裡織流蘇，婆婆卻讓她做辛苦的雜役，拿把菜刀進廚房。小媳婦切肉切不成均勻的方塊，高低不平地放在祭祀的盤子裡。做湯沒有滋味，除了酸辣沒有別的味道。劈柴把柔嫩的手弄破了，常燒火十指都枯乾了。公公說：「她還很小，應當慢慢教導。」婆婆卻說：「小的時候不教，長大了誰來管束她？任著她乖戾不馴的性子，將來一定會欺負咱們兩個老傢伙，任著她嬌慣放縱，我們兒子將來就要趴在她的腳下。」今天肆意漫罵侮辱，明天辱罵又鞭打。三五天就被打得體無完衣，十天八天就被打得體無完膚。不敢言語什麼，就面向暗處的牆壁，嘴裡小聲嘀咕著，輕聲歎息。婆婆說這是在詛咒她，於是手執棍子刀劍之類的，罵道：「你的肉還可以切下來，肥胖得很一點都不瘦，你的頭上還有頭髮，拔淨了可以做個秋天的葫蘆。看來我和你是不能一同生在這個世上了，你要是活著那我就得去死。」那又醜又老的樣子，怒目而視真像個兇狠的屠夫。小媳婦的丈夫只要回過頭看看她表示關心，就被母親罵作不知羞恥；公公稍加勸慰，就被稱為昏庸的老傢伙；鄰居稍微過問一下，就被呵斥與你何干。哎呀，貧苦人家的女孩，還不如去投江投湖自盡。在江湖裡填飽魚鱉的肚子，也免得受此毒害呀。哎呀老天，如果你能聽到下界卑賤之人的聲音，難道聽不到小媳婦抱怨的呼聲？在人間作童養媳，悲痛無比還要受冤枉。如果能飽餐一頓然後再挨一刀，也寧願去作牲畜。怎會沒有父母來探望？只是洗去淚痕強作歡顏，怎會沒有兄弟詢問近況？只是強忍悲痛稱讚婆婆辛勞。用破舊的衣服遮住傷疤，頭髮禿落只好自稱因為生病變稀了。就怕一句話說到婆婆的惡毒，這條小命頃刻就不保了！

【研 析】中國有許多看起來貌似很美好的事情，但一進入實際操作，便立刻玩完，現出最為醜陋的一面。小到以羅盤看風水，以火藥驅鬼，大到如王安石變法，可舉出很多很多。例如民主，成了專制獨裁的幌子，例如現代的科學技術，多成為電腦算命、納米養生之類的騙錢工具。古代的童養媳也是這樣。如果有個小女孩成了孤兒，或者是父母沒法養活她，或是不願意養活她，那早點給她找個收養者，長大了給這家兒子作媳婦，豈不兩全其美。官府不禁止，習俗也流行，當事人也都願意，本來很好，但就是這很好很平靜的事，其結果呢，童養媳受虐待，卻成了一個嚴重的社會問題，成為文學藝術所關注的對象。鄭板橋所治理的范縣，窮是窮了些，但平靜和諧，無事可幹，板橋便關注起社會問題來。清官難斷家務事，既然小媳婦連自己的父母兄弟都不敢告訴，那更不會告官，所以這事本不歸他這縣太爺管。但路有不平，拔刀相助，鄭板橋雖不能管到百姓的家裡，但寫首詩規勸一些天下的惡婆，還是很有必要的。

漁家

【題 解】描寫打漁人賣魚歸來的悠閒生活。

賣得鮮魚百二錢❶，糴❷糧炊飯放歸船。拔來濕葦燒難著，曬在垂楊古岸邊。

【注釋】❶百二錢　一百多文錢。❷糴　買（糧食）。

【語譯】打上鮮魚賣了一百多文錢，買了糧乘船回家做飯。拔來溼溼的蘆葦當柴燒，難以點著，就把蘆葦放到古岸邊的垂楊樹下曬曬。

【研析】生活是由許多細節構成的。漁釣生涯，對於中國文人來說，是出仕時的一個夢，也是不得意時的一個主動的或被動的選擇。從周代的姜子牙，到唐代的柳宗元，都有過實際的漁翁生涯或想像中的一個退路。但不管怎麼樣，中國文人只是將漁家生活當作是一個隱喻或象徵，他們中的大多數並不準備真的去做一個漁翁，靠打漁來養活一家老小。鄭板橋與他們不同，在以往，板橋有靠自己的畫藝養活全家的經歷，經過這麼多年的努力，板橋的人脈關係和藝術功力都有很大長進，他完全可以靠自己的藝術創作來維持一個體面的生活，並可能有閒暇的時間真正地體驗一下漁家生活。現在，他雖然人在官場，但也有幾分退意，對於將來可能涉足的那個夢，他有獨到的觀察，那是真正的漁家生活細節——賣魚，買糧，拔葦，曬草。

逃荒行

【題解】乾隆十一年（西元一七四六年），五十四歲的鄭板橋調任山東濰縣（今濰坊市）知縣，在任七年。濰縣是一個著名的手工業城市，乾隆間曾有「南蘇州，北濰縣」的說法。但濰縣所在地區從乾隆十年至乾隆十四年連續發生五年的自然災害，百姓餓斃滿道，被迫背井離鄉，向東北逃亡。鄭板橋到任後，盡自己的職責所能，開倉賑貸，活人無算。詩中描述了災民逃荒的悲慘場景。

十日賣一兒，五日賣一婦，來日❶剩一身，茫茫即❷長路。長路迂以遠❸，關山❹雜豺虎，天荒虎不饑，盱人伺岩阻❺。豺狼白晝出，諸村亂擊鼓。嗟予皮髮焦，骨斷折腰膂❻。見人目先瞪，得食咽反吐。不堪充虎餓，虎亦棄不取。道旁見遺嬰，憐拾置擔釜❼，賣盡自家兒，反為他人撫。路婦有同伴，憐而與之乳。咽咽❽懷中聲，咿咿口中語，似欲呼爺娘，言笑今人楚❾。千里山海關❿，萬里遼陽戍⓫。嚴城嚙夜星⓬，村燈照秋滸⑬，長橋浮水面，風號浪偏怒。欲渡不敢攖⑭，橋滑足無履，前牽復後曳，一跌不復舉。過橋歇古廟，聒耳⑮聞鄉語。婦人敘親姻⑯，男兒說門戶⑰，歡言夜不眠，似欲忘愁苦。未明⑱復起行，霞光影踽踽⑲。邊牆漸以南⑳，黃沙浩無宇。或云薛白衣㉑，征遼從此去。或云隋煬皇，高麗拜雄武㉒。初到若夙經㉓，艱辛更談古。幸遇新主人，區脫㉔與眠處。長犁開古磧㉕，春田耕細雨，字牧㉖馬牛羊，斜陽谷量㉗數。身安心轉悲，天南渺何許㉘。萬事不可言，臨風淚如注。

【注　釋】❶來日　往日；過去的日子。唐李白〈來日大難〉：「來日一身，攜糧負薪。道長食盡，苦口焦唇。今日醉飽，樂過千春。仙人相存，誘我遠學。」王琦注：「來日，謂已來之日，猶往日也。」❷即　乘；登。❸迂以遠　曲折而漫長。❹關山　關隘山嶺。泛指山路。❺盱人伺岩阻　言豺虎睜大眼睛，等候在險阻之處。盱，張目，瞪著眼睛。岩阻，險阻之處。❻腰脊　猶腰背。❼擔釜　逃荒饑民挑行李鍋灶的擔子。❽咽咽　與下文「咿咿」皆象聲詞，象嬰兒啼哭、學語之聲。❾楚　酸楚；悲傷。❿山海關　古稱渝關，或作榆關。舊臨榆縣之東門，為長城的東起點。今屬秦皇島市。明初置關戍守，因其背山面海，故取名山海關。自古為交通要隘，有「天下第一關」之稱。⓫遼陽戍　遼陽邊防駐軍的城堡、營壘。⓬嚴城嚙夜星　森嚴的城牆如牙齒咬著天上的星星。⓭滸　水邊。⓮攖　接觸。⓯聒耳　指聲音嘈雜刺耳。⑯親姻　由婚姻關係結成的親屬。⑰門戶　家庭。⑱未明　天沒亮。⑲踽踽　小步慢行貌。⑳邊牆漸以南　長城漸漸在南邊了。邊牆，邊關的城牆，指長城。以，介詞。在；於。㉑薛白衣　薛仁貴，唐代大將。曾從太宗征遼東，在民間故事、小說戲曲中，為一白衣將軍形象。㉒或云隋煬皇二句　隋煬帝曾三次征遼東。大業三年，高麗王遣使請降。拜雄武，拜服於隋煬帝的雄武。㉓初到若夙經　初次到來卻感覺是平素來過的地方。夙，平素。㉔區脫　匈奴語。指漢時與匈奴連界的邊塞所立的土堡哨所。《漢書・蘇武傳》：「區脫捕得雲中生口。」顏師古注引服虔曰：「區脫，土室，胡兒所作以候漢者也。」㉕磧　沙荒之地。㉖字牧　牧養。字，撫養。㉗谷量　謂以一山谷計算牛馬等牲畜。《史記・貨殖列傳》：「烏氏倮畜牧，及眾，斥賣，求奇繒物，間獻遺戎王。戎王什倍其償，與之畜，畜至用谷量馬牛。」裴駰集解引韋昭曰：「滿谷則具不復數。」㉘天南渺何許　言南方家鄉何等之遠。

【語譯】十天前賣了兒子，五天前又賣了老婆。到現在只剩下自己一個人，茫茫然登上漫漫的逃荒路。逃荒的長路曲折遙遠，一路是關隘山嶺，有許多豺狼虎豹。老天鬧饑荒老虎卻餓不著，睜大眼睛，等候在險阻之處。豺狼在大白天出現，各村報警亂擊了一通鼓。感歎我的皮肉頭髮已經枯乾焦黃，骨頭斷了，腰背也折了。看見人先要用力睜大眼睛，得到食物咽下去又吐了出來。瘦弱生病不夠填充餓虎肚子的資格，所以連老虎都放棄了不想吃我。在道旁看到一個被遺棄的嬰兒，覺得可憐就把嬰兒撿起來放到我的行李擔子裡。以前賣光了自己的孩子，現在卻為別人撫養嬰兒。路上同行的有一個婦人，可憐這嬰兒就給他餵奶。嬰兒在婦人懷中，嘴裡隱隱發出「咽咽」的聲音，發出「咿咿」的聲音，好像是要呼喊爺娘，這孩子的聲音笑貌，真讓人覺得心裡酸楚。來到千里外的山海關，萬里外的遼陽邊關戍守。森嚴的城牆如牙齒咬著天上的星星，村落裡的燈火照映著秋天寒冷的水邊。一座長長的浮橋架在水面上，風聲怒號，波濤洶湧。想要渡河又不敢踏上橋，橋面太滑我腳下又沒有鞋。大家前拉後拽，一下跌下去就爬不上來了。過了橋以後在一座古廟歇息，聽到嘈雜的聲音，是家鄉的口音。女的在說自己家的親戚，男的在說自己家的門庭。談得很開心整夜未眠，好像想借此忘卻愁苦。天不亮又起來繼續行進，早晨的霞光映著緩緩行進的隊伍的影子。長城漸漸留在我們的南邊了，黃沙浩瀚，無邊無際。有的在講述白衣將軍薛仁貴當年征討遼東從這裡經過，有的在說隋煬帝征發遼東，高麗拜服隋煬帝的雄武而請降。初到此地，但大家談論起古代的歷史，艱難辛苦，就好像平素經過的地方一樣。幸虧遇到好心的新主人，把邊塞土屋給我們住。扶著長犁開墾古老的沙荒之地，春田耕種伴著綿綿細雨。牧養馬牛羊，在斜陽中數著非常多的牲畜。自身安定下來後心情又轉而悲傷起來，遙遠的南方家鄉不知情況怎麼樣。什麼事都已不用言說，站在風中淚流如雨。

【研　析】「逃荒」，離我們已經比較遙遠而陌生了。但在中國古代，這卻是平民百姓的一生中經常遇到的事情。那時候，人們靠天吃飯，如果是小範圍的災荒，假設朝廷、地方政府、富戶都願各盡全力，也會由於糧食的儲藏、運輸、流通、分配的經濟與政治成本高，而造成對於災民的救濟作用非常有限，如果是大面積的饑荒，那不管官方是否盡力，結果都差不多——這個地方的糧食太少，總要有人餓死，總要有人到千里萬里之外就食。於是，人們就只有兩條路，一是來不及逃就餓死了，一是趁早逃離，到有糧食的地方去，也許還能僥幸活下來。這就是「逃荒」。鄭板橋對於自己治下的災民充滿了同情而又無可奈何。官倉的糧食畢竟有限，糧食放完了，大家還是餓死。因為關外人少地廣，於是有無數的山東河北百姓，越過山海關，逃荒到關外東北謀生。這就是中國社會史上著名的「闖關東」。從詩中的許多生動細節來看，鄭板橋是非常關心這些逃荒百姓的。例如，「婦人敘親姻，男兒說門戶，歡言夜不眠，似欲忘愁苦」，就準確而細緻地描繪了逃荒百姓在半路遇到鄉親的情景，這一細節雖然不會是板橋的親身經歷，但也說明板橋曾深入民間，對百姓的喜怒哀樂都比較熟悉，才能寫出這樣真實生動的細節。

還家行

【題解】這首詩是上篇〈逃荒行〉的姊妹篇。災荒過後，災民紛紛返回家鄉，詩中描寫一位返鄉災民贖回災荒時被賣妻子的故事。

死者葬沙漠，生者還舊鄉。遙聞齊魯郊，穀黍等人長❶。目營❷青岱❸雲，足辭遼海❹霜，拜墳一痛哭，永別無相望❺。春秋社燕雁❻，封淚遠寄將❼。歸來何所有，兀然❽空四牆。井蛙跳我竈，狐狸據我床。驅狐窒鼪鼠❾，掃徑開堂皇❿，濕泥塗舊壁，嫩草覆新黃⓫。桃花知我至，屋角舒紅芳。舊燕喜我歸，呢喃⓬話空梁。蒲塘春水暖，飛出雙鴛鴦。念我故妻子，羈賣⓭東南莊，聖恩許歸贖，攜錢負橐囊⓮。其妻聞夫至，且喜且彷徨，大義歸故夫⓯，新夫非不良。摘去乳下兒，抽刀割我腸。其兒知永絕，抱頸索我娘，墮地幾翻覆，淚面塗泥漿。上堂辭舅姑⓰，舅姑淚浪浪。贈我菱花鏡⓱，遺我泥金箱⓲，賜我舊簪珥⓳，包並羅衣裳。「好好作家⓴去，永永無相忘。」後夫年正少，慚慘難禁當，潛身匿㉑鄰舍，背樹倚斜陽。其妻徑㉒以去，繞隴過林塘。後夫攜兒歸，獨夜臥空房，兒啼父不寐，燈短夜何長！

【注　釋】❶遙聞齊魯郊二句　聽說家鄉的莊稼長得和人一樣高。此交代返鄉的起因。❷營　度量；丈量；打量。❸青岱　青州、泰山一帶，指山東。❹遼海　遼東。遼東近渤海、黃海，故云。❺拜墳一痛哭二句　言與葬在遼東的已逝親友告別。❻春秋社燕雁　燕子和大雁春社來，秋社去。春秋社，春社和秋社。古代分別於立春、立秋後第五戊日祭祀土神，以祈豐收，謂之春社、秋社。燕子、大雁均為候鳥，春社前後南來，秋社前後離北往南。❼封淚遠寄將　承上三句而言，將眼淚封好託燕雁帶到遠方親友的墳上。❽兀然　光禿貌。❾窒鼯鼠　堵塞鼠洞。鼯鼠，鼠名，別名夷由，俗稱大飛鼠。外形像松鼠，生活在高山樹林中。尾長，背部褐色或灰黑色，前後肢之間有寬大的薄膜，能借此在樹間滑翔，吃植物的皮、果實和昆蟲等。❿堂皇　宏大；寬敞。⓫嫩草覆新黃　言初生的青草覆蓋了院中的地面，一片嫩黃。⓬呢喃　燕鳴聲。⓭羈賣　寄賣；典押。羈，寄居。按舊有典賣妻子之俗，一般以若干年為期，期滿可贖回。⓮槖囊　裝錢的袋子。⓯大義歸故夫　按大道理，應該跟前夫回去。大義，此指夫婦之義。⓰舅姑　公婆。此指後夫的父母。⓱菱花鏡　古代銅鏡背面一般飾有菱花，此泛指銅鏡。⓲遺我泥金箱　送我泥金塗飾的箱子。遺，贈送。泥金，用金箔和膠水製成的金色顏料。用於塗飾箋紙，或調和在油漆裡塗飾器物。⓳簪珥　髮簪和耳飾。⓴作家　治家；理家。㉑匿　藏。㉒徑　徑直；直接。

【語譯】死去的人埋葬在沙漠中，活著的人就要回歸故鄉。聽說遙遠的家鄉山東，田野裡莊稼長得同人一般高。眼睛望著青州岱山的雲彩，腳下啟程告別遼東的風霜。到客死異鄉的親友墳前祭拜痛哭，永遠分別不能再來相見。燕子和大雁春社的時候從南方飛來，秋社的時候向南方飛去，今後我只能將思念的淚水封好，託燕子和大雁從遠方寄給你們了。回到家鄉一看，家裡還有什麼，只有光禿禿空蕩蕩的四面牆壁。井蛙在我的灶臺上跳來跳去，狐狸佔據我的床做了窩。趕走屋裡的狐狸堵上鼠洞，掃出小路，整理好寬敞的院子。用溼泥巴塗刷好破舊的牆壁，院中新開的地面長出了嫩黃的新草。桃花似乎知道我回來了，在屋角綻放出鮮紅的花朵，舊時的燕子為我的歸來高興，呢喃著在空空的房梁上交談。長著蒲草的池塘春水正暖，池塘裡飛出一對鴛鴦。這讓我想起以前的妻子，逃荒前被寄賣到東南莊上。幸得皇恩允許贖回，我拿著錢袋裝著錢去贖她回家。妻子聽說丈夫到了，又高興又彷徨，按夫婦間的大道理，應該跟前夫回家，並不是現在的丈夫不好。放下正在吃奶的孩子，有如拿刀割我的腸子一般痛，孩子也知道將要和媽媽永遠分別，抱住我的脖子喊娘，繼而跌倒在地翻滾幾下，流著淚的臉上塗抹上了泥漿。只能上堂辭別現在的公婆，公婆淚流不止，贈給我菱花鏡，送給我泥金箱，還送給我典賣的簪子和耳飾，和一些好衣服包在一起給我。公婆對我說：「好好回去主持那個家吧，但也永遠不要忘記我們。」後夫年紀尚輕，羞愧悲傷難以自控，躲到鄰居家，在夕陽下背靠著大樹站著。妻子繞過田隴，穿過樹林和池塘徑自離去。後夫帶著孩子回家，夜裡只能獨自睡在空空的臥房裡，孩子啼哭，做父親的也無法入眠，燈芯細短，光線暗淡，而這黑夜卻是多麼漫長！

【研　析】關東雖好，但逃荒的人們，如果僥幸還活著，因為種種原因，還是有一部分人想回山東老家。因為畢竟是故鄉，有祖墳，有親友，有自己的家和土地。對於主人公來說，更重要的是這裡還有典賣掉的妻子。當年是迫不得已，賣掉她，也是給她一條活路，否則大家就會一起餓死。現在聽說家鄉年成好了一些，妻子的典賣也到期了，一家也該團圓了。這本來是件好事，但對於妻子來說，這又是一個新的悲劇——她在別人家又生了孩子，現在前夫來贖，她只能活生生地將正在吃奶的孩子「摘」下來，跟前夫回家。「摘去乳下兒，抽刀割我腸」，描述得非常沉痛。好在後夫一家通情達理，她總算走得不那麼狼狽。「典妻」是中國文學中一個常見的主題，現代文學中對此也有所反映。

憶湖村

【題解】湖村，鄭板橋家鄉興化為水鄉澤地，板橋故居在東城外，其地有多處湖蕩。此是在濰縣任上，懷念故鄉之作。

數聲桄桔❶隔煙夢，是處❷西風壓稻禾。荻葦半含東墅雨❸，鷺鷥❹
遙立夕陽波。買魚人鬧橋邊市，得酒船歸月下歌。擬向湖干❺築秋舍，
菊籬楓徑近如何❻！

【注釋】❶桄桔　指連枷之類的穀物脫粒農具。舊時南方多用來給收割的水稻脫粒。❷是處　到處；處處。❸荻葦半含東墅雨　言小雨中東城外農舍旁，蘆葦半溼。荻葦，兩種蘆葦。明李時珍《本草綱目．草四．蘆》：「蘆有數種：其長丈許中空皮薄色白者，葭也，蘆也，葦也。短小於葦而中空皮厚色青蒼者，薍也，荻也，萑也。其最短小而中實者，蒹也，薕也。」半含，指雨小而蘆葦尚未溼透。東墅，位於東郊的別墅。指優雅的居住之所。唐溫庭筠〈謝公墅歌〉：「朱雀航南繞香陌，謝郎東墅連春碧。」此泛指東郊的農舍。❹鷺鷥　即鷺。因其頭頂、胸、肩、背部皆生長毛如絲，故稱。宋文同〈鷺嶼〉：「時有雙鷺鷥，飛來作佳景。」❺湖干　湖岸。干，岸；水邊。《詩．魏風．伐檀》：「坎坎伐檀兮，寘

之河之干兮，河水清且漣猗。」毛傳：「干，厓也。」❻菊籬楓徑近如何　言擬想中的岸邊秋舍，應靠近開著菊花的籬笆和落有楓葉的小路。菊籬，長有菊花的籬笆。語本晉陶淵明〈飲酒〉之五：「采菊東籬下，悠然見南山。」

【語　譯】隔著如煙的夢境，我彷彿聽到了幾聲桔槔的聲音，秋日的家鄉，處處是西風壓低了的稻穗。東城外的農舍旁，蘆葦半含著雨水，鷺鷥鳥遠遠地站在夕陽映照下的水波中。橋邊市場上，買魚的人們喧鬧不止，買好了酒，人們駕船回家，在月光下放聲歌唱。我想到了秋天的時候在湖岸上蓋一間小房，不知故鄉那籬邊的菊花和楓葉小徑現在怎麼樣！

【研　析】「家園」情結是人類從動物繼承過來的一種心理現象。許多動物都本能地具有「領地」意識。所謂「我的地盤我做主」，這對於動物的生存與繁衍具有三方面的重大意義：其一是安全意義，有了領地，安全才能有所保證；其二是繁衍意義，動物在繁殖期的自我保護等生存能力有所下降，而在幼仔階段則基本上沒有任何反抗能力，因此，一個安全的領地對於動物種的延續，具有重大意義；其三是美學意義，有了領地及安全感，動物才有遊戲的閒暇和感受快樂的興致，動物的生存才有品質可言。因此，領地對於許多動物來說，是需要用生命去保衛和感受並欣賞的。作為高等動物的人類，其領土主權意識隨著國家及私有財產權的形成而得到了極大的強化。作為個人及家庭最後的庇護所，住宅，現在稱「不動產」，是神聖不可侵犯的最後一道屏障，不管這道屏障如何地簡陋甚至破敗不堪，但「風能進雨能進，國王不能進」，如果有人不經領地主人同意，而強行闖入甚至強佔強拆，那主人就有法律上的或道德意義上的自衛權利，他可以而且應該拿起武器，對入侵者格殺勿論，而那些用自焚來抗議「拆遷」的極端行為，上演了中國歷史上「保家衛地」的最為悲壯的一幕。這就是「領地」對於包括人類在內的動物的意義。在這一基礎上，如果能有一間「荻葦東墅」或「湖干秋舍」，那就在安全的基礎上，更有了「詩意地生存」的美學意義和價值。中國古代的官員，在危機四伏的公幹之餘，不免會懷念先前的或想像中的田園山林生活，這種生活，說得好聽一點，是「山中高士晶瑩雪」，說得不好聽，就是「地主莊園土圍子」意識，從「東墅秋舍」的知識分子的幻想，到大大小小的土圍子土皇帝，再到遍布全中國的「長城」、「城牆」、「院牆」、「圍欄」，無不是這種「家園」意識的體現。這種領地或地主莊園土圍子意識，其正當性與否，取決於領地的來源是否合法。不合法的情況，主要是兩種，一種是官吏利用權勢強佔或用貪腐的不義之財購買；一種是在合法不動產的基礎上，以「賭狠」的「勇氣」強行擴充的「違建」。官貪民狠之下，一般百姓的辛苦，可想而知。

和學使者于殿元枉贈之作

諱敏中

【題　解】學使者，指時任山東學政的于敏中。敏中（西元一七一四—一七七九年），字叔子，一字重棠，江蘇揚州金壇人，丁巳（西元一七三七年）恩科狀元，故題中稱其為「殿元」。歷官文華殿大學士，文淵閣領閣事，卒謚文襄。枉贈，枉為謙辭，有使對方屈尊之意。乾隆十二年（西元一七四七年），鄭板橋參與山東鄉試的閱卷工作。于敏中時任山東學政，是這次鄉試主管閱卷的官員之一，他曾有詩贈與鄭板橋，鄭板橋於是寫組詩和之。

十載揚州作畫師❶，長❷將赭墨❸代胭脂❹。寫來竹柏無顏色，賣與東風不合時❺。

【注釋】❶十載揚州作畫師　鄭板橋三十歲到四十歲之間曾在揚州賣畫。❷長　常常；經常。❸赭墨　赤紅如赭土的顏料。❹胭脂　一種用於化妝和國畫的紅色顏料。亦泛指鮮豔的紅色。❺寫來竹柏無顏色二句　言己之畫風不入時流。板橋所畫多墨寫竹柏，與當時揚州畫壇流行之風並不合拍。

【語譯】在揚州作了十年畫師，常常用赭紅色顏料代替鮮豔的胭脂。可惜我畫的是墨竹與墨柏，沒有鮮豔的色彩，想賣給東風卻並不合時宜。

潦倒❶山東七品官，幾年不聽夜江湍❷。昨來話到瓜洲渡❸，夢繞金山❹曉日寒。

【注釋】❶潦倒　不得志；不得意。❷幾年不聽夜江湍　言好多年未能聽到家鄉長江水的急流聲。❸瓜洲渡　在江蘇揚州邗江南部，大運河分支入長江處。與鎮江隔江斜對，向為長江南北水運交通要衝之一。

❹金山　山名。在江蘇鎮江西北。

【語　譯】在山東做個失意的七品官，好幾年聽不到家鄉夜晚湍急的江水聲。昨天談到瓜洲渡口，到夜晚金山一直在我夢裡縈繞，直到清冷的早晨太陽出山。

三百人中最後生❶，玉堂❷時聽夜書聲。知君療得嫦娥渴，不為風流為老成❸。

【注　釋】❶三百人中最後生　言于敏中為丁巳恩科中最為年少者。乾隆丁巳恩科計錄取進士三百二十四名，于敏中為一甲第一名。❷玉堂　玉飾的殿堂，泛指宮殿，引申為官署的美稱。漢侍中有玉堂署，宋以後翰林院亦稱玉堂。清狀元例授翰林院修撰。❸知君療得嫦娥渴二句　言于敏中常伴月夜讀，可療嫦娥獨居之寂寞，此並非風流而是老成之舉。風流，花哨輕浮。老成，穩重；持重。

【語　譯】您是新進士三百多人中最為年輕的，翰林院值班時常常聽到您夜晚讀書的聲音。我知道有您的陪伴，能治療嫦娥的寂寞，這並不是風流輕浮而是老成持重。

山東鎖院❶自清涼，湖水湖雲入檻長❷。剪取吾家書帶草❸，為君結束❹錦詩囊❺。

【注　釋】❶鎖院　指科舉考場。考生入試場後即封鎖院門，以防舞弊，故稱鎖院。❷湖水湖雲入檻長　言濟南多泉多湖，應有水氣進入鎖院內。檻，欄杆。《資治通鑑·陳長城公至德二年》：「上於光昭殿前起臨春、結綺、望仙三閣，各高數十丈，連延數十間，其牕、牖、壁帶、縣楣、欄、檻皆以沈檀為之。」胡三省注：「欄、檻皆所以凭也，施於簷下階際者曰欄，施於牕牖之間者曰檻。」❸書帶草　漢鄭玄門前有草，極堅韌，其弟子用以捆紮書簡。❹結束　紮縛；捆紮。❺錦詩囊　用錦製成的貯放詩稿的袋子。

【語　譯】山東科場的鎖院自是清涼，因為有濟南的湖水雲氣進入鎖院之內。剪斷我們鄭家大學者鄭玄的弟子們常用的束書帶子，給您束紮裝詩的錦囊。

【研　析】于敏中是前科狀元，這次以山東學政的身分，主持山東省鄉試。鄭板橋參加了這次鄉試閱卷工作，于敏中就成了這次差事中的上司。儘管這位上司比自己小了二十一歲，但既然上司主動地給自己贈詩，且又是揚州老鄉，鄭板橋當然得有所表示。這組詩就是回贈給于敏中的。詩共四首，前二首說自己，謙虛一下，後二首說對方，揄揚一番。第一首說自己不過是個揚州畫師出身，且畫風不合時宜，自謙中帶有些自負——能考中進士，雖然名次不是很靠前，但自己能畫畫，大小是個藝術家，比那些只會讀書的讀書人多一樣本領。本人畫風獨特，當然不合時宜。第二首說自己來到山東做個小官，很是想念家鄉揚州。這前二首以揚州說事，當然有想和對方拉一下老鄉關係的意思。第三首讚揚對方年輕有為，風流倜儻，而老成持重，故皇上將此掄才大任交付於他。第四首即景言情，讚頌今次考場在對方主持之下，清涼如水，似是沾了濟南湖中泉水的雲氣，末二句委婉地表達了盡力支持長官工作的意願。全組詩雖然也有文人常見的牢騷，也有些許板橋式的傲氣，但總的來說，還算比較平和謙遜。

小園

【題解】從「小園」、「樓臺」等詞語來看，此詩似仍作於濰縣任上。詩中描寫招待客人的過程：自等待、迎客、談天，直到天明。

月光清峭❶射樓臺，淺夜❷籬門尚半開。樹裏燈行知客到，竹間煙起喚茶來❸。數聲犬吠秋星落，幾陣風傳遠笛哀。坐久談深天漸曙，紅霞冷露滿蒼苔。

【注釋】❶清峭　清麗挺拔。南朝梁江淹〈蓮華賦〉：「或憑天淵之清峭，或殖疏圃之蒙密。」❷淺夜　入夜之初。❸竹間煙起喚茶來　言竹林間煮茶煙起，喚僕人為客人端上茶來。

【語譯】月光清麗挺拔，照射在樓臺之中，入夜之初，籬笆門半敞半開。樹林裡有燈籠前行，便知道是有客人來了，竹林間青煙升起，知道是茶已煮好，忙喚僕人為客人端上茶來。數聲狗叫傳來，秋天的星辰漸漸落下，幾陣清風傳送來遠處哀怨的笛聲。主客坐著談天，直到天邊漸漸露出曙光，紅色的朝霞映照著掛滿清冷露水的蒼色青苔。

【研析】這首詩的妙處，在於虛實相生，意境別出。詩中對所來何人、所為何事、所談何題這些實在事務，卻都是虛寫帶過。而月、夜、燈、茶、犬、笛、霞、露等等，則物象具呈，卻都著力描繪，件件實寫。詩家之語，何應實，何可虛，大有講究。對於後世讀者而言，那些具體的實際的人、事及談資，怕是沒有多大興趣，因而對此可「實則虛之」；而對於那些特定的環境、背景、氛圍本身，卻會有所感觸，有所心動，故對此「虛則實之」，從而達到虛實相生的境地。

瓜洲夜泊

【題解】瓜洲是由揚州下江南進入鎮江及金陵的一個重要渡口。乾隆十七年，板橋在濰縣任上去職，次年春南歸，從此開始第二次揚州十年賣畫生涯。本詩或作於乾隆十八年或其後某年秋。詩中描繪了霧中不能行船，而泊於渡口時所見的夜景。

葦花如雪隔樓臺❶，咫尺金山霧不開❷。
慘淡秋燈漁舍❸遠，朦朧夜話客船偎。
風吹隱隱荒雞❹唱，江動洶洶❺北斗回❻。
吳楚❼咽喉橫鐵甕❽，數聲清角❾五更哀。

【注　釋】❶葦花如雪隔樓臺　言船在岸邊葦蕩之中，岸上的樓臺與船上的人隔著如雪葦花。❷咫尺金山霧不開　近在咫尺的金山因為濃霧遮蔽而看不到。金山與瓜洲隔江相對。❸魚舍　漁家用以護魚的棚舍或小屋。❹荒雞　指三更前啼叫的雞。以其鳴不合時，故曰「荒」。荒，不確鑿的；不準確的。《晉書・祖逖傳》：「〔祖逖〕與司空劉琨俱為司州主簿，情好綢繆，共被同寢。中夜聞荒雞鳴，蹴琨覺，曰：『此非惡聲也。』因起舞。」❺洶洶　水騰湧貌。楚宋玉〈高唐賦〉：「濞洶洶其無聲兮，潰淡淡而並入。」《文選》李善注：「《說文》曰：『洶，洶涌也。』謂水波騰貌。」❻北斗回　因地球自轉，地球上的觀察者隨著時間推移，可看到北斗星座的回旋。此指夜深。❼吳楚　泛指春秋時吳國和楚國之故地。即今長江中、下游一帶。❽鐵甕　指鐵甕城，京口北固山前的一座古城。為三國時吳國孫權所築。❾清角　清越之聲。此指號角聲。角，五音之一。角音清，故曰清角。《韓非子・十過》：「平公提觴而起，為師曠壽，反而問曰：『音莫悲於清徵乎？』師曠曰：『不如清角。』」

【語　譯】雪花一樣濃密的蘆葦花隔開了岸上的樓臺，近在咫尺的金山在濃霧的遮蔽中沒法看到。遠處的魚舍燈火暗淡，朦朧夜色中客船相偎，客船上的人在聊天敘談。未到三更，風中就傳來隱約的雞叫聲，江水轟然湧動，夜深了，北斗星座回轉。對岸的鐵甕城橫在吳楚故地的咽喉要道，五更時分，響起了數聲哀怨清越的號角。

【研　析】鄭板橋經常往來於揚州、鎮江、金陵三地，寫下了許多描寫三地及其道路間的詩歌。本篇寫著名的瓜洲渡口。可能是因為大霧的原因，詩人滯留於渡口，一夜無眠。無聊之餘，寫下了這首詩。全詩依時間的流逝，描繪了各個時段的夜景，並在景色的描繪中，抒發宣泄自己的惆悵情緒。首聯寫天黑時分，渡船不能開行，在如雪蘆葦之中，看著岸邊的樓臺，想像著對岸的金山。頷聯寫夜間的秋燈、魚舍、客船，寫船上客人的夜語，反襯自己的寂寞孤獨。頸聯所寫已到深夜，未到三更就有了雞叫，在洶洶的江流中，參橫斗回，已是後半夜。尾聯寫五更時分，天已快亮，隱約可見或想像中已似乎見到對岸的鐵甕城，此時響起了哀怨清越的號角聲。一夜過去，新的一天即將開始，失眠的詩人將要面對的是什麼呢？

偶然作

【題解】板橋有兩首〈偶然作〉，都是表達其文學主張的。另一首「英雄何必讀書史」，已見前文。本首推崇老杜，表達其詩歌應關心民瘼的主張。

文章動天地❶，百族相綢繆❷。天地不能言，聖賢為嚨喉❸。奈何纖小夫❹，雕飾金翠❺稠❻。口讀〈子虛賦〉❼，身著貂錦裘。佳人二八❽侍，明星燦高樓。名酒黃羊羹❾，華燈水晶球。偶然一命筆❿，幣帛千金收⓫。歌鐘連戚里，詩句欽王侯⓬。浪膺才子稱⓭，何與民瘼⓮求！所以杜少陵，痛哭何時休。秋寒室無絮，春雨耕無牛。嬌兒樂歲⓯饑，病婦長夜愁。推心擔販腹，結想山海陬⑯。衣冠兼盜賊，征戍雜纍囚⑰。史家欠實錄，借本資校讎⑱。持以奉吾君，藻鑒⑲橫千秋。曹劉沈謝才，徐庾江鮑儔⑳。自云黼黻筆，吾謂乞兒謀㉑。

【注　釋】❶文章動天地　言包括詩歌在內的文章可感動天地。〈毛詩大序〉：「動天地，感鬼神，莫近於詩。」❷百族相綢繆　言文章之功用，可團結眾多族群。百族，眾多族群。綢繆，緊密纏繞，引申為和諧團結。❸天地不能言二句　天地雖不能說話，但有聖賢可代天地發言。❹纖小夫　纖小微末之文人。與上文「聖賢」相對應，指以詩文書畫干取利祿之文人。❺金翠　金黃、翠綠之色。代指黃金翡翠等貴重首飾。❻稠　多。❼子虛賦　西漢辭賦家司馬相如的代表作，假託子虛、烏有先生、亡是公三人互相問答。極寫天子遊獵之聲勢，誇張藻飾，鋪陳絢麗。❽二八　十六歲。言年輕。❾黃羊羹　黃羊做的肉羹。泛指美味佳肴。黃羊，又名黃羚、蒙古羚，學名 Procapra gutturosa，牛科原羚屬。肉質細嫩，味道鮮美。今有養殖。❿命筆　使筆；用筆。謂執筆作詩文或書畫。⓫幣帛千金收　言收取大筆潤金。幣帛，財物。幣，錢。帛，絲織品。⓬歌鐘連戚里二句　言纖小文人以詩詞歌賦干連巴結權貴王侯。歌鐘，編鐘，引申為樂聲、歌曲。連，干連；結交。戚里，外戚權貴聚居之地。欽，欽羨；仰慕。⓭浪膺才子稱　濫得才子之名。浪，濫浪；浮浪。膺，相稱。⓮民瘼　民眾的疾苦。語本《詩・大雅・皇矣》：「監觀四方，求民之莫。」莫，通「瘼」。瘼，疾病；病痛。⓯樂歲　豐年。⓰推心擔販腹二句　言杜甫等詩人與擔販等下層民眾推心置腹，雖僻居荒遠山村仍對百姓之病痛念念不忘。結想，念念不忘。山海陬，喻指荒遠偏僻之處。陬，角落。⓱衣冠兼盜賊二句　言天下大亂，士大夫與盜賊相雜處，邊疆的士兵中雜有俘虜。衣冠，衣服和冠戴。古代士以上戴冠，因用以指士以上的服裝。後用以代稱縉紳士大夫。《漢書・杜欽傳》：「茂陵杜鄴與欽同姓字，俱以材能稱京師，故衣冠謂欽為『盲杜子夏』以相別。」顏師古注：「衣冠謂士大夫也。」唐李白〈登金陵鳳凰臺〉：「吳宮花草埋幽徑，晉代衣冠成古丘。」征戍，征戰及駐守邊疆的士兵。纍囚，被拘囚的人。纍，繩索。引申為拘禁，囚繫。《左傳・襄公二十五年》：「使其眾男女別而纍，以待於朝。」杜預注：「纍，自囚繫以待命。」⑱借本資校讎　借助寫實詩歌作為校對史實的資料。校讎，校對；校勘。⑲藻鑒　品藻和鑒別。⑳曹劉沈謝才二句　言六朝詩人空有才華。分別指曹植、劉楨、沈約、謝靈運、徐陵、庾信、江淹、鮑照。曹植，曹操第三子，詩歌語言精練，詞藻華麗。劉楨，建安七子之一，詩歌語言質樸，多酬答親朋之作。沈約，南朝詩人，創永明體，詞藻綺麗，偏於雕飾。謝靈運，南朝詩人，寫景狀物，頗多佳句。徐陵，南朝詩人，宮體詩主要作者。庾信，南朝詩人，詩歌講究聲律對仗，綺豔輕靡，與徐陵齊名。江淹，南朝詩人，詩歌清麗多擬古之作，情調傷感。鮑照，南朝詩人，風格清俊飄逸，多抒發貧士失意之情。儔，輩；同類。㉑自云黼黻筆二句　言六朝諸人以才華辭藻自許，但在我看來，若以老杜之「詩史」衡量，不過是乞兒討飯的伎倆。黼黻，繡有華美花紋的禮服。借指辭藻，華美的文辭。

【語譯】詩歌文章可以感動天地，使各個族群的百姓們和諧相處。天地雖然不能說話，但聖賢可以作為天地的喉嚨代言天地的思想。怎奈那些纖微小人，滿篇都是華麗雕飾的空洞辭藻，嘴裡誦讀著〈子虛賦〉，身上穿著華麗的貂裘，年輕美麗的歌舞伎在身邊侍奉，直到明亮的星星照上高高的樓臺。他們飲著名酒，吃著黃羊羹，點著水晶球一樣的華麗燈盞。偶然提筆作詩為文，就收到千金的酬勞。這些纖小文人，以詩詞歌賦作為干連巴結權貴王侯的工具。他們浪得才子的稱號，何曾為民眾的疾苦請命？所以杜少陵為此而痛哭不休，他的詩歌寫道：

秋天到了，寒冷的屋內卻沒有綿絮，春天下雨了，農民該耕種時卻沒有耕牛。可愛的孩子在豐年仍然要忍受饑餓，生病的妻子在漫漫長夜中煩惱憂愁。他的詩歌與挑擔賣貨的小販們推心置腹，雖僻居荒遠山村仍對百姓之病痛念念不忘。言天下大亂，士大夫與盜賊相雜處，邊疆的士兵中雜有俘虜。史家的筆下缺少的真實記錄，可以借助杜甫的詩歌進行校對補充。把杜甫的詩獻給我們的君王，作為一面鏡子千古流傳。曹植、劉楨、沈約、謝靈運的才華，和徐陵、庾信、江淹、鮑照一輩是同類。他們自稱文辭華美，但在我看來，若以老杜之「詩史」衡量，不過是乞兒討飯的伎倆。

【研　析】鄭板橋的文學主張，與傳統的「詩教」並無二致，但更為鮮明激烈。其中最為突出的，是「民本」思想傾向。這一傾向認為，詩歌要為民請命，不能只追求辭藻華麗。因此他高度推崇杜甫的「詩史」，而批評六朝的華麗之風。至於以文干祿，那就是小人之行徑，而不僅僅是乞兒討飯的問題了。但鄭板橋這種「重思想內容」而「輕藝術形式」的詩教觀，也存在一些問題。首先，重視民瘼的思想內容，與辭藻優美的詩歌藝術形式，是兩個不同性質的問題，儘管它們之間有聯繫，但畢竟不是同一質性的命題，其在邏輯上並不構成對立的統一，因而也就不存在二者選其一的問題；其次，對於六朝文學的評價及繼承等問題，其實杜甫的〈戲為六絕句〉已經說得很清楚——「不薄今人愛古人」、「轉益多師是汝師」，吸收六朝人的長處用來表現大唐帝國的歷史現實，這有什麼不好？這就是所謂「批判地繼承」，這無疑比鄭板橋的觀點更為通達。

題盆蘭倚蕙圖

【題解】這是一首題畫詩。盆蘭倚蕙，指盆栽蘭花旁，又有一蕙相倚。蕙，香草名。即蕙蘭。葉似草蘭而稍瘦長，暮春開花，一莖可發八九朵，氣遜於蘭，色略淡。蘭蕙常對稱或混稱。《楚辭・離騷》：「余既滋蘭之九畹兮，又樹蕙之百畝。」

春蘭未了夏蘭開❶，畫裡分明喚阿呆❷。閱盡榮枯❸是盆盎❹，幾回拔去幾回栽。

【注釋】❶春蘭未了夏蘭開　言春天開的蕙蘭尚未謝去，而夏天開的蘭已經綻放。❷畫裡分明喚阿呆　言畫中春蘭夏蘭相繼開放，喚醒了對於季候變換感受遲鈍之人。❸榮枯　草木的茂盛與枯萎。❹盆盎　盆和盎。亦泛指較大的盛器。盎，盆類盛器。《急就篇》卷三：「甀、缶、盆、盎、甕、罃、壺。」顏師古注：「缶、盆、盎，一類耳。缶即盎也，大腹而斂口，盆則斂底而寬上。」

【語譯】春天開的蕙蘭尚未謝去，而夏天開的蘭花已經綻放，春蘭夏蘭相繼開放，喚醒了對於季候變換感受遲鈍之人。看盡蘭花茂盛枯萎相繼的只是那大大小小的花盆，多少回拔去了枯死的蘭花再栽上新的蘭花。

【研　析】春夏蘭蕙相倚，接連開放，引起詩人的滄桑之感。花開花謝，榮枯交替，而不變的是那閱盡春色夏景的花盆。古人曾有「樹猶如此，人何以堪」、「江山依舊，人事全非」等等感歎，而「榮枯相繼，盆盎依然」的意象，則似乎未經人道。鄭板橋是一個畫家，對於畫蘭有特別的愛好，他對於蘭花的觀察也別出心裁。

畫芝蘭棘刺圖寄蔡太史 諱時田

【題　解】芝蘭指芷和蘭。皆香草。芝，通「芷」。棘刺，指荊棘芒刺。蔡太史，名時田。太史，西周官名，掌記載史事、編寫史書、起草文書，兼管國家典籍和天文曆法等。明清修史之職歸之翰林院，故俗稱翰林為太史。這是一首自題己畫贈人詩。

寫得❶芝蘭滿幅春，傍添幾筆亂荊榛❷。世間美惡俱容納，想見溫馨澹遠人❸。

【注　釋】❶寫得　畫成。寫，古代畫畫也可稱「寫」。❷荊榛　泛指叢生灌木，多用以形容荒蕪情景。荊，落葉灌木。種類甚多，如紫荊、牡荊。榛，叢木。六朝左思〈招隱〉之二：「經始東山廬，果下自成榛。」《文選》李善注：「高誘《淮南子》注曰：『叢木曰榛。』」❸澹遠人　心境恬淡廣遠的人。

【語　譯】畫了幾株芝蘭，整幅畫充滿了春意，旁邊又添了幾筆亂長的灌木叢。世間美好的和醜惡的都容納在一起，從這幅圖畫的景象中，可以想見您的溫馨恬淡，心懷寬廣。

【研　析】關於這首詩的立意，南京博物院藏鄭板橋〈荊棘叢蘭〉圖卷墨跡：「滿幅皆君子，其後以荊棘終之，何也？蓋君子能容納小人，無小人亦不能成君子，故棘中之蘭，其花更碩茂矣。」（卞孝萱等《鄭板橋全集》卷十一）也就是說，鄭板橋認為，荊棘中的蘭花，會開得更大更茂盛，事物都是相比較相對立而存在的，沒有小人，就無所謂君子，沒有荊棘，就顯不出蘭花的高貴。這是社會上的常見現象，也是藝術的一般原理。現代藝術心理學認為，「圖—景」關係是觀察者認知對象最重要的要素之一，例如對於〈荊棘叢蘭圖〉，荊棘作為蘭花的「背景」，對於認知蘭花，形成觀察者大腦中的蘭花圖像，有重要的意義。俗話說，有比較才有鑒別，有了荊棘作為陪襯，就更能顯出蘭花的典雅高貴。

真州雜詩八首並及左右江縣

【題　解】真州，今江蘇儀徵，在長江下游北岸，東臨揚州，隔江與金陵、鎮江相望。左右江縣，長江左右兩邊各縣，包括揚州、金陵、鎮江所屬各縣。江左江右之稱，清魏禧《日錄・雜說》云：「江東稱江左，江西稱江右，何也？曰：自江北視之，江東在左，江西在右耳。」鄭板橋年輕時曾在真州江村充塾師。乾隆二十三年（西元一七五八年），已去官數年的鄭板橋，來此舊地重遊，因寫詩紀之。

春風十里送啼鶯，山色江光翠滿城。曲岸紅薇❶明澗水，矮窗白紙出書聲。衙齋❷種豆官無事，刀筆❸題詩吏有名。昨夜村燈魚藕市，青簾❹醇酒見人情。

【注釋】❶紅薇　紅色的薔薇。泛指紅花。❷衙齋　衙門裡供職官員閒居之處。❸刀筆　刀筆吏；掌管文書的小吏。❹青簾　舊時酒店的幌子，多為青布。借指酒家。

【語譯】十里春風吹送來黃鶯的啼叫聲，山色與江面的光亮照映，翠綠的顏色充滿了座座城市。曲曲折折的溪澗，兩岸紅花盛開，澗水明淨。低矮的窗子上糊著白紙，從裡面傳出朗朗的讀書聲。長官們沒事可做，閒來便在衙門裡種種豆子，管文書的小吏作些詩歌，也是很有名氣。昨天夜晚村裡的燈火照亮了賣魚藕的夜市，酒家甘醇的美酒體現出純樸的民情。

【研析】這首詩由江城的環境、吏治、社情，寫出了長江兩岸魚米之鄉躬逢盛世的太平景況。其特色，是在對於春日景況的一般性概括敘述中，插入幾個渲染氣氛、突出主題的特定細節：春風、啼鶯、山色、江光、曲岸、紅薇、明澗、衙齋、書聲、村燈、青簾等等，還只是對於常見環境及景況的一般性描寫，這些內容只是風俗敘事的一般對象，而夜晚的魚藕市

（春日天氣漸暖，白天收穫的魚、藕必須盡早賣出，故有夜市）、矮窗白紙（較為富庶地區的平民百姓居所，大戶人家是「高窗」，貧困地區平民居所無窗或用草塞窗）、種豆題詩（左右江縣富饒，收稅、匪盜、荒賑、水利等均無需費事，故長官有閒種豆，小吏有興作詩），醇酒（盛世太平之地，民風醇厚，酒中摻水便少），則構成了對於真州及附近江縣的「特色敘事」。前者是全國各地隨處可見的共性，故用虛筆，而後者則是長江下游兩岸這一特定地區的「個性」，故用「實筆」具體描繪。

村中布穀❶縣中啼，桑柘❷低簷麥隴❸齊。新筍斸❹來泥未洗，江魚
買得酒還攜。山花雨足皆含笑，絮襖春深欲換綈❺。何限❻農家辛苦事，
漸看兒女滿町畦❼。

【注釋】❶布穀　布穀鳥。以鳴聲似「布穀」，又鳴於春夏之交收割播種之時，故相傳為勸耕之鳥。❷桑柘　桑木與柘木，泛指可供養蠶的桑科樹木。柘，木名，桑科，落葉灌木或小喬木，葉卵形或橢圓形，頭狀花序，果實球形，葉可餵特定品種的蠶。明李時珍《本草綱目·蟲部》卷三十九：「蠶，孕絲蟲也。種類甚多，……皆各因所食之葉命名，……今之柘蠶與桑蠶並育。」❸麥隴　成畦的麥田。隴，通「壟」。畦：田塊。為便於排水、施肥、管理，精耕細作之農田需在大田中每隔一定距離挖溝，溝土覆蓋為「壟」，使田地成矩形畦塊。❹斸　掘。❺絮襖春深欲換綈　春日漸暖，棉襖要換成綈衣了。綈，一

種紡織品，較綢粗厚。❻何限　無限；無邊。❼町畦　田界，指田野。町，田界；田間小路。

【語　譯】布穀鳥從村裡叫到縣城裡，桑樹柘樹葉子肥大得低過了房簷，麥田一畦一畦，長得非常壯實齊整。剛挖的新筍上面還帶著泥沒有洗，買了江魚也買了酒帶著回家。雨水充足，山花含著笑意，春日已深，棉襖要換成夾衣了。農家有做不完的辛苦農事，都希望能看到兒女們漸漸長大，布滿田間。

【研　析】這一首寫春夏之交。在江淮流域，布穀鳥開始叫時，大麥、元麥、小麥要相繼收割、脫粒、曬場，水稻、山芋、花生、玉米等水旱作物要播種、插秧、管理，最為忙人的蠶寶寶要日夜呵護，一年中的這一季候，農人是最為繁忙的。鄭板橋當然不需要下田勞動，也不需要上樹採桑，他只是在閒暇時在縣衙院子中種過豆子。下江的豆類繁多，就食用來說，從苗到種，一年四季都可吃上「豆」。出苗時有豌豆苗吃，豇豆、扁豆等菜豆，結了豆角即可嘗鮮，黃豆結了不用收割可以直接吃上毛豆，秋深時還可以吃到收割脫粒的紅豆、江豆等雜豆。如此詩意的生活，對於一個拿著官俸的文人來說，完全該心滿意足了。但對於鄭板橋來說，還有更多值得關注的事情。除了他最愛的「小婦」，還有他的理想和抱負，還有他治下的百姓。鄭板橋對於百姓生活的觀察是很用心很仔細的。如「桑柘低簷麥隴齊」，他沒有說桑柘葉肥壯預示著蠶繭豐收，也沒有泛泛而言小麥年成將會如何地好，而是用被描述對象的具體形態來含蓄蘊藉地曲折敘出——桑柘冬春的管理到位且雨水適宜，其葉肥壯以致枝條低過房簷，麥子去冬今春水肥足適，都可長到極限，才會「隴齊」，如果肥力不足，或水旱不適，麥子就會參差不齊。這就是鄭板橋和一般的詩人的區別：詩人們無論是寫「田家樂」還是「農家苦」，多數都是隔靴搔癢，只有概念中的苦樂，而沒有真實的生活細節。對於文學來說，雖然不一定需要身體力行親身經歷，但也要用心去對百姓生活細緻觀察和用心體會。又如「漸看兒女滿町畦」，人是社會生活的終極目的，古代中國平民百姓的最高理想，就是經過辛勤勞動，豐收之後，娶妻成家，兒女成群，子孫滿堂。鄭板橋抓住了農人的心理，其描寫也就更顯真實可親。

寒衣新熨折❶參差，一笑裘毛落許時❷。脾土❸漸衰唯食粥，風情❹不減尚填詞。雪中松樹文山廟❺，雨後桃花浣女祠❻。最愛卷簾高閣上，楚江❼晴碧❽晚煙遲。

【注釋】❶折 折疊。❷許時 多時；些許時間。❸脾土 即脾臟。中醫以五行之說釋五臟，脾屬土，故稱。❹風情 懷抱；志趣。❺文山廟 真州文天祥廟，在東門外水關邊。文山，文天祥號。文天祥（西元一二三六—一二八三年），宋末丞相，抗元英雄。元軍圍杭州，文天祥奉命赴敵營談判，被扣，解押途中脫逃，曾至真州。後兵敗被俘，北上途中又路過真州，有〈真州驛〉詩。❻浣女祠 在真州城西。傳春秋時楚伍子胥奔吳，途中有浣紗女為其指路，子胥疑女將泄漏行蹤，浣紗女為明心跡，投水自盡。後人遂為祠祭祀。❼楚江 泛指長江中下游一帶。❽晴碧 晴空藍碧。

【語　譯】新熨好的禦寒衣服折得並不整齊，笑那裘皮衣上的毛已經掉了很久。我的脾臟漸漸衰弱，只能吃些粥。但是風雅的志趣不減，仍然能夠作些小詞。喜愛那雪中文山廟前的松樹，還有雨後浣女祠前的桃花。最愛的是在高高的樓閣上捲起湘簾，看那大江兩岸晴空的藍碧，和那傍晚炊煙的遲遲升起。

【研　析】這一首寫真州的秋末初冬，詩中將詩人自己的情緒、人格巧妙寫入。真州諸名勝，鄭板橋最關注文山廟與浣女祠。文天祥和浣紗女高潔的人格及義舉，也是鄭板橋最為嚮往的。浣紗女的決絕，文天祥的正氣，和鄭板橋的孤傲有相通之處。凡孤出之人，必有過人之處。作為一個有鮮明個性的藝術家，鄭板橋不似明代唐寅、文徵明那樣狂放中帶有妖媚之氣，也不似六朝嵇阮那樣憤世嫉俗。鄭板橋和其他人不同，他圓滑而不世故，所以他很喜歡做官但並不貪戀祿位；他憤世而並不嫉俗，所以他雖然對這個世界多有批判，但又積極地參與這個世界的諸多世俗之事；他清而不高，所以他雖然有知識分子的傲氣，但又能放下身段甚至可以在街頭賣藝。就像他的那領裘皮大衣，雖然裘毛沒了，但皮還在，不管他如何世俗，但骨子裡仍然是將自己與浣紗女和文天祥放在同一「檔次」上的。

　　月白❶潮生野水❷潺，上游千里控荊蠻❸。洗淘赤壁無遺燎❹，溶漾
金陵有剩山❺。煙裡戍旗❻秋露濕，沙邊戰艦夕陽閒。真州漫笑彈丸

地⑦，從古英雄盡往還。

【注釋】❶月白　月色皎潔。❷野水　野外之流水。❸上游千里控荊蠻　言真州控扼長江中上游千里之地。清汪中〈哀鹽船文〉：「是時鹽綱皆直達，東自泰州，西極於漢陽，轉運半天下焉，惟儀徵綰（綰結，控扼）其口。」控，控扼；扼制。荊蠻，古代中原人對楚、越或南人的稱呼。此指長江中游一帶。相對於下游真州，此地亦可稱「上游」。❹洗淘赤壁無遺燎　言雨水江水洗淘盡當年戰場遺跡。唐杜牧〈赤壁〉：「折戟沉沙鐵未銷，自將磨洗認前朝。東風不與周郎便，銅雀春深鎖二喬。」洗淘，淘洗剝蝕。指長江流域雨水沖洗，長江大浪淘沙。赤壁，三國時孫權與劉備聯軍大破曹操軍隊處。在今湖北武昌西赤磯山，與漢陽南紗帽山隔江相對。一說謂湖北蒲圻西之赤壁山。遺燎，焚燒之遺跡。❺溶漾金陵有剩山　言水波蕩漾之金陵，歷代多因南北對峙而餘殘山剩水。❻戍旗　邊防軍的旗幟。❼真州漫笑彈丸地　不要輕易地譏笑真州是個小地方。

【語譯】月色皎潔，潮水上漲，野外流水潺潺，真州控扼著長江中上游千里荊蠻之地。經歷了雨水江水沖洗浪淘的赤壁，已經沒有焚燒後剩下的遺跡了，水波蕩漾的金陵，歷代多因南北對峙而餘殘山剩水。煙霧裡的軍旗被秋天的露水打溼，沙灘邊的戰船在夕陽下悠閒地停泊。不要輕易地譏笑真州是個彈丸之地，古往今來，常有英雄們往來此州。

【研析】真州雖然比不上南面的鎮江和金陵，也比不上北邊的揚州，但在詩人眼中，卻也算是一個控扼長江中下游的戰略要地，歷代有英雄往還。春秋時代伍子胥逃難至此，現有「胥浦」的地名紀念他；東晉謝安在此築有新城，後人稱「謝公城」；宋代有文天祥路過此地，後人建有「文山廟」。其他來到此地的名人，也有許多。三國曹丕曾率十萬大軍駐真州城子山一帶，準備渡江攻吳，終因畏懼長江天塹而罷，後因名此山為「曹山」。因真州距揚、鎮、南京都不遠，很多文人學士常將此四地聯繫起來詠歎，如清王士禛有〈真州絕句〉云：「白沙亭下潮千尺，直送離心到秣陵。」

吳越咽喉❶鐵甕城，隔江相望曉煙橫。高檣❷迥❸與山排列❹，濁浪
喧同海鬥爭。卷去蘆花渾❺雪意，飄來鼓角❻盡秋聲。中原萬里無烽
燧❼，扶杖衰翁未見兵。

【注釋】❶咽喉　要塞。❷檣　船帆。❸迥　甚至；完全。副詞，表程度深。唐曹唐〈劉晨阮肇遊天台〉：「樹入天台石路新，雲和草靜迥無塵。」❹排列　成排聳立。❺渾　渾如。❻鼓角　戰鼓和號角的聲音。❼烽燧　古代邊防報警的信號，白天放煙叫烽，夜間舉火叫燧。這裡指戰亂。

【語譯】鎮江鐵甕城是吳越之地的咽喉要道，自真州隔江相望，晨煙彌漫其間。江上高高的船帆全與對岸的山峰並排聳立，濁浪喧動，似乎是與大海鬥爭。蘆花被風浪捲去渾如下雪一般，從鐵甕城飄來的鼓角盡是淒清的秋聲。中原萬里再無戰亂，拄著手杖的老翁也從未見過兵荒。

【研析】從真州可望見對面的鎮江鐵甕城，這一東南的咽喉要道，已經好久沒有肅殺的兵氣了。自清初至乾隆中葉，已有八十多年的安定和平。江面上片帆點點，雖然還有「鼓角秋聲」，但已沒有了烽燧，連柱著拐杖的老爺爺也沒有見過戰爭。和平是人類生活的基本訴求，希望那些兵家必爭之地的要塞，永遠成為懷古的對象，而不要成為真的戰場。這首詩很有氣勢，「卷去蘆花」和「飄來鼓角」一聯，觀察獨到，表達精準。

南國❶楓凋結綺樓❷，雷塘北去蓼花秋❸。染成紅淚胭脂濕，蘸破新霜草木愁❹。兩地干戈才轉瞬，一般成敗莫回頭❺。〔後庭〕❻遺曲江邊唱，又聽隋家〔清夜遊〕❼。

【注釋】❶南國　泛指中國南方。《楚辭・九章・橘頌》：「受命不遷，生南國兮。」王逸注：「南國，謂江南也。」又，指南朝。《南史・齊本紀上》：「先是，魏地謠言，『赤火南流喪南國』。」此兼指二者。❷結綺樓　南朝陳後主至德二年，起臨春、結綺、望仙三閣，閣高數丈，並數十間，窗牖、壁帶之類皆以沉檀香木為之，飾以金玉，間以珠翠，其服玩之屬，瑰奇珍麗，窮極奢華，近古所未有。後主自居臨春閣，張貴妃居結綺閣，龔孔二貴嬪居望仙閣，並複道交相往來。見《陳書・皇后傳・後主張貴妃》。❸雷塘北去蓼花秋　言揚州城北有煬帝陵，離陵北去，則是秋蓼花開放之地。雷塘，地名。在揚州城北郊。隋煬帝葬此。唐羅隱〈煬帝陵〉：「君王忍把平陳業，只博雷塘數畝田。」蓼，一年或多年生草本，花淡紅色或白色，秋日開放。有水蓼、紅蓼、刺蓼等多個亞種。《詩・周頌・良耜》：「以薅荼蓼。」毛傳：「蓼，水草也。」從下文「蘸破新霜」來看，應指水蓼。蓼味辛，又名辛菜，可作調味用。常用以象徵辛苦。《詩・周頌・小毖》：「未堪家多難，予又集于蓼。」毛傳：「我又集于蓼，言辛苦也。」❹染成紅淚胭脂濕二句　上句承「南國楓凋結綺樓」，言秋日楓葉凋落，染得淚紅，溼了結綺樓中美人臉上的胭脂。下句就「雷塘北去蓼花秋」想像，言自雷塘再向北，水蓼花開，新霜融破，北去越發荒涼肅殺而草木皆愁。紅淚，晉王嘉《拾遺記》卷七：「魏文帝所愛美人，姓薛名靈芸，常山人也……靈芸聞別父母，歔欷累日，淚下霑衣。至升車就路之時，以玉唾壺承淚，壺則紅色。既發常山，及至京師，壺中淚凝如血。」後因以「紅淚」稱美人淚。蘸破，水蓼處於溼地，溫度稍高，與周圍新霜相較，似是霜被「蘸破」。❺兩地干戈才轉瞬二句　言揚州與建康的戰事相隔不久，而隋煬帝與陳後主一樣地死於驕奢淫佚而不知回頭。兩地，分別指南朝陳後主被俘之地建康和隋煬帝被弒之地揚州。干戈，兩種兵器，代指戰事。轉瞬，轉眼間，指時間很短。陳後主被俘於禎明三年（西元五八九年），隋煬帝被弒於大業十四年（西元六一八年），相距僅二十九年。一般，一樣。成敗，偏義複辭，敗。❻後庭　樂府清商曲吳聲歌曲名。唐為教坊曲名。南朝陳後主製，全名〈玉樹後庭花〉，簡稱〈後庭花〉、〈後庭〉。其辭輕蕩，而其音甚哀，故後多用以稱亡國之音。唐杜牧〈泊秦淮〉：「商女不知亡國恨，隔江猶唱〈後庭花〉。」❼清夜遊　詞調名，雙調九十七字，見清徐立本《詞律拾遺》周端臣。據小說《隋煬帝艷史》等記載，煬帝有〈清夜游〉詞。按隋代詞體尚未大具，此為後人託名之作。

【語　譯】江南的楓葉凋落在陳後主的結綺樓下，自雷塘隋煬帝陵向北，秋天的水蓼花正在開放。楓葉染紅了樓上美人的眼淚，打溼了美人臉上的胭脂，水蓼花上，融化了的新霜，使草木更加憂愁。金陵與揚州這兩地的戰事相隔時間很短，煬帝與後主一樣地敗亡再也不知回頭。

那南朝陳後主的亡國遺曲〈玉樹後庭花〉還在江邊吟唱，接著又聽到隋煬帝的亡國之曲〈清夜遊〉。

【研析】一個王朝的覆亡，後人總會總結出一點經驗教訓出來。其中「紅顏禍水」與「亡國之音」，就是歷代文人學士所津津樂道的兩大「教訓」。作為文學，為求得眼球效應，美人與藝術，總是要搭上那麼一點的，何況在那些淫佚的末世年代，這兩樣東西也總是少不了的。不過，要是真有人看了諸如鄭板橋「南國楓凋結綺樓」這類詩歌，就認為亡國是美女和小曲造成的，那就是沒看明白這類詩歌的真正含義。詩是要用形象說話的，最適合的形象，當然莫過於那樓上的美人和樓間飄過的歌聲。一個訴諸我們的視覺，一個訴諸我們的聽覺，而且都能激發我們的想像。但是，詩學畢竟不是史學，那亡國的真正原因，詩人不說，大家也都明白——那些貌似強大的暴君或昏君，頃刻之間就土崩瓦解，主要不是因為他泡多了美女，更不是作了幾首淫詞豔曲，而是他或者橫徵暴斂視臣下百姓為寇仇，或者昏庸無能致小人當道，總之是他的所作所為，將百姓逼上了絕境，那麼他也別指望百姓永遠會逆來順受。百姓們儘管貧窮，卑微，平時忍氣吞聲，但人的忍耐是有極限的，就像那受氣的氣球，要是你不斷地給它氣受，它終有爆炸的時候。革命就是這樣發生的，古今中外都是如此。中國三千年的王朝輪回，外國的法國大革命，鬱金香革命，茉莉花革命，都是這個原因。

行過青山又一山，黃將軍❶墓几❷其間。懸崖斷處孤松出，駭浪崩時血淚還。江上諸藩皆逆類❸，樞中一老復頹顏❹。抵天隻手❺終何益，遠去心枯事總艱。

【注　釋】❶黃將軍　黃得功（西元一五九四－一六四五年），字虎山，明開原衛人。以軍功封靖南伯，鎮儀真。善使鐵鞭，江淮人稱「黃闖子」。清兵下江南，得功戰死。葬真州方山。❷兀　獨立貌。❸江上諸藩皆逆類　言駐守長江兩岸諸多將領最後都成了叛逆之臣。諸藩，諸位藩邦；藩臣。指地方大員。逆類，叛逆之徒。明末，駐守長江諸藩，中游有左良玉，下游有劉良佐、劉澤清、黃得功、高傑四鎮。後，左良玉以「清君側」為名東下，中途病亡，軍中立其子為帥，為黃得功擊破；高傑與其他三鎮爭地不得，離江守淮，為叛將許定國誘殺；劉良佐、劉澤清後皆降清。❹樞中一老復頹顏　朝廷中只有一衰老無能之人。樞中，樞要中心。指朝廷。一老，應指馬士英。士英時為南明弘光朝首輔東閣大學士。頹顏，衰老之貌。❺抵天隻手　猶中流砥柱。

【語　譯】走過了一座青山又是一座青山，黃將軍的墳墓獨立在山間。懸崖絕斷處長出一棵孤單單的松樹，洶湧澎湃的巨浪像山一樣崩塌時，混著將軍的血淚回旋。江岸一帶的藩臣都是叛逆之徒，朝廷裡主事的是一個面容頹廢衰老之人。僅僅靠黃將軍一人撐住這片天空，終究不能挽回敗局。心力枯竭，遠離塵世，這末世的事情總是非常艱難。

【研　析】真州的土地上還出過一位英雄，就是本詩中所詠歎的黃得功將軍。他的英雄之處，是視死如歸，絕不投降。但黃得功所要保衛的，卻是一個衰敗的王朝，這個王朝的統治者，幹下了數不清的壞事、昏事、荒唐事而從不知悔改。等到崇禎下罪己詔時，為時已晚。繼立的南明小朝廷，立足未穩，生死未卜，卻已在爭權奪利，魚肉百姓。無論是奄黨還是清流，都是一個比一個昏憒無恥。那王朝氣數已盡，靠一兩位英雄無法扭轉乾坤。

何事秋風只杜門❶，護花長怕曉霜痕。挂冠❷盛世才原拙，賣字他鄉道豈尊。山雨乍晴如洗沐，江煙一起又黃昏。惟君詩興❸清豪❹在，喚醒東南旅客魂。

和張仲蓊一首。

【注釋】❶杜門　閉門；不出門。❷挂冠　晉袁宏《後漢紀・光武帝紀五》：「〔逢萌〕聞王莽居攝，子宇諫，莽殺之。萌會友人曰：『三綱絕矣，禍將及人。』即解衣冠，挂東都城門，將家屬客於遼東。」後因以「挂冠」指辭官、棄官。❸詩興　作詩、吟詩的興致或情緒。❹清豪　清雅豪放。

【語譯】為什麼秋風吹來時，我只是閉門不出？是為了保護鮮花，害怕早晨的霜凍傷了花朵。盛世辭官，是因為我才能本來就很拙陋；他鄉賣字，雖然這條路並不尊貴。雨過初晴，青山好像經過洗浴一樣，江上煙霧升起，又到黃昏時候。只有您清雅豪放的詩興還在，能喚醒東南旅居客人的魂靈。

和張仲菕詩一首。

【研　析】這首是和張仲菕的，大約因與前七首寫於同時同地，故編為一組。張仲菕，板橋在真州時結識的朋友。可能是朋友問起了辭官之事，故鄭板橋答以「挂冠盛世才原拙，賣字他鄉道豈尊」，「才原拙」當然是自謙之辭，「盛世挂冠」則隱含了自己的苦衷。古語云，邦有道則仕，無道則隱。乾隆時期確實是個「盛世」，這個時候選擇掛冠，不論是公開還是私下裡，都不好說是「邦無道」，那就只能歸之於「才原拙」，我沒有做官的才能，勉強做下去，豈不是誤了皇上的事，但下一句又言「道豈尊」，是說這賣藝也並非是什麼無上光榮的事情，之所以選這條道，實在是有諸多不得已。鄭板橋繞來繞去，始終沒有明說「何事秋風只杜門」。其實，這也用不著說出來，官場的潛規則，大家心知肚明，鄭板橋不適應或不願適應這些潛規則，那只能主動或被動地掛冠賣字。

真州八首，屬和紛紛，皆可喜，不辭老醜，再疊前韻

【題　解】鄭板橋舊地重遊，一口氣寫下了八首真州詩，朋友們一片叫好，紛紛屬和，鄭板橋興致大發，又寫了八首。因心情不同，這八首與上一組相比，多了些明快、喜悅和豪興。

江頭語燕雜啼鶯，淡淡煙籠繡畫城❶。沙岸柳拖❷騎馬客，翠樓簾卷

賣花聲❸。三冬薺菜偏饒味❹，九熟櫻桃❺最有名。清興❻不辜諸酒伴，令人忘卻異鄉情。

謂張仲蓊、鮑匡溪、米舊山、方竹樓諸子。

【注釋】❶繡畫城　如彩繡畫圖般的城池。❷拖　拖逗；挑逗；逗弄。❸翠樓簾卷賣花聲　言酒樓中人聽得賣花之聲，捲簾相看。翠樓，酒樓。酒樓等歡場為引客注目，多以彩色裝飾，故曰「翠」。翠，鳥花色羽。❹三冬薺菜偏饒味　言薺菜經冬，味最鮮美。三冬，冬季有三個月，故曰三冬。三冬，一本作「三春」，誤。薺菜僅冬末春初時味道鮮美，初春一過，即開花結子，不可食用，非但味道欠美而已。饒味，味道特別鮮美。❺九熟櫻桃　傳櫻桃九成熟時口味最佳。❻清興　清雅的興致。

【語譯】江邊燕子的鳴叫夾雜著黃鶯的啼叫，淡淡的煙霧籠罩著如彩繡畫圖般的城池。沙石長堤上的柳條逗弄著騎馬的客人，酒樓簾子捲起，是賣花人的叫聲驚動了樓中人。經過一冬天的薺菜味道才更為鮮美，九成熟的櫻桃就最有名氣。我多作詩多飲酒，當不會辜負各位酒伴的清雅興致，高興中叫人忘記身處異鄉之情。

稱張仲蓊、鮑匡溪、米舊山、方竹樓等人。

【研析】揚州附近有豐富的鄉土物產，這些土特產與詩句相結合而共同出名的，就板橋詩詞來說，莫過於「三冬薺菜偏饒味，九熟櫻桃最有名」，和上文〈閑居〉一詩中「江南大好秋蔬菜，紫筍紅薑煮鯽魚」這兩聯詩句，四種果蔬，一種河鮮，一種調料，可充「板橋食譜」。薺菜，原產中國，為一年生或二年生草本野菜，近年長江流域廣有栽培。長江流域因溫度適宜，其一年生者，種子可在晚秋成熟，初冬出苗，經三冬，至來年初春開花，成為二年生者。若在冬末春初其花苔欲抽未抽時挑採，則可稱「三冬薺菜」。薺菜本有清野之味，若經過三冬雪壓霜欺，其葉色深紅紫，其株雖小，然味道極為鮮美，遠非春秋二季生長者所能比。至於近代溫室大棚中所栽培者，口味更不能與經過「三冬」者相提並論。至於櫻桃，則公認在九成熟時口味最佳。櫻桃好吃，全在於其酸甜軟硬適度，十成熟時採摘，等經過若干程序，端上餐桌時，已經過熟，而過熟則甜軟有餘而酸硬不足，而九成熟時採下，正好在吃時達到最佳狀態。至於「紫筍紅薑煮鯽魚」，則更為鮮美，非水鄉之外人所能體會。

滿林煙雨曙鴉啼，脈脈❶春流❷與岸齊。蝦菜❸半肩❹奴子荷❺，花枝一剪老夫攜。除煩苦茗❻煎新水，破暖❼輕衫染舊綈❽。最是老農閑不住，牆邊屋角韭為畦。

【注釋】❶脈脈　連綿不斷貌。❷春流　春天的水流。❸蝦菜　泛指魚蝦及蔬菜。❹肩　與下文「剪」均作量詞用。❺荷　扛；負。❻茗　茶。❼破暖　天氣轉暖。宋秦觀〈水龍吟〉〈題妓婁東玉〉：「朱簾半捲，單衣初試，清明時候。破暖輕風，弄晴微雨，欲無還有。」❽綈　厚實平滑而有光澤的絲織物。此指舊厚衣。

【語　譯】樹林裡滿是煙雨，拂曉的烏鴉啼叫起來，連綿不斷的春水已與兩岸齊平。僮僕扛著半肩的魚蝦蔬菜，老頭子我拿著一束剪下的花枝。解除煩惱的苦茶，是用新汲的水去煮，天氣轉暖，換上輕便衣衫，是用舊夾衣重染改縫而成。老農最是閒不住之人，抽空在牆邊屋角栽下了幾行韭菜。

【研　析】這是一幅春水煙雨村居圖。天氣漸漸暖和，春水上漲，魚蝦上市，買來新鮮菜蔬，同時也不忘記買一束花來為生活添些雅興。雖然家裡不富裕，春衣需要冬衣拆了重染重縫，但有僮僕幫忙料理家務，有新茶可品，閒來還可在屋角栽些韭菜，生活還是不錯的。

滿塍❶新綠燕參差❷，正是秧針❸刺水時。陌上壺漿❹酬力作❺，田中
幺鼓❻唱盲辭❼。霂霖❽聖世唯沾❾塊❿，貓虎先型有賽祠⓫。野老⓬何知
含哺⓭樂，優遊⓮化日⓯向來遲。

【注　釋】❶塍　畦田。❷參差　指燕子上下飛舞貌。唐李商隱〈池邊〉：「流鶯上下燕參差。」❸秧針　稻秧尖細如針，故云秧針。❹壺漿　茶水、酒漿。水酒以壺盛之，故稱。❺力作　勞作；體力活。❻幺鼓　小鼓。❼盲辭　一種民間的說唱文學。演唱者多盲人，故稱。❽霂霖　雨水。喻朝廷的恩澤。❾沾　浸潤濡染。❿塊　大塊；大地。⓫貓虎先型有賽祠　言神祠中祭祀有前代的貓虎形象。貓虎，貓和虎。古代以貓虎為有益於農事的神物。《禮記・郊特牲》：「禽獸，仁之至，義之盡也，古之君子，使

之必報之。迎貓，為其食田鼠也；迎虎，為其食田豕也，迎而祭之也。」先型，先前典型之像。賽祠，賽神的祠堂。賽神，設祭酬神。唐張籍〈江村行〉：「一年耕種長苦辛，田熟家家將賽神。」⑫野老　村野老人。南朝梁丘遲〈旦發漁浦潭〉：「村童忽相聚，野老時一望。」⑬含哺　口銜食物而嬉遊，形容民眾生活安樂。典出《莊子．馬蹄》：「含哺而熙，鼓腹而遊，民能以此矣。」⑭優遊　悠閒自得。《詩．大雅．卷阿》：「伴奐爾游矣，優游爾休矣。」⑮化日　太陽光。借指時光。《宋史．樂志》：「化日初長，時當暮春。蠶事方興，惟后惟嬪。」

【語　譯】滿田嫩綠，燕子上下翻飛，現在正是新生的稻秧長到水面的時候。田間小路上，用茶水和酒漿犒勞辛勤勞作的人們，田中有人拍著小鼓唱著盲詞。盛世的恩澤浸潤濡染大地，神祠中祭祀有前代的貓虎形象。村野老人最知道口銜食物嬉遊之樂，悠閒自得中，白晝的時光向來顯得緩慢。

【研　析】這首詩寫所謂「田家樂」。田家生活本來很苦很苦，但不下田的讀書人站在田埂上看別人插秧，卻會生出某種「樂趣」來。唐張籍〈江村行〉「一年耕種長苦辛」，對於幾千年來臉朝黃土背朝天的農人多少有些淡淡的同情，但對於張籍、鄭板橋這一類知識分子來說，他們並沒有真正下田勞動過，因此也就永遠不可能對農民的辛苦有切身的體會。好在江南生活富足，只要統治者不折騰，無為而治，讓老百姓休養生息，農人們也就算是享受到了「田家樂」了。你看，燕子參差，秧針刺水，壺漿酬作，幺鼓唱辭，霡霂沾塊，貓虎賽祠，野老含哺，優遊化日，詩人連用了這麼多的「田家樂」意象，讓人不得不相信，十八世紀的中國江南，是多麼和諧美好的理想社會啊！

一江離思水潺潺，綠酒紅亭怨小蠻❶。芳草不曾遮遠道，浮雲只是負青山❷。繅絲無力春蠶老，繫臂何心彩縷閑❸。咫尺鄉園千里闊，大刀頭缺幾時還❹？

【注　釋】❶一江離思水潺潺二句　言離別的思緒如同一江流水，江邊紅亭裡的思婦因怨恨而以酒澆愁。一江，真州與揚州同在江邊，故言之。離思，離別之思。綠酒，美酒。晉陶潛〈諸人共遊周家墓柏下〉：「清歌散新聲，綠酒開芳顏。」紅亭，猶長亭。路途中行人休憩、送別之處。唐岑參〈水亭送劉顒使還歸節度〉：「紅亭莫惜醉，白日眼看低。」小蠻，唐白居易舞妓小名，後用以泛指姬妾。此應指小妾饒氏。❷芳草不曾遮遠道二句　言芳草並未遮擋回鄉之路，只是浮雲在外飄泊，辜負了家鄉的青山。芳草句典出〈古詩十九首・涉江采芙蓉〉：「涉江采芙蓉，蘭澤多芳草。采之欲遺誰，所思在遠道。」遠道，猶遠路。指遠方的遊子。浮雲句典出唐李白〈送友人〉：「青山橫北郭，白水繞東城。此地一為別，孤蓬萬里征。浮雲游子意，落日故人情。揮手自茲去，蕭蕭班馬鳴。」❸繅絲無力春蠶老二句　自言已老，無力無心在外流蕩尋豔。繅絲句典出唐李商隱〈無題〉：「春蠶到死絲方盡，蠟炬成灰淚始乾。」繅絲，抽繭出絲，此指結繭。絲，與「思」諧音。繫臂，《晉書・后妃傳上・胡貴嬪》：「泰始九年，帝多簡良家子女以充內職，自擇其美者以絳紗繫臂。」後民間定親多效仿。因以「繫臂」或「繫臂紗」為定情之典。❹大刀頭缺幾時還　自問何時還鄉。大刀頭，指刀環。大刀頭部穿有環，用以壯聲勢。環，與「還」諧音。典出《漢書・李陵傳》：「昭帝立……遣陵故人隴西任立政等三人俱至匈奴招陵。……立政等見陵，未得私語，即目視陵，而數數自循其刀環，握其足，陰諭之，言可還歸漢也。」大刀頭缺，指刀頭無環，喻還鄉不得。故問以「幾時還」。

【語譯】離別的思緒如滿江的水潺潺流淌，送別的長亭中，滿懷怨恨的思婦以酒澆愁。芳草並未遮擋回鄉之路，只是我像浮雲一樣在外飄泊，辜負了家鄉的青山。我是春蠶已老，無力再結繭抽絲，我也無心再將定情的彩縷繫在臂上，只能讓那彩縷閒著。鄉園雖然近在咫尺，但卻像遠隔千里，大刀頭上缺了圓環，我幾時才能回到家鄉？

【研析】這一首懷念家鄉。真州雖好，不是久戀之家。揚州才是鄭板橋心目中的真正家鄉。鄭板橋在詩中闡述了思鄉的原因。一來，是因為家中的「小蠻」有怨，多年在外漂泊，年輕的饒氏在家，應該常到送別長亭去眺望。二來，就自己方面來說，年紀大了，不能像年輕時候去拈花惹草了，因此對家鄉的青山格外懷念。問題是，家鄉很近，回家鄉的道路上也沒有遮擋，為什麼鄭板橋還不回家呢？這一點我們無從知曉，鄭板橋只是泛泛而言「大刀頭缺」，至於到底缺了什麼，板橋先生沒有說，也許他老先生自己也不是很清楚。

莽莽山城接水城❶，千年霸業尚縱橫❷。佛狸❸去後弛戎馬，侯景❹來時釀❺戰爭。君相❻南朝同燕幕❼，文章六代總蛙聲❽。衣冠禮樂❾吾朝盛，除卻蒐苗❿未點兵⓫。

【注釋】❶莽莽山城接水城　言金陵、鎮江、真州、揚州一帶，山城連接水城。按此四城均在江邊，近城有山。莽莽，原指草木茂盛，引申為氣勢雄渾。❷千年霸業尚縱橫　言一千年來，在金陵建都成就霸業的，皆崇尚縱橫天下的武力。❸佛狸　北魏拓跋燾（太武帝）的小字。南朝宋文嘉二十七年，北魏大敗宋軍，追至真州對岸的六合瓜步山。❹侯景　南北朝羯人，先事北魏、東魏、梁，後發動叛亂，攻陷梁都建康。史稱「侯景之亂」。❺釀　醞釀；造成。❻君相　國君與國相。《國語・晉語九》：「今主一宴而恥人之君相，又弗備，曰『不敢興難』，無乃不可乎？」此指南朝君臣。❼燕幕　燕子在帳幕上築巢。比喻處境非常危險。《左傳・襄公二十九年》：「（吳公子札）自衛如晉，將宿於戚，聞鐘聲焉，曰：『異哉！吾聞之也，辯而不德，必加於戮，夫子獲罪於君以在此，懼猶不足，而又何樂？夫子之在此也，猶燕之巢于幕上。』」楊伯峻注：「帳幕，隨時可撤。燕巢于其上，至為危險。」❽文章六代總蛙聲　言六朝文章浮誇。六代，指三國吳、東晉和南朝之宋、齊、梁、陳。蛙聲，喻文章浮誇。❾衣冠禮樂　指文明禮教。❿蒐苗　狩獵。春獵為蒐，夏獵為苗。⓫點兵　檢點兵馬。《資治通鑑・梁武帝大同三年》：「丞相歡欲收兵更戰，使張華原以簿歷營點兵。」

【語譯】氣勢雄渾的山城連接著水城，一千年來，在金陵建都成就霸業的，都崇尚縱橫天下的武力。北魏拓跋燾退兵後南朝又放鬆了軍備，侯景打來時就釀成了戰亂。南朝君臣就像燕子在帳幕上築巢那樣處境非常危險，六朝的文章盡是像蛙叫那樣的浮誇之聲。要論文明禮教，還要數我們大清朝繁盛，除了春夏兩季狩獵，就不再檢點兵馬。

【研析】以金陵為中心的寧鎮揚地區，一千年來一直是叛亂或南北之爭的戰場。更確切地說，是軍隊殺害無辜百姓的屠場。從侯景之亂到「揚州十日」，繁華一世的金陵與揚州，多少次在戰火中成為「薺麥青青」的黍離之地。鄭板橋當然不敢也不願提及發生在明末清初的「揚州十日」屠城事件，但「衣冠禮樂吾朝盛，除卻蒐苗未點兵」的頌聖之辭，還是讓人不免想起那「可汗大點兵」的歲月。這一切是誰的罪過？南朝的君臣總是那麼昏庸窩囊，南朝的文章也總是那麼柔靡浮誇，柔弱的南人總是不敵剽悍的北兵，所謂「衣冠禮樂」，並不能抵擋南下的鐵騎。常說「落後就要挨打」，其實，先進也未必不挨打。

伍相❶祠高百尺樓，屯田遺墓也千秋❷。溪邊花落三春❸雨，江上潮來萬古愁。無主泥神常趁廟，失群才子且低頭❹。畫船半破零星板，一棹殘陽寂寞遊。

【注　釋】❶伍相　指春秋時伍子胥。子胥曾為吳國相。❷屯田遺墓也千秋　言北宋柳永墓到現在已有六百餘年。柳永曾官屯田員外郎。傳真州城西有柳永墓。千秋，指歷經久遠。❸三春　此指春季的第三個月，即暮春。❹無主泥神常趁廟二句　上句言伍相祠中泥塑的子胥神像雖然非佛非道，但常有人來趕廟燒香。下句言柳永因曾被逐出士人隊伍，後世那些不合群的才子到了柳永墓前就會低頭參拜。趁廟，趕廟。失群才子，不合群或被逐出士人群體的才士。傳柳永曾遭皇上黜落，遂自稱「奉旨填詞」，後改名方得中進士。

【語　譯】伍子胥的祠廟是百尺的高樓，柳屯田的墓地到今日也有六七百個年頭。溪邊的花兒在暮春的小雨中落下，江上的潮水帶來了萬古的愁怨。伍相祠中泥塑的子胥神像雖然非佛非道，但常有人來趕廟燒香，北宋的柳永被逐出才士的隊伍，後世那些不合群的才子到了柳永墓前就會低頭參拜。彩繪的畫船已經半破，散落著零星的船板，殘陽中划起船槳，寂寞地在水面上遊蕩。

【研　析】伍子胥和柳永，是歷史上與真州有關的兩個著名人物。這兩人一文一武，又相隔一千多年，為什麼要把他們扯到一起呢？關鍵就在詩中所說的「萬古愁」。所謂「萬古愁」，是說這愁超越了時空，不管是古代還是當代，不管是文人還是武士，都同有一個「愁」。是什麼能使不同時代、不同身分的人都這麼「愁」呢？伍子胥和柳永只有一個共同點：誠而見疑，忠而遭貶——他們都很想為主上效力，又都被主上放逐。中國有數千年的皇權專制，伍子胥遇到楚平王和吳王夫差那樣的昏君暴君，自然倒霉，但柳永遇到的卻是明君宋仁宗，也是一樣地晦氣。這就告訴我們，不管主上如何，在「家天下」這一制度的籠罩下，把自己的命運交給別人，就無法保證有個好的結果，即使對方是宋仁宗那樣的「好皇上」。今天的社會已經進入了現代文明社會，這個社會，應該是「人人生而平等」，每一個人都應該有自己獨立的人格，每一個人的內心都是一個獨立的存在，這樣，「誠而見疑，忠而遭貶」的「萬古愁」就不復存在了。別人不相信你，你不理他就是了，哪怕他是國王，是總統，對於你來說，統統都是一朵朵的浮雲。

踏遍芒鞋❶為買山❷，誰家小閣樹中間？白雲封處門長閉，紅日高時夢未還❸。六代❹煙花❺銷妄念，揚州金粉❻付朱顏❼。惟餘一二漁樵侶，釣雨擔雲❽事未艱。

【注　釋】❶芒鞋　用芒莖外皮編織成的鞋，此泛指草鞋。唐張祜〈題靈隱寺師一上人十韻〉：「朗吟揮竹拂，高揖曳芒鞋。」❷買山　南朝宋劉義慶《世說新語‧排調》：「支道林因人就深公買印山，深公答曰：『未聞巢、由買山而隱。』」後以「買山」喻賢士歸隱。❸白雲封處門長閉二句　言隱士所居人跡罕至，有白雲封門，門內的主人，紅日高照，仍在睡夢之中。傳說隱士修煉之洞所，多有白雲繚繞。❹六代　即六朝，中國歷史上以南京為中心的東晉、三國吳、宋、齊、梁、陳六個朝代。❺煙花　霧靄中花草繁盛之景，後泛指綺麗的春景，引申為風月煙雲、藝妓之所在。❻金粉　指穿金戴銀、面傅香粉的婦女，引申為妓女。❼朱顏　面顏紅潤，指年輕人。❽釣雨擔雲　在雨中漁釣，在雲深處擔柴，指隱居生活。

【語　譯】穿上草鞋，踏遍真州，為的是尋訪隱居之所。這是誰家的小閣樓，隱藏在綠樹之中？白雲繚繞，柴門長閉，紅日高照，主人仍在睡夢之中。對那六朝的煙花已經沒有了非分之念，對揚州的美女，且把她們留給年輕一輩。只剩下一兩位打漁砍柴的伙伴，在雨中漁釣，在雲深處擔柴，這樣的隱居生活也並不艱難。

【研　析】這一首為板橋自述理想之辭。他認真其事地對大家說，自己已經老了，準備拋開功名利祿、金錢美女等一切世間雜念，來到真州這個地方，尋找一處隱居之地，過上釣雨擔雲的隱士生活。這不但是古人，也是現代人的一個夢想。特別是對於終日忙碌、糾結於複雜人際關係、在喧囂與汙濁中掙扎的現代都市人來說，能放下一切，找到一個清修之地，有白雲、青山、流水、鳥鳴、落葉，過上日出而作、日入而息，沒有煩惱、沒有勾心鬥角、沒有汙染的生活，該是多麼美好啊！據網上消息，中國大陸的某些名山附近，方圓數百千米內，隱居著數千名現代隱士，他們或結草廬而居，或以山洞為家，自己種菜，偶爾出山採購些糧食日用品，不用手機不上網，不要工作也不與外人交往，有人一住就是二十多年。但是，說是這樣說，山中歲月儘管好，真的要你放下一切，絕大多數人還是做不到，房子、孩子、妻子、情人、職位、繁華、聲色，甚至寵物，這些還是不能捨下。那種清苦生活，也不是常人所能忍受。古代的鄭板橋當然只是說說而已，他老人家寫完這組詩，並沒有「買山」，更沒有「銷妄念」，而是又回到了煙花金粉的揚州。

柏葉楓枝靜掩門，臥看霜雁❶碧天痕。一生去國魯司寇，萬古辭家佛世尊❷。策馬有心鞭已折，抄書無力眼全昏。而今說醒雖非醒，前此俱為蝶夢魂❸。

【注　釋】❶霜雁　秋雁。北齊劉晝《新論・託附》：「夫含氣庶品，未有不託附物勢以成其便者也。

故霜雁託於秋風，以成輕舉之勢。」❷一生去國魯司寇二句　言孔子、釋迦牟尼均一生在外遠遊。司寇，官名。掌刑獄、糾察等事。孔子曾為魯司寇。世尊，佛陀的尊稱。梵語 Lokanátha 或 Bhagavat 之漢譯。《四十二章經》：「爾時世尊既成道已，作是思維。」隋慧遠《無量壽經義疏》卷上：「佛備眾德，為世欽仰，故號世尊。」此指釋迦牟尼。❸蝶夢魂　《莊子・齊物論》：「昔者莊周夢為胡蝶，栩栩然胡蝶也，自喻適志與，不知周也。俄然覺，則蘧蘧然周也。不知周之夢為胡蝶與，胡蝶之夢為周與？周與胡蝶，則必有分矣。此之謂物化。」

【語　譯】烏柏樹和楓樹的枝葉一片寂靜，掩著門臥在床上，看那秋天的一隊大雁，在藍天上劃下一道痕跡。當年曾為魯司寇的孔夫子，一生中大多數時間都離開魯國在外遊蕩，那千秋萬古長存的釋迦牟尼，也常年離開家鄉在外。我想去騎騎馬，但馬鞭已經折斷，我想抄抄書，但渾身無力，兩眼昏花。這會兒可以說是醒了，雖然我還沒有真正醒來，在這之前的生涯，也許全是做著蝴蝶夢的精魂。

【研　析】這首詩是鄭板橋的感悟之作。人生如夢，孔夫子、佛祖、莊子這些古代的偉大人物，生前不是在外遊蕩就是在夢中飄浮，何況我輩凡夫俗子。即如我之現在，在這真州故地為客，但那寂靜的小院，院裡院外的烏柏楓樹，頭頂上的一隊大雁，又是這麼親切熟悉。到底是在夢中回到了這個曾經生活的地方呢，還是在這異鄉做了個思鄉的夢呢？是醒來後的白日夢，還是本來就還沒有醒？漸入老境的鄭板橋，看來是多少有些參破人生，不再「糊塗」或更加「糊塗」了。子曰，風乎舞雩，吾與點也；佛說，如是我聞，總顯己聞；莊子云，周之夢蝶，蝶之夢周；板橋說，難得糊塗，糊塗難得。既然是一場夢，又何必講求？春天在沂河邊曬曬太陽，聊聊「我聞」，最好是在沙灘上做個蝴蝶夢，不是也很好嗎？

濰縣署中畫竹呈年伯包大中丞括

【題　解】濰縣任上，板橋畫了一幅竹並題此詩，呈上司包括。包括時任山東布政使，署理巡撫。年伯，對父親同年登科者的尊稱。明代中葉以後，亦用以稱同年的父親或伯叔，後用以泛指父輩。中丞，漢代御史大夫之下的官員，明清時用以稱巡撫。大，對於尊者的敬語。

衙齋臥聽蕭蕭❶竹，疑是民間疾苦聲。些小吾曹❷州縣吏，一枝一葉總關情❸。

【注　釋】❶蕭蕭　象聲詞。常用以象風雨、流水、草木搖落之聲。晉陶潛〈詠荊軻〉：「蕭蕭哀風逝，淡淡寒波生。」❷吾曹　我們，第一人稱複數的謙稱。❸關情　牽動情懷。

【語　譯】在官衙的宿舍裡，睡臥中聽到竹子蕭蕭作響，彷彿是聽到了民間的疾苦聲。對於我們這些州縣的小吏，老百姓的一枝一葉，總是牽動著我們的情懷。

【研　析】在中國古代，縣官是所謂「親民之官」，是直接處理普通百姓日常事務的。能否為老百姓真心辦事，關乎百姓對於整個官方的直接體驗，關係到社會的穩定，必須提高到「水能載舟，亦能覆舟」的高度。反腐敗「老虎蒼蠅」一齊打，百姓們當然堅決擁護。

予告歸里，畫竹別濰縣紳士民

【題　解】板橋即將離開官場，離開濰縣，於是畫了幅竹子並題詩作為留念。歸里，回歸鄉里，不再為官。

烏紗❶擲去不為官，囊橐❷蕭蕭兩袖寒。寫取一枝清瘦竹，秋風江上作漁竿。

【注　釋】❶烏紗　烏紗帽；官帽，指為官。❷囊橐　袋子。《詩・大雅・公劉》：「迺裹餱糧，于橐于囊。」毛傳：「小曰橐，大曰囊。」指錢袋。

【語　譯】扔了烏紗帽不再為官，錢袋空空，兩袖清風。畫了一枝清瘦的竹子，江上的秋風起時，可充作漁竿。

【研　析】板橋在濰縣作了七年的縣長，既沒調任，也沒升遷，這屬於「超期服役」。在這七年中，板橋為老百姓作了許多好事，但也得罪了許多人。官場上傳他貪汙受賄，上頭大概認為「查無實據，事出有因」，讓他免官了事。現在終於要離開了。板橋已經下了決心，離開官場，回家鄉揚州，去江邊釣魚。但這模模糊糊的罪名讓人不甘心，於是畫了這幅自表廉潔的清瘦竹子，並特意題上「蕭蕭兩袖寒」的聲明。一個社會的崩潰，是從好人受氣開始的。乾隆以後，清代官場逐步腐化墮落，最後的場景，清代小說《儒林外史》和《官場現形記》都有生動的描述。

竹石

【題解】竹石，扎根生長在岩石縫中的竹子。板橋的〈竹石圖〉，有南京博物院藏立軸，上海博物館藏竹石軸等。

咬定青山不放鬆，立根原在破岩❶中。千磨萬擊還堅勁，任爾❷東西南北風。

【注釋】❶破岩　有裂縫的岩石。❷任爾　任憑你。

【語譯】竹根咬定了青山不肯放鬆，竹子立身的根，原本就在岩石的裂縫中。千萬次的折磨和打磨，竹子仍然堅強勁韌，任憑你刮來東西南北的大風。

【研　析】這棵扎根在岩石縫中的竹子，正是板橋自身的寫照。首先，板橋愛好學習，為了考中進士這一理想，學習考試三十年，終於實現了這一理想。我們現在也許會認為，科舉考試就是一個坑，算不上什麼「理想」，但在那時候的中國，這也是讀書人的唯一出路。我們不能用今天的認知去嘲笑古人。努力認真地去做一件不危害別人的事，這樣的精神還是值得歷代人學習的。其次，板橋對於不平不公之事，好罵，容易得罪人，他也多次受到「東西南北風」的打擊。但他我行我素，就像這枝石頭縫中的竹子，堅強不屈。

詞

漁家傲　王荊公新居

【題解】王荊公，即王安石（西元一〇二一—一〇八六年），字介甫，小字獾郎，號半山。封荊國公。撫州臨川人，世稱臨川先生。北宋政治家、文學家，唐宋古文八大家之一。罷相後曾在江寧蔣山的半山園閒居。從詞文來看，題目所言「新居」，應即半山園當年新落成的茅屋。

積雨新晴江日吐❶。小橋著水煙綿❷樹。茅屋數間誰是主。王介甫。
而今曉得青苗❸誤。呂惠卿❹曹❺何足數。蘇東坡遇還相恕。千古文章根肺腑❻。長憶汝。蔣山❼山下南朝路。

【注釋】❶吐　吐出；升起。❷煙綿　連綿。唐宋之問〈送趙司馬赴蜀州〉：「餞子西南望，煙緜劍道微。」❸青苗　熙寧二年九月，作為新政的主要措施之一，王安石頒布青苗法。《宋史・王安石傳》：「青苗法者，以常平糴本作青苗錢，散與人戶，令出息二分，春散秋斂。」《宋史・食貨志四上》：「於陝西轉運司私行青苗法，青散秋斂，與安石意合。至是，請施行之河北，於是安石決意行之，而常平、廣惠倉之法遂變而為青苗矣。」❹呂惠卿　惠卿（西元一〇三二—一一一一年），字吉甫，泉州晉江人，為王安石變法的主要支持者和執行者，後安石去位，呂惠卿遂力排之。❺曹　等；輩。❻蘇東坡遇還相恕二句　言蘇東坡雖與王安石政見不合，但當二人在蔣山相遇時，仍能相互理解寬恕，其原因之一，即在於二人都是真情至性之人，其千古文章，都自肺腑中流出。王安石當政時，儘管二人因對新法的態度相反而引起過激烈的衝突，但對於對方的文學才能，二人仍有惺惺相惜之感；後蘇軾因「烏臺詩案」下獄，遠在江寧閒居的王安石即上書營救；元豐七年（西元一〇八四年），蘇軾自黃州量移汝州，途經金陵，二人相逢一笑，同遊鍾山，王安石甚至邀約蘇軾同隱金陵。❼蔣山　即鍾山，又名紫金山，在南京市區內。漢末有秣陵尉蔣子文死於此，三國吳孫權為立廟於鍾山，因又稱蔣山。

【語譯】接連下了幾天的雨，天色終於放晴，江面上一輪紅日升起。小橋下流水上漲，兩岸是連綿的樹木。誰是那幾間茅屋的主人？是王安石，如今他終於明白實施青苗法的錯誤。呂惠卿等輩當然不足論，蘇東坡與王安石相遇，仍能相互理解寬恕，因為他們流傳千古的文章，都一樣地發自肺腑。久久地懷念王安石，鍾山腳下，古時的南朝道路上，留下他的足跡。

【研析】北宋神宗熙寧九年（西元一〇七六年），因新法不利，王安石第二次罷相，出知江寧府。但王安石並未到府視事，次年六月，五十七歲的王安石正式辭官，在鍾山腳下築茅屋隱居，因地處江寧城與鍾山之間，故名半山園。該園遺址在今中山門北清溪路東。自古及今，王安石及其新法，在歷史上爭議極大。貶之者指其人為奸邪，其法為擾民害政，欺君誤國；譽之者以其為偉大的思想家政治家，其法為挽救北宋王朝的不二法門。這首詞借描繪半山園新居，對王安石及其新法進行了評價。詞的開頭，用清新的筆調描寫了半山園附近的美麗景色，而後自然引出變法這一話題。應該說，鄭板橋對王安石及其新法的評價並無新意，仍是否定新法，而肯定其文學成就、有限度地肯定其人品這一元代以來常見的套路。以詞寫史，前人多懷古之作，而直接以詞為史評，在歷代詞作中也算是別具一格。

蝶戀花 晚景

【題解】這首詞描寫古渡晚景，寫景中帶有離人的一絲惆悵。

一片青山臨古渡。山外晴霞，漠漠❶收殘雨。流水遠天波似乳❷。斷煙❸飛上斜陽去。

徙倚❹高樓無一語。燕不歸來，沒個商量處。鴉噪暮雲城堞❺古。月痕淡入黃昏霧。

【注釋】❶漠漠　迷蒙貌。漢王逸〈九思·疾世〉：「時咄咄兮旦旦，塵漠漠兮未晞。」又廣闊貌。

唐羅隱〈省試秋風生桂枝〉：「漠漠看無際，蕭蕭別有聲。」❷流水遠天波似乳　承上句言流水與遠天相接處霧氣迷蒙，水波色白似乳。❸斷煙　孤煙。村中煙火通常連綿不斷，孤煙反是，故稱「斷煙」。唐趙嘏〈宿楚國寺有懷〉：「風動衰荷寂寞香，斷煙殘月共蒼蒼。」❹徙倚　猶徘徊；逡巡。《楚辭・遠遊》：「步徙倚而遙思兮，怊惝怳而乖懷。」王逸注：「彷徨東西，意愁憤也。」❺城堞　泛指城牆。堞，城牆上齒狀矮牆，又稱女牆。

【語　譯】一片片青翠的山峰臨近古老的渡口，山外晴日霞光滿照，迷蒙中殘雨剛剛停止。流水與遠天相接處霧氣迷蒙，水波色白似乳，一縷孤煙嫋嫋，飛上斜陽。　獨自在高樓上徬徨徘徊，默默無言，燕子不歸來，沒有可以交談的對象。古老的城牆上烏鴉聒噪，暮雲四起，初升的一痕月牙在黃昏的薄霧中若隱若現。

【研　析】詞中描寫了一幅黃昏時分的水光山色圖。寫景之中，溶入了一絲淡淡的徬徨憂傷。詞的上闋純是寫景，正是黃昏時分的青山古渡，殘雨漸收，晴霞萬點，流水無涯，遠煙嫋嫋，斜陽脈脈，景象迷蒙而清麗。下闋開頭寫情，其內容則仍是傳統的高樓、孤獨、徬徨、無語等元素。與一般的上闋寫景，下闋寫情有所不同，這首詞下闋的寫情只是點到為止，其後半部分再回到寫景：寒鴉啼叫，月魄初升，薄霧漸起，城堞垂古，月牙昏黃。王國維《人間詞話》有云，「一切景語皆情語也」，此詞可為一例。

漁父　本意

【題解】本意，指詞的題材正用詞牌的本來意義。詞之初起，詞牌就是詞題，如〔菩薩蠻〕寫道情，〔漁家傲〕、〔漁父〕寫漁家生活，後來詞牌只用為樂譜格律方面的形式規定，而詞牌與詞意漸行漸遠，若仍用詞牌所言內容，則可題為「本意」。這首詞寫漁父初春時節的生活場景，並用以抒發作者對於自由生活的嚮往。

宿雨❶新晴江氣涼。濕煙初破柳絲黃。才上巳❷，又清明，桃花村店酒瓶香。

漠漠海雲❸微漏日，茫茫春水漸盈塘。波澹蕩❹，燕低昂❺。小舟絲網曬魚梁❻。

【注釋】❶宿雨　夜雨；經夜之雨。隋江總〈詒孔中丞奐〉：「初晴原野開，宿雨潤條枚。」也指久雨；多日連續下雨。❷上巳　節日名。漢以前以夏曆三月上旬巳日為「上巳」，魏晉以後漸定為三月三日，與清明節前後相距不遠。上巳節有遊春、踏青、修禊等風俗。❸海雲　泛言雲。元任士林《松鄉集》卷八〈送許君實同知之任鄉邦因簡于有卿知州〉：「歸心隨使鷁，漠漠海雲邊。」❹澹蕩　猶駘蕩。形容景物使人和暢。南朝宋鮑照〈代白紵曲〉之二：「春風澹蕩俠思多，天色淨淥氣妍和。」❺低昂　起伏；升降。此指燕子上下翻飛。❻魚梁　一種捕魚設施。以土石築堤橫截水中，攔截水流，留水門，置竹笱或竹架於水門處，以攔捕游魚。宋陸游〈初冬從文老飲村酒有作〉：「山路獵歸收兔網，水濱農隙架魚梁。」

【語　譯】連續多日下雨，終於迎來晴好天氣，江邊氣溫涼爽。潮溼的煙霧中，柳絲綻放出黃色的嫩芽。才過完上巳，又到了清明節。桃花盛開，村中的小店裡，瀰漫著酒香。　陽光從江上密布的雲層中微微漏出，茫茫春水，漸漸地漲滿了池塘。碧波蕩漾的景物使人格外和暢，春燕上下翻飛，小船上魚梁上曬滿了捕魚的絲網。

【研　析】詞寫長江下游的春天。春雨初晴，桃紅柳黃，春水滿塘，燕子翻飛，這是明寫自然景色，而以村店酒香，魚梁絲網，這是暗寫人文景觀。詞中雖然沒有實寫人物，沒有直接抒情，但處處似可聽到人聲，見到人影，而一種輕鬆愉快之情，瀰漫其間。

浪淘沙　莫春

【題　解】莫，即「暮」之本字。詞寫暮春惆悵之情。

春氣晚來晴。天澹雲輕。小樓忽灑夜窗聲。臥聽瀟瀟還淅淅，濕了清明。

節序❶太無情。不肯留停。留春不住送春行。忘卻羅衣❷都濕透，花下吹笙❸。

【注　釋】❶節序　節氣，節令有序，故稱之。❷羅衣　輕軟絲織品製成的衣服。❸笙　管樂器名。由簧片、笙管、斗子三部分組成。奏時手按指孔，吹吸振動簧片而發音。《說文・竹部》：「笙，十三簧，象鳳之身也。笙，正月之音。物生，故謂之笙。大者謂之巢，小者謂之和。」《詩・小雅・鹿鳴》：「我有嘉賓，鼓瑟吹笙。」

【語　譯】春日的天氣，傍晚還是晴天，天空淡薄，雲朵輕飄，夜來時忽然聽到小雨灑落在小樓窗戶上的聲音。睡在床上，聽這淅淅瀝瀝的雨聲，打溼了清明。　節令的流逝太過無情，不肯稍稍停留，明知春天是留不住了，只得送春離開。忘記了天還在下雨，身上的單衣都已溼透，是因為在春日的花影下吹笙。

【研　析】一切美好的事物，或者不易獲得，或者很快離去，或者容易毀壞，古人詩句「大都好物不堅牢，彩雲易散琉璃脆」（唐白居易〈簡簡吟〉），說的正是這一現象。春日也是如此。暮春是春日快要離去的時節，再加上「傍晚」、「小樓」、「夜窗」、「小雨」、「清明」、「羅衣」、「花下」等元素，更增添了些許惆悵之情。歷代詩人詞人，總會在這個季節，這個時分，作些或者傷感，或者矯情的文字。鄭板橋也未能免俗。花下吹笙，原是一個優美恬淡的意境，但忘情到「羅衣都濕透」的程度，也算是痴情之至了。

浪淘沙 和洪覺範瀟湘八景

【題　解】洪覺範，宋代詩僧，有詞詠瀟湘八景，後世和之者，代有其人。瀟湘，瀟水與湘江的並稱，多借指今湖南地區。此為鄭板橋應和古人之作。歷來詠瀟湘之作，並不在於其地理意義上的自然景致，而在於從瀟湘的文化意蘊中尋找共鳴。

瀟湘夜雨

風雨夜江寒。篷背❶聲喧。漁人穩臥客人嘆。明日不知晴也未，紅蓼❷花殘。

晨起望沙灘。一片波瀾。亂流飛瀑洞庭寬。何處雨晴還是舊，只有君山❸。

【注　釋】❶篷背　此指漁船棚頂。❷紅蓼　蓼的一種，多生水邊，花呈淡紅色。❸君山　山名，在湖南洞庭湖口，又名湘山。

【語　譯】夜間風雨大作，江上淒清寒冷，只聽見漁船棚頂上雨聲喧囂。漁人安穩地在船倉裡高臥，客人卻是歎息不已。不知明天會不會放晴，只看到那雨後殘餘的幾朵紅蓼花漂浮在水邊。

早晨起來向江邊的沙灘眺望，一片片波瀾湧了上來，亂流飛瀑都彙聚到寬闊的洞庭湖中。雨過天晴，哪一處還是舊時模樣，只有這洞庭湖口的君山。

【研析】瀟湘夜雨既是瀟湘八景之一，也是一個著名的文學意象。傳說帝舜南巡，崩於瀟湘，二妃娥皇、女英投瀟湘以殉。從屈原〈湘君〉、〈湘夫人〉以來，以「瀟湘夜雨」為主題意象的文學作品層出不窮，古代的詩、詞、曲、小說，當代的武俠小說、戲劇、電影、電視劇，數不勝數。不論是作為八景之一，還是作為文學意象，瀟湘夜雨雖然有不同的審美形式，但其核心的審美要素卻是共同的，即淒清、哀怨、感傷、憂愁。這首詞即寫遊子的「客愁」。風雨之夜，江水淒清，蓼花寂寞，船篷雨喧，船主安臥，客人失眠。所怨所愁何事，自然不必明言。文學作品應該提供足夠的想像空間。套用老托爾斯泰的話來說，安臥之人是一樣的「此心安處即吾鄉」，而失眠之人，卻各有各的煩惱。鄭板橋這首詞是和古人之作，並非是在瀟湘實地寫景抒情，但這種淒清、哀怨、感傷、憂愁的情緒，卻是人類共有的普遍情感。

山市晴嵐

雨淨又風恬。山翠新添。薰烝❶上接蔚藍天。惹得王孫芳草色，醞釀春田❷。

朝景尚拖煙❸。日午澄鮮❹。小橋山店倍增妍。近到略無些色相，遠望依然❺。

【注釋】❶薰烝　熱氣上升。❷惹得王孫芳草色二句　漢淮南小山〈招隱士〉：「王孫游兮不歸，芳草生兮萋萋。」言遊子所見，滿目綠意。醞釀，比喻涵育養成。春田，春季的田地。《宋書・周朗傳》：「春田三頃，秋園五畦。」唐王維〈輞川別業〉：「不到東山向一年，歸來纔及種春田。」❸拖煙　尚有煙霧未散。❹澄鮮　景色澄明新鮮。南朝宋謝靈運〈登江中孤嶼〉：「雲日相輝映，空水共澄鮮。」❺近到略無些色相二句　言近看春景，並無特別之處，遠望則春意鮮妍。此用唐韓愈〈早春呈水部張十八員外〉「天街小雨潤如酥，草色遙看近卻無」詩意。按，早春小草稀疏，近看綠色尚淺，遙望則一片鮮綠。色相，佛家語。萬物之形貌。《涅槃經・德王品四》：「(菩薩)示現一色，一切眾生各各皆見種種色相。」

【語譯】小雨停了，微風恬靜，小山新添了一片翠綠。熱氣蒸騰，上接著蔚藍的天空。春日不歸的遊子，滿眼都是芳草的翠綠，涵育了春日的田園。　早晨尚有煙霧未散，到了中午，太陽照得四下裡澄明鮮亮。那溪上的小橋，那山間的小店，都倍感美麗鮮妍。在近處還看不出春草的鮮豔色彩，抬眼遠望，仍是滿目的春意盎然。

【研析】山市，指山中蜃景，即因大氣層中光線折射而出現的遠方景物的幻影。清周亮工《書影》卷五：「然人知有海市，而不知有山市。東省萊濰去邑西二十里許，有孤山，上有夷齊廟。志稱春夏之交，西南風微起，則孤山移影城西。從城上望之，凡山巒林木、神祠人物，無不聚現。踰數時，漸遠，漸無所覩矣。」晴嵐，是晴天時山中的霧氣。唐鄭谷〈華山〉：「峭仞聳巍巍，晴嵐染近畿。」瀟湘多山多水，晴嵐應該經常出現，但這「山市」卻是難得一見的奇景。鄭板橋詞中對這山市並無太多感受，也許他寫的不過是想像中的眼前實景，其立意也仍然是傳統的王孫芳草意象。

漁村夕照

山迥暮雲遮。風緊寒鴉。漁舟個個泊江沙。江上酒旗飄不定，旗外煙霞。

爛醉作生涯。醉夢清佳❶。船頭雞犬自成家❷。夜火❸秋星渾一片，隱躍❹蘆花。

【注　釋】❶清佳　優美；美好。《苕溪漁隱叢話》前集卷六十引宋劉斧《青瑣集》：「治平中，錢忠道過吳江，愛其風物清佳，留戀不能去。」❷船頭雞犬自成家　言雖是船上，但有了雞犬，也就如平常人家一般。❸夜火　夜間燈火。❹隱躍　隱約。

【語　譯】山在遠處，被傍晚的雲遮住了，晚風淒緊，寒鴉亂飛，一隻隻漁船都停泊在江邊沙灘。江面上酒家的旗子飄飄不定，旗外是暮色中的煙霞。　喝得爛醉就是日常生涯，醉中的夢分外美好，船頭上養了雞犬，這才像是平常人家。夜間漁村的燈火與秋日夜空上的星星渾然一片，夜幕裡水邊蘆花隱約。

【研　析】漁家生活一直是中國文人的一個天真的夢想。《新唐書‧張志和傳》：「願為浮家泛宅，往來苕、霅間。」如同今日之房車，以車為家，開到哪兒是哪兒，古人是以船為家，漂到哪兒算哪兒，古今同一，何等快活，何等自由！宋胡仔〈滿江紅〉：「浮家泛宅何處好，苕溪清境。」他們都是文人，而以清高相標榜，浮家泛宅，隨波漂流，煞是盡心可意。只是有一點，他們既不做官，也不真正打漁，更不上岸種田，那吃什麼啊，就是有錢，也要到集市才能花出去吧。因而我們有足夠的理由懷疑，中國古代文人所心心念念的漁家生活，只是一種理想或「願景」，雖當不得假，但更當不得真。例如鄭板橋雖然也對「漁村夕照」讚美有加，但他還是離開了西村，來到繁華都市揚州討生活。

煙寺晚鐘

日落萬山巔。一片雲煙。望中樓閣有無邊❶。惟有鐘聲攔不住，飛滿江天。

秋水落秋泉。晝夜潺湲。梵王❷鐘好不多傳。除卻晨昏三兩擊，悄悄無言。

【注釋】❶望中樓閣有無邊　言雲煙中遠望樓閣，其邊際在似有似無之間。❷梵王　指色界初禪天的大梵天王。亦泛指此界諸天之王。《法苑珠林》卷四十三：「帝釋在前，梵王在後，佛放常光，照耀天地。」南朝梁劉勰〈剡縣石城寺彌勒石像碑〉：「梵王四鶴，徘徊而不去；帝釋千馬，躑躅而忘歸。」

【語譯】太陽在群山峰頂緩緩落下，一片煙雲迷茫，遠眺樓閣若隱若現。只有寺裡的鐘聲遮攔不住，飛滿了整個江天。

秋日的雨水灑落在秋泉之中，不分晝夜，潺湲流淌。梵王的鐘聲雖然好聽卻很少傳來。除去早晨黃昏敲擊三兩下，其餘時間總是悄悄地沒有聲音。

【研析】中國文人的另外一個心靈棲息之地，就是遍布名山大川的寺院。古代沒有鄉村一日遊，也沒有國際度假村和高爾夫俱樂部，文人如果有了休閒的念頭，不管是過路的、無聊的、失意的、被河東獅吼的，還是企求心靈平和的或者是追求形而上沉思的，除了商品化的勾欄瓦肆或私家的山莊園林，寺院也是一個不錯的選擇。寺院一般建於山間、水邊、林中等清幽之地，往投寺院的人，除了圖個悠閒，說不定還可以有免費的住宿吃喝，於是寺院便成了文人筆下的一個常見去處。寺院雖說有「靜」、「敬」兩大元素，但也會有過於冷清乃至寂寞的遺憾。這不，鄭板橋筆下的這座，無聲無息不說，那報時的鐘聲也懶得很，十二個時辰只是在早晨黃昏響起，而且只響兩三下，這也未免太冷清了。有遺憾才有嚮往，於是「煙寺晚鐘」便成了著名的文學意象。煙，是說煙水迷離，有朦朧模糊之美；晚，言黃昏時分樓閣若隱若現，惟有秋水晝夜潺湲，有秋晚清冷幽靜之美；鐘，則以聲音寫寂靜，以動感襯恬靜之美。然而可惜的是，現在的寺院，大多已成權力者斂財的工具，這種「煙寺晚鐘」的美好景象，已經不屬於你我。不交買路錢，怕是看都不讓看，更不用說進去幾天，作個「詩意的棲息」了。

遠浦歸帆

遠水淨無波。蘆荻花多。暮帆千疊傍山坡。望裡欲行還不動，紅日西矬[1]。

名利竟如何。歲月蹉跎。幾番風浪幾晴和[2]。愁水愁風愁不盡，總是南柯❸。

【注釋】❶殘 斜落。❷晴和 晴朗和暖。唐元稹〈春六十韻〉：「震動風千變，晴和鶴一沖。」❸南柯 指夢境；空幻。南柯，朝南的樹枝。典出唐李公佐〈南柯太守傳〉，敘淳于棼夢至「槐安國」，娶公主，封南柯太守，盡享榮華富貴。醒後，在庭前槐樹下掘得蟻穴，即夢中之槐安國。

【語譯】遠方的江水澄淨沒有波浪，江邊開放著許多蘆花。黃昏的江面上，有成千成百的船帆，傍靠著山坡。遠望中的船隻似是在行走，但實際上並沒有移動，是那一輪紅日在緩緩西斜落下。　求名求利究竟為了什麼？虛度了歲月光陰，經過了幾番寒風大浪，經過了幾番晴朗和暖。愁這水路漫漫，愁這風浪不息，愁也愁不盡，卻總是南柯一夢。

【研析】漂泊感是古代文人的一大心結。古代有遊學、遊宦、遊幕，實在無事還有漫遊、壯遊、冶遊，總之，是有一個「遊」字。所謂「在家千日好，出門一時難」，在外漂遊，總不如在家踏實。因而「歸帆」即成為一大文學意象。這一意象對應雙重主體——對於守在家中的閨裡人，總是盼望良人的「歸帆」能夠出現，於是有「過盡千帆皆不是，斜暉脈脈水悠悠」（唐溫庭筠〈望江南〉）的哀怨；對於在外的遊子，則是看著別人的歸帆，而自己卻仍要在外奔波，於是就有了「愁水愁風愁不盡，總是南柯」的感歎。一生奔波勞碌，即便將來有一天能夠求得榮華富貴，那又如何？人生有限，到頭來總是南柯一夢，何況多數人即使勞碌一生，也不見得能出人頭地。其實，遠遊也好，歸帆也罷，重要的不在於是否能榮華富貴，也不在於在家在外，人一生中最重要的是自己心安。

平沙落雁

秋水漾平沙。天末澄霞❶。雁行❷棲定又喧嘩。怕見洲邊燈火焰，怕近蘆花❸。是處❹網羅賒❺。何苦天涯。勸伊早早北還家。江上風光留不得，請問飛鴉❻。

【注　釋】❶天末澄霞　言天邊晚霞映照秋水，水天一色。天末，天邊。❷雁行　大雁的行列。大雁不論飛行抑或棲息，皆行列整齊有序。❸怕見洲邊燈火焰二句　言雁行警覺，怕近人間。❹是處　處處。❺賒　羡餘；多。❻江上風光留不得二句　言江上風光雖好，但不是久留之地，如若不信，可以去問江上的飛鴉，因飛鴉長在此地，最知江上風險。

【語　譯】秋天的江水蕩漾在岸邊平坦的沙灘，天邊的晚霞映照著秋水。大雁的陣列剛剛棲息安定，又驚起一陣騷動喧嘩。大雁是怕見到沙洲邊人間的燈火，害怕靠近岸邊的蘆花。這裡處處是天羅地網，又何苦浪跡天涯，勸你們還是早早北還回家。江上的風光雖好，但不是久留之地，如若不信，可以去問江上久經風險的飛鴉。

【研　析】平沙落雁本是一個非常優美的意境，鄭板橋卻從中感悟出了人世間的風險。是啊，對於這個星球上的生物來說，最危險的不是自然界的風風雨雨，甚至也不是它們的天敵，而是人類。人類的貪婪和無止境的欲望，對於包括大雁在內的大自然及其優美意境造成了種種破壞。而對於人類本身，最危險的也是人類自己。人類也許是生物界中唯一的一種大規模有目的、有計劃的自相殘殺的物種。造物主讓人類進化出了睿智的大腦，但人類卻用這一優勢來毀壞一切。大雁是人類的朋友，人類卻用處處羅網來捕捉牠們。鄭板橋勸大雁們早早回家，他也是在勸自己早日回家。後來，他果然離開官場，回揚州賣畫了。

洞庭秋月

誰買洞庭秋❶。黃鶴樓❷頭。槐花半老桂花稠❸。才送斜陽西嶺去，月上㡘❹鉤。漭漭❺大荒❻流。煙淨雲收。萬條銀線接天浮❼。不用畫船沽酒去，我自神遊。

【注　釋】❶誰買洞庭秋　言何人能獨攬洞庭湖的秋色。❷黃鶴樓　在湖北武昌。相傳建於三國吳，後屢毀屢建，今樓為西元一九八五年重建。黃鶴樓距洞庭湖較遠，此泛指水邊樓閣。❸稠　稠密。言桂花正盛。❹㡘　門簾或窗簾。❺漭漭　水勢廣闊浩大。❻大荒　荒遠之地；邊遠地區。《山海經・大荒東經》：「東海之外，大荒之中，有山名曰大言，日月所出。」此泛指廣闊的遠方。❼萬條銀線接天浮　言月光照耀湖水，如同萬條銀線，水天相接，山川、月亮，都像漂浮在水上。

【語　譯】誰能買下洞庭湖的秋色獨自欣賞，站在黃鶴樓頭，看到那槐花凋謝了一半，桂花正在盛開。才送別斜陽落入西山，月亮又爬上了簾鉤。浩瀚的湖水奔向廣闊的遠方，雲煙輕散，月光照耀湖水，如同萬條銀線，水天相接，山川、月亮，都似漂浮在水上。不用乘坐畫船前去，也不用前往黃鶴樓喝酒，我早已是心馳神往，意念中已經遊覽了一番。

【研　析】八百里洞庭是瀟湘大地最突出的景色。那種煙波浩渺的廣闊無邊，也只有「秋月」能夠匹配。月亮高掛蒼穹，銀光千里萬里，秋夜煙淨雲收，更顯得洞庭和秋月的空闊明淨。鄭板橋寫詞時並不在洞庭瀟湘現場，他只是靠想像來創作，這就是所謂「神遊」。

江天暮雪

雪意❶滿瀟湘。天淡雲黃。梅花凍折老松僵。惟有酒家偏得意，簾旆❷飄揚。

不待揭簾香。引動漁郎。蓑衣燎❸濕暖鍋❹傍。踏碎瓊瑤❺歸路遠，醉指銀塘❻。

【注　釋】❶雪意　天將下雪的情景。宋王安石〈欲雪〉：「天上雲驕未肯同，晚來雪意已填空。」❷簾旆　酒家用以招徠顧客的旗幟。❸燎　烘。❹暖鍋　指正在生火的鍋灶。❺瓊瑤　雪花。❻銀塘　清澈明淨的池塘。南朝梁簡文帝〈和武帝宴〉之一：「銀塘瀉清渭，銅溝引直漪。」

【語　譯】瀟湘大地醞釀著一場大雪，天色黯淡，黃雲密布，梅花被凍得折斷枝條，經年老松也似乎凍僵了。只有酒家最為高興，酒旗隨風飄揚。不需要揭開門簾就聞得酒香四溢，吸引了漁郎前來喝酒，進來後坐在暖爐旁邊，烘烤溼漉漉的蓑衣。喝完酒後，踩著滿地雪花，踏上遙遠的歸程，要問家在何處，醉醺醺地手指著清澈明淨的池塘。

【研析】自唐代柳宗元〈江雪〉一詩描述「獨釣寒江雪」的夐絕意境之後，「江天暮雪」成為中國文化史上的一個著名意象，詩詞曲賦小說、音樂繪畫舞蹈，各門藝術都對其有反覆的呈現。北宋惠洪及清鄭板橋的這一「江天暮雪」詞，就是其中的兩例。板橋詞上闋寫欲雪，下闋寫雪後。這一意境的要點，在於雪前雪後的「清」、「寒」、「靜」、「獨」。江天漫闊，雪前，天地間一樣的黃黯，雪後，天地間一樣的白亮。極清極寒中，只有「白茫茫大地一片真乾淨」，沒有人間煙火和喧嘩，安靜的天地間只有一個孤獨的漁人踏雪而來。這位漁人在現實世界中並不存在，他只是那些狷介文人的化身。「孤獨」與「清高」，是他們獨特的性格特徵，而「江天暮雪」，則是襯托高士們這兩大特徵的最好背景。

賀新郎 徐青藤草書一卷

【題解】徐青藤，名渭，字文長，號天池、青藤。明代戲曲家、書畫家，有《四聲猿》等作品。性格高傲狂怪，板橋頗受其影響。這首詞評述徐青藤的草書藝術。

墨瀋❶餘香剩。掃長箋❷、狂花❸撲水，破雲❹堆嶺。雲盡花空無一物，蕩蕩銀河瀉影。又略點、箕張鬼井❺。未敢披圖❻容易玩，潑煙霞、直上嵩華❼頂。與帝座❽，呼相近。

半生未挂朝衫❾領。狠秋風、青衿剝去❿，禿頭光頸。只有文章書畫筆，無古無今獨逞。並無復、自家門徑。拔取金刀眉目割，破頭顱、血迸苔花冷⓫。亦不是，人間病。

【注釋】❶瀋　汁。❷長箋　長的信箋或詩箋。❸狂花　不依時序而開的花。晉葛洪《抱朴子・循本》：「鄉黨之友不洽，而勤遠方之求，涖官之稱不著，而索不次之顯，是以雖佻虛譽，猶狂華干霜以吐曜，不崇朝而零瘁矣。」宋蘇軾〈子由新修汝州龍興寺吳畫壁〉：「始知真放本精微，不比狂花生客慧。」王十朋集注：「狂花，在史所載，花不以時開，如桃李冬花者，謂之狂花。又金石上生花，亦謂之狂花。」❹破雲　破碎散亂之雲。❺箕張鬼井　二十八宿中的四宿。此指長卷大片空白中的幾處文字。❻披圖　展閱圖籍、圖畫等。❼嵩華　嵩山與華山。❽帝座　星名。屬天市垣。即西人所謂武仙座α星。戰國甘德石申《星經》：「帝座一星在市中，神農所貴，色明潤。」❾朝衫　即朝服，臣子上朝時所穿官服。❿狠秋風青衿剝去　言青藤曾被革去秀才功名。青衿，青色交領的長衫。古代學子和明清秀才的常服，用以指代秀才功名。⓫拔取金刀眉目割二句　青藤曾入抗倭名將浙閩總督胡宗憲幕下，後胡被劾下獄，青藤受牽連而瘋，自殺未遂。

【語　譯】青藤先生的草書長卷上還剩有墨汁的餘香，似看到當年先生正在長箋上狂掃，像是那狂野亂開的花兒撲向水面，又像是破散的亂雲堆積在山嶺。霎時間亂雲散盡，狂花飄去，卷面上空無一物，像是寬闊浩蕩的銀河瀉下光影，先生又在這其間略點幾筆，像是天庭的箕張鬼井等星座。面對先生的長箋，我不敢展開圖卷隨意玩賞，先生的書法高超，如同撥開煙霞直上嵩山華山的山頂，與那帝座星宿，相呼相近。　先生的半生，沒能穿上官員的朝衫領，那狠毒的秋風，還將他秀才的青衿剝去，使得他禿著頭，光著脖頸。只有先生的文章、書法和繪畫，超越了古人，超越了今人，獨步一時，並沒有自家的門徑可尋。受到了冤枉，先生拔出金刀，割破了自己的眉目，砍破了自己的頭顱，鮮血迸灑地上，像是苔蘚的花朵，凝固後顯得更加冰冷。先生所得的，並不是人世間普通的狂病。

【研　析】鄭板橋對徐渭極為崇拜。其〈濰縣署中與舍弟第五書〉中說：「憶予幼時，行匣中惟徐天池《四聲猿》、……讀之數十年，未能得力，亦不撒手，相與終焉而已。」板橋嘗刻一印，曰「徐青藤門下走狗鄭燮」，一說是「青藤門下牛馬走」。清袁枚《隨園詩話》卷六記載說：「山陰童二樹亦重青藤，曾題青藤小像云：尚有一燈傳鄭燮，甘心走狗列門牆。」這首詞用崇拜的語氣來評論徐渭的一幅書法作品，並對徐渭的不幸遭遇表示了極大的同情。鄭板橋對於徐渭近乎偏執的熱愛，並不僅僅是因為他們在藝術上有相通和傳承之處。明袁宏道〈徐文長傳〉對徐渭的特殊個性曾作出極為傳神的描述：「其胸中又有一段不可磨滅之氣，英雄失路託足無門之悲，故其為詩，如嗔如笑，如水鳴峽，如種出土，如寡婦之夜哭、羈人之寒起。當其放意，平疇千里；偶爾幽峭，鬼語秋墳。」鄭板橋與徐文長正是同一類人，這段話正好可以用來形容鄭板橋的為人。所謂惺惺相惜，鄭板橋高度推崇徐文長，實際上也是在推崇自己。

賀新郎

西村感舊

【題解】西村，即真州江村，今屬江蘇儀徵。鄭板橋二十六歲開始在江村塾中教書，幾年後離開江村。參見前文〈客揚州不得之西村之作〉。此文應是去官後重訪江村之作。

撫景傷飄泊。對西風、懷人憶地，年年擔擱。最是江村讀書處，流水板橋籬落❶。繞一帶、煙波杜若❷。密樹連雲藤蓋瓦，穿綠陰、折入閑亭閣。一靜坐，思量著。

今朝重踐山中約。畫牆邊、朱門欹倒❸，名花寂寞。瓜圃豆棚虛點綴，衰草斜陽暮雀。村犬吠、故人偏惡。只有青山還是舊，恐青山、笑我今非昨❹。雙鬢減，壯心弱。

【注釋】❶籬落　籬笆。❷杜若　香草名。多年生草本，高一二尺。葉廣披針形，味辛香。夏日開白花。果實藍黑色。屈原〈離騷〉、〈九歌〉中多用為人格高潔之象徵。❸欹倒　歪倒。❹只有青山還是舊

二句 用宋辛棄疾〔賀新郎〕「我見青山多嫵媚，料青山、見我應如是」成句。

【語　譯】面對風景不由得感傷自己漂泊了一生，對著西風懷念起故人故地，一年年地耽擱至今方回。最難忘的就是當年在江南鄉村讀書的地方，有小橋流水和竹籬，還有香草環繞在輕煙籠罩的水邊。深密的樹叢一直綿延到天際，藤蘿覆蓋住屋瓦，我常常穿過綠樹陰，拐進閒靜的亭閣，只是靜靜地坐著，思量著。今日我重赴西村，履行當年的約定，看見畫牆邊朱門歪倒，只有名貴的花草還在寂寞地開放。瓜圃豆棚點綴其間，夕陽西下，草木衰頹，暮色中看到了許多鴉雀，村中的小狗朝著故人吠叫不已。只有青山依舊，但恐怕青山要嘲笑今日的我已非昨日的我，我這雙鬢已經稀疏，雄心壯心早已消淡。

【研　析】感懷舊事，是詩詞常見的主題。如何在常見的題材中寫出新意，是需要一番功夫的。這首詞的特點，在於突出一個「舊」字。上闋回憶當年舊事，下闋描述今日所見舊地。當年的畫牆朱門今日已經破敗，只有青山依舊。人世間一切都在變化，西村的草木與舊時略有異樣，而當年的小青年，如今已是雙鬢斑白，壯志不再，惟有青山仍是那樣的嫵媚。變與不變的強烈對比，這就是歲月流逝的魅力吧。

賀新郎　贈王一姐

【題　解】王一姐，可能是鄭板橋表姊妹一類的親友。詞中回憶與一姐青梅竹馬的情誼。

竹馬❶相過❷日。還記汝、雲鬟❸覆頸，胭脂點額。阿母扶攜翁負背，幻作兒郎汝飾❹。小則小、寸心憐惜。放學歸來猶未晚，向紅樓、存問春消息❺。問我索，畫眉筆。

廿年湖海長為客。都付與、風吹夢杳，雨荒雲隔。今日重逢深院裡，一種溫存猶昔。添多少、周旋❻形跡。回首當年嬌小態，但片言、微忤❼容顏赤。只此意，最難得。

【注釋】❶竹馬　兒童玩具，典型的式樣是一根杆子，一端有馬頭模型，有時另一端裝輪子，孩子跨立上面，假作騎馬。此用唐李白〈長干行〉「郎騎竹馬來，繞床弄青梅」典。❷過　過從；玩耍。❸雲鬟　泛指烏黑秀美的頭髮。❹幻作兒郎汝飾　言將一姐裝扮作小男孩模樣。❺向紅樓存問春消息　言到一姐家看花。紅樓，泛指女孩子所居之所。存問，問訊。春消息，花開可見春天之信息。❻周旋　打交道；應酬。此指設法掩飾。❼忤　逆；不順從。

【語譯】還記得童年和你一起騎竹馬玩耍時，你烏黑秀美的頭髮垂在頸間，額頭上點著紅胭脂。父母攙扶背負著你，用男孩的衣服裝飾打扮你，雖然你非常年幼，但特別惹人憐愛。每當我放學歸來，天色還不晚，就跑到你家去看花探消息，當時你還向我索要筆說要畫眉。

二十年來我在外漂泊，長久地客居他鄉，曾經的夢想都被風吹得杳無痕跡，你我間的情誼被生生隔斷。今日在深院裡重逢，你仍如往日一般溫柔體貼，又還添加了許多掩飾真情的痕跡。回憶起你當年的嬌小模樣，只要有隻言片語違逆了你，你的臉上就一片紅暈。只有這種情意，最為難得。

【研析】這是寫得最為真摯的一首情感詞。中國詩詞中寫情感，不一定實有其事，甚至不一定實有其情，許多「為文造情」的詩詞不必說，就是許多有真情實感的作品，所寫也不過是泛泛的男女之情甚或是對於女性的佔有，而鄭板橋本詞中所寫，是一段雖然普通，卻真實而微妙的一段情感。這段情感的真實和感人，是由許多微妙的細節組成或透露出來的。如果說，青梅竹馬的往事，還比較一般平泛，而一姐被打扮成男孩的模樣，卻是一個比較特殊的細節。這一模樣印記在板橋腦海中，二十年過去了，仍猶在眼前。下面接連的幾個細節，則更能表現少男少女情竇初開的情愫，和他們人到中年，各自成家之後再次相見的微妙：一是「放學歸來猶未晚，向紅樓、存問春消息」，放學了，本來應該回家，但小男孩主觀上認為「猶未晚」，於是他便以這為理由去一姐家，他對老師家長當然不能說是去看人的，而是借口去看花。大人們也許心知肚明，但無人願意說破，於是小鄭板橋就可以經常去那心心念念的「紅樓」了。二是「問我索，畫眉筆」，一姐對板橋應該也有好感，從這一細節中可以看出。「畫眉筆」本應是女孩子的物品，但一姐向板橋索要畫眉筆，明顯也是個借口。中國古代有張敞為妻子「畫眉」的典故，一姐向板橋主動索要畫眉筆，是委婉地向板橋表示好感。三是「風吹夢杳，雨荒雲隔」，當年兩人應該有共同的一個「夢」，這個夢也許說破了，也許只藏在兩人心底，但隨著鄭板橋浪遊四方，這夢也就不了了之。四是「一種溫存猶昔，添多少、周旋形跡」，二十年後，兩人重逢，一姐仍是那樣溫柔體貼，但大家已各自成家，且又是親戚，當著諸多親友的面，一姐盡力「周旋」，用以掩飾心底的波瀾，回憶起當年一姐的嬌嗔，只要有一點不合心意，就容顏變赤，而現在的一姐，已經成熟，能夠在這微妙的場景中，大方從容地表現對於鄭板橋這位親戚的溫柔體貼，同時又能得體地「周旋形跡」，不使大家陷入尷尬之中。

賀新郎 有贈

【題解】有贈，有所贈送，因不便說出對方的名字，故只題「有贈」。

舊作吳陵❶客。鎮日❷向、小西湖❸上，臨流弄石❹。雨洗梨花風欲軟，已逗蝶蜂消息。卻又被、春寒微勒❺。聞道可人❻家不遠，轉畫橋、西去蘿門碧。時聽見，高樓笛。

緣慳❼覿面❽還相失。誰知向、海雲深處❾，殷勤款惜❿。一夜尊前知己淚，背著短檠⓫偷滴。又互把、羅衫拉⓬濕。相約明年春事早，嚼花心、紅蕊相思汁。共染得，肝腸赤。

【注　釋】❶吳陵　又名海陵，江蘇泰州之古名。❷鎮日　從早到晚；整天。❸小西湖　為海陵八景之一，舊址在今泰州公園內。❹臨流弄石　用唐王維〈山居秋暝〉「明月松間照，清泉石上流」成句。❺勒　抑制。❻可人　可意之人；可愛之人。❼慳　吝嗇；缺欠。❽覿面　相見；見面。❾海雲深處　海上仙山雲深之處，代指可人所居之所。❿款惜　憐惜。⓫檠　燈架；燭臺。此處借指燈。⓬拉　擦。

【語　譯】昔日曾作客吳陵，整天在小西湖上，對著流水，觀賞山石。梨花淋過了春雨，被輕軟的春風吹拂，已經引逗得蜂蝶前來，卻又因春寒的束縛沒有盛開。聽說那個可心的美人家離得並不遠，轉過畫橋向西走去，就看見了碧綠色藤蘿纏繞的大門。不時地還能聽見高樓上傳來的笛聲。

缺少緣分啊，我們未能見面曾經錯過彼此，又誰知在你這如同海山仙境般的閨房深處，還能殷勤地將你憐惜。一夜對飲，那知心的淚水，背著燈燭偷偷滴落，又用羅衫為對方擦去眼淚。彼此約定待明年春天早早來到的時候，用花心紅蕊嚼成相思的汁液，一起把肝膽染成鮮紅色。

【研　析】這首詞贈送海陵的一個紅顏知己。文人與妓女，都略有才華而自由放蕩，天生是一對兒。如果兩情相悅，文人在奉上銀子之外，照例會贈送一兩首詩詞。李白杜甫以來，這類「有贈」詩詞可謂洋洋大觀。鄭板橋也未能免俗。這首「有贈」滿是殷勤香軟之氣，無甚特色，但與今日文人之假惺惺相比較，仍算是內心情緒的真實表達。

賀新郎

落花

【題解】這首詞借詠落花，自傷身世。

小立❶梅花下。問今年、暖風未破❷，如何開也。不是花開偏怨早，總為早開先謝。被斷雨、零煙飄灑❸。粉蝶遊蜂誰念舊，背殘枝、飛過秋千架。只落得，蛛絲挂。

江南二月花擡價❹。有多少、遊童陌上，春衫細馬❺。十里香車紅袖小，婉轉翠眉如畫。伴不解、傍人覷❻咱。忽見柳花飛亂絮，念海棠、春老誰能嫁。淚暗濕，香羅帕。

【注釋】❶小立　稍作站立。❷破　初來；開始。❸不是花開偏怨早三句　用宋辛棄疾〈摸魚兒〉「惜春常怕花開早，何況落紅無數」詞意。❹擡價　競相漲價。❺細馬　指小而好之馬。唐李白〈對酒〉：「蒲萄酒，金叵羅，吳姬十五細馬馱。」❻覷　偷看。

【語譯】在梅花下小站一會，自問道，和暖的春風今年尚未來到，怎麼梅花開得這般早？不是抱怨梅花開得太早，而是憐惜先開的花就會先謝，會被風雨煙霧折騰得零落飄灑。粉蝶和遊蜂都不會念舊，牠們背向殘枝飛過秋千架，只剩下，蛛絲掛滿了梅樹枝。　二月的江南花價被抬高，多少遊玩的孩子穿著春衫騎著好馬，在路上賞花。綿延十數里的華麗車輛中坐著紅袖美人，態度宛轉眉目俊美如畫，假裝不知道路人正在偷看自己。忽然一陣柳絮飛來，美人們不由得心中叨念，春天快過去了，海棠花也會老去，自己什麼時候才能出嫁？想到這，淚水暗自滴落，溼了香羅絲帕。

【研　析】這首詞寫落花，而以早春的梅花，晚春的柳絮、海棠為例。作者的思緒在於一個「落」字。梅花的花期較長，春風還未來，梅花正當時，這時並沒有什麼「落花」，但作者卻感傷於梅花將來會「早開先謝」，然後，詞中先渲染了春日百花盛開，遊人如織的種種熱鬧，接著突然宕下，從「忽見柳花飛亂絮，念海棠、春老誰能嫁」，情緒陡轉，由昂揚一下跌落，最後以「淚溼香羅」為歸結。全詞情緒起伏，跌宕有致，結構上很有特色。

賀新郎　述詩二首

【題　解】此二首詞討論作詩的準則與技法。板橋認為，作詩應以經世濟民為要，以李杜等人為師，而偏向蒼勁曠逸之風格。

詩法誰為準？統千秋、姬公❶手筆，尼山❷定本。八斗才華曹子建❸，還讓老瞞❹蒼勁。更五柳、先生❺澹永。聖哲奸雄兼曠逸，總自裁❻、本色留深分❼。一快讀，分倫等❽。

唐家李杜❾雙峰並。笑紛紛、詩奴詩丐❿，詩魔詩鴆⓫。王孟⓬高標清徹骨，未免規方⓭略近⓮。似顧步⓯、驊騮⓰未騁。怪殺〈韓碑〉⓱揚巨斧，學昌黎⓲、險語排生硬。便突過，昌黎頂。

【注釋】❶姬公　指周公姬旦。傳說周公曾制禮作樂。❷尼山　又稱尼丘山，孔子父母禱於此山而得孔子，故名其為丘，字仲尼，後世遂以尼山指孔子。❸八斗才華曹子建　曹子建，即曹植，字子建，三國魏詩人，曹操第三子。典出宋無名氏《釋常談》：「謝靈運嘗曰：『天下才有一石，曹子建獨佔八斗，我得一斗，天下共分一斗。』」❹老瞞　即曹操，字孟德，小名阿瞞，沛國譙縣（今安徽亳州）人。東漢末年政治家、軍事家、詩人。❺五柳先生　即陶淵明，潯陽（今江西九江星子縣）人。東晉田園詩人。又名潛，字元亮，因宅邊種植五棵柳樹，故自號五柳先生，私諡靖節。❻自裁　自我鑒別裁定。❼深分　深厚的天分。❽倫等　等級。❾李杜　即唐代著名詩人李白、杜甫，後人分別尊稱為「詩仙」、「詩聖」。❿詩奴詩丐　詩奴指不能自如地駕馭文字作詩，而為詩之格律等所束縛，如詩之奴隸。詩丐喻指作詩無自己的新意，只會蹈襲前人詩作的人。⓫詩魔詩鴆　詩魔指酷愛作詩好像著了魔一般的人。詩鴆喻指沉溺於詩歌創作而不能自拔的人。⓬王孟　唐代詩人王維、孟浩然。⓭規方　規劃方略；構思。⓮略近　稍有淺近。⓯顧步　徘徊自顧，回首緩行。⓰驊騮　周穆王八駿之一，泛指駿馬。⓱韓碑　唐韓愈撰有

〈平淮西碑〉一文，後李商隱有〈韓碑〉詩，極力稱讚此文。⑱昌黎 即唐代文學家韓愈。世居潁川，據先世郡望，自稱昌黎（今屬河北）人。宋熙寧七年詔封昌黎伯，後世因尊稱他為昌黎先生。

【語 譯】作詩的技法應以誰人為準則？統共幾千年來，有周公姬旦創作、孔子刪定的《詩經》。才高八斗的曹子建，不及曹阿瞞的蒼勁，更有陶淵明五柳先生之澹永。這些詩人有聖哲、有奸雄、有曠逸，總是自認為各有各的本色，表現出各自深厚的天分。他們的詩歌，一樣地使人有讀了好詩的快感，同時也可以分出不同的等次。 唐代詩壇李白、杜甫兩座高峰並峙，可笑有那麼多的詩中奴隸，詩中乞丐，以及那麼多的寫詩著魔、寫詩就像上了毒癮的人。王維、孟浩然的詩風高標清俊徹骨，但其作詩的構思，未免稍嫌淺近，好像徘徊自顧的駿馬，回首緩行，未能奔騰馳騁。險怪的李商隱〈韓碑〉詩，好似是揚起了巨大的斧頭，學的是韓昌黎使用險語，風格生硬，其成就又超過了昌黎。

【研 析】鄭板橋論詩，偏向曹操的蒼勁，對於陶淵明的澹永、韓愈的險怪，也說了些好話，而對王孟的淡雅則頗有微詞，至於所謂「詩奴詩丐詩魔詩鴆」，鄭板橋則十分的瞧不起。鄭板橋是個爽快之人，他作詞寫詩，圖的是一個盡心快意，而斤斤於意境之精緻、文字之技巧，鄭板橋有些不屑。不過，平心而論，批評別人容易，自己做起來就難了。鄭板橋的詩，他自己評論，成就在其詞、曲之下，這倒有些自知之明。鄭板橋沒有「閒心」或才情像王孟那樣去精緻地構思，也不會像許多「詩奴詩丐詩魔詩鴆」那樣為了文字、立意、境界去精雕細刻，他只是用稍嫌粗豪的文字去詠歎自己的真情實意。但是，鄭板橋在這首論詩詞中對韓愈、李商隱的「險怪」頗為推崇，這似乎有些不妥。

經世文章要❶。陋❷諸家、裁雲鏤月❸，標花寵草。縱使風流誇一世，不過閑中自了❹。那識得、周情孔調❺。〈七月〉❻〈東山〉❼千古在，任描摹、瑣細民情妙。畫不出，〈豳風〉稿。文關國運猶其小。剖鴻濛、清寧厚薄，直通奧窔❽。寒暑陰陽多殄忒❾，筆底迴旋❿不少。莫認作、書生談笑。回首少年遊冶習⓫，采碧雲、紅豆相思料。深愧殺，杜陵老⓬。

【注　釋】❶要　綱要；要領。❷陋　以……為陋，作動詞用。❸裁雲鏤月　裁剪雲彩，雕鏤月亮。與下文「標花寵草」皆指諸家為詩陋習，不關經世，而專以風花雪月為能事。❹自了　自己完成；自己解決。《晉書．山濤傳》：「帝謂濤曰：『西偏吾自了之，後事深以委卿。』」此與「經世」相對而言，指只顧自己生活，人不以經世濟民為念。❺周情孔調　周公孔子的情懷格調。❻七月　《詩經．豳風》中的一首，反映西周農民終年之辛勞。❼東山　《詩經．豳風》中的一首。相傳是周公東征歸來後周人的作品，寫久戍在外的士兵在歸途中和到家後的感想。❽文關國運猶其小三句　言詩歌文章自小而言，應關乎國運，自大而言，則應開闢鴻濛，剖析宇宙的清寧厚薄，直通其幽深精微之處，得世界之奧妙。鴻濛，宇宙未開之狀態。清寧厚薄，指宇宙各種的狀況。❾殄忒　疲病差錯。此指四時寒暑陰晴地震等反常的自然現象。❿迴旋　迴護；曲解。⓫遊冶習　遊冶的習氣。遊冶，指出入風花雪月之所。⓬杜陵老　指唐代詩人杜甫。

【語　譯】經世濟民的詩歌文章具有要領的地位，很看不起那些專事裁剪雲彩、雕鏤月亮、標榜花草的詩家。他們縱然能夠風流一世，也不過是在閒情中自我完結，他們哪裡能認識到周公孔子的情懷格調？〈七月〉、〈東山〉這些偉大詩篇千古流傳，任憑他們的詩作描摹瑣細，描寫民情多麼微妙，也寫不出〈豳風〉那樣的詩歌。　詩歌文章，自小而言，也應關乎國運，自大而言，則應開闢鴻濛，剖析宇宙的清寧厚薄，直通其幽深精微之處。宇宙間寒冷暑熱、陰陽變化多有差錯反常，文章詩歌要用筆來作許多解釋迴護工作，不要認為這是書生氣的談笑。回顧我少年時出入風花雪月場所的習氣，如今可以採用那些碧雲紅豆之類的相思詩料，來寫作今天的詩歌，只是面對杜陵老這位偉大的詩人，我深深地感到慚愧。

【研　析】怎樣才能寫出〈七月〉、〈東山〉那樣的偉大詩篇？鄭板橋談了自己的體會。首先是思想認識問題。要從思想上認識到，詩歌是用來經世濟民的，不能在自我的小圈子打轉，更不能專門在風花雪月上下功夫；其次，詩歌文章不但要關乎國運，還要解釋宇宙間的道理，解釋自然界的反常現象，去探索宇宙的奧妙；最後，當然也要結合自己的實際狀況，將以前的文字功底，轉化成現實的創作要素，並以寫出大唐「詩史」的杜陵老為榜樣，這樣才能寫出無愧於時代和歷史的詩篇。鄭板橋的這兩篇詩論，前篇著重談創作的個性化，後一篇著重談思想認識和創作傾向，在盛行模仿的明清詩壇，以及「豔情專家」大行其道的清代前中期，這些問題對於詩歌創作有一定的指導意義。

青玉案　宦況

【題　解】此詞應作於濰縣任上。文中有「十年」之說，則板橋此時已離去官不遠。

十年蓋破黃紬被❶。盡歷遍、官滋味。雨過槐廳❷天似水。正宜潑茗❸，正宜開釀，又是文書❹累。

坐曹❺一片吆呼碎。衙子催人妝魄儡❻。束吏平情❼然也未。酒闌燭跋❽，漏寒風起，多少雄心退。

【注　釋】❶黃紬被　指質量較次的絲綿被。黃紬，此指色黃而次等的絲綿。質量較好、顏色較白的絲綿一般用來繅絲織綢；質量較次、顏色發黃的絲綿用來作綿絮。宋范仲淹〈奏乞指揮管設捉賊兵士〉：「即更令制造紬綿被襖支散，所貴各得飽暖，則有勇氣，可以擒賊。」❷槐廳　唐宋時學士院中廳名。宋沈括《夢溪筆談．故事一》：「學士院第三廳學士閣子，當前有一巨槐，素號槐廳。舊傳居此閣者，多至入相。」此泛指官廳。❸潑茗　大喝茶水。❹文書　公文；公事。❺坐曹　此指在衙門裡坐著辦公的下屬，與下文站著的「衙子」相對應。❻衙子催人妝魄儡　承上句，言在小吏、衙役等人的吆喝及排場之下，自己充當官老爺，就像上場演出的偶人。魄儡，又寫作「傀儡」，用土、木、皮紙等製成的偶像，唐代以來用於表演故事。❼束吏平情　約束下吏，衡量判斷民事。束吏，約束下吏。明徐渭《女狀元》第三齣：「這個官雖是簿書猥瑣，卻到得展我惠民束吏之才。」平情，衡量判斷事情。❽跋　通「茇」。草燭的根部。此處指蠟燭快燃盡了。

【語　譯】十年來蓋破了發黃的絲綿被，經歷遍了為官的滋味。雨後的官廳外，藍天似水，正適宜大喝茶水，正適宜打開釀酒的罈口，卻又有公文公事的拖累。　坐著的屬吏們一片散亂的吆呼聲，和這些站立的衙役們，構成了催促我升堂辦事的氛圍，我就像那上場演出的傀儡。我每日約束下吏，衡量判斷民事，不知做的對不對。每當酒已喝完，燭已燃盡，漏壺滴落，寒夜風起，有多少雄心壯志，都已消退。

【研　析】中國文人都免不了有當官的情結，說得好聽點，是所謂「治國平天下」，但在實際上，大多數人之所以心心念念於做官，還是為了兩件事：一是做官就有了發簽子打人屁股的特權，可以體驗作為「人上人」的變態快感；二是做官可以發財，有權了就有人送錢來，所謂「三年清知府，十萬雪花銀」，想不發財都難。但鄭板橋這十年官做下來，卻感到做官實在是索然無味——為官不斷有公務要辦，而且連個人自由都沒有了。例如，如果遇到雨後天晴，本來可以大碗吃茶，開罈狂飲，大大放鬆一下，但因有公事的拖累，就必須戴上面具，裝扮成傀儡，在屬吏們的配合、衙役們的吆喝聲中，努力扮演好自己的角色。這種「傀儡」遊戲，對於有官癮的人來說是最好的享受，對於一般人來說，也具有一定的誘惑力，但對於「不正常」的鄭板橋來說，這「官滋味」實在沒什麼意思。因此，鄭板橋不久便離開官場，不玩這不好玩的遊戲了。

浣溪沙　少年

【題　解】此首寫一個少年的情感片斷。板橋年少時，曾與王一姐等人有情，這首詞可能就是對於這些情感經歷的追憶之作。

硯上花枝折得香。枕邊蝴蝶引來狂❶。打人紅豆好收藏❷。　數鳥聲時癡卦算❸，借書攤處暗思量❹。隔牆聽喚小珠娘❺。

【注　釋】❶硯上花枝折得香二句　言痴情人滿眼所見皆情，花枝和蝴蝶亦引起少年的遐想。硯上多刻有蓮花等花朵或花枝圖案；枕套上一般繡有一對蝴蝶或鴛鴦。❷打人紅豆好收藏　言暫將情愫收藏在心。打人，言情人間打情罵俏。唐五代無名氏〈菩薩蠻〉有情人間以花打人的情節：「一面發嬌嗔，碎挼花打人。」紅豆，又名相思子，以其豔而堅，情人間常以之為信物。典出唐王維〈相思〉：「紅豆生南國，春來發幾枝。願君多采擷，此物最相思。」❸數鳥聲時癡卦算　言痴迷於相思，聽到鳥叫聲，即以之卜算情人動向。癡卦算，痴迷於卦算。古人常以花瓣之奇偶、銅錢之正反以卜算，以鳥叫聲卦算，亦與之相似。❹借書攤處暗思量　言攤開書本裝作用功，其實是在暗害相思。❺珠娘　指隔牆的女孩子。南朝梁任昉《述異記》卷上：「越俗以珠為上寶，生女謂之珠娘，生男謂之珠兒。」

【語　譯】硯臺上的花枝好似是剛剛折來還洋溢著芳香，枕上繡的一雙蝴蝶飛舞引人輕狂，那打情罵俏的紅豆應該細心收藏。

數著鳥叫聲痴心卜算，將書本攤在桌上裝作讀書，心底卻在暗自思量，隔著牆聽到正在叫喚小珠娘。

【研　析】歌德有云，哪個少年不多情，哪個少女不懷春。這首詞通過生活細節來描述少年之多情。上片連用「硯上花枝」、「枕邊蝴蝶」、「打人紅豆」三個物件，來象徵情愛；下片則連用三個行為來表達戀愛中少年的敏感。「數鳥聲」卜算相思前景，透露出心底的疑思；攤開書本，卻思量別事；有道是「兩耳不聞窗外事，一心只讀聖賢書」，但這少年，攤開書只是裝裝樣子，他的心思，全在隔壁那個心心念念的小女孩，隔著牆，有人喚她，他都能聽到。

浣溪沙　老兵

【題　解】這二首詞寫軍中的老兵。板橋在詞中對於老兵這一群體表示了深切的同情。板橋在范縣任上時，曾結識一位老年騎卒，此人原是秀才，寫得一手好字，晚年因故被革功名。這二首詞或與此騎卒有關。

萬里金風❶病骨秋。創瘢❷血漬隴西❸頭。戍樓❹閑補破羊裘。

少壯愛傳京國❺信，老年只話故鄉愁。近來鄉思也悠悠。

【注　釋】❶金風　指秋風。❷創瘢　瘡痕；疤痢；斑點。❸隴西　甘肅的別稱。❹戍樓　邊防駐軍的瞭望樓。❺京國　京城；國都。

【語　譯】萬里秋風又起，可憐我一身病骨，仍駐守在創傷累累血漬遍地的隴西邊境，閒暇時在戍樓上補一件破爛的羊皮衣服。

年輕的時候愛談論國家大事，老年時只說說思鄉的愁苦，近來鄉愁縈繞心頭。

隴雨蕭蕭隴草長。夕陽慘淡下邊牆❶。敵樓❷風起暮鴉翔。

冊上有名還點隊❸，軍中無事不歸行。替人磨洗舊刀槍。

【注　釋】❶邊牆　指長城。❷敵樓　城牆上可瞭望敵情、可作防禦的城樓。也叫譙樓。宋曾鞏〈瀛州興造記〉：「迺築新城，方十五里，高廣堅壯，率加於舊，其上為敵樓、戰屋。」❸點隊　列隊點名。

【語　譯】隴西雨意蕭蕭，青草綿長，夕陽逐漸黯淡，隱入長城之下。風起處，城樓上暮鴉盤旋飛翔。

只要在花名冊上留有姓名，就會點名出列，如果家中不出大事，就不會放人回家。可憐我年紀已老，在軍中只是替他人磨洗陳舊的刀槍。

【研　析】鄭板橋生活在康熙後期至乾隆前期，這一時期，內地已經平安無戰事，而西南、西北邊疆，叛亂不斷，戰事不絕。軍隊中出現了老兵，他們已經無力上前線，但軍中卻並不放歸。這兩首詞即圍遶「老」字展開。上片用「病」、「瘢」、「閑」三字以突出「老」的特徵。下片用「少壯」與「老年」的對比，寫老兵之「鄉思」。

沁園春　恨

【題　解】板橋出身於貧苦的塾師之家，早年喪母，及長，亦充當村學塾師糊口。歷經艱難困苦，中年後始得成進士。對於家庭和個人遭遇，板橋在此詞中自比流蕩煙花而後成狀元的鄭元和，表達了憤世的情緒和出人頭地的希望。恨，怨恨，遺憾。

花亦無知，月亦無聊，酒亦無靈。把夭桃❶斫斷，煞他風景❷；鸚哥煮熟，佐我杯羹。焚硯燒書，椎❸琴裂畫，毀盡文章抹盡名。滎陽鄭❹，有慕歌家世，乞食風情。

單寒骨相❺難更。笑席帽❻、青衫太瘦生。看蓬門❼秋草，年年破巷；疏窗細雨，夜夜孤燈。難道天公，還箝恨口，不許長吁一兩聲。顛狂甚，取烏絲❽百幅，細寫淒清。

【注　釋】❶夭桃　《詩・周南・桃夭》：「桃之夭夭，灼灼其華。」後以「夭桃」稱豔麗的桃花。❷煞他風景　即煞風景。破壞對於美好景色的欣賞情緒。唐李商隱《雜纂》有〈煞風景〉一目，列舉「花間喝道、看花淚下、苔上鋪席、斫卻垂楊、花下曬褌、遊春重載、石筍系馬、月下把火、妓筵說俗事、果園種菜、背山起樓、花架下養雞鴨」等諸事。❸椎　敲打；用椎打擊。❹滎陽鄭　指郡望為滎陽的鄭元和。滎陽，縣名，在河南。唐代有〈一枝花話〉，白行簡據以作傳奇小說〈李娃傳〉，後歷代有戲曲搬演此一故事。❺骨相　原指人、動物或植物的骨骼、形體及相貌。後用為相面學術語。指內在的、固有的命運結構。❻席帽　古帽名。以藤席為骨架，形似氈笠，四緣垂下，可蔽日遮顏。晉崔豹《古今注・席帽》：「藤席為之，骨鞔以繒，乃名席帽。」唐皇甫氏〈京都儒士〉：「遂於壁下尋，但見席帽，半破在地。」❼蓬門　以蓬草為門，指貧寒之家。唐杜甫〈客至〉：「花徑不曾緣客掃，蓬門今始為君開。」❽烏絲　即烏絲欄，上下以烏絲織成欄，其間用朱墨界行的絹素。後用以稱有墨線格子的箋紙。唐李肇《唐國史補》卷下：「宋亳間，有織成界道絹素，謂之烏絲欄、朱絲欄。」此泛指箋紙。

【語　譯】花兒沒有靈知，月亮也很無聊，美酒也無靈性。把豔麗的桃樹砍斷，破壞這些美麗的風景；把靈巧的鸚鵡煮熟，當作下酒佳肴。焚燒了硯臺和書冊，敲裂了古琴和名畫，毀盡了文章、抹掉了名字。我像是祖籍滎陽的貴族鄭元和，有顯赫的家世，為了風情而乞食街頭。

我這單薄苦寒的骨相，已經很難更改，自笑我戴這藤席帽子，穿這青黑布衫，更顯得瘦弱不堪。且看我以蓬為門，秋草已黃，一年年住在這破巷之中；密密的細雨，打著稀疏的窗櫺，夜夜守著一盞孤燈。難道說上天大老爺，還要箝住我這張恨恨的嘴，不許我長長地歎息一兩聲？這真讓人發顛發狂，只好取來烏絲箋紙上百張，讓我細細地抒寫這一生的淒清。

【研 析】詞中用種種「煞風景」之事，來表達對於世事的憤恨。已經步入中年的板橋，生活不如意，理想沒實現，牢騷滿腹，正是一個「憤青」。在這個年已老大的憤青眼中，花也不漂亮，也沒有靈知沒有「花語」了，月亮也沒有了溫柔和遐想，連最愛的美酒也沒有了靈性。美麗鮮豔的桃花，用以謀生的硯臺書本，用以修身養性的琴棋書畫，作為經國大業的文章，作為安身立命的功名，全都砍了、槌了、燒了、抹了。板橋如此激憤，到底有何訴求？在〈道情十首序〉中，他說：「自家板橋道人是也，我先世元和公公，流落人間，教歌度曲。」原來是想做個鄭元和。滎陽鄭的故事，從唐代以來，一直是潦倒讀書人的精神寄託之一。這故事經歷了漫長的演變。唐代有說話故事〈一枝花話〉，唐元稹〈酬翰林白學士代書一百韻〉「翰墨題名盡，光陰聽話移」，原注：「嘗於新昌宅說〈一枝花話〉。」白行簡據以作傳奇小說〈李娃傳〉，宋羅燁《醉翁談錄》有「李亞仙不負鄭元和」條，元石君寶有《曲江池》雜劇，明徐霖有《繡襦記》傳奇。故事說鄭公子（後來名其為「元和」）與妓女李娃（後名其為「亞仙」）相愛，落拓以至乞食，後得李資助，得中狀元事。板橋自稱為元和公公後裔，並為此填詞寫〈道情〉，難道真的是對社會現實絕望了，索性破罐破摔，要去流浪，要去要飯？非也。我們不能只看到板橋的叛逆，也要設身處地、將心比心地體會到板橋的內心深意。我們認為，中年困頓的板橋，此時自比鄭元和，其主要「理想」有三：一是希望能像元和公公那樣，時來運轉，得個狀元功名，至少也要得中進士；二是希望能自由自在，希望能經濟獨立，不再求人資助；三是希望能娶到心愛之人，就像鄭元和娶李亞仙，或者至少也要完成與饒五姑娘的約定，考中進士，拿得出財禮。

沁園春

落梅

【題解】此首借落梅寫心緒。春來梅落，本屬正常，作者心緒不佳，枉怪罪東風，故寫此詞自解。

小苑閒窗，細雨初晴，日射朱扉❶。正疏梅幾點，粉嬌紅姹❷；幽香滿徑，天澹雲微。莫打遊蜂，還邀絳蝶❸，海燕❹今朝歸不歸。春如醉，甚東風惡劣，碎攪花飛。

明知不怪風吹。奈不怨東風卻怨誰。且落英細掃，藏諸硯匣；殘枝一剪，供在書帷❺。昨夜三更，燈昏月淡，鐵馬❻簷前說是非。全無謂，到飄零殘褪，妒甚光輝。

【注釋】❶朱扉　朱紅色的門。❷粉嬌紅姹　指梅花有嬌美的粉、紅二色。姹，美好。❸絳蝶　紅色的蝴蝶。❹海燕　家燕的別稱。燕子每年去南方海邊越冬，故名。唐沈佺期〈古意呈補闕喬知之〉：「盧家少婦鬱金堂，海燕雙棲玳瑁梁。」❺書帷　書齋的帷帳。此泛指書齋。南朝陳徐陵〈玉臺新詠序〉：「開茲縹帙，散此縚繩。永對翫于書帷，長循環于纖手。」❻鐵馬　掛在簷下的風鈴。《說郛》卷三十一下引《芸窻私志》：「元帝時臨池觀竹，既枯，后每思其響，夜不能寢。帝為作薄玉龍數十枚，以縷線懸于簷外，夜中因風相擊，聽之與竹無異。民間效之，不敢用龍，以什駿代。今之鐵馬，是其遺制。」

【語　譯】小院的窗戶外，細雨已停天色初晴，陽光穿透朱門。幾點疏落的梅花開放，粉嫩嬌紅，暗香溢滿整個小路，天空飄著幾朵白雲。不要拍打遊蜂，且邀來朱蝶，海燕不知今天能否歸來。春色使人酣醉，是何等惡劣的東風，吹落花朵遍地。　明知道不能怪罪於東風吹拂，但不抱怨東風卻能抱怨誰。暫且細掃落花，藏在硯盒之中；剪下殘枝，供奉在書房裡。昨夜三更，月色清淡燈光昏黃，風鈴在簷前丁當作響，似是在評說天下的是非。一切都已無所謂，待到風雨飄零花枝殘敗，還用嫉妒誰有光輝。

【研　析】梅花是詩詞的一大主題，南宋姜夔〔暗香〕、〔疏影〕最為有名。詠梅之作，多寫梅花之冰清玉潔、香遠影綽、粉嫩嬌紅。板橋則寫梅之落，且別出心裁。上片先寫梅之環境優雅，再寫梅花之嬌之香，然後突轉，寫東風吹來，碎攪花飛，滿地狼藉。下片先寫愛惜落梅：細掃花瓣，藏於硯匣，剪了殘枝，供在書房；然後宕開，寫屋外燈昏月淡，鐵馬響簷，似在評說古往今來的歷史是非。全詞以婉媚起，以澹蕩結，在落花詩詞中，亦是一格。

沁園春

西湖夜月有懷揚州舊遊

【題解】雍正十年，四十歲的板橋，從揚州來遊杭州，讀書於杭州韜光庵，為本年的秋闈作準備。讀書備考之餘，寫了這首詞，用以懷念在揚州的十年賣畫生涯。

飛鏡❶懸空，萬疊秋山，一片晴湖。望遠林燈火，乍明還滅；近堤人影，似有如無。馬上提壺，沙邊奏曲，芳草迷人臥莫扶。非無故，為青春不再，著意❷蕭疏❸。

十年夢破江都，奈夢裡、繁華費掃除。更紅樓夜宴，千條絳蠟❹；彩船春泛，四座名姝❺。醉後高歌，狂來痛哭，我輩多情有是夫❻。今宵月，問江南江北，風景何如。

【注釋】❶飛鏡　比喻明月。❷著意　集中注意力；用心；故意。《楚辭・九辯》：「罔流涕以聊慮兮，惟著意而得之。」朱熹集注：「著意，猶言著乎心，言存於心而不釋也。」❸蕭疏　灑脫；自然；不拘束。清李漁《凰求鳳・媒閧》：「儀容細觀今勝初，喜風韻蕭疏。」❹絳蠟　紅燭。❺名姝　著名的美女。❻有是夫　正是這個樣子。夫，語辭，表強調。

【語　譯】月亮如同飛上天的明鏡，懸掛在高高的天空。月光下，能看見萬重的秋山，一大片晴朗的西湖。眺望遠處樹林裡的燈火，忽然明亮起來，又突然熄滅；近處堤壩上的人影，若有若無。我在馬背上提壺飲酒，在沙岸邊奏曲，臥醉於迷人的芳草之上，不用別人來扶。不是毫無緣故，而是因為青春一去不復返，所以特意地要表現得灑脫自然。　揚州的十年好夢已經醒來，奈何夢中的繁華，要很長時間才能掃除記憶的痕跡。何況更在紅樓中夜宴，點燃了千支紅燭；曾在春日乘彩船泛舟湖上，四座都是美女。酒醉之後高歌，狂放起來痛哭，我輩多情，正當如此。問今宵的月亮，江南江北的風景，又是如何。

【研　析】板橋誕生於揚州屬縣興化，也算是揚州人。三十歲左右，板橋賣畫揚州城，前後歷時十年。曾有詩〈和學使者于殿元枉贈之作〉云：「十載揚州作畫師，長將赭墨代胭脂。寫來竹柏無顏色，賣與東風不合時。」揚州別稱「江都」，本詞「十年夢破江都」，說的就是這十年的「揚州夢」。揚州是中國歷史上第一等的溫柔繁華之所。漢代以來，中國的經濟、文化中心，不斷向東南沿海遷移。唐宋時代，中國的經濟特別是財賦的重心，已經轉移至東南。揚州得江、淮及京杭運河之便，成為中國東南富庶地區的中心。所謂「腰纏十萬貫，騎鶴上揚州」（南朝《殷芸小說．吳蜀人》），「天下三分明月夜，二分無賴是揚州」（唐徐凝〈憶揚州〉），都是讚美揚州之繁華昌盛。康雍乾時期，揚州仍是全國的鹽務、漕運中心。板橋來到揚州，主要是這裡錢多人多，他希望在考中舉人之前，先解決家人的吃飯問題。揚州十年，板橋經歷了許多艱難曲折，他一邊讀書應考，一邊提高書畫技藝，總算在揚州堅持下來了。

現在，他來到「飛鏡懸空，萬疊秋山，一片晴湖」的杭州西湖，想換個環境，認真讀書，參加考試。但凄清寂寞之中，他又開始懷念揚州的溫柔繁華。當然，寫了這首詞之後，板橋還是回到寓所，認真讀書了。這年秋，板橋赴南京鄉試，這一次，這位年已四十的老秀才，終於得以中舉，拿到了參加進士考試的入場券。接下來，省試、殿試、候補，板橋在宦途上的奔波與等待，還有很長很長的路要走。

柳梢青 有贈

【題解】此為贈人之作。因不便說出所贈對象，故言「有贈」。

韻遠❶情親。眉梢有話，舌底生春❷。把酒相偎，勸還復勸，溫又重溫❸。

柳條江上鮮新❹。有何限❺、鶯兒喚人。鶯自多情，燕還多態，我只卿卿❻。

【注釋】❶韻遠　風韻悠遠。❷舌底生春　指說話得體，討人喜歡，如同春天般使人溫暖。❸溫又重溫　將酒一遍遍加溫。古代多為米酒，加熱後口味更佳。❹鮮新　新鮮；剛出生。❺何限　多少；幾何。❻卿卿　與你交好。前一卿字用為動詞。南朝宋劉義慶《世說新語・惑溺》：「王安豐婦常卿安豐，安豐曰：『婦人卿婿，於禮為不敬，後勿復爾。』婦曰：『親卿愛卿，是以卿卿；我不卿卿，誰當卿卿？』遂恆聽之。」

【語譯】風韻悠遠，感情親近，眉稍生動，好似有話，言談中，蘊含無限春情。持了美酒與之相依，勸了一杯又一杯，酒也溫了又溫。　　江邊的柳條正鮮嫩，柳條中有多少鶯兒在啼喚。鶯兒自是多情，燕兒還是多態，而我，只喜歡你一個人。

【研析】這首詞有另一版本：「意暖情親。眉梢有話，舌底生春。把酒偎人，勸還復勸，斟又重斟。　　江南二月青青，踏芳草、王孫暗驚。走馬燕臺，攀花禁苑，壯志逡巡。」落款「板橋居士贈裙郎，調寄〔柳梢青〕」。裙郎，即男性同性戀者。板橋為雙性戀者。清代官場及文人圈子中，流行男風。鄭板橋亦未能免俗。從內容上來看，這一文本，或作於揚州賣畫期間。板橋作了這首詞，手書贈送給這位「裙郎」。後來板橋中了舉人，成了進士，做了官，在濰縣任上時，自己編輯刻印了《板橋詩鈔》、《板橋詞鈔》。在生活中，特別是在應酬場合，對於雙性戀，大家一般都能接受甚至被看作是炫耀的資本，但板橋畢竟是讀書人，當他正式刻印自己的作品時，「文章千古事」的正統觀念，可能又佔了上風。因為刻稿畢竟是為了流傳後世，特別是傳給子孫後代，到這時，板橋就不免「正經」起來，將此詞的題目改成了「有贈」，將下半闋改成了贈送女郎的語氣。

念奴嬌 金陵懷古十二首

【題解】金陵，今南京，古稱金陵，清為江寧府。金陵為六朝古都，歷代懷古詩詞不計其數。該十二首懷古詞，分詠金陵各處古跡及前朝舊事。約作於雍正十年（西元一七三二年），時板橋四十歲。此年赴南京鄉試，終於得中舉人。〔念奴嬌〕〈金陵懷古〉，應是作者在此期間或其後一段時間所作。

石頭城

【題解】石頭城，原金陵城，一名石首城。戰國時，楚在江邊絕壁建金陵邑，漢建安年間，孫權重築，改名石頭城。

懸岩千尺，借歐刀吳斧❶，削成江郭。千里金城❷回不盡，萬里洪濤噴薄。王濬❸樓船，旌麾❹直指，風利何曾泊❺。船頭列炬，等閑燒斷鐵索❻。

而今春去秋來，一江煙雨，萬點征鴻❼掠。叫盡六朝興廢事，叫斷孝陵❽殿閣。山色蒼涼，江流悍急，潮打空城腳❾。數聲漁笛，蘆花風起作作❿。

【注　釋】❶歐刀吳斧　歐刀指古代歐冶子所作之劍，後泛指良刀或良劍。吳斧指傳說中的仙人吳剛的斧頭。❷金城　即金城湯池，簡稱金湯。金屬造的城，沸水流淌的護城河。形容城池險固。《漢書・蒯通傳》：「必將嬰城固守，皆為金城湯池，不可攻也。」顏師古注：「金以喻堅，湯喻沸熱不可近。」❸王濬　濬（西元二〇六－二八六年），字士治，弘農湖縣（今河南靈寶西北）人，西晉名將，多謀善戰。晉武帝發兵攻吳，王濬功勳卓著，幫助實現西晉統一大業。❹旌麾　帥旗。《三國志・魏書・夏侯淵傳》：「大破遂軍，得其旌麾。」❺風利何曾泊　據《晉書・王濬傳》，晉帝要王濬到秣陵後受王渾調度，船過秣陵，王濬指著船帆對王渾的信使說「風利，不得泊也」，遂徑自直下金陵。利，指順風。❻燒斷鐵索　三國吳曾以千尋鐵鏈攔在江中，以阻擋晉人的戰船。唐劉禹錫〈西塞山懷古〉：「王濬樓船下益州，金陵王氣黯然收。千尋鐵鎖沈江底，一片降幡出石頭。」❼征鴻　遷徙的雁，多指秋天南飛的雁。❽孝陵　明太祖朱元璋陵，在今南京鍾山西南。❾潮打空城腳　唐劉禹錫〈石頭城〉：「山圍故國周遭在，潮打空城寂寞回。」❿作作　光芒四射。《史記・天官書》：「歲陰在酉，星居午……作作有芒。」此言風起時，大片白色蘆花波光騰浪。

【語　譯】石頭城有千尺懸崖，是天工借來了歐冶子的寶劍和月宮仙人吳剛的斧頭，砍削而成這聳立江邊的城郭。固若金湯的千里城池下，回旋著流淌不盡的江水，那萬里洪濤，噴薄而來。當年西晉將軍王濬的樓船上，帥旗直指，正是順風，何曾停泊。船頭上排列火炬，從容地燒斷了吳人的鎖江鐵索。

到如今一年年春去秋來，滿江的煙雨，天空上有萬點南飛的大雁掠過。雁陣的叫聲，說盡了六朝興廢的故事，那叫聲斷斷續續地響遍了明孝陵的殿閣。石頭城下山色蒼勁悲涼，山下江流急湍，江潮寂寞地打在空城的腳下。幾聲漁家笛響，起風了，大片的蘆花，如同波浪翻騰。

【研　析】石頭城負山面江，南臨秦淮河口，當水陸交通要衝，形勢險要，向為軍事重地。南朝謝靈運〈初發石首城〉詩李善注引伏韜《北征記》：「石頭城，建康西界臨江城也，是曰京師。」唐以後，城下江岸線漸西移，城廢。故址今存，在清涼山西側秦淮河。石頭城的興廢，蘊涵了金陵的滄桑巨變，引起許多文人學士的懷古之情。唐宋以來，以石頭城為題材的金陵懷古詩詞，當以唐劉禹錫〈西塞山懷古〉「王濬樓船下益州」及〈石頭城〉「山圍故國周遭在」二首，最為著名。板橋此詞，上片先強調石城形勢之險要，再寫王濬破吳之「等閑」，突出歷史滄桑之巨變。下片概括劉禹錫此二首詩意，言石城而今之蒼涼，突出金陵古今興廢之主題。

周瑜宅

【題　解】據民國《高淳縣志》記載，周瑜宅在南京高淳西二十里，周瑜曾居於此。周瑜亡後，孫權招周瑜長子循為駙馬，以磚為垣，建駙馬府，後周氏世居於此，清初尚存。今南京市高淳區磚牆鎮三和村有周氏宗祠。

周郎❶年少，正雄姿歷落❷，江東❸人傑。八十萬軍飛一炬❹，風卷灘前黃葉。樓櫓❺雲崩，旌旗電掃，熛射❻江流血。咸陽三月，火光無此橫絕。　想他豪竹哀絲❼，回頭顧曲❽，虎帳❾談兵歇。公瑾伯符❿天挺秀⓫，中道君臣惜別。吳蜀交疏，炎劉⓬鼎沸，老魅⓭成奸黠。至今遺恨，秦淮夜夜幽咽。

【注釋】❶周郎年少　三國吳周瑜，建安三年授建威中郎將。《三國志・吳書・周瑜傳》：「瑜時年二十四，吳中皆呼為周郎。」唐杜牧〈赤壁〉：「東風不與周郎便，銅雀春深鎖二喬。」❷歷落　儀態俊秀。❸江東　長江下游南京及以下的東南岸地區，也泛指長江下游。❹八十萬軍飛一炬　曹操率大軍征吳，號稱八十萬。❺樓櫓　船樓與船槳，指艦船。❻熛射　火焰迸飛。熛，迸飛的火焰。❼豪竹哀絲　泛指樂器及音樂。豪竹，竹製的大管樂器，音調嘹亮豪放。哀絲，哀婉的弦樂。絲，指弦樂器。❽顧曲　回頭指出曲調演奏之誤。指音樂欣賞批評。《三國志・吳書・周瑜傳》：「瑜少精意於音樂，雖三爵之後，其有闕誤，瑜必知之，知之必顧，故時人謠曰：『曲有誤，周郎顧。』」❾虎帳　軍中主帥的營帳。宋陸游《南唐書・徐知諤傳》：「一日遊蒜山，除地為場，連虎皮為大幄，號虎帳。」❿公瑾伯符　周瑜字公瑾，孫策字伯符。⓫天挺秀　天生卓越超拔。秀，突出。《後漢書・黃瓊傳》：「光武以聖武天挺，繼統興業。」⓬炎劉　指漢家朝廷。漢尚火德，故稱炎。⓭老魅　指曹操。魅，物老而能為精怪者。

【語　譯】東吳的主將周瑜，年輕有為，雄姿英發，儀態俊秀，是江東的人傑。曹操的八十萬軍隊，一把大火燒來，東風捲起江灘前的黃葉。曹軍的樓船像烏雲四垂那樣崩塌，旌旗像是被閃電掃過。火焰迸飛，江面流血，當年項羽火燒咸陽三個月，那火光也沒有這樣鋪天蓋地。

想周瑜當年，在那嘹亮的管樂和哀婉的弦樂聲中，回頭指點樂曲的錯誤，在虎皮營帳中，談笑中結束了戰鬥。周公瑾和孫伯符，都是天生卓越超拔的人物，可惜半路上君臣間生死離別。到後來吳國與蜀國疏遠相互攻伐，漢家天下大亂如同鍋裡鼎中沸騰，成就了老精怪曹操變成一世狡黠的奸雄。到今天仍然遺憾，秦淮河從石城下流過，夜夜悲鳴幽咽。

【研　析】板橋所云周瑜宅，不知是實地考察，抑或僅憑歷代文獻資料所傳。詞中對周瑜宅並無現場描述，似是後者，屬於「紙上懷古」。但這並不影響板橋對於歷史人物的感慨和評價。應該說，板橋在史識方面，表現平平。所謂「公瑾伯符天挺秀」，「老魅成奸黠」，其實與小說演義的觀點及傾向差不多。對於漢末及三國時的魏蜀吳三方，大哥不說二哥，實際差不多。這時候的吳國，為了荊州，對盟友蜀國背後捅刀子，也「奸黠」得很。至於後來的吳國，更是殘暴無比，後來被同樣殘暴無底線的司馬氏給滅了，這哪有什麼值得「至今遺恨」的，秦淮河夜夜幽咽，不是為了吳國的滅亡，也不是惋惜周郎英年早逝，而是因為「興，百姓苦；亡，百姓苦」。

桃葉渡

【題　解】桃葉渡，是秦淮河畔的一個渡口，相傳在秦淮河和青溪的合流處。今南京秦淮區貢院街附近有「古桃葉渡」。相傳晉王獻之在此送其愛妾桃葉桃根。

橋低紅板，正秦淮水長，綠楊飄撇。管領春風❶陪舞燕，帶露含淒
惜別。煙軟梨花，雨嬌寒食❷，芳草催時節。畫船簫鼓，歌聲繚繞空闊。
究竟❸桃葉桃根❹，古今豈少，色藝稱雙絕。一縷紅絲❺偏繫左❻，
閨閣幾多埋滅。假使夷光❼，苧蘿❽終老，誰道傾城哲❾。王郎一曲❿，
千秋豔說江楫。

【注釋】❶管領春風　即春風管領，言春風管領春日的一切。唐胡曾（一作韋康）〈贈薛濤校書〉：「掃眉才子知多少，管領春風總不如。」管領，管轄統領。唐李群玉〈贈人〉：「雲雨無情難管領，任他別嫁楚襄王。」❷寒食　節日名。在清明前一日或二日。❸究竟　丁福保《佛學大辭典》：「梵字Uttara之譯，事理之至極也。《三藏法數》六曰：『究竟猶至極之義。』」猶言至極，即最高境界。《大智度論》卷七十二：「究竟者，所謂諸法實相。」❹桃葉桃根　二人都是晉王獻之的愛妾，桃根為桃葉之妹。❺紅絲　紅色的絲線繩。傳說月下老人以赤繩繫夫妻之足，雖仇家異域，此繩一繫，終不可避。後因以「紅絲」為婚姻或媒妁的代稱。❻繫左　傳說女孩以紅絲繫左，表示希望增加異性緣，繫右表示希望平安。❼夷光　即西施，春秋越國美女。晉王嘉《拾遺記》卷三：「越又有美女二人，一名夷光，一名脩明，以貢於吳。」❽苧蘿　山名。在今浙江省諸暨市南，相傳西施即為此山樵夫之女。見漢趙曄《吳

越春秋・句踐陰謀外傳》。❾傾城哲　傾城敗國之哲婦。《詩經・大雅・瞻》：「哲夫成城，哲婦傾城。」孔穎達疏：「若為智多謀慮之婦人，則傾敗人之城國。婦言是用，國必滅亡。」哲，智多謀慮，此用為哲婦的省稱。❿王郎一曲　王獻之當年曾作〈桃葉歌〉曰：「桃葉復桃葉，渡江不用楫。但渡無所苦，我自迎接汝。」

【語　譯】秦淮河水漲了，紅色的橋板顯得低了下去，春水長長，綠楊飄飄。春風管轄統領春日的物候，飛舞的燕子回來了，像是春風的伴兒。綠楊帶著露珠，淒淒含情，似是在為人訴說惜別之情。煙雨嬌軟，梨花開放，寒食清明，芳草生長，似是在催促時節的流逝。河上畫船中，簫鼓齊奏，歌聲繚繞，顯得水面上格外空闊。　尋根究底，像桃葉桃根姊妹，古往今來雖然也有不少，但惟有她們姊妹的容顏和才藝，才能稱為「雙絕」。有多少女孩，一縷紅色的絲線繩，只繫在左手腕，祈願尋得心上的人兒，只可惜這閨閣中，不知有多少人埋沒湮滅在時光的長河中。假如當年的西施，只在苧蘿山間終老，那也就沒有了傾國傾城的故事。王獻之的一曲〈桃葉歌〉，千百年來，「渡江不用楫」的香豔歌聲，一直在傳唱。

【研　析】金陵是一風水寶地，鍾山石城，龍盤虎踞，大有「王氣」；而十里秦淮，槳聲燈影，又頗有溫柔的香豔脂粉氣。桃葉渡，以及下文的勞勞亭、莫愁湖、胭脂井、長干里，這些金陵景觀，都有這種香柔氣息。桃葉渡的故事，尤其令文人豔羨，所以有關桃葉渡的「懷古」詩詞，一千年來，代有佳作。俗語云，莊稼人多打了二斗糧，即思換妻。板橋先生也未能免俗。板橋這次來金陵，並非是閒了沒事專程從揚州來金陵懷古的。他是來參加江南貢院考試的。如果考中，就有了「舉人」的功名，有了參加進士考試的資格。也許是板橋對於這一次考試卷子頗有信心，也許是先生此時已經獲得了「南闈捷音」，總之，板橋先生對於「桃葉」發生了很大興趣。在這首〈桃葉渡〉懷古詞中，板橋先生大膽表達了他的微妙心理。「橋低紅板，正秦淮水長」，板橋紅配秦淮月，先生認為很門當戶對。「管領春風」，是說自己火候已到，從此或可春風得意。這裡的「春風」，既是指眷顧他的上天，也是指自己的「春風詞筆」絢爛多彩，這次一定能考中，以後也能再接再厲。誰說漂亮女人是紅顏禍水，王獻之的〈桃葉歌〉，傳唱千年，人人豔羨，桃葉桃根古往今來多的是，天有時、人有才，我也能像王獻之那樣，有機會也要寫一曲〈桃葉歌〉，讓後人羨慕羨慕。果然，三年後，四十三歲的板橋先生，遊揚州北郊時，在玉勾斜饒家遇見了五姑娘，雙方一見鍾情，約定等板橋有官有錢了，就來迎娶。後來，板橋的「春風」果真到了，他考中進士，有人贊助，他終於也譜了一曲揚州饒五版的〈桃葉歌〉。

勞勞亭

【題　解】勞勞亭，三國吳時所築，在金陵城南十五里，為送別之所。故址相傳在今南京城西南。

勞勞亭畔，被西風一夜，逼成衰柳。如線如絲無限恨，和雨和煙僝僽❶。江上征帆，尊前別淚，眼底多情友。寸言不盡，斜陽脈脈❷淒瘦。

半生圖利圖名，閑中細算，十件長輸九。跳盡胡孫❸妝盡戲❹，總被他家哄誘。馬上旌笳❺，街頭乞叫，一樣歸烏有。達將何樂，窮更不若株守❻。

【注釋】❶僝僽　把人折磨，令人愁怨。黃庭堅〈宴桃源〉〈書趙伯充家小姬領巾〉：「天氣把人僝僽，落絮遊絲時候。」❷脈脈　悠悠；悠長；遼闊遙遠貌。❸胡孫　即猢猻，猴子。此指耍戲的猴子。❹妝盡戲　演出了許多戲。妝戲，妝扮演戲。❺旌笳　旌旗笳鼓，指將軍得勝歸來。❻株守　即守株待兔，指不主動謀取功名利祿。

【語譯】勞勞亭畔的垂柳，被秋日的西風，一夜就吹得衰敗了。柳條如線如絲，似有無限的遺憾，伴和著小雨，伴和著煙霧，讓人飽受折磨，令人愁怨。長江上有行駛的帆船，酒杯前是離別的淚水，眼前是多情的朋友。告別的話兒說不盡，亭外的斜陽，悠遠、遼闊、淒清、瘦弱。

我這半生，貪圖名利，閒來時細細算賬，十件事倒有九件是失敗的。我就像是一隻跳來跳去的猴子，成天妝扮演戲，總是被別人哄騙誘惑。要知道，不管你是前有旌旗開道，吹笳打鼓，騎在高頭大馬上得勝歸來的大將軍，還是在街頭乞討哀叫的乞丐，到頭來一樣會歸於一無所有。如果將來能發達，當然會非常快樂；如果窮困潦倒，還不如就在家守株待兔。

【研 析】唐李白〈勞勞亭〉有詩句云：「天下傷心處，勞勞送客亭。」古代「十里一長亭，五里一短亭」，勞勞亭應為出城後第二或第三座休息的亭子，送客送到這裡，也應該分別了。板橋面對勞勞亭，大生感慨。這一感慨大約有三：一是有感於季節變換，西風來臨，秋深柳衰，又是一年將過，而自己年屆不惑，老大不小，功名未就，難道此生就以賣畫為終了？一是要去杭州遊玩，即將告別金陵的朋友，多少要表示一下「別淚多情」；一是總結半生的遭遇，慨歎自己二十多年來圖利圖名，結果是「十輸九」。自己就像被人牽著耍戲的猴子，跳來跳去，卻總是被人哄騙誘惑。是誰這麼無聊，要「哄誘」這麼一個純靠手藝糊口、無財無色又無害的小人物呢？當然是「官家」。這科舉考試就是一個又哄人又誘人的「戲局」。當年的唐太宗微服私訪考場，看到前進士們像一串串魚那樣，排著隊，一個接一個地出來，高興地說：「天下英雄，盡入吾彀中（射程之內）矣。」清人入主中原後，馬上恢復了科舉考試，以籠絡天下「英雄」。於是「天下」的人才，全成了「考奴」。而同時期的歐洲，最時髦的偉大事業，卻是思想的自由解放，科學的突飛猛進。其時，彼得大帝學了西方的思想和科技，便去西歐微服私訪，令全國虛心學習；康熙大帝同樣學了西方的思想和科技，數學成績可能還比彼得同學好上很多，但康熙卻「聰明」地悟到了一個治國密訣：這些玩藝千萬不能讓臣工百姓們知道，這億兆人學了牛頓、伏爾泰，向我要民主要自由，我不給，他們自己就會造出長槍大砲，那我還玩得下去麼？於是下令封關鎖國。康熙大力提倡漢人的程朱、科舉等「國粹」，但他的好基友、奶兄弟曹寅生病了，康熙閱得密札，立即用西洋科學判斷出是惡性瘧疾，於是火速從軍國大事渠道，八百里超加急，為曹寅送上西洋最新發明的美洲特效藥「金雞納霜（奎寧）」，並詳列診斷及服藥細則。可惜曹寅運氣不佳，未及服上特效藥就不幸去世了。如果不是這麼命運不好，《紅樓夢》就不會是現在的內容和寫法了，甚至有沒有《紅樓夢》都很難說。在那個時代，不管你是板橋這些小畫師，還是王公大臣，得了這個惡性瘧疾，華陀、張仲景、葛洪全不管用，因為受中藥啟發、用西方科學方法製取的青蒿素，直到三百年後的二十世紀下半葉才由中國人發明出來，板橋們肯定是享受不到了。當然，像康熙那樣有條件學習了西洋科學技術，並有進藥渠道的人，療效肯定是藥到病除，因為那時的瘧原蟲，還沒有進化出對於奎寧的抵抗力。

莫愁湖

【題　解】南京莫愁湖，其地名，係由莫愁故事演變而來。今南京水西門外有莫愁湖及莫愁湖公園。

鴛央❶二字，是紅閨佳話，然乎否否❷。多少英雄兒女態，釀出禍胎冤藪❸。前殿金蓮❹，後庭玉樹❺，風雨催殘驟。盧家❻何幸，一歌一曲長久。

即今湖柳如煙，湖雲似夢，湖浪濃於酒。山下藤蘿❼飄翠帶，隔水殘霞舞袖。桃葉身微，莫愁家小，翻借詞人口。風流何罪，無榮無辱無咎❽。

【注　釋】❶鴛央　即鴛鴦。❷然乎否否　是與非。❸冤藪　冤枉聚積之處。❹前殿金蓮　指南朝齊潘妃宮中故事。《南史．齊本紀下》：「又鑿金為蓮華以帖地，令潘妃行其上，曰此步步生蓮華也。」❺後庭玉樹　此兼指〈玉樹後庭花〉，樂府吳聲歌曲名。南朝陳後主作。《陳書》卷七：「後主每引賓客對貴妃等，遊宴則使諸貴人及女學士與狎客共賦新詩，互相贈答，採其尤豔麗者，以為曲詞，被以新聲，選宮女有容色者以千百數，令習而歌之，分部迭進，持以相樂。其曲有〈玉樹後庭花〉、〈臨春樂〉等。」❻盧家　相傳莫愁為盧家少婦。❼藤蘿　紫藤的通稱。泛指有匍匐莖和攀援莖的植物。唐楊炯〈群官尋楊隱居詩序〉：「寒山四絕，煙霧蒼蒼；古樹千年，藤蘿漠漠。」❽無咎　沒有災害。

【語　譯】「鴛鴦」永遠是紅樓閨房中最好的談資，兩個字中就有許許多多的是是非非。有多少英雄兒女間的鴛鴦故事，醞釀出無數惹禍的根苗和冤屈積聚。有前殿中貼地的金蓮，有後庭中演唱的〈玉樹後庭花〉，世間的風雨一來，很快全都被摧殘殆盡。只有盧家少婦是何等的幸運，那〈河中之水歌〉和〈石城樂〉的歌曲，一直演唱到現在。　到如今，莫愁湖邊，岸柳如煙，湖上的雲兒似夢，湖上的波浪濃似美酒，讓人沉醉。山下的藤蘿飄著蒼翠的綠帶，像是莫愁隔著湖水和殘陽中的晚霞，翩翩舞動衣袖。雖然那桃葉姑娘出身低微，雖然莫愁也來自小戶人家，但只有她們，反而能夠借詩人詞人之口，事跡永遠流傳。風流有何罪過，一切都已經過去，到而今沒有了榮辱，也沒有了幸福和災禍。

【研　析】莫愁的故事經歷過長時間的演變。莫愁本為古樂府中傳說的女子。一說為洛陽人，嫁盧家為少婦。南朝梁武帝〔河中之水歌〕：「河中之水向東流，洛陽女兒名莫愁……十五嫁為盧家婦，十六生兒字阿侯。」唐沈佺期〈古意呈補闕喬知之〉：「盧家少婦鬱金堂，海燕雙棲玳瑁梁。九月寒砧催木葉，十年征戍憶遼陽。」李商隱〈馬嵬〉：「此日六軍同駐馬，當時七夕笑牽牛。如何四紀為天子，不及盧家有莫愁。」一說，莫愁為石城（在今湖北鍾祥）人。《舊唐書・音樂志二》：「石城有女子名莫愁，善歌謠，〔石城樂〕和中復有『莫愁』聲，故歌云：『莫愁在何處？莫愁石城西，艇子打兩槳，催送莫愁來。』」後來可能因鍾祥石城而聯想及金陵石城，故一說莫愁為金陵女子。宋周邦彥〔西河〕〈金陵〉：「斷崖樹，猶倒倚，莫愁艇子曾繫。」莫愁的故事，引起了無數詩人詞人的興趣。二十世紀，南京誕生了當代版的〔莫愁〕歌曲，一時傳唱大江南北，流行數十年，至今仍然是南京本地文化的保留節目之一。板橋的這首詞，著重於金陵的歷史興亡。所謂「多少英雄兒女態，釀出禍胎冤藪」，男人昏庸亡了國或壞了事，照例要怪到女人頭上的，一個國家是如此，一個家庭也是這樣。南朝蕭寶卷迷戀潘妃而亡國，陳後主迷戀貴妃張麗華而亡國。至於這些男人自己要負什麼責任，板橋沒有說，只是籠統地把「英雄兒女」全都一勺子雜燴了。到如今，這些「英雄兒女」已成了過眼雲煙，惟有莫愁的故事，借助詩人之口，流傳到現在。

長干里

【題　解】長干里，金陵名勝之一，向為城中心最為繁華的人口集中地。《景定建康志》卷十六：「長干里，在秦淮南。（考證）越范蠡築城長干。」卷四十六：「長干是秣陵縣東里巷名。江東謂山隴之間曰干。建康南五里，有山岡，其間平地，庶民雜居，有大長干、小長干、東長干，並是地名。」今南京中華門外有「長干橋」和「古長干里」牌坊。

逶迤❶曲巷❷，在春城斜角❸，綠楊陰裡。赭白青黃牆砌石，門映碧溪流水。細雨餳簫❹，斜陽牧笛，一徑穿桃李。風吹花落，落花風又吹起。

更兼處處繅車❺，家家社燕❻，江介❼風光美。四月櫻桃紅滿市，雪片鰣魚刀鱭❽。淮水秋青，鍾山暮紫，老馬耕閑地。一丘一壑❾，吾將終老於此❿。

【注釋】❶逶迤　曲折綿延貌。《淮南子・泰族》：「河以逶迤故能遠，山以陵遲故能高。」❷曲巷　曲折的小巷。南朝梁蕭統〈相逢狹路間〉：「京華有曲巷，巷曲不通輿。」❸春城斜角　唐韓翃〈寒食〉：「春城無處不飛花，寒食東風御柳斜。日暮漢宮傳蠟燭，輕烟散入五侯家。」❹餳簫　賣飴糖人所吹的簫。❺繅車　繅絲所用的器具。❻社燕　燕子春社時來，秋社時去。故稱「社燕」。唐羊士諤〈郡樓晴望〉：「地遠秦人望，天晴社燕飛。」❼江介　江左，指長江以東之地。❽刀鱭　刀魚，長江的名貴魚種。❾一丘一壑　指退隱在野，流連山水。《漢書・敘傳上》：「漁釣於一壑，則萬物不奸其志；棲遲於一丘，則天下不易其樂。」南朝宋劉義慶《世說新語・品藻》：「明帝問謝鯤：『君自謂何如庾亮？』答曰：『端委廟堂，使百官準則，臣不如亮；一丘一壑，自謂過之。』」⑩吾將終老於此　唐白居易〈池上篇〉：「靈鶴怪石，紫菱白蓮，皆吾所好，盡在吾前。時飲一杯，或吟一篇，妻孥熙熙，雞犬閒閒。優哉游哉，吾將終老乎其間。」

【語　譯】長干里的巷子，在春城的斜角上，在綠楊樹陰裡，曲折綿延。石頭砌的牆，紅、白、青、黃，五彩繽紛，家家門前，映著碧清的小溪流水。毛毛細雨中，響著賣麥芽糖的簫聲。傍晚的斜陽中，牧童吹著橫笛，一條條小路，穿過桃花李花盛開的果園。春風吹來，花兒落下，落下的花瓣，又被風兒吹起。　更有處處繅絲的車兒響起，家家戶戶的社燕，又回到了去年的巢中。江岸上風光美好，四月的櫻桃熟了，紅遍了街市，雪片似的鰣魚和刀魚，正好上市。到了秋天，秦淮河水更青，鍾山的傍晚抹上了紫色，一匹老馬在耕種閒地。那一座小山丘可以蓋個小房子，一道淺淺的小河可以釣魚，我今後就將在這個地方養老終生。

【研　析】長干里，在今南京秦淮河南，雨花臺北，背靠山崗，旁倚大江，水陸通暢，人煙輻湊。有無數紅男綠女，在此演出一幕幕人間悲喜劇。李白的一首〈長干行〉，不知顛倒了多少痴男怨女：「郎騎竹馬來，繞床弄青梅。同居長干里，兩小無嫌猜。」板橋也不甘寂寞，寫了這首詞，來湊個熱鬧。歷代的長干詩詞不計其數，板橋此首詞有何特色？詞中描述從春到秋的長干里，在季節變換中，景色物候自有特點：春天楊柳飛花，春色斑斕，有綠、赭、白、青、黃、碧。到了寒食清明，有細雨，有麥芽糖、牧笛、小徑、桃李。到了仲春，則有落花、繅車、社燕。四月暮春初夏，則有櫻桃、鰣魚、刀魚。轉眼就是秋日，秦淮河水青了，鍾山紫了，使人喜愛，使人有終老於此的衝動。如果說，「逶迤曲巷，綠楊陰裡」，仍是普遍的春日景色，那麼，「赭白青黃牆砌石，門映碧溪流水」，就有了一些金陵的特色了。南京盛產雨花石，即使是普通的石頭，也是五顏六色的；南京有秦淮河，有許多支流小溪，在城裡城郊繞來繞去，最著名的，就是青溪了。青溪從紫金山西麓發源，從明故宮旁南下，逶迤蜿蜒到城南，匯入秦淮河。現在青溪仍在，就在城東中山門內。而四月的櫻桃和鰣魚刀魚，則是長江特產；紫金山每臨晨霧暮煙，朝日斜陽，照在紅色的砂岩上，泛出微微的紫光，則更是金陵最特殊的標誌。長千里可寫的東西很多，但板橋緊緊抓住了最富有金陵江南特徵的那些景物，並將這些景物聯繫為一幅完整的「金陵清明上河圖」。板橋首先是個畫家，他的詩詞，很有中國畫的畫面感和民俗風情的意境。

臺城

【題解】臺城，原指宮城。宋洪邁《容齋續筆》卷五〈臺城少城〉：「晉宋間謂朝廷禁省為臺，故稱禁城為臺城。」後遂成為六朝宮城的專稱。金陵臺城，在今南京雞鳴寺東北山上，其大致範圍，在今長江路南北一線。其地本三國吳後苑城，東晉成帝時改建為新宮，歷東晉、宋、齊、梁、陳，皆為臺省（中央行政機關）所在地。

秋之為氣[1]，正一番風雨，一番蕭瑟[2]。落日雞鳴山下路，為問臺城舊跡。老蔓藏蛇，幽花濺血，壞堞❸零煙碧。有人牧馬，城頭吹起觱栗❹。　當初麵代犧牲❺，食惟菜果，恪守沙門❻律。何事餓來翻掘鼠，雀卵攀巢而吸。再曰荷荷❼，趺跏❽竟逝，得亦何妨失。酸心硬語，英雄淚在胸臆。

【注　釋】❶秋之為氣　戰國楚宋玉〈九辯〉：「悲哉，秋之為氣也。蕭瑟兮，草木搖落而變衰。」❷蕭瑟　形容草木凋零。❸堞　城牆上如齒狀的矮牆。❹觱栗　一種管樂器，形如喇叭，以蘆葦為嘴，以竹為管，聲音悲淒。❺犧牲　屠宰後供盟誓、宴享用的牲畜。❻沙門　梵語的音譯，出家的佛教徒的總稱。❼荷荷　象聲詞，怨恨聲。梁武帝晚年信佛吃素，侯景亂時，宮城被圍食盡，武帝索蜜不得，曰「荷荷」而卒。❽趺跏　即跏趺。結跏趺坐的簡稱，雙足交疊而坐。佛家認為，跏趺可以減少妄念，集中思想。《無量壽經》卷上：「哀受施草敷佛樹下跏趺而坐，奮大光明使魔知之。」

【語　譯】秋日的節氣物候，正有一番風雨，一番草木搖落。太陽落山，山下的小路邊，雄雞晚鳴，似乎是在詢問臺城的舊時蹤跡。枯老的藤蔓中藏著一條條的蛇，幽暗的花朵上，好像濺上了紅色的血。早已損壞了的城牆垛口，飄零的煙霧青碧。有人在臺城放馬，城頭吹起了悲噎的觱栗。　想當初，好佛的梁武帝，以麵食代替犧牲來進奉神靈，飯食中只吃蔬菜水果，嚴格遵守沙門的清規戒律。是什麼因果，使得武帝被亂兵圍困，餓得只能翻掘老鼠充饑，只能爬到鳥巢掏雀蛋吸食。等到所有的東西全都吃光，那梁武帝想吃一口蜂蜜也不能實現，說了幾聲「荷荷」，盤腿打座而亡。在這臺城得了天下，亦何妨有朝一日失去。想到此心酸哽噎，古今多少英雄，淚沾胸臆。

【研析】臺城是個神奇的所在。外面是常見的江南山城，內部卻是神祕的皇宮大內。五代韋莊〈金陵圖〉詠歎道：「江雨霏霏江草齊，六朝如夢鳥空啼。無情最是臺城柳，依舊煙籠十里堤。」臺城據山水之險，為金陵要衝，至今仍為著名景點。宋陳亮〈戊申再上孝宗皇帝書〉的描述最為中肯：「臺城在鍾阜之側，其地據高臨下，東環平岡以為固，西城石頭以為重，帶玄武湖以為險，擁秦淮、清溪以為阻。」板橋此詞，上闋寫臺城之滄桑，下闋寫梁武帝的遭遇。六朝時期，佛教盛行，梁武帝甚至多次出家為僧，讓大臣出巨資將其「贖回」。唐杜牧有詩〈江南春〉云：「千里鶯啼綠映紅，水村山郭酒旗風。南朝四百八十寺，多少樓臺煙雨中。」但若政事不修，民不聊生，佛祖卻並不保佑。梁武帝身死國亡的教訓，對於繼起的南朝陳，似乎並沒有什麼啟發。陳後主用了另外一種方式，重走了亡國之路。唐劉禹錫〈臺城〉感慨說：「臺城六代競豪華，結綺臨春事最奢。萬戶千門成野草，只緣一曲〈後庭花〉。」

胭脂井

【題解】胭脂井，即南朝陳景陽宮的景陽井，故址在今南京玄武湖南側雞鳴寺內。隋兵南下攻破金陵城，後主與妃張麗華、孔貴嬪等並投此井，卒為隋人牽出，故又名「辱井」。井有石欄，呈胭紅色，好事者附會為胭脂所染，呼為胭脂井。宋周必大《二老堂雜誌・記金陵登覽》：「辱井者，三人俱投之井也，在寺之南。甚小而水可汲，意其地良是，而井則可疑。世傳二妃將墜，淚漬石欄，故石脈類臙脂，俗又呼臙脂井。」

轆轤❶轉轉，把繁華舊夢，轉歸何許。只有青山圍故國❷，黃葉西風菜圃。拾橡❸瑤階，打魚宮沼，薄暮人歸去❹。銅瓶百丈，哀音歷歷如訴❺。

過江咫尺迷樓❻，宇文化及❼，便是韓擒虎❽。井底胭脂聯臂出❾，問爾蕭娘❿何處。〔清夜遊〕⓫詞，〔後庭花〕⓬曲，唱徹江關⓭女。詞場本色，帝王家數⓮然否。

【注釋】❶轆轤　利用輪軸原理製成的井上汲水的起重裝置。❷青山圍故國　唐劉禹錫〈石頭城〉：「山圍故國周遭在，潮打空城寂寞回。淮水東邊舊時月，夜深還過女牆來。」❸拾橡　橡實可供充饑。《晉書》卷五十一：「糧絕，饑甚，拾橡實而食之。」❹薄暮人歸去　用《詩經．谷風》「式微式微，胡不歸」意境。薄暮，傍晚，太陽快落山的時候。《楚辭．天問》：「薄暮雷電，歸何憂？厥嚴不奉，帝何求？」薄，迫近。一說，薄為發語辭，無實義。❺銅瓶百丈二句　用唐杜甫〈銅瓶〉詩意：「亂後碧井廢，時清瑤殿深。銅瓶未失水，百丈有哀音。側想美人意，應悲寒甃沈。蛟龍半缺落，猶得折黃金。」❻迷樓　樓名，隋煬帝所建。故址在今揚州西北。唐馮贄《南部煙花記．迷樓》：「迷樓凡役夫數萬，經歲而成。樓閣高下，軒窗掩映，幽房曲室，玉欄朱楯，互相連屬。帝大喜，顧左右曰：『使真仙遊其中，亦當自迷也。』故云。」❼宇文化及　隋末叛軍首領，代郡武川（今屬內蒙古）人，隋大將宇文述之子，弒煬帝，稱帝，被殺。❽韓擒虎　隋朝名將，滅陳功臣，原名擒豹，字子通，河南東垣（今河南新安縣東）人。❾井底胭脂聯臂出　《景定建康志》卷十九：「景陽井，一名胭脂井，又名辱井。在臺城內。陳末，後主與張麗華、孔貴嬪投其中以避隋兵。其井有石欄，多題字。舊傳云，欄有石脈，以帛拭之，作胭脂痕。或云，石脈色類胭脂。」❿蕭娘　女子的泛稱。宋周邦彥〈西園竹〉：「奈向燈前墮淚，腸斷蕭娘。」亦指怯懦如女子。《南史・梁臨川靖惠王宏傳》：「宏受詔侵魏，軍次洛口，前軍克梁城。宏聞魏援近，畏懦不敢進。魏人知其不武，遺以巾幗。北軍歌曰：不畏蕭娘與呂姥，但畏合肥有韋武。」一說，蕭娘即蕭娘娘，煬帝后。相傳煬帝曾奪宇文化及妾，煬帝被弒，宇文化及烝蕭后以報復。⓫清夜遊　曲名，傳為隋煬帝所作。⓬後庭花　曲名，傳為陳後主所作。⓭江關　泛指海內。唐杜甫〈詠懷古跡〉之一：「庾信生平最蕭瑟，暮年詩賦動江關。」⓮家數　家法傳統；流派風格。此指統治術。宋嚴羽《滄浪詩話・附答出繼叔臨安吳景仙書》：「世之技藝，猶各有家數。」

【語譯】井上的轆轤轉啊轉，要把那繁華的舊時好夢，轉到哪裡。臺城早已空空，只有昔日的青山，仍然圍著這故國的城池。昔日的繁華不再，只有枯黃的樹葉，蕭瑟的西風，一片接一片的菜地。往日的白玉臺階上，有人在揀拾橡實，皇宮內的池塘裡，有人正在打魚。臨近傍晚，人們漸漸散去回家。轆轤上汲水的銅瓶，繫著井繩百丈，吱吱呀呀發出悲哀的聲音，分明是在訴說千年前的往事。

想當年，從金陵過江不遠，就到了江都醉生夢死的迷樓，那裡有被殺身死的隋煬帝，那姦賊宇文化及弒君自立滅了隋朝，正像當年攻陷金陵滅了陳朝的隋朝大將韓擒虎。隋朝的兵馬殺到，躲在胭脂井底的陳後主、張麗華、孔貴嬪一個接一個地被隋兵抓出來，到了隋朝又被人滅了的場合，煬帝的蕭娘娘又能躲到哪裡？隋煬帝、陳後主的亡國之音〔清夜遊〕、〔後庭花〕，在江南女孩子們口中廣泛傳唱。這詞曲場上的本色演出，正是南朝隋朝帝王的風流傳統。這千年的是是非非，誰能說得清楚。

【研　析】南朝宋齊梁陳四代，都是奇葩的存在，不但享國短，且荒唐皇上代出，演出了一幕幕荒誕劇。南朝最後一位君主叫陳叔寶，陳叔寶正是一個活寶。不幸當了皇上，本該下功夫治理國家，但他最感興趣的卻是吟詩作曲。作為業餘愛好，寫寫詩唱唱曲本沒有什麼問題，但這個皇上，竟然將大臣和愛妃們都召到朝堂上，寫作演唱黃色歌曲，相互調笑，生生地把朝廷玩成了妓院，這與後代的某些黃色粉色電視綜藝節目簡直沒什麼兩樣。一代又一代的統治者，眼看他起高樓，眼看他樓塌了，後人哀歎前人的荒唐，卻不知自己也是後人的「懷古」對象。人類基本上沒什麼記性，永遠會犯同樣的錯誤。這首詞，就是借胭脂井的故事，來諷刺南朝的荒誕荒唐。對於這一話題，六朝之後的唐宋元明，已經有許多詩歌寫過了。那麼，到了清代，如何在前人的基礎上別出新意呢？這在詩壇上有一個現成的方法，就是化用前人詩意和詩句，重新組織，創作出具有新意的「詞」。詩與詞在創作方面，有很大的不同。詩是「文章千古事」，講究自創新意，不能用前人、他人成句或詩意，如果用了，那就是鈔襲，或至少也不是「好」詩；但詞正相反，詞是處於「文章技藝之間」的玩意兒，詞完全可以襲用前人詩意乃至成句，甚至可以將整個一首詩直接拿過來概括或改寫成詞。例如，周邦彥就最擅長「隱括唐人詩意」，南宋詞學理論家張炎的《詞源》表揚他說：「採唐詩融化如自己者，乃其所長。」簡單地說，詩與詞相比，詩用別人成句或創意，那就是道德缺陷；而詞則可以用，而且好詞還必須用，用前人詩意乃至成句，則是一種藝術技巧。如果你當用不用，那就說明你沒文化。板橋這首詞的上闋，幾乎每句都用了前人詩意或成句。

高座寺

【題解】高座寺，始建於西晉永嘉年間，寺內有井，水質清甜，故初名「甘露寺」。東晉初，龜茲國有高座法師來建康說法，故改名高座寺。後屢毀屢建。故址在今雨花臺景區內，現已重建開放。

暮雲明滅，望破樓隱隱，臥鐘殘院。院外青山千萬疊，階下流泉清淺。鴉噪松廊，鼠翻經匣，僧與孤雲遠。空梁蛇脫❶，舊巢無復歸燕。

可憐六代❷興亡，生公寶志❸，絕不關恩怨。手種菩提心劍戟❹，先墮釋迦輪轉❺。青史譏彈，傳燈❻笑柄，枉作騎牆❼漢。恆沙無量❽，人間劫數❾自短。

【注 釋】❶空梁蛇脫　空梁上掛著蛇蛻下的皮。一說，是指空梁上的彩畫脫落如同蛇蛻。❷六代　即六朝，指東吳、東晉、宋、齊、梁、陳六個在金陵建都的朝代。❸生公寶志　生公，晉末高僧竺道生的尊稱。相傳生公曾於蘇州虎丘寺立石為徒，講《涅槃經》，至微妙處，石皆點頭。唐李紳〈鑒玄影堂〉：「深夜月明松子落，儼然聽法侍生公。」唐劉禹錫〈生公講堂〉：「生公說法鬼神聽，身後空堂夜不扃。」寶志（西元四一八—五一四年），南朝齊梁時高僧，俗姓朱，生於句容東陽。曾修行於金陵道林寺、天柱山山谷寺、句容華山（後人因寶志之名號，改名寶華山），主要事跡見《景德傳燈錄》等。相傳屢見神跡，為後世「濟公和尚」的原型之一。❹手種菩提心劍戟　言親身種下菩提為因果，然心則如同刀輪劍戟般森嚴。菩提，梵文 Bodhi 的音譯。意譯「覺」、「智」、「道」等。佛教用以指豁然徹悟的境界，又指覺悟的智慧和覺悟的途徑。《百喻經・駝甕俱失喻》：「凡夫愚人，亦復如是，希心菩提，志求三乘。」又西方有菩提樹。唐封演《封氏聞見記・蜀無兔鴿》：「娑婆樹，一名菩提，葉似白楊，摩伽陀那國所獻也。」劍戟，泛指兵器。❺輪轉　佛教語。輪回。南朝梁沈約〈內典序〉：「妙法輪轉，甘露啟霏。」丁福保《佛學大辭典》輪轉條：「輪轉三界六道，無脫出之期也。往生要集上本曰：輪轉無際，不免三途。有《佛說輪轉五道罪福報應經》一卷。」❻傳燈　佛家指傳法。佛法猶如明燈，能破除迷暗，故稱。唐崔顥〈贈懷一上人〉：「傳燈遍都邑，杖錫遊王公。」宋代吳沙門道彥有《傳燈錄》三十卷。❼騎牆　比喻立場不明確，游移於兩者之間。《智門祚禪師語錄》：「若有作者，但請對眾施呈，忽有騎牆察辨，呈中藏鋒，忽棒忽喝，或施圓相。」❽恆沙無量　佛教語。恆沙，恆河沙之略稱。譬物之多也。《智度論》七：「問曰，如閻浮提中，種種大河亦有過恆河者，何故常言恆河沙等？答曰：恆河沙多，餘河不爾。」❾劫數　梵語 Kalpa。宋睦庵《祖庭事苑》：「日月歲數謂之時，成住壞空謂之劫。」指極漫長的時間，亦指厄運，災難，大限。

【語譯】傍晚的雲，一會兒明亮，一會兒變暗。遠遠望去，那破敗的樓房，隱隱綽綽，殘破院子裡，一口鐘橫躺在地上。院子外面，一層層青山重重疊疊，臺階下，流著泉水，又清又淺。烏鴉在松樹廊道上呱噪，老鼠跳翻了經卷匣子，老僧出遊，像孤飛的雲那樣遙遠。空空的梁上，掛著蛇脫下的皮，舊時的巢裡，再也沒有歸來的燕子。　可憐在此建都的六個朝代，興亡交替，高僧竺道生，大師寶志，自有佛家功德，和這王朝興衰，沒有一點恩怨關係。這些高僧，親身種下菩提為因果，內心如同羅列的劍戟一樣森嚴，率先墮入佛家的輪回之中。這六代的人物事跡，在青史中受人評論譏彈，那些高僧的傳燈語錄，竟也成了笑柄，更不用說那些沒有主見的痴漢。宇宙間的物相，如同恆河沙無窮無盡，人世間億萬年的成、住、壞、空輪回，其實也是很短的一個瞬間。

【研　析】這首詞，上闋極寫高座寺之破敗，下闋由此而生興亡滄桑之感。詞的下闋「手種菩提心劍戟，先墮釋迦輪轉。青史譏彈，傳燈笑柄，枉作騎牆漢」等句，有人理解為是指六朝的統治者，雖然手種菩提樹，然而心存劍戟殺氣，因此先墮釋迦輪回，受到青史的譏刺，和佛家的譏笑。我們認為，這首詞是詠高座寺的，這幾句仍然是針對佛門來說的。在佛家看來，世界如同恆河沙數而歷經千百萬年，也只是成住壞空的輪回，不管你是六朝先主後主還是隋唐帝王，不管你是生公寶志那些高僧大德還是騎牆的芸芸眾生，都只是後人的笑柄。尤其是對於金陵這個地方來說，更是如此。金陵是一個屢遭戰火，歷經劫難的地方。佛家有「成住壞空四劫輪回」之說。丁福保《佛學大辭典》四劫條引《俱舍論》十二釋曰：為器世間、有情世間之成立，謂之成劫。世間安穩存住之時，為住劫。自初禪天至地獄之有情，各隨其業因或出於二禪以上，或移於他界，至不留一人，發大火災，蕩盡初禪以下，謂之壞劫。壞後虛空無一物，故曰空劫。如鳳凰涅槃，一次次成住，一次次壞空，金陵總是能夠在烈火中重生。面對時間空間的無窮無盡，這千年的輪回，也只是彈指一揮間。自板橋先生在昔時的高座寺面對破樓殘院大發思古之幽情，到西元二〇一九年高座寺又一次重建開放，又過去了二百八十八年。生公寶志，揚州八怪，帝王將相，早已是過眼雲煙。若自今再過二百八十八年到西元二三〇七年，這世間又不知將經歷幾劫幾難。

孝陵

【題解】孝陵，即明孝陵，明代開國皇帝朱元璋的陵墓。在今南京中山門外梅花山上。梅花山是鍾山西麓的幾個小山丘。明孝陵東連鍾山的三座主峰，西接玄武湖和明城牆，是南京鍾山風景區的一個組成部分。

東南王氣❶，掃偏安❷舊習，江山整肅。老檜蒼松盤寢殿，夜夜蛟龍來宿。翁仲❸衣冠，獅麟頭角，靜鎖苔痕綠。斜陽斷碣❹，幾人繫馬而讀。

聞說物換星移，神山風雨，夜半幽靈哭。不記當年開國日，元主泥人淚簇❺。蛋殼乾坤，丸泥❻世界，疾卷如風燭。老僧山畔，烹泉只取一掬❼。

【注　釋】❶王氣　相傳金陵有王氣，戰國時楚威王埋金以鎮王氣，故曰金陵。秦始皇則鑿山以斷金陵王氣。後三國吳、東晉、宋、齊、梁、陳六朝皆建都於此。唐劉禹錫〈西塞山懷古〉：「西晉樓船下益州，金陵王氣黯然收。」❷偏安　在中原之外的地方臨時建都。此指朱元璋建都南京，而領有中原。❸翁仲　據《淮南子・氾論》高誘注，傳秦始皇初併天下，有長人見於臨洮，其長五丈，足跡六尺，仿寫其形，鑄金人以象之，稱為「翁仲」。後遂稱銅像或石像為「翁仲」。《三國志・魏書・明帝紀》裴松之注引三國魏魚豢《魏略》：「大發銅，鑄銅人二，號曰翁仲，列坐於司馬門外。」後又專指墓前的石像為「翁仲」。❹斷碣　斷了的石碑。❺不記當年開國日二句　述本朝開國時，明長平公主故事。清初西吳懶道人《剿闖小說》：「上知大事已去，含淚入宮……時長公主年十五歲矣，在側悲啼，皇上欲殺之，手不能舉，少頃，連砍二刀，悶絕於地。」清計六奇《明季北略》卷二十：「召長公主至，年十五矣。公主號哭不已。上嘆曰：汝奈何生我家。」元主，長公主，此指長平公主。清吳偉業〈思陵長公主挽詩〉：「元主甘從殉，君王入未央。」泥人，指依賴，迷戀，留連。淚簇，形容淚水多而成簇。❻丸泥　一塊泥巴，此指歸隱。漢劉向《列仙傳・方回》：「方回者，堯時隱人也……為人所劫，閉之室中，從求道，回化而得去，更以方印掩封其戶。時人言，得回一丸泥塗門戶，終不可開。」❼一掬　一捧。

【語　譯】明代的開國皇帝，重振了東南的金陵王氣，一掃偏安於江東的舊習，天下江山得到了整肅。孝陵上的老檜和蒼松，枝條盤踞在陵墓的正殿，每天夜晚，蛟龍都會來這裡住宿。

那墓前石像雕刻出的衣冠，石頭獅子和麒麟的頭角，靜靜地覆蓋著綠色的苔痕。斜陽西下，有幾塊斷了的殘碑，有幾個人繫好了馬兒在認讀。　聽說這世上已經物換星移，鍾山也起了風雨，夜半時候幽靈在哭泣。怎能不記得，當年新朝開國的時候，舊朝的長公主，依戀地拉著想要殺死她的父親，淚水直流。這乾坤，只是一只蛋殼，這世界，也就是一塊泥巴，就像風中的燭火，被急速席捲而滅。只有山畔的老僧，澹然地取了一捧泉水去煮茶。

【研　析】此詞借明孝陵詠歎明清易代。上片寫明代開國皇帝朱元璋生前死後，下片寫明末清初物換星移，而歸於虛空。朱元璋打敗了元人，在金陵建立了大明王朝。死後的陵墓稱為「孝陵」。明孝陵又經歷了二百八十多年的風風雨雨，陵上的松檜都已長大，陵前的石像覆蓋了苔蘚，石碑已經斷裂。地下的幽靈，如果聽說已經換了朝代，夜半時候也會痛哭。人世間滄桑巨變，惟有世外的高僧，心如古井，與世無爭，仍然像千百年前一樣，在取泉水煮茶。明清易代在鄭板橋時代仍然是一個比較敏感的話題。詞中對此盡量說得隱晦，因而有的地方理解起來，歷有歧義。「不記當年開國日，元主泥人淚簇」，讀者有的解釋是，指大明開國，元順帝落淚。

方景兩先生祠

【題　解】方景兩先生，指明代方孝孺、景清。方孝孺（西元一三五七—一四〇二年），字希直，一字希古，號遜志，世稱「正學先生」。孝孺剛直不屈，「靖難之役」，拒絕為篡位的燕王朱棣（即成祖）草擬即位詔書，孤忠赴難，被誅十族。神宗萬曆間平反。《明史》卷一四一有傳。景清（西元？—一四〇二年），明陝西真寧（今屬甘肅）人，一說本姓耿。洪武進士，授編修，改御史，署左僉都御史，建文初為北平參議，復還御史大夫。成祖即位，以原官留任。欲於早朝時行刺成祖，被執，遂被殺，滅九族。《明史》卷一四一有傳。萬曆至宣德間，為靖難諸公平反，追封建祠。今南京雨花臺有方孝孺墓及祠。

乾坤欹側❶，藉豪英幾輩，半空撐住。千古龍逢❷原不死，七竅比干❸肺腑。竹杖麻衣，朱袍白刃，樸拙為艱苦❹。信心而出，自家不解何故❺。

也知稷契皐夔❻，閎顛散适❼，嶽降維申甫❽。彼自承平吾破裂，題目原非一路❾。十族全誅，皮囊萬段，魂魄雄而武。世間鼠輩，如何妝得老虎。

【注釋】❶欹側　傾斜；歪斜，此指「靖難之役」，王朝遇到危機。❷龍逢　即關龍逢，夏朝賢人。因諫桀而被殺。❸比干　商王族，紂王叔父，相傳其心有七竅，因屢諫紂王，被剖心而死。❹竹杖麻衣三句　言方孝孺、景清二先生慷慨赴難，以質樸之初心，為先皇盡忠而為艱難困苦之事。竹杖麻衣，孝服。《禮記・間傳》：「又期而大祥，素縞麻衣。」鄭玄注：「謂之麻者，純用布，無采飾也。」燕兵攻破京城，建文帝自焚。燕王命方孝孺草登極詔，孝孺以孝服進見，拒絕草詔，被夷十族。朱袍白刃，《明史》卷一四一〈景清傳〉：「一日早朝，清衣緋懷刃入。……清獨著緋，命搜之，得所藏刃，詰責。清奮起曰，欲為故主報讎耳。」❺信心而出二句　言方、景二先生所為，全由本心而出，並沒有什麼自己的個人目的。❻稷契皐夔　傳說中舜的四位賢臣，后稷、契、皐陶、夔。❼閎顛散适　輔佐周文王、武王的閎夭、太顛、散宜生、南宮适。❽嶽降維申甫　嶽降，稱頌誕生。維，文言助詞，用於句首或句中。申甫，周代名臣申伯和仲山甫，後借指賢能的輔佐之臣。《詩・大雅・崧高》：「維嶽降神，生甫及申。」❾彼自承平吾破裂二句　言上述十位賢人處於承平之時，而方、景二位先生，處於國破身裂之際，二者情況背景不同。題目，情況；問題。

【語　譯】乾坤顛倒傾斜，靠幾個英雄豪傑，從半空中撐住不倒。名揚千古的關龍逢，原本就是不死的英雄，七竅的比干，肺腑如同冰雪。方孝孺柱著竹杖穿著麻衣為建文帝戴孝，景清穿上紅色的袍子，懷揣白刃，想刺殺新皇上。他們懷著質樸的初心，去實行這艱難困苦的任務。他們這樣做全是出自本心，並沒有什麼自己的個人目的。　要知道稷、契、皐、夔這些上古的聖賢，閎、顛、散、适這些商代的賢人，還有如同山嶽降生的周代名臣申伯和仲山甫，這十位賢人處於承平之時，而明朝的方孝孺、景清兩位志士，處於國破身裂之際，他們和那十位賢人情況背景本就不同。雖然方孝孺十族全被誅殺，景清的皮囊肉身被斫成萬段，但他們的魂魄，卻永遠雄壯威武。人世間的那些鼠輩，怎麼能妝扮成老虎！

【研　析】朱元璋打下天下後，建立大明王朝，立長子朱標為太子，可惜朱標未等到繼承大位就死了，朱元璋不得已，立朱標兒子為皇太孫，以方孝孺等人輔佐。後朱元璋駕崩，皇太孫即位，是為建文帝。建文帝的四叔燕王朱棣，以「靖難（平定國難）」為名，起兵南下，攻破京城，建文帝下落不明，官方的說法是自焚而死。朱棣自立為帝，慕方孝孺大名，當然也是為了順便羞辱他，特命方孝孺起草登基的詔書，方孝孺寧死不從。朱棣惱羞成怒，將方孝孺「夷九族」外，還特地加夷「學生」一族。這大明朱姓開國皇帝，和漢代開國皇帝劉邦一樣，大有流氓無賴和殘暴的變態基因，處死方孝孺的學生，真是毫無道理，也許朱棣心裡想，你不是讀書人嗎，你不是會寫東西流傳後世嗎，現在我連你學生也都殺了，看你以後還怎麼罵我。對於刺殺他的景清，朱棣也不客氣，你沒有學生，那我把凡是和你有關係的，全都找出來殺了，叫做「瓜蔓抄」。方、景二位志士的忠心、正氣和不幸，受到後人的極大同情和尊敬。到了萬曆年間，朝廷開始為「靖難之役」死難之士平反，宣德年間更是為他們修墓立祠。清代南京仍有方景兩先生祠。板橋瞻仰之餘，寫下這首詞，對於「魂魄雄武」的方景兩先生，表達了崇高的敬意，並順便罵了一下當今的「鼠輩」。後人對於方景兩先生的敬仰，在現在的人們看來，也許會有一些不以為然。可能會有人說，這天下反正是你朱家的，管你是兒子還是孫子，反正都是朱家的臣子，還不都是一樣。但這是現代人的觀念。現在的世界上，已經很少有那樣的流氓皇帝了，不管還有沒有君主，大多數國家，都進入了民主法制社會，人們的思想觀念已經有了很大的變化。因此，我們不能用今天已經變化了的價值觀念，來要求古人。古代為臣子的，講究一個「忠」字。忠於君，忠於理想信念，為了這一信念，不怕殺頭，不怕抄家，這種精神，永遠是值得尊敬的。

洪光

【題解】洪光，正文作「宏光」。本應作「弘光」，避乾隆帝「弘曆」諱，改作「宏光」或「洪光」。弘光，南明福王朱由崧年號（西元一六四四—一六四五年）。包括弘光在內的南明各小朝廷，以半壁江山，大敵當前，而各派人馬，相互傾軋，腐敗無能，遂先後亡國。此詞即詠歎其事。

宏光建國，是金蓮玉樹，後來狂客。草木山川何限痛，只解征歌選色❶。燕子銜箋，春燈說謎❷，夜短嫌天窄。海雲分付，五更攔住紅日❸。

更兼馬阮❹當朝，高劉❺作鎮，犬豕包巾幘❻。賣盡江山猶恨少，只得東南半壁。國事興亡，人家成敗，運數誰逃得。太平隆萬❼，此曹❽久已生出。

【注釋】❶征歌選色　徵求歌女，選取美色。❷燕子銜箋二句　阮大鋮寫有傳奇《燕子箋》和《春燈謎》。❸海雲分付二句　承上句，言弘光君臣，貪圖歡樂而嫌夜短，故試圖吩咐海雲攔住東升的紅日。❹馬阮　指馬士英和阮大鋮。二人於明亡後擁立福王，共領朝政，相互勾結，專權誤國。❺高劉　福王時分淮揚為四鎮，令高傑、劉澤清、黃得功和劉良佐統領。其各懷私心，相互攻伐。❻巾幘　頭巾，以幅巾製成的帽子。❼隆萬　隆指隆慶，明穆宗的年號。萬指萬曆，明神宗的年號。❽曹　等；輩。

【語　譯】南明弘光小朝廷建立了，那君主，是迷戀潘妃金蓮的齊主蕭寶卷，是寫了〔玉樹後庭花〕的陳後主，那臣子，都是些放蕩不羈的無恥之徒。被蹂躪的草木山川是何等的痛苦，而弘光君臣，只知道徵求歌女，選取美色。他們整天演出些《燕子箋》、《春燈謎》，他們夜以繼日地狂歡，玩到五更，還嫌夜短，竟妄圖吩咐海雲，去攔住東升的紅日。　更有馬士英和阮大鋮這兩個姦賊把持朝政，高傑、劉澤清這些懷有異心的將領鎮守前線。這些人全都是豬狗，包上了頭巾，戴上帽子，充作人模狗樣。他們賣盡了江山，還嫌太少，只剩下東南半壁。國事的興亡，個人的成敗，是命中的運數，誰能逃得過。早在太平的隆慶萬曆年間，這樣的姦臣賊子就已經生出來了。

【研　析】中國古代王朝，週期性地建立、繁榮、滅亡。王朝滅亡的外部原因，主要是北方遊牧民族的南下。在數千年前的甲骨文時代之前，中原地區溫暖溼潤，有大象犀牛，是典型的熱帶亞熱帶氣候。但從甲骨文時代之後，地球進入了間冰期，中國北方漸趨寒冷，生活在北方廣闊草原上的諸多遊牧民族，一波又一波地南下尋找新的水草豐美之地。中國古代王朝的覆滅，多數即因如此。農耕民族定居已久，很難抵抗野蠻人的侵略。當然，這些王朝自己不爭氣，是主要的內因。這個弘光朝廷更是奇葩，立足未穩，前線吃緊，就忙著徵歌選美，享受腐敗生活了。當然，話說回來，假如弘光君臣勵精圖治，能否收復失地，或至少也形成南北朝的局面呢？那倒也未必。歷史進程是多種複雜因素所造成的，氣候、人事、運數，都是重要因素。板橋先生對於人事和運數作了分析，但明末的潰敗，固然有人禍，但確實也有天災的因素。

西江月 警世

【題解】警世，意思是警告或提醒世人。如宋周密《癸辛雜識》別集「二僧入冥」條：「天理果報之事，未有昭昭如此事者，故書之以警世云。」板橋用〔西江月〕的詞牌，寫了三首「警世」詞，分別寫人生如夢、世事無端、人世虛幻。

細雨玲瓏葉底，春風澹蕩❶花心。夢中做夢最怡情。蝴蝶引人入勝。
俗子幾登青史❷，英雄半在紅塵。酒懷豪淡臥旗亭❸。滿目蒼山暮影。

【注釋】❶澹蕩　使人和暢。多形容春天的景物。❷青史　古時用竹簡記事，所以後人稱史籍為青史。
❸旗亭　酒樓。懸旗為酒招，故稱。

【語譯】細雨濛濛，綠葉蔥蘢，春風和暢，百花盛開。夢中做夢，最可怡悅心情，彷彿被蝴蝶引入了勝境。　多少凡夫俗子也青史留名，英雄豪傑卻大半流落凡塵。飲酒使人豪放，淡然醉臥酒樓。滿目所見，是蒼翠的山，傍晚的山影。

【研析】這一首寫人生如夢，在中國傳統文化的語境中，人生是一場夢，夢也就是人生。人在夢中，人如蝴蝶，蝴蝶如人。《莊子・齊物論》：「昔者莊周夢為蝴蝶，栩栩然蝴蝶也；自喻適志與，不知周也；俄然覺，則蘧蘧然周也。」人在夢中是隻蝴蝶，安知不是蝴蝶夢為人生。元馬致遠〔夜行船〕〈秋思〉云：「百歲光陰一夢蝶，重回首往事堪嗟。」板橋也有此意。詞的上片，渲染細雨春風，心情怡悅；下片突然跌落，言青史留名者，未必是英雄豪傑，既然人生如夢，不如醉臥酒樓。「滿目蒼山暮影」，更營造了一種低沉的暮光色調。

世事無端❶冷淡，老懷❷何處安排。美人頭上插新梅。昨日花枝不戴。

粉蝶誇衣徑去❸，黃鶯吝舌❹先回。醉中丟我在塵埃❺。醒後也無瞅睬❻。

【注釋】❶無端　沒來由；沒道理。❷老懷　老年人的情懷。宋楊萬里〈和蕭伯和韻〉：「桃李何忙開又零，老懷易感掃還生。」❸徑去　直接地離開。徑，徑直；直接。❹吝舌　吝於言語。指黃鶯不再鳴叫。❺塵埃　指塵世。❻瞅睬　看顧；理睬。

【語　譯】對於世事，我毫無緣由地變得冷淡，年歲漸老，怎樣安排餘生？就像美人總愛在頭上插一支新開的梅花，如果是昨日的花枝，就丟棄不戴。　蝴蝶炫耀著美麗的衣裳徑自離開，黃鶯吝惜動聽的聲音早已飛去，醉夢中，把我一人獨自留在塵世間，醒來時也無人理睬。

【研　析】此首寫世事無端。人漸漸老了，對於世事就看得淡了，但餘生仍要安排好。花要戴新開的，酒要喝足。喝醉了，蝴蝶夢也可以不做，黃鶯們的動聽歌聲也可以不聽。無人理睬也無所謂，世事無端，冷淡對待，不要太認真。這三首詞的基調，是消極的處世「哲學」。「美人頭上插新梅」尚有可取之處，整天喝得連蝴蝶黃鶯也不看不聽了，這人生還有什麼意思。雖然板橋這種處世哲學有抗議現實的因素，但我們仍然不提倡這種生活態度。

老子❶殘書破帽，兒孫綠酒紅裙。爭春不肯讓毫分❷。轉眼西風一陣。

皓月當頭最樂，疾雷破柱❸還驚。世間多少夢和醒。惹得黃粱❹飯冷。

【注　釋】❶老子　老年人的泛稱或自稱。❷毫分　極細極微。毫、分為較小的度量單位。❸疾雷破柱　像迅雷一樣打破現狀。疾雷，急遽發出的雷鳴。破柱，《後漢書・黨錮傳・李膺》：「時張讓弟朔為野王令，貪殘無道，至乃殺孕婦，聞膺厲威嚴，懼罪逃還京師，因匿兄讓弟舍，藏於合柱中。膺知其狀，率將吏卒破柱取朔，付洛陽獄。受辭畢，即殺之。」後以「破柱求姦」為不畏權貴，搜索壞人，以正國法的典故。❹黃粱　唐沈既濟《枕中記》，記載盧生夢中享盡榮華富貴，醒來時，黃粱米飯尚未蒸熟。黃粱，在當時被認為是平民經常食用，而「等級」次於大米的糧食。

【語　譯】老子我戴著破帽，看看殘破的舊書，只希望兒孫們能夠衣著光鮮，飲上美酒。年輕時，也曾像春天的花兒爭相開放，轉眼之間春去秋來，一陣西風吹過。　明亮的月亮照耀著頭頂的天空，這時最為快樂；迅疾的雷鳴電閃，震破了屋柱，使人驚慌失措。世間有多少夢深夢醒，醒來後那黃粱米飯已冷。

【研　析】古代平均壽命短，四五十歲，就開始「思考人生」了。板橋這時已經不想什麼黃粱夢了，反正要醒，不如本來不做。此時的他，只希望「兒孫綠酒紅裙」，孩子們能有一個安定的家庭生活，甚至能喝上綠酒，穿上紅裙，至於自己，有「殘書破帽」，亦足慰平生。板橋這一生「爭春不肯讓毫分」的時候，有多少雄心壯志。從小裡說，是做個著名書畫家，書畫篆印能賣個大價錢，能娶到饒五姑娘，兒孫滿堂；從大裡說，能考中進士，為政一方，雖然不說能治國平天下，但也要造福百姓，青史留名。現在，所有的這一切，都已經實現。他先是在揚州的畫壇上有了一席之地，隨後，乾隆元年丙辰（西元一七三六年）春，四十四歲的板橋，應禮部試，中貢士，接著參加殿試排名，中二甲第八十八名賜進士出身。讀書人的最高夢想，終於實現了。在明清，童生考秀才，每年的錄取率大約在百分之二，如果你堅持考二十年，對於你來說，這個錄取率應該在百分之四十；而考舉人的鄉試，平均錄取率在百分之四，如果你堅持考十年，舉人的錄取率，對於你來說也是百分之四十。這樣如果你堅持考三十年，你有百分之十六的機會考上舉人。清代二百六十年，總共產生十五萬舉人，平均每年不到六百人。清代每三年會產生三百個進士，每三年的平均錄取率為百分之十七。也就是說，你從童生到進士考三十三年，錄取率大概是百分之二點七，如果你秀才、舉人、進士每級只考一次，你的錄取率是千分之二點七。如果將考中進士作為讀書人成功的「標準」，那麼，明清時代，讀書人在理論上只有千分之二點七的「成功」概率，如果堅持參考十次，可以將「成功率」提高到百分之二點七。這個成功背後，是前途命運的不確定性和巨大的經濟支出。任何人在這場殘酷的過度競爭中，都會產生心理問題。因此，蝴蝶夢和黃粱夢，就是最好的心理醫生。

唐多令

思歸

【題　解】作於乾隆十六年（西元一七五一年）濰縣任上，因久在官場，賦此詞表述歸田之意。

絕塞❶雁行天。東吳❷鴨嘴船❸。走詞場❹、三十餘年。少不如人今老矣，雙白鬢、有誰憐。

官舍❺冷無煙。江南薄有田。買青山、不

用青錢❻。茅屋數間猶好在，秋水外、夕陽邊。

【注　釋】❶絕塞　橫絕邊塞，指從遙遠的地方過來。❷東吳　泛指長江東岸古吳地。在今江蘇、浙江、上海地區。❸鴨嘴船　船名，船形扁長似鴨嘴。❹走詞場　指通過科舉考試而為官之路。❺官舍　官吏的住宅。❻青錢　用青銅鑄的錢幣，為銅錢中的上品。也泛指一般的銅錢。唐杜甫〈偪側行贈畢四曜〉：「速宜相就飲一斗，恰有三百青銅錢。」青錢是雙關，另有「青錢萬選」的意思。《新唐書・張薦傳》：「員外郎員半千數為公卿稱『鷟（張鷟）文辭猶青銅錢，萬選萬中』。」宋晏殊〈假中示判官張寺丞王校勘〉：「遊梁賦客多風味，莫惜青錢萬選才。」此處言回家鄉可享有青山，而在官場，則自己不受當路者重視，並非是「青錢萬選」之才。

【語　譯】來自邊塞的大雁從天空飛過南下，使人想起行駛著鴨嘴船的東吳家鄉。我已在科場上歷經了三十多年，年少時就不如別人，如今已經老邁，兩鬢斑白，又有誰憐惜？　官舍裡冷清清沒生煙火，幸好我在江南尚有幾畝薄田，買得青山，卻不用花費銅錢。家裡的幾間茅屋幸好也還在，就在秋天的水田之外，夕陽下面。

【研　析】板橋作此詞時，已經五十九歲，這在古代，已經是高齡老人了。他自小讀書應考，至四十歲時中舉，四十四歲時得中進士，其間經過了數十年艱難困苦的讀書生涯。這就是所謂「走詞場」。中國古代千年以來，無數讀書人，都把畢生的精力，放在「讀書做官」的這條獨木橋上。這在唐宋時代，通過科舉考試的方法選擇人才，相對於以前的察舉制、九品中正制，西歐的封建世襲制，無疑是比較先進、合理，並適合中國國情的。但到了明清，八股文成了科舉的敲門磚，而同時代的西方，卻通過文藝復興、宗教改革和科學革命，開始了近代化的歷程。同樣學習了西歐思想文化，彼得大帝微服潛往西歐學習，使俄國直接從原始農奴制社會走上了近代化的道路，而康熙皇帝，則將這些「異端」作為危險的思想打入了冷宮，使中國從宋代的近古社會，在元明倒退的基礎上，進一步倒退為更為落後的帶有家奴制色彩的古代社會。這個社會的特色，就是在經濟上，從宋代商品經濟為主倒退為小農經濟為主；在政治上，從宋代的皇上與士大夫共治的君臣關係，倒退為皇權獨尊的主奴關係；而在文化上，則進入了一個「八股文」時代，全國所有的人才，幾乎百分之百地進入了這一「彀中」，中國從此失去了主動進入以科學、民主、法制為標誌的近代化社會的可能性空間。任何對於這個機制的懷疑，其最好的結局，也就是如同鄭板橋一樣，只能回家面對秋水夕陽了。

滿江紅 金陵懷古

【題解】板橋除有〔念奴嬌〕〈金陵懷古十二首〉，同主題的，還有這首〔滿江紅〕。前者所懷的對象，是金陵的十二處古跡和弘光朝的事跡，而這一首，則是對於整個金陵，發思古之幽情。

淮水東頭，問夜月、何時是了❶。空照徹、飄零宮殿❷，淒涼華表❸。才子總緣懷酒誤，英雄只向棋盤鬧。問幾家輸局幾家贏，都秋草。

流不斷，長江淼。拔不倒，鍾山峭。剩古碑荒塚，淡鴉殘照。碧葉傷心亡國柳，紅牆墮淚南朝廟。問孝陵❹、松柏幾多存，年年少。

【注釋】❶淮水東頭二句　唐劉禹錫〈石頭城〉：「山圍故國周遭在，潮打空城寂寞回。淮水東邊舊時月，夜深還過女牆來。」淮水，秦淮河。❷宮殿　指明故宮。遺址在今南京中山門內。❸華表　也稱「華表柱」。原用以表示王者納諫或指示道路的木柱。晉崔豹《古今注・問答釋義》：「程雅問曰：堯設誹謗之木，何也？答曰：今之華表木也。以橫木交柱頭，狀若花也，形似桔槔，大路交衢悉施焉。或謂之表木，以表王者納諫也。亦以表識衢路也。」北魏楊衒之《洛陽伽藍記・龍華寺》：「（洛水）南北兩岸有華表，舉高二十丈，華表上作鳳凰，似欲沖天勢。」周祖謨注：「華表，所以表識道路者也……古代建築前路邊每有石華表。」後又用以設在橋梁、宮殿、城垣或陵墓等前，主要用作裝飾。設在陵墓前的又名「墓表」。一般為石造。柱身多雕刻龍鳳等圖案，上部橫插著雕花的石板。❹孝陵　明太祖朱元璋墓。在南京市紫金山（即鍾山）西南麓。

【語譯】我徘徊在秦淮河的東頭，問夜空中的月亮，何時才是一切的結束。月色徒然地照遍了飄零的宮殿和淒涼的華表。才子總是因為喝酒誤事，英雄也只是在世事的棋局中鬧騰。試問在這場賭局中，有幾家輸幾家贏？但不論輸贏，大家都會如秋草般枯萎。　流不盡的長江渺渺，拔不倒的鍾山巍峨。如今只剩下荒涼的墳墓和石碑，還有殘陽映照中的寒鴉啼叫。

臺城的碧葉，是傷心的亡國柳，那朱紅的牆，是墮淚的南朝廟。問孝陵的松柏還能殘存多少？只是一年比一年更少。

【研　析】金陵的古跡眾多，這首詞，選取了最有代表性的石頭城、明故宮、臺城、明孝陵等幾處古跡，貫穿以長江和鍾山兩處自然景物，概括了金陵的歷史。「淮水東頭，問夜月、何時是了」，是暗用唐劉禹錫〈石頭城〉詩，來寫石頭城這一遺跡。「空照徹、飄零宮殿，淒涼華表」，是寫明故宮。板橋時代，南京已經不再是京城，也不再是「南」京了，所謂「宮殿華表」，當然是指明故宮。明代南京皇城曾經是世界上最大的宮殿，明末清初因戰亂而殘破。康熙〈過金陵論〉：「道出故宮，荊榛滿目。昔者鳳闕之巍峩，今則頹垣斷壁矣；昔者玉河之灣環，今則荒溝廢岸矣。」「碧葉傷心亡國柳」，是指六朝故宮臺城。自有了五代韋莊〈金陵圖〉「無情最是臺城柳，依舊煙籠十里堤」的詩句後，金陵的「柳」，就與臺城有了關聯。「孝陵松柏」，則描述明代的遺跡，到此時已經漸趨衰敗。以上是實寫眼前的遺跡，而「才子總緣懷酒誤，英雄只向棋盤鬧」，則是虛寫作為古跡的金陵。南京向稱「天下文樞」，南方大半個中國的讀書人，都要到這裡的貢院考試，接受是否有「才」的「驗證」。南京的街道橫平豎直宛然棋盤，南京所經歷的世事如同棋局。板橋的這首〈金陵懷古〉，抓住了金陵的特色，在歷代諸多的金陵懷古詩詞中，有一定的藝術價值。

滿江紅

思家

【題　解】板橋是揚州興化人，在官場日久，年老思歸，因寫下這首思家，用以表達對於揚州的懷念。

我夢揚州，便想到、揚州夢我。第一是、隋堤❶綠柳，不堪煙鎖。潮打三更瓜步❷月，雨荒十里虹橋❸火。更紅鮮、冷淡不成圓，櫻桃顆。

何日向，江村❹躲。何日上，江樓臥。有詩人某某，酒人個個❺。花徑不無新點綴，沙鷗❻頗有閑功課。將白頭、供作折腰❼人，將毋左❽。

【注　釋】❶隋堤　隋煬帝時沿通濟渠、邗溝河岸修築御道，道旁植楊柳，後人謂之隋堤。❷瓜步　長江渡口名，在今南京六合境內，離揚州城不遠。❸虹橋　又作「紅橋」，揚州著名景點。元宋無〈揚州〉：「紅橋二十四，明月照笙歌。若是迷樓在，遊人應更多。」清于成龍〈勸民節儉歌〉：「江寧秦淮蘇虎丘，揚州紅橋好風月。人道快遊名勝場，我道浪費金錢窟。更有不肖少贏餘，便思嫖賭任抛擲。」❹江村　儀徵的一個鄉村，在揚州附近。板橋曾在此坐館。《儀徵縣續志》卷六〈名跡志・園〉：「(江村)在游擊署前。里人張均陽築，今廢。興化鄭板橋燮嘗寓此，與呂涼州輩唱和，有聯云：『山光撲面因新雨，江水回頭為晚潮。』」❺個個　一個一個；每一個。《敦煌變文集・維摩詰經講經文》：「個個盡如花亂發，人人皆似月娥飛。」❻沙鷗　棲息於沙灘或沙洲上的鷗鳥。唐孟浩然〈夜泊宣城界〉：「離家復水宿，相伴賴沙鷗。」常用於比喻閒居。唐杜甫〈旅夜書懷〉：「飄零何所似，天地一沙鷗。」❼折腰　屈身事人。晉陶潛為彭澤縣令，因不肯屈身迎上官，遂辭職歸隱。《晉書・隱逸傳・陶潛》：「吾不能為五斗米折腰，拳拳事鄉里小人耶！」❽毋左　不行不適當之事。左，左計，與事實相背的計劃。引申為失策。宋文天祥〈保州道中〉：「厲階起玉環，左計由石郎。」

【語　譯】我夢見了家鄉揚州，便想到揚州也會夢見我。第一個夢見的，便是隋堤上的綠柳，柔弱似乎禁不住輕煙的籠罩。江潮拍打著三更天瓜步渡口的月影，濛濛細雨中十里蒼茫，掩不住繁華的虹橋燈火。更有又紅又鮮，雖然不圓，卻清淡可口的櫻桃。　哪天能躲到熟悉的江村，哪天能臥眠於江邊的小樓，有許許多多寫詩的朋友，喝酒的朋友。開著鮮花的小路上，不缺少新開的花朵，那江灘上的沙鷗，看來頗有閒情，似乎正在做著什麼功課。想我已經年老頭白，怎能去為五斗米做個折腰之人。

【研　析】此詞約作於乾隆十七年（西元一七五二年）濰縣任上，板橋正好六十歲。他已經在這個任上七年，屬於「超期任職」。可能是覺得升遷無望，也可能是估摸著朝廷要將其免職致仕，也可能是真的累了，總之，板橋要回家回揚州繼續他的賣畫生涯了。於是他寫了許多思歸思鄉的詩詞。但是，板橋也不是真的回到他出生的鄉下去，而正和當代人一樣，所謂「葉落歸根」，其實多數是到家鄉附近的一個大城市生活。對於板橋來說，家鄉興化是揚州屬縣，興化也是廣義的揚州。說夢回揚州，是回到包括興化和揚州城在內的大揚州，而具體的生活地點，即使他在興化還有田地房屋，但多數時間，是住到揚州城裡，而不是回到出生的小鄉村去。大城市的好處是，不僅生活水平高，掙錢容易，且醫療條件好，便於養老，交通發達，出遊方便，名家匯萃，方便訪親會友，提高技藝。這年底，板橋離任去官。至於其間的具體詳情，是自己主動辭職，還是朝廷下了免職通知，已難尋索。經過一番交接和等待，第二年春天，板橋終於離濰縣回到揚州。板橋去官日，「無留牘，無冤民」，百姓痛哭挽留。後來百姓還集資為之建祠以紀念他的德政。

滿江紅

田家四時苦樂歌　過橋新格

【題解】種田的百姓四季勞作，辛苦異常，板橋深知其苦，遂作詞詠歎。過橋新格，指一種詞作新樣式。清謝章鋌《賭棋山莊詞話》卷九：「〈滿江紅〉舊有平仄二體，板橋填田家四時樂歌一闋，前後苦樂分押，目為過橋新格，亦詞苑別調也。」宋詞中有「福唐獨木橋體」。清劉體仁《七頌堂詞繹》：「山谷全首用『聲』字為韻，注云『效福唐獨木橋體』，不知何體也，然猶上句不用韻。」獨木橋體，詩體的一種，疑因全首押同一字，如「獨木橋」，故名。「過橋格」，疑因同一首詩或詞，按律本應同韻，而自創不同韻的新格，其形如兩橋，故名。

細雨輕雷，驚蟄❶後、和風❷動土。正父老、催人早作，東畬南圃❸。夜月荷鋤❹村犬吠，晨星叱犢山沈霧。到五更、驚起是荒雞❺，田家苦。　疏籬外，桃華灼。池塘上，楊絲弱。漸茅簷日暖，小姑❻衣薄。春韭滿園隨意翦❼，臘醅❽半甕邀人酌。喜白頭、人醉白頭扶，田家樂。

【注　釋】❶驚蟄　二十四節氣之一，在西曆三月上旬，此時氣溫上升，土地解凍，春雷始鳴，蟄伏過冬的動物驚起活動，故名。《逸周書．周月》：「春三月，中氣，驚蟄、春分、清明。」❷和風　溫和的風。多指春風。三國魏阮籍〈詠懷〉之一：「和風容與，明日映天。」❸東畬南圃　泛指田地。畬，刀耕火種的田地。圃，園地。❹夜月荷鋤　晉陶淵明〈歸園田居〉之三：「種豆南山下，草盛豆苗稀。晨興理荒穢，帶月荷鋤歸。」荷，用肩扛或擔；背負。❺荒雞　指三更前啼叫的雞。因其不守時辰，以為惡聲，主不祥。《晉書．祖逖傳》：「〔祖逖〕與司空劉琨俱為司州主簿，情好綢繆，共被同寢。中夜聞荒雞鳴，蹴琨覺，曰：『此非惡聲也。』因起舞。」此指起得早。❻小姑　小姑娘。❼春韭滿園隨意翦　唐杜甫〈贈衛八處士〉：「夜雨剪春韭，新炊間黃粱。」新春剪韭，是一種儀式化的生活習俗。夏曆正月初一，用蔥韭等五種味道辛辣的菜蔬置盤中供食，取迎新之意，曰「辛盤」。宋吳文英〈解語花〉〈立春風雨中餞處靜〉：「還鬬辛盤蔥翠。念青絲牽恨，曾試纖指。」❽臘醅　臘月釀製的酒。清吳偉業〈懷王奉常煙客〉：「猶喜梅花開遶屋，臘醅初熟草堂中。」醅，未濾去糟的酒。此泛指酒。

【語　譯】春雨細密，春雷輕響，驚蟄過後，和風吹拂，大地復蘇。父老們催促家人早起，到農田和菜園勞作。到夜晚月色下肩扛鋤頭回家，引起村中狗叫；晨星初見時，要起來呵斥不聽話的牛犢，此時四周山霧繚繞；到了五更，又被雞叫聲驚起。田家生活，有這許多困苦。

稀疏的籬笆外，桃花燦爛；池塘邊上，柳條絲絲纖細。太陽升起，照在茅屋簷下，天氣漸漸變得暖和起來，小姑娘們換上了單薄的春衣。滿園都是春韭，可隨意剪來製作辛盤，臘月裡釀的濁酒，還剩半甕，可邀鄰人前來共飲。可喜那白髮人喝醉了，互相攙扶著回家。田家生活，有這許多快樂。

【研　析】這組四時田家苦樂詞，真實地描述了江淮地區的農家生活細節。這是第一首，寫春。農家生活中，「一年之計在於春」，有春耕才有秋收，春天農民們當然會很忙。忙到什麼程度呢？詞中有詳細描述：五更即起，白天就在田頭吃飯，直到夜晚，才能回家。下半夜的時候，還得起來呵斥牛犢。也就是說，一天至少勞作十幾個鐘頭。當然，田家也不是沒有快樂。詞的下片，換了一個韻，來詠田家樂，表示和田家苦有所不同。這春日農家到底有何快樂呢？首先是要有一個小院，即使是「疏籬」也行。這是中國農民最實際的快樂。自我華夏先民遊牧到東亞平原之後，便改作了農業定居生活。定居的要義，是要有房子，君不見幾千年來，「安得廣廈千萬間」，一直是詩人的中國夢，而房子最好有院子。所謂「宅院」，即要求有宅有院。這是農民的基本版。農民的最高級版本是皇帝。一個認真負責的皇帝，其最偉大的行為、衝動或快樂，也還是建院子——修長城保護這個家。當然，皇上很少，大多數的農民，其理想的升級版就是地主。地主會要求有個大宅院，最好是園林，園內有桃華灼灼，有池塘，池塘邊要有垂楊。等到春天的太陽漸漸暖和時，能在屋簷下曬曬太陽，看著小女兒慢慢長大，穿上春天的美麗單衣，這就是最大的快樂。如果有春韭，大年初一便剪來做個五辛盤，與鄰居喝上一杯年前釀的家酒，就更有樂趣了。當然，對於絕大多數田家來說，這也只是做個夢。多數的田家，只能到小院子外面去欣賞大自然了。畢竟家有園林的，也不會真的去耕田種菜。

麥浪翻風，又早是、秧針❶半吐。看壟上鳴槔❷滑滑，傾銀潑乳。脫笠❸雨梳頭頂髮，耘苗汗滴禾根土。更養蠶、忙殺采桑娘，田家苦。

風蕩蕩，搖新箬❹。聲淅淅，飄新籜❺。正青蒲水面，紅榴屋角。原上摘瓜童子笑，池邊濯足❻斜陽落。晚風前、個個說荒唐❼，田家樂。

【注釋】❶秧針　初生稻秧如針，因曰秧針。❷鳴槔　取水器械。運作時有聲，故曰「鳴槔」。❸笠　斗笠，一種傘狀帽子，用竹篾、箬葉或棕皮等編成，可以遮陽遮雨。《詩・小雅・無羊》：「爾牧來思，何蓑何笠。」❹新箬　新箬竹。箬，箬竹，一種竹子，葉及籜似蘆荻。❺新籜　新的竹筍皮。包在新竹外面的皮葉，竹長成後逐漸脫落。❻濯足　洗腳。❼說荒唐　指講說故事。

【語譯】風吹麥浪翻滾，秧苗像是繡花針，早早地半吐出新葉。看田壟上吱吱呀呀的桔槔輕快地滑動，汲上的清水像是傾泄水銀，又像是潑灑牛奶。脫下了斗笠，雨水彷彿在梳洗頭髮；耕耘禾苗，汗水滴到禾下的土裡。採桑的婦女，更為養蠶忙得團團轉。田家生活，有這許多困苦。

風兒吹蕩，搖動著新出生的蘆竹；雨聲淅瀝，新筍殼在風雨中飄蕩。水面上長出了青蒲，屋角邊結出了紅石榴。去田野裡摘瓜，到處是孩子們的歡聲笑語；夕陽西下，去水池邊洗洗腳。晚風四起時，大家在一起閒談，田家生活，有這許多快樂。

【研　析】這首寫夏，著重描述了初夏的農事。收麥、育秧、汲水、插秧，是這一季節最為繁重的勞動。春末夏初的蠶事，正當三眠之後，也正是最為繁忙的時候。詞中對此有一定的描述。但板橋畢竟並不是真正的「田家」，應該說，這首詞對於夏日田家的苦樂，除了麥收、蠶桑、秧田等傳統題材外，並無新意，而對於汲水一事，用了「傾銀潑乳」的比喻，也有些生硬。用王國維《人間詞話》的術語來說，就是比較「隔」，不自然，不貼切。詞中也沒有關於田家如何熬過酷暑的描寫。實際上，對於包括揚州在內的東南地區來說，三伏大暑天，田家也並沒有時間休息。玉米、番薯、棉花等元明以後新引入中國的作物，正是夏日田家要從事的主要對象。這些新作物，大幅度地提高了中國農業的投入產出比，從根本上改變了中國的人口結構，但也給田家的夏暑天帶來了新的勞作農活。唐宋詩詞中對此當然不可能有所描述，而這正是清代詩詞最好的田家題材。但是，我們遺憾地看到，板橋先生對此一無涉及。也許，板橋先生所最熟悉的，仍然是揚州的書畫市場。

雲淡風高，送鴻雁、一聲淒楚。最怕是、打場❶天氣，秋陰秋雨。霜穗❷未儲終歲食，縣符❸已索逃租戶。更爪牙、常例❹急於官，田家苦。

紫蟹❺熟，紅菱剝。桄桔❻響，村歌作。聽喧填❼社鼓，漫山動郭。挾瑟靈巫❽傳吉兆，扶藜❾老子持康爵❿。祝年年、多似此豐穰⓫，田家樂。

【注　釋】❶打場　成熟的莊稼收穫後，集中置放在場地上，進行脫粒、晾曬等工序。❷霜穗　深秋霜降時已成熟的莊稼。宋蘇軾〈東坡〉之四：「秋來霜穗重，顛倒相撐拄。」❸縣符　指縣衙發出的文書。多為拘捕傳訊等事。宋陸游〈秋詞〉之二：「常年縣符鬧如雨，道上即今無吏行。」❹常例　常例錢，官府衙役等按慣例敲詐勒索的錢。《水滸傳》第三七回：「新到配軍，如何不送常例錢來與我！」❺紫蟹　產於天津一帶的一種小蟹，蟹黃呈紫紅色，因其外殼薄而半透明，故蟹呈紫色。紫蟹味極鮮美，明清為貢品。此泛指名貴的螃蟹。❻桄桔　連枷，穀物脫粒農具。❼喧填　又寫作喧闐。喧嘩；熱鬧。唐杜甫〈鹽井〉：「君子慎止足，小人苦喧闐。」❽靈巫　指社戲或跳神儀式中扮演的巫師。❾藜　一種植物，莖可作杖。此指藜杖。❿康爵　空的酒器。《詩．小雅．賓之初筵》：「酌彼康爵，以奏爾時。」鄭玄箋：「康，虛也。」一般用為敬酒祝壽之典。⓫豐穰　豐收。穰，豐熟。

【語　譯】秋日裡天高雲淡風輕，送來鴻雁的淒楚叫聲。最怕在收穫打場時，遇上秋天的陰雨天氣。霜天裡還沒有儲存過冬的糧食，縣衙的文書已經發下，要追索交不起田租的農戶。更有官衙中小爪牙，按慣例敲詐勒索，比官府還兇惡急迫。田家生活，有這許多困苦。螃蟹肥熟了，紅菱角可剝來吃。連枷的打場聲響起，村歌也唱了起來。聽那喧鬧的社戲鼓聲，漫山遍野響動城郭。挾琴瑟的巫師傳布吉祥的好兆，扶拐杖的老人拿著祝壽的酒杯。祝願每一年都像今年一樣豐收。田家生活，有這許多快樂。

【研　析】在中國歷代詩詞中，就季節來說，春秋題材遠比冬夏數量多，質量高。板橋也不例外。這首田家秋詞，寫得就比夏詞好一些。雲淡、風高、鴻雁，寫出了秋天的一般景象。「最怕是打場天氣，秋陰秋雨」，則抓住了秋日田家的心理。不瞭解農民的讀書人，不會重視這個特殊的心理活動。「縣符已索逃租戶」，由於職責所在，板橋先生應該也幹過這不良之事。而官衙小吏役使，則更為可恨。他們敲詐勒索，已成慣例。擔心秋雨、縣符索租、爪牙橫行，這三個細節，正因板橋熟悉田家生活、有縣衙工作經驗、對於農民有深切同情，故寫來得心應手，貼切自然，完全符合王國維《人間詞話》所說的「語語都在目前」，「不隔」。「生活是文學藝術之源」，誠不我欺也。而中國詩詞的另一個特色，是「風」即諷刺的傳統。對於時政之弊，詩人下起筆來，常入木三分，而「頌」，《詩經》之後，幾無所作。「霜穗未儲終歲食，縣符已索逃租戶。更爪牙、常例急於官，田家苦」，正有此一為民請命傳統，故能感人。

老樹槎枒❶，撼四壁、寒聲正怒。掃不淨、牛溲❷滿地，糞渣當戶。

茅舍日斜雲釀雪，長堤路斷風吹雨。盡村舂❸、夜火到天明，田家苦。

草為榻，蘆為幕。土為銼❹，瓢為杓。砍松枝帶雪，烹葵煮藿❺。秫酒❻釀成歡里舍，官租完了離城郭。笑山妻❼、塗粉過新年，田家樂。

【注　釋】❶槎丫　樹枝疏離分叉狀。❷牛溲　牛尿。❸舂　一種原糧加工工藝，用杵等工具在石臼等容器中反覆搗擊，以去除穀物的皮殼。❹銼　陶土做的炊具，猶今之砂鍋。唐杜甫〈聞斛斯六官未歸〉：「荊扉深蔓草，土銼冷疏煙。」❺烹葵煮藿　泛指烹調蔬菜。葵，蔬菜名。中國古代重要蔬菜之一。《詩・豳風・七月》：「七月亨葵及菽。」明李時珍《本草綱目・草五・葵》：「葵菜，古人種為常食，今之種者頗鮮。有紫莖、白莖二種，以白莖為勝。大葉小花，花紫黃色，其最小者名鴨腳葵。其實大如指頂，皮薄而扁，實內子輕虛如榆莢仁。」藿，豆葉。嫩時可食。《詩・小雅・白駒》：「皎皎白駒，食我場藿。」❻秫酒　用秫釀成的酒。秫，高粱、粟、大米等糧食之黏糯者。多用以釀酒。❼山妻　隱士之妻。用為自稱其妻的謙詞。晉皇甫謐《高士傳・陳仲子》：「楚相敦求，山妻了算，遂嫁雲蹤，鋤丁自竄。」

【語　譯】冬日裡老樹枝疏離分叉，寒風怒吼，搖撼房屋四壁。滿地是掃不乾淨的牛尿，牛糞殘渣堵在門口。茅草屋外日影西斜，厚厚的雲層似乎在醞釀著雪意。長堤上路斷無人行走，冷風吹來了寒雨。整個村子裡都在舂米，連夜燈火通明。田家生活，有這許多困苦。

乾草鋪成床榻，蘆葦編成簾幕；陶土做的砂鍋，葫蘆剖瓢當作杓子。砍下帶雪的松枝，燒火煮些菜蔬。秫米釀成了美酒，家家歡聲笑語；交完了官租，從城裡回家。微笑地看著妻子塗脂抹粉，準備過個愉快的新年。田家生活，有這許多快樂。

【研　析】東亞大陸東南地區四季分明，夏天奇熱，冬天酷冷。一年忙到頭，老百姓冬天本該烤烤火，休息休息。但冬天有冬天的活兒。要修繕房屋，防止凍害，夜裡要起來餵牛，打掃牛糞牛尿，婦女們要連夜舂米，可見冬天的田家也是很苦的。下片寫田家冬日之樂。「草為榻，蘆為幕。土為銼，瓢為杓」云云，其實是苦中作樂。元代之前，棉花尚未引入中原，老百姓過冬，是一大難題。有錢人用蠶絲作絮，而一般的百姓，只能用蘆花等物充當綿絮，稱為「蘆衣」。《太平御覽》卷八一九引南朝宋師覺授《孝子傳》：「閔子騫幼時，為後母所苦，冬月以蘆花衣之以代絮。其父後知之，欲出後母。子騫跪曰：『母在一子單，母去三子寒。』父遂止。」唐宋詩詞中，也有許多關於蘆花的記載。特別是每當長周期的天氣突然變冷，例如西元一一三〇年前後，南北宋之交，黃河流域突然變冷，北宋士兵穿著單衣，在冰面上瑟瑟發抖，手觸鐵槍，皮膚立即黏上槍杆，這還如何打仗。板橋詞中提及「草為榻，蘆為幕」，而沒有再提「蘆衣」之類的傳統話題，說明價廉易得的棉花在當時可能已經充作棉衣和棉被的內絮了。這對於普通百姓能否安全過冬，實在是關乎生死存亡的一大問題。清代嬰兒存活率的提高，總人口的大幅度增長，玉米、番薯、馬鈴薯等高產作物，以及棉花等實用作物的引入，是一大重要原因。可惜在板橋田家詞中，對此並無涉及。

玉女搖仙珮

有所感

【題解】板橋看中了一個小姑娘，打聽得是人家的丫鬟。失望之餘，寫了首詞表述心意。

綠楊深巷，人倚朱門，不是尋常模樣。旋浣❶春衫，薄梳雲鬢❷，韻致十分娟朗❸。向芳鄰潛訪。說自小青衣❹，人家廝養。又沒個、憐香惜媚，落在煮鶴燒琴❺魔障❻。頓惹起閑愁，代他出脫❼，千思萬想。究竟人謀空費，天意從來，不許名花擅長❽。屈指千秋，青袍紅粉，多少飄零骯髒❾。且休論已往。試看予、十載醋瓶齏盎❿。憑寄語、雪中蘭蕙⓫，春將不遠，人間留得嬌無恙。明珠未必終塵壤⓬。

【注釋】❶旋浣　剛剛洗好。旋，不久；然後。浣，洗。❷雲鬢　形容女子鬢髮盛美如雲。❸娟朗　美麗大方。❹青衣　青黑色的衣服，指地位卑賤的人。漢以後，卑賤者穿青衣，故稱婢僕、差役等人為青衣。❺煮鶴燒琴　把鶴煮了吃，拿琴當柴燒，比喻糟蹋美好事物而大煞風景之事。❻魔障　佛教用語，惡魔所設的障礙，也泛指波折。❼出脫　開脫；解決麻煩。❽擅長　擅場；技藝超群。❾骯髒　被糟蹋；

境遇極差。元柯丹丘《荊釵記・辭靈》：「苦呵，若是親娘在日，豈忍如此骯髒。」⑩醋瓶齏盎　指情況、境遇等亂七八糟。齏，搗碎的薑、蒜、韭菜等。盎，古代的一種盆，腹大口小。⑪蘭蕙　蘭和蕙，皆香草。多連用以喻賢者。⑫塵壤　塵土；下塵。比喻環境差。

【語　譯】幽深的小巷裡，楊柳依依，佳人斜倚朱門，姿色不是一般的漂亮。她洗好春衫剛穿上，剛梳洗好美麗的鬢髮，韻致娟秀大方。悄悄地去拜訪鄰居，才知道她從小便成了人家的奴婢，受人驅使，身邊又沒有一個憐香惜玉的人照應，只落在這個大煞風景的境遇中。頓時惹起了我的閒愁，想為她解決麻煩，引起我千思萬想。　人為的謀算終究白費心思，天意從來不會讓美麗的名貴花朵獨自擅場。屈指細數，千載以來的才子佳人，有多少人飄零江湖，有多少人流落風塵。暫且不要談論過往的歷史了，且看我，這十年來，全為這些柴米油鹽的小事所累。帶個話給風雪裡的蘭蕙，春天將不遠了，只要留得嬌豔在人間，明珠未必終老於塵埃之中。

【研　析】板橋有點像《西遊記》中的豬八戒，雖然好色，但也還老實，偷偷喜歡人家小丫鬟這種事，也如實地在詞中寫出來。板橋同時代的《紅樓夢》中，有一個重要的詞彙，叫做「意淫」，意思就是，好色，有想法，但也只是停留在「想」的層面，並沒有什麼實際行動。板橋這首詞，就是在明知不可能的情況下，「意淫」一番。他一廂情願地在此胡思亂想，這小丫頭，韻致娟朗，就像雪中蘭蕙，但在那人家，真是鮮花插在了骯髒的牛糞上，肯定沒有什麼好日子過，我要是能發筆大財，或者做了大官，你等我，我一定替你贖身，娶你回來，好好待你，讓你這顆明珠，發出應有的光芒。當然，板橋也知道，這樣的春夢，做做就好，自己吃飯都成問題，連大老婆都養不起，這「人謀」也只是空費而已。

瑞鶴仙 漁家

【題解】本首及以下計七首詞，用相同詞調，題材內容相關聯，是為「組詞」。七首分詠七種人家或生活方式。

風波江上起。繫扁舟綠楊，紅杏村裡。羨漁娘風味。總不施脂粉，略加梳洗。野花插髻。便勝似、寶釵香珥❶。乍呼郎、撒網鳴榔❷，一棹水天無際。

美利❸。蒲筐❹包蟹，竹籠裝蝦，柳條穿鯉。市城不遠，朝日去，午歸矣。並攜來、一甕誰家美醞，人與沙鷗同醉。臥葦花、一片茫茫，夕陽千里。

【注釋】❶珥　珠玉做的耳飾。也叫瑱、璫。《戰國策・齊策三》：「薛公欲知王所欲立，乃獻七珥。美其一。明日視美珥所在，勸王立為夫人。」❷鳴榔　以榔敲擊船舷發聲，用以驚魚，使纏入絲網。西晉潘岳〈西征賦〉：「纖經連白，鳴根厲響。」李善注：「《說文》曰：根，高木也。以長木叩舷為聲，言曳纖經於前，鳴長根於後，所以驚魚，令入網也。」❸美利 大利；豐厚的利益。《易・乾》：「乾，始能以美利利天下，不言所利，大矣哉！」❹蒲筐 蒲草編的筐包。

【語 譯】江上風波湧起，把小船繫在綠柳樹上，看村裡的紅杏盛開。漁娘的風韻讓人羨慕，她不用脂粉，只需略加梳洗。野花插在髮髻上，就勝過使用寶釵玉耳飾。驚乍乍地突然喊了一聲老公，他正在撒漁網，敲響鳴榔。一支船槳，划行在水天一色、無邊無際的水面上。

漁家生活，實惠多多。有蒲包筐子裝著螃蟹，竹籠子裝著大蝦，柳條穿起鯉魚。市鎮就在不遠的地方，早晨去逛街，中午就能回來。還從誰家攜回一罈美酒，下午要與水邊的沙鷗一起喝醉，傍晚就睡在這小船上，四周是一片茫茫的蘆花，夕陽映照千里。

【研 析】在古往今來的許多種生活模式中，最讓讀書人羨慕嚮往的，就是漁家生活。這種生活，在鄭板橋這些獨守寒窗三十年的窮書生看來，煞是美妙：帶個漁娘，順風沿水，浮家泛宅，周遊天下，自由浪漫。看看沿岸風景，聽聽小溪歌唱，有敲榔鳴榔的快意，有漁獲的驚喜刺激。到晚上收工，煮了螃蟹、大蝦、河鯉，端杯老酒，邀請沙鷗，然後和漁娘在茫茫的蘆花蕩裡，看夕陽西下。這簡直就是人生的第一大理想生活，所謂「詩和遠方」，所謂「詩意的棲居」，說的不就是這種生活麼？從傳說中的姜太公開始，屈原、柳宗元、黃庭堅、胡仔、陸游、黃昇，一直到鄭板橋，都想做一個漁翁。其實，文人們的所謂漁家生活理想，也只是一種放鬆身心的理念而已，他們「志不在魚」，在乎出處之間也。真的讓他們去打漁，估計沒有一個讀書人會去幹這活兒。漁家生活是非常艱苦的，勞動強度大，水上生活極為不便，更要命的是，連鄭板橋這書呆都能愉快而自由地打漁了，那漁霸和官府還怎麼混？那麼多的小弟，那麼多的公職人員，吃什麼喝什麼？漁家生活真的這麼好，那也不會有《水滸傳》和《打漁殺家》了。

瑞鶴仙

酒家

青旗❶江上酒。正細雨梨花，清明前後❷。蝦螺雜魚藕。況泥頭❸舊甕，新開未久。清醇可口。盡醉倒、漁翁樵叟。向村墟、歸路微茫，人與夕陽薰透❹。

知否。世間窮達，葉底榮枯❺，卦中奇偶❻。何須計較，捧一盞，為君壽。願先生、一掃長安舊夢❼，來覓中山渴友❽。解金貂❾、付與當壚❿，從今脫手。

【注釋】❶青旗　指酒旗。宋張孝祥〔拾翠羽〕：「想千歲，楚人遺俗。青旗沽酒，各家炊熟。」❷正細雨梨花二句　宋晏殊〔破陣子〕〈春景〉：「燕子來時新社，梨花落後清明。」❸泥頭　酒之後熟，需以泥密封罈口，稱「泥頭」。《水滸傳》第三二回：「店主人卻捧出一樽青花甕酒來，開了泥頭，傾在一個大白盆裏。」❹人與夕陽薰透　言人與夕陽，因酒、日、春等因素，均被薰陶感染，融匯為一。薰，有溫暖、和煦，薰陶、感染等義。《史記・樂書》：「昔者舜作五弦之琴，以歌〈南風〉。」裴駰集解引三國魏王肅曰：「〈南風〉，育養民之詩也，其辭曰：『南風之薰兮，可以解吾民之慍兮。』」❺葉底榮枯　樹下的榮耀與衰落。指槐安國故事。唐李公佐〈南柯太守傳〉云，淳于棼夢至槐安國，娶公主，封南柯太守，後出征戰敗，公主亦死，被遣歸。醒後，在庭前槐樹下掘得蟻穴，即夢中之槐安國。❻卦中奇偶　《周易》卦中所顯示的命運。奇偶，單數和雙數。《易・繫辭下》：「陽卦奇，陰卦耦。」《孔子家語・本命》：「一陽一陰，奇偶相配。」❼長安舊夢　指仕途。長安，指京城。❽中山渴友　泛指酒友。中山，古國名，春秋末年鮮虞人所建，在今河北定州、唐縣一帶。中山有清酒。《周禮・天官・酒正》「三日清酒」，漢鄭玄注：「清酒，今中山冬釀接夏而成。」晉張華《博物志》卷五：「劉元石於中山酒家酤酒，酒家與千日酒飲之。」後因以「中山」為美酒之代稱。渴友，酒友。❾金貂　皇帝左右侍臣的冠飾。❿當壚　指酒家女。壚，放酒罈的土墩。漢辛延年〈羽林郎〉：「胡姬年十五，春日獨當壚。」

【語　譯】江邊的酒鋪青旗斜掛，細雨濛濛，梨花盛開，正是清明前後。有河蝦田螺鮮魚鮮藕，何況還有新開不久的泥封老罈酒。美酒清醇可口，漁翁樵夫，盡情醉倒。傍晚時分，通向村落的歸路蒼茫一片，人和夕陽，全都沉醉在這溫暖和煦的春日中。　你是否知道，人世間的窮困和發達，就如同大槐安國樹下般榮枯循環，也如同《周易》卦象中的陽陰奇偶。既然如此，那又何必計較，且捧上一杯酒，為君祝壽。祝願先生，一掃那功名利祿的舊夢，到這深山裡來，尋訪酒友。放下為官的金貂冠飾，付給櫃臺上的酒家女當作酒錢，從今後脫離以往的生活模式。

【研析】題目是「酒家」，但板橋並不是要和當年的司馬相如一樣，盤個小酒館，讓老婆去當壚賣酒，自己在後臺刷盤子。他是要消費酒家，通篇都是在講如何好好地喝酒，以及喝酒的好處。喝好酒的條件，首先是時機對，最好是春天；要有好的環境和情懷，例如有毛毛細雨，有白淨梨花；還有就是一定要有好的下酒菜，例如蝦、螺、魚、藕。喝酒有什麼好處呢？板橋先生認為，人生就是南柯一夢，窮達榮枯奇偶，都不須計較，特別是當官，最沒意思，不如將官帽換了酒家錢。在一個官本位社會中，當官必然會受到社會輿論的「譴責」，因為官們基本上壟斷了女人、金錢和好酒，而絕大多數的人群，都沒機會享受到這些好處，因此，貶低甚至漫罵「金貂」，就成為社會上主流的「表述觀念」，但這種主流觀念，也就是說說而已，其實那內心還是非常想當官的。其中那些曾經當過官，但後來因為種種原因退下來的，一定會站在討伐為官的第一線。

瑞鶴仙

山家

山深人跡少。漸石瘦松肥，雲凝鶴老。茅齋嵌幽島。有花枝旁出，蘿陰上罩。遊魚了了。潭水徹、澄清寂照。啖林中、春筍秋梨，當得靈芝仙草。

飄緲。五更日出，犬吠雲中，雞鳴天表[1]。籬笆西角，星未盡，月猶皎。問何年、定訪山中高士，闊領方袍大帽。也不須、服食黃精❷，能閑便好。

【注　釋】❶天表　猶天外。漢班固〈西都賦〉：「排飛闥而上出，若遊目於天表，似無依而洋洋。」❷黃精　一種草藥名。多年生草本，以根莖入藥。明李時珍《本草綱目・草一・黃精》：「……黃精為服食要藥，故《別錄》列於草部之首，仙家以為芝草之類，以其得坤土之精粹，故謂之黃精。」

【語　譯】深山之中人跡稀少，漸漸地，感覺到石頭的瘦勁和松樹的粗壯，雲朵的痴情和仙鶴的蒼老。茅屋坐落在幽深的小島上，旁邊有花枝橫逸，屋頂有蘿陰覆蓋。潭水澄澈一片清寂，清楚地看見魚兒游動。吃著林中的春筍和秋梨，可抵作靈芝仙草。　萬物飄渺，五更時分太陽剛出，狗叫聲似從雲霧中傳出，雞鳴聲彷彿來自天外。籬笆的西角處，星星仍未落盡，月亮仍然皎潔。山中的高人，身著闊領方袍頭戴大帽，不知什麼時候可以前去拜訪。也不需要服用延年益壽的黃精，只要能有閒暇時間，就一切都好。

【研　析】除了極少數山城和山村，大多數的城市、村落，都建在平原、盆地、溪谷。人們在平地生活久了，就會嚮往到深山去生活。山間有何吸引人的地方呢？在我們的日常生活敘事中，不論城市還是鄉村，都代表著「人間」、「紅塵」、「世俗」，而與之相應的，則是人跡罕至的深山，這裡是「仙境」、「林下」、「雲中」，在這一超越世俗的幻境中，首先是「茅齋嵌幽島」，有房子住；其次是有「春筍秋梨」這些綠色食品。解決了吃住這兩個生存的基本問題，就可以享受山間生活的樂趣了：石瘦松肥，雲痴鶴老，可修身養性；游魚了了，潭水清徹，可引發思考「我非魚」之類的形而上學命題；飄緲雲中，星閃月皎，可延年益壽。當然，山間生涯，最重要的，還是一個「閒」字。滾滾紅塵，為了生活，整日忙碌，而大山深處，就是想忙，似乎也沒什麼事可幹。這樣的山家生活，使人嚮往，但也有一個問題：既然山間這麼好，那為什麼沒有人來呢？要知道，老百姓可是最喜歡一窩蜂的呀！

瑞鶴仙

田家

江天❶春雨後。傍山下人家，野花如繡。平田❷大江口。喜潮來夜半，土膏❸浸透。青秧綹綹。埂岸上、撒麻種豆。放小橋、曲港春船，布穀煙中楊柳。　株守。最嫌吏擾，怕少官錢，惟知農友。匏尊瓦缶❹，村釀熟，拉鄰叟。每長吁、稚女童孫長大，婚嫁也須成就。到冬來、新婦家家，情親姑舅❺。

【注釋】❶江天　指江河及其上下左右的廣闊空間。南朝梁范雲〈之零陵郡次新亭〉：「江天自如合，煙樹還相似。」❷平田　平展的田地。❸土膏　肥沃的土地。《漢書・東方朔傳》：「故酆鎬之間，號為土膏，其賈畝一金。」❹匏尊瓦缶　泛指日常生活用的器皿。匏尊，匏製的酒樽，泛指酒杯。宋蘇軾〈前赤壁賦〉：「駕一葉之扁舟，舉匏尊以相屬。」匏，葫蘆。瓦缶，小口大腹的瓦器。瓦，陶製品。❺姑舅　公婆。《爾雅・釋親》：「婦稱夫之父曰舅，稱夫之母曰姑。」按上古通行近親氏族婚，姑舅公婆實為一，其稱謂延用至近代。

【語　譯】江上水天一色，春雨過後，山下人家附近的野花，如同錦繡。江口是平整的農田，可喜半夜江水漲潮，浸透了肥沃的土壤。插上一行行青色的秧苗，再在田埂上，撒下芝麻、種上大豆。在小橋下的曲港中，放下小船，布穀鳥的啼叫聲中，柳色如煙。　在家不常出門，最討厭吏卒前來打擾，擔心少了交官的錢糧，只有農家友人相互知心。罈罈罐罐中，自家的美酒釀熟了，拉來鄰居同飲。每每盼望，子女兒孫們早日長大，婚嫁之事，必須成功。到了冬天，家家的新媳婦，與公婆親情和睦。

【研　析】唐宋以來，以揚州為中心的江淮大地，繼長安洛陽一帶之後，成為中國第二個經濟最為發達的地區。這一地區或稱「東南」、「江左」、「江南」，相當於今江浙滬兩省一市及安徽長江兩岸一帶。儘管後來黃河奪淮，導致淮河流域水系紊亂，蘇北十年九災，退為貧困之地，但在元明清，包括揚州在內的長江下游兩岸，仍然是中國經濟最為發達的地區。這首詞描寫江口的千里沃土，以及這片土地上農家的日常生活。詞中所描寫的春雨、人家、野花、平田、江口、土膏、青秧、埂岸、小橋、曲港、春船、布穀、楊柳，仍然是今日江浙最常見的田家景象。特別是板橋的家鄉興化一帶，溝渠縱橫，水田成方，埂岸上不僅有芝麻大豆，更有油菜萬頃，遠看似浮於水面，每值春末初夏，百里間一片金黃，蔚為壯觀。

瑞鶴仙

僧家

茅庵欹❶欲倒。倩❷老樹撐扶，白雲環繞。林深無客到。有澗底鳴泉，谷中幽鳥。清風來掃。掃落葉、盡歸爐竈。好閉門、煨芋挑燈，燈盡芋香天曉。

非矯。也親貴胄❸，也踏紅塵，終歸霞表❹。殘衫破衲❺，補不徹，縫不了。比世人、少卻幾莖頭髮，省得許多煩惱。向佛前、燒炷香兒，閑眠一覺。

【注　釋】❶欹　傾斜。❷倩　借助。❸貴胄　貴族的後裔。❹霞表　雲霞之外；高空。亦指遠離塵俗之所在。❺衲　補；縫綴；補綴過的衣服。此指僧人的衣服。

【語　譯】茅草小庵傾斜欲倒，借助老樹撐著扶著，庵四周有白雲繚繞。樹林幽深，客人尋訪不到，只有泉水在澗底鳴響，鳥兒在空谷啼叫。清風吹拂，掃盡落葉，全放進爐灶。關上門，好在燈下煨熟芋頭，待燈燭燃盡，芋香四溢，天也正好亮了。

並不矯揉造作，也與貴族子弟交往，也踏足紅塵，但最終還是回歸雲霞之外。僧衣殘破，補也補不上，縫也縫不了。

和世俗的人相比，只是少了幾根頭髮，但省卻了許多煩惱。在佛前燒上一炷香，閒適地睡上一覺。

【研　析】僧人的生活，在世俗人的想像中，是有那麼一點神祕美好。即使是茅草小庵，就要倒了，也還有「老樹撐扶，白雲環繞」。僧家有背後的力量支撐。首先，這個力量就是「信仰」。我們的祖先從非洲走出來，之所以能夠戰勝也許比我們更強壯、更厲害的尼安德塔人、丹尼索瓦人等等表親，就是因為我們有信仰，有了信仰，就能夠團結更多的人群，分工協作，為了一個共同的目標前進。佛就是一種信仰。其次，支撐僧家的力量，是深山老林的良好環境。有澗谷、鳴泉、幽鳥、清風、落葉，所有這些有益於身心健康的存在，都會產生強大的吸引力。世俗中紅塵滾滾，而人的心靈，需要休息。深深的山谷，清清的山泉，清脆的鳥鳴，清風拂過，落葉金黃。生命中有努力有塵土，生命也需要時空的閒暇。再次，人類需要平等。世俗是一個等級社會。等級帶來秩序和效率，但也產生特權、尋租、壓迫、不公。但在佛家，至少在理論上、觀念上，佛祖面前人人平等。不管你是天潢貴胄還是殘衫破衲，有頭髮還是禿頂，其最終追求，全都平等地「向佛前、燒炷香兒，閑眠一覺」。所謂佛門淨地，就是能夠在此地有一個心靈得以休息的機會。但是，在許多時候，許多寺廟，卻成了斂財騙色的所在。許多假和尚、假尼姑，佔據了這片淨土。《水滸傳》、《紅樓夢》中已有描述。而在當今，這一問題似乎更為嚴重。許多「僧家」，已不再是殘衫破衲，而是腰纏萬貫，左擁右抱。他們不再是信仰的力量，而是人類的恥辱。

瑞鶴仙

官宦家

笙歌❶雲外迴❷。正燭爛星明，花深夜永❸。朝霞樓閣冷。尚牡丹貪睡，鸚哥未醒。戟枝❹槐影。立多少、金龜❺玉筍❻。霎時間、霧散雲鎖，門外雀羅張徑❼。

猛省。燕銜春去，雁帶秋來，霜催雪緊。幾家寒凍，又逼出，梅花信❽。羨天公、何限乘除消息❾，不是一家慳定❿。任憑他、鐵鑄銅鐫，終成畫餅⓫。

【注釋】❶笙歌　泛指奏樂歌唱。❷迴　遠。此指笙歌遠出天外。❸夜永　夜長；夜深。❹戟枝　戟上橫出的刃。❺金龜　黃金鑄成的龜紐官印。泛指高官。❻玉筍　比喻人才濟濟。《新唐書・李宗閔傳》：「俄復為中書舍人，典貢舉，所取多知名士，若唐沖、薛庠、袁都等，世謂之玉筍。」❼雀羅張徑　捕雀的網羅設置在門口道路上。指門庭冷落，無人問津。《晉書・會稽文孝王道子傳》：「時謂道子為東錄，元顯為西錄。西府車騎填湊，東第門下可設雀羅矣。」❽梅花信　梅花開花的消息。信，花信；開花的徵信。宋范成大〈聞石湖海棠盛開〉之一：「東風花信十分開，細意留連待我來。」❾乘除消息　比喻自然界或人世間的消長盛衰。乘除，計算；盈虛；變化。消息，消長；增減。《易・豐》：「日中則昃，月盈則食，天地盈虛，與時消息，而況於人乎，況於鬼神乎。」❿慳定　吝嗇；嚴格；不寬待。⓫畫

餅　畫出來的餅。比喻空想，原本不存在。

【語　譯】笙歌響徹雲霄，此時星光燦爛，燈火通明，花朵睡去，已是夜深時分。朝霞映照清冷的樓閣，牡丹貪睡，鸚哥尚未醒來。大門口，護衛們手持武器，在濃密的槐陰下，站立了許多前來拜訪的同僚高官和年輕才俊。轉眼間，像是霧散雲銷，失掉了權力，就變得門可羅雀，淒清冷寂。

猛然間突然醒悟。燕子跟隨春天歸去，大雁帶著秋天南飛；霜降很快來了，冬雪緊接著也就近了。家家寒凍之中，又迫使梅花開放。真羨慕天意何止限於命運的此消彼長，決不會特別寬恕任何一家。任憑他是鋼鐵鑄造、青銅鐫刻，最終都成一場空。

【研　析】當官雖有許多好處，但也是風險較大的職業。《紅樓夢》中的〈好了歌〉及注，生動地描述了這一風險：「古今將相在何方，荒冢一堆草沒了。」「因嫌紗帽小，致使鎖枷扛。」板橋的這首〈官宦家〉，也很生動形象。昨日還大紅大紫，賓客盈門，一夜間就霧散雲銷，門可羅雀。正是「一聲震得人方恐，回首相看已化灰」。所謂天網恢恢，疏而不漏，上天的乘除，計算得很精細；上天的消息，誰都知道遲早要來，但誰也不知道什麼時候來。春去秋來，梅花守信開放，大雁年年南飛，不管你是誰，官多大，威多猛，霎時間就會煙消雲散。

瑞鶴仙　帝王家

山河同敝屣❶。羡廢子傳賢❷，陶唐❸妙理。禹湯❹無算計。把乾坤重擔，兒孫挑起。千祀❺萬祀。淘多少、英雄閑氣。到如今、故紙紛紛，何限秦頭漢尾❻。　休倚。幾家宦寺❼，幾遍藩王❽，幾回戚里❾。東扶西倒，偏重處，成乖戾❿。待他年、一片宮牆瓦礫⓫，荷葉亂翻秋水。剩野人⓬、破舫斜陽，閑收菰米⓭。

【注　釋】❶敝屣　破舊的鞋，比喻沒有價值的東西。❷廢子傳賢　指堯舜禹禪讓，不傳位於子而禪讓於賢人。❸陶唐　即堯。相傳初封於陶，後徙封於唐。傳說為聖主，禪位於舜。❹禹湯　大禹和商湯。禹，傳為夏代第一個君主，曾治過洪水。湯，商代開國之君。❺祀　對祖先神靈的祭禮。亦用作年歲。《書・伊訓》：「惟元祀，十有二月，乙丑，伊尹祠于先王。」蔡沈集傳：「夏曰歲，商曰祀，周曰年，一也。」❻秦頭漢尾　秦頭指戰國，漢尾指三國，二者都是天下大亂英雄紛爭的年代。❼宦寺　即宦官。宦官古稱寺人。❽藩王　諸侯國之王。❾戚里　指外戚。❿乖戾　乖悖違戾；悖謬不合情理。⓫瓦礫　破碎的磚瓦，指朝代傾覆。⓬野人　居國都外圍郊野之人，與「國人」相對。《左傳・定公十四年》：「大子蒯聵獻盂於齊，過宋野，野人歌之曰：『既定爾婁豬，盍歸吾艾豭。』」泛指村野之人，農夫，平民。⓭菰米　菰的種子。菰，多年生草本植物，生於淺水，嫩莖稱「茭白」，果實稱「菰米」，均可食。

【語　譯】上古的帝王，將山河視同敝屣，傳位賢人而不傳子孫，他們都如陶唐一般賢明，懂得治國的妙理。禹和湯也沒有自私的算計，讓兒孫們挑起治理天下的重擔。千萬年來，多少英雄，為爭奪天下，淘盡閒氣。到如今，有諸多的史冊，記載著那些紛爭的年代，並非只限不要過於倚重某一方勢力，歷史上曾有多少因宦官、藩王、外戚而亡國的教訓。國勢衰頹時，這裡扶起那裡又倒了，過於偏重一方，便違背了天理。等到亡國時，皇宮就變成了一片廢墟瓦礫，宮池裡的荷葉，凌亂地翻捲在秋水上，夕陽斜照，只剩下農人在閒來時分，乘著破船，去採收菰米。

【研析】乾隆時期，清人的統治漸趨鞏固，文字獄也比前朝要寬鬆一些。板橋將帝王家興衰的歷史，上升到一個普遍的規律，無疑還是要冒一定風險的。與板橋詞同時代的《紅樓夢》，用小說故事的形式，也表述了同樣的興廢存亡的歷史「妙理」。但《紅樓夢》的影響更大，也很快就流傳到了王府甚或宮內。雖然《紅樓夢》隱去了朝代年紀，但仍然有許多情節有干犯違禁的嫌疑。其八十回後「迷失無稿」，也可能有政治風險的因素。相比之下，板橋的這首詞可以說是有些「赤裸裸」地寫出了「帝王家」必然傾覆衰亡的歷史趨勢。如果那帝王家不幸讀到了板橋此詞，雖然不至於「對號入座」，但肯定會耿耿於懷，說不定會隨便找個借口，將板橋治罪。

文

與舍弟書十六通小引

【題解】《與舍弟書十六通》，是板橋自己編定並刻印的。在這十六通書信之前，板橋寫了這個自題。這實際上也是整個板橋詩文的「自題」。

板橋詩文，最不喜求人作敘。求之王公大人，既以借光為可恥，求之湖海名流，必至含譏帶訕❶，遭其荼毒❷而無可如何，總不如不敘為得❸也。幾篇家信，原算不得文章，有些好處，大家看看，如無好處，糊窗糊壁，覆瓿覆盎❹而已，何以敘為！鄭燮自題。乾隆己巳❺。

【注　釋】❶訕　詆毀；說壞話。❷荼毒　毒害；摧殘。❸得　得當；妥當。❹覆瓿覆盎　覆蓋在菜罈口。指隨便處理掉。❺乾隆己巳　乾隆十四年，一七四九年。

【語　譯】我鄭板橋的詩文，最不喜歡央求別人作敘。如果向王公大人求敘，會以借光為恥；如果向湖海名流求敘，他們的敘中必然會語帶譏刺，使我的詩文遭到他們的毒害摧殘，而我卻無可奈何。因此，總不如不求人作敘來得妥當。我這幾篇家信，原本算不上是什麼文章，若有些好處，大家可以看看；如無好處，大家可以用以糊窗戶糊牆壁，用來覆蓋腌菜罈子，又何必求人作敘呢！鄭燮自題。乾隆己巳。

【研　析】唐宋以來，古代文人的最高理想，是考中進士，為帝王師，治國平天下。到了明清，讀書人成了奴才，國家大事自有萬歲爺乾綱獨斷，文人的理想不得不降格為「刻部稿，討個小」。這兩個「理想」，板橋先生也都實現了。當上縣令的前後，他討了年輕漂亮的饒五姑娘，自編自刻了《詩鈔》、《詞鈔》、《文鈔》，可算是理想豐滿。但問題來了，古人刻稿，照例要找個地位奇高的王公大人或德高望重的學術大咖寫個「序」或「敘」，以使文稿增價，或充作虎皮嚇人。但板橋自視甚高，睥睨海內，能看得上的沒幾個；如果求個王公大人，例如非常欣賞板橋的慎郡王允禧（雍正的堂兄弟，字謙齋，號紫瓊道人），又害怕別人說他要借郡王的光。因此，板橋索性不要別人作敘，改為自己上陣了。他為自己寫了許多「敘」。各文體的敘之外，還寫了自傳性質的〈板橋自敘〉。這正應了一句老話：「偉大都是寂寞」。

雍正十年杭州韜光庵中寄舍弟墨

【題解】雍正十年（西元一七三二年），已經四十歲的板橋，從揚州來遊杭州，讀書於杭州韜光庵，準備這年秋天的舉人考試。韜光庵，在西湖景區，唐代蜀僧韜光禪師建。舍弟墨，板橋的堂弟鄭墨。板橋〈懷舍弟墨〉詩曰：「我無親兄弟，同堂僅二人。上推父與叔，豈不同一身。……我年四十二，我弟年十八。」

誰非黃帝、堯、舜❶之子孫，而至於今日，其不幸而為臧獲❷，為婢妾❸，為輿臺❹、皂隸❺，窘窮迫逼，無可奈何。非其數十代以前即自臧獲、婢妾、輿臺、皂隸來也。一日奮發有為，精勤不倦，有及身而富貴者矣，有及其子孫而富貴者矣，王侯將相豈有種乎❻！而一二失路名家❼，落魄貴冑❽，借祖宗以欺人，述先代而自大，輒❾曰：彼何人也，反在霄漢❿；我何人也，反在泥塗⓫。天道不可憑，人事不可問⓬。嗟乎！不知此正所謂天道人事也。天道福善禍淫⓭，彼善而富貴，爾淫而貧賤，理也，庸⑭何傷？天道循環倚伏⑮，彼祖宗貧賤，今當富貴，爾祖宗富貴，今當貧賤，理也，又何傷？天道如此，人事即在其中矣。愚兄為秀才時，撿家中舊書簏⑯，得前代家奴契券⑰，即於燈下焚去，並不返諸其人。恐明與之，反多一番形跡⑱，增一番愧恧⑲。自我用人，從不書券，合則留，不合則去。何苦存此一紙，使吾後世子孫，借為口實⑳，以便苛求抑勒㉑乎！如此存心，是為人處，即是為己處。若事事預留把柄，使入其網羅，無能逃脫，其窮愈速，其禍即來，其子孫即有不可問之事、不可測之憂。試看世間會打算的，何曾打算得別人一點，直是算盡自家耳！可哀可嘆。吾弟識㉒之。

【注釋】❶黃帝堯舜　上古三皇五帝中的三位，泛指華夏民眾的遠古祖先。❷臧獲　古代對奴婢的賤稱。❸婢妾　泛指婢女。❹輿臺　古代十等人中兩個低微等級的名稱。輿為第六等，臺為第十等。泛指操賤役者，奴僕。❺皂隸　賤役。❻王侯將相豈有種乎　王侯將相難道是有獨特種族的嗎。《史記．陳涉世家》：「且壯士不死即已，死即舉大名耳，王侯將相，寧有種乎！」❼失路名家　喻不得志的名門世家子弟。失路，失去得志的門路。❽貴冑　貴族後裔。❾輒　副詞。每每；總是。❿霄漢　喻高位；高居顯要的地位。⓫泥塗　比喻卑下的地位。⓬天道不可憑二句　天理不可依靠，人間的事理也無法去講求。憑，依靠。⓭福善禍淫　賜福善良的，責罰荒淫的。⓮庸　副詞。豈；難道。⓯倚伏　《老子》：「禍兮福之所倚，福兮禍之所伏。」倚，依託。伏，隱藏。意謂禍福相因，互相依存，互相轉化。⓰書簏　藏書用的竹箱子。⓱契券　契據。舊時奴隸都要簽賣身契，如果要離開主人家就要拿錢贖身。⓲形跡　拘禮；拘束。⓳愧恧　慚愧。⓴口實　藉口。㉑苛求抑勒　勒索。㉒識　瞭解；認識到。

【語譯】誰不是黃帝、堯、舜的子孫，但是到了今天，那些不幸而淪為奴隸、婢妾、賤役的人，其實是被窮困所迫，不得已才成為奴隸、婢妾、賤役，他們並不是數十代以前就來自為奴隸、婢妾、賤役的祖先。一旦奮發圖強，勤奮不怠，有自身得到富貴的，有到子孫輩可以得到富貴的，王侯將相這類顯貴，難道是有獨特的種族的嗎！而那一兩個不得志的名門世家子弟，和窮困失意的貴族後裔，借祖宗來欺騙世人，講述先輩的成就而自大。每每總是說：他是什麼人，反而佔據顯貴的高位；我是什麼人，反而屈居如此卑下的地位。天理不可依靠，人間的事理也無法講求。嗚呼！他們不知道這正是天理人事啊。天道賜福善良的，責罰荒淫的。你善良就富貴，荒淫就貧賤，這是天理，哪有什麼不對的？天道循環演變，你的祖宗貧賤，現在就應當富貴，你的祖宗富貴，現在就應當貧賤，這是天理，又有什麼不對的？天理如此，人間的道理也在天理之中。哥哥我做秀才的時候，清理家裡的舊書箱，得到前代家奴的賣身契，就在燈下燒毀了，並沒有拿給家奴本人看。我恐怕明著給他，反而使他多了一份拘謹，增添一份慚愧。從我用人開始，從來不立賣身書契。合得來就留下，合不來就離開。何必保存這麼一張紙，讓我的後世子孫，以此為藉口苛求勒索別人呢！如存有這樣的心機，是算計了別人，也是算計了自己。如果事事都留有把柄，使別人進入我們的羅網中不能逃脫，貧窮就會來得更快。禍端到了，子孫就會有不可問之事，有不可預測的憂慮了。試看世間會計算的，幾時計算到別人了，真是都算到自家身上了！可悲可歎。弟弟你一定要認識到這一點。

【研　析】這封書信，講為人要忠厚，要與人為善，這既是勸勉弟弟，也是自勉。板橋自小讀書，一直在準備科舉考試。科舉有秀才、舉人、進士三個臺階，其中「舉人」是關鍵的一環。「范進中舉」的故事，大家都已非常熟悉。但從二十歲左右考中秀才，一直到了四十歲這一「不惑」的年紀，板橋仍然沒有考中舉人。此時板橋在庵中潛心讀書，對於命運，沒有牢騷，沒有抱怨，他相信好人有好報，多少有些「認命」的意思。他認為，自己現在如此貧賤，也許是因為祖先已經享受了富貴，到了他們這一輩，也該受窮了，所以從自己開始，要做個善良的好人，即使自己這一輩就這樣了，也要為子孫後代積點德。

焦山別峰庵雨中無事書寄舍弟墨

【題　解】作於雍正十三年（西元一七三五年），板橋四十三歲。焦山，鎮江名勝。別峰庵，焦山有東西兩峰，此庵在兩峰之陰，故名「別峰」。始建於宋。

秦始皇燒書❶，孔子亦燒書。刪《書》❷斷自唐、虞，則唐、虞以前，孔子得而燒之矣。《詩》三千篇，存三百十一篇，則二千六百八十九篇，孔子亦得而燒之矣❸。孔子燒其可燒，故灰滅無所復存，而存者為經，身尊道隆，為天下後世法。始皇虎狼其心，蜂蠆❹其性，燒經滅聖，欲剜天眼而濁人心，故身死宗亡國滅，而遺經復出。始皇之燒，正不如孔子之燒也。自漢以來，求書著書，汲汲❺每若不可及。魏、晉而下，迄于唐、宋，著書者數千百家。其間風雲月露❻之辭，悖理傷道❼之作，不可勝數，常恨不得始皇而燒之。而抑❽又不然，此等書不必始皇燒，彼將自燒也。昔歐陽永叔讀書秘閣中，見數千萬卷，皆霉爛不可收拾，又有書目數十卷亦爛去，但存數卷而已。視其人名皆不識，視其書名皆未見。夫歐公不為不博，而書之能藏秘閣者，亦必非無名之子。錄目數卷中，竟無一人一書識者，此其自焚自滅為何如！尚待他人舉火乎？近世所存漢、魏、晉叢書，唐、宋叢書，《津逮秘書》❾，《唐類函》❿，《說郛》⓫，《文獻通考》⓬，杜佑⓭《通典》，鄭樵⓮《通志》之類，皆卷冊浩繁，不能翻刻，數百年兵火之後，十亡七八矣。劉向⑮《說苑》、《新序》，《韓詩外傳》⑯，陸賈⑰《新語》，楊雄《太玄》、《法言》，王充《論衡》，蔡邕《獨斷》，皆漢儒之矯矯者也。雖有此零碎道理，譬之六經，猶蒼蠅聲耳，豈得為日月經天，江河行地哉！吾弟讀書，四書之上有六經，六經之下有《左》、《史》、《莊》、《騷》⑱，賈、董策略⑲，諸葛表章⑳，韓文杜詩而已，只此數書，終身讀不盡，終身受用不盡。至如二十一史，書一代之事，必不可廢。然魏收穢書㉑，宋子京㉒《新唐書》簡而枯，脫脫㉓《宋書》冗而雜。欲如韓文杜詩膾炙人口，豈可得哉！此所謂不燒之燒，未怕秦灰，終歸孔炬耳。六經之文，至矣盡矣，而又有至之至者：渾淪㉔磅礴，闊大精微，卻是家常日用，〈禹貢〉㉕、〈洪範〉㉖、〈月令〉㉗、「七月流火」㉘是也。當刻刻尋討貫串㉙，一刻離不得。張橫渠〈西銘〉㉚一篇，巍然接六經而作，嗚呼休哉㉛！雍正十三年五月廿四日，哥哥字。

【注釋】❶秦始皇燒書　秦始皇三十四年（西元前二一三年），博士淳于越建議據古制封邦建侯。丞相李斯以于越等儒生以古非今，誹謗朝政，建議除秦記、醫藥、卜筮、種樹書外，民間所藏《詩》《書》和諸子百家書一律焚毀；談論《詩》《書》者處死；以古非今者族誅；學習法令者以吏為師。始皇採納了這一建議。❷刪書　傳孔子曾刪訂《尚書》。後世多有疑議。❸詩三千篇四句　傳孔子曾刪訂《詩經》。❹蜂蠆　比喻狠毒兇殘。蠆，蠍子一類的毒蟲。❺汲汲　心情急切。❻風雲月露　描寫風花雪月。❼悖理傷道　違背天理，有傷正道。❽抑　即使。❾津逮秘書　叢書名，明毛晉輯。❿唐類函　明俞安期所編類書。⓫說郛　書名，元末明初學者陶宗儀編纂。書名取揚子語「天地萬物郛也，五經眾說郛也」。⓬文獻通考　元馬端臨編著。⓭杜佑　唐代史學家。著有論述典章制度沿革的專著《通典》。⓮鄭樵　南宋史學家，有史書《通志》。⓯劉向　西漢史學家，有《新序》、《說苑》。《新序》採集舜禹傳說至漢代史實，分類編撰而成。《說苑》按類編輯先秦至西漢歷史故事，夾有作者議論。⓰韓詩外傳　漢韓嬰所作雜記。每條引《詩經》中詩句為證。與一般的《詩經》注釋解說版本不同，故曰「外傳」。⓱陸賈　西漢政論家，有《新語》，總結歷史興亡成敗。⓲左史莊騷　指《左傳》、《史記》、《莊子》和〈離騷〉。⓳賈董策略　賈誼、董仲舒的策論。⓴諸葛表章　諸葛亮的奏章。諸葛亮有前後〈出師表〉。㉑魏收穢書　北朝魏收撰有《魏書》，曾被譏為「穢書」。㉒宋子京　宋祁，字子京。參修《新唐書》。㉓脫脫　元丞相，領修《宋史》（即本文中所言《宋書》）。㉔渾淪　氣勢雄渾。㉕禹貢　《尚書》篇名，為古代較早的地理學著作。㉖洪範　《尚書》篇名。記錄傳說中天帝賜給禹治理天下的九類方法。㉗月令　指《禮記・月令》。記述祭祀禮儀、職務、法令、禁令等，並與五行系統相配合。㉘七月流火　《詩經・豳風・七月》中詩句，代指《詩經》中〈七月〉一類詩作。㉙尋討貫串　尋究探討，融會貫通。㉚張橫渠西銘　宋哲學家張載，世稱橫渠先生。有〈西銘〉，為《正蒙・乾稱篇》中之一部。㉛休哉　非常偉大。休，大而美。

【語譯】秦始皇燒書，孔子也「燒」書。孔子刪訂《尚書》，時間以堯舜時代為上限，那麼堯舜以前的內容，就是孔子也可得而「燒」之。《詩》本來有三千首，現存三百一十首，那麼剩下的二千六百八十九首，也算是被孔子燒毀了。孔子燒掉可以燒掉的，那些被燒的詩，灰飛煙滅不復存在了。而存世的詩成為經典，身分尊貴，其道興盛，成為天下後世的準則。秦始皇心性如同虎狼蜂蠍那樣兇狠殘暴，燒經書、滅聖人，想挖去上天的眼睛，而使人心昏暗，因此他自身死了，宗族滅亡，國家顛覆。而遺留的經書又出現在世上。秦始皇燒書，正不如孔子的那種「燒」書。從漢朝以來，尋求經書、自著書，心情急切，生怕趕不上前代。魏、晉以後，到唐、宋時代，著書的有數千百家。其中描寫風花雪月的，違背天理有傷正道的作品，不可勝數，我常恨沒有秦始皇再世，把它們都燒掉。但即使不是這樣，這種書不必等秦始皇來燒，它們也會自己燒毀。昔日歐陽修在祕閣中讀書，看到了很多卷這樣的書，都發霉腐爛無法整理了，還有幾十卷書目也爛了，只剩下幾卷而已。看看那些作者，都不認識，書名也沒見過。歐陽先生非常博學，而那些書能收藏到祕閣裡的，也一定不是無名者所作的。在這幾卷目錄中，竟然沒有一個人一本書是歐陽先生能認識的，這不是自行焚燒自行滅亡！難道是別人拿火來燒的嗎？近世所存留的收錄漢、魏、晉著作的叢書，收錄唐、宋著作的叢書，《津逮秘書》，《唐類函》，《說郛》，《文獻通考》，杜佑《通典》，鄭樵《通志》之類，都卷數繁多，不能翻刻，數百年戰火焚燒之後，已經丟失十之七八了。劉向《說苑》、《新序》，《韓詩外傳》，陸賈《新語》，楊雄《太玄》、《法言》，王充《論衡》，蔡邕《獨斷》，都是漢代儒生最出色的作品。其中雖然有一些零碎的道理，但是比起六經，就如蒼蠅的聲音一樣，哪能像六經那樣如同日月在天上運行，江河在地上流淌呢！弟弟讀書，四書之上有六經，六經之下有《左傳》、《史記》、《莊子》、〈離騷〉，有賈誼、董仲舒的策論，諸葛亮的前後〈出師表〉等奏章，韓愈的文章，杜甫的詩歌，就足夠了。只有這些書，終身不斷地讀也讀不完，一定會終身受用不盡。至於二十一史，是寫一代史事，一定不能荒廢不讀。但是魏收的《魏書》曾被譏為雜穢，宋祁的《新唐書》簡單而枯燥，脫脫《宋史》冗長而雜亂。想如同韓愈的文章、杜甫的詩歌那樣膾炙人口，怎麼可能呢！這就是所說的「不燒之燒」，不怕秦始皇的火炬，也終會被孔子刪書那樣的火炬燒毀。六經的文章，已經是盡善盡美的了，但是還有更加完美的。氣勢磅礴，博大精深，但又家常使用的，就是〈禹貢〉、〈洪範〉、〈月令〉、《詩經》這些書。應當時刻尋究探討、融會貫通，一刻都不能離開。張橫渠有一篇〈西銘〉，非常宏大，巍然接續六經而作，啊呀呀真是偉大！雍正十三年五月廿四日，哥哥字。

【研　析】雍正十年板橋中舉後，因病未能參加次年春的進士考試，只能等待三年後的進士考試了。乾隆十三年，板橋四十三歲，在鎮江焦山別峰庵等地讀書準備應進士試，在此期間，仍不忘指導弟弟讀書。這封書信中，板橋再次強調了「讀經」的重要性。他認為，世間的著作非常多，但真正有價值，值得一讀的，只是六經而已，除此之外，讀讀《左》《史》《莊》〈騷〉、賈誼、董仲舒、諸葛亮、韓愈、杜甫這幾家就足夠了，最多再加上個二十一史。而這些書，也只是為了更好地闡述六經的。為什麼板橋要高度推崇六經呢？原因很簡單，說穿了就是希望弟弟心無旁騖，一切為了考試。當然，很快板橋也覺得這麼說有些過分，於是又開列了實用的〈禹貢〉、〈洪範〉、〈月令〉，闡述理學的〈西銘〉，作為必要的補充。至於板橋心底是怎麼想的，我們不得而知。但是，我們知道，板橋自己讀書，卻如同賈寶玉那樣，「雜學旁收」，自言「平生不治經學，愛讀史書以及詩文詞集。傳奇說簿之類，靡不覽究」（〈板橋自敘〉），而對《四聲猿》這類戲曲尤為喜愛。

范縣署中寄舍弟墨第五書

【題解】這是鄭板橋在范縣任上，給堂弟鄭墨的一封家信。信中探討了詩歌的創作命題等問題。署中，指官署。

作詩非難，命題❶為難。題高則詩高，題矮則詩矮，不可不慎也。少陵詩高絕千古，自不必言，即其命題，已早據百尺樓上矣。通體❷不能悉舉，且就一二言之：〈哀江頭〉、〈哀王孫〉，傷亡國也；〈新婚別〉、〈無家別〉、〈垂老別〉、前後〈出塞〉諸篇，悲戍役也；〈兵車行〉、〈麗人行〉，亂之始也；〈達行在所〉三首，慶中興也；〈北征〉、

〈洗兵馬〉，喜復國、望太平也。只一開卷，閱其題次，一種憂國憂民忽悲忽喜之情，以及宗廟邱墟❸，關山勞戍之苦，宛然在目。其題如此，其詩有不痛心入骨者乎！至於往來贈答，杯酒淋漓❹，皆一時豪傑，有本有用❺之人，故其詩信當時❻、傳後世，而必不可廢。放翁詩則又不然，詩最多，題最少，不過〈山居〉、〈村居〉、〈春日〉、〈秋日〉、〈即事〉、〈遣興〉而已。豈放翁為詩與少陵有二道❼哉？蓋安史之變，天下土崩，郭子儀、李光弼、陳元禮、王思禮之流，精忠勇略，冠絕一時，卒復唐之社稷。在〈八哀〉詩中，既略敘其人，而〈洗兵馬〉一篇，又復總其全數而贊嘆之，少陵非苟作也。南宋時，君父幽囚，棲身杭、越❽，其辱與危亦至矣。講理學者，推極❾於毫釐分寸，而卒無救時濟變❿之才。在朝諸大臣，皆流連詩酒，沈溺湖山，不顧國之大計。是尚得為有人乎！是尚可辱吾詩歌而勞吾贈答乎！直以〈山居〉、〈村居〉、〈夏日〉、〈秋日〉，了卻詩債而已。且國將亡，必多忌，躬行桀、紂⓫，必曰駕堯、舜而軼湯、武⑫。宋自紹興以來，主和議、增歲幣、送尊號、處卑朝、刮民膏、戮大將，無惡不作，無陋不為。百姓莫敢言喘⑬，放翁惡⑭得形諸篇翰以自取戾⑮乎！故杜詩之有人，誠有人也；陸詩之無人，誠無人也。杜之歷陳時事，寓諫諍⑯也；陸之絕口不言，免羅織⑰也。雖以放翁詩題與少陵並列，奚不可也！近世詩家題目，非賞花即宴集，非喜晤即贈行，滿紙人名，某軒某園，某亭某齋，某樓某巖⑱，某村某墅，皆市井流俗不堪之子，今日才立別號，明日便上詩箋。其題如此，其詩可知，其詩如此，其人品又可知。吾弟欲從事於此，可以終歲不作，不可以一字苟吟。慎題目，所以端人品，厲風教⑲也。若一時無好題目，則論往古，告來今，樂府舊題，盡有做不盡處，盍⑳為之。哥哥字。

【注　釋】❶命題　此指詩歌創作中的主題、題材與立意。❷通體　整體；全體。❸邱墟　廢墟；荒地。此指變為廢墟。❹淋漓　痛快；酣暢。❺有本有用　指作者既秉持道統之本原，又能靈活地運用詩歌技藝。❻信當時　取信於當時。❼二道　兩條不同的道路。❽杭越　杭州和越州（今紹興）。❾推極　推求；窮究。❿救時濟變　挽救時局，拯濟災變。⓫躬行桀紂　親身實行桀紂等亡國之君的惡政。⓬駕堯舜而軼湯武　超越堯舜湯武之治。⓭言喘　發聲；吭聲；發表意見。⓮惡　疑問代詞。相當於「何」、「安」、「怎麼」、「如何」。⓯取戾　受到禍害。⓰諫諍　直言規勸。⓱羅織　虛構罪名陷害。⓲巖廊　高廊。⓳厲風教　厲行《詩經》所倡導的風俗教化。〈毛詩大序〉：「風，風也，教也。風以動之，教以化之。」⓴盍　副詞。表示反詰。猶「何不」。

【語　譯】作詩不難，而命題難。命題高，詩歌的立意就高，命題低，詩歌的立意就低。對此不可不謹慎。杜少陵詩，高絕千古，自然不用說，僅就其命題而言，早已佔據百尺高樓之上了。杜詩不能全部列舉，姑且舉其中的幾首談談：〈哀江頭〉、〈哀王孫〉，命題是感傷亡國之痛；〈新婚別〉、〈無家別〉、〈垂老別〉、前後〈出塞〉等篇，是悲歎兵役之苦；〈兵車行〉、〈麗人行〉，探討了戰亂的本原；〈達行在所〉三首，是慶祝中興；〈北征〉、〈洗兵馬〉，是喜慶恢復長安洛陽兩都，企望天下太平。只要一打開詩卷，閱讀了題目，一種憂國憂民、忽悲忽喜的情感，以及宗廟成為廢墟之悲，邊疆戍守之苦，彷彿就在眼前。題目如此，詩的內容，豈有不讓人痛心至極的！至於與杜甫往來贈答，酣暢對飲的人，都是當時的豪傑，在詩歌造詣上，既能秉持道統之本原，又能靈活地運用詩歌技藝，因而他們的詩，能夠取信於當時，流傳於後世，而必定不會被廢棄。陸游的詩則有所不同，他的詩最多，但符合理想題目的卻很少。他的命題，都是〈山居〉、〈村居〉、〈春日〉、〈秋日〉、〈即事〉、〈遣興〉等等。難道陸游作詩與杜甫有什麼不同的途徑嗎？大概因為唐代安史之亂，天下土崩瓦解，郭子儀、李光弼、陳玄禮、王思禮等將領，精忠報國，有勇有謀，冠絕一時，最終恢復了大唐的江山。在杜甫的〈八哀〉詩中，已經略敘了這些英雄，而〈洗兵馬〉一篇，又對所有這些人都稱讚了一番。杜甫當然不是隨隨便便寫就的。南宋時，皇上和太上皇被囚禁在金國，高宗棲居於杭州越州等地，可說是屈辱之極，危險之極。那些講理學的人，闡釋推究義理精細到毫釐，而最終也沒有救時濟世之才。在朝的各位大臣，都流連於飲酒作詩之事，沉溺於湖山景致之間，不顧國家大計。這還能算是有傑出人才嗎？還能玷汙我們的詩筆，而跟他們贈答詩文嗎？只是用〈山居〉、〈村居〉、〈夏日〉、〈秋日〉這些命題，應付那些索詩應和的詩債而已。而且，國家如果將要滅亡，一定有很多忌諱，明明施行的是桀、紂的暴政，卻一定要說成是超越堯舜湯武之治。宋朝自高宗紹興以來，主張議和，增加朝廷每年向外族輸納的錢物，尊奉外族皇帝的尊號，自處卑下之朝，搜刮民脂民膏，殺戮大將岳飛，幾乎是無惡不作，幹盡了醜陋之事。百姓們不敢吭聲，陸游又怎麼能寫出描述這些情況的詩文而自取罪責呢？所以，杜詩中有傑出人物，是因為那時世上真的有傑出人物；陸詩中沒有傑出人物，是因為世上真的沒什麼傑出人物。杜甫陳述時事，是寓直言規勸於其中；陸游絕口不言時事，是為了避免被誣陷加罪。因此，即使將陸游的命題與杜甫的命題相並列，也沒有什麼不可。近世詩家的命題，不是賞花就是宴會，不是會面就是送行，滿紙人名，滿紙都是某軒某園，某亭某齋，某樓某巖，某村某墅。那些都是市井流俗之徒，今天才起了別號，明天就寫到詩箋上。他的命題如此，其詩如何則也可知；他的詩作如此，他的人品也可想而知。弟弟要想寫詩，可以整年不作詩，但不可以有一個字隨便去作。謹慎擬題，以此端正人品，激勵教化。如果一時沒有好題目，就寫些論述古代，勸告今世的題材；樂府舊題，也都有做不完的題目，何不這麼做呢。哥哥字。

【研　析】作詩，主要有兩個問題：一是寫什麼，二是怎麼寫。鄭板橋在這封家書中，即首先從「寫什麼」的角度，耐心地輔導弟弟作詩；至於「怎麼寫」，其首要問題，是立意的高低。換用今天的文藝學術語，就是「題材」、「主題」、「立意」這三個問題。前二者屬於「寫什麼」，後者屬於「怎麼寫」。這三個相關聯的問題，板橋將其概括為「命題」。命題，本是學寫八股文的術語。清代八股文的命題，只能從四書、五經出題，且只能用朱注來闡釋。至於作詩，板橋認為，其命題，應學習杜詩，以憂國憂民、宗廟興亡、關山勞戍、百姓疾苦為主，而批評了詩壇上一味風花雪月、歌酒應酬的風氣。值得注意的是，板橋對於宋代以來的理學，表示了不屑，認為理學無用，對於國計民生，並無救時濟變的功效。這是我們所不能同意的。理學有其維護現存統治的一面，這是在社會需要革命時，也許會成為革命的阻力，但板橋並不是從這一方面去批判理學的；板橋所批評的，是因為理學沒有功利實用性。這一觀點是錯誤的。理學首先是哲學，而作為形而上學的哲學，並不一定需要具備實用功能。

濰縣署中與舍弟墨第二書

【題　解】作於濰縣任上。時鄭板橋妾饒氏生子，在揚州家鄉養育，託堂弟照應。因擔心家人溺愛，故寫此信吩咐育兒之道。

余五十二歲始得一子，豈有不愛之理！然愛之必以其道❶，雖嬉戲頑耍，務令忠厚悱惻❷，毋為刻急❸也。平生最不喜籠中養鳥。我圖娛悅，彼在囚牢；何情何理，而必屈物之性以適吾性乎！至於髮繫蜻蜓，線縛螃蟹，為小兒頑具，不過一時片刻便摺拉❹而死。夫天地生物，化育劬勞❺，一蟻一蟲，皆本陰陽五行❻之氣絪縕❼而出。上帝亦心心愛念。而萬物之性人為貴，吾輩竟不能體天之心以為心，萬物將何所托命乎？蛇蚖❽蜈蚣豺狼虎豹，蟲❾之最毒者也；然天既生之，我何得而殺之？若必欲盡殺，天地又何必生？亦惟驅之使遠，避之使不相害而已。蜘蛛結網，于人何罪，或謂其夜間咒月，令人牆傾壁倒，遂擊殺無遺。此等說話，出於何經何典，而遂以此殘❿物之命，可乎哉？可乎哉？我不在家，兒子便是你管束。要須長其忠厚之情，驅其殘忍之性，不得以為猶子⑪而姑縱⑫惜也。家人⑬兒女，總是天地間一般人，當一般愛惜，不可使吾兒凌虐他。凡魚飧⑭果餅，宜均分散給，大家歡嬉跳躍。若吾兒坐食好物，令家人子遠立而望，不得一沾脣齒，其父母見而憐之，無可如何，呼之使去，豈非割心剜肉乎！夫讀書中舉中進士作官，此是小事，第一要明理作個好人。可將此書讀與郭嫂⑮、饒嫂⑯聽，使二婦人⑰知愛子之道在此不在彼也。

【注釋】❶道　（正確的）方法；途徑。❷忠厚悱惻　忠實厚道而有惻隱之心。❸刻急　苛刻嚴峻。《漢書・酷吏傳・嚴延年》：「聞延年用刑刻急。」❹摺拉　拉折；毀損。❺化育劬勞　化生養育之辛苦。劬勞，勞累；勞苦。❻陰陽五行　哲學術語。陰陽，原指山丘的北面和南面。後作為哲學術語，指宇宙間各事物的內部對立統一的關係。五行，水、火、木、金、土，構成各種物質的五種元素，古人常以此說明宇宙萬物的起源和變化。❼絪縕　指天地陰陽二氣交互作用的狀態。❽蚖　蚖蛇，蝮蛇之屬，土虺蛇。亦泛指毒蛇。❾蟲　泛指動物。❿殘　殘害。⓫猶子　指侄子。⓬姑縱　姑息放縱。⓭家人　此指僕人。⓮飧　熟食品。泛指飯食。⓯郭嫂　鄭板橋繼室夫人郭氏。鄭板橋原配徐氏雍正九年去世。⓰饒嫂　鄭板橋的妾室饒氏。⓱婦人　古代士之妻稱婦人。《禮記・曲禮下》：「天子之妃曰后，諸侯曰夫人，大夫曰孺人，士曰婦人，庶人曰妻。」

【語　譯】我五十二歲得到一個兒子，哪有不疼愛的道理。但是疼愛孩子一定要講究正確的方法。雖然可以讓他嬉戲玩耍，但是一定要讓他忠實厚道有惻隱之心，不要讓他成為苛刻嚴厲的人。我平生最不喜歡用鳥籠養鳥。養鳥的人貪圖快樂，鳥兒卻在囚牢中，這是何道理，而一定要改變動物的本性來適應我的性情！至於用頭髮來繫蜻蜓，用線綁螃蟹，作為孩子的玩具，不過一時片刻，牠們就被拉折死了。天地間的生物，辛苦化生養育，一隻螞蟻、一隻小蟲，都是陰陽五行之氣交互作用而生成的。上天也很愛憐。而萬物之本性，人最尊貴，我們竟然不能體會上天的心意，而成為我之心，萬物將把生命託付給誰呢？蛇蚖蜈蚣、豺狼虎豹，是動物中最毒的。但是上天既然使它們出生，我們又怎麼能殺它們呢？如果一定要全部殺死，天地又何必使它們出生呢？對於這些動物，我們應該驅逐牠們，使牠們遠遠地離開，使牠們不傷害我們。蜘蛛結網，於人有何罪過，有人說牠們在夜裡詛咒月亮，使人家的牆壁倒塌，於是殺死無遺。這種說法，是出於何經何典？卻以這一理由殘害動物的生命，可以嗎？可以嗎？我不在家，兒子就是你來管教。關鍵必須培養他忠厚的本性，驅除他殘忍的性情，不能因為是侄子就姑息縱容。僕人的孩子，總歸是天地間一樣的人，應當一樣愛惜，不能讓我的兒子欺淩虐待他。凡魚肉熟食水果糕餅，應該平均分給他們，讓他們一起嬉戲跳躍。如果我的兒子坐著吃好的食物，讓僕人的孩子遠遠站著看，吃不到一口，他的父母看了，雖可憐他，卻無可奈何，叫他們的孩子離開，難道不讓他們覺得如割心剜肉般痛嗎！讀書中舉中進士作官，這是小事，第一卻是要他明理做個好人。你可以把這封信讀給郭嫂和饒嫂聽，讓兩位夫人知道愛子之道在此而不在彼。

【研析】這封信透露了鄭板橋家庭生活的一些情況。康熙五十四年（西元一七一五年），板橋二十三歲，娶徐氏為妻。徐氏出身於有文化的家庭。岳母能解詩，板橋曾以詩歌頌之。徐氏生二女一子，子後不幸夭折。雍正九年（西元一七三一年），徐夫人去世。板橋後娶繼室郭夫人。乾隆二年（西元一七三七年），即徐夫人歿後六年，板橋又娶小妾饒氏，時板橋四十五歲。饒氏生一子，即本文中板橋所說的「五十二歲始得一子」。老來復得一子，板橋自然格外疼愛。但疼愛不是溺愛。對於如何教養這個孩子，板橋可謂費盡心血。他具體而微地叮囑弟弟，其主要原則，一是要培養孩子尊重生命的慈悲之心；一是要養成忠厚情性，與人為善，特別是要善待下人；一是以天地之心為心，順其自然，崇尚萬物的自由天性。這些教育原則及方法，直到今天，仍有參考價值。

濰縣署中與舍弟第五書

【題解】這是寫給堂弟鄭墨的家書，其主旨，是讓弟弟好好學習時文，能考中進士，建功立業，為家族爭光。

無論時文❶、古文、詩歌、詞賦，皆謂之文章。今人鄙薄時文，幾欲迸諸❷筆墨之外，何太甚也。將毋醜其貌而不鑒其深乎！愚謂本朝文章，當以方百川❸制藝❹為第一，侯朝宗❺古文次之，其他歌詩辭賦，扯東補西，拖張拽李❻，皆拾古人之唾餘，不能貫串，以無真氣故也。百川時文精粹湛深❼，抽心苗❽，發奧旨❾，繪物態❿，狀人情⓫，千回百折而卒造乎淺近。朝宗古文標新領異，指畫目前⓬，絕不受古人羈紲⓭，然語不遒⓮，氣不深，終讓百川一席。憶予幼時，行匣⓯中惟徐天池⓰《四聲猿》⓱、方百川制藝二種，讀之數十年，未能得力⓲，亦不撒手，相與終焉而已。世人讀《牡丹亭》而不讀《四聲猿》，何故？

【注釋】❶時文　時下流行的文體。對科舉應試文體的通稱。唐宋時多指律賦。明清時特指八股文。❷迸諸　屏之於。迸，斥逐；排除。❸方百川　清代文學家方舟，字百川，散文家方苞之兄。百川擅八股文，有《方氏時文》。❹制藝　即八股文。❺侯朝宗　清代文學家侯方域，字朝宗，河南商丘人。長於古文，有《壯悔堂集》。❻拖張拽李　指東拉西扯，結構不完整。❼湛深　深沉。❽抽心苗　抒寫內心。❾發奧旨　揭示深奧的主旨。❿繪物態　描繪事物的形態。⓫狀人情　形容人的情感。⓬指畫目前　借古諷今，意指當下。指畫，用手示意。⓭羈紲　束縛。⓮遒　勁健；強勁。⓯行匣　行李箱。⓰徐天池　明代藝術家徐渭，號天池。⓱四聲猿　指明代徐渭的四部雜劇：《漁陽弄》、《雌木蘭》、《女狀元》和《翠鄉夢》。⓲得力　得其助力；受益。

【語譯】不論八股文、古文、詩歌，還是詞賦，都可以稱為「文章」。今人鄙視八股文，幾乎要把八股文排斥在「文章」之外，這就太過分了。這豈不是認為八股文外貌醜陋，卻不能鑒別欣賞其深奧的內涵！我認為，本朝的文章，應當以方舟的八股文為第一，侯方域的古文次之。其他詩歌辭賦，東拉西扯，都是蹈襲古人的意見、言論，不能融會貫通，這都是因為這些文章中沒有「真氣」。方舟的八股文精美深沉，抒寫內心，揭示深奧的主旨，描繪事物的形態，形容人的情感，千回百轉，而最終用淺顯的話語表述出來。侯方域的古文標新立異，意指當下，絕對不受古人的束縛，但其話語不遒勁，氣質不深沉，終究略遜於方舟。想起我小時候，行李箱中只有徐渭的雜劇《四聲猿》，和方舟的八股文這兩種，讀了幾十年，雖未從中學到多少東西，但我並不放棄，就讓它們相伴我終身吧。今人只讀《牡丹亭》，而不讀《四聲猿》，不知是什麼原因。

文章以沈著痛快為最，《左》、《史》、《莊》、〈騷〉、杜詩、韓文是也❶。間有一二不盡之言，言外之意，以少少許勝多多許者，是他一枝一節好處，非六君子❷本色。而世間娖娖❸纖小之夫，專以此為能，謂文章不可說破，不宜道盡，遂訾❹人為刺刺不休❺。夫所謂刺刺不休者，無益之言，道三不著兩❻耳。至若敷陳❼帝王之事業，歌詠百姓之勤苦，剖晰❽聖賢之精義，描摹英傑之風猷❾，豈一言兩語所能了事？豈言外有言、味外取味❿者，所能秉筆而快書乎？吾知其必目昏心亂，顛倒拖遝，無所措其手足也。王、孟⓫詩原有實落⓬不可磨滅處，只因務為修潔⓭，到不得李、杜沈雄⓮。司空表聖⓯自以為得味外味，又下于王、孟一二等。至今之小夫，不及王、孟、司空萬萬⓰，專以意外言外，自文⓱其陋，可笑也。若絕句詩、小令詞，則必以意外言外取勝矣。

【注釋】❶左史句　指《左傳》、《史記》、《莊子》、〈離騷〉、杜甫詩、韓愈文。❷六君子　指前面提到的六種文章。❸娓娓　拘謹貌。❹訾　詆毀；指責。❺刺刺不休　多言貌。唐韓愈〈送殷員外序〉：「出門惘惘，有離別可憐之色。持被入直三省，丁寧顧婢子，語刺刺不能休。」❻道三不著兩　揚州方言，指批評不當。❼敷陳　鋪陳；敘述。❽剖晰　分析而使之明瞭。❾風猷　指人的風采品格。❿味外取味　自文字言辭之外獲得意境或情味。⓫王孟　唐代詩人王維和孟浩然的並稱。⓬實落　真實；切實。⓭修潔　指精美簡潔。⓮沈雄　深沉雄渾。⓯司空表聖　司空圖，字表聖。晚唐詩人、詩論家。⓰萬萬　表示相差的程度很大。⓱文　掩飾。

【語譯】文章以深沉而酣暢的風格為最佳，《左傳》、《史記》、《莊子》、〈離騷〉、杜詩、韓文就是這樣的作品。其間有一些言盡而意不盡，在言辭之外而能表達詩文意旨的作品，都是用很少的言辭而勝過大篇幅的文本，正是這些作品細節方面的好處，而並不是上述這六種文章的本色。而世間拘謹的小人物們，專以此為能事，動不動就說，文章不可以說破，不應該把話說得太明白，於是喋喋不休地責備別人。他們喋喋不休所說的，都是沒有什麼益處的言論，是不恰當的批評。至於鋪陳記敘帝王的業績，歌詠百姓的辛勤勞苦，剖析聖賢精深的義理，描摹英傑的風采人格，哪裡是一言兩語就能成功表述的？哪是追求言外之意，從味外取味的人能夠提筆直書的？我知道，如果那樣的話，他們必定會眼花心亂，顛倒拖沓，手足無措。王維、孟浩然，原本有切合實際而不可磨滅之處，只因為他們致力於精美簡潔，因而不及李白、杜甫深沉雄渾。司空圖自以為得到了文字言辭之外的意境、情味，其實又比王孟遜色一、二等。現在這些小人物，尚不及王維、孟浩然和司空圖萬分之一，卻專門以「意外」、「言外」為辭，自己掩飾自己的鄙陋，很可笑。當然，像絕句、小令之類，就一定要以言外之意來取勝。

「宵寐匪禎，劄闥洪庥」，以此訾人，是歐公正當處[1]，然亦有淺易之病。「逸馬殺犬於道[2]」，是歐公簡煉處，然《五代史》[3]亦有太簡之病。高密單進士焜曰：「不是好議古人，無非求其至是。」

【注釋】❶宵寐匪禎四句　據《宋稗類鈔．文苑》等記載，歐陽修與宋祁同修《新唐書》，宋好以艱深之辭，釋淺顯之事。一天，歐在壁上寫「宵寐匪禎，劄闥洪庥」八字。宋笑道：「不就是『夜夢不祥，題門大吉』麼？何必求異如此？」歐公說：「《李靖傳》云：『震霆不暇掩聰』不也是這樣？」宋公「慚而改之」。後用以嘲人作文故作艱深古奧。禎，吉祥。闥，門。洪庥，洪福。❷逸馬殺犬於道　言歐文簡潔。歐陽修任職翰林院，與同院三下屬出遊，見路旁有匹飛馳的馬踩死了一隻狗。歐陽修提議：「請你們分別來記敘一下此事。」一人說：「有黃犬臥于道，馬驚，奔逸而來，蹄而死之。」另一人說：「有黃犬臥於通衢，逸馬蹄而殺之。」最後第三人說：「有犬臥於通衢，臥犬遭之而斃。」歐陽修聽後笑道：「像你們這樣修史，一萬卷也寫不完。」那三人於是連忙請教：「那你如何表述呢？」歐陽修道：「『逸馬殺犬於道』，六字足矣！」❸五代史　指歐陽修編撰的《五代史記》，後人稱《新五代史》。

【語譯】「宵寐匪禎，劄闥洪庥」，以此來指責別人艱澀，是歐陽修的正確之處，但歐文也有淺顯簡單的毛病。「逸馬殺犬於道」，體現了歐陽修的簡練之處。但他的《五代史》也有太簡單的毛病。高密進士單烺說：「這並非是板橋好議古人，無非求得一個『非常正確』。」

寫字作畫是雅事，亦是俗事。大丈夫不能立功天地，字養❶生民，而以區區筆墨供人玩好，非俗事而何？東坡居士刻刻以天地萬物為心，以其餘閒作為枯木竹石，不害也。若王摩詰❷、趙子昂❸輩，不過唐、宋間兩畫師耳！試看其平生詩文，可曾一句道著民間痛癢？設以房、杜、姚、宋❹在前，韓、范、富、歐陽❺在後，而以二子廁乎其間，吾不知其居何等而立何地矣！門館❻才情，遊客伎倆，只合剪樹枝、造亭榭、辨古玩、鬥茗茶，為掃除小吏❼作頭目而已，何足數哉！何足數哉！愚兄少而無業，長而無成，老而窮窘，不得已亦借此筆墨為糊口覓食之資，其實可羞可賤。願吾弟發憤自雄，勿蹈乃兄故轍也。古人云：「諸葛君❽真名士。」名士二字，是諸葛才當受得起。近日寫字作畫，滿街都是名士，豈不令諸葛懷羞，高人齒冷❾？

【注　釋】❶字養　撫養；養育。字，滋乳。❷王摩詰　唐代詩人王維，號摩詰。❸趙子昂　宋元間書畫家。❹房杜姚宋　唐代房玄齡、杜如晦、姚崇、宋璟四位名相。❺韓范富歐陽　宋代著名的宰相韓琦、范仲淹、富弼和歐陽修。❻門館　門客。❼掃除小吏　指作雜役的小吏。❽諸葛君　諸葛亮。❾齒冷　恥笑。

【語　譯】寫字作畫，是風雅之事，也是低俗之事。大丈夫不能立功於天地之間，撫養百姓，而以這些微末的書畫供人賞玩，這不是低俗之事是什麼？蘇東坡時時刻刻以天地萬物為心，用閒餘時間畫些枯木竹石，這對於功業沒什麼害處。但像王維、趙子昂之輩，就不過是唐宋間的兩個畫師罷了！試看他們平生的詩文，哪曾有一句談到民間疾苦？有房玄齡、杜如晦、姚崇、宋璟在前，韓琦、范仲淹、富弼和歐陽修在後，若將王、趙兩人置於其間，我不知道他們兩人能處於什麼等級，能立於何地！他們不過是門客的才情，遊食的伎倆而已，只適合修剪樹枝，建造亭榭，辨別古玩，比鬥茗茶，做個掃除小吏的頭目而已。有什麼可稱道的！有什麼可稱道的！我少年時沒有受到很好的教育，長大後沒什麼成就，老了窮困窘迫，不得已才借寫字作畫來養家糊口，其實是件應該羞恥的事。希望弟弟你能發奮自強，不要重蹈哥哥的覆轍。古人說：「諸葛亮是真正的名士。」名士兩個字，是諸葛孔明才擔當得起。最近寫字作畫的，滿街都是「名士」，豈不令諸葛孔明替他們感到羞愧，讓高人恥笑？

【研　析】這封家書較長，主要談「文章」之事。可分四段，分別論述時文、詩史古文、文章繁簡、寫字作畫等四件事。其中心意思，是力勸弟弟鄭墨安心學習研煉八股文，討一個好的出身。第一段，主要論述時文的要義，在於「有真氣」。怎樣才能有真氣呢？板橋給弟弟推薦了一個現成的榜樣：方百川。具體說來，就是「抽心苗，發奧旨，繪物態，狀人情，千回百折而卒造乎淺近」。第二段，板橋進一步論述了好文章的標準，在於「沈著痛快」。板橋詩詞文的風格，也是偏向於「沈著痛快」的。對於詩詞等藝術性「文章」，「沈著痛快」未嘗不是一種有特色的風格，但這一風格特徵，應該說主要地還是對於時文而言的。沈著，是思想性深沉且符合統治者的總體要求；痛快，是表達比較直接，便於考官一眼即被震撼，能得個高等次。但是，沈著痛快僅僅是藝術的一種風格，我們不應該僅僅用這一種風格來要求所有的文學作品。例如，板橋所批評的司空表聖「味外味」，就是另一種藝術風格。在一般的文學常識中，司空圖所提倡的這種「韻味說」，實際上更有藝術魅力，而具備這種「言外之意」、「味外之味」的文藝作品，其實更有「藝術性」。板橋應該是知道這一點的，但由於這封書信是寫給正在習學時文、準備應試的弟弟看的，而這種更曲折隱晦的「味外味」，對於考官來說，勢同猜謎，而居高臨下的考官，要用挑剔的眼光去判許多卷子，哪有時間和興趣去領略那文本之外的「味外味」，所以，板橋便只好犧牲「藝術性」了。

藝術追求和時文應試的矛盾，一直是困惑老師、家長的一個「問題」。《紅樓夢》中的賈政，從遊大觀園這一段故事來看，也是有自己的藝術追求的，在特殊情況下，他也希望兒子賈寶玉發揮一下藝術才能。但在大多數場合，賈政和鄭板橋一樣，希望自己家的孩子捨棄自由和藝術，而「只把四書講明背熟」。雖然鄭板橋也知道，這「時文」不過是敲門磚，門開了，時文就一錢不值。板橋自己匯集《板橋文鈔》，也沒有收錄自己的「時文」。

在現如今，考學、考公務員，仍被看成是「俗事」，學者們在外不會公開教人如何考試，而對於自家的孩子，就會面臨兩難選擇：科考之事，是俗事，也是不容易之事。一切以應考為中心，違反教育規律，一心追求考個好的大學，或考上公務員，頗有戕害少年本真性情之嫌。但在東亞，恐怕很少有家長會讓孩子任其天性快樂玩耍，而往往是一味要求孩子「讀書、作業、考試」。

與丹翁書

【題解】此件有上海博物館藏墨跡，卞孝萱先生等《鄭板橋全集》卷八〈文鈔二〉收錄。從書信內容來看，丹翁應是一位師爺，即替長官起草文書的小吏。

昨有人傳老兄息辭❶數語，不知的❷否？細味之，真非大筆不能也。冒濫領賑，當途❸所最忌。乃云：寫賑時原有七口，後一女出嫁，一僕在逃，只剩五口，在首者❹既非無因，而領者原非虛冒。宜州尊❺見之而賞心，板橋聞之而擊節❻也。此等辭令，固非庸手所能，亦非狠手所辦，真是解連環❼妙手。夫妙則何可方物❽乎？千古好文章，只是即景即情，得事得理，固不必引經斷律❾，稱為辣手❿也。吾安能求之天下如老長兄者，日與之談文章秘妙、經史神髓乎？真可以消長夏、度寒宵矣。

【注釋】❶息辭　平息案情紛爭的文書辭令。❷的　確實。❸當途　當事者，此指州長官。❹首者出首者；舉報的人。❺州尊　州長官。❻擊節　打拍子（叫好）。❼解連環　一種遊戲。常見的有「九連環」，即九個環，環環相扣，解時將其從一種特定的相扣狀態變換為另外一種相扣狀態。《戰國策・齊策六》：「秦始皇嘗使使者遺君王后玉連環，曰：齊多智，而解此環不？君王后以示羣臣，羣臣不知解。君王后引椎椎破之，謝秦使曰：謹以解矣！」宋辛棄疾〔漢宮春〕〈立春日〉：「清愁不斷，問何人、會解連環。」此指解決一個比較麻煩的問題。❽方物　彷彿；類似。唐儲光羲〈貽余處士〉：「市亭忽雲搆，方物如山峙。」❾斷律　據律斷案。❿辣手　厲害的高手。辣，揚州方言，有厲害、潑辣、老辣等義。

【語　譯】昨天有人傳來老兄那篇平息了案情紛爭文書中的幾句話，不知道是否確實。細細品味，不是大手筆，寫不出來。造假領取救濟，正是當政者最忌恨的。老兄的文書中說：申報救濟寫的是七口人，後來一個女兒出嫁，一個僕人在逃，只剩下五口人，對於舉報者來說，確實是事出有因，而領取救濟者，原本也並非故意造假。這樣的寫法，難怪州裡長官看到後，心中稱讚，而板橋我聽說後，也拍手叫好。這樣的文辭，當然不是平庸的寫手所能寫出的，亦不是心狠的寫手所能辦到的，老兄真是解決難題的好手。老兄文辭之妙，有什麼可以相媲美的呢？千古以來的好文章，只是用鮮活的景和情，描述出事情的來龍去脈和其中的道理，這當然不必引經據律而斷，這才能稱為高明的「辣手」。我怎麼才能求得天下如同老兄這樣的人，得以整日與之談論文章的祕密和妙訣，談論經史的神韻和精髓呢？這真的可以消磨長長的夏日，度過寒冷的冬夜啊。

【研　析】從這封信來看，事情可能是這樣的：有人申請領取救濟，申報七口人，結果被人舉報只有五口。而當事的長官們最恨這種欺騙行為，這位涉嫌「冒濫領賑」者，將要面臨追究。作為師爺，這上報的立案文書怎麼寫，當然是大有講究。丹翁心存仁厚，既不可廢了國家法度，又希望能為犯事人盡量減輕罪責，還要保護舉報者的積極性，因此，他便委婉其辭地說：原來報的七口，但後來一個女兒出嫁了，一個僕人逃跑了。對於舉報的人，這事出有因；對於領救濟的人，原本也不算虛報。這個說辭，意思是說兩邊都有道理，這就將兩頭都說圓了。如果這文書寫成：「寫賑原有七口，今查只五口，據稱一女已嫁，一僕在逃，而實皆寫賑後之事，則在首者為據實，領者原為虛冒。」那也不能說有違事實。但如果如此上報，這「冒濫領賑」的罪名就坐實了。如果寫成：「寫賑原有七口，查實一女已嫁，一僕已逃，則領者原非虛冒，首者所稱五口不實，不準。」這樣，首者就涉嫌誣告，以後誰還敢多事。但丹翁是個好人，用比較委婉的「息辭」，使雙方都得到了保護。為政一方，如不能嚴明法紀，據律斷案，會損害國家權威；但如果處處事事與民為敵，那也會落下「刻削」的壞口碑。在處理此案的時候，板橋聯想到了作文章的道理。同樣的事實，可以作出完全不同的文章。關鍵是要「即景即情，得事得理」，此「景、情、事、理」四字，正與清代文學理論家葉燮《原詩》之「理事情」一說相表裡。

與金農書

【題　解】見《天咫偶聞》卷六，卞孝萱先生等《鄭板橋全集》卷八〈文鈔二〉收錄。金農

（西元一六八七—一七六三年），字壽門，錢塘人。書畫家，揚州八怪之一。

詞學❶始于李❷，唐人惟青蓮❸諸子，略見數首，餘則未有聞也。太白〈菩薩蠻〉二首，誠千古絕調矣。作詞一道，過方則近於詩，過圓則流于曲。甚矣，詞學之難也。承示新詞數闋，俱不減辛、蘇也。燮雖酷好填詞，其如珠玉❹在前，翻多形穢耳。板橋弟燮書寄壽門老哥展。

【注　釋】❶詞學　此指詞的創作。❷李　指李白。❸青蓮　李白號「青蓮居士」。❹珠玉　指金農的詞作。

【語　譯】詞的創作開始於李白。唐代作者，只有李青蓮等人，稍微見到幾首，其他的詞作，還沒有聽到過。李太白的〈菩薩蠻〉二首，確實是千古絕調。作詞一事的「道理」，過於方正則接近於詩了，但過於圓通，就會流於曲體。詞的創作，真的是很難啊。感謝您惠示新詞幾首給我，這些詞作，都如同蘇軾、辛棄疾的詞。燮雖然酷好填詞，但您的詞作如同珠玉在前，我的詞作，相比之下就自慚形穢了。板橋弟燮書寄壽門老哥展。

【研　析】李清照〈詞論〉說：詞「別是一家」，意思是說，詞不能寫得像詩一樣，也不能像民間小調，這就是所謂「上不類詩，下不似曲」。道理很簡單，詞是一種特殊的詩體，如果與其他詩體一樣，那還需要詞幹什麼。但詞與其他詩體，到底有何區別呢？板橋的這封信，說了自己的看法：「過方則近於詩，過圓則流于曲。」就是說，詞體的特殊性，在於「方圓」適當，不能太方正嚴肅莊重，但也不能過於圓轉流通一瀉無餘。

詞鈔自序

【題　解】據乾隆十四年自敘墨跡，卞孝萱先生等《鄭板橋全集》卷八〈文鈔二〉收錄。板橋曾自編《板橋詞鈔》，刻印行於世。詞鈔前有〈自序〉。

爕詞不足存錄。簡亭樓夫子❶謂爕詞好於詩，且付梓人❷，後來進益，不妨再更定。嗟呼！爕何進也？爕年三十至四十，氣盛而學勤，閱前作，輒欲焚去。至四十五六，便覺得前作好。至五十外，讀一過❸，便大得意。可知其心力❹日淺，學殖❺日退，忘己醜而信前是，其無成斷斷❻矣。樓夫子是爕鄉試房師❼，得毋❽愛忘其醜乎？

【注　釋】❶樓夫子　鄭板橋參加鄉試時的一位樓姓閱卷官。❷梓人　印刷業中的刻版工人，此指印刷出版者。❸一過　一遍。❹心力　指思維能力，才智。❺學殖　原指學問的積累增進，後泛指學業、學問。❻斷斷　確實；決然無疑。❼房師　明清鄉、會試中式者對分房閱卷的閱卷官的尊稱。❽得毋　莫非。

【語譯】我鄭燮的詞本是不足以收錄成冊的，但是簡亭樓先生認為，我的詞好過詩，姑且交付刻版印刷，等以後有進步，再做更改也不妨。哎！我還進步什麼呀？我三十到四十歲之間，年輕氣盛，勤於學習，每次讀到那以前的作品，就想把它們都給燒了。到了四十五六歲，又覺得以前的作品還可以，到了五十開外，讀一遍以前的作品，就覺得非常得意。由此可見我的才智日漸淺薄，學識也日漸退縮，忘記自己的不足而相信以前的成績，有如此意識，絕對是不可能再有所成就的了。樓夫子是我鄉試時閱卷的房官老師，莫非因為過於偏愛我，而忘了我的醜陋嗎？

陸種園先生諱震❶，邑❷中前輩。燮幼從之學詞，故刊刻❸二首，以見一斑。

【注釋】❶陸種園先生諱震　陸震，字仲子，號種園先生。興化縣人。鄭板橋大約十六歲時開始跟陸震學寫詞。❷邑　此指故里；籍貫地。❸刊刻　雕板印行。

【語譯】陸種園先生名震，是縣裡的前輩。我少年時跟從陸先生學習過填詞。我的《詞鈔》

中，刻印有陸先生的詞兩首，讀者可以體會到一些陸先生詞作的風采。

為文須千斟萬酌，以求一是❶。再三更改，無傷也。然改而善者十之七，改而謬者亦十之三。乖隔晦拙❷，反走入荊棘叢中去。更不可以廢改，是學人一片苦心也。爕作詞四十年，屢改屢蹶❸者，不可勝數。今茲刻本，頗多仍舊，而此中之酸甜苦辣備嘗而有獲者亦多矣。世間為父師者，見其子弟之文疏鬆爽豁❹便喜，見其拗澀晦拙❺便憂。吾願少寬❻歲月以待之，必有屈曲達心❼、沈著痛快❽之妙。天下豈有速成而能好者乎？

【注　釋】❶是　正確。❷乖隔晦拙　文義阻隔隱晦，手法拙劣。❸蹶　失敗。❹疏鬆爽豁　清新爽朗。❺拗澀晦拙　拗口隱晦。❻少寬　稍稍放寬。❼屈曲達心　雖然委婉曲折，但能明白地表達出內心的意思。❽沈著痛快　堅勁流利；遒勁酣暢。《法書要錄》卷一引南朝宋羊欣《采古來能書人名》：「吳人皇象能草，世稱沈著痛快。」宋嚴羽《滄浪詩話・詩辨》：「其大概有二：曰優遊不迫，曰沈著痛快。」沈著，著實而不輕浮。宋范成大〈讀白傅洛中老病後詩戲書〉：「陶寫賴歌酒，意象頗沈著。」

【語　譯】寫作之事，為了得到一個確當的結果，應該反覆思考斟酌。反覆修改，是沒有什麼壞處的。但是改得好的固然有十分之七，改得不好的也會有十分之三。改得不好的會更加文義阻隔隱晦，手法拙劣，反倒如同走入難走的荊棘叢中去了。但是又不能廢棄修改，那是學人的一片苦心啊。我作詞四十年了，其中屢次修改屢次改壞了的，不計其數。現在的這個刻本，裡面有許多是按照舊作收錄的，其中也有許多嘗遍了創作的酸甜苦辣而有所收穫的作品。世間的父輩師長們，看到子弟們的文章清新爽朗就高興，看到他們的文章拗口隱晦就擔憂。我希望父輩師長們可以多給子弟們一些時間，等待他們成長，一定能達到既委婉曲折，又能明白表達出內心意思、遒勁而酣暢的精妙境界。天下哪有迅速成長而又能寫得好的人呢？

少年遊冶❶學秦、柳❷，中年感慨❸學辛、蘇❹。老年淡忘❺學劉、蔣❻，皆與時推移而不自知者。人亦何能逃氣數❼也！

【注　釋】❶遊冶　放浪。❷秦柳　宋代詞人秦觀和柳永。秦柳詞多遊冶言情之作。❸感慨　情感憤激。❹辛蘇　宋代詞人辛棄疾和蘇軾。蘇軾、辛棄疾生於世積亂離之際，多感慨之詞。❺淡忘　淡泊忘世。❻劉蔣　宋代詞人劉過和蔣捷。劉蔣均有歌詠自然情性之作。❼氣數　命運。

【語　譯】我少年放浪，詞學秦觀和柳永。中年感慨激憤，詞學辛棄疾和蘇軾。老年淡泊忘世，詞學劉過和蔣捷。這都是隨時間推移而改變的，當時自己也沒有意識到。人的一生，怎麼能逃脫命運氣數的支配啊！

【研　析】鄭板橋的這篇〈詞鈔自序〉，概述了自己的學詞經歷，並對自己詞作的風格特徵作了簡要的概括。序中說，自己學詞的主要對象是宋人，少年時難免愛好風花雪月，因而主要學習以情感見長的柳永和秦觀；中年時對國事人生都有了很多感觸，情感激憤，所以多學習豪放激烈，言說國家大事的蘇辛；經歷了人生的無數坎坷，到了老年，終於到了淡泊明志的年齡，因此多學習老於江湖，看透人生的劉蔣。以宋人為學習目標，並不是說鄭板橋詞沒有自家的特色。在鄭板橋看來，不管是情思婉約，還是豪放抑或淡泊，總要以「屈曲達心、沈著痛快」的境界為努力目標。從板橋自選的《詞鈔》來看，板橋詞的主要篇什，確實已經具有了這一風格傾向。

揚州竹枝詞序

【題　解】見於董偉業《揚州竹枝詞》卷首，卞孝萱先生等《鄭板橋全集》卷八〈文鈔二〉收錄。董偉業，字恥夫，清代詩人。竹枝詞，是一種描寫地方風情，具有民歌風味，介於詩體和詞體之間的一種七言四句詩。

秋雲再削❶，瘦漏如文；春凍重雕❷，玲瓏似筆。挾荊軻之匕首，血濡縷而皆亡❸；燃溫嶠之靈犀，怪無微而不照❹。招尤惹謗❺，割舌奚辭；識曲❻憐才，焚香恨晚。蓋廣陵❼風俗之變，愈出愈奇；而董子❽調侃之文，如銘如偈也。更有失路名流，拋家蕩子，黃冠緇素❾，皂隸屠沽❿，例得載於詩篇，並且標其名目。譬夫釀家紀叟，青蓮動問於黃泉⓫；樂部龜年，杜甫傷心於江上⓬。琵琶商婦，白老歌行⓭；石鼎軒轅，昌黎序次⓮。修翎已失，猶憐好鳥之音⓯；碧葉雖凋，忍棄名花之本。酒情跳蕩，市上呼騶⓰；詩興顛狂，墳頭拉鬼⓱。於嬉笑怒罵之中，具瀟灑風流之致。身輕似葉⓲，原不藉乎縉紳；眼大如箕⓳，又何知夫錢虜⓴。乾隆五年九月朔日，楚陽板橋居士鄭燮題。

【注釋】❶秋雲再削 宋白玉蟾〈晚吟〉：「山色重拈出，秋雲似削平。可憐松下路，月黑不堪行。」此與下句，皆形容《揚州竹枝詞》文筆簡潔瘦勁，玲瓏可愛。❷春凍重雕 春日遇暖凍化，春寒再凍，較冬日則已瘦而小。❸挾荊軻之匕首二句 指《揚州竹枝詞》形容揚州風俗，句句貼切入骨，如荊軻匕首。荊軻，戰國俠客，謀刺秦王而身亡。見《戰國策・燕策三》：「於是太子預求天下之利匕首，得趙人徐夫人之匕首，取之百金。使工以藥淬之，以試人，血濡縷，人無不立死者。……軻既取圖奉之，發圖，圖窮而匕首見。因左手把秦王之袖，而右手持匕首揕抗之，未至身，秦王驚，自引而起，絕袖。……遂拔以擊荊軻，斷其左股，荊軻廢，乃引其匕首提秦王，不中，中柱。」濡縷，沾溼一縷，形容雖見血很少，而殺傷力極大。❹燃溫嶠二句　指《揚州竹枝詞》洞察社會，無微不照。《晉書・溫嶠傳》：「至牛渚磯，水深不可測。世云，其下多怪物。嶠遂燬犀角而照之，須臾，見水族覆火，奇怪形異狀，或乘馬車，著赤衣者。嶠其夜夢人謂己曰：與君幽明道別，何意相照也。意甚惡之。嶠先有齒疾，至是拔之，因中風，至鎮，未旬而卒。」❺招尤惹謗　招惹怨恨毀謗。尤，怨尤；怨恨。❻識曲　知曉音樂曲度。❼廣陵　揚州的別稱。❽董子　董偉業，字恥夫。清代詩人，有《揚州竹枝詞》。❾黃冠緇素　道士、和尚。❿皂隸屠沽　衙門小吏、屠戶、小販。⓫譬夫釀家紀叟二句　唐李白〈哭宣城善釀紀叟〉：「紀叟黃泉裡，還應釀老春。夜臺無曉日，沽酒與何人。」青蓮，李白號。⓬樂部龜年二句　唐杜甫〈江南逢李龜年〉：「岐王宅裏尋常見，崔九堂前幾度聞。正是江南好風景，落花時節又逢君。」⓭琵琶商婦二句　唐白居易〈琵琶行〉：「自言本是京城女，家在蝦蟇陵下住。十三學得琵琶成，名屬教坊第一部。……弟走從軍阿姨死，暮去朝來顏色故。門前冷落鞍馬稀，老大嫁作商人婦。」⓮石鼎軒轅二句　唐韓愈〈石鼎聯句詩序〉：「元和七年十二月四日，衡山道士軒轅彌明，自衡山來，……彌明忽軒衣張眉，指爐中石鼎，謂喜曰，子云能詩，與我共賦此乎？」⓯修翎已失二句　唐杜甫〈蜀相〉：「丞相祠堂何處尋，錦官城外柏森森。映堦碧草自春色，隔葉黃鸝空好音。」修翎，長而大的羽毛。⓰呼騶　吆喝座騎。⓱詩興顛狂二句　唐李賀〈秋來〉：「思牽今夜腸應直，雨冷香魂弔書客。秋墳鬼唱鮑家詩，恨血千年土中碧。」⓲身輕似葉　宋李師中〈送唐介之貶所〉：「孤忠自許眾不與，特立敢言人所難。去國一身輕似葉，高名千古重於山。」⓳眼大如箕　眼睛睜得如同簸箕，形容見識高遠。箕，簸箕。清李光地《榕村語錄》卷二十二：「程朱身分高，又見得到，直眼大如箕，三代下所推者，不過幾人。」⓴錢虜　守財奴。《後漢書》卷五十四〈馬援傳〉：「凡殖貨財產，貴其能施賑也，否則守錢虜耳。」此指眼界小。

【語　譯】《揚州竹枝詞》的文筆，如同秋天的雲，簡潔瘦勁，如同春天的冰凍，玲瓏可愛。那犀利的言辭，像是舉起了荊軻刺秦王的匕首，雖然只是見了一縷血，但效果驚人；那智慧的用語，像是燃起溫嶠的靈犀，洞察一切水潭下的怪物。招惹怨恨毀謗，就是割了舌頭，仍然要發聲；知曉音樂曲度，文才令人憐愛，焚香膜拜，只恨知曉太晚。廣陵這地方的風俗演變，愈顯得奇異；而董先生的調侃之詞，如座右之銘，如偈語棒喝。更有那些不得意的名流，拋家流蕩的士子，黃冠道士，緇素和尚，衙門小吏，屠戶小販，照例都能載於這冊《竹枝詞》，並且能標上他們的名目。就好像是釀了好酒的紀老先生，李青蓮曾經寫詩到黃泉去慰問；又像是教坊樂部的李龜年，杜甫曾經在江南相遇，而寫下那傷心感動的詩篇。那老大嫁為商人婦的琵琶女，白居易老先生曾為她寫下〈琵琶行〉；那衡山道士軒轅彌明，曾發起了石鼎聯句，韓昌黎為他們寫出了〈石鼎聯句詩序〉。雖然沒有那長大的翎毛，但仍然像杜甫「隔葉黃鸝空好音」的詩句，使人猶然愛憐好鳥的餘音；碧色的葉子雖然已經有些凋零，怎忍心丟棄這株名花。就像是那醉酒的詩人，跳蕩著在街市上大聲吆喝座騎；就像是李賀來了詩興而顛狂，夜半要去墳頭拉鬼歌唱。在嬉笑怒罵的言辭之中，卻具有瀟灑風流的風致。身體輕盈好似一片樹葉，原本就不指望縉紳士大夫們欣賞；眼界睜得如同簸箕，格局遠大，而那些守財奴，又如何知道見識。乾隆五年九月朔日，楚陽板橋居士鄭燮題。

【研　析】板橋駢體四六不多見。這一篇序，說明板橋的駢文水平也還不錯。駢文四六，從古至今，一直是官方及民間的正式文體。不僅官方公文，例如判詞必須用四六，即如民間婚喪嫁娶文章，正式一點的，照例也用四六。而詩詞，不過是一種非正式的文體。唐宋古文運動以來，駢體文就已不太受好評；到了明清，散體的古文，更是借儒家的「道統」而大行於世。但駢體四六，只是在官樣文章和八股考試中，才偶爾一用，真正能寫好駢文的，並不多見。但作為一種文體形式，駢體文需要選字、用典、對仗、比興、想像、象徵，頗能鍛煉人的語言駕馭能力，也頗能展示作者的天賦和才氣。板橋苦練過八股文，寫篇駢文直是手到擒來。竹枝詞，是一種描寫地方風俗的特定文體，已經高度地「格式化」，各地的竹枝詞，都是一樣的風格，一樣的套路。對於朋友的竹枝詞，板橋用了許多比擬來描述其好處，李白、杜甫、白居易、韓愈、李賀，這些大詩人全被拉來了。但《揚州竹枝詞》實在與這些唐代大詩人沒有什麼「相關度」，於是，板橋發揮了令人匪夷所思的超級想像，成功地將有關典故運用到對於董子竹枝詞的描述中，取得了良好的效果。駢文一般比較「虛」，可以不涉及描述對象的實質或具體特徵，而可以抓住對象的一個側面，連續地、不憚重複地使用典故和比喻，從而將這一側面用華麗的辭藻，形象而高調地渲染出來。

臨蘭亭序

【題解】卞孝萱先生等《鄭板橋全集》卷八〈文鈔二〉據拓本收錄。臨，指臨帖，仿寫字帖。蘭亭，指〈蘭亭序〉。〈蘭亭序〉，晉王羲之作，為中國書法史上著名作品，有各種摹本傳世。

黃山谷云：世人只學〈蘭亭〉面，欲換凡骨無金丹❶。可知骨不可凡，面不足學也。況〈蘭亭〉之面，失之已久乎！板橋道人以中郎之體，運太傅之筆，為右軍之書❷，而實出以己意，並無所謂蔡、鍾、王者，豈復有〈蘭亭〉面貌乎！古人書法入神超妙，而石刻木刻，千翻萬變，遺意蕩然。若復依樣葫蘆❸，才子俱歸惡道。故作此破格書❹以警來學，即以請教當代名公，亦無不可。乾隆八年七月十八日，興化鄭燮並記。

【注釋】❶世人只學蘭亭面二句　北宋黃庭堅〈題楊凝式書〉：「俗書喜作蘭亭面，欲換凡骨無金丹。誰知落地即命之，下筆卻到烏絲闌。」指學書者只學得表面，欲脫胎換骨，學得〈蘭亭序〉的根本，卻沒有金丹妙法。❷板橋道人以中郎之體三句　指出自己學書的三個對象。中郎、太傅、右軍，即下文「蔡、鍾、王」三位書法家：蔡邕，漢中郎將。鍾繇，漢末曹魏太傅。王羲之，東晉時為會稽內史，領右將軍。❸依樣葫蘆　依葫蘆畫瓢。指依樣複製。❹破格書　打破常規的書法作品。

【語譯】黃山谷說過：世上的人如果只學〈蘭亭序〉的表面，想要脫胎換骨，學得〈蘭亭序〉的真髓，是不可能有金丹妙法的。由此可知，書法的筋骨不可存有俗氣，因此，書法作品表面上的東西，是不值得學習的。況且就是〈蘭亭序〉表面的字樣，也已經失傳好久了！板橋道人以蔡中郎體為本，運用鍾太傅的筆意，學習王右軍的書法，但其實質，則出於獨特的「己意」，這也就無所謂蔡、鍾、王三位古代書家了，哪裡還有〈蘭亭序〉的表面樣貌呢！古人的書法入神超妙，而經過石刻勒碑，木刻印製，經過千次翻刻萬般演變，其遺存的真意，已經蕩然無存。如果仍然依古人作品的表面樣子來照葫蘆畫瓢，就是才子，也都會歸入惡道。因此，我創造了這種破格的書法，以警示後來的學書者，就算是用這一書體來向當代名公請教吧，亦沒有什麼不可。乾隆八年七月十八日，興化鄭燮並記。

【研　析】藝術的真諦在於獨特。文學作品，模仿別人，就有鈔襲之嫌；作曲作詞，也應力避「爛熟」，不能讓人有「似曾相識」之感。那麼，書法藝術是否也應如此？我們知道，書法在藝術中具有特殊性。學習書法，必須老老實實從描紅開始，數十年如一日地摹碑臨帖，世上好像還沒有不學古人的書法家。但是，如何處理學習古人和自家獨創的對立統一關係呢？板橋的這篇小序，作出了很好的回答。板橋認為，學習古人，不能只學表面，一定要像黃庭堅寫詩那樣，做到「脫胎換骨」，學習古人的精神和真髓。具體地說，板橋自己的「六分半書」，是「以中郎之體，運太傅之筆，為右軍之書」，綜合古人的真精神，而「實出以己意」，做到學習蔡、鍾、王，而無蔡、鍾、王；綜合蔡、鍾、王，而成鄭板橋。

板橋自敘

【題解】此文為楊蔭溥藏墨跡，卞孝萱先生等《鄭板橋全集》卷九〈文鈔三〉收錄。作於濰縣任上。板橋在文中對自己作了全面的「總結」。

板橋居士❶，姓鄭氏，名燮，揚州興化人。興化有三鄭氏，其一為「鐵鄭」❷，其一為「糖鄭」❸，其一為「板橋鄭」❹。居士自喜其名，故天下咸❺稱為鄭板橋云。板橋外王父❻汪氏，名翊文，奇才博學，隱居不仕。生女一人，端嚴聰慧特絕❼，即板橋之母也。板橋文學性分，得外家❽氣居多。父立庵先生❾，以文章品行為士先。教授生徒數百輩，皆成就。板橋幼隨其父學，無他師也。幼時殊無異人處，少長，雖長大，貌寢陋❿，人咸易⓫之。又好大言⓬，自負太過，漫罵無擇。諸先輩皆側目⓭，戒勿與往來。然讀書能自刻苦，自憤激，自豎立⓮，不苟同俗，深自屈曲委蛇⑮，由淺入深，由卑及高，由邇達遠，以赴古人之奧區⑯，以自暢⑰其性情才力之所不盡。人咸謂板橋讀書善記，不知非善記，乃善誦耳。板橋每讀一書，必千百遍。舟中、馬上、被底，或當食忘匕箸⑱，或對客不聽其語，並自忘其所語，皆記書默誦也。書有弗記者乎？

【注　釋】❶居士　有德才而隱居不仕或未仕者。《禮記・玉藻》：「居士錦帶。」鄭玄注：「居士，道藝處士也。」❷鐵鄭　鐵匠鄭氏。❸糖鄭　賣糖人的鄭氏。❹板橋鄭　家住板橋外的鄭氏，即鄭板橋的家族。❺咸　都。作副詞狀語用。❻外王父　外祖父。《爾雅・釋親》：「母之考為外王父。」❼特絕　卓絕；特別優秀。❽外家　母親或妻子的娘家。此指母親的娘家。❾立庵先生　鄭板橋父鄭之本，字立庵。❿寢陋　容貌醜陋。⓫易　輕視；忽視。⓬大言　說大話。⓭側目　斜目而視，表示憤恨或藐視。《漢書・鄒陽傳》：「今爰盎事即窮竟，梁王恐誅。如此，則太后怫鬱泣血，無所發怒，切齒側目於貴臣矣。」⓮豎立　樹立；建樹。⓯屈曲委蛇　隱忍曲折而行。⓰奧區　深奧之處。⓱暢　順暢地達臻。⓲匕箸　兩種食具，羹匙、筷子。借指飲食。

【語　譯】板橋居士，姓鄭，名燮，揚州興化縣人。興化有三家姓鄭的，一個是鐵匠鄭氏，一個是賣糖人的鄭氏，一個是住在板橋外的鄭氏。我自己很喜歡「板橋」這個名號，所以天下都稱我為「鄭板橋」。板橋的外祖父汪氏，名翊文，奇才博學，隱居不仕。生有一女，端莊聰慧，非常出色，就是板橋的母親。板橋的文學天分，得自外祖父的遺傳較多。我的父親立庵先生，以文章和品行成為名士中的佼佼者。教了數百名學生，都有成就。板橋幼時跟隨父親學習，沒有另拜老師。我幼時沒有與眾不同之處，稍微長大了一些後，雖然長大，容貌卻醜陋，人們都看不起我。我又好說大話，太過自負，喜歡漫罵，不擇對象和場合。各位前輩對我都側目而視，告誡他們的後輩，不要與我交往。但是我能夠自己刻苦努力，自我激勵，自己有所建樹，不與世俗苟同。我能夠堅忍曲折前行，由淺入深，由低到高，由近到遠，以求到達古人的深奧之處，以順暢地到達自己的性情才力所不能窮盡之處。人們都說板橋讀書善於記憶，卻不知我不是善於記憶，而是善於背誦而已。板橋每讀一本書，必定讀千百遍。船上、馬上、被窩裡，或該吃飯時忘了吃飯，或是對著客人而聽不到客人的談話，甚至忘記了自己在說什麼，都是因為在默默背誦記憶書本。這樣做起來，書本能不記得嗎？

平生不治❶經學，愛讀史書以及詩文詞集。傳奇❷說簿❸之類，靡不❹覽究。有時說經，亦愛其斑駁陸離❺，五色炫爛。以文章之法論經，非六經本根❻也。

【注釋】❶治　專門研究。❷傳奇　戲曲之一種。別於雜劇。為明清以來，在宋元南戲的基礎上發展而來。❸說簿　說部。指古代小說、筆記、雜著一類文體。❹靡不　無不。❺斑駁陸離　形容色彩絢麗燦爛。此指文辭絢麗。❻本根　本原。

【語譯】我平生並不專門研究經學，愛讀史書以及詩文詞集，對傳奇劇本、小說之類，沒有不閱讀研究的。有時候講解儒家的經書，也喜歡它的文辭絢麗。當然，用普通文章之法，去談論經書，並不是從本原研究六經的。

酷嗜山水❶。又好色，尤多餘桃口齒❷，及椒風弄兒❸之戲。然自知老且醜，此輩利❹吾金幣來耳。有一言干與外政❺，即叱去之，未嘗為所迷惑。好山水，未能遠跡，其所經歷，亦不盡遊趣。乾隆十三年，大駕❻東巡，燮為書畫史❼，治頓所❽，臥泰山絕頂四十餘日❾，亦足豪矣。

【注釋】❶山水　此指山水風景。❷餘桃口齒　指男性同性戀。《韓非子·說難》：「昔者彌子瑕有寵於衛君……與君遊於果園，食桃而甘，不盡，以其半啗君，君曰：『愛我哉，忘其口味，以啗寡人。』及彌子瑕色衰愛馳，得罪於君，君曰：『是固嘗矯駕吾車，又嘗啗我以餘桃。』故彌子瑕之行未變於初也，而以前之所見賢，而後獲罪者，愛憎之變也。」❸椒風弄兒　泛指寵幸遊戲之事。椒房，指妃嬪住處。《漢書·佞幸傳·董賢》：「又召賢女弟以為昭儀，位次皇后，更名其舍為椒風，以配椒房云。」顏師古注：「皇后殿稱椒房。欲配其名，故云椒風。」弄兒，指供人狎弄的童子。《漢書·金日磾傳》：「日磾子二人，皆愛為帝弄兒，常在旁側。弄兒或自後擁上項。」❹利　貪愛。❺干與外政　干預官署政事。外，相對於內部家屬區而言。❻大駕　指皇帝。❼書畫史　臨時官職名。❽頓所　營房；館舍。

《梁書・武帝紀下》：「己酉，行幸白下城，履行六軍頓所。」❾臥泰山絕頂四十餘日　乾隆十三年，皇上欲東巡泰山封禪，山東地方官宿泰山迎駕，板橋分得「書畫史」的臨時差事，以備皇上諮詢有關泰山書畫文物之事宜。

【語　譯】我非常喜歡遊山玩水，又好色，尤其是愛男色，喜歡和年輕女孩男孩一起玩耍。然而我知道自己既老又醜，這些人都是貪圖我的金錢而來的。但是只要他們有一句話干預官署公事，就立刻喝斥遣去，並不曾被他們所迷惑。喜好山水，但是未能遠遊，去過的地方，也沒有遊玩盡興。乾隆十三年，皇上東巡，鄭燮充當書畫史，給安排了館舍，在泰山頂上，住了四十多天，也足以自豪了。

所刻《詩鈔》《詞鈔》〈道情十首〉《與舍弟書十六通》行於世。善書法，自號「六分半書❶」。又以餘閑作為蘭竹❷，凡王公大人、卿士大夫、騷人詞伯、山中老僧、黃冠煉客❸，得其一片紙、隻字書，皆珍惜藏庋❹。然板橋從不借諸人以為名。惟同邑李鱓復堂❺相友善。復堂起家孝廉❻，以畫事為內廷供奉❼。康熙朝，名噪京師及江淮湖海❽，無不望慕嘆羨。是時板橋方應童子試❾，無所知名。後二十年，以詩詞文字與之比並齊聲。索畫者，必曰復堂。索詩字文者，必曰板橋。且愧且幸，得與前賢埒⑩也。李以滕縣令罷去。板橋康熙秀才，雍正壬子⑪舉人，乾隆丙辰⑫進士。初為范縣令，繼調濰縣。乾隆己巳⑬，時年五十有七。

【注釋】❶六分半書　書法藝術有「八分書」之說。八分書，字體似隸而體勢多波磔。相傳為秦時上谷人王次仲所造。八分之得名，說法不一。或以為二分似隸，八分似篆，故稱八分；或以為漢隸之波折，向左右分開，「漸若八字分散」，故名八分；或以為漢隸為小篆之八分，小篆為大篆之八分，今隸為漢隸之八分。唐杜甫〈李潮八分小篆歌〉：「陳倉石鼓又已訛，小大二篆生八分。」板橋書法以漢隸為基礎，取各家書法之意融會於己作，非篆非草，非楷非隸，真書中有隸意，隸書中有篆法，所以自稱「六分半書」。❷蘭竹　蘭和竹。板橋擅畫蘭竹。❸黃冠煉客　指道士。黃冠，指黃冠道士。❹藏庋　收藏。❺李鱓復堂　李鱓，字宗揚，行三，號復堂。與鄭板橋同為揚州興化縣人，後同被列入「揚州八怪」。❻孝廉　漢代舉薦科目。《漢書・武帝紀》：「元光元年冬十一月，初令郡國舉孝廉各一人。」顏師古注：「孝謂善事父母者，廉謂清潔有廉隅者。」明清兩代稱舉人為孝廉。❼內廷供奉　官職名。清代稱南書房行走為內廷供奉。李復堂曾經為聖祖康熙皇帝獻詩畫，被封為南書房行走。內廷，內朝，相對外廷而言。❽江淮湖海　泛指四方各地。江，長江。淮，淮河。湖，田野及溼地。海，淮揚為近海之地。❾童子試　科舉考試中的低級考試，通過者為生員，即秀才。❿埒　等同；比並。⓫雍正壬子　雍正十年。⓬乾隆丙辰　乾隆元年。⓭乾隆己巳　乾隆十四年。

【語譯】我所刊刻的《詩鈔》《詞鈔》〈道情十首〉《與舍弟書十六通》等，已經流傳於世。

善於書法，自號自己的書法為「六分半書」。又用閒暇時光畫些蘭竹，凡是王公大人、卿士大夫、文人騷客、山中老僧、黃冠道士，得到我的一幅畫，一幅字，都非常珍惜，都會小心收藏起來。然而板橋我從不借這些人來出名。只有同鄉李復堂和我相交密切。李復堂以舉人起家，因善於作畫，被封為南書房行走。康熙朝，名噪京師及四方，無人不傾慕讚賞他。那時板橋才中了秀才，沒有什麼名氣。二十年後，我終於以詩詞文字與李復堂齊名。求畫的，必說李復堂，求詩字文的，必說鄭板橋。我覺得既慚愧又榮幸，能與前輩賢人齊名。李復堂以山東滕縣縣令罷官而去。板橋是康熙朝的秀才，雍正十年的舉人，乾隆元年的進士。起初為山東范縣縣令，後調為濰縣縣令。乾隆十四年，時五十七歲。

板橋詩文，自出己意，理必歸於聖賢，文必切於日用。或有自云高古❶而幾❷唐宋者，板橋輒呵惡之，曰：「吾文若傳，便是清詩清文；若不傳，將並不能為清詩清文也。何必侈言❸前古哉！」明清兩朝，以制藝❹取士，雖有奇才異能，必從此出，乃為正途。其理愈求而愈精，其法愈求而愈密。鞭心入微❺，才力與學力俱無可恃❻，庶幾❼彈丸脫手❽時乎？若漫不經心，置身甲乙榜❾之外，輒曰：「我是古學❿」，天下人未必許之，只合自許而已。老不得志，仰借⑪於人，有何得意？

【注釋】❶自云高古　認為高雅古樸。自，疑衍。❷幾　達到；接近。❸侈言　誇口。❹制藝　八股文。❺鞭心入微　猶言捫心自問。❻恃　倚靠；憑藉。❼庶幾　希望。❽彈丸脫手　比喻作詩圓潤精美、敏捷流暢。❾甲乙榜　猶甲乙科。明清稱舉人為乙科，進士為甲科。這裡泛指科舉考試。❿古學　相對於科舉功令文字如策論、律賦、經義、八股文、試帖詩以外的經史、文章。⑪仰借　依靠；借助。

【語譯】我的詩文，都出於自己的本意，講道理必符合聖賢之道，文辭必切合日常所用。若有人譽為高雅古樸，能達到唐宋古文的水平，我就厭惡地喝斥他說：「我的詩文如果流傳出來，便是清詩清文，如果不流傳，那一定不是清詩清文。何必誇口是前古之文呢！」明清兩朝，以八股文取士，即使有奇才異能，也必須從此途徑出仕，這是正路。八股文的義理越求越精深，文法越求越精密。捫心自問，我的才力和學力都沒有什麼可依仗的，作詩能有圓潤精美、敏捷流暢的時候嗎？如果漫不經心，置身於科舉考試之外，卻說：「我是古學。」天下人未必認可，只能自己認可而已。年老而不得志，依靠他人，有什麼得意的？

賈、董、匡、劉❶之作，引繩墨❷，切事情。至若韓信登壇之對❸，孔明隆中之語❹，則又切之切者也。理學❺之執持綱紀❻，只合閒時用著，忙時用不著。板橋《十六通家書》，絕不談天說地，而日用家常，頗有言近指遠❼之處。

【注　釋】❶賈董匡劉　指西漢賈誼、董仲舒、匡衡、劉向四位經學家。❷繩墨　木工畫直線用的工具。《孟子・盡心上》：「大匠不為拙工改廢繩墨。」喻法度；法律。《史記・老子韓非列傳論》：「韓子引繩墨，切事情，明是非，其極慘礉少恩。」❸韓信登壇之對　韓信，秦末漢初軍事家。經蕭何推薦，劉邦設壇，拜韓信為大將，韓信奏對，提出破項羽之策。登壇，登上壇場。古時會盟、祭祀、即帝位、拜將等大事，多設壇場，舉行隆重的儀式。對，下對上回答問題。❹孔明隆中之語　指諸葛亮隆中定策，三分天下之語。隆中，山名。東漢末，諸葛亮隱居於此。❺理學　宋代以來儒家學者的哲學思想。❻綱紀　綱常、法度。❼言近指遠　語言淺近而涵義深遠。語出《孟子・盡心下》：「言近而指遠者，善言也。」指，旨；涵義。

【語　譯】西漢賈誼、董仲舒、匡衡、劉向四位經學家的作品，引用法度，切合時事。而像韓信登壇拜將之對策，諸葛亮隆中三分天下之語，則更是最能切合時事的作品。理學維護綱常法紀之文，只是閒時用得著，忙的時候用不著。我的《十六通家書》，也絕不漫無邊際地閒談，而是切合日用家常，有很多語言淺近而涵義深遠之處。

板橋非閉戶讀書者，長遊於古松、荒寺、平沙、遠水、峭壁、墟墓之間，然無之非讀書也。求精❶求當❷，當則粗❸者皆精，不當則精者皆粗。思之，思之，鬼神通之。

【注釋】❶精　精確。❷當　恰當。❸粗　粗糙。

【語譯】我不是閉門讀書的人，我經常遊歷於古松、荒寺、平沙、遠水、峭壁、墟墓之間，然而這些遊歷都是讀書。讀書應求精確恰當。恰當則粗糙的都能精確，不恰當則精確的也是粗糙的。思考再思考，直到知鬼通神。

板橋又記，時年已五十八矣。

【語譯】板橋又記，今年我已五十八歲了。

【研析】自傳文，一般都是有感而發。乾隆十四年，將要跨入六十大關的鄭板橋，寫了這篇自傳文，寫了一大段之後，可能是興猶未盡，第二年又補記了一大段。這幾年，鄭板橋的人生，發生了許多重大事件。先是，乾隆十三年，皇上東巡泰山，鄭板橋弄了個「書畫史」的清雅差使，還在泰山絕頂候駕四十多天。這本是個「備顧問」的美差。可惜皇上這次對書畫並無興趣，可能鄭板橋根本也沒見著皇上，更不用說同他討論書畫藝術了。這似乎就是板橋人生的頂峰了，頂峰如此，他事可知，板橋多少有些心灰意冷。可能就是從這時候起，板橋萌生退意。實際上，這時，他在濰縣任上已經幹了四年，按慣例，他也該挪個位置了。到了乾隆十四年，一個大不幸消息從家鄉揚州興化傳來，饒姑娘生的兒子，已經到了上學年齡，突然病歿。這在「無後為大」的時代，對於板橋的打擊可想而知。板橋悲痛之餘，重訂《詩鈔》、《詞鈔》、《家書十六通》，並手寫付梓。至此，人生的任務，似乎都已完成。於是板橋就寫了這個《板橋自敘》。

在這一自傳中，板橋首先對於自己的「缺點錯誤」，作了個「懺悔錄」。然後，板橋開始總結這一生的「成就」：

首先當然是文章。我們今天看板橋，當然認為他首先是一個書畫家。但在那個時代，最重要的，仍然是作為「經國之大業，不朽之盛事」的「文章」，即板橋自己最為看重的詩、詞、家書。板橋的文章有何好處呢？他在後加的「又記」中特地闡明，「板橋詩文，自出己意」，這就是板橋文章的成就所在。不依傍，不因襲，有自己的特色，不管寫的如何，總之「文章是自己的好」，與別人不同，這才有存在的價值。

其次，板橋認為，自己在藝術上的最大成就，是創造了「六分半書」。就書法而言，晉人當然是高不可及的高峰和典範，唐宋人也還湊合，到了元明清，自是等而下之。在這長長的一大隊歷代偉大書法家之中，一個清代的板橋，怎麼能和前人相比？因此，能否有自己獨特的東西，就成了評價一個藝術家的唯一標準。板橋有了這一「六分半書」，就可以區別於任何一位其他書家，從而成為那一大隊中的一個成員了。這一成就的直接證明，就是他曾充當過御用「書畫史」，雖然一次也沒「用」過，但板橋對此還是很自豪的。在這一點上，板橋和德國的歌德好有一比：他們都有屬於自己的思想和藝術成就，但他們同時也是一個力圖巴結宮庭的俗人。

第三，文章再好，書畫再高，也要有人欣賞才行。板橋總結自己的成就，很自豪地宣布了兩條，一是「所刻《詩鈔》《詞鈔》《道情十首》《與舍弟書十六通》行於世」，一是「以詩詞文字」與李復堂「比並齊聲」。前者是完成了「刻部稿」的人生理想，後者是終於出了名，且與少年時代的偶像齊名。

第四，作為一個書生，最高理想，本來應該「為天地立心，為生民立命，為往聖繼絕學，為萬世開太平」，但在從明清之後，讀書人統統變成了皇上的家奴，這橫渠四句成了個笑話，板橋的理想，已經「現實」地降低為對自己的三十年苦讀有個交代。所以，板橋總結自己的成就時，不無調侃地將自己的功業概括為「康熙秀才，雍正舉人，乾隆進士」，「初為范縣令，繼調濰縣」。這一生大多數時間，花費在這科舉上，果真值得嗎？看來板橋與許多讀書人一樣，雖然對於這追求功名之事多少有些慚愧，但大體仍然是自豪的——我努力過，我考上了，又考上了，真考上了，真做了官，又做了官，這就夠了。這是一個「怪圈」：你沒考進來，你是沒有資格批判科舉制度的；用了一生最主要的精力，考上了，那又怎麼樣，也只是獲得了批判這一道路的資格。

板橋筆榜

【題解】卞孝萱先生等《鄭板橋全集》卷九〈文鈔三〉據拓本收錄。乾隆二十四年（西元一七五九年），早已退出官場，回到揚州賣畫的板橋，已經六十七歲。拙公和尚勸他從此謝客，少作書畫，於是他就自書此潤例公布，希望能少些無謂的應酬，少費心神，而多些收入。

大幅六兩。中幅四兩。小幅二兩。書條❶、對聯一兩。扇子、斗方❷五錢。

凡送禮物、食物，總不如白銀為妙。公之所送，未必弟之所好也。送現銀，則中心喜樂，書畫皆佳。禮物既屬糾纏❸，賒欠尤為賴賬。年老神倦，亦不能陪諸君子作無益語也。

畫竹多於買竹錢，紙高六尺價三千。任渠話舊論交接❹，只當秋風過耳邊。乾隆己卯，拙公和尚屬書謝客。板橋鄭燮。

【注　釋】❶書條　即書法條幅，直掛的長條字幅。❷斗方　書法等所用的一尺見方的紙張。指一尺見方的書畫作品。❸糾纏　此指不想用現銀，只想用禮物就獲得書畫的行為。❹交接　接人待物。此指交情。

【語　譯】大幅字畫每份收銀六兩。中幅四兩。小幅二兩。書法條幅、對聯一兩。扇面書畫、斗方書畫五錢。

凡是送來禮物、食物，總是不如給白銀為好。您所送的，未必是老弟我所喜好的。如果送上現銀，則心中喜歡快樂，書法繪畫都會作得很好。送禮物既然屬於糾纏行為，如果想賒欠，那更是相當於賴賬了。本人年老神倦，亦不能陪伴買畫諸君子閒聊。

有詩曰：畫幅竹子，肯定多於買捆竹子的錢；如果書畫高有六尺，價格就會達到三千錢。任憑你敘舊談論什麼交情，我只當是秋風吹過耳邊。乾隆己卯，拙公和尚囑咐我書此潤例，得罪各位客人。板橋鄭燮。

【研　析】板橋是老實人，也是爽快人。他不喜歡應酬，對於上門索畫，卻又不願出相應價錢的「客人」，深感無奈。而且這時他已六十七歲，實在是應付不過來。他的〈靳秋田索畫〉說：「終日作字作畫，不得休息，便要罵人；三日不動筆，又想一幅紙來，以舒其沉悶之氣……索我畫偏不畫，不索我畫偏要畫。」朋友拙公和尚就勸他「謝客」，謝，就是「得罪了」的意思，不是謝絕客人。他自書了潤例一紙，明白告訴所有人，我老了，作畫太辛苦，從今後只收現銀，不接受任何禮物、人情，更不陪客人聊天。一手交銀，一手交畫，概不賒欠。如果來攀交情，對不起，就當我是那隻春風灌耳的驢子。明碼標價，且話說到這份上，估計也沒有人好意思想不花錢少花錢來索畫索字了。中國社會的特徵是講究「熟人、人情、面子」，讀書人尤其如此，而官場的知識分子就更深受此種束縛。在這「熟人、人情、面子」的社會中，雙方既想獲得最佳價格，又想不失了交情和面子，於是不斷地相互試探猜謎，其結果，是「交易成本」（包括金錢、機會、時間、人情四個方面的成本）大幅上升，甚至自己也不知道是得了便宜還是吃了虧。因此，在書畫等文化市場上，會有類似的「潤格」、「潤例」，讓人心中有數，讓市場歸市場，人情歸人情，大家省心省事，在客人，或許還能省些錢；在書畫家，也少費了多少心神。

劉柳村冊子

【題　解】作於汪氏文園。現存墨跡。卞孝萱先生等《鄭板橋全集》卷九〈文鈔三〉收錄。劉柳村，作者的一個朋友。冊子，冊頁，書畫作品的一種樣式。其紙張較硬，折疊為冊。

板橋自京師落拓❶而歸，作〈四時行樂歌〉，又作〈道情十首〉。四十舉於鄉❷，四十四歲成進士，五十歲為范縣令，乃刻拙集。是時乾隆七年也。

【注釋】❶落拓　貧困失意。❷舉於鄉　鄉試中舉。

【語譯】我從京師失意而歸後，作了〈四時行樂歌〉，又作了〈道情十首〉。之後，四十歲中舉人，四十四歲成進士，五十歲當了范縣縣令，才刊刻我的詩詞文集。那時是乾隆七年。

〈道情十首〉，作于雍正七年，改削❶十四年，而後梓❷而問世。傳至京師，幼女招哥❸首唱之，老僧起林❹又唱之，諸貴亦頗傳頌，與詞刻並行。

【注釋】❶改削　刪改。❷梓　製板印刷。❸招哥　一個北京歌伎。❹起林　起林上人。北京的一位僧人，鄭板橋入京時，與其曾有往來。

【語譯】〈道情十首〉，作於雍正七年，刪改了十四年，才製板印刷出版。〈道情十首〉傳到京城，年幼的歌伎招哥首次演唱，後來老和尚起林上人也曾演唱，在各位顯貴中也多有傳誦。〈道情十首〉與《詞鈔》一起刊刻行於世。

拙集詩詞二種，都❶人士皆曰：「詩不如詞。」揚州人亦曰：「詞好於詩。」即我亦不敢辯也。遊西湖，謁杭州太守吳公作哲，出紙二幅，索書畫。一畫竹、一寫字。湖州太守李公堂見而訝之曰：「公何得有此？」遂攫❷之而去。吳曰：「是❸不難得，是人現在此，公至南屏靜寺❹訪之，吾先令人作介紹可也。」次日，泛舟相訪，置酒湖上為歡，醉後，即唱予〈道情〉以相娛樂。云：「十年前得之臨清王知州處，即愛慕至今，不知今日得會於此！」遂邀至湖❺，遊苕溪❻、霅溪❼、卞山❽、白雀❾，而道場山❿尤勝也。府署亭池館榭甚佳，皆吾揚吳聽翁⓫先生所修葺。

【注釋】❶都　京都，指北京。❷攫　奪取。此指拿走。❸是　代詞，這；這個。❹南屏靜寺　指南屏山淨慈寺。南屏，杭州西湖山名。「南屏晚鐘」為西湖勝景之一。❺湖　湖州。❻苕溪　水名。夾岸多苕，秋後花飄水上如飛雪，故名。❼霅溪　水名。在湖州。❽卞山　又名弁山、青卞山，在湖州城西北，太湖南岸。與下文所及諸山，均為天目山餘脈。❾白雀　山名，又名石斗山，在卞山東。山有法華寺，傳說寺中有白雀，因名。❿道場山　在湖州城南。南朝梁時如訥禪師築庵於山，遂得名。⓫吳聽翁　吳綺（西元一六一九—一六九四年），字薗次，號聽翁，清初揚州詞人。

【語譯】我集子裡的《詩鈔》和《詞鈔》兩種，京城的人都說：「詩不如詞。」揚州人也說：「詞好於詩。」我也不敢辯白。我來杭州遊西湖，拜見杭州太守吳作哲，吳太守拿出兩幅紙，索求書畫。我一幅紙畫了竹，一幅紙寫了字。湖州太守李公堂看見了，非常驚訝，對吳太守說：「你怎麼得到這些字畫的？」於是搶了字畫離開。吳太守說：「這不難得，此人現在正在這裡，你去南屏山靜寺拜訪他。我先叫人做個介紹就可以了。」第二天，李太守乘船訪問我。在湖上置酒歡飲，喝醉後，太守就唱我的〈道情〉相娛樂。他說：「十年前從臨清王知州處得到〈道情〉，就對先生愛慕至今，沒想到今天能在此相見。」於是邀請我到湖州，遊覽苕溪、霅溪、卞山、白雀等景區，而道場山風景尤佳。官署中亭、池、館、榭非常漂亮，都是我們揚州吳聽翁先生修葺的。

虎墩❶吳其相者，海上鹽鐅戶❷也，貌粗鄙❸，亦能誦吾〈四時行樂歌〉，制酒為壽。同人❹皆以為咄咄❺怪事。

【注釋】❶虎墩　《大清一統志》卷六十六：「虎墩在東臺縣西北小海場。《府志》：宋范仲淹築捍海堤，起虎墩。即此。」❷鹽鐅戶　煮鹽的人家。鐅，燒鹽用的敞口鍋。❸粗鄙　粗獷不文雅。❹同人　志同道合的朋友。❺咄咄　感歎聲。表示驚詫。

【語　譯】虎墩的吳其相，是在海邊煮鹽的人家。相貌粗獷，擺酒做壽時，也能背誦我的〈四時行樂歌〉。朋友們都說是件怪事。

高麗國❶索拙書，其相李艮來投刺❷，高尺二寸，闊五寸，厚半寸，如金版玉片，可擊撲❸人。今存枝上村❹文思上人❺家，蓋天寧寺西院也。

【注　釋】❶高麗國　朝鮮歷史上的王朝。此指朝鮮。❷投刺　投遞名帖。❸擊撲　打。❹枝上村　揚州天寧寺的一處別院。❺文思上人　揚州天寧寺僧人。

【語　譯】朝鮮國來索求我的字，他們的丞相李艮來投遞名帖，名帖高一尺二寸，寬五寸，厚半寸，如同金版玉片一樣，能拿來打人。現在保存在枝上村文思上人家。枝上村，就是天寧寺西院。

妙真正真人❶妻近垣❷與予善，令其侍者石三郎歌予詩詞，飄飄有雲外之響。予愛之，遂舉以贈❸。董恥夫❹亦令其歌〈竹枝〉焉。後三年，求去，泣不可留，仍返於婁。想其仙骨❺，不樂久住人世俗塵囂熱❻耶？

【注　釋】❶妙真正真人　疑當作「妙正真人」。雍正十一年，賜封婁近垣為「妙正真人」。真人，道家稱修真得道的道士為真人。❷婁近垣　松江婁縣人，清正一派道士。乾隆間住持北京東岳廟。❸舉以贈　鄭重地贈送。❹董耻夫　董偉業，字耻夫。清代詩人，有《揚州竹枝詞》。❺仙骨　道教語。謂成仙的資質。❻囂熱　喧鬧。

【語　譯】妙正真人婁近垣與我交情很好，叫他的僕人石三郎唱我的詩詞，聲音飄飄然，如雲外之音。我很喜歡這個歌手，於是婁真人決定把石三郎送給我。董耻夫也讓他唱〈竹枝詞〉。三年後，石三郎要求離去，我落淚了，但也留不住他，讓他仍然回到婁真人那裡。我想他擁有成仙的資質，不願久住喧鬧的塵世吧？

新安❶孝廉❷曹君，是墨人❸曹素功❹後裔。嘗持藏墨三十二挺❺謁予易《詞鈔》一冊，且云：「公有〈官宦家〉詞：『朝霞樓閣冷。尚牡丹貪睡，鸚哥未醒。』不但措詞雅令❻，而一種荒淫滅亡之氣，已兆其中，所以為妙。」曹君知言❼，故亦以詞稱。

【注　釋】❶新安　兩晉南朝時有新安郡。後稱其地為新安。約當清徽州、嚴州一帶。❷孝廉　舉人。❸墨人　製墨匠人。❹曹素功　（西元一六一五—一六八九年）名聖臣，號素功，徽州歙縣人。清代製墨四大家之一。今有曹素功墨條、墨汁。❺挺　量詞。多用於條狀物或長形物。❻雅令　典雅美好。❼知言　有見識的話。

【語　譯】新安舉人曹君，是製墨人曹素功的後代。他曾經拿他收藏的墨條三十二條來拜見我，要換我的一冊《詞鈔》。並且說：「您有〈官宦家〉詞：『朝霞樓閣冷。尚牡丹貪睡，鸚哥未醒。』不但措詞典雅美好，而且一種荒淫滅亡之氣，已於詞中警示出來，這正是您詞的妙處。」曹君很有見識，也以詞著稱。

紫瓊巖道人，慎郡王也❶。贈詩：「按拍遙傳月殿曲，走盤亂瀉蛟宮珠❷。」愧不敢當，然亦佳句。

【注　釋】❶紫瓊巖道人二句　乾隆的叔叔允禧，封慎郡王，號紫瓊巖道人。❷按拍遙傳月殿曲二句　見允禧《花間堂詩鈔．題板橋詩後》。讚板橋詩如月宮曲，龍宮珠，非人間之作。

【語　譯】紫瓊巖道人慎郡王，贈詩給我，曰：「按拍遙傳月殿曲，走盤亂瀉蛟宮珠。」我愧不敢當。但也是佳句。

南通州李瞻雲❶，吾年家❷子也。曾于成都摩訶池上聽人誦予〈恨〉字詞，至「蓬門秋草，年年破巷；疏窗細雨，夜夜孤燈」，皆有賷咨涕洟❸之意。後詢其人，蓋已家弦戶誦有年。想是費二執御❹挾歸耶？

【注釋】❶李瞻雲　李霽，字瞻雲，清貢生。❷年家　科舉時代同年登科者兩家之間的互稱。明末以來，若往來通謁，無論有無年誼，概稱年家。❸賷咨涕洟　歎息哭泣。❹費二執御　費軒，字執御，行二。原籍四川新繁，祖費密來寓揚州。費軒曾回四川原籍應試。

【語譯】南通州的李瞻雲，是我同年友人的兒子。他曾在成都摩訶池上，聽到人朗誦我的〈恨〉字詞，誦至「蓬門秋草，年年破巷；疏窗細雨，夜夜孤燈」，都有歎息哭泣之意。後來我詢問其人，原來我的這首詞，在四川已經家弦戶誦有好幾年了。想必是費執御把我的《詞鈔》帶回四川的吧？

〈蘭亭〉❶六種棗木刻，《武王十三銘》❷八分書❸碑，在范縣。臨濟派❹滿天下，祖庭❺不修，可悲也。予作碑以新之，在大名府❻東關外。濰縣城隍廟碑最佳，惜其拓本少爾。

【注釋】❶蘭亭 〈蘭亭序〉，晉王羲之作，為中國書法史上著名作品，有各種摹本傳世。❷武王十三銘 相傳為周武王鑄刻在青銅器上的若干篇銘文。有十七銘、十四銘、十三銘等，分合取捨不同。今河南新鄉博物館藏有傳為鄭板橋所書《武王十四銘》。❸八分書 書體之一種。字體似隸而體勢多波磔。相傳為秦時上谷人王次仲所造。❹臨濟派 丁福保《佛學大辭典》：禪宗五家之一。自曹溪之六祖慧能，歷南嶽，馬祖，百丈，黃檗，至臨濟之義玄，張一家，稱為臨濟宗。即慧能六世之孫也。又臨濟六世孫為石霜之圓禪師。圓禪師之下分楊岐黃龍之二派。❺祖庭 佛家宗派的發源地或中心。臨濟宗以正定臨濟寺為祖庭。❻大名府 清直隸大名府，今有河北大名縣。

【語譯】〈蘭亭序〉六種，有棗木刻版。《武王十三銘》八分書碑，在范縣。佛家臨濟派名滿天下，其祖庭臨濟寺卻尚未修繕，真是可悲啊。我作了一塊碑，作為修繕出新的一部分，現在大名府的東關外。濰縣城隍廟碑最佳，只可惜其拓本太少了。

板橋貌寢❶，既不見重於時，又為忌者所阻，不得入試❷。愈憤怒，愈迫窘；愈斂厲❸，愈微細❹。遂作〔漁父〕一首，倍其調為雙疊，亦自立門戶之意也❺。

【注釋】❶貌寢 相貌醜陋。❷入試 指考中。❸斂厲 收斂鋒芒。❹微細 窮困；微不足道。❺遂作漁父一首三句 板橋有〔漁父〕〈本意〉：「宿雨新晴江氣涼。濕煙初破柳絲黃。才上巳，又清明，桃花村店酒瓶香。　漠漠海雲微漏日，茫茫春水漸盈塘。波澹蕩，燕低昂。小舟絲網曬魚梁。」〈漁父〉，即〈漁歌子〉，本為單調，板橋疊為雙調。自立門戶，此處有雙關含義。一是說自己創造了雙調〈漁父〉，一是說自己因不見重於時，又為忌者所阻，故自立門戶，不復依傍他人。

【語　譯】板橋我相貌醜陋，既不為時人所重視，又為猜忌者所阻擋，屢次應試不得中舉。我愈是憤怒，愈是窘迫困頓；但我愈是收斂鋒芒，卻愈是顯得微不足道。於是作了〈漁父〉詞一首，疊用其調為雙疊，亦有自立門戶的意思。

板橋最窮最苦，貌又寢陋，故長不合於時；然發憤自雄，不與人爭，而自以心競。四十外乃薄有名，所謂「諸生日萬盈，四十乃知名」❶也。其名之所到，輒漸加而不漸淡，只是中有汁漿❷耳。莊生謂：「鵬怒而飛，其翼若垂天之雲。」古人又云：「草木怒生。」❸然則萬事萬物何可無怒耶？板橋書法以漢八分雜入楷行草，以顏魯公❹〈座位稿〉❺為行款❻，亦是怒不同人之意。

【注　釋】❶諸生日萬盈二句　為唐高適〈別從甥萬盈〉詩句。❷汁漿　水分。指名氣有名不副實之處。

❸草木怒生　《莊子・外物》：「春雨日時，草木怒生。」怒生，茁壯成長。❹顏魯公　唐顏真卿，代宗時因功封魯郡公。擅書，號「顏體」。❺座位稿　即〈爭座位稿〉。顏真卿行書，又名〈與郭僕射書〉，書法史上著名作品，與〈蘭亭集序〉並稱。❻行款　書畫作品的題識。

【語　譯】板橋最是窮苦，相貌又醜陋，故很長時間不合於時；但我能發憤自強，不與人爭勝，而自己在心中與人競爭。到了四十開外，總算有了點名氣，正是人家說的「諸生日萬盈，四十乃知名」。其名氣的來到，常常是漸漸加大，而並沒有漸漸淡下去，只是其中有點水分罷了。莊子說：「鵬怒而飛，其翼若垂天之雲。」又說：「草木怒生。」既然如此，則萬事萬物，哪一個可以沒有「怒」呢？板橋的書法，用漢八分書雜入楷、行、草，用顏魯公〈座位稿〉的風格作為題識行款，亦是「怒」而不同與他人的意思。

乾隆庚辰❶秋日，為柳村劉三兄書此十二頁。

【注　釋】❶乾隆庚辰　乾隆二十五年，西元一七六〇年。

【語　譯】乾隆庚辰秋日，為劉柳村兄書寫這十二頁冊子。

【研　析】在這一冊子中，六十八歲的鄭板橋，借題發揮，大發了一通牢騷。此時，板橋去官仍回揚州賣畫，已經是第八個年頭了。與第一次揚州十年賣畫時的窮困潦倒不同，此時的板橋，已經大有名氣，求購書畫的人很多，作品也很值錢。板橋此時追求的已不再是掙錢養家糊口，而是「身前身後名」，即如何對自己有一個適當的評價。與〈板橋自敘〉中「從不借諸人以為名」不同，板橋想求得一個適當的評價，但又不屑像當代書畫大師那樣「表揚與自我表揚」，板橋尚有起碼的羞恥之心，不太好意思自我表揚，於是便只好借他人以為名了：首先出場的是京師幼女招哥。招哥是個尚未入世的小姑娘，她首唱《道情》，完全是出於喜愛。接著是「老僧起林」翻唱。《道情》在世人眼中，本是不入流的俗藝，連這都有專業藝人愛好，那詩詞文就更不用說了。對於詩詞，板橋引京都及揚州人士說：「詩不如詞。」手心手背都肉，板橋雖然都喜歡，但別人的評價，板橋沒有表示不同意見，可能也只好默認了。今天看來，板橋的藝術成就，當以書畫為最高，其次為詞，下為詩，而文可居末。

板橋在此時，已有許多崇拜者、愛好者。這個冊子中所列舉的，有杭州太守吳作哲、湖州太守李公堂、臨清王知州、虎墩煮鹽人吳其相、高麗相國李艮、天寧寺文思上人、妙正真人妻近垣及其侍者石三郎、新安孝廉曹君、慎郡王紫瓊巖道人、南通州李瞻雲、成都摩訶池上誦詞者、四川費執御等等，當然，還有這一冊子的贈予對象劉柳村。這麼多的「粉絲」，上從郡王，下到鹽工，幾乎遍布各個階層。但板橋最為得意的，仍然是「自立門戶」。這可以說是板橋藝術品格的核心。看來，不管有多少人喜愛板橋，真正懂得板橋的，仍然是他自己。

論書

【題 解】這是一件論述書法藝術的作品，為上海博物館藏墨跡。卞孝萱先生等《鄭板橋全集》卷九〈文鈔三〉收錄。

平生愛學高司寇且園❶先生書法，而且園實出於坡公❷；故坡公書，為吾遠祖也。坡書肥厚短悍，不得其秀，恐至於蠢，故又學山谷❸書。飄飄有欹側之勢，風乎，雲乎，玉條瘦❹乎！元章❺多草書，神出鬼沒，不知何處起，何處落，其顛放殆天授，非人力，不能學，不敢學。東坡以謂超妙入神，豈不信然。蔡京❻字在蘇、米之間，後人惡京，以襄❼代之，其實襄不如京也。趙孟頫❽，宋宗室，元宰相，書法秀絕一時，予未嘗學，而海內尊之。今四家書缺米，而補之以趙，亦何不可？板橋道人鄭燮。

【注釋】❶高司寇且園　高其佩（西元一六六〇－一七三四年），字韋之，號且園。鐵嶺人。清代書畫家。官至刑部右侍郎。司寇，上古官名。周為六卿之一，掌刑獄糾察。後代因別稱刑部尚書為大司寇，侍郎為少司寇。❷坡公　蘇軾，號東坡。❸山谷　黃庭堅，號山谷道人。❹玉條瘦　唐《才調集》無名氏〈聽琴〉：「六律鏗鏘間宮徵，伶倫寫入梧桐尾。七條瘦玉叩寒星，萬派流泉哭纖指。」❺元章　米芾，字元章。❻蔡京　京（西元一〇四七—一一二六年），字元長。北宋末禍國姦相，精書法。❼襄　蔡襄，北宋書畫家。❽趙孟頫　元代書畫家。

【語　譯】我平生愛學高司寇且園先生的書法，且園先生的書藝，實際上出於東坡公；因而，坡公的書藝，是板橋書法的遠祖。坡公書肥厚短悍，沒有秀氣的一面，學了恐怕會至於「蠢」，因此又學黃山谷的書法。山谷書法，飄飄然有欹側之勢，像風，像雲，像玉條瘦。米元章多寫草書，其書神出鬼沒，不知從何處起，到何處落。其顛放應是上天授予，並非是人為的力量。我不能學，也不敢學。東坡評為「超妙入神」，正是如此。蔡京的字在蘇、米之間，後人嫌惡蔡京的為人，在「蘇黃米蔡」中，以蔡襄替代了蔡京，其實蔡襄的書法，並不如蔡京。趙孟頫，是宋宗室、元宰相，其書法秀絕一時。我沒有學過，而海內都尊崇趙。現在四家書法中，獨缺了米元章，而用趙孟頫來補充，又有何不可？板橋道人鄭燮。

【研　析】板橋是著名書畫家，以書家論書，自是現身說法，格外親切。此一書論，要點有三：一是高度評價了蘇黃米蔡趙的書法，並輾轉自充了一把蘇門弟子；二是認為，蔡京的字還是不錯的，最好不要以人廢字；三是論述自己學字的體會：自高司寇學坡公，學黃山谷以避「蠢」，米元章是天才，無從學，換言之，學書要有所為有所不為。這第三點對於我們的學習，有普遍的啟發意義。所謂「轉益多師是汝師」，根據自身條件興趣，學習前輩長處，化為自己家特色，是學成一藝的不二法門。

乾隆修城記

【題解】此記作於濰縣任上。見《濰縣志稿》卷八、《鄭板橋書畫拓片集》，卞孝萱先生等《鄭板橋全集》卷九〈文鈔三〉收錄。修城耗費巨大，官府負擔不起，只好集資。板橋帶頭承諾捐錢三百六十千，認修六十尺。修繕完成後，板橋又寫了〈修城記〉，詳細記載了此次修城的具體情況：「濰縣舊土城，崇禎十三年易土而石。不費國帑，諸紳士里民自為之。雍正八年六月二十四日，白浪河水漲，齊城腰，一時倒壞千四百餘尺。是後漸次傾圮千八百尺有餘。板橋鄭燮來莅茲土，顧而傷之，謀重修。諸紳士慨然樂從。遂於乾隆戊辰十月開工，明年三月訖工。燮以邑宰捐修八十尺，其代修者郭偉業、郭耀章也。」（《濰縣志稿·營繕志·城塢》，卞孝萱先生等《鄭板橋全集》卷九〈文鈔三〉收錄）

天地有春必有秋，國家有治必有亂。狃❶於承平，而不知積漸之衰，倉猝之變，非智也。今天子聖仁，海內安靜，而不思患預防，綢繆❷未雨，豈非人而不如鳥乎！濰縣地界海濱，號稱殷富，一日有事，凡張牙利吻之徒，欲狼吞而虎噬者，濰其首也。前明末造，賴諸紳士蠲輸❸之力，修造之功，知土城不足恃，易而石之。是以賊人屢窺，卒挫其鋒，嘆為無可如何而退。今之所修，不過百分中之二三分耳。量諸紳士，出之不難，舉行甚樂。而本縣先為之倡，首修城工六十尺，計錢三百六十千，即付諸薦紳，不徒以紙上空名，取其好看。其餘各任各股，各修各工，本縣一錢一物概不經手，但聿賭❹厥成而已。乾隆戊辰九秋，鄭燮題。

【注　釋】❶狃　習慣。《詩・鄭風・大叔于田》：「將叔無狃，戒其傷女。」毛傳：「狃，習也。」❷綢繆　預先作好準備。❸蠲輸　捐獻。❹聿賭　疑當作「聿睹」，樂於看到。元蒲道源《閑居叢稿》卷九〈秋谷平章真容贊〉：「百辟是式，聿覩厥容。」

【語　譯】天地間有春天就必然有秋天，國家有大治的時候，就必然有動亂的時候。若習慣於天下太平，而不知道消極因素積累會導致漸漸衰敗，不知道倉猝之間會發生變亂，就是不明智的。現在天子聖哲仁厚，海內安全平靜，但如果不考慮到隱患而加以預防，在風雨到來之前預先作好準備，豈不是作為人類而不如鳥嗎！濰縣這個地方靠近海濱，號稱殷實富有，一旦有事，但凡是牙尖嘴利之徒，就想要像虎狼那樣吃人，我們濰縣一定會首當其衝。前朝明末時候，依賴諸位紳士捐資，大家出力修造城池，知道土城不足依憑，改而用石頭來修造。

因此，雖然有賊人屢次前來窺探，但最終都能挫敗其鋒，讓賊人歎為無可奈何而只好退卻。今天我們所要修整的，不過是百分之二三，考量諸位紳士的財力，捐出這些錢應該不難，都會很高興進行這項工程。而本縣令首先帶個頭作為提倡，認修城牆工程六十尺，共計需用錢三百六十千，現在就付給負責代工的諸位士紳，不是空口說白話只是紙上認捐圖個空名，圖個面子上好看。其餘的工段，大家各自認下自己的份額，各自負責找人修好自己的工段，本縣令一錢一物一概不經手，只是希望看到縣城能修成而已。乾隆戊辰十三年九月秋，鄭燮題。

【研　析】海內外常有人批評「長城情結」，喜歡修建城牆。一國要修長城，國都要修京城、皇城、宮城，一府要修府城，一縣要修縣城，一家一戶也要弄個院子。全國都在修城，花費巨大，真正是勞民傷財。殊不知修城之舉亦實屬不得已。板橋這兩篇〈修城記〉，說明了修城的必要性：一是為了預防水患，一是為了安全。水患、內匪、外寇，使修城成為地方長官必須完成的政治任務。這事關生死存亡，而不是喜歡不喜歡的問題。但地方長官主持修城，在經濟上也有許多實際困難。通常的做法，就是像板橋這樣，把本城的士紳們找來開個捐助大會，首先宣布，本縣令捐助若干，下餘的由大家認捐。板橋認了六十尺的經費三百六十千。這對於板橋來說，是一筆巨款。乾隆時期，縣令的年俸加上養廉銀等收入，大約在五百至一千兩銀子。而三百六十千，大約合銀三百六十兩。後來實際上是捐了八十尺，估計要花費五百多兩銀子。也就是說，板橋的這次捐助，需要拿出年收入的一半左右。如果沒有業餘時間賣畫賣字賺些外快，板橋的兩個老婆就得餓肚子。可以看出，認捐修城，不論是對於知縣老爺，還是對於城中富戶，都是很大的負擔。那些富戶估計並不會痛快掏錢。因此，才需要「本縣」帶個頭，並帶點威脅的語氣說：匪寇如同虎狼，就要吃我們濰縣了，我早就考查過你們的錢袋子了，已經分好了你們的工段長度，都別跟我玩虛的，快快掏現錢。反正我不經手一個銅錢，我無私無畏，你們看著辦。話說到這份上了，估計也沒有人敢不掏錢。

梅莊記

【題　解】據揚州博物館藏墨跡，另臺北蕙風堂《揚州園林品賞錄》、卞孝萱先生等《鄭板橋全集》卷九〈文鈔三〉收錄。梅莊主人姓陳氏，名揚宗，字□啟，號敬齋。他在揚州城東建了一個數十畝大的「梅莊」，板橋為之作了這篇〈梅莊記〉。

廣陵❶城東二里許，有梅莊，敬齋先生之業❷也。先生性嗜梅，其家所植亦夥矣。又構別墅於郊外，老梅數十畝矣，曰「梅莊」，蓋其嗜也。梅之古者百餘年，其次七八十年，其次二三十年，虬枝❸鐵杆，蠖屈龍盤❹。先生與梅最親切，撲者立之，臥者扶之，缺者補之，茸❺者削之。

根之拔者，築土以培之；枝之遠者，梁木⑥以荷之。梅亦發奮自喜，崢嶸碩茂，以慰主人之意。又嘗伐他樹枝以相撐柱。其柯得氣而活，交枝接葉，與梅相抱，若連理⑦焉，豈非氣至而神。或與客偕來，以廣其趣。歌詩贈答，篇章重疊，酒盞紛紜。至於霜淒月冷，冰魂雪魄，淡煙浮繞與⑧內外，主人徘徊其下，漏□⑨頻催，不忍就臥，蓋念梅之寒，與同寒也。逮夫朝日將出，紅霞麗天⑩，與梅相映影射，若含笑，若微醉。梅亦呼主人，與之剖暄分暖⑪，不獨享也。主人與梅，是一是二，誰能辨之？更有風號雨溢，電激雷奔，主人披衣而起，挑燈達旦，周遭巡視，視梅之安而後即安。此豈有所勉張矯飾⑫哉！其性之所嗜，有不知其然而然者也。其他蒼松古柏，修竹萬竿，為梅之摯交。檀梅放臘⑬，為梅之先馳；辛夷⑭漲天，繡球⑮撲地，為梅之後勁。桃李丁杏⑯，江籬⑰木芍⑱，山榴⑲桂菊，不可勝記，皆梅之附庸小國也。一亭一池，一樓一閣，一臺一榭，一廊一柱，一欄一檻，一花一木，皆主人經營部署，出人意表之旨趣焉。

【注　釋】❶廣陵　揚州的別稱。戰國時楚懷王在邗城基礎上築廣陵城，今揚州有廣陵區。❷業　別業；別墅；城外或家外的產業。❸虬枝　盤屈的樹枝。虬，傳說中的一種無角龍。《楚辭・離騷》：「駟玉虬以乘鷖兮，溘埃風余上征。」王逸注：「有角曰龍，無角曰虬。」❹蠖屈龍盤　如同尺蠖和龍那樣盤屈。❺茸　草類初生細軟貌。引申為茂密。❻梁木　樹木以為梁。梁，用作動詞。❼連理　連理枝，草木異根而枝幹連生。❽與　參與。動詞。❾漏□　缺一字，疑當作「鼓」或「聲」、「箭」。❿麗天　附著天。麗，依附。《易・離》：「彖曰：離，麗也。日月麗乎天，百穀草木麗乎土，重明以麗乎正，乃化成天下，柔麗乎中正，故亨。」王弼注：「麗，猶著也，各得所著之宜。」孔穎達疏：「麗，謂附著也。以陰柔之質附著中正之位，得所著之宜，故云麗也。」⓫割暄分暖　分享溫暖。暄，溫暖。唐韓愈〈答張徹〉：「暄晨躡露舄，暑夕眠風櫺。」⓬勉張矯飾　造作誇大，有所粉飾。矯飾，矯情誇飾。《後漢書・章帝紀》：「俗吏矯飾外貌，似是而非。」⓭檀梅放臘　檀梅在臘月開花。檀梅，梅花的一個品種，因木質堅實如檀，故稱。有玉蕊檀心梅。元馬臻《霞外詩集》卷九〈謾成〉：「珠絡楂橙滿閣垂，欣欣節物暖爐時。膽瓶小巧偏堪愛，插得檀梅一兩枝。」⓮辛夷　木蘭科，落葉喬木，高數丈，木有香氣。花初出枝頭，苞長半寸，而尖銳儼如筆頭，俗稱木筆。及開，似蓮花而小如盞，紫苞紅焰，作蓮及蘭花香，亦有白色者，人又呼為玉蘭。《楚辭・九歌・湘夫人》：「桂棟兮蘭橑，辛夷楣兮葯房。」洪興祖補注：「《本草》云：辛夷，樹大連合抱，高數仞。此花初發如筆，北人呼為木筆。其花最早，南人呼為迎春。」⓯繡球　花名。虎耳草科繡球屬。灌木，聚傘花序，狀如繡球。春始花，花期長達六至八個月。⓰丁杏　杏的一個品種。⓱江籬　又寫作江離、江蘺。香草名。一名「蘼蕪」。《楚辭・離騷》：「扈江離與辟芷兮，紉秋蘭以為佩。」王逸注：「江離、芷，皆香草名。辟，幽也，芷幽而香。」⑱木芍 即木芍藥。芍藥的一種。明李時珍《本草綱目．草三．芍藥》集解引蘇頌曰：「崔豹《古今注》云：『芍藥有二種，有草芍藥、木芍藥。』木者花大而色深，俗呼為牡丹，非矣。」又，唐人稱牡丹為木芍藥。舊題唐李濬《松窗雜錄》：「開元中，禁中初重木芍藥，即今牡丹也。」自注：「《開元天寶花木記》云：禁中呼木芍藥為牡丹。」⑲山榴 即山石榴。杜鵑花的別稱，一稱映山紅。花開紅色。唐白居易〈山石榴寄元九〉：「杜鵑啼時花撲撲，九江三月杜鵑來。」自注：「山石榴，一名山躑躅，一名杜鵑花。」

【語　譯】揚州城東二里多，有梅莊，是敬齋先生城外的產業。先生天性酷愛梅花，他城裡的家中，栽種的也很多。又建了別墅在郊外，種了老梅數十畝，叫做「梅莊」。梅花，這正是他的最愛。梅樹中古老的已經有一百多年了，其次有七八十年的，再其次有二三十年的。彎彎的樹枝，像尺蠖和無角龍那樣盤屈，直點的樹枝，像是鐵杆。先生與梅的關係最為親密，撲倒的樹起來，斜臥的扶起來，稀疏的地方補好，茂密的地方削掉一部分。樹根露出來的，用土培上；樹枝伸的太遠的，搭個木架支撐。梅花自己也努力發奮，生長得崢嶸茂盛，足以慰勞主人的一片心意。又曾經砍了另外一種樹的枝幹，充當梅花的支柱，這根支柱得到梅花的生氣，竟然活了，和梅花樹枝相交，樹葉相接，兩棵樹抱在一起，像是連理枝。這豈不是梅花的生氣所致，也真是太神奇了。敬齋先生有時和客人一起過來，人多可以增加賞梅的情趣。大家寫詩唱歌，相互贈答，好詩連篇累牘，酒盞晃動飛舞。到了寒霜淒清，月光淒冷的時節，梅花，那冰做的魂，雪做的魄，淡淡的煙，在莊內外飄浮、纏繞。主人徘徊在梅花樹下，這時，滴漏聲頻頻催促，但仍然不忍心就眠，那是因為掛念梅花是否寒冷，希望能與梅花一同經受這嚴寒。等到早晨的太陽將出，霞光映紅天邊，梅花與其相互映照，好像是含著微笑，又好像是有點醉了。陽光下的梅花，亦呼喚主人，好像是要與主人分享這溫暖，而不獨自享用。主人與梅花，是一是二，誰能辨別呢？更有大風怒號，雨水傾溢，電閃雷鳴，主人披著衣服起身，挑著燈籠，周遭巡視直到天明，看到梅花安然而後自己才會安心。這難道有所誇張矯飾！這是主人天性愛好，雖然不知道這其中的原因，但自然而然地就會這樣。梅莊還有許多其他蒼松古柏，有修竹萬竿，都是梅花最好的朋友。檀心梅在臘月開放，是梅花的先驅；辛夷花開滿天空，繡球花綴滿地上，是梅花的後勁。還有桃花、李花、丁杏花、江籬、木芍藥、山石榴、桂花、菊花，不可勝記，都算是梅花王國中的附庸。梅莊的一亭一池，一樓一閣，一臺一榭，一廊一柱，一欄一檻，一花一木，都經過了主人的苦心經營部署，有出人意表的旨趣。

【研　析】梅蘭竹菊，是中國古代讀書人心目中的「四君子」。梅花冰清玉潔，蘭花典雅嬌貴，竹子正直空靈，菊花雅淡高隱。歷代文人，愛之成痴成癖者，大有人在。揚州這位陳敬齋先生，就是一位「梅花痴」。他不但專門買地幾十畝全種了「老梅」，而且關心愛護得無微不至，乃至於到了痴迷的地步。最使人「感動」的是，梅莊主人「愛花如子」，精細照料，到了天寒地凍，本來梅花是越冷越精神，越寒越開放，但主人偏偏不放心，還要與梅花「同寒」。為了梅花，主人還別出心裁的栽了「蒼松古柏、修竹萬竿」，作為梅花的朋友；還有桃、李、杏、江籬、木芍、山榴、桂花、菊花，來作為梅花的陪襯；這才是真正的「苦心經營」啊。板橋對於「四君子」，最愛的是「竹」，其次是「蘭」，板橋不但畫有許多竹、蘭圖，還在許多題畫中，對竹和蘭的畫法，在藝術理論和繪畫實踐兩方面，都有精到闡述。板橋的這篇〈梅莊記〉，寫陳莊主對於梅的摯愛，其實也可以看作是板橋對於竹、蘭的情感流露。

題畫竹

【題　解】板橋的許多繪畫作品上，有自題的詩詞短文。題畫詩詞，我們已經選了一些，分別歸入本書上文詩、詞部分。這裡我們選取了一些題畫的短文。板橋是畫竹高手，對於畫竹有獨到的體會。題畫竹原有多則，我們選了若干則。

江館❶清秋，晨起看竹，煙光日影露氣，皆浮動於疏枝密葉之間。胸中勃勃❷，遂有畫意。其實胸中之竹，並不是眼中之竹也。因而磨墨展紙，落筆倏❸作變相，手中之竹，又不是胸中之竹也。總之，意在筆先者，定則也；趣在法外者，化機❹也。獨畫云乎哉！

【注　釋】❶江館　江邊客舍。唐王昌齡〈送譚八之桂林〉：「客心仍在楚，江館復臨湘。」❷勃勃興盛；興奮；衝動。《淮南子・時則》：「勃勃陽陽，惟德是行，養老化育，萬物蕃昌。」唐韓愈〈為汝州盧郎中論薦侯喜狀〉：「比者分將委棄泥塗，老死草野，今胸中之氣勃勃然，復有仕進之路矣。」❸倏 突然；快速。❹化機 變化的樞機或關鍵。唐吳筠〈步虛詞〉之十：「二氣播萬有，化機無停輪。」

【語譯】清秋時分，住在江邊的客舍，早晨起來看竹，煙靄、日影、露氣，都浮動在竹林的疏枝和密葉之間。心胸中有勃勃生機，於是便有了畫竹的意趣。實際上，這時候，胸中的竹子，已經不是眼中的竹子。因為有了創作的衝動，磨好墨，展開紙，落筆時突然地又變了形象。這時候，手中所畫的竹子，又不是胸中竹子了。總之，竹子的意象在下筆之先，是一定的法則；竹子的意趣若在法則之外，則以變化為關鍵之處。這一道理，並不是作畫所獨有的！

【研析】繪畫作為一門藝術，要求將對象的本質直觀形象，通過眼中的觀察，化為胸中的意象，然後再用手中的筆墨，以色彩、線條、造型等，表達為紙上的形象。以竹為例，眼中之竹、胸中之竹、手中之竹，是三個相關而又不同的操作對象。如何處理這三者間的關係，在「意在筆先」這一原則的基礎上，做到「趣在法外」，板橋先生有他自己的體會。藝術應該是獨一無二的，守定則而致法外，突出藝術的法外個性，是一個普遍的規律。

文與可❶畫竹，胸有成竹。鄭板橋畫竹，胸無成竹。濃淡疏密，短長肥瘦，隨手寫去，自爾成局，其神理具足也。藐茲後學❷，何敢妄擬前賢❸。然有成竹無成竹，其實只是一個道理。

【注釋】❶文與可　文同（西元一〇一八—一〇七九年），字與可，梓州梓潼（今屬四川）人。北宋藝術家。以學名世，操韻高潔，自號笑笑先生。善詩、文，篆、隸、行草、飛白皆精，尤善畫竹。與蘇軾為從表兄弟。❷藐茲後學　對自己的謙稱。藐，藐小；微小。茲，這個。❸前賢　指文與可。

【語譯】文與可畫竹之前，胸中已有成竹。鄭板橋畫竹，胸中沒有成竹。板橋畫竹時，用墨的濃淡、布局的疏密，造型的短長肥瘦，都隨手畫出，自成格局，其神其理，都已具備。板橋雖是藐小的一個後學，哪裡敢妄圖與文與可前賢相比較，但前賢的胸有成竹，和我這後學的胸無成竹，其實只是一個道理。

【研析】有一種觀點認為，藝術，包括繪畫，是客觀事物在主體頭腦中的反映，不妨稱這種觀點為「反映論」。例如，要想畫竹子，文與可在觀察竹子的基礎上，心中有了竹子的形象，這個形象就是竹子這一客觀事物在文與可大腦中的反映。將這竹子的映象畫出來，這就是「胸有成竹」。當然，這是「反映論」者對於文與可畫竹的闡釋。但文與可實際上是怎樣畫出竹子的，恐怕他自己也很難說清楚。藝術是一種創造，幾乎是不可重複的，今天的文與可，和明天的文與可，在進行這種創造性活動時，完全有可能是不同的路徑，很難有一個不變的「套路」或「法則」。與「反映論」相對應的，有「表現論」。這種觀點認為，在藝術創造中，主體的創造性是佔主導地位的，客觀事物可以參考，但不能也不必受客觀事物的束縛。畫家可以創造出自然界中的竹子所沒有的形象和蘊涵。藝術可以主要是主觀感受的表現，例如畫竹，所畫出的，並不一定是「現成的竹子」，也可能是畫家的信手創造，是獨一無二的、創造性的竹子。板橋畫竹，似乎傾向於「表現論」。根據板橋的說法，他畫竹之前，胸無成竹，到畫時，可「隨手寫去，自爾成局，其神理具足」，也就是說，板橋不強調「格竹致知」的這一藝術創造的準備過程，他所畫的，是自己心靈深處的「竹」，而不是自然界的「成竹」，這樣，他就可以更為自由地「隨手寫去」。這種創作方法，在板橋看來，與文與可的方法，就藝術的創造性來說，道理是一樣的。

題畫蘭

【題解】板橋題畫中，以竹、蘭、石居多。題畫蘭有多首七絕詩，前文詩歌部分，我們已經選了幾首。這段文中，亦有兩首。

余種蘭數十盆，三春告莫❶，皆有憔悴思歸❷之色。因移植于太湖石黃石❸之間。山之陰，石之縫，既已避日，又就燥，對吾堂亦不惡也。

來年忽發箭❹數十，挺然直上，香味堅厚而遠。又一年，更茂。乃知物亦各有本性。贈以詩曰：蘭花本是山中草，還向山中種此花。塵世紛紛植盆盎❺，不如留與伴煙霞。又云：山中蘭草亂如蓬，葉暖花酣氣候濃。出谷送香非不遠，那能送到俗塵中。此假山耳，尚如此，況真山乎！余畫此幅，花皆出葉上，極肥而勁，蓋山中之蘭，非盆中之蘭也。

【注釋】❶三春告莫　到了春天快結束時。三春，此指春季的第三個月。唐岑參〈臨洮龍興寺玄上人院同詠青木香叢〉：「六月花新吐，三春葉已長。」莫，通「暮」。❷思歸　此指蘭花自山中移至盆中，不太適應。❸太湖石黃石　兩種可作假山的石頭。太湖石，原產江蘇太湖，多孔及皺紋。宋杜綰《雲林石譜・太湖石》：「平江府太湖石，產洞庭水中。性堅而潤，有嵌空穿眼宛轉嶮怪勢……其質文理縱橫，籠絡隱起，於石面徧多坳坎。蓋風浪衝激而成，謂之彈子窩。」明謝肇淛《五雜俎・地部一》：「洞庭西山出太湖石，黑質白理，高逾尋丈，峯巒窟穴，賸有天然之致。」黃石，原產湖北黃石縣，有多種，主要有大理石、石灰石等質地。❹發箭　抽出花苞。箭，指花苞。蘭花苞形狀如箭。❺盆盎　泛指盆類盛器。盎，盆類。《急就篇》卷三：「甀、缶、盆、盎、甕、罃、壺。」顏師古注：「缶、盆、盎，一類耳。缶即盎也，大腹而斂口，盆則斂底而寬上。」

【語譯】我栽種了蘭花數十盆，春天快結束時，這些蘭花都有憔悴之色，似乎是在思念著家鄉，想要回到山間。因此，我將這些蘭花移栽到太湖石和黃石的孔洞縫隙間。蘭花在這假山的背陰，石頭的縫間，既能避開陽光直射，根系枝葉又能找到乾燥之處。這些蘭花對於我的堂屋來說，也是一種很好的風景。到了第二年，忽然生發出數十支箭狀的花苞，這些蘭箭挺直向上，香味堅厚，飄到遠處。又過了一年，生長得更為茂盛。於是悟出一個道理：萬物各有自己的本性。因而寫詩贈給這些蘭花：蘭花本來是山中的花草，因此還是到山中栽上這些花。塵世間人們都將你栽植在瓦盆中，那還不如把你留在山中，與煙霞作伴。又有一詩說：假山中的蘭草茂盛，亂如蓬草，草葉溫暖，花朵酣睡，氣候非常適宜。花朵將香氣送出山谷還算較遠，但哪能送到俗塵之中。這是假山，尚且能如此適應蘭花的生長，何況那些真山！我所畫的這幅蘭花，花朵都秀出蘭葉，極其肥大而勁挺。這是因為，這些是山中的蘭花，而不是盆中的蘭花。

【研　析】板橋從養蘭花的實踐中，悟出了「物各有本性」的道理。蘭花本來是山間的野草，人類無聊，也不問問蘭草願意不願意，就將這些蘭草移栽到自己的花盆中，結果蘭草春天尚未結束，就水土不服，「憔悴思歸」了。板橋將這些蘭草移栽到假山上，算是「模擬」山中的生活環境，結果大獲成功。於是，板橋就將種蘭這件事，上升到了一個「認識論」的高度——物各有本性，必須按自然規律辦事，如果人類掌握了規律，就能在一定程度上超越自然。

題畫石

【題　解】板橋有多條題畫石短文。這一則有板橋的說明：「弟子朱青雷索予畫不得，即以是寄之。」

米元章❶論石，曰瘦、曰縐、曰漏、曰透，可謂盡石之妙矣。東坡又曰：「石文而醜。」一「醜」字，則石之千態萬狀，皆從此出。彼元章但知好之為好，而不知陋劣之中有至好也。東坡胸次，其造化之爐冶❷乎！燮畫此石，醜石也。醜而雄，醜而秀。

【注　釋】❶米元章　米芾（西元一〇五一—一一〇七年），字元章，北宋書畫家、藝術理論家。書法與蘇軾、黃庭堅、蔡京（一說為蔡襄）並稱為「蘇黃米蔡」。喜畫石。有《書史》、《畫史》。❷爐冶　冶煉；熏陶；創造。

【語　譯】米元章對於石頭的欣賞，有「瘦、縐、漏、透」，這四個方面，可以說窮盡石頭的妙處了。蘇東坡則認為：「石頭的妙處，在於文而醜。」一個「醜」字，表明石頭的千態萬狀，都是從這個「醜」字中來。那米元章，只知道石頭以「瘦、縐、漏、透」為好，而不知陋劣之中，也有最好的東西。可見蘇東坡的胸次，是經過大自然熏陶創造的。鄭燮畫此石，也是醜石。雖醜而雄奇，雖醜而秀氣。

【研　析】賞石是接受美學中一大話題。北宋末的徽宗，愛石成癮，有勞民傷財的「花石綱」之舉，結果弄得亡國被俘。石有何魅力，可成為重要的審美對象，甚至引得大藝術家米芾要去「拜」，曹雪芹亦因此「石兄」，而引出偉大小說《紅樓夢》呢？傳為米芾的「瘦縐漏透」相石四字訣，在園林藝術理論中有很大影響。但現有的米元章著作中，並沒有相關的論述。這四字訣的產生，可能經過了漫長的演變。北宋杜綰《雲林石譜》卷上靈璧石論「透」與「空」云：「石在土中，隨其大小，具體而生。或成物狀，或成峯巒，巉岩透空，其眼少有宛轉之勢。」南宋紹興間孔傳《雲林石譜序》提及了「透漏」：「天地至精之氣，結為石。負土而出，狀為奇怪，或巖竇透漏，峯嶺層稜。」（北宋杜綰《雲林石譜》，中華書局西元二〇一二年）巖竇，即石孔，其前後為透，上下為漏。約作於宋元間的《漁陽公石譜》，首次記述了米芾的相石四字訣：「元章相石之法有四語焉：曰秀、曰瘦、曰縐、曰透。四者雖不盡石之美，亦庶幾云。」後來，秀演變成了「漏」，其次序也有變化，遂成板橋所說的「瘦縐漏透」。對於這四個字的解釋，清吳綺《嶺南風物記》在記述英石時的闡釋可供參考：「英石出韶州府英德縣，峰紋聳秀，扣之有金玉聲為佳。而其要有三：曰縐、漏、瘦。縐謂紋理波折，漏謂洞壑玲瓏，瘦謂峰巒秀削。備此三者，方見硯山全德矣。」四字之外，相傳蘇軾又提出了「文」與「醜」這兩個字。明張丑《清河書畫舫》卷七下引《蘇長公外紀》：「東坡贊文與可梅竹石云：梅寒而秀，竹瘦而壽，石文而醜，是為三益之友。全集所不載，豈公暮年之筆耶。」《蘇長公外紀》的可靠性有多大，姑且不論，「文而醜」的評價，確實是抓住了石頭的靈魂。文，與梅之「寒」、竹之「瘦」相對應，是對於石之特性的一個描述。文，言石外有造型而秀出，內涵沉穩而隱忍。論其造型，則「瘦縐漏透」可作為「審美理想」，此一造型，在一般的人物、花卉、園林、建築，是為「醜」；但對於石兄這一特殊的審美對象，其「瘦縐漏透」的審美理想，正當得一個「醜」字；對於一般的審美對象，醜即醜矣；但因石有「文」的內涵，因此，傳為蘇東坡所論及的「文而醜」，成為元章相石法的最佳注腳，板橋再添「雄、秀」兩字，則論石有此「瘦縐漏透文醜雄秀」八字，能事盡矣。

靳秋田索畫

【題解】〈靳秋田索畫〉，計四小節，這裡選了第二節。

三間茅屋，十里春風，窗裡幽蘭，窗外修竹。此是何等雅趣，而安享之人不知也。懵懵懂懂❶，沒沒墨墨❷，絕不知樂在何處。惟勞苦貧病之人，忽得十日五日之暇，閉柴扉，掃竹徑，對芳蘭，啜苦茗，時有微風細雨，潤澤於疏籬仄徑之間，俗客不來，良朋輒至，亦適適然❸自驚為此日之難得也。凡吾畫蘭畫竹畫石，用以慰天下之勞人，非以供天下之安享人也。

【注釋】❶懵懵懂懂　即懵懂，亦作懵董，糊塗；迷糊。元喬吉《揚州夢》第二折：「又不是癡呆懵懂，不辨個南北西東。」❷沒沒墨墨　江都方言，即磨磨摸摸，有遷延、猶豫、慵懶、不明事理、混日子等含義。❸適適然　驚貌。《莊子・秋水》：「禹之時，十年九潦，而水弗為加；益湯之時，八年七旱，而崖不為加損。夫不為頃久推移，不以多少進退者，此亦東海之大樂也。於是埳井之鼃聞之，適適然驚，規規然自失也。」

【語譯】有三間茅草屋，屋外是十里春風，窗裡面有幽靜的蘭花，窗外面有修長的竹子。這是何等高級的雅趣，而貪圖安樂享受的人卻不知道。他們糊裡糊塗，不明事理，一點兒也不懂得快樂究竟在哪裡。惟有勞苦貧病的人，偶爾得到十天五天的空閒，關上柴草門，打掃好竹林小路，對著芳香的蘭花，品味著苦茶，不時有微風細雨，滋潤著稀疏的籬笆和窄窄的小路。庸俗的客人不來，而好朋友總是立刻到來。真驚訝這樣的一天實在難得。我畫蘭、畫竹、畫石，都用來慰勞天下勞動的人，並不用來供奉天下安樂享受之人。

【研　析】板橋有一個夢，在這個夢中，首先是要有安定和安靜的房子，房子不需大，三間即可，不需豪華，茅草屋就行，關鍵是要環境好，外面是十里春風，窗裡有幽蘭，窗外有修竹。其次是要有閒暇，沒有煩心事。這時，關上院門，掃乾淨竹徑，對著芳蘭，喝口苦茶，何等的愜意。如果再有不時而來的微風細雨、知心好友，那就更好了。有世外桃源，有半日之閒，有好心情、好朋友，沒有生存的煩惱，沒有世俗的應酬，在這樣的情況下，板橋希望，能像老杜「盡庇天下寒士俱歡顏」那樣，為安慰天下勞苦大眾，多畫些蘭、竹、石送給他們。板橋的心意難能可貴，可惜不現實。你需要賣畫養家糊口，你在這個八面不靠，只有一家的地方，春風十里是有了，世俗是沒有了，但你到哪裡買米買菜？天天關門喝茶，那要手機賬上有錢，讓人天天送快遞才行。即便你是大富豪，又有善心，天天作畫送給勞苦之人，但「天下之勞人」，如果不先解決吃穿問題，要你的畫有何用？郭沫若《李白與杜甫》曾諷刺杜甫說，你的〈茅屋為秋風所破歌〉，許下了「安得廣廈千萬間，盡庇天下寒士俱歡顏」的宏願，但鄰村的小孩拾了你一點茅草，你都說他是「盜賊」，那這廣廈千萬間，豈非空頭支票？板橋老先生，與老杜實有一比。

亂蘭亂竹亂石與汪希林

【題　解】《藝苑掇英》第八期影印鄭燮蘭竹圖軸，有異文，落款「乾隆甲申，為茂林年學兄哂正」，參見卞孝萱先生等《鄭板橋全集》卷一一〈題畫一〉。

掀天揭地之文，震電驚雷之字，呵神罵鬼之談，無古無今之畫，原不在尋常眼孔❶中也。未畫以前，不立一格❷，既畫以後，不留一格。

【注 釋】❶眼孔 眼界；眼光。❷格 此指繪畫的風格、格調、格局。

【語 譯】我的文章，掀翻天、揭開地；我的字，如同震撼的閃電、驚恐的響雷；我的話語，呵斥神、痛罵鬼；我的畫，無所謂古，無所謂今；我的創作，本來就不在尋常眼光範圍之內。我在作畫之前，並不局限於一格，畫成以後，亦不留下任何一格。

【研 析】板橋有狂放的一面，所畫蘭竹石，題曰「亂」，而題畫中，則有掀揭世間一切的「狂亂」文字。此種狂，天地、雷電、鬼神、古今，一切時間、空間、虛實，在板橋眼中，全不在話下，自己的文字、言談、書畫，都可以將這一切壓倒。其極詣，是「不立一格」的自由狀態，和「不留一格」的無我境界。

竹石

【題 解】這是板橋在一幅竹石畫上的題款。

十笏茅齋❶，一方天井❷，修竹數竿，百筍數尺，其地無多，其費亦無多也。而風中雨中有聲，日中月中有影，詩中酒中有情，閑中悶中有伴，非唯我愛竹石，即竹石亦愛我也。彼千金萬金造園亭，或遊宦四方，終其身不能歸享。而吾輩欲遊名山大川，又一時不得即往，何如一室小景，有情有味，歷久彌新乎！對此畫，構此境，何難斂之則退藏於密，亦復放之可彌六合也❸。

【注釋】❶十笏茅齋　小草屋。笏，古代臣子朝見君主時所執的狹長板子，一般用玉、象牙、竹木等製成。《禮記．玉藻》：「凡有指畫於君前，用笏；造受命於君前，則書於笏。」引申為量詞。像笏一樣大小的條或塊。南宋陸游《老學庵筆記》卷二：「李黃門邦直在真定，嘗寄先左丞以陳贈墨四十笏。」十笏，十塊笏大小。濰縣有「十笏園」，明代始建，清光緒間擴建，今存。❷天井　四周為山，中間低窪之地形，為天然形成之「井」，故曰「天井」。宅院中由房、牆等圍成露天的空地，形似天井。此指院子。❸何難斂之則退藏於密二句　言順天理，而退可隱，出而無愧於天地。語出宋朱熹《中庸章句》：「子程子曰：……子思恐其久而差也，故筆之於書，以授孟子。其書始言一理，中散為萬事，末復合為一理。放之則彌六合，卷之則退藏於密。其味無窮，皆實學也。」放之則彌六合，言此一道理，放則可充滿天地之間。彌，遍；滿。六合，天地及四方。指整個宇宙。退藏於密，言此理若退隱而可藏於祕密之處。

謂哲理精微深邃，包容萬物。《易・繫辭上》：「聖人以此洗心，退藏於密，吉凶與民同患，神以知來，知以藏往。」韓康伯注：「言其道深微，萬物日用而不能知其原，故曰退藏於密，猶藏諸用也。」

【語　譯】一間小茅屋，一個小院子，長竹幾竿，近百根竹筍數尺長，地方不需大，花費也不多。但在風聲雨聲之中，日影月影之下，詩情酒情之餘，閒時悶時，有竹石為伴。不僅只有我愛竹石，竹石當亦愛我。他人花費千金萬金造了園亭，但終年為了求官做官而在外，終身都不能回來享受這園亭。而我們這些人，想遊名山大川，又一時半會兒不能前往，倒不如有這一室小景，有情趣有滋味，經歷長久而越發新鮮。對著這幅竹石畫，心中構建此一境界，收斂而退隱到精微祕密之處，放開去而充滿天地四方，又有何難。

【研　析】板橋先生的處世哲學，頗有些「躲進小樓成一統」意味。說好聽點，是樂觀精神，說實在點，是阿Q精神。知足長樂，不要與自己過不去。板橋的理想，在物質方面要求不高：有一間容身的小茅屋、一個小院子即可。但生活中必須有「藝術性」，就是今天所說的「詩意地棲居」。因此，竹子需要幾竿，石頭也要幾塊，地方不大，花費不多，家家都能辦到。如能遇上清風明月，再有酒一壺，作詩一首，人與竹石，就合而為一了。這樣的生活，有了基本的物質保證，有了詩酒竹石，如果能在精神世界再上一層，退可藏於天理之精密，進可在天地之間有一番事業，那就堪稱圓滿。這就是古代中國知識分子的人生哲學和實踐路線圖。

◎新譯袁枚詩文選

王英志／注譯

袁枚是清代文壇主性靈、反復古思潮的領袖。他的詩作在當時崇唐摹宋的創作風氣中別樹一幟，獨具個人藝術特色。他的古文創作也主張獨創精神，反對摹秦仿漢，與其性靈說詩論笙磬相應。本書由注譯者嚴選《小倉山房詩集》、《小倉山房文集》、《小倉山房尺牘》、《隨園詩話》、《子不語》之精彩篇章，詳加注譯、深入研析，書後另附袁枚年譜，是讀者全面認識其人其文的最佳選擇。

國家圖書館出版品預行編目資料

新譯鄭板橋集／朱崇才注譯.——初版一刷.——臺北市：三民，2024
面；　公分.——(古籍今注新譯叢書)

ISBN 978-957-14-7796-1（平裝）

847.4　　113005855

古籍今注新譯叢書

新譯鄭板橋集

注譯者｜朱崇才
創辦人｜劉振強
發行人｜劉仲傑
出版者｜三民書局股份有限公司(成立於1953年)

三民網路書店
https://www.sanmin.com.tw

地址｜臺北市復興北路386號　(復北門市)　(02)2500-6600
臺北市重慶南路一段61號(重南門市)　(02)2361-7511

出版日期｜初版一刷 2024年6月
書籍編號｜S034500
ISBN｜978-957-14-7796-1